U0948636

北上广漂流

王波
作品

上

团结出版社

图书在版编目（CIP）数据

北上广漂流 ：全二册 / 王波著. -- 北京 ：团结出版社，2017.9

ISBN 978-7-5126-5580-5

Ⅰ. ①北… Ⅱ. ①王… Ⅲ. ①长篇小说－中国－当代 Ⅳ. ①I247.5

中国版本图书馆CIP数据核字(2017)第224029号

出　　版	团结出版社 （北京市东城区东皇城根南街84号　邮编：100006）
电　　话	（010）65228880　65244790
网　　址	http://www.tjpress.com
E-mail	65244790@163.com
经　　销	全国新华书店
印　　刷	三河市京兰印务有限公司
装帧设计	成都天恒仁文化传播有限责任公司
开　　本	160mm×230mm　1/16
印　　张	31
字　　数	475千字
版　　次	2017年9月第1版
印　　次	2020年1月第2次印刷
书　　号	ISBN 978-7-5126-5580-5
定　　价	110.00元（全二册）

自序

这部小说的写作可谓是异常曲折，记得在大学毕业后，我就想写一部描述当代大学生的小说，可是，因为自己生活阅历的浅显，以至于写了一点又停下来了。进入职业生涯后，忙碌的工作让我难以喘息，一直没有时间静下心来完成自己的创作。这就是所谓的理想与现实之间的差距吧，我想坚持写作的理想，却不得不事先解决工作中的问题。然而，在繁忙的工作中，时间飞逝，让人难以停歇。

到了2016年的时候，我远走上海，在浦东工作。那段日子，既忙碌又很充实，同时也为我的小说积攒了一些素材。在无休止的加班中，我的职业生涯，也迈入了一个更高的台阶，正式成为了一名项目经理。在高兴之余，回顾多年来的经历，不禁感慨唏嘘。有时候，当我静下心来喝杯下午茶，总是不经意间想起过去的事情，非常怀念自己曾经的大学生活，遂往事重提，开始写作，想把自己的一些感情融入小说中，完成这部搁浅多年的创作。

这部小说的内容理所当然是虚构的，只不过看起来有点像真实的事情。总而言之，我喜欢写一些贴近现实的东西。如果一味地天马行空，阅读起来就不会有太多的感悟。正如小说的主题思想一样，主要描述了我们年轻时进入大学到毕业后四处工作的情形，反映了当代年轻人追求理想、爱情，实现人生价值的过程。当然，这个过程并不是一帆风顺的，期间包含了各种酸甜苦辣，也面临了诸多选择，但无论如何，我们总是会在自己的人生中殊途同归。

这部小说涉及的地点比较多，讲述的故事也基本上是彼此间都有联系，并且跨越了很多年。因此，这部小说陆陆续续写了几年。最近，当小说完成之时，我的第一感觉是轻松了很多，看着自己能写出一部长篇小说来，也是令人自豪的事情。但至于写得怎么样，我个人只能说是基本满意，具体的评价还是要看读者了。同时，也欢迎大家跟我交流。

感谢自己多年以来的坚持，不但让这部小说得以完成，还让自己的职业生涯达到了一个令人满意的程度。感谢大学舍友，是你们陪伴了我四年，带给了我很多欢声笑语。感谢身边的朋友，是你们的鼓励让我有了坚持的动力。感谢这些年来合作过的同事，在你们的帮助下，我的技术水平提升很快。感谢家人，一直以来给了我很多的支持。

正如书中所言，所有的故事到了最后都会殊途同归。在生活中，我们没必要计较太多细小的得失，保持一种淡然的心境即可。青春，繁花似锦，却短暂易逝，值得怀念。不论自己年龄如何，始终要保持一颗年轻的心，向着自己的理想前进，这是我们每个人存在的意义。人生如白驹过隙，看透了就要更加珍惜自己的时间，在有限的时间里，做一些想做的事情。

最后，祝愿读者们都能身体健康，事业有成。在这个最好的时代，像格桑花迎着太阳一样美丽地绽放。

王　波

目 录 contents

第一章　新来的菜鸟

在没有上大学之前，我自私地认为我的人生一直是被别人牵着鼻子走的。于是，我一直隐忍不发，从小学到初中再到高中，我忍了很多年了。在收到西安文化大学的录取通知书后，我惊喜若狂。

忍了这么多年，可总算没有白费。虽然，我的高考成绩只有500分，却还是考入了大学，尽管是一座普通的二本。我守在路边，想着去一个好地方庆祝，可我在张掖市生活了这么多年，竟然发现无处可去？我站在路边，像一个迷茫的孩子，发呆地看着远方。

这时候，有一辆黄包车过来了，车夫笑着说：“小伙子，去哪？”我回过神来，看着眼前这个中年男人，他身体强壮，皮肤是那种典型的黝黑，双脚停在踏板上。

“哦，我在等人，谢谢。”又过了几分钟，还是没有地方可去，真是可恶！还是回家吧，我拦下一辆出租车，飞快地疾驰。

未来，就在不久的眼前了。大学，会带给我什么改变？我并不知道。我所关心的，只是逃离这里，很大程度上，我并不明白自己想要的是什么。

开学的第一天。清晨，新生都被叫到礼堂接受学校领导的训示，会场很喧闹，我只能安静地坐在一个角落里，感受周围的一切。

“这领导真啰唆，还有完没完啊？”旁边的哥们对我说。

“其实他也是闲得没事，在台上自我陶醉呢，下面根本没人愿意听。”我调侃地说了几句。

“哈哈，你说的有道理。你看看他，一边讲话，还一边做各种夸张的动作，生怕我们不知道大学里该注意些什么？”那哥们很认同我的话。

“呵呵。”我冷冷地笑着。

这是我在大学认识的第一个朋友。他叫小洲，喜欢安静，也喜欢热闹。

会场依然那么吵闹，乱糟糟的，一直持续到了下午四点才结束。新生一哄而散地奔向餐厅，像是一群饥饿的动物。我和小洲在文大的三号餐厅里，随便点了顿饭，边吃边聊。讨论的话题，无非就是你家乡是哪的？你家乡有什么好玩的？在文大你想要干些什么？

我看看表，快五点了。

“小洲，我还有事，你接着吃啊，改天再聊。”

“你去哪？”

“回宿舍。”

“好吧，那你先回去，我想在餐厅逛逛，看还有没有什么好吃的，买点带回去。”

“哦，好吧。”

真是个吃货，我在心里忍不住骂他。

走出餐厅，傍晚熹微的阳光顺势挨着我的脸颊，温暖洒在身上，给人一种特别舒服的感觉。我看见很多人在操场上打篮球，驻足观看的，奔跑着的，运动的大学生。这时，我想起了前两天忙碌的场景，又是报名、又是买生活用品、又是整理宿舍。可不是吗？之前的忙碌完全是为了今天的安逸。

101 宿舍里，大伙儿都在，一共六个人，笑话正精彩，看来我来得稍微迟了点。

“各位同学！都做个自我介绍吧，大家能在大一就住在一起，也算是缘分。”来自山西的朋友理直气壮地说。

“我叫陈旗，家是辽宁沈阳的，那地方不错，我人比较豪爽！以后兄弟们有什么事就找好了，我一定帮忙！”坐在床铺上抽烟的男人说。

“我叫阿泽，出生在一个贫苦的农民家庭，我是陕北人，希望大家多照顾我。”他声音低沉，很普通的那种，但自我介绍的时候就特意说自己出身贫苦，这是几个意思？难道是他家里很有钱？是故意伪装成穷人？

“超凡！叫我超哥就行了。”超哥声音洪亮，给人一种自信的感觉。单从姓名来看，李超凡？那也是非常有气势的。

“大家好！能和大家相聚实在是一种难得的缘分，真的！从上高中开始我就一直梦想着大学，如今走进了大学的怀抱，一切都是崭新的。看那闪亮的教学楼，舒适的宿舍，我实在不能抑制我内心的激动心情。噢吼！其实我的想法很简单，就是在大学里认真地学习，跟各位老师同学建立深厚的友谊，然后在一片群芳锦绣中找到一份……”

“行了！你还有完没完啊，现在就是领导讲话也要限制时间，看看你，像什么样子，一点都不给别人机会，你当这是自己的表演秀啊！”作为这次活动的主持，山西人匆忙地打断了曲排的深情演说。曲排本身就是陕西人，介绍自己的时候，说的陕西话，但可以听懂。其实，我们这届的新生，大多都认识曲排，关键是这哥们太喜欢表现自己了。为什么叫曲排呢？那是因为他好表现，军训的时候，非要主动请缨当排长，然而连长也答应了。这个称号，就一直流传了下来。他本名叫曲直，人也不错。曲排是个理想主义者，这种人会在理想的光辉下不断地前进，但遇见挫折呢？谁会知道？

“呃，我看看，还剩下一位同学没有介绍自己。喂，新来的，就是你，不要沉思了，请你暂时放下脑中的工作，来介绍一下自己好吗？只需要短短的一分钟。看看你，不要整天一副若有所思的样子，大学就是该充满朝气，你应该多向曲排学习。”

我瞅了曲排一眼，他大大咧咧地坐在那里，表情怡然自得。

“那个是自然，曲排人家是排长，我一定向他学习。”

“咳！得了，还排长呢，军训都完了。现在，我们得听这位赵大宿舍长的话了。”哦？原来赵磊是舍长了，看我这情报也太落后了。

“我叫张帆，来自张掖市。刚才看到大家做自我介绍，显然都很有爱，我挺喜欢这样的气氛！我相信我们可以一起快乐地走过大学的这四年，就算分开了也会保持联络，朋友是一辈子的，我不会抛弃你们，相信你们也不会离开我。”

真感人！大家嘴上笑着，心里都快哭了。

“能不能别乱煽情，这才刚开始，怎么就说结束呢？你看看外面，天气那么晴朗，不要说这些悲伤的话题，咱们离毕业还早着呢。”主持人没好气地说。

“大家都介绍完了，也请宿舍长大人自我介绍吧，在座的恐怕还有不认识你的吧？”陈旗说。

“好吧，我叫赵磊，一个很普通的名字。那天，楼管看我这人比较老实，又有责任心，就让我当舍长了，以后兄弟们需要夜不归宿的，我可以罩着你们呐！”

这个新人介绍会算是完了，大家也都安静了，坐在自己的那块位置，百无聊赖地倒腾着手机。这是进入大学以来，我跟宿舍兄弟们的第一次对话。

过了一会，曲排示意我出去抽烟。

我俩来到楼道里，曲排说：“今天真不走运，买的彩票一注也没中！”

我不明觉厉，“就算中了又能怎么样？无非是 5 块，10 块的，没用啊？”

曲排吸了一口，深沉地说：“这你就不懂了吧，玩彩票是有学问的，我经常研究好几个小时，会得出一些种子号码，以前我可是中过 5000 块的。”

我不想思考真假，但由衷地敬佩，“好吧，如果你最后能中 500 万，兄弟们都能跟着你混了。”

曲排说：“行呀！你先借我 100 元，等中了还你 1000。”

我懒得跟他争辩，“我只有 50，你也别还我 500 了，下次多请我吃两顿饭就行了。”

曲排一下高兴了，“好！一言为定，中了请你吃几百顿都没关系。”

整个晚上，宿舍里就是东拉西扯，要么说自己的光荣事迹，要么说自己的黑历史。说着说着，就熄灯了。过了几分钟，话多的人也闭嘴了。

天空格外晴朗，大家都宅在宿舍里，没有出去。所谓酒足饭饱，没事的时候就抽几支烟，面对大学宽松的环境，还指望我们做什么呢？在没有上大学之前，每天的生活除了学习就是休息，连一点自主的时间都没有。到了大学，就像是放羊了，一下子回到了一种难以说清的状态，或许，这才是生活的本质吧，生活本就应该是这样闲暇无聊。

曲直和赵磊这两个最活跃的同学，起初闹得挺有劲的，也渐渐被这大学校园里的微风熏醉了，有气无力地趴在桌子上，不知道在忙些什么。

“这日子真是平静啊。”曲直说。

“这日子真是无聊啊。”赵磊说。

“你们这是？总得找点有意义的事情做吗？你们不是天天把大学生活很美好挂在嘴边吗？怎么都失去兴趣了？”陈旗一边玩着游戏，一边调侃。

“我说，咱们都不像你那样有钱啊？刚来大学没几天，就大手一挥，8000 块大洋出去了，买了一台全新的笔记本。这如今，你倒是有了兴趣爱好了，整天打澄海 3C。”李超凡阴阳怪气地嘲讽。

“啊，呵呵。啊，哈哈。”陈旗不由自主地笑了。

“那你们可不赶紧去找个女朋友啊？这样也能把你们从万恶的大学生活中解救出来？”陈旗接着说。

“哎，我们哪像你啊，典型的高富帅，不但大手一挥买了电脑，连女朋友都从东北带过来了，貌似你为了这大学生活准备充分啊。”阿泽总算是说了句话。

陈旗这小子，刚来就有了女朋友，这才没几天，就见女朋友站在 8 号楼下给他送饭，等他一起出去玩呢。我们在自叹不如的情况下，纷纷摇头。最后，还是陈旗怕打击到我们，主动承认了，这女朋友啊，是从小长大的青梅竹马。

这样最好了，大家都松了一口气。既然，你那么厉害，就不要和我们这些屌丝们抢大学的妹子了。

我走到陈旗跟前，用手摸了摸这台苹果电脑，又摸了摸桌子上的苹果手机。

“啧啧啧，以前我还说自己挺富呢，没想到，真正的有钱人在这里。笔记本苹果的，连手机也是苹果 4S。要我说，大款，你不如帮我们宿舍里每人买一台电脑得了，我们也好联机和你打魔兽啊？成不成？”我奸笑着说。

“去你的，你们呐，要是把自己平时挥霍的钱省一省，跑去二手市场逛逛，什么样的电脑买不到？伟大的领袖毛主席说过，自己动手，丰衣足食。”陈旗说。

“省钱？二手的？”李超凡自言自语，然后，抓了抓阿泽的肩膀，俩人凑一起算计去了。

“哼！看你们这熊样，我曲直就不信了，没有电脑，我活不了？我就找不到对象？找不到人生的追求了？我堂堂文大的高才生，要靠电脑来拯救自己？”曲直撂下狠话，把门一甩，拂袖而去。

我见大家都开始忙碌了，寻思着也该找些事情做，就出门去了。我走出宿舍楼，沿着马路往前走。其实，我从心底里是认同曲直说的话的，并不是因为我高傲，我只是觉得，拿电脑来玩游戏，当作业余可以，怎么能当作大学生活的主业呢？而且，我们还可以用电脑来学习不是？既然，你们决定要堕落，我就选择一条不同的道路。当然，不能像曲直那样迷恋彩票，把买彩票，当暴发户，当作自己大学期间的追求。

这天气真是好，我站在操场的护栏旁边，用手扶着铁质的护栏。

“哎呀，你怎么搞的，又把球扣飞了！”我循声望去，看到几个女生正在打羽毛球。她们非常活泼，笑声跟那银铃似的。这时候，我见一个黄色的羽毛球顺着我的视线飞过来，撞到了护栏上，有一个女生紧随着跑过来。

羽毛球没有直接从护栏的缝隙飞出去，而是撞击到了护栏。在承受了撞击之后，掉到了地上，硬是跑到了我的脚下。那女生走到我跟前，有点不好意思地说：“这位同学，拜托你帮我捡一下球？”

我这才回过神来，认真观察了下对方，这位女同学身高一米六八，穿着一件白色的T恤，牛仔裤上有一两个破洞，不知道是没有缝补，还是走的是欧美乞丐路线？这年头，你绝不能说一个人身上的衣服有破洞，就断定此人很穷，否则有可能会被评判为不懂时尚，从农村出来的乡巴佬。

我俯身捡起球，小心翼翼地放在了女生的手掌中。

“拿好咯，我可不是你的球童。”

“哦，谢谢。”对方有点莫名其妙。

我站在原地，看着他们打羽毛球。忽然，我脑袋灵光一闪，对！就是这样。我赶紧跑回宿舍，换了一身运动套装，一本正经地走进了操场。是的，我要当一个运动青年，就从现在开始。

我跟这群人混在一起打羽毛球，一打就是几个钟头。在满头大汗之余，我空虚的心灵感到了充实。

“差不多了，今天就这样吧，大家明天见哦，还是这个场地。”刚才那个女生说。

“好的，今天大家进步都很多！”一个身材高大的、留着莫西干发型的男生说。

“是啊，今天努力了这么久，相信比赛肯定不会输。”其余人纷纷这样说。

明天见？比赛？这什么鬼？我心里嘀咕着，还没等我问，他们一行人就走了，把我一个人留在原地，只见刚才那个女生冲我回头一笑，消失在了人群中。

我没好气的样子，明明今天过得不错，却因为没有合群而感到不爽。我低着头往前走，到了操场的门口。

“嗨！这不是张帆吗？真是很巧呢，在这里遇见你。”我抬头一看，这不正是那天开学典礼认识的小洲吗？

“小洲，你好。”

“嗯，我给你介绍下，这位是我们书法协会的才女杜嫣然。”小洲指着旁边的女生说。

“你好。我叫张帆。”我再一次愣住了，好像我周围的人全部都是三五成群，只有我自己成了独行侠。什么？书法协会？才女？这又是什么鬼？我陷入了沉思。

“咳！咱们不要在这里干站着了，气氛多尴尬！张帆，一起去吃饭吧。”小洲说。

“好，好啊，我正好运动了一下午呢。”

我们三人来到了餐厅，小洲大概想在这位才女面前表现自己，就主动承包了大家的晚饭，我欣然接受。这么好的事情，我不接受一是对不起他，二是对不起自己。三碗热气腾腾的盖浇饭上桌了，我等不及了，率先开吃。他俩看着我狼吞虎咽的样子，嘻嘻笑了。

“你们笑什么？”我吃了几口，压了压胃中的饥饿感。

“哈哈，没什么，你是几天没吃饭了？是不是伙食费不够了？”小洲说。

“哪有？这不，今天跟几个人在那里打羽毛球，累了。”

“呃？看来，你是运动健将啊？”杜嫣然说。

“我不是，只不过闲着无聊。”我如实说。

“那你最近怎么样？在大学里过得开心吧？”小洲关心地问。

我停顿下来，放下碗筷，点上了一支烟，抽了几口。

“这么说吧，兄弟我陷入了一种怪圈，我记得我上高中的时候，虽然不是什么十佳少年，但也绝对是班上的知名人士，班里的人都围着我转，我哪有闲暇的时候？可到了大学，不知道怎么回事？我始终是一个人。”

小洲沉默了一会说，“大学跟高中是不一样的，这里就是一个小社会，你想要什么，都要自己去争取！比如，你想过得快乐，就要想办法寻找到快乐的办法。这么跟你说吧，你可以加入社团，我们这个书法社团也可以啊，只要你愿意来，我这会就能同意你加入。”

“难不成，你是社长啊？”我对小洲刮目相看。

“哈哈，我不是社长，不过，我是部长啊。”

“行，那好，我加入。”

“哦，耶！恭喜你，又拉到了一个名额。”

回到宿舍，我就开始炫耀自己的成果了。什么今天加入了书法协会，明天要加入羽毛球协会。大家都一个劲地恭喜我，还夸赞我有门路，纷纷表示要入会。谁知道真假，不过我还真入戏了。可以，既然你们想来，先通过我这一关，我再把你们推荐给部长。大家你一句，我一句的说个没玩，李超凡按捺不住了。

“张教主仙福永享，张教主寿与天齐。”他这一带头，好家伙，大家也都跟着起哄。

“张教主仙福永享，张教主寿与天齐。”我说，你们咋都不去死呢。

这时候，曲直神色匆忙地闯进宿舍，赶紧跑到自己的桌前，拿支笔刷刷刷地写下了几个字。正当大家诧异的时候，曲直仰天长笑。

“人人笑我颠，我笑他们看不穿。”

“你这是怎么了？”赵磊作为宿舍长，关心地问。

“你们不用为我担心，我今天中了 500 块。在西安逛了一天，车子和房子都看好了，就等下次彩票开奖了。这不，我刚刚分析出了一组号码，明天就去买。”

“啧啧，中毒不轻。”连阿泽都看不下去了。

“曲直啊，你既然中了500块，那欠我的100块呢？还要不要还了？我最近手头紧。”我故意调侃一下。

“喂，你之前不是说，不用还了吗？等我过几天中500万了还你1万行不？不要为区区100元损失了1万元。”曲直显然入戏了，我不再理会。

“这样吧，既然我欠你一个人情，就帮你一次。据可靠消息，今天晚上自习，导员要开始选班干部了，你说吧，你想要什么官职，到时候我带头起哄支持你。”曲直说。

还真有这回事啊？既然，我决定要在大学好好混了，何不弄个一官半职？

“那学习委员吧。”

“成，没有问题，你等着吧，今晚让你如愿以偿。”

晚自习开始了，同学们这次来得很早很齐。导员走上讲台。

“同学们，关于大学生活的种种，我就不再细说了，相信这些天，有人给你们醍醐贯耳，也有人给你们旁敲侧击。总之，大学生活很美好，但我们这个班级，仍然要有荣誉心，仍然要把学习搞上去，这是为你们自己负责，多学习点知识总不是坏事。”

“好耶！”大家开始鼓掌。

“今天，我们来选班干部，可以提名，也可以毛遂自荐。”

“首先，班长这个人选？大家有没有什么建议？”导员似乎很期待。

“我来。”一个身材健硕的男生站起来，向讲台走去。

“哇塞！好拉风啊！”一群女生开始起哄。

“这！这怎么可能？不能这样吧，风头全被他抢走了，我这个学习委员的脸面往哪搁？”我心里一阵不爽。

“easy！ easy！”陈旗满不在乎，“这些都是小角色，你激动什么？”

“班长？这还是小角色呢？那我的学习委员，可就什么都不是咯。”

“我是说，他在你人生当中是一个小角色，他当班长又能怎么样？碍着你当学习委员了吗？他受欢迎又怎么样？碍着你谈女朋友了吗？他在你人生中只是一个小角色，是因为你不用把他放在心上，随着漫漫的时间长河，他自然会消散到九霄云外。”

“我去！”陈旗似乎说得很有道理，我竟无言以对。

“同学们，我叫张伟，由我担任班长，一定会给大家带来一个稳定的学习氛围。在我担任班长期间，一定会带领我们计科 A3 班走向荣耀的顶峰。”

“说得好，我就喜欢这样的自信的人，由他来担任班长，那我这个导员身上的担子就轻了很多了。”导员笑得乐开了花，不停地拍着张伟的宽阔的肩膀。

“什么，张伟？我有小学同学叫张伟。”

“就是！怎么哪里都有叫张伟的？”底下有人在犯嘀咕。

“呃，下面是学习委员的评选，有合适的人选吗？”导员平静地说。

“张帆！张帆！张帆！”曲直这个内应开始发力了，算他还言而有信，没有忽悠我。

“张帆是谁？张帆是哪个啊？”底下的人并没有跟着起哄，而是窸窣低语。

我有点发愁，是自己站出去，还是静观其变？

“张帆就是那天打篮球的运动少年！”曲直大声说。

“哦，原来他就是张帆啊，这个人不简单啊，可以直接跳起来扣篮。”

“张帆！张帆！张帆！”底下的人终于跟着起哄了。

这时候，我风光满面地走上了讲台。

“同学们，我叫张帆，我从上学开始，就一直在班里名列前茅，在我努力学习的时候，我也经常帮助别人学习。这个传统，我从初中带到高中，到了现在，我又把它从高中带到大学啦，希望大家相信我。多读书，少吃零食，是我的学习箴言。”

显然，大家还在质疑我的身高，质疑我是不是在那天篮球比赛中做到了扣篮？但明显的，我最后一句话，把他们逗乐了。这样一来，我如愿以偿地当上了学习委员。可是，当真正的运动少年，也就是那天扣篮的王超出场时，大家却被弄得不知所措。

“咳！又是一个叫王超的，我初中同学也叫王超。”阿泽说。

“这是中国的普遍现象了。所以说，当你听到一个叫张伟、王超、李娜的人中了500万的彩票，千万不要相信他是你同学。对不对，曲直？”李超凡讪笑着说。

“谁要他们中彩票，我只相信自己的实力。”曲直不服气地说。

“可明天就要开奖了，我看你怎么一脸没有信心的样子？”李超凡继续补刀。

“哼！”曲排溜出了教室，在走廊里的某个黑暗角落，一边玩起手机一边抽烟去了。

虽然，我担任了学习委员，也加入了不少社团。可我的生活，似乎仍然处在一种不平稳的状态。有时候，我感觉自己很充实，有时候，又感觉自己莫名其妙的空虚。日子在一天一天地消耗中，大家似乎都找到了自己的归属，可我还是没有。

陈旗有笔记本，也有女朋友，变得勤奋起来，时不时地去图书馆。据说，他的目标是毕业后开一家公司，成为真正意义上的陈总。

赵磊这个宿舍长似乎也没什么正事，他要死要活的性格，决定了他不能像陈旗那样安稳。但是，他不喜欢外出，总把自己关在宿舍里闭门造车。比如，他想要成功，就研究那个卡耐基的成功学。我们跟他争辩，他又搬出了成功学始祖拿破仑希尔。这样，我们就更争辩不过了。按照他的话来说，成功是可以复制的。既然可以复制，就必须先研究成功的规律。

赵磊在学习之余，就醉心于成功学，一些文娱类的社团，他是没有兴趣参加的。据说，他只参加了一个成功协会，那个协会，就是专门研究成功的，大家三五成群坐在一起研究探讨，还偶然邀请校外的专家来学校讲座，那场面，热闹着呢。但是，每当活动结束的时候，难免需要谈论涉及钱的问题，赵磊就开始忽悠了，说什么今天没有付出？以后哪有回报？我们今天交了会费，明天就可以去人家的工厂里参观，了解到真正的工作是什么样的，总比你搞那些兼职好。当然，兼职也是我们提供的服务之一。

李超凡和阿泽这两对活宝总算是过到了自己想要的生活。他们俩凑了笔钱，又从家长那里要了点，去二手市场买了两台电脑，专门放在宿舍里打游戏。他们俩有时候在玩澄海 3C，但更多的时候，都在艾泽拉斯大陆。李超凡玩的战士，阿泽玩的法师，我经常见他俩组队去打卡拉赞。

曲直的彩票果然是没有中。自从他上次中了 500 元之后，好运似乎已经远离他了。接下来的日子，不管他怎么努力，也从来没有中过。他消瘦了很多，人也变得沉默寡言，好在他在班里认识了个女同学，目前正在热烈追求中。我想，他要是正经点也好，总之，不要拿什么彩票啊 500 万之类的去忽悠对方就行了。

对于我来说，我更多的还是在操场上打篮球，这应该算是一种宣泄吧。在高中的时候，我很喜欢篮球，特别迷恋《灌篮高手》，我所期待的大学生活，里面有一些场景确实跟这部动画片里挺像的，但更多的时候，都是大相径庭。

外面树木葱茏，枝桠在微风中晃悠着，重复单调的动作。操场那边像一个丛林，开着不知名的野花，长着绿油油的草地，有鸟儿在沙哑地鸣叫。这一切安静得让人困倦，闲适得让人发慌。

日子已经快到了深秋，不妨出去走走？这是我第一次走出校园，看着街道上车水马龙，有点不知所措。回想起高中的时候，那段日子特别紧张，我有个同学身体弱，不能晚自习到 10 点半，就辍学去上中专了。

他经常来找我，像我描述中专有多好，没有人管，自由自在，那不正和我现在的生活一样吗？那段日子，他经常拉着我去网吧，打一款叫作 CS 的游戏。我们关系很好，属于无话不谈的那种。我记得他的梦想，成为真正的 CS 职业玩家，闪耀全球。后来，他中专毕业，跟随学校外出务工的队伍去了深圳，不知道他过的怎么样了？

“喂！是阿飞吗？你在深圳过得怎么样？”

“哦，是张帆啊？我过得挺好的，每天就是上班、下班、吃饭、上网咯。你呢？”

“我考上了西安市文化大学，正在马路边抽烟呢，不知道干吗去，很无聊。”

“无聊就打 CS 呗，让我看看你的技术，长进了吗？”

“好吧，我这就去网吧，你在浩方开房等我。”

“OK。”

我走进学校对面的红树林，和阿飞打了一阵子CS。玩游戏之余，也向他吐了一肚子苦水，阿飞总是劝我，这些都是生活的本来面目，不但要学会接受，还要学会如何生活。两个小时后，阿飞下线了，说工厂里有点事，需要加班。而我呢？看着满屏幕的CF广告，也有点跃跃欲试了。

历史总是惊人的相似，以前我们迷恋论坛，后来有了QQ，那玩意就没人了。以前我们迷恋CS，现在有了CF，这游戏玩的人就少了。以前我们迷恋石器时代，后来就有了大话西游这些网游。我建了个局域网，和机器人打了一个小时的bloodstrike地图，后来，还真有人加入进来了，我踢走了机器人，开始专心作战。耳边不时会想起CounterTerroristWin，屏幕屏幕上显示出了Targetsuccessfully bombed。多么熟悉的感觉，和似曾相识的画面交叉在一起，怀念起过去那段令人难忘的时光。二十分钟以后，加进来的人都退完了，只有我一个人待在地图里。我傻乎乎地望着屏幕，一动不动。此时一阵心酸突然从心底袭来，眼泪似乎要在此刻留下来了。

后来，我竟然躺在沙发上睡着了。我想起了高中的时候，玩过一个叫作航海世纪的游戏，里面可以开个帆船，进行世界探索，还蛮有意思的。于是，我打开这个游戏，再一次一头扎进网游的世界。

第二章　吃出来的感情

我仍然坐在红树林的那台机子前，一直持续地发愣，脑袋里嗡嗡地响着，回忆曾经的事情，刚似乎要醒过来的样子，随着思想的一个转弯，又更加投入了，沉浸在曾经的回忆里无法自拔，不愿意面对现实，此刻就像一台回忆的机器。

“混账！你怎么还坐在沙发上，快给我起来。”旁边传来了网管的怒骂声，声音特别大。

我这才从那阵回忆的漩涡里慢慢苏醒，醒来后觉得脑袋发晕，下意识地用手敲打下脑袋，抚摸了几下。

“你骂我干什么，网管不是该有礼貌吗？”我质疑地问道。

“你看看你的机子，时间早就到了嘛，你还赖在这里不起来，刚开始的时候我就没有说你，让你坐在那里休息，可这会上机的人越来越多，你还霸占这个位置，要不是有个女孩，说要用这台机子，让我把你请起来，估计我都忘了这事了！”网管无奈地说，张开两只胳膊，耸了耸肩膀。

我看了下屏幕，机子早已经锁定了，赫然地显示着广告。噢，原来确实是这样的，不禁在心底感到抱歉，于是说：“哦，这样啊，确实是我的错，我刚才大概是睡着了，你也知道，大学生是很繁忙的……”说着，我很礼貌地站起来，看到那女孩就在网管旁边站着。

这个女孩留着卷发，有点可爱，身材纤细，但个子不高。我觉得愤恨、可恶，也意识到自己该去上晚自习了，看看表，进来时是下午四点，这会已经八点了，晚自习都开始有半小时了。我急忙往网吧外面走，路过那女孩时，我带着嘲谩地语气，略微低声地说：“你以后给我小心点，可别再让我看到你！”虽然明白是自己的错，但被人揭错的感觉很不爽，尤其是还被网管骂，都因为这个女孩，如果不是她，自己也许会慢慢醒来，照样还是去上晚自习。这女孩倒是不紧不慢，毫不在意地说：“好啊，你以后可一定不会看到我的。”然后，她就悠闲地坐到了那个沙发上玩起了游戏。我望了她一眼，突然觉得心底触电，切！怎么可能，我不是这样的人！我赶快向网吧外面逃去。

一路上风雨无阻，我很快跑到了信工院的计科 A3 班，这时候班里已经是人山人海，热浪沸腾了。我见没有位置坐，就坐到了最后一排，这也是我一直以来的习惯嘛。

我又想起刚才的事，哎！想自己年方 20 了，竟然一事无成，不禁怅然，该得到的尚未得到，该失去的早已经失去，这是谁的诗来着，是海子的吗？我不确定，但我能确定那句面朝大海，春暖花开是他的。呵！真是操蛋的人生，让我怎么说好。

同学们都在忙着交流，像一群叽叽喳喳的麻雀，但也有极个别的人在认真学习。看到这里，我似乎才猛然记起自己学习委员的职务，想要说些什么，却欲言又止。

“大家都安静些，今天的晚自习，没有特别的要求，各干各的事，但都要学习。谁哪门功课不好，就去找学习委员，等等，学习委员呢？”班长站在讲台上，拿着尺子啪啪地敲着桌子。

“I'm here！我今天特地坐到最后一排，来为大家辅导功课，以免吵到别人，谁需要辅导，就悄悄地过来，坐到我旁边，我提供一对一的服务。”还好哥的口才好。

这时，一个男生走过来，坐到了我旁边。

“张帆，这篇文言文，我实在看不懂，帮我翻译下？”

你这是要听故事啊？我心里咒骂道。

“好啊，没问题，你看啊，这句的意思，就是……”过了十来分钟，我总算是送走了自己的第一个顾客。

“张帆，这道题怎么算啊？我高数不行，呜呜呜。”一个女生坐到了我旁边，我下意识地翻了翻她的书，才发现她叫张婷。

“咦？咱俩名字很像啊。”

“是啊，所以，你更要给我认真讲啊，我可不能拖你后腿。”

“嗯，包在我身上。”

在接连送走了几个客户之后，我虽然没有学习，但也算是学习。今天总算是熬过去了，这学习委员的差事，还真是累人，不过，我也从中感到了一种舒心的感觉。

宿舍的局势还就是那样。陈旗是个已婚男人，赵磊貌似跟一个女孩谈起了恋爱，曲直似乎放慢了脚步，开始研究股市了。李超凡和阿泽两人还是在下副本，天天骂血色修道院的狗男女，他们自己不谈恋爱，还骂人家NPC。貌似，只剩下我了耶。老实说，我对爱情并不排斥，只是，没有遇见合适的。

今天，阳光灿烂，暖风和煦，又到周末了。我先在餐厅里吃完了早饭，口袋里没有钱了，只能随便吃一点，就去了网吧打发时间，因为上次在红树林遇见了那个女孩，就是举报我在座位上睡觉的人，我很反感，所以我不再去红树林，这次去了小蚂蚁。

这个网吧据说和红树林一样，在陕西这边很流行，是连锁的，机子倒不怎么样，但人气很旺。当然这都是无所谓的事情，只要让我上网，有舒适的体验即可，我来到二楼，挑了一个里面的机子坐下，视频什么的都很烂，我也懒得去用，反正出来的画面都要吓到自己。

这会是早上9点，按理说在高中时是大好的学习时光，往事真令人回味，但又显得心酸，没办法，时间是把残酷的刀，总要割破心灵。我想了一会，决定不想了，随便打几个游戏，网络的、单机的诸如此类。

我的脑袋很空，思想也很混沌，我不知道自己在大学应该做什么？曾经期待的东西，今天到手了，但又怎么样，生活还是这般的空虚无聊，我有点愤愠、不平。抽了几根烟，弹了几次烟灰，我突然觉得自己像是迷路的动物，找不到方向，而网络，只是让我觉得暂时沉沦，解决不了本质的问题，所以我上一会就不知所以了。

当我下楼要离开的时候，一个熟悉的身影被我发现了，正是那天的那个女孩，举报我的那个，真是无语。我狠下心来，想为难一下她，可是脑子里又想离开，什么别管她了之类的，可是想法归想法，我的动作却下意识到做出来了，我见她坐在走道旁边的沙发上，正安静地玩呢，就讪笑着说："你玩什么呢啊，美女，今天没有找别人麻烦吧？"

她显然没注意到，抬头看我，露出了惊讶的表情，"是你啊，你怎么在这？"

我听了不太满意，"怎么啦，这地方只准你来，难道我不能在这吗？”

她简单地笑了下说：“没有，只是太巧了，咱俩上次不是见过吗？当初，你威胁我，我有点后怕，所以就不去红树林了。”

“@#￥%，都怪我！我今天也是犯贱啊，竟然……我和她怎么想到一块去了，莫不是传说中的心有灵犀？”我嘀咕着。

“那天，虽然是你的不对，但我也没想到网管会出言不逊，弱弱地跟你说句对不起哦。”

“成啊，不打不相识啊！”我习惯性地说了句台词。

“那青山不改，绿水长流了？”她也开始说台词。

“嗯，这样吧，我正好肚子饿了，要去吃饭，你去不？”

“我？你要请客我才去呢。”

“请就请，一顿饭而已。”

“好，恭敬不如从命。”

我俩在路上走着。学校对面是一个城中村，所谓城中村，就是城市里面的村子。因为学校的原因，带动了这里的经济发展，致使这里到处是餐厅、旅馆、网吧等。文大对面的这个城中村叫作Y寨，这毫不奇怪，与之类似的还有X寨，T村之类的，会不会有清风寨？黑风寨呢？那就不得而知了。

“还没请教尊姓大名呢？”女孩说。

“张帆。”

“赵玲栎。”

“果然，书香门第出来的大家闺秀，就是不一样啊。”我由衷地赞叹。

“哪不一样啦？我有三只眼睛？”赵玲栎一脸茫然。

“哈哈，那倒不是，只是你的名字很特别，我喜欢，太喜欢了。”

“噫！”

我此时才注意到赵玲栎的打扮，特别惊艳。她穿着一件墨绿色的长衫，一双打底裤，肩上背着个淡黄色的挎包。可能是我太老土了吧，或者是情人眼里出西施，这个打扮很正常，就跟之前遇见的那个欧美乞丐一样，可我就是觉得好看。

我俩走了一会，赵玲栎大概是走累了，或者发觉气氛不对，就停到了一家叫作野蔷薇的餐馆旁边。

“你怎么不走了？”

“呃，走累了呗，咱俩吃什么？”

“随便。”

“随便这道菜，可是最难点的，今天你请客，就来点特色的吧。”

“好啊，特色的，有！红烧大虾，野鸡炖蘑菇，巫山烤全鱼……”我一边说，一边摸摸自己的口袋，坏事了，今天忘带钱包了，都怪昨天睡得太晚，脑袋昏涨。我缓慢地看了下赵玲栎期待的眼神。

“哎呀，有了，有了，来西安怎么能不吃个肉夹馍呢？”

“可你刚才不是说……”

“你范二呀？我刚才说的，是满汉全席里的特色，来西安，自然要吃陕西特色，如果你哪天来甘肃的话，我请你吃正宗的牛肉面，加俩蛋。”

“@# ￥%。”

总归是第一次吃饭，就算寒碜点，也能过得去。我在野蔷薇餐馆的前面，请卖肉夹馍的师傅做了两个馍。

“多加点腊汁啊。”我再三叮嘱。

回到宿舍，我立马公开宣布，你们的帆哥我恋爱了。

舍友们很不解，纷纷要求我讲述整个事情经过，我如实描述起来。

“总之啊，这就是天意。”

“如果，一切都是天意，一切都是命运，谁也逃不离。”我哼起来了。

“你咋不不去死捏？”赵磊说。

“咋啦，好好的，干吗这么激动？”我不解。

“我如实说，你请人家吃肉夹馍太 low 了，不信你问问旗哥。”赵磊略有匆忙地说。

“旗哥，请吃肉夹馍真的很 low 吗？”我虚心请教，生怕错过了什么。

“哦，是有点，但出其不意。兵法讲究，以正攻，以奇胜。帆儿，说不定你这招有意想不到的收获呢。”陈旗说。

“那我接下来怎么办呢？军师。”

“以静制动，静观其变。”陈旗胸有成竹地说。

我走出8号楼，坐在操场的长椅上，看着远方的夕阳。我的人生，是不是即将发生改变？爱情，来得突然，但也满含心酸。过去的那些事情，不正是折磨吗？想到这里，我唏嘘不已，我用手摸摸旁边，似乎赵玲栎就坐在身旁。

天黑了，这是我大学生活中极其平凡的一天。所谓不同的地方，只不过心里多了一个人而已。隔了几天，我一直在琢磨陈旗那句“以静制动，静观其变的话”，于是我并没有主动联系赵玲栎。突然，赵玲栎打电话给我。

“张帆，快要考试了，我高数很差，你能帮我辅导一下吗？”

“好啊，我本来就是学习委员，辅导别人那是我的长处。”

“那明天下午，图书馆见。”

“OK。”

我回到宿舍，想着明天该怎么见赵玲栎？我得从长计议，不放过任何一个细节。我寻思着，既然是辅导功课，当辅助的话，那我就应该出辅助装。日炎斗篷肯定是不行的，会伤害到身边的人。

于是，我穿了一件衬衫，一件干净整洁的牛仔裤，一双擦得锃亮的皮鞋。我俩一直学习到了深夜。

“好饿，我们去吃饭吧，今天我请你，礼尚往来。”赵玲栎伸着懒腰说。

“可以啊，咱们去哪吃，今天你坐庄，你来决定。”我心里很高兴。这次不但帮人辅导功课，还是自己喜欢的人。

“野蔷薇餐馆吧。”

“还是之前那个？”

“对啊，之前我们是站在外面吃肉夹馍，这次，我们进去吃。”

“好啊。”

那天晚上，回来的时候，我趁机抓了下她的手，见她没有什么异样的表情。于是，我就紧紧抓住了。总体上来说，我和赵玲栎属于那种都有儒雅气质的人，喜欢礼尚往来，今天我请你一顿，明天你请我一顿，这样一来二去，就建立起来了一种奇怪的关系。虽然，恋爱不是请客吃饭，但请客吃饭是恋爱的一个过程。

说到底，大家还是都有了女朋友。只是，李超凡和阿泽都在魔兽世界里找到了女朋友。虽然，剧情并不像我所期待的那样，他俩一个玩男号一个玩女号，这样不就什么都解决了吗？所谓人逢喜事精神爽，不喝几杯怎么行？

今天，陈旗请客，把我们拉到了学校附近的东北餐厅，要让我们品尝正宗的东北菜。当然，不喝酒是不行的。我们都在文大，都在一个班，又都在一个宿舍，这种情况本来就很好。以前，一直没有机会好好庆祝，这次有了。

陈旗坐庄，自己点了几个菜，就让我们点。李超凡和阿泽都是拣好的贵的点，按他俩的话来说，终于有机会吃陈总的了，以前看着他的苹果手机，都想吞一口，这次，总算逮到机会了。

大家一边吃饭，一边喝酒，一边聊自己想说的话题。比如，导员跟张伟的八卦，生活委员跟小竹子的恋情。生活委员长得很胖，我们就叫他熊猫，他喜欢的那个女生又很瘦小，我们就叫她小竹子。

“来来来，大家举杯，我们一起住了这么久，今天终于有机会一起吃饭了。喝！大家一起干了这杯。”陈旗站起来说。

“好！”我们都站起来，一饮而尽。

酒足饭饱后，我们乘着深秋的晚风，晃晃悠悠地走进了 8 号楼 101 宿舍。大家都躺在床上，一边玩手机一边瞎聊。

“咳！我记得我小时候可怕冷了，东北那天气，到了晚上，那可是北风呼呼地刮啊。”在走了一阵子夜路之后，陈旗不禁感慨良多。

“我来这里上学，总之，特别感谢我父母，没有他们在拼搏，哪有我的现在？”陈旗接着感慨。

“是啊，谁言寸草心，报得三春晖？这一点我深有感触，虽然，我家并不富裕，但也不穷，我是陕北的，记得我来西安上学的时候，父母就一直叮嘱啊，说阿泽啊，到了西安一定要注意安全，一定要保重身体，还特意把衣服都缝了一下，怕到这边破了。”

“临行密密缝，意恐迟迟归。”我也念叨起了诗词。

“我其实挺想家的……”其实，大家都想家了。

舍友们哭闹了一会，都清醒了些，开始说有趣的事情。

陈旗说：“我记得我上高中那会，最喜欢玩石器时代了，那是我玩的第一个网游，你们谁玩过没？”

我说：“玩过呀，我当时还注册了一个号，感觉操作倒不难，就是没时间去练级。后来，我那个上中专的哥们阿飞，就硬拽着我去玩CS了。”

这下倒是把大家兴趣提起来了。

李超凡和阿泽说：“我俩之前就聊过这个话题，那时候网游其实挺多的，我们还玩过骑士、传奇、万王之王这些。”

赵磊按捺不住了，“你们啊，就知道玩游戏，我那时候可是泡论坛的高手。当时，我特别喜欢那个阿杜，就去网上搜他的新闻，意外发现了一个阿杜全球中文网，我当时那个激动啊，就赶紧注册了。后来，还混了个版主。”

曲直说：“再后来呢？”

赵磊说：“再后来啊，那个论坛没经费了，倒闭了，我就去百度贴吧玩了。当时，那个游吧挺火的，就是跑一个贴吧，输入一段特别有意思的话，再接着去另一个贴吧。我当时游了好久，都成为名人了。”说到这里，赵磊开始得意起来。

“哟！那你咋又不游了呢？”曲直说。

“咳，没意思了，人总是要干正事的，只不过，我以前把游吧泡论坛当正事了。当然，这也不能怪我，我当时申请了那个阿杜贴吧的吧主，被百度批准了，我以为会给发工资，就跷课去管理贴吧。哪知道到后来，毛都没有。我记得，当时最有意思的一个ID叫做陈胜爱上吴广，妈呀，简直笑死宝宝了。更可笑的是，后来还有人模仿他，起了个什么刘邦爱上项羽。”

“哈哈哈。”大家哄笑起来。

“那么你呢？曲直？你那段时间在干吗？”

“我啊，聊天啊，我第一个网名就叫做曲颈向天歌。”

“@#￥%。”

“还真别说，那个网名很个性，比什么追风少年、轻舞飞扬、水晶葡萄的好多了，找我聊天的人可多了，全国各地都有人加我。我当时那个自豪啊。记得有一次，我和一个叫做魔鬼剑圣的人聊得很high，这人也是陕西的，很早就去江苏那边打工了，说到去外地打工，我一下子肃然起敬，崇拜之情油然而生。”

“我和他聊到了晚上一点多，还开了视频。后来，魔鬼剑圣因为打工不顺的原因，回到了陕西，我还亲自去火车站接到了他。他递给了我一支烟，我们热情地聊了很多。当时，有个叫做狂拽龙少的在网上肆无忌惮，很是嚣张，和我聊了几次，都尽说些吹牛的话，还动不动侮辱我。我说自己混得好，经常打群架，他竟然不相信，还不停地嘲笑我。

于是，我和魔鬼剑圣决定找到他。我们挨个寻找，终于在一个网吧的角落里找到了狂拽龙少。这家伙身高一米六三，一头非主流刺猬头，还挂个十字架吊坠，显得他跟耶稣有着一种特殊的关系。那刘海直接垂到眼睛上，遮挡了视线，以至于我们都到他跟前了，他还在跟别人对骂。我们拖起狂拽龙少就出了网吧，在楼道里一阵狂揍。

这时候，一个网管突然出现。这么巧，原来是我初中同学。他说这个狂拽龙少也很可怜，一天没什么正业，坐着最垃圾最角落的机子，速度最慢的。在网吧里一坐就是十几个小时，整天无所事事，饿了就吃点泡面，把网吧环境搞得很糟。

我见狂拽龙少也是个迷失少年，就猛地拽了一脚，把他那十几块钱的地毯货夹克踹出了个破洞。别看他在网上很嚣张，到了现实中就很怂了，缩在墙根里不动弹，真不懂他那刺猬一样的头发是用来干吗的？后来，狂拽龙少被我们揍了一顿后，变得有些收敛了。他去理发厅，花了十几块钱，把非主流刺猬发型剪掉了。新的发型全染成了黄色，有点像马鬃，一撮刘海直接垂到眼前，大概有十几厘米。从那时起，我就再也没有见过狂拽龙少。”

“这绝对是黑历史。”大家都纷纷这么认为。

“也不全是啦，至少，这也是我的传奇经历。”曲直得意地说。

看来，大家都是有故事的人。

经历了一些事情以后，101 宿舍变得异常团结。大家都不像过去那样自私了，我们之间的感情也真挚了很多。总之，我希望大家都过得幸福。这阵子，我最大的快乐就是和赵玲栎在一起，哪怕是只是学习、吃饭什么的。

有时候，我会想一个问题，如果我和赵玲栎就这样发展下去，到了大学毕业，我们会分手？还是结婚呢？从我本人来看，我一定会娶赵玲栎，赵玲栎就是我喜欢的女人。

尽管，这段时间内，有那么一两个男生在追求赵玲栎，但都没有什么效果。而我也在陈旗的言语中，明白了自己和赵玲栎之间的感情有多么稳固。虽然，我这边是没什么事情，但赵磊这边却出问题了。

赵磊是个自负的人，他听不进去陈旗的劝说，认为自己能把握一切。其实，陈旗也是顺便帮帮他罢了。赵磊感慨道："哎，爱情真是一个难解的局啊，而我，竟然深陷其中，不能自拔。"

事情是这样的。星期六晚上，我和赵玲栎出去吃饭，就顺便去了亚美大厦的奥斯卡影城，我们一共看了两部电影。第二部电影是午夜爱情剧，那种电影，大家都懂得。在影片播放的时候，很多情侣都在拥吻，我和赵玲栎也不例外。从电影院出来后，外面一片冷清，快要入冬了，大家都匆忙着回家。

"这么晚了，学校怕是回不去了。"我有点担心地说。

"那我们去哪？"赵玲栎一脸茫然地望着我。

"我们就住附近的如家宾馆吧，虽然，我没有住过，但毕竟是个连锁的，安全方面，应该不用考虑。"

"嗯。"赵玲栎轻声说。

我们牵着手，走进了如家宾馆，登记了一间房子。

这天晚上，我浑身不自在。因为，我知道这样的场景，一定要做些什么，但我心中又有一些疑虑。总之，我很迷茫，赵玲栎也有点慌乱。我们洗完了澡，就开始拥吻，桌子上的电视机莹莹嗡嗡的。

"我们是不是要做一些有意义的事情？"我试探地问。

"好啊，你说什么有意义？吃夜宵？学习？"

"夜宵就不必了，我吃得好饱，学习呢，现在也没带书本啊。"

"这可就难咯。"赵玲栎微笑着，侧身躺过去了。

"好吧。"我看着赵玲栎的侧躺着，也用胳膊搂住了她。

虽然，我心里有点难受，但我不善于处理这种情况，或者说，我从来没有处理过。但是，我还是安慰自己。我抱着赵玲栎，有几次，我都想按照心里的想法，把她身上最后的一层衣服脱下来，但我每次把手伸过去，稍微拨弄几下，见赵玲栎并不十分配合，就退缩了。

只要两个人真心相爱就够了，我不必太过于世俗了，以后机会还很多。我本想抽根烟，但又觉得这样不太好。于是，我平躺着睡了。

这一晚，除了拥抱和接吻，我们什么都没做。

第二天，太阳出来了，灿烂的阳光从窗帘的缝隙照进来。我和赵玲栎起床洗漱，回到了学校，我送她回宿舍，并且在宿舍门口拥吻。

我回到 101 宿舍，大家都用异样的眼光看着我。

陈旗首先询问："咋样，昨天是不是和女友逍遥快活去了？"

我蓦地感觉到了一丝难受，"没有，只是看电影迟了，就住外面了。"

"哎呀呀，我的个乖乖，你俩总算修成正果了。"陈旗笑着说。

"那是自然，我们本来就很合适。"我强颜欢笑，来掩饰内心的那点刺痛。

"切，连你小子都夜不归宿了，那我可得抓紧了，身为宿舍长的我，可还没有过呢。"赵磊略带自嘲地说。

"就是就是，人家张帆不愧是陈旗的高徒啊。"李超凡起哄。

"行啦行啦，你们别拿我打趣了，我累了，先休息了。"我躺在床上，一脸的不愉快，其中的原委只有自己清楚，当别人都以为我干了一件顺理成章的事情，其实我并没有干。我侧躺过去，懒得看见他们。

中午的时候，赵磊开始梳妆打扮，拿出了自己压箱的衣服，经过一番整理后，打扮得特绅士，跟香吉士一样。正好，这天下雨，大家下课后都从餐厅带饭回来了。李超凡一进门，就看见了赵磊帅气的黑色西装，金黄色的头发，忍不住大声叫起来。

"娜美桑……罗宾酱……"

"赵磊，你这是打算干吗去？"陈旗问道，这一问，其实也代表了大家的意思，哥几个都不约而同地看着赵磊，等待他的回答。

"我？我去约会啊，你们一个一个都修成正果了，我那事还八字没一撇呢。"赵磊耸耸肩膀说。

"噢，对了。我好像从没见你在学校里跟你女朋友一起散步？"我说。

"这就对啦，我女朋友是我高中时的初恋，她来西安上大学，我是特地跟过来的，奈何自己没有和她考入同一所学校，但都在一个城市，也算是不幸中的万幸了吧。"说到这里，赵磊似乎有些伤感。

其实，大家在此时此刻对赵磊都有些肃然起敬。因为，现代的大学生吧，又不是知青那个年代的，都是拼了命的学习。现代的大学生，都是垮掉的一代，整体除了吃喝玩乐抽，哪有一丝正业？而赵磊呢？虽然表明上跟大家一样，但他竟然追一个女生从高中追到了现在，这无疑是值得世人尊敬的。

话说到这份上，大家也不便于多问了，倒是陈旗，似乎有些担心。

“你跟她，到底发展到了什么程度？”陈旗试探地问。

“我们，只是牵过手吧，在高中的时候。其实，我想她并不喜欢我，对我总是若即若离。有一阵子，她说我们还是做朋友比较合适。但是，我不死心，我相信只要我肯努力，一定可以追到她的。”赵磊忽然自信起来，连话语中也有了必胜的语气。

“可是……”陈旗欲言又止。

“祝你成功！”

看到赵磊这苦逼样，我觉得昨天那点委屈真不叫事，心情顿时也就好了许多。于是，赵磊一出门，我就换上运动装，去操场上打篮球了。下午，我跟赵玲栎一起吃了饭，又牵手在学校里逛了一圈，心情大好。

回到宿舍，我看李超凡和阿泽都在玩电脑，今天是魔兽世界活动，他们都没有出门。曲直手里捏着彩票，嘴里在念叨什么？过了一会，他突然哎哟一声，一下子扑到桌子上打起了鼾。

“陈旗，你在担心赵磊？我搞不明白，你在担心什么？人家只是谈个恋爱而已。”我终于把心中的那点疑问抛出来了。

“张帆，咱是过来人。赵磊这种情况呢？其实也没什么，大不了就是撕破脸呗。我觉得他的那个初恋不靠谱，我是怕他越陷越深，到了最后，落个曾经有多爱现在就有多恨的下场。”陈旗递给我一支烟。

“老实说，有这种可能，毕竟高中三年都没有认清对方。到了现在，也许会更加迷茫。不过，自己的事情还是需要自己处理的，我们只能在外围帮忙了。”我分析了下，但我心里念叨着，我可不是过来人，咱宿舍就你一个人修仙成功了。

“咳！就这样吧。”陈旗说。

到了下午六点多，赵磊还没有回来，大家心里都在想，这哥们怕是终于要夜不归宿了吧。

李超凡和阿泽俩人就有意思了，他们幸灾乐祸地说了一些不三不四的话。

李超凡说："磊哥今天晚上可能要被警察住，最近正扫黄呢，我听风声很紧，别被抓紧去了，我们明天一起去趟派出所，把人领回来吧。"他说的跟真的一样。

阿泽平日里默不言语，这次表现地更狠，"我觉得今天他女友可能正好来例假……"

我一阵惊讶，"他女友来例假，你怎么可能知道，莫非……"

陈旗见我们八卦起来，不耐烦地打断，"行了，行了，今天就不等赵磊了，我们先去上晚自习，晚自习结束他要还是不回来，我打电话问问。"

我们五人勾肩搭背地去上晚自习了。今天的晚自习，似乎是快到了考试的原因，大家都很卖力，我也认真地履行起来学习委员的职责，关于赵磊的事，我不是很关心，跟我也没什么关系。

到了九点半，晚自习下。所有的同学都跟放羊一样，从信工院走出来，那场面，热闹着呢。我们五个人，一起到了餐厅，随便点了几个夜宵，就打包往宿舍走。

路上，我们遇见了学校组织的纠察队。所谓纠察队，就是穿黑西服的，他们一到晚自习下，就成群结队的校园里逛，专门抓那些在草丛里、榕树下花前月下的情侣们。

"张帆，以后注意点儿，可别被校园纠察队抓了！"李超凡说起了风凉话，其实，也是开玩笑的。

"对啊，那群黑衣人可厉害着呢。"阿泽接着说。

"我？我跟赵玲栎一般都只是在学校里散散步，要是有什么过分亲密的活动，我们就去校外了，那里是成年人的地方。"

"噫！"

"陈旗你呢？是不是也经常去校外？"这俩人还是意犹未尽。

"我啊？我哪都可以啊，学校里公开缠绵，学校外登记开房，都没人管的。"

"不是吧，你这也太奔放了。"我笑着说。

"不信？那我把结婚证拿出来跟你们瞅瞅？"陈旗说。

“哈哈哈……怪不得呢，果然是已婚男人。”我们四个不约笑了起来。

回到宿舍，赵磊果然还是没有回来。陈旗拿起来手机。

“喂！赵磊，我们下晚自习了，你今天回不回来？不回来的话，就注意安全，回来的话，大概是几点啊？”

“不回来了，我跟女朋友正在钟楼逛呢。”赵磊斩钉截铁地说。

“呃，那祝你幸福。”

听到了这个消息，大家的反应都不一样。

李超凡幸灾乐祸地说：“明天咱们都早点起，别让赵磊在派出所里待久了，耽误了课程……”

阿泽似乎刚要说赵磊女友来例假的事情，但又打住了，“哎，人家都去潇洒了，咱还是继续下副本吧。”

曲直一脸懵懂，哼了一声，就沉默了。他转了个身子，玩手机去了。

我躺在床上，递给陈旗一支烟。

“这都快要考试了，你有什么想法？”我问陈旗。

“没什么想法啊，不过，我还是觉得像小时候那样挺好，拿卷子直接回去给父母看，父母一看是 100 分，然后唰唰地表扬我几次，再给我一张 100 元大钞。”陈旗笑着说。

“啊哈，我小时候，父母经常看到的是 60 分，没给我两巴掌就算幸运的了。”言语间又让我想起了从前，不免有些神伤，睡去了。

第二天，赵磊很早就回来了，但大家都沉浸在周末的喜悦之中，埋头睡懒觉呢，没人理他。等大家洗漱完毕之后，曲直第一个溜出门去了，说是要去彩票中心看看行情。李超凡和阿泽恢复了往日的神采飞扬，开始组团下副本。于是，宿舍里伴随着他俩打啊杀啊的叫喊声又热闹起来。

晚上，陈旗讲了个黄段子开场了。大家又开始关心赵磊这事了。

“你看看，我说不会吧，磊哥就算再怎么样，也不至于被抓进派出所啊？”我拿李超凡的话来刺激他。

“哈哈，指不定昨天没排查到那家宾馆。”李超凡还是蛮有娱乐精神的。

“我想说……”阿泽刚要说话，便被我打断了。

“得嘞，哥们，你难道真想知道赵磊的女朋友昨天有没有来例假？”

“啊，是呃。”阿泽点点头。

大家不约而同地看向了赵磊，目光里泛着不同的意味。

“这个，没有啦，其实……我们昨天是住在宾馆，但是……”赵磊吞吞吐吐地说。

“看，我说的没错吧，果然来例假了。”阿泽一下子提起十万分的精神，似乎他是一个未卜先知的能人。

“到底怎么回事？”陈旗问。

“是这样的，本来，我都搂着她睡了，我们肌肤都接触到一起了，可是，我不知道怎么回事，就是不知道该怎么做，而她，似乎是有一点小小的抗拒……我本来那方面挺强的，可随着心情不好，瞬间就蔫了……”赵磊丧失了往日的自信，蔫蔫地说。

“哎呀！怎么关键时刻就怂了！”曲直猛地拍了下大腿，好像他是昨晚的主角一般。

“你看看，你看看，连曲排都看不下去了！”李超凡幸灾乐祸起来，脸上露出了猥琐的笑容。原来，赵磊昨晚的经历跟我如出一辙，此刻，最能理解他的人就是我了。

“咳，没事，你已经很有进步了，你和她在高中只牵过手。到大学，你们竟然都睡在了一张床上，并且有了肌体接触，还抚摸了上半身……这已经不错啦。”我理解地说。

“好吧。”赵磊像泄了气的皮球，怏怏地睡了。

第三章　无聊的生活

这是我上大学以来的第一个国庆七天，网吧里充斥着魔兽世界玩家下副本的声音。说实在的，我宁愿待在宿舍里宅，也不想来网吧。可是，现实总是跟理想脱节或是有很大的差距。

我和赵玲栎的感情最近变得不温不火，我有时想起和赵玲栎在旅馆住宿的那一晚，深深地埋怨自己的无能，她心里面会不会骂我性无能？总之，想起了就晦气，不如不想，但待在宿舍里闲得发慌，打篮球又被西安十月的烈阳暴晒。赵玲栎回老家洛阳了，我本来想跟她一起去，但她说不太方便。我想，我和她的关系还是没有到那种特别亲密的程度吧。东想想，西想想，我还是选择去了红树林网吧，不说为别的，就吹吹空调吧。这时候，阿飞上线了，我和他开视频聊天，反正闲着也是闲着。

“最近咋样？”阿飞问道。

“不咋样，大学除了上课，就是宿舍，要么就是餐厅，这就是传说中的三点一线吧，我真是深有感触啊。”

“呵呵，那抓紧时间谈个恋爱吧，我可是很羡慕你呢。”阿飞发了一个羡慕的表情。

“谈了，但最近没什么进展，你也谈了吧？”

“嗯，但是，我的生活仿佛跟过去完全不一样了。来到深圳以后，我一直以一位学长为目标，他进工厂的时候还默默无闻，可熬了三年，就成了车间主管，我想，有朝一日，我也能当上主管。”阿飞似乎很有信心。

“看来，你的深圳打工生涯过得很有意义嘛。”我调侃道。

“可是，张帆，过去的生活仿佛跟我与世隔绝了，我再也回不去了，真的，这里总是充满希望，又遍地都是悲伤。”说着，阿飞点燃一支烟，神情有些沮丧。

“哦，你可别在网吧里哭起来啊……”我试着安慰阿飞。

“没事，眼前的我，只有一条路可走了。”阿飞勉强镇定地说。

“什么路？”我追问着。

“铁打的车间，流水的工人……铁打的车间，流水的工人……”阿飞一连重复了几次，就不知所云了。

“咳！你们这些去深圳打工的人真奇怪，都是有工作有收入的人了，还……”我嘟哝着说。

国庆七天，我基本都在网吧里度过。李超凡和阿泽天天宅在宿舍，似乎是为无聊的生活添加点佐料吧，这哥俩也学会了抽烟。一次，我回到宿舍，看见他们桌上的烟灰缸里躺满了烟头。

“哟，你俩也学会抽烟了？”我嘲讽道。

“日子总要一天一天过啊，就跟这盒烟一样，总得一根一根把它们吸完……”李超然淡定地说。

“咦？有些日子没见曲排了？他上哪去了？”阿泽见宿舍里只有我们三人便说。

“是啊，可真是奇怪，他最近指不定又去研究彩票去了？”

我们正调侃曲直呢？结果他就忽然推门进来了。当时，他就神秘兮兮地对我说。

“张帆，走，我们出去抽根烟，有点事情跟你商量。”

“啥事啊？大庭广众之下不能说吗？难道你要跟我表白？”我笑了起来。

“哎，你就出来一趟吧，我要跟我自己的灵魂表白，你做个见证。”曲直严肃地说。

我俩到了楼道，坐到了楼梯的台阶上。曲直自己点了根烟，又给我点了一根。

“说吧，哥们，什么事？”我都有些等不及了。

“你老家发生了一件大事，你知道吗？”曲直神秘地说。

“我老家？甘肃？什么大事？我怎么不知道？”我简直被他闹晕了。

“你猜？”曲直故意卖弄玄虚。

“地震啦？”

“不是。”

“化工厂爆炸啦？”

“不是。”

“拜托，给点提示。”

“你怎么老想坏事，你往好的方面想？”

“好的方面？哦，你在甘肃的亲戚结婚了？”

“哎，你啊，到底看不看新闻？实话告诉你吧，你们那边，有个彩民，双色球中了一个亿。”曲直总算说出了答案。

“可是，这与我们又有什么关系，他中了一亿，也不会分给我一万吧？”我有点费解。

“话是这样，可好运总不能让都让别人占了去吧，这事要发生在河北，我就不说什么了，发生在甘肃，离咱俩都很近，这说明，只要运气好，还是可以中大奖的。我们要相信彩票中心，不要听信谣言！”

“搞半天，你是要买彩票啊，对不起，我没钱。”我没等曲直开口就拒绝了。

“这次，不用你帮忙，我去网吧，用一些高端软件算了一天，总算得出了几个可能让我中大奖的号码。我琢磨着，这次要孤注一掷了。你说的对，我没有钱，可我来文大上学才一个月，我想退学，把退了的学费全部投在这上面，争取一次改写我的命运，你说咋样？”

“这可不行啊！曲直，咱们都是同学，又是一个宿舍的舍友，我可不能眼见着你往火坑里跳。彩票吧，你玩玩就行了，可别陷进去了！你快找点其他的事情，转移下注意力吧。哦，对了，你对象咋样啦？”

“我对象？我哪有什么对象！今天，赵磊一大早就去找自己的初恋了，陈旗早就跟自己的对象在宾馆缠绵了。你说，这眼不见不心烦也就算了，可恶的是，我心情满满地去学校外面的餐馆吃了碗拉面，回来的路上，竟然看见陈旗跟他女朋友从宾馆里出来，还正好撞了个正面！你说，我有多么不爽啊，那场面，尴尬死了！”曲直抓狂地说。

“哦，陈旗的女朋友很漂亮吧？”我不怀好意地笑起来。

“确实很漂亮，跟他简直不能匹配，我难以想象，这么优秀的女生竟然会跟陈旗这小子鬼混，更可恶的是，还混到宾馆的床上去了。”

“哦，你这是羡慕嫉妒恨！”我无奈地说。

“总之，我想起来就生气，你说吧，眼不见为净，可还是偏偏碰上了。”曲直仍然是不依不饶。

“得了，兄弟，啥都别说了，你的症状我知道了。走，今天我请客，二号餐厅吃炒面片，大碗的，加个蛋，成不成？”

“成啊，走！”

我和曲直来到二号餐厅，我兑现了自己的承诺，请他吃了大碗炒面片。我以为那硕大的面片会把他的嘴堵住，可曲直一边吃还一边骂骂咧咧，我简直无语了。事后，我问他还退学不，他说暂时不退了，缓缓看。

傍晚，原本风和日丽的天气突然刮起来沙尘暴。这鬼天气，中午还好好的，这一下子就变得不认识了。本来，我和曲直坐在篮球场的椅子上，看那些运动员们在篮球场上拼搏呢，还挺有趣的。但突然间，沙尘暴袭来，枯黄的色调就把天空渲染起来，呼啸的风在地上疾驰，还夹杂着沙子。

“刮沙尘暴了，大家快回宿舍！”有人在操场上喊叫。

“得了，变天了，咱们也回去吧。”我拍拍曲直的肩膀，这家伙似乎冥想了一个下午。

我们回来后，宿舍里一共有五个人了，就差陈旗一个人了，我们纷纷猜想他今天会不会回来？过了一会，陈旗回来了。更让我们意外的，他还带了一个披萨让我们分着吃。

“陈老板就是好啊，连开房都想着兄弟们！”李超凡拿起叉子就吃了起来，一边吃还一边念叨陈老板的好。我们没有李超凡那么激动，但也抑制不住对这个超级大披萨的馋意，就慢慢地品尝起来。

大家都在吃，陈旗点燃一根烟，深深地吸了一口。

“你们慢点啊，呵呵，那么想吃我下次再买一个，这盒中华，我放桌子上了，谁要抽自己拿。”

“谢陈老板请客吃饭！”大家都开始嚷嚷。

“呀！这么好的天气，这么美味的披萨，没有啤酒，岂不是对不起这番情景了？”赵磊边说边拿出了自己藏在抽屉里的珍藏……罐装的雪花啤酒。

“你妹的，竟然有私藏货。”大家纷纷谴责赵磊。

“哈哈，谁没有点私藏货呢？”赵磊说着，自己开了一瓶。大家人手一瓶雪花啤酒，在空中狠狠碰了一下。

曲直喝酒喝得兴奋起来，他嘴里抽着中华，把烟吸进肺里，似乎在用心品尝中华的味道。

“咳咳！”曲直咳嗽了几声，叹了一口气。

“曲直，你没事吧。”我说。

“没事，只不过，触景生情，想起了很多事情。曾经，我的那些理想……咳咳！”

“大丈夫？”阿泽突然冒出这么一句，把我们现场的人都惊呆了。

难道他跟曲排之间有什么不可告人的秘密吗？

看到大家一脸懵逼，李超凡笑嘻嘻地说，原来阿泽你平时不说话，还跟曲排有这么一层关系，不然怎么叫他大丈夫。大家闹腾了一会，还是赵磊作为宿舍长哟呵了下，别闹了，我平时看日漫，这大丈夫的意思就是没事吧？不是说他们之间有什么男女关系或男男关系的。哦，原来如此！

“我比你们大一两岁，以前，我也是一个非常有上进心的人，可是，不管我的想法如何好，一放到现实中，却总是有差距。”

“我想开一家公司，然后上市，这个理想到底什么时候才能实现？我每天都在努力，有时候，你们见我经常出去不回来，玩消失，其实我都在图书馆里学习。而现实，就是一无所有，我到底该怎么做？”曲直喋喋不休地说。

“这个年纪，能拥有什么？咱们又不是富二代。你看看经管院的那个李小刚，啥本事没有，不还开着一辆宝马天天出去兜风吗？你看看那些女的，一见那宝马车，眼睛都亮了……”阿泽终于与曲直站在一个战线上同仇敌忾。

“哎，求别说啊，求别说。”连陈旗都忍不住飙泪了。

这个小型宴会持续到了夜晚，大家都闲着无聊，有电脑的玩电脑，没电脑的玩手机。突然，曲直站了起来，他走到了陈旗的跟前。

“陈旗，我用下你的电脑，下载一些学习资料。最近我要努力用功，争取早日实现自己开公司上市的计划。”曲直说。

“好，我支持你。”陈旗从椅子上站起来，把位置让给曲直，他自己在旁边看着。

曲直插上数据线，连通手机。

两人就对着电脑，在做一些事情，我们大伙都凑在旁边看，看曲直到底要下载些什么资料来学习，大家对他都很关注呢，想看看上市公司老板是怎么学习的。

“这份公司上市文档我要了，这份员工股权分配计划我也要了。”曲直郑重地说。

“手机的内存不够了，怎么删东西？”曲直问。

“来，我帮你操作吧。”陈旗又坐回到了椅子上。

“这张照片删了吧，没用，这张也删了。”曲直说。

在删图片时，曲直都让陈旗把图片打开看下，以免删错了东西。陈旗把图片一张一张地翻着过，生怕删了有用的，刚开始都是一些正常的照片，个人的、风景的。翻到后面时，突然，图片工具显示出一张A片番号图，被以很大的尺寸展现到我们眼前，我们瞬间都傻眼了（石化了），曲直更是愣在了原地。

陈旗忍不住笑着说：“曲排，这是什么啊？”

曲直赶紧夺了鼠标，急忙关了图片，连说：“没什么，没什么。”

我们忍不住大笑起来，“原来你这些天躲在图书馆，就是在研究这些啊，哈哈哈哈。”

曲直很尴尬，脸都有些发紫，估计烧得厉害。

我们跟着起哄，“陈旗，别放过这小子，还有很多图片，我们都要看看，继续一张一张地过。”

陈旗说：“好，让我们看看曲排的私密相册，目前发现A片番号图一张。”

随着陈旗的继续点击，我们陆续看到了，岛国的女优依次出场，苍井空、松岛枫、黑泽爱、樱井莉亚、吉泽明步、小泽玛利亚……都是穿着暴露，或者干脆一丝不挂。这个晚上，曲直这是让我们大开眼界。原来，一个平日里道貌岸然的人，内心也是如此的淫荡。更不要说曲直的长相了，本来就长得稍微带点正气，但消瘦的脸上一有些表情，就变得十分阴险。

经历了这次事件，曲直本来坚固的内心，似乎又一次被沦陷。这次，他没有征求我的意见，而是自己偷偷地去办了退学手续。而我们，只能说自己不是故意的。本来，大家生活就是这样瞎闹腾，谁没有出丑的时候？李超凡这小子有时候躲厕所里不出来，我们还经常说他手淫呢。

星期三，曲直领到了一半的学费，就选择了大家都不在的日子离开。他给我打了个电话，叫我送他去火车站，我觉得，既然同学一场，还是不要让他走得太凄惨了，我就和他一起去了火车站。

坐在车上，曲直跟我聊了很多，大多也都是关于理想、现状、未来什么的话题，他侃侃而谈，让我觉得他似乎很适合干讲师这一行。火车站，因为不是特别忙碌的日子，车站的人并不多，跟节日里比起来，真是显得凄清。曲直向我告别后，就走进了候车大厅，我望着他离去的背影，不知道该说些什么。

回到宿舍，我只能在笔记本上写下了这几行字，对曲直的大学生活做了个简单的概括。

“如果说陈旗是真钢，那曲直就是纯铁，又黑又硬又坚强，却也容易损坏，和铁一样，弯曲之前就会先断掉。”

曲直就这么走了，老实说，他的离开，对大家是没多大影响的，我们还是像往常一样生活，只是少了个调侃的对象，不过大家还是经常拿他开玩笑，感谢他带给我们的乐趣。但与此同时，也为这个舍友担心，希望他珍惜生命，远离彩票。

曲直走后，大家仿佛被他离去之前的那些壮志豪言激励了，变得勤奋了很多。有时候，我们会拿出书本，坐在宿舍里学习，毕竟，这也有快要考试的压力吧。

大学的第一学期，我就这样浑浑噩噩的快要度过了。这期间，很大程度上，我们是在无聊中找乐子，不像高中，整天累得要死，分分钟钟的都在求解脱。西安的夏季很炎热，到了十一月份，天气总算逐渐变凉了。

下课后，我独自漫步在校园里，看到梧桐树的叶子开始泛黄，一阵风吹过，树叶就轻垮垮地坠落下来。都说秋天是收获的季节，我在学习上没有什么收获，连和赵玲栎的感情也一直是胶着状态，半死不活。我总是觉得我们之间缺少激情，想刻意制造，但快要考试的压力又催促我们学习起来。

这段日子，所有人都低调了很多，学校里的每个人，都似乎在埋头读书。我和赵玲栎结伴出没于图书馆，算是互相督促着学习吧，这一学就是一下午，或者到了晚上图书馆关门。其实，这样挺好的，在忙碌中，我总是能忘记很多烦恼。

“张帆，你放寒假打算去干吗？”赵玲栎突然问我。

“回家啊，还能干什么？寒假时天气都很冷，只有家里是最温暖的。”我回答道。

“哦，有没有兴趣来洛阳玩啊？”赵玲栎笑吟吟地说。

“好啊，东都洛阳，我早就听说过了，那里的牡丹花很有名。”

“嗯，不过冬天也没什么好看的啦。”赵玲栎嘻嘻一笑。

“那就明年春天吧，总有机会的，五一长假就可以啦。”

“嗯，到时候再看。”

我心里非常期待和赵玲栎一起去洛阳玩，也许，这正是我所说的充满激情的生活，这正是我和赵玲栎的感情世界所缺乏的。

“哎，今天好累啊，不学习了，我们去吃饭吧。”赵玲栎伸伸懒腰。

“那好吧，今天请你吃你最爱吃的老碗鱼。”我笑着说。

“嗯，好啊好啊，咱们走吧。”赵玲栎合上书本，把书放进了挎包。

我们一起离开了图书馆的自习室，向餐厅走去。这段日子，我和赵玲栎基本都是这样过来的，偶然也会去学校外面逛逛，日子过得非常平淡。

一月份，天气已经冷得不像话了。学校里的每个人都穿得非常暖和，像个毛绒玩具。

“冷死了，冷死了！都说东北冷，没想到西安的冬天也很冷，还好，宿舍里有暖气，不然，我可真要哭了。”陈旗望着窗外的皑皑白雪说道。

“不知道曲直咋样了？这样的天气，他可别待在彩票中心研究彩票啊？”我突然想起了曲直，就随便说了一句。

“哈哈，不说还真把他忘记了，他退学有些日子了……”赵磊说。

“是啊，以前的六人间，到现在一直是五个人了。”阿泽说。

“今天上午你们考得咋样？”李超凡说。

“还行，就那样吧，我估计大家都一个德行，要不及格也是大家都不及格，哪像高中那会，差距那么大，考得低了人都不好意思在班里混。”赵磊说。

“是啊。”我深深地认同赵磊的这个理念。

“哈哈，既然你们都这么说了，那我承认我考得很糟糕了，但也没什么可怕的了，阿泽，魔兽耍起。”李超凡拍拍大腿。

于是，宿舍里又一次想起了李超凡和阿泽玩魔兽的声音，大家听习惯了这声音，突然不听还真不习惯，有时候，我们觉得宿舍里有了魔兽的声音才算正常，一天不听见魔兽 NPC 的台词就觉得心里空空的。

第一个假期归来，除了父母精心为我准备了饭菜之外，其他的人都好像跟我有了距离。整个寒假，我都宅在家里耍航海世纪，跟公会的人瞎侃。貌似除了这个以外，我没有其他的兴趣爱好了。

自从我走出高中的炼狱生活以后，我就慢慢地发现了自己的生活跟过去不一样了。有时候，一些变化看似没有什么，却总是在潜移默化。曾经，一起玩得很要好的朋友逐渐疏远了，也不再互相去对方家里玩耍了。

和我玩得很好的朋友，貌似只剩下几个了。但是，就算关系多好，我也懒得去他们家里拜访。昨天，我去了高中好友徐庶家里，他家仍然住在一个宽敞的四合院里，见了面，我们热情地拥抱，互相攀谈了彼此的大学感受，就跑到街上的网吧熬了一个通宵。这个通宵，上的我想吐，直呼自己老了老了，不比当年。虽然，我们的感情尚在，但怎么也没有在高中时忙里偷闲来得逍遥自在。

整个假期，我也跟李超凡和阿泽一样，沉浸在网络游戏中，生怕自己的等级上不去，落后于别人，害得父母对我都略有意见了。每次他们说我待家里不出去，不交际的时候，我就指着窗外说：“这么大的雪，你让我出去干吗？”父母瞅瞅外面，那叫北风呼呼地刮。

大年三十，当万家灯火，所有人都沉浸在幸福当中的时候，我也有幸成为其中的一员。这个春节跟往常有点不一样，主要是我挣脱了高中的囚笼，终于自由了。我站在窗边，望着夜晚的星辰，深深地吸了一口气，高呼自由万岁。

我正在看春晚，表弟打来电话，“张帆，走，出去放烟花去？”

“你神经啊，这么冷的天气，出去找罪受？”

表弟笑着说：“哪有，穿棉点就行了，也不见得有多冷。”

“那你过来。”

不一会儿，表弟就跑过来了，一进门就给我爸妈拜年，“舅舅，舅妈过年好。”

我爸说：“你也是，过年好。”说着，就给他塞了百元大钞。

我们嬉皮笑脸的出去玩了。

家属楼也认真装点了一番，不知道从哪里买了很多灯笼，千奇百怪的，各式各样的都有，把楼下挂了个满，走在其中，就像在逛灯展，但偶然会被不明方向的炮火袭击。

我们刚走了一会，就从楼上丢下了一个鞭炮，在我们附近爆炸，吓得我缩成了一团。我抬头一看，是五楼的小学生，他捂着嘴朝我哈哈大笑了一阵，就赶紧关上了窗子。

我们来到空地上，用打火机点燃烟花。

哗哗的几声，烟花喷出去了，在很高的天空中爆炸，绽放出缤纷的色彩。这时候，张掖市的人都心有灵犀一般地开始燃放烟花，各式各样的烟花从城市的东南西北喷涌上天，在最美丽的一瞬间绽放，噼里啪啦地响声震撼着神州大地。

“你看，那块地方，是那个村子，就是我们小时候天天玩耍的地方。”表弟指着前面的空地说。

我定睛一看，“还真是，可惜，村子被拆了，以前那里长满了树，每当月亮升起时，就给人一种特别恐怖的感觉，像是魔法世界的黑色城堡。”

“烟花放完了，去干点什么？”表弟意兴阑珊。

“大晚上的，没什么好玩的，我困了，回家睡觉去。”我沉重地打了个哈欠。

“别介啊，要不，我们去网吧夜机？”

“你也就这点出息了！我昨天才跟徐庶一起玩的，实在是累了，咱们回去吧。”

“好吧，还想跟你一起在网吧迎接春节呢。”

“哈哈，坐在网吧迎接春节？那有什么好迎接的？”我蓦然想起了高中时元旦放假，我和表弟在网吧夜机迎接元旦的事情了，不禁微笑起来。

第二天，就有亲戚陆续来我家串门了，每次我拜完年，他们给我压岁钱时，我爸妈都会阻拦，说都这么大了，还要什么压岁钱。

我就故意带着情绪说，我还小着呢，这才上大一。然后，我就轻轻松松的接过钱，塞进自己的钱包里。其实，我要不拿就吃亏了，谁叫他们家的孩子都那么小，我们不能白给。

这才短短三天，我就已经收到了600块钱，身上沉甸甸的，顿觉身价大增。

大年初四晚上，我还在家里上网，恰巧遇见赵玲栎上线，就在QQ上一连给她发了很多祝福的话。其实，类似的话，我大年初一就打电话说过了，只不过，我有点想念她的笑容了。每当赵玲栎露出那宜人的微笑时，我就特别着迷。

表弟又一次打来电话，“表哥，我们去茶府聚会吧，今天，很多人都会过去。”

我一头雾水，“什么叫很多人都会过去？”

表弟笑着说：“虽然我只比你小几个月，但同样的，我也上大学了啊？今年，很多同期的高中同学都上大学了，只有个别在复读，我约了几个朋友，就在尚品茶府，反正过年都有钱了，我们得趁机撮一顿。”

反正待着也是无聊，他刚才说撮一顿，莫不是扎金花？这个敢情好啊。我连忙收拾了一下，披上一件纯棉外套，就和他一起去了金源小区对面的尚品茶府。

到了包间，汤队，文涛，路遥，蒲明、旭东都在，这敢情好啊？咋的突然一变，包间里的高中生都上大学啦。我们围着一张方桌坐下，大家都急不可耐地开始寒暄。

“哟，汤队，好久不见啦？怎么今天有机会出来啦？最近没去抓嫖？”这句话理所当然地成了我的开场白。

“咳，上哪去抓嫖啊？政法学院出来的不一定是警察呢，也有可能是法官、律师，就算以后当了警察，我也要去抓几个真正罪大恶极的人。”汤队颇为自信地说，由此可见，一位政法界的精英人物正在大学里冉冉上升。

“嘿嘿，你看看人家汤队的觉悟，还没穿制服呢，就明白了为人民服务的真理，抓小姐算啥？有本事抓几个抢劫犯才是最牛 × 的。”文涛接下来话茬。

“我说，文涛，你考上东莞大学啦？”旁边的蒲明说。

“没有……不过，我一直很向往那个地方。”文涛深深地吸了一口烟。

“啧啧，你们聊归聊，可别忘了正事！”旭东果断开始洗牌。

“大的不玩，就玩小的吧，最低压 1 块，这样没事吧，汤队？”

“没事，小赌怡情，这完全算是娱乐活动，不算赌博。”

“好嘞，那我就开始发牌了。”嗖嗖嗖地，旭东把扑克牌就发到了各自的手上。

刚开始，我倒是赢了很多，但情况不稳，陆续会输几把，每次赢了，我都会把钱放进钱包，暗暗地盘算着，等结束的时候，应该能发一笔小财吧。

表弟似乎留意到了我的这个举动，“钱赢了就在放桌子上，不然只会输得快。”

我对这个说法持不同意见，“拉倒吧，没事，我就不信这个邪！”

“这把我跟。”文涛说。

“你们这么豪爽？注都押到 100 元了？还继续跟，那我让路给你们，让有钱人玩儿，我就在旁边看看得了。”旭东把牌扔了。

“我也跟。”我留意到剩下的玩家就剩我、文涛、路遥、汤队了。这把虽然牌不小，但只是个顺子，万一遇上金花，岂不是成了冤大头了？我心里犹豫着，但奈何几十块钱都扔进去了，总不能这会儿放弃吧，大不了吓吓他们，也许他们都会跑呢？

“我继续跟。”

“我也跟。”

完了，恐怕这几个手里都有大牌啊，算了，我就舍命陪君子吧。这把牌一连押到了 200 多，最后，总算是分出胜负了，蒲明赢了。

“咳，你看看人家蒲明，坐在沙发上一言不发的，没想到把咱都算计了……”汤队哭丧着脸说，他这把输了不少。

凭着以往的经验，我知道汤队要开始借钱了，有句话说得好，空手套白狼。果然，汤队以这个位置有邪气，影响运势为由挪到了蒲明身旁，凑着蒲明唧唧歪歪了一阵，成功借了一笔钱。

“你们看好了啊，我这次是要开始认真地玩了，之前是那个位置不好，影响了我的运势。”汤队亲自开始洗牌，一副认真对待的样子。

“好了，牌发完了，大家开始说话吧。”汤队说。

“我蒙！”表弟说。

“我蒙！”文涛说。

“我蒙！”路遥说。

到了蒲明，他识趣地走了。到我了，这可怎么是好？我要是蒙吧，也许可以把刚才输得赢回来，我要是不蒙吧，既然大家都玩黑的，那就说明有机会啊。咳，算了，我还是弃牌吧。

“我弃牌了，你们玩吧。”我毫不犹豫地扔了一副好牌。

“好！那我们继续蒙起了。”汤队自信地说。

这局大概持续了几分钟，都是黑吃黑，到头来亮牌的时候，汤队这家伙竟然蒙出个同花顺，这让我们大跌眼镜。文涛和路遥气得脸都绿了，表弟无奈地拍拍汤队的肩膀。

“兄弟，好手气啊！”

“那是啊，搏一搏，单车变摩托！”汤队说着，就把赢来的钱全部堆到了桌子上，还给我使了个眼色。

我们在尚品茶府玩到了凌晨两点多，就各自散了。后来的几十局，大家互有输赢，但最终的大赢家还是汤队，我们都笑着说以后不能叫汤队了，要叫汤局。汤队也是挺大方的，用赢来的钱结了账。

第四章　白色情人节

一个下午，我坐上了从张掖开往西安的火车。总算是又要回到文大了，我内心充满了激动。于是，我拨通了赵玲栎的手机。

“玲栎，你什么时候回学校？”

“过两天吧，你今天坐上火车了？”

“对！”

“呵呵，那情人节送我什么礼物呢？”

“情人节，2 月 14 日不都过了吗？”

“那可不成，3 月 14 日是白色情人节，你得给我补上。”赵玲栎嬉笑着说。

“好呀，这段时间，我会想想，送你一个什么样的礼物。”我心里还挺激动，毕竟是第一次跟女生谈关于一起过情人节的话题。

一路上，车厢里的人都有说有笑，三五成群，干啥的都有。因为春天刚来，天气还很寒冷，大家都穿得很厚，幸好，这趟车上是有暖气的。

我看着车窗外的一切，离家的距离越来越远，离西安越来越近。我知道这是向一个目标前进，虽然是被动的，但上了车，就没有回头路。外面的树木都是干枯的，有些地方还覆盖着白雪，几乎看不到行人。

甘肃这边的山都是光秃秃的那种，没有植被，也谈不上是什么风景，只有过了天水，才会看见那种遍地长满了绿色植被的山坡。不过，隆冬刚过，一路上的山脉都披上了粉妆玉砌的外套，绽放出银色光芒。

我们四个人一直都在沉默。

突然，一个女孩发话了：“你们都去哪？”

我说：“西安。”

她说：“那还很近，我要到深圳。”

我说："看来你是在那边打工咯？"

她说："对啊，你呢，是学生吧。"

我说："是啊，还是大一新生呢。"

她说："大学真不错，好好珍惜，我想上还上不到呢。"

我明白这句话的含义，并不是随口而来的，有些人确实想上大学，望眼欲穿，可是却没机会。造成这种局面的原因，一种是学习不好，落榜了；一种就是家庭贫苦，就算考上大学了，也上不起，就只能退而求其次，上职业技术学校。这些学校出来基本都是对口就业的，能够找到一份工作，尽快地赚钱养家，这是一部分人的愿望。虽然，我比他们幸福一点，但有时还会觉得大学生活遥遥无期，步入社会多好？从此彻底独立。

次日凌晨，我抵达西安，拖着笨重的拉杆箱，游走在火车站。已经是 4 点多了，外面很是干冷，我走在西安站，迎面而来的女人说："小伙子，住店吗？很便宜的。"

我淡淡地说："不用了。"

那女人用诱惑的声音说："这么晚了，一个人在街上也没啥逛的，来旅店休息吧，我给你找个小姐。"

我感到无奈，"我还有事，谢谢。"说着，我便步履匆忙地离开了火车站，走到了正街。

我拦下一辆出租车，直说："文大。"

司机会心地一笑，"最近学生真多啊，刚开学。"

我嗯了一声，保持沉默。

来学校的路上，我没有睡觉，也没有发呆，而是一直看着窗外，那繁华的街道，那明亮的灯光，似乎永恒不变，唯一改变的，是灯光下川流不息的人群。

我到底来这里做什么？连我都有些迷糊，分不清楚，只是觉得在家里没事可干，来外面闯闯。话说，就是来上大学的啊？可大学毕业，我又何去何从？我和赵玲栎的未来又会怎样？曾经时常窜出的问题又一次袭来，折磨着我的思维。

出租车行驶到二环，从桥下向上开到桥上，一直保持速度向前，随着二环那稍微忽高忽低的坡度，我的心情也跟着跳动。

“唉！”我叹了一口气。

司机转过脸，看了我一眼，继续开车，但他用手从匣子里抽出一支烟给我。

“谢谢。”我点起烟，兀自抽了起来。

这会儿，车里就只有腾起的烟是活动的了，其他的都是静止的。

“小伙子，失恋了？”

“没有。”

“那为何叹气呢？”

“虽然，我在大学过得挺好的，也有一个女朋友，但总是有很多疑问伴随着我，一想起来就头疼，呵呵。”我吸了一口烟，再次瞅向窗外，那飞驰而过的建筑，还有那呼呼地车声，敲打着我的心灵。

“走一步看一步咯。”司机师傅笑着说，也点上了一根烟抽了起来。

“我曾经，也是个有梦想的人呢。”

“哈哈，不说不开心的了，咱们说点有意思的事情，你看过那部《星河战队》没？”司机师傅突然饶有兴趣地说。

“看过，怎么了？”

“那你相信有没有外星人的存在？”

“我相信。”这是我随口说的。

“我就知道，周围的人都说我四十岁的人了，还他妈迷恋外星人，但我觉得，这跟年龄无关，你觉得呢？你看啊，这火星上，一片荒芜……木星上，充满了风暴……”司机师傅絮絮叨叨地说了一堆，但可以看出来，他是有真才实学的。不知道怎么回事，听着听着，我竟然对未来又有了向往，也许，这正是科幻的魅力所在。

到了学校，我付给司机 40 元钱，他冲我微笑，就开车离开了我的视线。我一个人站在学校门前，望了望周围的一切，格外安静。我想发表一些感想，却又无话可说，只得回到了宿舍。

我打开宿舍的锁子，房间里真冷，床铺根本不能睡人，暖气也早没了，毕竟初春了。

我来回哆嗦，抽了根烟，但丝毫不能减轻这满宿舍的寒意，万般无奈之下，我又一次跑出了宿舍，来到了红树林网吧，找了一个有沙发的位置，呼呼地睡了起来。或许，每个人的内心中都有潜在的伤痕吧，那些回忆中的东西，或是幸福的，或是悲痛的，都会在熟睡的时候悄悄发作。

我做了一个梦，梦中的场景记不清楚了，总之，我醒来后，眼睛里噙满了泪水。红树林网吧真是温暖，这里不但提供上网的环境，还能让无家可归的人有个沙发。我打开电脑，看看最近发生了什么。

QQ 上，没有一个熟人在线，在线的大多都是些天南地北的夜猫子。想到这里，我又想起了一件事，那是我上高中的时候，爷爷给我配了一台高端电脑，嘱咐我要用来学习，可我却把电脑当成了游戏机。

记得有一次，晚上九点，我跟一个叫作恋爱达人的网友聊天。恋爱达人说他是江西南昌的，17 岁，正在上中专。话说，我俩当时聊得还挺投缘，到了十一点多，我扛不下去了，就对他说了句 886。到了第二天九点，我打开 QQ 的时候，发现这家伙还在线，难道他一晚上都没有睡觉？正当我纳闷的时候，恋爱达人打开了视频，我看到空旷的网吧就他一个人坐在那里，他还给我播放了一首歌曲，就是罗志祥的恋爱达人，他一边聊还一边跟着唱起来。说起来，真有意思，传说中的恋爱达人竟然一个人坐在网吧里听音乐。这是他对幸福的向往，也是一种深深的寂寞吧。

早上八点钟，我回到了宿舍，洗漱完毕后，把床铺好好地整理了一番。我盖上了一条毛毯，又盖上了一条被子，这才勉强可以入睡。到了下午，宿舍里陆续有人来了，我终于坚持到此时此刻了，有种热泪盈眶的感觉。

我用李超凡的电脑在网上搜了搜情人节送的礼物。最终，我决定送赵玲栎一盒德芙巧克力。我思来想去，觉得这个是最合适的。下午的时候，陈旗回来了，我请他帮我参谋，得出的结论是我们的想法一致。

3 月 15 日，我见到了赵玲栎。我把那个有着精美包装盒的德芙巧克力送给了赵玲栎，赵玲栎感动的哇了一声，大呼我喜欢巧克力，这种巧克力最好吃了！晚上，我和赵玲栎一起去小寨逛了一番，还吃了顿火锅。吃着吃着，我脑袋里又涌现出了一些想法。但是，我一直不太擅长处理这些事情，就拍拍自己的脸颊。

“你干吗呢？”赵玲栎看着我奇怪的动作。

“呃，没什么，这火锅店里真热。”

“那你应该拿扇子来回摆动才对啊？”

“呃，好吧。”我趁着去吧台借扇子的时候去洗手间狠狠地洗了一把脸。

“冷静，我现在需要的是冷静……来日方长。”我对自己说道。

晚上十点多，我送赵玲栎回到了7号楼。当我和赵玲栎拥吻的时候，我嘴上甜甜的，当她走入宿舍的那一刻，我心里苦苦的。我真希望自己可以混进去，和她长相厮守，可混进去了又能怎么样？还不是分分钟被赶出来的事。

我走入餐厅，买了一杯热乎的奶茶，坐在桌前，认真的品尝起来。我思考着什么，今天是白色情人节啊，要是回去了？可不得丢人了？在大家眼里，我和赵玲栎的关系早已经超越了友情。

“算啦，就去红树林吧，今天我也堕落一会，去网吧跟阿飞打穿越火线。”我打定主意，就大步流星地走进了学校对面的红树林网吧，我看看自己的会员等级，呵！等白银了，马上就黄金会员了，看来，我在这里是花了不少钱了。

“要不要，我也学李超凡他们，买台二手电脑，这本身就不是对生活妥不妥协的问题，而是选择生活方式的问题，这样一来，不但可以省下一大笔开销，还能方便我查阅资料，五一长假的时候，我还不是要和赵玲栎去洛阳玩吗？”

这样变通一下，倒也是可以，我在校内网上搜索相关的信息，还真看到了一个学长在兜售二手电脑，这样正好，直接从对方宿舍里拿，连二手市场都不用去了。

第二天，我回到了宿舍。

陈旗一见到我，就说：“哎呀，看来你的私生活很丰富嘛，昨天情人节过得很 happy 嘛。”

我不置可否，嘻嘻一笑，“是呀，是呀，昨天晚上可爽啦，我女朋友特别主动。”其实，他是在吃火锅的时候特主动，拦都拦不住。

李超凡和阿泽根本不想听我秀幸福，于是，他俩都故意把音响的声音调大了，我只听见，音响里传来这样的声音。

“骄傲会把你送上绝路，来吧凡人，品尝夺灵者的愤怒吧！”

“沙漠，扬起你的沙砾，遮蔽太阳的光芒吧！”

“你的死亡使我的失败更加沉重！”

“每一天，都是一个祝福！”

倒是赵磊，完全蔫了，丝毫没有之前的自信。

“陈旗，赵磊这是怎么了？受啥打击了？昨天没出去？”我小声问陈旗。

“没有，咳！别提了，他跟初恋是一个城市的，都是山西太原的，他跟我说，2 月 14 日那天，他约自己心爱的女孩出去，结果吃了闭门羹，人正恼着呢，估计也伤心，咱还是别烦他了。”

“咳！又一年过去了，他和高中的初恋还没有修成正果啊？”

“往事不堪回首。”

白色情人节过后，我和赵玲栎见面的次数慢慢变少了。宿舍里，也恢复了之前的那种生活，只不过，魔兽二人组变成了三人组，赵磊成功加入了李超凡和阿泽的队伍，据说，赵磊是玩牧师的。还有一个变动就是，我也通过那位学长，买入了一台二手电脑，配置还算可以。

我悉心计划着五一长假的洛阳之旅，这是我和赵玲栎之间的约定，我没有提起，我想她也没有忘记。总之，我的感情生活似乎越来越顺，而赵磊这边，则彻底加入了魔兽世界的阵营，连出门都不愿意，经常让我和陈旗带饭回来。他有时，会时不时地说几句为了部落。也罢，为了部落，放弃爱情。

五一放假了，我打电话给赵玲栎。

“玲栎，你还记得之前说过的话没？”

“什么话？”

“就是今年五一我们一起去洛阳玩啊？”

“哦，记得记得，怎么，咱们最近就过去？”

“好啊，今天就出发吧，我已经把旅游攻略全部写在了笔记本上。”

“你真 low，我是洛阳人，怎么还需要你的攻略呢？你到时候跟着我走就行了。”

“咳，你看看我这脑袋，得是最近学习太忙了。”

“呵呵，是游戏玩多了吧。”

我和赵玲栎走出学校，来到了野蔷薇菜馆，我们点了土豆丝、宫保鸡丁、鱼香肉丝、虾仁冬瓜汤，可算是大吃一顿。按赵玲栎的话说，就是火车上不饿，不用吃快餐了。不过，为了打发无聊，我们还是在附近的超市里买了一些花生、瓜子、饮料之类的。

我牵着赵玲栎，沿着Y寨的街道，一直往前走。自从我们在一起以来，还没有好好逛过Y寨呢，只觉得这里人太多太吵，但今天阳光非常灿烂，和心爱的人走在街上，会有一种浪漫的感觉呢。

火车上，我和赵玲栎对面而坐，互相调侃起来，你一句我一句的，聊个没完。有一些年老的长辈，看到我们这样，都微微一笑，他们似乎看到了自己年轻时的模样。我俩看着窗外路过的风景，陷入了沉默。

“不如吃点什么吧？”我拿出了一袋金鸽牌瓜子。

“好啊。”赵玲栎随手抓了一把，旁若无人地嗑起来了。

“你呀，我就是特别喜欢你的笑容。”我直勾勾地盯着赵玲栎。

“嗯，今天看来，嗑瓜子的样子也蛮不错的。”

“噫，我这叫做天生丽质。”

从西安到洛阳的这段路程中，并没有什么特别亮丽的风景。大概过了四个多小时，我们抵达洛阳。

从火车站出来，赵玲栎一下子就跳跃起来。

“啊，还是洛阳的空气清新，西安的雾霾简直让我不能呼吸了。”

“有那么严重吗？我都习惯了，我只是觉得西安夏天热得慌，冬天冷得慌，其他的都还好了。不过，你要是说到空气，张掖的空气恐怕是地球上最好的了，那里的天简直蓝得彻底，一到晚上，天空中那可是群星灿烂。”

“好吧，有机会我一定要亲眼去看看。我要看看你家乡的星星是不是像你说的会眨眼睛。”

“嗯。”

我看着笔记本上记载的旅游攻略，决定先去龙门石窟。赵玲栎表示赞同，她说随便啦，反正怎么走都差不多，洛阳这边四通八达，不会走失，也不会太浪费时间，反正我们有七天的时间可以用来旅游。

赵玲栎家就住在关林附近，她说要回去一趟。于是，我就在关林附近的宾馆开了一个房间，自己住。下午，我就和赵玲栎开始了洛阳之旅。这趟旅行，就是从关林开始的。说起关林，我总感觉陌生，只知道这个景点与三国的关羽颇有渊源，等我们进去，我才知道，这地方原来就是关羽的墓地。几千年前，关羽被吴国暗算，曹操就把关羽厚葬在这里了。

我俩从正门进去，一直往里走。正好赶上了旅游旺季，有导游带团，我俩就顺便听人家讲解关林的历史。关林里面风景还不错，但建筑物大多都是庙宇，里面都是些三国人物。从正门走二十分钟，就到了埋葬关羽的墓地，虽然不能和西安的骊山相比，但也不错了。至少，这个墓地保护得很好。有很多游客在石碑前上香，我也花了十块钱，算是缅怀一下关羽。

从关林出来，已经是晚上六点了。我和赵玲栎就回宾馆休息了。到了八点多，赵玲栎提议去洛阳老街逛逛，反正我对这边也不熟悉，就听之任之了。从关林到老街，有很长的路途要走，大概就是像从西安的Y寨走到钟楼一样，我们乘坐出租车，大概走了四十分钟，就到了老街。

老街前有一个石桥，我俩从石桥往里走，就看到了一座古老的城楼。这个城楼，没有西安的高大，但在紧致之余，反而更显得古典。城楼的牌匾上写着洛阳老街四个字，再加上周围的古典装扮，让人有一种进入了古代的错觉。

我们迫不及待地往里走，就看到了一条充满古代气息的街道。原来，这里就是洛阳老街啊，真是美得让人惊讶。尤其是那些门店的招牌，全都是用古代的锦旗做的，在风中不停摇曳，让人觉得很是穿越。沿着老街往里走，人群熙攘，两边大多都是卖小饰品的，要么就是一些文房四宝，还有小吃店。跟西安的回民街比起来，洛阳老街虽然狭窄一点，但古味更足。主要是洛阳老街很陈旧，那些黑色的砖瓦，饱经岁月风霜，是一种天然的沉淀。

从老街出来，赵玲君变得很主动，非要拉我去吃什么洛阳水席，这东西我压根没听说过，不过一品尝，觉得真的绝了，这么多不同种类的菜品搭配到一起，组成了洛阳水席独特的美食文化！已经是晚上十一点多了，我俩回到宾馆，倒头就睡了。

第二天早上，我俩在街上吃饭，赵玲栎笑着问我。

“你觉得洛阳咋样？”

“真心不错啊，我喜欢这个城市，离西安也挺近的，高铁过来才两小时。”

“嗯，那你今天想去哪玩，我继续当你的导游，不过，一路上的花费全算你的。”

“哦，让我想想，那去龙门石窟吧，听着挺有名的。”

“好，吃完饭，我们就出发，到了龙门石窟，还能参观白园呢，就是白居易的墓地。”

“好吧，当名人真好，死后的墓地都能带来价值。”

话说，这龙门石窟真心不好找。要不是有赵玲栎，我连入口在哪都不知道。公交车只是把我们放到了附近的站台，可离龙门石窟还有两公里的路程，要是我一个人过来，恐怕要迷路。

走进龙门石窟，并没有让我感受到那种大气。我看到的，只是一条河和一条走道，因为人多，大家都往里走，有好几次，都挤在了一起，无法活动。可当我俩脱离人群，走到阴凉处的时候，就发现了龙门石窟的韵味。

这里风景秀丽，两边分别是香山和龙门山隔河相望。伊水缓缓北流，碧绿清澈，不管一个人心里有多少苦闷，看到这种情景，也会觉得心旷神怡，尤其是站在岸边的杨柳枝下。我俩一直往前逛，就到了卢舍那大佛脚下。卢舍那大佛依山而建，看上去浑然天成，佛像表情端庄，凝视着远方。这尊佛非常庞大，气势雄伟，让人有种想顶礼膜拜的感觉。大佛旁边，就是弟子、菩萨、天王、力士的雕像了，这些雕像根据它们的身份，进行了不同的塑造，形态各异，表情丰富，可以说是相得益彰。站在奉先寺里，让我有种超然脱俗、大彻大悟的感觉。

参观完了奉先寺，我俩从石桥走过去，来到了白园。

这里是白居易生前居住的地方，也是死后埋葬的地方。白园建立在龙门石窟附近，本身就依托着附近山脉独特的地形，以至于这里只要稍加修缮，即可成为归隐的好地方。从白园进去，到处是苍松翠柳，山泉叮咚，这里没有笔直的道路，全是弯曲的走廊，从不同的地方上去，就会看到不同的景致。据说，白居易晚年曾经和好友元稹、刘禹锡在这里对弈、饮酒、品茗、论诗，当真是会享受生活。要不然，白居易怎么会字乐天，号香山居士呢？原来这一切都是有渊源的，正印证了陆游那句诗，“纸上得来终觉浅，绝知此事要躬行。”

第三天，我们游完了白马寺，又去了王城公园看牡丹。五一的七天长假，已经过去了三天。回到宾馆，赵玲栎躺在床上，大呼劳累。我不忍心看她劳累，就说要不咱俩的五一旅游计划就到此为止？

“可别，要不容易放假一次，不把洛阳周边逛完了，下次过来又要劳师动众！”

“那你还想去哪？根据攻略，洛阳已经逛得差不多了。”

“咱们去少林寺吧，反正都在附近。”

“你不是嫌累吗？怎么还有精神去少林寺？”

“嗯，其实，我在洛阳生活这么久了，还没去过少林寺，不能在心中留下遗憾呐。”

“啧啧，正好我也没去过，那咱们明天过去吧。”

“好的，今天先好好休息。”

我俩从洛阳汽车站乘坐大巴来到了登封。这里是个小城市，街上的行人很少。可当我们到少林寺的时候，却发现这里的游人远比登封大街上的人多。少林寺不愧是千年宝刹，这里游人如织，都拥挤在正殿里上香。然而，少室山过于险峻，我和赵玲栎走到栈道的时候就被吓了个半死，只能缓缓地移动，回到了缆车附近的休息处。站在山前，看着三皇庙矗立在遥远的山巅，我不禁心想，这些山顶的庙宇是怎么修建的？简直是巧夺天工。少林寺这地方，确实不错，但说到底，它就是个寺庙，至于爬山的话，要走到三皇庙，简直是令人发指的行为。其中，有一段路特别狭窄，要紧紧贴着山体走，而另一边就是万丈深渊，这要是稍微心理素质不行的人，或者有恐高症的人，当场就吓蒙了。我都害怕得不敢走了，更不要说是赵玲栎了，她快要哭了！

离开登封市，五一长假也只剩下两天了，我们乘坐火车回到了西安。

洛阳之旅，使我和赵玲栎的关系又上了一层，我们的关系终于从亲密朋友上升到了两性之间。还好，我之前的努力总算没有白费。但每当我回想起少室山上的那个栈道，我就害怕得要死，顿时觉得心惊肉跳！

曾经，我的生活就是这样，空白得像一张纸，没有新意，我只能从平凡的生活中读取出乐趣，尽量满足，这就是我。前不久，我还在不停地抱怨大学三点一线的生活，幻想自己成为绝地武士，拯救世界。可后来，我觉得，我只要做赵玲栎的男朋友就够了，能够和赵玲栎长相厮守，就是我这辈子的梦想。我不由得回忆起了高中生活的种种，怪不得当时的感情就是小打小闹，原来，成年人的世界是这样的。

我和赵玲栎这种关系确定下来之后，学校外的旅馆就成了我们的经常光顾之地。为此，我还特意办了一张会员卡，毕竟这是个从头到尾都需要花钱的事，能省则省。

我的生活中，除了买烟，又多了一件事，就是买安全套。我和赵玲栎隔三岔五就出去鬼混，我俩的生活，就像是在漫长的黑夜过后找到了光明。回想起来，这种光明正是在洛阳的时候在那一瞬间被点亮的。

自从我俩确定了两性关系以后，我和她的个性或多或少都发生了一些改变。比如我，之前对她非常在意，容不得出一点差错，现在却没那种感觉了；比如她，之前的生活非常单调，人也是很淑女，自从那样之后，她跟变了一个人似的，话多起来了，人也活泼了很多，时不时地就喜欢出入一些娱乐场所。我在想，这是不是她以前的生活太拘束导致的？

当然，这些生活中的琐事并没有影响到我们的感情。在我俩的观点出现冲突的时候，我总是习惯性的忍让，毕竟，赵玲栎是我深爱的女孩。直到星期六发生了一件事，让我陷入了困境。

那天晚上，我俩在学校里逛了一会。当路过湖泊的时候，看到了很多恋人在湖边的长椅上依偎缠绵。

赵玲栎露出了迷人的微笑，“张帆，要不我们也顺着湖泊的走廊过去，到假山上缠绵一番？”

我笑着说，“那哪成啊？我们应该把位置让给学弟们，那假山上地方本来就很小，我俩要是去了，那可不又占了地方……”

赵玲栎说：“那我们去钟楼的 1+1 ？听说那里晚上很热闹呢？”

我说：“1+1 ？什么意思？”

赵玲栎扑哧一笑，“笨蛋，1+1 就是 2 咯。”

我们走出学校，拦下一辆出租车，直接往钟楼的方向开去了。到了 1+1，我俩找了一个特偏僻的角落里坐下，服务员热情地走过来。

“先生，请问你们要些什么？”

“就啤酒吧。”

“好的。”

过了一会儿，服务员送来了啤酒，我和赵玲栎开始边聊边喝。周围都是些年轻人，在嘈杂的音乐中疯狂地舞动着身体。当然，夜店的音乐很棒，让我坐在沙发上，都想摇头晃脑，有几次，我差点跟着动起来，但碍于面子，又赶紧恢复了正常。

“玲栎，你之前来过这里？”

“是啊，前几天来的，一个朋友带我过来玩。”

“男的？”

“对，不过是他请我们过来的，他喜欢我宿舍的一个同学。”

“哦，好吧。”既然是这样，我心里的疑虑也就消除了。

我俩起初也是随便聊些开心的话题，不知不觉中，时间就到了凌晨十二点。这时候，酒吧的音乐不停地变换，在酒精的作用下，我俩也被感染了，不自觉的跟着狂欢的人群跳动起来。这样的情况一直持续到凌晨四点，我们走出了 1+1。

夜晚的风吹起来有点凉，我脱下外套，盖在了赵玲栎的肩膀上。我们在敞亮的街灯下，缓慢行走。

“怎么样？这家夜店 H 不 H ？”赵玲栎笑着说，还一边用手比画。

“H 啊，太 H 了，我可是第一次来夜店，气氛还蛮好的，以后我们可以经常过来玩。”

“可以啊，我们可以去旅游，去全国各地的景点吃喝玩乐，也可以去全国各地的夜店喝酒跳舞。”赵玲栎跃跃欲试的样子，仿佛这一切就能很简单的实现。

“嗯，以后有的是机会。”我坚定地说，算是一种承诺。

“我们搭车回去睡觉吧，还是那家旅馆。”我说。

“不！我今天还没有 H 够，我想去网吧打 CF。”赵玲栎说。

“怎么，你也玩上网游了，还是 CF ？”我有点惊讶。

“对啊，反正离考试还远，日子又这么无聊，总得干点什么。”赵玲栎喃喃地说。

“嗯，没关系，我今天晚上也 H 的睡不着了，我陪你游戏好了。”

我俩来到了红树林网吧，忽然发现，过了一阵子后，连红树林网吧的机子都升级了。这个世界上，每一样事物，都在不停地变化，不是吗？我们找了两台连机，并排坐在一起。我走到前台，买了很多零食拿给赵玲栎。

“给，我早就知道，你是个吃货啦。”我手里拿着一盒饼干在赵玲栎眼前晃悠。

“嘿嘿，谢谢咯，你真细心，竟然发现我最喜欢吃这个牌子的。”

“小熊牌的，我也是无意间看到的。”

我们在一个大区里打 CF，玩了一个小时之后，我困得不行了，就躺着睡起觉来，赵玲栎仍然张牙舞爪地在疯狂射击，这绝对是入戏了。

也不知道睡了多久，赵玲栎拍拍我的肩膀。

“醒了醒了，都早上六点了。”

“呃，又是一个美好的清晨，我们回去吧。”我伸伸懒腰，这下清醒了不少。

“你先回吧，我这还有点事。”赵玲栎说。

“这大清早的，你干吗去？”

“我说了你不准生气。”

“好！我不生气，你说吧。”

“我有个朋友呢，说要请我吃饭。”

“朋友，男的啊？是谁？”

“我说你这个人真是的，一说朋友，你就要问男女？”

“这是本能好不好？”

“行啦，不跟你贫了，就之前请我们去夜店玩的那男的，特有钱，他开车过来，今天请我去吃大餐，我想想就激动。”

“喂，你等等，你不是说他喜欢你同学吗？怎么又请你啊？难道他想两个都要？开车了不起啊，竟然要霸占这么多资源，还有没有天理啊？”我一副死去活来的样子。

“哎，你这人真是……不可理喻，他说他俩最近感情不顺，想请我帮忙，让我支支招，那请别人帮忙的，自然是要请客吃饭的，这道理你应该懂吧？”

“我懂……可是，我在言情电视剧中经常看到这样的场景。一个老男人，开着豪车，动不动就以感情不顺，只是想聊聊，来接近单纯善良的女孩子。”

“你有没有搞错啊？人家才25，好不好？行啦，你别那么小气了，我就吃个饭，一会儿就回来，听话，你先回去，咱们电话联系。”

“好吧，老婆，有事一定打我电话。”说这话的时候我还真有点儿担心。

“嗯，知道啦。”赵玲栎一脸自信的样子。

我满腹牢骚的回到宿舍，蒙头就睡。一开始，我还想起了这样的场景，那个老男人带着赵玲栎，走进了一家烛光餐厅，先是喝红酒，又开始品尝西餐。然后画面一转，俩人就走进了一家星级酒店。完了，完了，我不敢想象了。不过，我还是坚信赵玲栎不是这样的人，我们的感情是经得住考验的。

晚上下自习，我、陈旗、赵磊先回到了宿舍，李超凡和阿泽说晚上要下副本，需要去餐厅买点夜宵，问我需要带什么不？我说带个菜夹馍就够了。

吃夜宵的时候，李超凡突然瞅瞅我，又继续看电脑了。过了一会儿，他又瞅瞅我，又继续看电脑了。

“我说超凡，啥事啊？你老看我干啥？”

“这个，不知道说出来合适不合适？”

“说吧你就，天塌不下来。”

“这事对我们来说确实没什么，只跟你有关系。”

“我？那我更要听听了，还不从实招来？是不是社团的事情？”

“没有。”李超凡看看阿泽。

“是这样的，我们刚才买完夜宵，路过7号楼，看到你女朋友正在跟一个高富帅接吻。”阿泽用十分悲哀的语气说。

“这……不是吧，你们确定是赵玲栎吗？”我仍然有些疑虑。

“百分之百确定，虽然我们玩魔兽玩得视力下降了，但还没到看不清人的程度。”李超凡说。

“好的，我知道，谢谢你们。”我从床上下来，勉强忍住内心的愤怒，来到了楼道里。

我点上一根烟，深深地吸了一口，拨了赵玲栎的手机号。

“你怎么回事？”我不分青红皂白就来了这么一句。

“什么我怎么回事？你说话说清楚点，行不？”赵玲栎一头雾水。

“你自己做的事情，自己知道，少装蒜了，真跟人家开房去了？你说实话，我们今天就把这事情好好捋捋，成不？”我真发火了，已经有点语无伦次的状态了。

“好！我都说了，是他请我吃饭，就是为了他跟我同学感情方面的事情，这个我早上跟你说过吧。”

“啊，对！那你们除了吃饭，还干了些什么？”

“没什么，吃完了饭，他就开车带我去兜风了，我们去兴庆公园逛了一圈，又去小寨逛了一圈，他见我老是在试不同的衣服，就顺手给我买了一件。”

“然后呢？”

“没有然后了，晚上，他开车送我回来了。”

“好！那我问你，你跟他在宿舍门前接吻是怎么回事？你不用管我怎么知道的，是我同学看见了，他们刚才告诉我的。”我大义凛然地质问。

“喂，我说你……你这同学也太不靠谱了吧，他是送我会宿舍没错，这个我承认，但说到我们接吻，这可是毁我名声的事情，你确定他看清楚了吗？”赵玲栎一脸无辜地说。

“我，这个？我问过他们，他们说确实看到你俩接吻了。不过，我还得继续调查一下，他俩似乎不靠谱，我迟些再跟你讨论这事，先挂了。”

挂了电话，我左思右想，这事有点不靠谱！从赵玲栎的语气来看，不像是说谎，倒是李超凡跟阿泽这两人，我一直觉得他们人很好，但偶然的坏心思挺多的，不行，我得再去问问。

我回到宿舍，整理了一下自己的情绪，装作刚才什么事情都没有发生。

“李超凡，阿泽，你俩看清楚了吗？我刚给我女朋友打电话，她说你俩毁她名声，她说根本没有的事。”我一本正紧地说，表示这事不能有一丝马虎。

“这个，我俩确实看清了啊。不过，我当时没在意，我只看见他俩走在一起，是阿泽告诉我你女朋友跟人家接吻的。”李超凡说。

“阿泽，你说说，你确定以及肯定吗？你到底有没有看错？这件事情可不是小事，你不要害我啊，兄弟！”我苦苦哀求。

“阿泽，你可要想清楚，你这可是破坏人家夫妻间的感情，这在道义上说是不对的，我这个宿舍长可不能不闻不问，你要把事情的来龙去脉说清楚，不能徇私舞弊！”赵磊说。

“咳！能有什么事呢，我确实看到他俩走在一起，到了7号楼底下，那男的似乎在动手动脚，但你女朋友好像在抗拒的样子，但那男的不依不饶，突然间，就吻上去了。”

“结果呢，到底吻上去了没？”你丫能不能把话说完，我心里都着急了。

“就在吻的那一瞬间，我心里想着，哎哟，这么伤天害理、有伤风化的事情竟然在大学里公开上演，我真的不能忍受，我哎呀着摇了摇头，结果画面就过去了，我没看到吻上了没有，只是确定那男的有这个动作。”

“哎，还好是这样。”我心里的石头总算是掉了地。

“你俩以后不要拿这些鸡毛蒜皮的小事来吓唬我。成吗？我的小心脏受不了。”我略微责备地说。

“你看看这人，刚才还说感谢我们来着，饭都没请，又埋怨我们拿小事烦他了。”阿泽一脸的不愉快。

“行啦，你们啊，不要听风见雨的，明明你们自己都没看清楚，就说人家跟陌生人接吻了，这要真传出去，不毁人名声吗？这我可要批评你们呐，连我都听的心惊胆战的，可别说，万一你们那天遇见我女朋友跟陌生人在一起，那可不就毁了？”陈旗没好气地说。

这件事情总算是过去了，但我跟赵玲栎之间，有了一个难以诠释的误会。我几乎每天都打电话给赵玲栎，但她从来都不接。我知道，她心里一定恨我，恨我不相信她。甚至，我再挂上电话的那一刻，都没说过一句对不起，我真TMD小气，连我都这样骂自己。

我俩僵持的局面一直没有打开，两周过去了，我有些局促不安。这时候，我通过各种关系，认识到了赵玲栎的舍友林原，并且，把一封长达两千字的检讨书亲自送到了赵玲栎手里。这封检讨书，可是我下了狠功夫才写成的，绝对感情真挚、字斟句酌，我想赵玲栎应该会原谅我的。

可是，几天过去了，仍然没有消息，她也不接我电话，还处处躲着我。对此，我束手无策，只得负荆请罪。星期四早上，天在下雨，我知道赵玲栎没有上课，一直在宿舍里。于是，我带了一把黑色的雨伞，就站在 7 号楼下。

我发短信告诉赵玲栎，我在 7 号楼下等你，如果你肯原谅我，就出来见我，如果不肯的话，我就一直这样等着，直到你原谅我。雨越下越大，我能清楚地听到地上噼里啪啦的声音。雨水不时会溅起来，淋湿了我的裤脚。

一分钟、两分钟、十分钟过去了，还是没有动静。我在思考，是不是我真的惹她生气了，可我们如果是真心相爱的，她就会给我这个赎罪的机会。等了半个小时，赵玲栎终于从 7 号楼里走出来，她看着我站在风雨中，紧紧地投入我的怀抱之中。

这些天，赵磊除了和李超凡、阿泽下副本之外，连课都懒得去上了。他成了一个彻底的宅男，但脸上却露出了久违的笑容。虽然，他成了宅男，但也比他深陷痛苦之中好吧，为此，我们都感到了些许安慰。

日子很快就要到七夕了，同学们都开始邀约。有些人想去旅游，有些人想去泡吧，有些人想去夜店，总之，大家为这个中国传统的情人节都忙得不亦乐乎。纵观 101 号宿舍里，陈旗就不用说了，自然是跟对象出去。李超凡和阿泽以魔兽世界七夕有活动为由，也拒绝任何外出的邀请，用他们的话来说就是，这个节日与其跟男生出去被当成 gay，还不如老老实实地待在宿舍里游戏。

七夕这天，陈旗破天荒的要跟我一起过。我当时就震惊了，惊讶地问道。

“陈旗，我们两个大男人，过得哪门子的七夕？”

“不是我们两个人过，是四个人过。我和我对象，你和你对象，这样可好？我们四个人去小寨的季季红吃火锅，咋样？”

“行啊，咱们这是 AA 制，还是你陈老板请客啊？”

“嗯，这是个问题。这样，火锅你请，接下来的娱乐活动我请，行不？这样的话，咱们两个大男人都有机会在女士面前表现。”

“OK，没问题。”

我和陈旗准备一起出门过七夕。

李超凡阴阳怪气地来了句。

“你俩晚上开房记得带套啊，别整出什么疾病来，污染了宿舍，让这里成了瘟疫之地。”大家被他逗得前仰后合。

“超凡啊，你这思想很龌龊啊。我只不过是和陈旗在七夕的时候一起出门，你就八卦我们俩了，那我就不相信你和阿泽今天别一起去餐厅吃饭？”我笑着回击，这叫以其人之道还治其人之身。

“哼哼。”李超凡无语了。

“怎么，你们真打算组队过七夕啊？”赵磊询问。

“对啊，有什么问题吗？如果你和你初恋在一起，我们也可以六个人一起过。”陈旗说。

“没事……记得早点回来。”赵磊欲言又止。

“呃，谢谢宿舍长大人的关心。”我俩齐声说。

我们四个人在校门口集合了，我准备去拦辆出租车，陈旗叫住了我。

“怎么？咱们步行去？那可是十万八千里啊。”我不解地看着陈旗。

“没有，我最近刚刚拿到驾照，买了辆赛欧，我开车载你们过去。”陈旗得意地说。

“哇塞，你这是藏的真够深的啊，什么时候买的？”

“最近，还没有跟宿舍的人讲。走，咱们去停车场。”

陈旗的车停在Y寨的一个停车场里。这是个露天停车场，地方很大，周围也都是些搞汽修的门面。我们站在这辆蓝色的赛欧面前，陈旗得意为我们讲解车的参数，比如，赛欧的排量啊、油耗啊，说了半天，他总结出一句话，这车最大的好处就是便宜实惠，适合我这种新手。

上车后，陈旗和我坐在前排，吴乐和赵玲栎坐在后排。她俩只顾开心地聊天了，说这说那的，像是一见如故。而陈旗和我都有点紧张。

“这第一次开车去小寨，不但距离远，还拉着三个人，哥也有点紧张啊。”陈旗淡淡地说。

“怕什么，你驾照都拿到了，况且，你车后面不是贴着新手标志吗，老司机们都会关照你的，哈哈。”我在一旁给陈旗鼓劲。

“行，那我就开始了。”陈旗发动引擎，挂一档，松动离合，赛欧慢慢地往前行驶。到了停车场外，陈旗换到二档，车速逐渐稳定，到了科技路那边，陈旗舒了口气。

“哎呀，可算是走出来了，学校附近那块交通特别紊乱，我都不敢乱开，但是没办法啊，附近只有那一个停车场，价格还算便宜。”

“嗯，你就经常带我们出去玩，没几天，你就成老司机了。”我笑着说。

“行啊，行啊，以后你们谁有事要用车，给我吱一声，我把钥匙给你们。”陈旗拍拍胸脯。

“你说的是，不过呢，我驾照还在考，宿舍那几个哥们，恐怕只对魔兽坐骑感兴趣了。玩车？你不如送他们几个狮鹫吧。”

路上，陈旗小心翼翼地操纵着这辆赛欧，我看他的技术倒也娴熟，但毕竟是初次上路，心里的紧张是可以理解的。有时候，我们走得慢了，后面超车的司机都会看我们一眼，我就只能保持沉默了，要么，就对他傻笑。有个老司机，大概是在后面被我们堵得十分不爽了，超车过来就立刻向我竖中指。

到了小寨，我们四个人来到了季季红火锅店。陈旗连忙坐下来，搓搓手掌心，像是刚结束了一件很棘手的事情。

“可算是把这车开过来了啊，一路上还算顺利，阿弥陀佛。”

“哈哈，这开车呢还是要靠过硬的技术啊，恭喜你以后除了学习，又多了一门室外活动课。”吴乐热情地说。

“哎，好吧，谁叫你喜欢到处逛呢，老是坐出租车，我可不放心啊。现在这世风日下，人心叵测，为了安全，我还是以后载你去吧，做你的私人保镖加司机。”陈旗关心地说。

“哈哈，你俩可真是般配得很呐。”看着陈旗和吴乐互相恩爱的样子，我和赵玲栎都忍不住称赞起来。

“好啦，不聊了，我饿死了，我们点菜吧，今天张帆请客，对不，张老板？”陈旗望着我说。

“嗯，你们随便点啊，尤其是陈旗，开车更辛苦，得好好补充补充营养，不用客气。”我大方地比画着。

“好的，那我们就专门点最好吃的最贵的，嘻嘻。”赵玲栎说。

二十分钟后，锅里的菜都熟透了。大家开始狼吞虎咽地吃起来，不知道是中午没吃饭的原因，还是这菜太好吃了。

陈旗吃了一会，端起啤酒杯说。

“张帆，今天谢谢你请我们吃饭。我和你呢，说起来挺投缘的，咱们是同学，也是兄弟，以后有什么需要帮忙的，你就打我电话，我一定帮你出谋划策。”

“你看看，还出谋划策。你不是东北人吗？如果兄弟我叫你帮我两肋插刀，干不干？”

“干啊！我这是能文能武，文武双全。这个人吧，遇到什么难事，我还是喜欢动点头脑，能通过外交途径解决的，我一般不会使用武力。当然，如果需要打架，那我也是一条好汉。”

“吃你的吧，还打架，以前高中的时候没打够？看看你额头那疤，缝了几针了？”吴乐白了陈旗一眼。

“嘿嘿，想当年，我也是热血青年来着……”陈旗摸摸额头，他额头上有道疤，不过头发稍微长点就被盖住了，除非他剃光头，否则别人是看不出来的。

“陈旗，我敬你一杯。”赵玲栎说。

“咱们学校里有车的可就两个人，一个人李小刚，那是典型的富二代，一个就是你了，白手起家、努力拼搏的典范。来，我敬你。”赵玲栎和陈旗碰杯后，一饮而尽，陈旗也痛快地干了。

“哎，玲栎啊，你说这学校里有车的就两人，这我可不同意。其实，有很多同学都有的，只不过呢，他们没开过来，主要是嫌麻烦。我这个人呢，不怕麻烦，所以就痛快地买了，可麻烦事还多着呢，每天都要交停车费，还要定期保养……咳，可真是够我喝一壶的了。不过呢，我可不是什么白手起家的典范，其实，我这车也是父母给钱买的。”

“哈哈哈哈。”大家都被陈旗逗得前仰后合。不过，话说回来，陈旗虽然跟曲直一样，有着开公司的梦想，但毕竟大家都是大学生，要拿出四万块钱买车，那可不是件容易的事情。但陈旗有一点绝对比曲直强，如果这会儿坐的是曲直，他肯定会说，当然啦，我是谁啊？买个车算什么？这也就是陈旗比曲直受欢迎的原因。

下午，我们一行人来到了桌游俱乐部。这个俱乐部呢，就是专门供大家玩桌游的，俱乐部场地并不大，但装修得很豪华，给人一种温馨的感觉。来这里玩的人，也大多都是年轻人，以大学生为主，我们在这里，有种找到了组织的感觉。

我们四个人围着一张桌子坐下，开始玩三国杀。反正，闲着也是无聊，不如玩这个实在，可以打发时间，还能在娱乐的时候品尝饮料。玩了几局，大家都累了，躺在沙发上大大咧咧的，一点也不注意形象。我刚琢磨着下一张牌该怎么打？手机响了，是赵磊打来的。

“喂，赵磊，什么事啊？”

“张帆，你和陈旗在一起吗？”

“对啊。”

“我有个事情，想请你们帮忙。”

“什么事？”

“今天是七夕，我知道你们在过节，麻烦你们不太好意思。但是，我决定跟我初恋做最后一次表白。我买了一束鲜花，豁出去了，今天就在农大的校园里跟她表白，我想你俩跟我去，如果我成功了，你们和我一起庆祝，如果我失败了，就麻烦你俩把我抬回来。”

“你这是去表白，又不是上战场？有那么严重吗？”

“农大太远了，我一个人又不想过去，怪麻烦的。咱们都是好哥们，就帮我这一次吧，只是请你们做个见证，这次如果失败了，我一定会放弃。”

“哦，这样啊，那我跟陈旗商量一下，如果可以的话，我们一会过去找你。”

挂上电话，我跟陈旗说了一下赵磊的事，我们俩都唉声叹气，一致决定要回去帮他走出困境。于是，我们开车回到了 101 宿舍。

“准备好了吗？兄弟”陈旗拍拍赵磊的肩膀。

“嗯，这次是最后一次，我豁出去了。”赵磊深深地吸了一口气。

“那好吧，我们走吧。”我耸耸肩膀，做出无奈的样子。

我们三人坐着陈旗的赛欧，很快就来到了农大，也避免了在公交车上的那种煎熬。赵磊一路上都沉默不语，不知道在想些什么。到了农大，他瞬间变得清醒，右手拿着一束玫瑰花，异常平静地来到了他初恋女友的楼下，我和陈旗在旁边抽烟，一方面是为他加油打气，另一方面，也是在他阵亡后为了替他收尸。

赵磊打了电话，过了几分钟，有个女孩从楼门口走出来了。我们觉得到了最关键的时候，就迅速地来到了赵磊附近，装作是赏花的路人甲。这个女孩长得很水灵，一双汪汪的大眼睛格外有神，她穿着白色连衣裙，像天使般纯净。不过，我们留意到，她的表情并不怎么开心，而是格外的平静。

赵磊说："叶舟，从高中到现在，我一直都很喜欢你。虽然，我过去也表白过，但我们之间一直都没什么交往。这朵玫瑰花送给你，希望我们能够真正的在一起，好吗？"

叶舟说："赵磊，谢谢你的好意，但是，我们真的不合适。我是一个单纯的人，你应该了解我，我所认为的爱情，就是找一个我爱的人。在高中的时候，我没有找到。但是在这里，我找到了，他和我是一个班级的，我们有共同的语言，和他在一起，我会感到温暖、安心。可和你在一起，我没有这种感觉。虽然，我也考虑过你。但是，跟你试着交往了几次，我发现我们并不合适，所以，请你把这束玫瑰花，送给真正适合你的女孩，谢谢你。"

赵磊说："难道，我们真的没有可能吗？"

叶舟说："没有可能，绝对没有可能，希望你能找到自己的幸福。"说这句话的时候，叶舟表情很坚决，微微眨了下眼睛，像是想起了从前。

赵磊说："好吧，我明白了，叶舟，再见，我会离开你的。"说着，赵磊转身就走。

这时候，一个男声从前面传过来，声音很温情。

"叶舟，我们走吧，去餐厅吃饭，今天我请你。"

"好啊，那我要吃烤鱼，嘻嘻。"

赵磊愣在原地，想回头看看，却又没有勇气，而我和陈旗，望着叶舟和她男朋友离开的背影，心里面充满了各种滋味。

在回来的路上，陈旗放了首应景的歌曲，阿杜的《他一定很爱你》。赵磊用手捂着脸颊，似乎是哭了起来。我坐在后座，看着赵磊伤心的神情，也就实话实说了，这虽然是件残酷的事情，但对赵磊是最好的。

"赵磊，我觉得你和叶舟确实不太合适，而我却觉得叶舟跟刚才那个男生非常合适。虽然，这句话对你是一个打击，但是，也能让你看清楚局势，看清楚自己。”

“对，张帆说的没错，他们才是合适的一对，你这长达七年的爱情应该到头了。”陈旗说。

“呜呜呜，你们都别拦我，我也要跟曲直一样，我要退学！为她而来，为她而去。”赵磊哀伤地说。

“你看你那样，真没出息，你来西安是为她而来，那你上大学也是为她而上的吗？你是为了自己，大学四年后，你还要出去工作，你还有很长的人生道路要行走。叶舟，只不过是你漫漫人生旅途当中的一个插曲，一个错误，难道你还要执迷不悟？”陈旗有些激动地说。

“唉，其实，我一早就知道我跟她不合适了，只不过，我不愿意承认。谢谢你们，你们说的很对，我的人生，应该为自己而活，而不是活在叶舟的阴影里。”

“这就对啦。”陈旗连忙换了首欢快的歌曲，赵磊擦干眼泪，抬起头来，露出了微笑。我们三人坐在车里，行驶在西安二环的公路上，想要去远方的样子。

第二天，赵磊很早起床，和我们一起去信工院上课了。从此，宿舍里也告别了那些悲伤的音乐，气氛又一次奔放起来。

第五章　奇怪的假期

大一的第二学期，随着我跟赵玲栎的感情逐渐稳固下来，一切都仿佛没有了新意。我的生活又回到了宿舍、教室、餐厅这三点一线上来。除了翘过几次课，被导员直接从宿舍里揪出来之外，还真没发生过什么印象深刻的事情。

日子过得极为平淡，李超凡和阿泽成天魔兽世界。赵磊仿佛也从曾经的忧伤中解脱出来，开始玩校内网，他说他想认识一个同校的女生，先是网恋，再逐步走向现实，他说这样的话，有一个很长的了解期，可以避免之前的悲剧发生。

这是七月份，西安最热的时候。窗外的阳光，可以把人晒得晕晕乎乎，以至于操场上连个人影都没有。倒是宿舍里，又成天响起了李超凡和阿泽下副本的声音，虽然有点吵闹，但我们都习惯了。

我打开电脑，一边玩着航海世纪，一边跟女友聊天。这样的生活，跟高中时代完全不一样，惬意中带着一丝空虚。久而久之，大家便会习惯，习惯了一觉睡到中午十二点，习惯了抽烟跟舍友天南地北的瞎扯，习惯了让去餐厅的舍友带饭。在这样的生活中，我已经不知道理想为何物了？

七月末，学校放假了，大家你一句我一句，或多或少的掺假着感情告别之后，就各自拉着行李回家了。理想？究竟为何物？我已经忘记了。我记得小时候，我的理想是当一名科学家，但稍微长大些，我明白了当科学家是不现实的。于是，我又想当一名军人，保家卫国，但一听说当兵回来的人说当兵如何如何辛苦，我又觉得还是当个老百姓最好。生活，似乎就是这样随波逐流。

暑假，和之前一样，我一回去，父母就准备了一顿大餐，吃完后，就各自忙各自的了。他们不再像高中那样关心我的学习问题，也不再像大一刚去那会关心我的生活问题。在这个太平盛世中，只要稍微有点脑子，发生危险的概率基本没有，所以，父母不用操心我的生活，而是醉心于两人世界了。

张掖是一个极小的城市，小到我出去逛一圈，理论上都可以遇见几个熟人。在这个城市里，似乎总是没有大的秘密可言的，你今天做一件蠢事，很快就会被传出去，那些整天没事干的阿姨们，就爱搬弄是非。哎呀，今天谁谁谁买了一件大衣，前几天那个谁谁谁买了一辆新车。当然，张掖的夏天也是非常炎热的，出去走一趟，难免会汗流浃背。

我乘坐出租车去了南郊，铁男住在梨园小区，可遗憾的是，铁男不在家里，只有他年迈的父亲一个人，在阳台上拿着工具修剪花卉。

“大伯，铁男去哪里了？”

“哦，是小帆啊？有些年不见你了。铁男这小子，别提了，想都不用想，肯定在健身房。”

“哦，哪个健身房？”

“咳！听说叫什么猛男俱乐部，这小子，真气死我了！都快三十的人了，也不成家，整天还练什么肌肉？那玩意练那么好，能成为施瓦辛格吗？小帆啊，你快帮我劝劝铁男吧，你是大学生，见多识广，哪像那浑小子，从高中辍学就开始在社会上胡混！”铁男的父亲咳了几声。

“还是在家修剪花卉才是正道……”

“好的，我这就过去，一定帮您好好劝劝他。”

到了猛男俱乐部，我看见铁男正在场地上练散打。他神情专注，在做试探性地进攻，不出几个回合，就重 KO 对手。那人败下阵来，连连认输，并且称赞铁男多么神勇。我在台下拍了拍手，铁男回过头来看我。

“张帆！有几年没见你小子了，最近在干啥？”铁男惊喜地喊道。

“我在上大学，今年刚上完大一，你这些年忙什么呢？也不见你人了。”我感叹地说。

“我啊？就继续当我的街头小混混呗，还能干啥？”铁男嬉皮笑脸地说。

“走，咱们坐下来好好聊聊。”我伸出手拉铁男下来。

我和铁男来到健身房的休息室里，隔着一张桌子坐下。铁男走出去，拿了两瓶啤酒，放在桌子上。

“听说你天天都来这里练散打，你父亲可是很担心呐。”我说。

“担心？他懂什么，从我高中辍学那会就一个劲地唠叨，说我没出息，这都快十年过去了，还在唠叨，我早就习惯了。”铁男抱怨地说。

“那你最近不工作啦？”

“不是，前几年给人家开货车，哎呀，那叫一辛苦啊，天天从甘肃这边运货去新疆，把我给累的啊。现在，一听起那首《2002 年的第一场雪》，我就想起来自己在乌鲁木齐的岁月……记忆犹新。”铁男说着，点上了一根烟。

“你这日子过得真是潇洒，我就差远了，规规矩矩地高中毕业，规规矩矩地上大学，都不知道理想是什么了。”我也惆怅起来。

“咳，还谈什么理想？人啊，总要向命运低头，就跟我当年开长途货车一样，超载了被逮住还不是照样被罚。你说我能咋样？总不能抡起拳头，上去就打吧？不过话说回来，咱们高中那几年，有几次架打得可真是爽！”

“哈哈哈哈，是啊。”我俩忍不住笑了。

“张帆，我没事儿，老头子整天就知道弄他那些破花。他也是闲着没事，你当我整天在这里玩呢。告诉你吧，家里的开销全靠我一个人呢。老头子早就下岗了，当年在工厂里眼睛受了伤，回来窝在家里，也没修养好，视力越来越差，你说他不弄那些花，他能干啥？好在我，当年也没有白混，跟道上的一个哥们开了这家健身房，早就洗白不混了。老头子眼睛不好使，我又不是一个擅长交流的人，所以，直到现在，他还认为我在社会上混呢。”铁男说。

“哦，原来是这样，铁男，你真是厉害！赶紧的，给我办张 VIP 金卡，我以后也来这里锻炼身体了。”

“哈哈，没问题。”

如今，连铁男都有了自己的事业，可我，却只是一个碌碌无为的大学生，还依靠家里的补助生活。离开健身房时，我看到铁男镇定地站在沙袋旁，一连出拳几次，对着沙袋猛击，他这份淡定自如，大概也是被生活所磨练出来的。

我又去看望了李明，这小子还跟高中是一个怂样，当我到他家里的时候，他正在跟弟弟围着电视机看《喜羊羊和灰太狼》。他见了我，还算是热情，但给我倒了一杯水后，就把我晾到了一边，继续看起了电视。

“哎呀，灰太狼，你怎么那么笨！连只羊都抓不住！”李明猛地拍拍大腿。

“哥哥，哥哥，我也要当喜羊羊……”李明的弟弟闹个没完。

我实在受不了，只能提前离开了。咳，这个暑假，我绝对要被无聊死了，去哪玩呢？网吧？还是溜冰场？还是电影院？都没意思。这时候，一个念头突然从我脑海中闪现。对了，徐庶，他肯定在家里，这哥们从高中时候就是个奇葩，总有很多新奇的玩意，那就去找他玩。

我搭车来到城北，在一个陈旧的巷子口停下。我沿着蜿蜒的街道挨家挨户寻找，总算是没有白费力气，终于找到了他家了。我推开门，发现屋里很空，稀薄的灰尘在仅有的一道阳光中不停地旋转，像是某种奇特的仪式。

“啊！徐庶，我来了，我想死你了。”

“小心，别乱碰！那是爆炸符。”我刚要摸放在桌上的那张黄色的符，就听见里屋里传来徐庶鬼吼的声音。

“我晕，哥非要碰，怎么着吧，你小子火影看多了？”我执意去摸。

我的手刚要触碰到符文时，突然从里屋飞出一个手里剑，直接打在旁边，真准。我下意识把手收回来，一个踉跄，倒在了他家的沙发上。

“徐庶！你快给我滚出来，什么玩意？”我承认自己受到了惊吓。

这时，徐庶才慢悠悠地从里屋出来，手里还握着本《忍者秘籍》，我一下笑了，忍不住调侃。

“你是《火影忍者》看得走火入魔了？”我质问他。

“啧啧啧，你是《海贼王》看多了吧？”徐庶指着我T恤上的路飞说。

“毕竟三大民工漫。”

我俩闲着没事，决定到迦叶寺逛逛。原先的迦叶寺，只有门前的一条街道，后来，随着来迦叶寺烧香祈福的群众越来越多，导致这里人满为患，市政府就痛下决心，把迦叶寺前面的一大片砖瓦房给拆掉了。虽然，没有少给拆迁费，但也是值得的。

迦叶寺也因此重新修缮了一番，不但有了一个庄严的正门，从正门往前走几百米，都是与佛教相关的建筑，比如，仿古的雕塑，门廊，还有一些花坛。最为震撼的，迦叶寺正门前面几十米处，新修了一个硕大的香炉，这平时啊，都是香气缭绕，云里雾里的，给人感觉非常气派。

据说，迦叶寺的慧空方丈，本身就很痴迷古代。他经常对座下的弟子说，哎！看看这世道，越来越不像话了，还是中国的古代好，很多人都有侠义精神。可现在呢？连在街上扶个摔倒的老人都要犹豫半天。说着说着，慧空方丈就会不自觉的摇头。

自从迦叶寺修缮以后，慧空方丈见到了眼前的一片古香古色，顿时觉得这里超然世外，大有返璞归真之义。于是，他让迦叶寺周围的商贩们都换上了中国古代的汉服，说这样才跟迦叶寺匹配。不然，一边是古代，一边是现代，搞得不伦不类的。起初，商贩们都不是很乐意，但慧空方丈开出了很多福利，商贩们也就乐意这样做了。

我俩走在迦叶寺的步行街上，好一派古香古色的情景啊。烟雾缭绕中，迎面而来的不是汽车，竟然是推着小车叫卖炊饼的货郎。往四周环顾一圈，这里竟然还有卖古董、墨宝、纸伞的店铺。在街道中心，有几个卖小吃的摊贩，都穿着汉服，在招揽顾客。走在这条街上，我仿佛来到了唐朝。如果没有穿汉服，这也不打紧，迦叶寺周边有一家专门提供汉服租售的门店，据说，生意很火爆。

正当我和徐庶沉浸在这种意境当中不能自拔的时候，我俩听到了一阵嘈杂的声音。

“看你贼眉鼠眼的，准不是什么好东西。我的钱包呢？你识相的话就还给我。”一个穿灰色长袍的高个子男人骂道。

“什么？你嘴里放干净点，我没偷你的钱包，怎么还你？”一个穿蓝色布纹的老汉说，这个老汉年纪明显大了，说话都有些吃力。

“发生什么事了？快去看看。”附近闲逛的人都去凑热闹，我和徐庶也随着人群走过去了。

“大家伙说说，这人刚才一直跟在我后面，我钱包丢了，不是他偷的，还有谁？”穿灰色长袍的男人不依不饶。

“什么叫我一直跟在你后面，这路就是让人走的，只不过我碰巧出现在你身后罢了，还不知道你的钱包什么时候就被人偷走了呢？”老汉辩解道。

这俩人你一句我一句互不谦让，就慢慢地扭打到一起了，那个老汉明显打不过，处在劣势。眼看他就要被打倒了，一个穿半袖的中年男人突然出现，一手抓住了那个高个子的胳膊，这俩人开始较劲，但高个子似乎是使不上劲，败下阵来。

“你俩别闹了，这里佛门净地，不要撒野，要打去外街打，再说了，烟雾这么大，谁知道你钱包丢哪了，要实在不行，你就地上瞅瞅，说不定掉地上了。”穿半袖的男人说。

“哼！反正也没多少钱，就当我今天倒霉吧。”高个子气喘吁吁得走了。

“你要不要看医生？”中年人扶起老汉。

“不用了，谢谢。”老汉作揖。

这时候，站在我旁边的一个白面书生笑着说：“刚来到张掖，就看到如此情景，有趣有趣。”白面书生边说边做着手势，在空中比画，跟在他身后的，是一个书童，为他撑着一把江南纸伞。

白面书生往前走了几步，来到了卖纸伞的摊位。

“大娘，你这纸伞一天能卖几两银子啊？”

“银子？生意好的时候也就能卖几百块吧……”大娘错愕地说。

“哦，我给你写几个字，你这纸伞一定能卖个好价钱。”说着，白面书生拿起一把碧绿的纸伞，在上面肆意地写了几个潦草的字迹。最后，他举止端庄地拿起印章，在落款处盖上了唐伯虎的字迹。

“我@#￥%，怪不得今年流行玩穿越呢……”大娘愣在那里，一时也没反应过来，估计心理阴影够大的了。

“这人一定是个精神病患者，还是一个痴迷于角色扮演的精神病。”徐庶呆呆地说。

“是啊，不过我倒是觉得，迦叶寺这块地方，对治疗精神病有很好的疗效。通常来讲呢，精神病只要满足了客观的条件，心理上获得了认可，就会慢慢好转。”我认真地分析了一回。

“不过，看他的样子似乎很是入戏，难道他真的是唐伯虎？”徐庶小声说。

“你丫，醒醒了。”我拍了下徐庶的脑袋。

“话说，你小时候不是看过弗洛伊德吗？你给说说，这是什么情况？”

“这是心理学上的一种叫做认知疗法加场景模拟法，因为，世人不理解患者，所以，患者出现了心理障碍，只要通过模拟患者认为正确的场景，患者的心理障碍就可以突破，久而久之，走过了这一环，也就慢慢正常了！”徐庶说。

这好不容易送走了一个精神病，没想到前面又出现了一群精神病。

有几个青年，都穿着古代衣服，这衣服上还有一些缝补过的痕迹，貌似穿了很久的样子。他们在街道上行走，为首的那个青年扛着一把雁翎刀，额头上绑着根红绳，身后跟着的那个穿淡蓝色袍子，拿着一把长剑，最后面东瞅西看的那个穿着盔甲，拿着一把金轮，我想他在COS金轮法王。

这三人站在小摊跟前喝豆浆，看他们狼吞虎咽的样子，像是很久没吃过饭了。

“大师兄，这豆浆真好喝。”

“嗯，这油条也是清脆可口。”

“不错不错，我早就听说迦叶寺旁边的豆浆是张掖一绝，今日品尝，果然名不虚传……”

“咦？臭小子，敢踩本大爷的脚，本大爷让你吃不了兜着走！”拿剑的青年说。

“对不起啊，我刚吃完饭，没有注意，实在不好意思。”一个身材矮小的男人说。

“一句不好意思就能过去了？本大爷的鞋子可是王彪头从杭州运过来的，名贵着呢，你要识相点，就帮本大爷把鞋子擦干净，不然的话，休息离开这里！”说着，拿剑的青年抬起腿，踩在长凳上。

“哎，几位大爷行行好啊，我真的是有眼不识泰山，我这就去附近的店铺里借块干净的抹布。”说着，矮个子就打算离开，结果，被对方用剑拦住了。

“那怎么成啊？万一你溜走了，谁来赔偿本大爷的损失呢？”拿剑的青年说。

“那可如何是好啊？我身上也没有带多少钱……”矮个子有些着急，局促不安地说。

“看你也是个穷鬼，既然擦不了鞋，又陪不了钱。这要是传出去，你让我们哥几个怎么在江湖上混啊？你让我们祁山三侠的脸面往哪里搁？这样吧，就让本大爷好好教训你一顿，也好让你以后长点记性。”说着，这三个不良青年握着拳头正要打过来。

这时候，一个影子从正门里飞出来，动作神速，让人看不清楚。这人身法极快，吓得三人忙举起兵器阻挡，却不知如何是好。在他们慌张之时，和尚已经站到了他们身旁，用娴熟的手法把他们三人的兵器都打了下来。三人惊恐万状，不约而同地叫了起来，生怕自己一败涂地，就更无法在江湖上立足了。

和尚并没有进攻，而是停下来，站在他们面前，很有礼貌地说：“施主，迦叶寺乃一方宝刹，不能大动干戈，还望各位不要造次。”

二师兄明显不服气，张口就要骂秃驴，却被一旁的大师兄制止了。大师兄知道见好就收的道理，庄重地向和尚作揖。

“小师傅真是年轻有为，这么好的武功，迦叶寺可真是卧虎藏龙。今天给贵寺带来麻烦，很是惭愧，我们先行告退，后会有期。”说完，便带着手下的一帮乌合之众离开了。

“施主远道而来，不知有何贵干？”和尚问我。

“没事，没事。”我俩一脸懵逼，然后就走了。

第六章　往事如风

赵玲栎听得咯咯笑个不停，还一直问我真的假的，我严肃地说，当然是真的了，说完，我也笑了。从心底里讲，我还真是怀念假期。周四下午没课，我在宿舍里待得实在无聊，就走出校门，再一次来到了红树林网吧，这个网吧总会给我带来一些新鲜事。

我在网吧的电脑上玩游戏，正入迷呢，一个熟悉的声音突然传来。

“哈哈，张帆，你又在网吧玩游戏了，小心我告诉你们导员去！”

我抬头一看。

“哎哟，这不是林原吗？什么风把你给吹来了？”

“怎么，我就不能来网吧了？哦，对了，你和赵玲栎的感情怎么样了，听说你们和好了，那可多亏了我的帮忙，没有我帮你送那封信，你现在还不知道多苦逼呢。”

“嘿嘿，看来，是得好好谢谢你，请你吃牛肉面，加俩蛋，总可以吧？”我笑着说。

“你咋那么俗，就知道吃牛肉面。”林原撅着嘴说。

“怎么？吃牛肉面就俗了啊。你发誓，你没吃过牛肉面？”我反击道。

“哼！给我买件衣服吧，咱们去小寨。”

“去就去，我帮你买一件。”我心想，反正闲着也是闲着，不如去逛逛，讨好林原也是有必要的，万一哪天我再给赵玲栎闹矛盾了，岂不是还需要她帮忙送检讨书？可是，她要买衣服啊，万一买几百块钱，那我不是冤大头了。拜托，你身上不久只有两百元吗？怕什么？嗯，那我还是放心去吧。

我俩乘坐出租车，向小寨方向行驶过去。路上，我跟林原没说过几句话，大多时间，我都在装深沉，看风景，林原也在低头玩手机。出租车飞快地行驶，又走了二环，故地重游，可我却没有似乎还是之前的心情，好在天气不错，我没有发作，就和司机攀谈起来。车子停到了百佳购物楼下，我付了钱，一共是二十五元。天呐，好贵，我又白白地支出了一笔，都怪我，刚才没有想到她会让我拦出租车。

我问林原："咱们去哪逛？"

林原说："就在附近吧，去那边。"她指着前面的购物广场。

我俩步行过去，这个广场叫做百汇购物。主要卖衣服饰品，还有其他的货物，应该是应有尽有了。

我俩在从一楼进去往里边走，林原喜欢到处看看，并且试这试那，总是对着镜子让我说这件衣服好不好。起初，我一直都说好，但林原一连试了好几家，我只能回答一句，你人长得漂亮，穿什么都好看就不用问我啦。

我俩走到一楼的尽头，林原说。

"张帆，我渴了，去帮我买杯饮料吧。"

这可奇怪了，我又不是她男朋友，更不是她佣人，凭什么啊？但一想着人家毕竟帮了我大忙，以后还肯定有用得着她的地方就忍了。

"哎，林原，你喜欢喝什么？我这就去买。"我装作很温柔的样子。

"就柠檬汁吧，谢谢。"

"好嘞，那我就喝芒果汁。"

我俩一人端着一瓶饮料，一前一后的逛到了尽头。林原还是没有挑到称心如意的衣服，倒是白白试了十来件。

"我说，你这样不好吧，哪有只试不买的道理？"

"你啊，一看就是个宅男，估计都不陪女朋友逛街，女生买衣服呢，就是这样，不试个几十件，怎么能买到满意的，货比三家？OK？"

"我看你是三十家。"

"切，是你答应给我买衣服的。走，咱们去二楼逛逛。"林原一脸不爽。

到了百汇购物二楼，我俩又从二楼往回逛。林原东瞅瞅西看看，貌似是看中了一件衣服。她眼前一亮，惊呼这件不错，就到试衣间换衣服去了。

“这件怎么样？张帆。”林原问我。

“好极了，这真是极好的，非常适合你，能衬托出你的女神气质。”我心想着换个词吧，万一相中了，我也就解脱了。

“嗯，那就这件了。”林原满意地说。

我心想着终于解脱了，连忙去付款。

“哥们，这件衣服多少钱？”我对看店的老板说。

“这件啊，我瞅瞅，三百元。”老板淡定地说。

“什么？三百元，这么贵！”我寻思着这下惨了，我身上只有二百元，刚才搭车花掉几十，这明显是不够了，这个坎怎么过呀？

“兄弟，给女朋友买衣服，可不能小气！这件衣服是名牌，自然贵一点，你看这件，是杂牌的，就几十元咯。”老板随手拿起一件紫色的衣服说。

“这个，你看看，能不能打折？”我试探性地问问。

“可以啊，反正都下午了，快打烊的生意，两百块咯。”老板说。

这可怎么办？我平时不怎么买衣服，跟人砍价的能力不行，就算一百五买了，我们也只能坐公交车回去了，按林原那小姐脾气，铁定是不乐意。我摸摸脑袋，得想个办法，总不能让林原掏钱吧，这也太low了。

我盯着老板看了会，越看越觉得眼熟。突然，我心里一热乎，笑逐颜开了。

“哎呀，这不是杨鹏吗？你怎么在西安开了个门面啊？”

“哦，你是？好像有点眼熟啊？你是张掖的？”

“对啊，我是张掖二中的，当时，咱们一个班吧。”

“是啊，我想起来了，你是张帆，没错，就是你了。哈哈，我说怎么有点眼熟呢。”

“嗯，没错。咱们张掖老乡在西安偶遇真是太难得了。这是林原，不是我女朋友，是我一闺蜜，非要让我给她买衣服。你看，就是这么巧，她逛了几十家店都没找到合适的，正好就看上你家这件了，你怎么着也得打折啊？”我绕来绕去，总算是表达出了点意思。

“好吧，这件衣服啊，要别人，最低两百块，既然是你朋友，那就一百块好啦。”

“谢谢，谢谢，杨老板，以后有时间咱们就聚聚，好好聊聊。”

“行啊，我的店就在百汇，你没事就过来吧。”

从百汇出来，林原一边感叹刚才的奇遇，一边沾沾自喜地说。

“这件衣服呢，真的很好看，我很满意。不过，你算是逃过一劫了，下次，我让你请我吃火锅，我就点好多菜，我就不信，你不会正好又和火锅店的老板是同学吧？”

“哎，可算败给你了。”我无奈地摆摆手。不过，以后的话我又可能就不出来了，谁叫你刚才说要敲我的？

回来的路上，出租车行驶到了二环的高架桥上。我看到林原正在拿着手机疯狂自拍，就没有理她。我转过头去，看着窗外的街灯，又一次亮起，那泛黄的颜色，总能勾引出我的忧愁。

杨鹏啊杨鹏，以前班里的差生，成绩都是倒数的，以至于我跟他的交往很少，但人家还对我这么热情，仔细想想中国教育还真是有扯淡的地方。你说吧，一个人成绩差，你就给人家冠上个差生的头衔，这算什么？搞的人家都不好意思融入集体了。话又说回来，刚才给杨鹏聊了一阵子，他说自己从广州那边进货过来，差价其实挺高的，一个月也能赚不少。但我看来看去，只觉得他的生活比我有趣多了，不管是吃喝玩乐，还是学习看书，都是自己做主，也许，我也应该当个小老板什么的。想到这里，我不由得羡慕杨鹏的生活。

跟林原接触了几天，我觉得她是一个很可爱的女孩。虽然，她长得也很漂亮，甚至有一种独特的气质。但我始终觉得，我和赵玲栎是命中注定，谁也不能干扰的，每当我想起与林原之间可能会发生什么的时候，我就拍拍自己的脸，提醒自己，要认真对待自己的爱情。

但是林原呢？似乎对我有点儿意思，还时不时的约我出去玩。有时候，她在店里试好了衣服，就跑到淘宝上购物了，她没有网银，就让我帮着付款，收到衣服后再把钱给我。我们就这样一来二去的也逐渐熟悉了，但一直没有什么出格的事情。

一天晚上，我正在宿舍里打游戏，林原打来电话。

“张帆啊，我失恋了，陪我出去逛逛吧。”

“好吧。”我本来是要拒绝的，但一想到我和赵玲栎感情出问题的时候，还是林原帮我们渡过难关的，这次，她失恋了，我也不能不管吧。

我在7号楼等到林原，就跟她一起在校园里漫无目标的瞎逛。我俩从7号楼走到操场，又绕着操场逛了一圈，接着，又从观景台上下来。路上，我大多时间都是望着远方，装出一副漠不关心的样子，但我偶然会说几句话安慰林原。比如，失恋没关系啦，旧的不去新的不来之类的，最多，也就是说了句别伤心了，朋友会陪着你走出阴霾。我真感觉自己是文艺青年。

林原只是嗯嗯呀呀的回应，也不过多的透露她跟男友的交往细节，以至于我无法分析出她怎么会失恋？我一直觉得林原是个不错的女孩，我想她男友也不会是个瞎子吧，不懂得珍惜。

“张帆，你觉得我戴的这个耳饰好看吗？”林原突然说了句话，打破了沉默。

“好看，还挺别致的……”我大概瞅了一下，说的是实话。

“那为什么我男友就不喜欢呢，他说这个不好看。”林原迷茫地说。

“我怎么知道，人和人都是不一样的，或许，你和他的审美观不一致吧。不过，那不影响，你们总有一致的话题，不然，就不会在一起了。”林原终于透露了点交往的风声，我赶紧接上话题，顺势安慰下她。

“哦，我和她在一起也有段时间了。我们之前是无话不谈的。可最近，他突然像是有了心事，对我冷淡了下来。”林原无奈地说。

“这个啊……”一般这种场景的话，极可能是男方出轨了，林原长得漂亮，那他男友也肯定是高富帅了，这种情况下，我还是不要贸然说实话的好。

“我想，他可能是跟你在一起时间长了，想自己安静一下，周传雄不是有首歌叫做《我的心太乱》吗？也许正是这个原因，他心里乱，所以需要有一个自己的空间，我觉得你俩稍微分开一阵吧。”我绕来绕去的，总算是把这个意思表达清楚了。

“嗯，希望是这样的。”林原的心情像是变好了，俏皮地说。

“走！咱们去扫黄吧。”林原饶有兴趣地说。

“什么扫黄啊……”我一脸懵懂。

“你跟我走，就知道了。”林原拉起我的手，就往校园深处去了，我看着前面，明显是要去假山的方向。

我俩登上假山，果然看到了一些男女，他们苟且地隐蔽在附近，做着不轨之事。有的情侣见我们走过来了，就稍微收敛了点；有的情侣完全把我们当空气了，还互相吻个不停。我想，这就是校园生活最真实的写照吧。

突然，我看到脚下有很多小东西，在来回乱窜。

林原受到惊吓，“啊！老鼠……”

我赶紧挡到前面，争当护花使者。借着月光，我低头一看，这货不是老鼠，是小刺猬啦。

“还好，还好，我最怕老鼠了。”林原拍拍胸脯。

我俩蹲下来，看到刺猬们正到处乱跑，但确很有规律的样子，像是在来来回回的搬家，可有意思了。我随手拿起一根树枝戳它们的背，软软地。刺猬顿时发出了唧唧的叫声，来发泄自己的不满。

林原轻轻地推了我一把，“你真坏！欺负小动物。”

我满不在乎，“弱肉强食，适者生存。”

林原又推了我一把，“少来了……就你歪理邪说多。”

我倒腾的越来越有意思了，林原见我还没有收敛，就狠狠地捏了我一把。

“呜，好疼！”你手上劲还挺大的。

“那当然，我今天就要替小刺猬出头，来教训教训你。”说着，又捏了我一把。

“哎，好吧好吧，我不欺负小动物了，你饶了我吧。”

“这还差不多！”

柔软的月光照亮了这块地方，我俩坐在台阶上，一时间有点羞涩的感觉，不知道说什么好。迎面吹来的晚风呼呼作响，但丝毫没有凉意，西安的夏天热得出奇。我低着头，玩起了手机，故意逃避这种尴尬的场面。

“张帆，我心情不好，咱们出去喝酒吧。”林原坏坏地笑着。

“喝酒？大晚上的，喝什么酒？”我不知道林原是在试探我，还是真的想喝酒，我觉得喝酒了，肯定难免会发生一些事情。虽然，我内心有点小小的激动，但一想到以后，就不免地有些担心。

“走啦，上次说让你请我吃火锅的，我改主意了，你请我喝酒，咋样？”林原抓着我的衣服拽来拽去。

“不去了，我今天好困。”我不知道自己是真拒绝了，还是敷衍了一下，反正就习惯性的说了。

“噫！那好吧，我也累了，你送我回宿舍吧。”林原终于停止了对我的蹂躏，起身准备离开。

这个晚上，就这么过去了。之后的日子，我基本上没有见过林原。据说，她家里出了点事，请假回成都了，我们之间的那点感情，也伴随着林原的离开戛然而止。

虽然大学生活很无聊，可我们仍然要学着过日子。因为我的生活不像过去那样枯燥了，我就索性辞去了学习委员的职务，对于班级里面的一些活动，我也参加的少了。大一那会儿的新鲜劲，完全没有了。我记得，有一个插曲是我参加了学生会，刚开始还挺积极，后来因为长期不按时参加学生会的活动，就被开除了。虽然，我是个有责任心的人，但我觉得把时间花在那些外联上面，真的不值得，我还不如回宿舍看小说呢。

大二的第一个学期结束了，我又一次乘坐火车，从西安回到了张掖。这时，我有一种危机感，这一转眼马上又要大三了，我他妈这些年都在忙什么啊？碌碌无为！在家的日子，依然无聊，我找不到一个可以让我充实的地方。

第七章　社团故事

九月份开学，西安的雨季来临了，连续一个多月，每天都是阴郁的天气，到处都是乌云密布，有的时候，还会有轰隆地闪电。大多时候，西安城都笼罩在一种朦胧的雾气之中，这些雾气，让我看不到未来。雨量也不是固定的，有几天是小雨，看着快要停止了，隔天又会噼里啪啦地下起暴雨，学校外面的道路早就变得泥泞不堪，我们都懒得出去了，整天宅在宿舍里打游戏，要么就是去上课。

我玩了会手机，有点困，不知不觉，就趴在桌子上睡着了。

突然之间，在恍惚中，我听到了一种特别熟悉的声音，回头一看，原来是赵磊在看《炊事班的故事》。

“老赵，你咋突然对这个轻喜剧有兴趣啦？”我说。

“好看呗，反正闲着也是闲着，找点乐子。”赵磊经历了感情上的打击之后，一直颓废不起，本来好点了，但最近又变得气若游丝。

“对啊，反正也无聊，我也看看吧。”

“嗯。”赵磊扔给我一根烟。

《炊事班的故事》确实挺有意思，我俩一看就入迷了。到了中午，我俩索性就让李超凡和阿泽给我们带饭了，他俩打了一早上魔兽世界，估计累的老眼昏花，说出去看看风景。

下午，我闲着没事，就下载了个《生化危机 4》，这个单机游戏，不玩不知道，一玩吓一跳，里面的场景太恐怖了，还做得贼真实，我一下子就爱上了这个游戏。我从游戏开始的村口，一直打僵尸打到了村长 BOSS。最后打完了 BOSS，我原以为游戏结束了，可竟然才是个开始，从村子出来，竟然又进入了城堡，里面全部都是些穿着教士服的僵尸，念起经来贼恐怖。

我实在受不了了，就决定自己出去走走，并且亲自到餐厅吃饭。走在路上，我又奇迹般的遇见了小洲和他书法协会的朋友杜嫣然。同样的时刻，同样的地点，同样的人，只是，已经快要二年过去了。

小洲还是那么逗，说要请我吃饭，我说好啊，我们又一次来到了二号餐厅，就给大一那会一样。

“怎么样？考虑清楚了吗？要不要加入我们书法协会？”小洲热情地邀请。

“哈哈，你怎么还来这套？我早就答应你了，只不过太忙没有去报名。”我吊儿郎当地说。

“那好，明天来报名，就在经管院三楼。”

“好啊，明天我不去我是乌龟。”我觉得怎么着也得把这个人情还了不成，让人家小洲等了一年多真不好意思。

“小洲，我看你俩一点都没变，你还是书法协会的部长，杜嫣然还是书法协会的社员，连你俩穿的衣服都跟大一那会一样。”我笑着说。

“变啦，怎么能不变呢？杜嫣然现在是我女朋友了。”说着，小洲搂着杜嫣然一脸幸福的样子。

“哈哈，那太好了，知音难寻！得了，我还有事，先走一步了，明天我肯定过去。这样，今天这顿饭我请了，总不能老让你们两口子破费。”我走到摊位老板跟前，刷了刷饭卡。

第二天，我一大早就去经管院三楼报道了，小洲热情地招待了我，并且说我多么多么有才，把我夸得都快上了天花板。我笑笑说我有事，要去上课，就离开了。走到楼道里，我竟然遇见了林原。

“嗨！张帆，好久不见了。”林原冲我打招呼。

“很意外嘛？你不是消失了吗？怎么又回到学校了？”我有点纳闷。

“没有，只是家里出了点事，我请了个长假。这不，最近刚销假，又回来继续上课，乖乖做我的大学生。”

“呵呵，那挺好的啊。怎么样，你失恋的那档子事，过去了吗？现在你们和好了？还是仍然处在胶着状态？”

“难得你这么关心我，告诉你一句话，若即若离若秋风……自己体会去。对了，我看你刚才加入了书法协会，是吗？”

“对啊？怎么，你也想加入？”

“可别，我对舞文弄墨不感兴趣。我喜欢游山玩水，这么着吧，我加入了旅游协会，你来吗？最近我们就打算出去玩呢，你来的话正好赶上。”

我寻思着，这敢情好啊，我加入书法协会，完全是给小洲一个面子，满足他成员多的虚荣心。其实，我肯定是不会参与他们的活动，一想起书法，我就想起小时候写毛笔字那会多艰难啊。

“可以啊，我加入。”

“那好，跟我去 305 教室报名。”

到了 305 教室，正好赶上旅游协会搞活动，几十个成员聚在一起，分成几个小组在那里包饺子，还准备了奖品。我在负责人那里填完了入社申请表，就坐在旁边看着林原他们在那里忙活，等饺子煮好，我好好地混吃混喝了一顿，心满意足地回宿舍去了。得了，今天的饭钱省了。

宿舍里，还是一片下副本的声音。只是，赵磊不看《炊事班的故事》了，他开始狂听阿肯的歌曲，那首 *Never Took The Time* 反复播放，又是描写曾经美好的爱情，什么都没了的歌曲。

“You never took the time to know me,You never took the time to understand.”你从来没有用时间来理解我，你从来没有用时间去明白。

这首歌伴奏里有暴雨的声音，倒是很适合这样的天气去聆听。只是赵磊反复播放，让我们在一边担心他又一次陷入和初恋的感情纠葛的同时，又一次不住地摇头叹息，敢问世间情为何物？连李超凡和阿泽有时也放下鼠标，回头看看赵磊呆若木鸡的背影。

一连几天都是暴雨，西安这天气，让人忍不住有些失落，我们不出门，赵磊还一个劲地放忧伤的歌曲。昨天是阿肯的 *Never Took The Time*，今天又换成了阿姆的*Stan*，还是下暴雨的歌曲，比昨天那个感情更强烈。赵磊就在阿肯和阿姆之间随意切换，听完了阿肯，听阿姆。

为了表示抗议，我只能放大声音播放了一曲尼欧的 *So Sick*，里面有句歌曲特能体现我的心情，于是，我大声地跟着唱。

“And I’m so sick of love songs,So tired of tears.”我是如此厌恶爱情歌曲，厌倦了眼泪。赵磊似乎听懂了我的弦外之意，终于换了一首孙燕姿的《开始懂了》，我很庆幸他放的是这首，而不是《雨天》。

9 月 25 日，我很早起床，站在 201 的阳台，来享受第一股晨光带来的温暖。因为我们大二了，楼管也让我们从 101 搬到了 201。我看了下天气，大为感叹，西安的雨季总算是过去了，阳光终于回归了。

这样的天气，有点让我期待旅游协会的活动，我还真希望他们带着我游山玩水呢。

说到社团，其实，我在大一的时候，也想加入，可因为若干原因没有加入进去。我记得当时的社团可多了。

当我第一次走在文大热闹熙攘的校园里时，就看到了很多学校社团在招新，有学生会、动漫协会、创新协会、电脑协会、美术协会、摄影协会、书法协会、旭阳文学社、文大记者团、文大知音广播电台……太多了。

满目琳琅的协会在校园人流量最大的地方，餐厅对面摆张桌子，有几个会员负责招新，旁边都挂着各自协会的作品。

我从一头走过去，一直走到另一头，但我实在不知道应该加入哪个，好像都很厉害的样子。鉴于这种状况，我狠下决心，老子全都加入了，这样不但可以认识很多人，而且还能达到呼风唤雨的地步。

我毅然决然地在每个社团招新处签下了自己的大名和手机号，社团的负责人都热情的招待了我，并报以惊讶的眼光，当然，我不知道他们惊讶个什么？

没过几天，我的手机就天天响个不停，今天这个协会，明天那个协会，都通知我去开会。

我觉得这是好事啊，说明人家没有骗人，都是真实的。所以，我一个接一个地去他们开会的会场，大多都在某个二级院的某间教室，一进去，人都坐满着，看看这一张张稚嫩的脸庞，充满着希望。

今天是第一个，心理协会。

我在喧闹的教室里，坐到了倒数第二排，和一个女孩在寒暄，我们分别介绍了自己，表明了自己来此的目的，聊着聊着，也有新人加入其中，和我们分享大学中的一切，包括舍友和班级、学院等等。

正当我们聊得热火朝天的时候，心理协会的某会员跑进来，站在讲台上，说：“同学们，静一静。”

我回过头来，看到了一个中规中矩的男人正站在讲台上，“同学们，请静一静。下面，有请我们心理协会的郝莉部长来给大家介绍心理协会和讲述心理学的奥秘，大家欢迎。”

我们当然是给予了热烈的掌声，毕竟是个女孩，长得还不赖，这让台下的男同胞颇为满意。

郝莉身材很正，站在讲台上，大声说：“同学们，我们心理协会自创办以来，一直得到了校方领导的肯定，和广大校友的支持，才得以发展至今。现在，我们拥有会员两百多名，目前，这支队伍还在不断壮大中……”

郝莉的演讲当然引起了很多人的注意，这也归功于会长的造诣，他特地选了个身材好的女孩来演讲，正中我们的下怀，那面对女同胞，不知道又有什么对策呢？

讲了大概一刻钟，我们都听腻了，虽然有些地方还可以，但大多没意义。

最后，又上了一个男的，他说：“听了郝莉部长的演讲，大家觉得怎么样？”

我们纷纷表示很好，我大声喊：“很给力，很振奋。”

这男的脸上露出了满意的笑容，“既然同学们热情这么高涨，也对心理协会有了充分了解，那么如果大家要加入的话，需要交纳二十元会费。”

别人倒还好，我一听，就傻眼了，一个协会二十元会费，那我那么多协会，岂不是一下子回到解放前了？我加入的协会保守估计也有二十个。于是，我就决定，索性一个都不加入了，还好学生会不用交钱，但我加入进去不活跃，最后竟然被除名了。想起这事，我就有意思地笑了笑。

我正发呆呢，手机响了。

“张帆，社团决定，在十月一日长假期间，我们一起去秦岭玩，你去不去，可以带家属的哦？”林原激动地说。

“去啊，这么千载难逢的机会，怎么能不去呢？我带赵玲栎一起过去。”

“嗯，那咱们十一早上见。”

十月一日早上，我们按照事先通知好的时间，在学校门口集合，经历了西安的雨季之后，大家都渴望出去逛逛。我踩踩脚下的路，有点泥泞，不过还能闻见泥土的味道。旅游协会的负责人点名之后，我数着这次出游的队伍大概有四十来人，看来喜欢旅游的人真的很多。

“林原，你也是旅游协会的？”赵玲栎见到林原在组织人员，惊讶地问。

“是啊，之前没给你说过，我们协会可好了。你看我，不是把张帆也忽悠进来了吗？”林原得意地说。

“这么多人出去，确实很好玩，这次去秦岭那边，你们有什么特色活动吗？”赵玲栎接着问。

“这次正好赶上国庆长假，我们打算在那里多玩几天，争取一次把秦岭游遍了，下次就去其他的地方。平时的话，就住附近的农家乐，我们都跟那里的人说好了。说到特色嘛，有烧烤、篝火晚会……”林原说。

“啊，太好了，听起来很有意思的样子。”赵玲栎手舞足蹈的。

队伍乘坐公交车，到了电子商城站。大家需要分批乘坐去秦岭的旅游专线，考虑到安全的原因，社团的负责人都分开乘坐，一个人带领一部分人分批次出发。林原带着一组人先走了，我和赵玲栎乘坐的是第二趟车。

去往秦岭的路上，其实没什么特别好看的风景，无非是些农田、树木、村镇。最让人印象深刻的还是西安雨季后碧蓝透彻的晴空，万里无云，只有小鸟在自由飞翔，叽叽喳喳地叫个不停。

赵玲栎累了，就靠在我的肩膀上睡着了，说到地方了叫她。

经过了一上午的折腾，我们到了秦岭，这次游览的是一个森林公园。

我们先是到了山脚下，这是一片很大的开阔地，周围都是农家乐，眼前不远处就能看见连绵不绝的秦岭了，全被绿色的植物覆盖，山顶上有空飘浮的白云，看起来格外精致，仿佛一伸手就能摸到。

带团的几位负责人到了农家乐里，经过一番商量，他们租到了烧烤箱，还带了很多蔬菜和肉类，打算旅游中途休息的时候来个自助烧烤。我们的队伍没有停下来，一直往前走，沿着唯一的一条走道，绕过了一个又一个的弯，最后终于抵达了秦岭公园。

一连走了几十分钟的路程，大家都走不动了，就从公路上绕下来，到山脚下的小溪边休息。这时候，比较活跃的几个男生已经按捺不住自己的心情了，纷纷扬言要吃烧烤。他们围在一起，把菜都串好了，却怎么也生不了火。都觉得平时吃烧烤挺简单的，自己动手做起来就难了，连第一步生火的问题都解决不了。

大家又是添草，又是扇风的，还是无济于事。每次火稍微燃一会，就熄灭了，没人知道具体是什么原因，扔在烤箱里的碳也烧不起来。

这让我们很是气馁，有个小伙子突然走过来，说：“你们让开点，让我来！”

他穿着一件白色背心，脚踩着人字拖，蹲在那里忙活，又是拿这又是弄那的，不一会儿，火就生起来了，还烧得很旺，我们赶紧往里面添柴，免得再次功亏一篑。

一个身材高大、长相很痞、穿着黑色衣服的男生带头说：“斧头帮全体成员，向火云邪神致敬。”然后，我们就都跟着他，向那小伙子鞠躬。

大家各干各的，忙碌了一阵，烧烤就做出来了，为我们烤肉烤菜的还是火云邪神。

我尝了一口，味道还真是不错，平常吃的蔬菜类基本上都有，肉类有鸡翅、羊肉串、鱼肉。我比较喜欢吃烤鱼，就连续拿了好几串，自私地全吞了。

“哎呀，你看你，一个人吃那么多，好意思不？”赵玲栎看我这吃相，忍不住挤对我。

“哦？反正是自助烧烤，东西有限，你也不要太客气了，你看看他们，哪个不是狼吞虎咽的。”我指着石头上坐着的几个同学。

“嘻嘻，那你也得注意下吃相，太难看了。”说着，赵玲栎把我手里唯一剩下的烤鱼抢走了。

大家吃饱喝足，就躺在阳光下享受日光浴，舒服得我都快要睡着了。一般这种协会出来旅游，大家都是和自己熟悉的人组成伴儿，三五成群的，我和赵玲栎都是新人，自然是两人一组了，除了林原，我们还真不认识别的人。我俩找了一块光滑的石头，我把外套脱下来铺在石头上，就并排躺着晒太阳了。十月份的阳光真是温暖，除了晚上凌晨左右那会有点凉意外，其余时间，都是光照充足，因为是秋季，会有微风吹拂，也不会觉得炎热。我想，这是西安最美好的时光了。

到了两点多，负责人站在一块硕大的石头上，冲着底下横七竖八的人群喊。

“大家休息好了吧，咱们该去爬山了。”

刚才那个高个子伸伸懒腰，惬意地说。

“兄弟们，我们出发了。”

他带着自己的几个兄弟走在最前面，我和林原就跟着他们的足迹，免得脱离了队伍。从小溪旁边的走道上去，往前走一段路，就会看到一个很长很窄的桥，我们一个接一个的从桥上走到对面，就到了山脚下。

山脚下有很多石凳，我们坐在一起聊了会儿天。

女生：“我喜欢看电影，就是下载速度太慢了，你们都用什么下载？”

男生：“哇嘎。”

女生：“哇嘎？没有听说过耶。”

男生：“连大名鼎鼎的哇嘎都没听说过，自己去百度下吧。”

女生：“……”

我们开始爬山了，从右边宽敞的路走起，到了尽头再往左走，但高度会逐渐增加，到了最左边，再往右走，就这样，一来一去的，耗费了一个多小时，我们才爬到半山腰。有些人跑得比较快，已经领先我们好多路程了，他们站在远处，对我们大声喊：“你们快走啊，这边风景独好。”

于是，不甘心落后的我们喝口纯净水，就提高了行军速度，等到了那里，发现风景很一般，但之前那伙人又跑在我们前面很远了。到了山路的三分之二，路势变得平坦，前面有很多特色的山峰，奇形怪状的，就产生了很多名字，都是根据山的样子起的，底下挂着一个牌子，分别用中文、英文、日文写着一些杜撰的故事，用来忽悠心思单纯的游客，尤其是外国人。

眼前，这条路就能通向山顶了。我们继续往前走，两边的植物有的开着花，有的带着刺，并且向路中间簇拥过来，刮刮碰碰的，似乎在阻挠我们。

到了这条路的尽头，却发现无法上山，前面是一块巨大的山石，矗立在眼前。可其他人已经走到上面去了，他们是怎么过去的呢？当然还有别的路，但寻找起来太麻烦了。我们充分发扬了冒险精神，抓起垂在山腰上蔓藤，顺着蔓藤往上爬，结果上去后，还真到了山顶。

山顶这里暖风吹拂，有一大片树林。植物都开着花，有粉色的、红色的、黑色的。我们这群人流连其间，穿过树林，来到了一个很大的岩石跟前，结果大家都在这里聚集了，所谓的殊途同归。

大家坐在岩石上，看着秦岭远处随风摆起的绿浪，一层拥着一层，毛茸茸的，有种物我两忘得境界。我搂着赵玲栎，享受着两人出游的安逸。大家也没闲着，纷纷在山顶拍照留念，都说这个地方也许这辈子只有今天能来了，恐怕没有下次了，不拍照就太可惜了。

休憩了一阵，带头的说："咱们下去吧，老坐在这也没意思。"

我虽然想下去，但在临走的那一刻，却有点不舍。我远眺前方，风势有些增加，秦岭的绿浪在风势的作用下绵延不绝，这里的风景好美。真不知道，如果沿着这条山脉一直往前走，会遇到什么样的风景？想着想着，我就想起了张雨生的那首《大海》，"茫然走在海边，看那潮来潮去，徒劳无功想把每朵浪花记清。"是啊，就跟这里的绿浪一样，虽然留恋，但无法带走。

到了山脚下，我们找了一个空旷的地方休息，开始为篝火晚会做准备。

男生负责到处找干柴，女生就聚在一起聊天，随便做点零散的事情。果然是男女搭配，干活不累。忙活了半小时，所有的准备工作都做好了，但这会天气还没有黑，点篝火太早了。

一个文艺青年见大家都闲着无聊，不想辜负时光，从背包里拿出了自己的吉他，拨动了几下，就被一群女生包围。女生们要他弹奏自己想听的歌曲，几曲过后，发现这哥们弹得真心不错。有几个男生也闲不住了，他们凑过去，点了自己喜欢的歌曲。

文艺青年弹奏了一些校园民谣，大多都是老狼、朴树、许巍写的。这些歌曲脍炙人口，大家一边听，一边跟着唱。这些音乐中，总是带着淡淡的忧伤，我想，这就是我们这代人的青春吧。所谓时光，每时每刻都在流逝，今日的快乐，注定成为记忆中的永恒。也许，他们还是大一的新生，可以没心没肺地笑，而我马上就大三了，却总是在酣畅淋漓的笑容之后，就会碰到伤感的影子。

正当我们沉浸其中的时候，一些人耐不住寂寞，脱掉鞋袜，跑到小溪里面玩去了。他们在水里嬉戏打闹，告诉我青春不只是听校园民谣，还可以肆意狂欢，我看着他们脸上都带着笑容，心里感到了一种幸福。我依然坐在那里，懒得动弹，只是在回味自己的青春。赵玲栎靠在我旁边，沉默着。过了好一阵子，赵玲栎说话了。

“你看看人家，吉他弹得真好，我看你就会玩游戏。”赵玲栎嗔笑着。

“也不是啦，我是没有音乐细胞，不然，我也给你弹奏几曲。”我摇摇头。

“那咱们也下水去玩玩？”赵玲栎突然来了兴趣。

“我？我不去了，你去吧。”我还是有点放不开，觉得下水跟小孩子一样。

“走嘛走嘛！”赵玲栎拖拽着我的胳膊。

“行行，咱们也下水玩去。”我牵着赵玲栎的手，往小溪边走去。

刚一下水，我俩就被林原几个人袭击了，我俩不甘示弱，捧起水还击。大家拿着水互相攻击，玩耍的气氛很高。看着四周的女生都跑水下来了，文艺青年按捺不住寂寞了，竟然抱着吉他下水了。

他靠在水中的一块石头上，弹奏起了《浪花一朵朵》，大家都跟着唱起来，这可是绝对的现场版，我觉得比那个 MV 好玩多了。我们在小溪中尽情地玩耍，吸引了很多游客的目光，他们纷纷从上面的马路上看我们，有的女生甚至停下来观看。

不知道哪个人先耍起了流氓，我看到几个男生站在了小溪中间的一块大石头上，对着马路上的女孩唱起了《对面的女孩看过来》，他这一唱，文艺青年立刻跟着弹起来了。我和赵玲栎上了岸，看他们这样开心，不禁感叹，学弟们真会玩。马路上的女孩们，也没有一本正经地站着，而是向这边挥挥手示意。

随着咔嚓一声，他们的囧态都被收录进了照相机。

天彻底黑了，篝火晚会开始，大家围着火堆唱歌，还玩起了游戏，输的人要表演节目，欢声笑语一直没有停歇。最让我担忧的情景还是出现了，有个范二青年，见时间差不多了，就站起来说："咱们围着篝火手拉手跳舞吧。"

真是什么时候都不缺这样的人。更可恶的是，他们竟然都说好，只有我和赵玲栎保持沉默。这一刻，让我想起了《还珠格格》，还有《情深深雨蒙蒙》。于是，一场极度无聊，在电视剧中上演了N次的围着篝火手拉手跳舞的场景出现了，我们围着燃烧正旺的火堆，手拉着手，唱起来各种歌曲。篝火晚会还在持续，唱完了歌曲，大家明显唱累了也跳累了，就一个个坐下来，围着正在燃烧的火堆，讲一些有意思的故事。

"火云邪神，你是怎么会做烧烤的？"有个文静的女生问。

"我家是开烧烤店的……"火云邪神说。

"嘻嘻，我懂得不多，为什么他们叫你火云邪神？"女生接着问。

"因为，我穿得是人字拖……"火云邪神指了指着脚下。

"那你为什么要穿人字拖？我看大家爬山都穿旅游鞋的？"女生接着问。

"因为我是火云邪神啊……"火云邪神无奈地说。

像这种类似的对白一直在上演，大家都放开了，有什么说什么。经历了这么多的故事，协会中的成员早就由陌生变为熟悉了，彼此之间，心不设防，这才是真正的友谊。

"林原，今天有个男生一直走在你后面，跟着你的身影，你没注意到？"男生A说。

"啊？我不知道，我忙着给大家带队，没留意呢。"林原一脸惊讶，有些不好意思。

"解释，就是掩饰，其实他喜欢你。"男生B说。

"不是吧，我可是真没注意到，是谁跟在我后面呢？你这个跟踪狂，还不站出来？"林原假装嗔怒说。

"是啊，是哪位同学呢？站出来让大家瞧瞧，这可是表白的好机会呢。"大家跟着起哄。

气氛有点凝结了，大家都等着主角出现呢，可主角依然坐在某个角落里。这时候，坐在林原对面的男生有点不自然，脸都红了。

"哈哈，原来是你啊，刘铭！"刘铭旁边的男生见他表情异常，就揭发了他。

“哎呀，刘铭！你竟然跟踪我，我还以为是这会儿坐在我身后的这位同学呢，不好意思，冤枉你了。”林原笑笑说。

“不行，必须来个现场表白，不然过不去，非诚勿扰要不要？”我瞅准机会，向大家提议，可不能放弃这个整林原的机会。

“要！要！”大家一起喊着，跟着起哄。

“嗯，刘铭，看你的了。”我不怀好意地说。

无可奈何的情况下，刘铭站起来，从背后突然拿出一个用柳条编织好的帽子，默默地走到林原身边，给她戴上了。

“好！好！精彩……太感动了。”现场的气氛一下子变得更加热烈。

刘铭回到了自己的位置，低声说了句：“我不太擅长言语。”

大家都被刘铭感动了，立刻为他鼓掌。

旅游协会组织部的部长说：“同学，我看你一直沉默寡言的，要不要为大家介绍下自己？”

我也学着刘铭的语气说我不太擅长言语，想蒙混过关，可这位部长丝毫不愿意放过我。无奈之下，我只能应付了。

“大家好，我叫张帆，是刚加入旅游协会的，才几天，我是林原介绍进来的……”

说完我就意识到自己真蠢，竟然在这种场合提林原，这不是有意制造话题吗？果然，现场立刻发出了哦哦的声音。

“是林原介绍来的啊……有意思。”这位部长明显是卖了个关子。

“是啊，这下，我们的男一号可有竞争对手了。”其他人都这样说。

“大家不要误会，林原只是我的介绍人，我们是普通朋友。是她平时看我生活太宅了，所以介绍我加入协会的，我们可是清白的。”我赶紧澄清和林原的关系。

“哇！她这么关心你？”现场的嘉宾们显然又误解了我的意思。

“就是，就是……明显有奸情。”一群女生更是不可饶恕。

“有意思，那请林原来澄清一下？”部长又发话了。

“首先，我跟张帆确实是好朋友，但我关心他呢，也是有原因的，因为我失恋的时候他关心过我。虽然，我不知道是真是假，但他毕竟是对我说了一番话，让我心里好受了点，我见他再宅下去恐怕就废了，也是挽救一个迷途青年吧。”林原说着自己都忍不住笑了。

“对啊，林原说得对，我跟她真的没什么。再说了，我女朋友就在我旁边坐着，她叫赵玲栎，我哪敢乱来啊？”我想这下子总算是没有问题了。

“林原，你喜欢张帆吗？”刘铭的哥们突然这么问，我想大概是刘铭怂恿的，想试探下我俩的虚实。

“我喜欢他……才怪！”林原故意把前面的话停顿了下，搞得气氛一下子僵住了，还好他又补了一句，大家才松了口气，这丫头真是越来越搞怪了。

“哈哈，不闹了，看把张帆紧张的，这个话题过了。”部长说。这时候，我无意间看到了刘铭，他刚才紧绷的神情也放松下来了，看得出来，他是真心喜欢林原的。

后来，夜色更浓了。大家开始讲鬼故事打发时间。有一个同学鬼故事讲得特别好，还特会营造气氛，把几个女生吓得直哆嗦。有一个女生更是说，哎呀，别讲了，西安这地方邪，我害怕。

晚上，我们在附近的农家乐住下，男生女生是分开的。但为了照顾情侣，协会还特地开了情侣房间，让情侣们住一起，这可把我心里乐开花了。不过，来的同学大多都是单身的，估计会有点不爽，我吃饭的时候无意间听到了他们的对话。

阿良调侃说：“要能到对面的女生房间住，就好了。”

火云邪神说：“那就爽成马了！”

有个大三的学长立刻摇了摇头，“哎，年轻人啊，毕竟是血气方刚……”

哈哈，我在一边偷听着心里瞎得瑟。

因为吃了太多烧烤，我觉得自己胃里很撑，当我看到赵玲栎脱衣服时，瞬间就起了反应。我抱着赵玲栎，和她缠绵在一起。

“哎呀，干吗啊？”赵玲栎见我脱她内衣，猛拍了我的手背一下。

“没事，大晚上的，活动活动。”我坏笑着说。

“这里怎么做嘛？又没有安全套。”赵玲栎抱怨。

“让我想想，虽然，这里是农家乐，但肯定也是有那玩意的。”我摸摸头，随手拉开了床头柜的抽屉。

“哈哈，被我找到了，原来在这里。”

隐约中我听见了公鸡报晓的声音，果然是在农村啊。我早上一起床，没有看到宿舍对面的陈旗，还真有点穿越的感觉。我们在外面吃了早餐，就聚在一起，部长点了下名，在没有空缺的情况下，又出发了。大概是昨天玩得太累了。这次，我看大家都学乖了，一路上都是聊天，看看风景，拍拍照片。遇见山，稍微爬一下，或爬到半山腰，看看景点就下来了，再不做那个一定要爬到山顶的英雄人物了。

下午四点，我们回到农家乐，好好地吃了一顿饭。会长站在台阶上，对大家说。

“今天，我们旅游协会组织的秦岭两日游就正式结束了。现在，大家收拾一下随身携带的东西，可别落下了，准备回学校。”

大家检查了下自己的包，又四处走走，留恋一下秦岭。我也走到一个地方，独自面对着眼前的大山，摸摸它的岩石，说：“再会了，老朋友。”

人们常说，欢乐的时光总是过得特别快。自从上次秦岭回来，我就觉得，我的大学生活也不是那么枯燥。这些记忆，总在我难过的时候涌现出来，让我不由自主地笑起来。

老实说，我快大三了。我对那些社团的什么活动压根儿不感兴趣，除了旅游的。但是，上次我们去了秦岭，就基本把西安的周边玩得差不多了。西安周边除了山山水水也没什么，所以我这么说。

宿舍里，依旧没有什么变化。我总得找点事做，就开始下载电影看，一个月的时间，我基本把好莱坞经典电影翻了个遍。当时，尼古拉斯凯奇很红，我喜欢看他主演的《战争之王》，老实说，我认为这部片子特牛，但一想到凯奇那张经典的脸庞，我就笑起来，怎么会有一张这么奇怪的脸呢？赵磊见我看好莱坞电影，也不示弱，他终于不看《炊事班的故事》了。

星期三下课，他一回到宿舍，就打开电脑。

“哎呀，总算是下载完了。”赵磊把拳头一握，兴高采烈地说。

“啥电影啊？A片啊？”我坏笑着说。

“去去去！我哪有你和陈旗那么堕落，我下载的是《教父》三部曲，都是高清的，可又有的看了。”赵磊眉飞色舞地说。

“你丫最近不是去打篮球，就是看好莱坞经典电影，是铁定了要洗心革面？”

“那是啊，我总不能让我初恋把我膈应一辈子吧，阿尔帕西诺你知道吧，那可是我的偶像啊，你看看人家那演技，那举止，简直神了，不行，我得赶紧看电影研究了。”说完，赵磊就打开了播放器。嘿嘿，说起电影吧，其实我看得第一部好莱坞电影应该是哈里森福特的《亡命天涯》，我并不觉得有多好看，我只是觉得剧本写得特好。

我跟赵磊看完了《教父》三部曲，我都被感染地呕心沥血了。赵磊抽了根烟，无不感慨地说：“这就是人家好莱坞的实力，你看看咱国产的，拍的那都是啥玩意？”

我轻轻地说：“不能比啊，哥们，人家那是流水化、精细化的制作。咱们的电影，我看都是圈钱的，咱中国人，人傻、钱多、速来。”

赵磊换了一身湖人队的队服，我也换上了凯尔特人的。我们去篮球上运动了几个小时，天黑就回来了。老实说，现在打篮球，跟大一那会不一样了，那会儿不知道咋回事，大概是刚来西安不习惯，玩一会就恍惚、心慌。现在，可是完全没那种感觉了，也能在球场上发挥出应有的实力了。

星期五下午，林原打来电话，说今天下午旅游协会部长卢浩要在经管院 403 教室举行一个告别讲座，请我过来参加。我本来不想去的，但林原再三坚持，说部长人很好，都过来吧，我想他离开的时候能热闹点。我一听，心里就伤感了，原来上次篝火晚会调侃我的那家伙都大四了。

我来到了经管院 403 教室，看到教室里只有十来个人，大概其他人比较忙吧。我坐在后面一排，林原告诉我说，这几个人都是咱外联部的，你当初加入的时候，我也是把你归到这个部门了，所以，卢浩也是你的部长啊，你应该来送送他，我说是。

卢浩还是老样子，喜欢说笑。他说，我今年大四了，本来呢，我想和大家一样，一直坚持到学校毕业再离开。可是，最近学校跟南方的一个汽修厂签订了实习合约，说让我们过去实习，我想着林原已经成长起来了，是可以接我的班了。虽然，我舍不得离开大家，舍不得离开旅游协会，但是，我已经大四了，不能跟大家一起没心没肺地玩了，我必须为我的前途考虑了。

离开之前，我也没什么说的，平时，每次开会的时候，我总是跟大家分享一下成功人士的经验，其实就是为了让大家在毕业之后，能够走得顺利一下，在社会上少走一些弯路。听了这番话，我对卢浩刮目相看了，他其实是挺真诚的一个人。

卢浩喝了口水，站在讲台上说。

“以前跟大家说的故事太多了，今天呢，就最后再分享一个吧，希望大家以后能知道团队协作的重要性。”

“我记得有一次去内蒙古，当地的一个牧民给我讲了一个故事。他说，有一天晚上，月黑风高，因为风太大，牧羊人都躲在帐篷里不出去了。这时候，来了一群狼，都饥肠辘辘。但是，这个羊群周围都有很高的围墙，怎么办？狼群不能饿肚子啊。于是，这些狼就想了一个办法，团队合作，前面的狼站在墙角下，后面的狼冲上去，踩在前面的狼身上，就这样叠罗汉，狼群很快地进入了羊圈，它们吃光了所有的羊，有一只狗在不停地吠，也被狼咬死了。”

这个故事刚讲完，一个女生就在台下说：“这次灰太狼终于胜利了。”逗得大家都忍不住发笑了。

卢浩也乐呵地跟着笑了一会，“同学们，我给大家讲这个故事的意思是团队的力量是巨大的，比孤军奋战要强多了，而且一个团队总能想出不错的办法。大家以后工作了，希望可以在团队中找到自己的一席之地。”

“谢谢大家，我的告别演讲说完了。过几天，我就去南方实习了，你们以后有什么问题，还可以打电话请教我，作为你们的老部长，我还是会帮助你们的。另外，外联部以后就由林原负责了，希望大家支持林原的工作。”卢浩说完深深地叹了一口气，台下响起了热烈的掌声。

“林原，咱们今天最后聚一次会吧，就拿我上次拉到的赞助来算费用。”卢浩说。

“怎么？你要假公济私？”林原嬉笑着说。

“哪有？我都为咱旅游协会拉了不少赞助了。今天，我要离开了，就让我享受一次特权吧。”

“嗯，可以的，咱们去四海酒家吧，我刚才已经订好了两桌。”

我们十来个人走出学校，穿过了Y寨最热闹的街区。在一个巷子里找到了这个四海酒家。

“来，大家敬卢浩一杯，敬我们的部长。”我主动站起来说，听了卢浩的告别演讲，我对这个人的看法明显改变了。

我们几个人站起来，干了一杯。

“是曾经的部长，以后社团的工作就靠林原啦。”卢浩说。

“没事的，你就放心好了，我相信我一定可以把外联部的工作做好。”林原自信地说。

“来，让我们也敬林原一杯，祝她在外联部的工作顺利。”卢浩说。

“好的，干杯。”大家拿起酒杯在空中碰下，一饮而尽。

“好了，我想大家都饿了，吃饭吧。”卢浩说。

席间，大家一边吃一边你来我往地喝了一点酒，但无论如何，这次饭局都带点伤感的色彩。今天走的是卢浩，大家心里明白，总有一天，自己也会离开。也许，大学生活其实就是个舞台，每个人都扮演着自己的角色，都演出结束，总要回到真正属于他的地方。

沉默了一会，卢浩又主动活跃起了气氛。

“你们都不要太伤感了，大学生活很幸福，但总有一天都要结束的。今天我走了，你们还有的是时间，抓紧啊，做自己喜欢的事情，不要留下遗憾。学习，是一定要努力的，另外，如果有兼职的机会，就尽量参加，去锻炼下自己，如果有合适的人，好好谈次恋爱吧。比如我，就因为太痴迷汽车，老是躲在车底下研究了，错过了恋爱的机会，你们可不要学我啊，一定要把生活搞平衡了。”

我们都说，“一定听从部长的训示。”

卢浩笑着，心里有的，是怀念？是不舍？是欣慰？还是期待？

我们稍微多喝了一点，就返回学校了。到了七号楼，女生们都回去了，路上只剩下几个男生，在往自己宿舍的方向走。卢浩拍了拍我的肩膀说。

“张帆，我看林原很喜欢你啊？”

“不是吧，她之前有男朋友的，这点我可是知道的，我可不能横刀夺爱。”

“哎，你啊？其实，我上次在秦岭那会问你们那么多问题，故意逗林原，都是因为我喜欢她。”

“哦？那你为什么不跟林原表白呢？你们一起在协会也很长时间了吧？难道林原说的那个男友就是你？”

“不是，我都说了，之前是因为太痴迷于汽车了，天天在汽车学院里忙活呢，错过了最佳时机。”

“那现在呢？也不晚啊？”

“是不晚，可是，张帆，你快大三了，应该能理解我。作为一个大四的学生，即将走向毕业，我内心是非常惶恐的。一方面，我对工作充满了期待；另一方面，我又十分舍不得大学生活。我马上就离开文大了，我把舞台交给了林原，这一别，我不知道何时再相见？当你选择离开的时候，爱情，反而变得不重要了。”

“嗯，我可以理解，希望你在南方一切顺利吧，再见。”

“再见。记住，不要辜负青春！”

卢浩拍拍我的肩膀，什么都没说，在岔路口独自一人走了。他说暂时不想回宿舍，想在曾经生活了四年的校园里再逛一逛。我想，卢浩不一定没在文大谈过恋爱，他只是在掩饰。其实，每个人的内心，都是有一些秘密的，不愿意跟别人分享，只是自己在回忆里取暖。

我一直在思考卢浩说的那句话，不要辜负青春！是的，当时我确实认为自己没有辜负青春。直到现在，我虽然失去了很多，但我仍然要说自己没有辜负青春，可是，谁的青春又没有伤痕呢？往后的日子里，每当我加班到凌晨以后，独自走在回家的路上时，我就在想，人啊！这辈子，怎么做才能不辜负青春呢？我们都是人间的精灵，在追寻着自己想要的东西，不管怎么说，青春就是轰轰烈烈地闯一回，到年老的时候可以说自己曾经也曾冒险过，风光过吧。

第八章　我要去兼职

卢浩的走，对我影响很大。本身，我就是一个有危机感的男人，再加上卢浩说的那些话，我深刻地意识到自己的前途渺茫。难不成我也去南方实习？我可不想去。

我仍然对生活很迷茫，却不知道应该做什么？过完这个寒假，我就正式大三了。也许，明年开学，我真应该像卢浩说的那样，去找几份兼职做做？下定了这个决心，我心里面舒服了一些。

寒假的日子，我基本没有出门。我试着从诗歌、散文、杂文、小说里寻找生活的答案，却怎么也找不到我想要的答案。徐庶告诉我说，应该去看看名人传记，我承认我看了，但我觉得传记里写得名人的生活好轻松啊。哧溜地上大学了，哧溜地大学毕业了，哧溜地工作了，哧溜地结婚了，哧溜地死了。

也许，生活的答案只能我自己去寻找了。得得得，我大三一开学就去做兼职，我还不信了，就治不了自己迷茫的这臭毛病。

外面的烟花又一次已经开始泛滥，响彻天空，这种绽放，每年春节都有。外面天寒地冻，大雪纷纷扬扬地坠落，我站在窗前，听到外面的风呼啸而过，感慨还是家里温暖。

跨年了，我们几个老朋友又聚在一起。这次，我们来到了张掖的一个具有欧式风情的酒吧里。

“干杯……”

“Cheers……”

这一年，我们集体上大三了。而我今年，已经二十岁了。呵呵，又老一岁哟，大家都互相感慨。每当我在家里这样形容的时候，父母总是笑笑，你们还年轻。

二月二十五日，我再次搭上从张掖开往西安的列车，这趟车是四点五十发的，在去往火车站的途中，我不舍地回望张掖，又一次离开了，究竟何时？我才能寻找到答案，那个生活的答案，那个让我迷茫的根源。

在火车上，似乎每年都能遇见大学生和打工仔混在一起，因为年龄都差不多，总有话题可聊。大学生羡慕打工仔可以去很远的地方赚钱，步入社会，打工仔羡慕大学生可以在大学里学习，谈恋爱，泡网吧，似乎每个人的生活都是不完美的。

在第二天的早上十点，我准时到达西安，又乘坐公交车去学校。这些年，我已经习惯这样来回穿梭了，往返在两个城市之间。校园的阳光还是一如往常地灿烂，虽然冬天刚过去，但万物已经开始复苏。我来到6号楼，看到自己被分到了301宿舍。推开门进去，我见陈旗站在窗前，眺望着校园里的风景。

“怎么样？路上还顺利吧？”陈旗问我。

“顺利，都习惯了。”我淡淡地说。

“过来看看吧，从三楼，还是可以很清楚地看到校园风景的，比以前咱们在一楼和二楼的时候好多啦。”陈旗略微感慨地说。

“是啊，校园还是那个校园，只是我们的时间快不够用了。”我轻轻拍着墙面说。

“曲直这个床位，现在有人了？”我见那里放着一个陌生的包裹。

“对！曲直大一就走了，本来当时楼管就要安排人搬进来，但谁知怎么的，可能他们听说咱宿舍风气不好吧，要不然曲直怎么会走？于是，就没人愿意过来，这就一直空到大三了。”

“嘿嘿，可以啊，这下又六个人了。那哥们，是大三的吗？”

“大一新生。”

“我去。”

鲁伟第一次见我们这些学长的时候毕恭毕敬，他特地从校外的超市里买了一条软中华。他说自己今年刚上文大，就因为自己来得太迟，楼下没有床铺了，只能被分到了301，打扰我们十分不好意思。

“你能打扰我们什么？”我笑着问鲁伟。

“你们不是大三了吗？学习应该很紧张吧。”鲁伟一脸懵懂地说。

“是很紧张，紧张到李超凡和阿泽天天都在玩魔兽世界……”赵磊一边抽着软中华一边说。

“哦，你们也是 WOWER ？我总算找到组织了。”鲁伟激动地说。

“唉，又来了一窝狗！宿舍里又得听你们下副本了。”我无奈地说。

“咦？你叫我们窝狗？你肯定是帝吧的。”鲁伟说。

“什么帝吧的，我不懂，你们这些大一新生啊，新词汇不少，看来我们真的是老了，我只是听他们老 WOW 的叫，感觉就像汪汪地叫，就给李超凡和阿泽起了个外号叫窝狗。”

“哈哈，这个解释蛮有新意的。”鲁伟说。

“你玩什么职业的？”我说。

“法师。”鲁伟说。

“我靠，又来了一位法爷啊？这下好了，你可以给李超凡他们开门了。”

从此，李超凡和阿泽下副本，赵磊就带着鲁伟下副本了，宿舍里又恢复到了一片和谐之中。不过，赵磊和鲁伟都有一个共同的爱好，就是 NBA，这俩人一个喜欢湖人，一个喜欢骑士，天天在那拌嘴。拌着拌着，俩人就玩起了 NBA 游戏，想在赛场上一争高下，我说你俩去操场上打球啊，他俩说太冷，而且没劲，游戏里科比和詹姆斯都在，这才是巅峰对决。

于是，我每天起床的时候，不但能听见魔兽世界的声音，又可以听见 NBA 球赛的声音了。赵磊总是说詹姆斯走六步上篮裁判都不吹，鲁伟就动不动拿鹰县往事来回击。只有谈到火箭队的时候，俩人才出奇地达成一致，说火箭这个赛季引入阿泰斯特，和姚明、麦迪组成了三巨头，这下就能夺冠了。

谈到鲁伟，他还有个外号，叫撸萎。虽然我也常给别人起外号，但这种低俗的外号绝对不是我起的，是李超凡起的。原因主要是有一次，李超凡要上厕所，但鲁伟一直霸占着厕所不出来。李超凡就说你一定在里面撸，于是以后就叫他撸萎了。

到了四月份，西安的天气总算是恢复到了二十来度。我想着卢浩的话，应该去找兼职做做了。于是，我打印了一份简历，就出门去了。我找到的第一份兼职就是发传单。我站在一个连自己都不认识的楼盘前面，发着二环以内又有新盘的单子，辛辛苦苦干一天，才赚五十块钱，还不够出去撮一顿。这个发传单的兼职，我干了十来天，深深地感受到了挣钱的艰辛，也从中学到了经验教训，付出与产出严重不成正比了，我果断辞职了。

有了第一次，接着找兼职就轻松多了。我想着，一方面要挣钱，一方面还不能荒废学业，那就最好在学校周围看看。我在学校周围逛了一圈，正巧看到了一家计算机培训学校正在招聘兼职老师。我觉得这是个契机，我的专业就是计算机，刚好对口。

我走进这家计算机学校，开始应聘。

老板是个中年人，据说也是文大毕业的，抱着对校友关心的心态，他说："看到你，就让我想起了从前。"

我深深地理解，"是啊，你应该毕业很多年了吧。出来混，应该很不容易。我是计算机系的，做这份工作没问题的，请你给我这个机会吧。"

老板说："好吧，我也觉得没问题，教的内容不是很难，你带基础班，就教他们基础的东西就行了，比如 Windows 的基础操作，复杂点的就是办公自动化，你回去看看书就行了。"

我很感谢老板对我的栽培，回去就换了件西装，开始了我在计算机培训学校兼职老师的生活。我有时白天去，有时晚上去，就这样一直坚持，每个月差不多能赚 600—800 元，日子稍微过得富裕了点，但我没给家人说这事，免得他们又要扣我生活费了。我这才干了两个月，一点钱都没攒下，只是能给宿舍的哥们买两盒好烟罢了。

每次我回到宿舍，他们看我西装革履的样子，就都说张总回来了。尤其是鲁伟，对我佩服地那是五体投地，动不动就说张哥，你给我讲讲，你是怎么做兼职的？干这行需要会些什么？我大三也去。我说，得了，哥们，这活不难干，你就是现在去也行。

在计算机学校当了三个月的老师，加上一点所谓的补助，我一共赚了三千元，这也许是我有生以来，自己身上钱最多的一次。我周末晚上，请大家出去海吃了一顿，晚上又去红树林挂了个通宵。这一折腾，一千块钱就快出去了。

看来，卢浩说的没错。出去混阵子，总是有收获的。每次我和赵玲栎在一起时，我都吹嘘自己多能，赚了好多钱。可是，赵玲栎说要买件衣服的时候，我又犯愁了。她看中了一件连衣裙，要五百块，我开始还说太贵不想买，后来还是愣着头皮花了五百块钱买下来了。

赵玲栎对我说，你呀，有长进，但挣的都是小钱。你看看人家那些正儿八经工作的，一月工资三千多呢，你这三个月才三千，差得远呐。我嘿嘿一笑，觉得赵玲栎说的没错。回到宿舍，我就在网上搜索工作，看到了高新路有个月薪 2500 的工作，我一下子就心动了。这是一个房地产经纪人的职位，我觉得很感兴趣，也许可以趁机进入房地产业，说不定会有一番大作为，我稍微喝了杯咖啡，稳定了下心态，就拨通了电话。

“喂，是廖经理吗？”

“是啊，请问你是？”

“我是一个在校大学生，在网上看到你们招聘房地产经纪人，觉得自己可以胜任，现在还招吗？”

“还招，你过来吧，我给你说下地址，高新路三安大厦，你过来了给我打电话，来的时候带份简历。”

“好的。”

我没有辞职，抽了一个下午的时间，打算去高新路那边看看。

走到亚美大厦的时候，我下了车，因为不知道具体位置，我自己一边走着，一边问人。

可不知怎么回事，竟然没问对人，他们都说不知道，有的就说些模棱两可的答案，这可让我怎么找？

我见一个发传单的站在街口，就走过去问：“哥们，知道三安大厦在哪吗？”

那哥们瞅了瞅我，“找工作是吧。”

我说：“是啊。”

那哥们说：“三安大厦就在这附近，从这一直走过去就是了。”他指着前面。

我刚要走，他说：“既然我帮了你的忙，你也该帮我的忙，对吧？”

我心里一想，还有这事？不过也有道理，“那你说吧，什么忙？”

那哥们说：“我给这个公司发传单，你从这里上去，到 20 楼，那里会有人接待你，你去填张表就行了，几分钟的事情。”

我心里想，这么简单？

“好吧，反正也花不了多长时间。”

我来到20楼，走进一个宽阔敞亮房间，里面的装潢很高档，一张大桌子上摆放着楼盘的模型。我恍然大悟，原来这里是售楼部，迎面走来一个穿着黑色西装的年轻人，“您好，您是要买房吗？”

我头嗡地一愣，我只是来填表的，怎么跟买房扯上关系了？突然间，我就明白了楼下那哥们说的意思，不管买不买，都是要填表登记的，不是吗？

“我就来看看。”我淡定地说。

“原来是看房的啊，那您跟我来。”年轻人把我领到他们新开发的楼盘鸟瞰图跟前。

“您看，这些楼盘都是新上的，第一期已经竣工，第二期在明年竣工，这片，都是100平方米到110平方米的。”

我晕，搞这么专业干什么，“这块100平方米的多少钱？”

“价格不一样的，这片的话就是7000一平方米。”

“7000一平方米啊……”我一边说着，一边在脑海中计算，7000块钱买1平方米，大概也就是这么一坨地方，真贵，花7000块买这么一坨地方，我是疯了？

“太贵了！”我毫不留情地说。

年轻人说：“都是这个价，如今的房价，您也知道，如果要便宜的话，这边有，5000一平方米，不过条件就没那边的好了，而且是第三期的工程。”

“第三期工程？有没有搞错？那什么时候交付？”我很惊讶。

“怕是要等三年了，现房跟期房是不一样的，不过期房还是价格上有优势，看您自己的选择了。”年轻人用专业的口吻说。

我已经被他折磨得不行了。我心里一边骂刚才的那哥们，什么填表，明显是上来听人啰唆的，一边说：“好了，我还有点事，先走了，如果有意，我会再来的。另外，房子修得不错。”

年轻人这下有些慌了，急忙说：“您是给家人买还是给自己买？”

我神经都紧张了，我看上去有那么老吗？我不过是个大三在校生而已。我摸摸自己的下巴，是不是最近没有刮胡子？还好，菜鸟碰见新人了。

“当然是给自己买咯，这样，我先拿张海报吧，回去看看，考虑一下。”我随手拿了张海报。

“好的，您如果有意，可以直接拨打我的手机号码，这是我的名片。”年轻人拿了张名片给我。

我接过名片，看到上面赫然写着几个字，房地产经纪人。原来，我要去面试的房地产经纪人就是这种苦逼的角色？此时此刻，我就像兔斯基被雷劈了一样。

这种工作，不干也罢。我一想着自己也要这样卑躬屈膝地给人家介绍楼盘，就觉得不合适，我可是要干大事的人，怎么能当这么一小角色呢？回到宿舍，我又开始在网上寻找高薪职位。

这次，我看到北京××剧组来西安拍摄，需要大量群众演员。我琢磨着，这个兼职虽然不能赚钱，可万一被星探看上了，我不就发达了吗？想到这里，我有种带赵玲栎过去的冲动。可随后一想，不对啊，赵玲栎虽然有姿色，我也不能往剧组送啊？万一被导演潜规则了怎么办？那我这绿帽子就戴定了。嗯，我还是自己去吧，有本事来潜规则我吧，万一是个美女导演呢？嘻嘻，我想着想着口水都流下来了。

“张帆，你今天吃错药了？”李超凡说。

“没有，我就是看到人家剧组招群众演员，心里痒痒，说不定我去了就能改变命运。”我一本正经地说。

“不错，那你也带我们去啊？好不好？”

“怎么，超凡，你对自己的长相很有信心？”

“切，我又不是小白脸，我是靠实力吃饭的。”

“靠实力吃剧组的盒饭，行啊。”

“切，我不跟你贫了，我还忙着打副本呢，这次一定能爆个好装备。”

我跟剧组的老师联系了一下，对方说我的条件可以，来试试吧，今天正好在交大有一场戏。于是，我梳妆打扮好了，正准备过去。可我一看地址，慌了，交大离文大那可是隔着一片海啊。太远了，我咋过去？思来想去，我就接了陈旗的蓝色赛欧，一路从文大狂飙到了交大。

到了交大，我把车停到了附近，就急匆匆地在校园里找剧组了。可是，我从正门进去，一直往里面走去，往哪个方向都绕了一会，始终没有看到剧组。无奈之下，我只能打剧组老师的电话。结果，打不通。第一次兼职群众演员就失败了，我气馁地漫步在交大的校园里。从交大侧门出来，我在餐厅吃了份盒饭，本来要开车回去了，却看到一群发传单的大学生。有一个女生热情地对我说。

“你好，我这里是久远计算机培训学校的，你看看这个传单，上面都是我们学校的培训课程，今天正好可以免费试听，你要不要上去听听呢？”

我知道，这个女生可能也是个大学生，跟在亚美大厦发传单的那个男生是同一类人，明说是让你上去看看，但你真上去了，又忽悠你交费什么的。我本来想走，但一想想，出来混，都不容易，那我就帮你这个忙吧，让你凑个人数，完成业绩。

我接过传单，埋头看了一会。

“好的，我上去试听一下。”

“嗯，谢谢你，你今天可算是来对了，这次讲课的是咱交大的王老师，在西安那可是很有名的喔。”

“嘿嘿，我倒是想看看这个王老师的水平到底怎样？拭目以待。”

过了一阵，王老师来了，他并没有给我留下什么深刻的印象。这个中年人站在前面，使用投影仪播放了很多事先做好的PPT，内容大概都是描述现在的社会，竞争有多么激烈。当讲到竞争的时候，屏幕上出现了弱肉强食四个字，我甚至在PPT里看到了动物世界的照片，都是一些弱小的动物被猎食者撕咬的场景。然后，王老师就在前面不停地叨扰。

“同学们，我们的时间不多了，真的不多了，如今这个社会已经没有那么多时间供我们思考了，我们一辈子的花费就需要几百万，如果我们现在不下定决心步入软件开发行业，那么以后，当我们想学习时，就已经太晚了！”

听完了讲座，我和在座的同仁都一阵唏嘘。你别说，还真有几个同学当场就表示要学习软件开发了，但是，这个远久计算机培训学校是主讲C++的，我在学校学习过，对C++并不感兴趣，而且，我总不能每天开着车来学习吧？

我在计算机培训学校又带了两个月的课，辞职了。原因很简单，我在久远计算机学校听王老师讲课的时候，人家告诉我程序员工资都上万了，我他妈还一个月一千块钱，这不是丢人吗？

宿舍里，我跟陈旗讲述了最近的遭遇，陈旗从中看到了很多。

“张帆，这个很正常，我对群众演员的事情不关心，听你说程序员工资有一万？这个消息不错。”陈旗神秘地说。

“怎么？你要干程序员？”

“不是，既然程序员工资一万，那么，程序员的老板，是不是工资至少要翻几倍？我在想着，等我毕业了，就去广州那边，开个软件公司算了，你说呢。”

“哈哈，我支持你，说到这，我又想起了曲直了，那哥们也说要开公司，不知道咋样了？”

“曲直？没咋样，人黑了一圈，我们那天见了，他说自己在砖厂当工头。”

“我怎么没见到？”

“你不是去上课了吗？我和赵磊还和他吃了顿饭，席间大为感慨啊，他说他大一退学，一转眼，你们都大三了，这哥们有点后悔当初的举动了，说就不应该退学，好好的大学生活不过，非要早早出去闯，他说自己准备工作压根儿就没做好。”

“呵呵，是啊，时光荏苒。”

宿舍在陈旗的倡导下，决定出去玩一圈。陈旗说到夏天了，需要活动一下，而且大家看大家最近的心情都不太好，尤其是我。所以，出门散散心是有好处的。这次，本来大家想去秦岭的，但我说秦岭我去过，不好玩。于是，大家又改主意去翠华山了。我们按照之前确定好的行程路线，走了一早上，在中午的时候就到了翠华山脚下的镇子。这边据说也有个大学，带动了区域经济，街上有商店、旅馆，并不比文大逊色。

我们六个人买好了票，就进入了景区。这边的风景，确实比秦岭公园那里好多了，跟丰裕口比起来，地方很宽敞，山路也不陡峭，有铺成的台阶。在翠华山里的一个农家乐吃完饭后，李超凡和阿泽走不动了。说顶着个大太阳怎么走？这汗流浃背的。没办法，我们就叫了一辆观光车，沿着轨道，把我们送到了翠华山的堰塞湖边。

最近是七月份，西安的天气很炎热，平均气温都在三十度左右。我们在堰塞湖旁边，找了一块地方坐下，围着桌子扎起了金花。用我的话来说，就是小赌怡情，大赌伤身呐。我们吹着微风，连续玩了几十把，阿泽说不玩了，就看着湖面发呆。

“阿泽，你看什么呢？”陈旗问。

“没什么啊，我觉得人家坐个游艇在湖中央玩挺有意思的。”阿泽说。

“还真不错啊，走，咱们也去坐个豪华游艇？我请客。”我用手背挡着阳光，看着湖面说。

“行，咱们今天就吃王总的，喝王总的，反正王总跟人家拍戏赚钱了。”李超凡跟个和尚一样念念叨叨。

“呵呵，我这钱啊，可不是拍戏赚的，那天我连剧组都没找到，我这钱还是当老师给发的工资。”

我们六个人上了一艘游艇，绕着堰塞湖飞快地兜圈。游艇的速度很快，李超凡和阿泽紧张地抱到了一起，鲁伟倒还镇定，用手拄着游艇的栏杆。绕着绕着，大家也都习惯了，觉得没什么危险，放松多了。这时候，陈旗对我们说，咱们练习喊叫吧，看你们压力那么大，喊出来就可以释放了。于是，我们六个人对着远方大声喊叫，丝毫不在意旁人的眼光。

从翠华山下来，我们乘车回到了西安。本来打算回宿舍的，但鲁伟说既然一天都在外面了，那晚饭还回学校吃就太没劲了，我们都觉得他说的对。于是，陈旗又提议我们去吃海底捞。这可把李超凡和阿泽高兴坏了，他俩玩了一天，本来人都蔫了，一听到吃海底捞，立马恢复了精神。

陈旗开着车载我们来到了高新路的海底捞，让我们尽情地享受了一番海底捞的服务。这次出游，大家玩得都很开心，许多忧愁的事情，仿佛都被我们忘记了。

第九章　秘密基地

回到宿舍，我深刻地感觉到我们宿舍的这种集体氛围很好，舍友之间的感情也很真挚。我建立了一个QQ群，把舍友们都加入进来了。起初，这个QQ群只有我们六个人，后来，我们也陆续加了几个同学进来了。慢慢地，这个群也就热闹了，天天聊来聊去的，滴滴滴地响个不停。

群友们的聊天内容主要还是以学习为主，但有一个陌生人加进来了。她先是和我们套热乎，等彼此间熟悉了就开始发广告。这个广告的主要内容是招生，她说自己办了一个计算机培训学校，需要生源，看我们都是大学生，觉得特合适，如果有兴趣，可以来免费试听几次。

因为彼此间已经熟悉了，我们也没有请她出群，就允许她在群里发广告，反正群里也没几个人。一开始，我还真没留意这个。但她经常在我们下课的时候发，还说得花里花哨的，说什么程序员工资很容易上万，而且工作也很轻松，就是写写代码之类的。我一听，有点心动，就仔细询问了下。她说地址就在徐家庄附近的白沙路，你要是觉得靠谱，就过来试听一次，绝对给你不一样的收获。

我说那行啊，我改天就去，完了之后，我跟陈旗商量了一下这事的可行性。

“你觉得咋样？靠谱不？”我问陈旗。

“我觉得还行吧，我在群里也看到了，她说附近就是公安局，因此，你不用担心安全问题，你不妨去试听一下，反正也不掏钱。”

“那成，我要觉得可以，你去不？”

“我就不去啦，学校里有编程课，我以后要开公司，还是看看经管类的书籍比较好。”

“OK，那我明天过去一趟。”

其实，说起这个计算机培训学校的名称，我就觉得挺有意思。第一家学校，就是我代课的那个，叫源码教育，给人感觉是开源爱好者；第二家学校，就交大的那个，叫久远教育，当时要不说，我还以为是卖钻石的；第三个学校，也就是融鑫路的，叫鱼跃教育，虽然我知道这名字的意思是海阔天空凭鱼跃，但想着想着，我就觉得这是一烹饪学校，大概是因为我是吃货的原因。

第二天，我坐车到了鱼跃教育培训学校，就见到了我群里发广告的那女的，她叫魏老师。虽然年纪并不大，也就比我们大几岁，但我听很多学员还喊她叫老魏。

老魏说："张帆，我们这所学校呢，成立也不久，但绝对是凭实力说话的，你看，这张宣传册上，就是我们已经毕业的学员，很多都已经进入公司工作了，平均工资都在 4000 元。"

我拿起宣传册，从头到尾地过了一遍，觉得基本靠谱。册子上写明了学员姓名还有公司名字，还有每个学员的工资情况。令人振奋的是，有些学员还进入了中兴、华为这些大公司。

我说："那学期大概多久？学费呢？"这个问题是我最关注的。

老魏说："这个问题，也是大家最关注的。我们的课程，都是人性化的方案。首先，你如果每天都来上课的话，只要八个月，就能修完所有的课程。这样，你毕业之后，就可以直接去找工作了。如果，你上的是周末班，那我觉得至少要一年，因此，我们一般不推荐周末班。学费的话，都是一样的，6000 元，脱产班分上下两个学期，第一个学期主要是基础，第二个学期是比较高级的内容，当然，也还有一些面试技巧方面的。"

我听老魏说话比较实事求是，而且，听语气也很靠谱。于是，我心里就琢磨着不行就上吧，我陆陆续续都接触过三家培训学校了，就这家，我觉得最靠谱，而且，学习的是 Java 语言，不是 C++，这个语言我比较感兴趣，因为它简单。

我笑着说："行啊，我觉得靠谱，那我先试听一次，如果可以的话，我下次过来报名。"

老魏说："没问题。"说完，她把我领到了一间教室，里面有个老师正在上课。

“这是我们的唐老师，是一家从上市公司出来的中层人员，实力很强，有着十几年的工作经验，他是我们学校的主讲老师，你先坐教室里听一下吧。”

“好的。”

听了唐老师的课，我觉得这人水平特高，而且讲课风格比较风趣幽默，时不时地还给我讲述他当年在公司的情况。不错，这人靠谱，我当时就下决心要来鱼跃教育学习了。

我回到宿舍，把这个好消息告诉了舍友，本想着有人和我一起去。结果，他们仍然是各忙各的，一点危机感都没有，只有李超凡询问了一下具体情况，这倒让我有点意外。

“学几个月啊？”

“八个月。”

“哦，不错，出来包分配不？”

“那哪能啊？现在清华北大都不包分配了，你以为还吃大锅饭啊？”我觉得李超凡这问题特傻。

“怎么，你想去？”我接着问他。

“考虑一下，最近魔兽世界开70级了，等我满级了再说。”

“行，那你慢慢考虑，我就先去了，等你下次来，我就是你的学长。”

我打电话问父母要了6000块钱，第二天就高高兴兴地报名去了。这正是从那天开始，我加入了学习Java技术的大潮之中。自从加入培训班以后，我的生活就更加固定了，每天都是朝九晚六。按照老魏的说法，她之所以这么安排，就是因为上班的时间一般都是这样的，这也是为了我们以后能习惯职业生活。

从我在鱼跃教育上课的第一天开始，我就下定决心，一定要在八个月之内，把所有Java技术都精通了。这样，我才能像老魏说的，找到一份四千元的工作，然后，在未来的几年内不断地涨工资，最后达到月薪一万。对此，我经常沾沾自喜，有时候，还幻想着八个月后的生活，经常在课堂上走神。

我把这件事情告诉了赵玲栎，赵玲栎满意地笑了笑，说张帆以后就靠你来养家了，我就负责在家里睡觉好了。我想忽悠赵玲栎来鱼跃教育，说给我做伴，但赵玲栎说自己可不行，一看代码就头疼，说自己是经管系的，出来之后要干行政。

在鱼跃教育学习了半个月，我正巧看到了上届毕业的学员，他们正在找工作，我可以听见他们拿手机说的内容，比如，你好、面试地点、上班时间、Offer 之类的名词。说实话，我心里那叫一羡慕嫉妒恨，不知道从什么时候开始，我对上班，步入职业生涯如此渴望，可一想起网游冲级，我就满嘴的厌恶。我对过去那段堕落的日子感到深恶痛绝。但我从老魏口中，还听到了一些消息，他说上班的学员们都为房子发愁。老魏是个热心的人，就给他们在网上找房子，但大多时候，老魏还是直接让他们去附近的沙井村租房了。老魏经常这样说，你们刚毕业，不要去租什么高档小区，就去城中村挺好的，等一切稳定下来了，你们再自己看。第一份工作，可不是那么顺利，也许试用期过不了，不还得折腾吗？

我心想，得了，我以后就在软件园上班好了，反正文大离软件园很近，这不是水到渠成的一件事吗？可是我一想，等我毕业了再找房子，那多麻烦，不如现在就找？于是，我没事就凑老魏跟前、上届学员跟前，向他们请教租房的经验。但说了那么多，还是要自己亲自去看房才成。

一个阳光灿烂的午后，我在红树林网吧里看租房信息，还顺带查看了一下 Java 的就业情况，看着看着无聊了，就玩起游戏来了。我一边玩，一边回想这些年的大学生活，觉得真郁闷，也真回味。

那时候，魔兽争霸的 3C 已经不流行了，大家都开始玩 DOTA，我觉得新鲜，也进去玩了一会，可一玩就上瘾了。我赶紧猛拍自己的手背，我就是手贱，这一上瘾可不得影响学业？不过，我看了看 DOTA 选手拿 W3C 冠军的时候，我还是非常羡慕，怎么好事都让这帮人占了？咱怎么说也是个职业玩家啊。

我玩 DOTA 玩到了凌晨二点钟，瞌睡的不行了，可我还想回学校，到了校门口，却发现今天竟然意外锁门了。妈的，什么世道？我回到网吧，在 QQ 群里瞎叫唤，我见一哥们在线，就逮着聊天。这哥们和我认识时间好久了，只一起吃过一次饭，就没联系了，我觉得他人还不错。

“哥们，我这晚上回不去学校了咋办？郁闷死了。”

“学校今天封校了？”

“对啊，不知道咋回事，竟然锁门了，我在网吧都快困死了，网吧这睡不着啊，这椅子不舒服。”

“你来我房子睡得了。”

“你不是在宿舍吗？”听到这消息，我有点惊讶。

“没啊，我比你大一届，都毕业了，前阵子才吃得散伙饭。大家都该去哪去哪了，我是渭南人，觉得待在西安不错，就在校外租了个房子。”

“行啊，正好我最近也找房子，就过去看看呗。”

我从红树林出来，穿过了 Y 寨的街道，绕了几个巷子，终于找到了杨嵩他家的住址。我打电话让杨嵩下来接我。过了一会儿，我就叫杨嵩从楼门口出来了，他在旁边的商店里买了几包零食，就领着我上去了。

这栋楼是明显的城中村风格，从正门进去，对面可以看到房东的房间，是最大的一间，里面有几个卧室。我俩从房东房间门口的楼梯往上走。楼里黑洞洞的，但一听见响声，灯就亮了。

“杨嵩啊，这楼层也太崎岖了，快赶上秦岭的山道了。”我忍不住笑了。

“哈哈，我之前也去过秦岭，你这比喻太形象了。”杨嵩说。

“你看看，这么危险，又这么窄，万一掉下去咋办，还好有护栏。”

“咳，你住习惯就不这样想了，不过，大多数楼都这样。”

到了四楼，我看到了一个走廊，隔几步就有一个门。我们往里走了一会，就到了杨嵩的房子。推开门，我看到这房子大概只有 10 平方米，里面的摆放倒很整齐，最里面是一张床，靠近窗户，右侧是电脑桌，上面搁着一台电脑，桌上的烟灰缸里盛满了烟蒂。

“这房子，多少钱啊？”我递给杨嵩一根烟，自己也点上了。

“200 元。”杨嵩抽着烟说。

“我靠，这便宜啊，比咱宿舍都便宜，不过按个人面积来算，比宿舍大点。”

“还行吧，反正我也正在找工作，先将就将就了……”

我俩又聊了一会，并且聊了聊网游 DOTA 之类的。最后，就聊到了好莱坞电影，聊到了导演之类的。比如，斯皮尔伯格、卡梅隆、卢卡斯、张艺谋、吴宇森之类的。聊着聊着，都困了，就挤在一张床上睡着了。第二天早上，我俩起来了。看到满地的瓜子皮、花生壳，还有桌上的啤酒、百吉猫锅巴。我不禁感叹，这明显的屌丝生活啊，十平方米的小房间就是一切了。

“杨嵩，我不急着回宿舍了，你帮我去找房子吧，我中午请你吃饭。”我已经决定了，把房子的事情料理了再回去。

“行啊，反正我今天也没事。”

我俩在村子的一个川菜馆，点了几个菜，吃了碗米饭，瞎扯淡了一会，就出来了。我俩顺着那条巷子开始找房子，绕了一圈，发现房子大多都一样。有些房子垃圾地纯粹住不成，有些房子好点，价格又太贵。最搞笑的是，有一家院子，中间那块空间蛮大的，一进楼门，一抬头，他妈从一楼到六楼全是晾衣服的，没把我俩淋死。我想，这就是中国贫民阶层铁一般的现实生活了。最后，我俩又回到了杨嵩家的楼下，还是没有找到合适的。

“最后一家吧，就你家对面这个公寓，进去看看吧，说不定有意外收获呢。”我指着对面那楼说。

“行，咱俩进去看看。”杨嵩说着就朝里面走去。

“房东，你这还有空房吗？”我站在门外喊着。

“空房？有啊。”从里面走出来一个老太太。

“那你带我们上去看看呗。”我有气无力地说，都不抱多大希望了。

“行啊，就在六楼。”老太太领着我们上了楼。

走进门的那一刻，我稍微怔了下。这间房子也是十平方米，但有独立卫生间，还有一个小阳台，最可贵的是，有热水器能洗澡。而且，这房子收拾得比较干净，墙上贴着很多电影海报。我心想，这丫的肯定是文艺青年住过的，我喜欢文艺青年，那就这了。

我当即就交了房租，搁这住下了，这个房间号是603。

我匆忙地回到了学校，借了陈旗的车，把宿舍里的东西全部打包拉到了我的603。当我把603收拾好的时候，我躺在那张大床上，自言自语道我的生活总算是步入正轨了，我有自己的房间，正在学习一门技术，等我学完之后，我也会有自己的一份工作。

其实，像Y寨城中村的这种楼房布局，我还是第一次见，这就是传说中的廉价的城中村民房。此前，我对这个是完全没有概念的，我以为，中国人住的都是像我家那种的一百平方米的楼房。但现在我知道了，中国千千万万的打工者，买不起房的人，都蜗居在各个城市的城中村里，这里，就是他们的家。

我搬完房子后，鲁伟非要让我请大家吃饭，说这是乔迁之喜。然后，李超凡就一个劲地在后面鼓劲，还皮笑肉不笑的。这日子久了，鲁伟都被李超凡带坏了。无奈之下，我请宿舍所有人在二号餐厅湖吃海喝了一顿，吃完饭，我就对他们说，咋样，我这心意敬到了吧，他们都一个劲地点头。

我还是像往常一样在鱼跃教育上课，有时候，我会回学校住，有时候，我就回自己房子住了。这样的日子持续了不久，导员就找到我了，他说我这经常夜不归宿。为此，我特地把事情的来龙去脉向他说了一遍。导员听后，深深地舒了口气，说幸好是在干正事。我当时就想发作，不过我忍住了。导员说，这件事情虽然是可以理解的，但你得给我弄张离校证明，就说自己工作了，或者是在外面上培训班。不然，楼管那边也麻烦。我理解导员说的，就说我过几天把工作证明拿给你。

为此，我找到了老魏，说明了自己的困难，一副你看着办的样子，反正我也是被她忽悠进来上课的。

“张帆，这有什么难的？我这上课的大学生多了去了，你的困难，之前就遇见过，不是什么难事。”老魏说。

“那咋办？你给我开一张？”我双手撑在老魏的桌子上，面对着她问。

“行啊，我给你开张离校证明。”说着，老魏从电脑里打开了一个文件，噼里啪啦地打了几行字，就把离校证明打印出来了。老魏把离校证明给我，让我看清楚，没问题就可以盖章了。

我从头到尾阅读了一遍，大概意思是，张帆正在我校任Java培训讲师一职。

“老魏，这样搞没问题吧？”我心里有些疑问。

“没问题啊，这样肯定能过，我之前学员我也这么开的工作证明，只有工作证明学校才能认，你想啊，你出来上个课，有必要搬出去住吗？”老魏胸有成竹地说。

“对啊，我怎么这么笨，那就这样吧，你帮我盖个章。”

“好嘞。”老魏大手一挥，工作证明的事情就解决了。

第二天，我把工作证明拿给导员看的时候，导员就傻眼了。

“鱼跃软件教育培训学校，Java 培训讲师？你什么时候成 Java 培训讲师了？这么厉害，我们学校还没开这门课吧。”

我学着赵本山的语调说：“自学成才。”

几个导员窃窃私语，最后，这件事情竟然不胫而走，在师生间传为了佳话，说学生中出个 Java 培训讲师，这可是很有面子的事，况且还是在校生。

第十章　鱼跃教育

这节课终于结束了，我从教室里出来，走到了天台上。我眺望着远方，夕阳快要落下，夜幕马上降临，又一天快要过去了。我想起了这些年度过的日子，不由得唏嘘。我从张掖小学、张掖四中、张掖二中一路走过来，又到了西安文大，这些年，都是在学习。我的日子，一直都在这种无穷无尽地学习生涯中度过，本来以为大学毕业，就可以工作了，可为了第一份工作，我还要在鱼跃教育学习。我的人生，怎么那么无奈？

这些年来，别的就不说了，我最大的感慨就是时间过得太快。想到这里，我想起了赵玲栎，想起了远在异乡的徐庶，想起了大一退学的曲直，甚至想起了林原。随后，我又想起了宿舍的舍友。我们这些人，只不过芸芸众生中的一分子，碰巧凑到了一起。可是，我们终究还是会分开的，不是吗？我觉得我最害怕听得歌曲就是朴树的《那些花儿》。我已经二十岁了，我的未来十年，应该怎么度过？

我记得第一天在鱼跃教育上课的时候，老唐就讲起了 HTML，这玩意我知道，是超文本标记语言。可随着课程的深入，我觉得，要学习的东西越来越多，我甚至连类和对象都分不清楚。更别说还有什么，Java Script、Ajax、三大框架了。想着想着我就头疼，郁闷地抽起烟来。

我们隔壁班是已经毕业的班级，那个班原先有几十号人。可现在，我每天路过的时候往里面一瞅，人数都在减少，这说明人家都已经就业了，想到这里，我就一阵子羡慕嫉妒恨。正当我发愁的时候，学员们都来天台抽烟了。

丁楠递给我一根长征，舒展下身体说："你是做什么的？"

我说："大学生。"

丁楠说："我比你大些，我大学毕业之后，原来在工地上干活，工资太低，连自己都养活不起，无奈之下，就来这里学习了，听说当码农工资高点。"

我看了他一眼，果然有点民工的气质，头发有点乱，脸上有些许痘痕，气质苍老。

我说："那你觉得靠谱不？"

丁楠抽了一口长征，凝望着远方。

"你看，我们站的这里视野空旷，却被高楼大厦围绕，这就像我们的生活，总是被各种阻力夹在中间，我以前不是搞计算机的，但眼前这条路，我得试试。"

"反正咱们这期也有几十个学员，我们就一直走下去，就看看这条路通往何方？"

"说得好。"丁楠竖起了大拇指。

陈华和陈亮也过来了，这两哥们老有意思了，都很年轻，地道的 90 后，他们也在这里学习。

陈华说："你看那个牌子，美轮美奂经典浴场……"

陈亮说："啊，看到了，怎样？"

陈华说："等以后上班了，咱俩进去耍耍？"

陈亮说："好啊，就是不知道里面是个什么情况，都有哪些服务？"

丁楠开玩笑地说："里面有按摩、洗浴等等等服务，还有特殊服务哦。"

逗得我们大家都笑了，抽了一会烟，我们就回去做练习了。

这时候，老唐走进教室，对着我们说。

"同学们，学习 Java 一方面是需要听懂，另一方面，也要勤加练习。这样，才能做到融会贯通。其实，我知道你们压力挺大的，有些人可能还不喜欢这行，但也是为了自己的以后，才过来学习的。我已经工作了十几年来，我就大概说下自己的感悟吧，年轻人，最忌讳的就是浮躁，老是想着一下子把所有的事情都做好，可是，这样是不现实的，罗马还不是一天建成的呢？那埃及的金字塔，那可不是几万人，花了好久，一块石头，一块石头这样堆砌上去的吗？大家一定要沉住气，我保证你们八个月后都能有收获，好了，继续练习吧。"老唐说完就走了。

晚上六点，放学了。我在离开教室的时候，看到有个同学还在那练习，不肯回去，我心里想，他可真刻苦，不过老唐说得对，日子还长着哩，我们要心平气和，不能浮躁。我摇头叹气地走出去，看到夜色在瞬间笼罩了西安，各种灯光就在此时相继打开。我独自站在徐家庄的公交车站旁，在等待着下一班回文大的公交车。今天，就这么过去了。

回到Y寨，赵玲栎打电话给我，说好久没见了，想一起出来逛逛。我说好，我在学校附近的饮料店门口等你。我俩见面后，我带着她在Y寨里徜徉，这里人多得更集市一样，尤其是到了晚上，上班族下班了跟学生们混杂在一起，构成了一道独特的风景。放眼望去，遍地是小摊，还有各种商铺的招牌在闪烁，真是吃喝玩乐一应俱全。

“你想吃什么？”我淡淡地问。

“已经吃过了，我想吃点垃圾食品。”赵玲栎说。

“KFC？”

“不是啦，就学校附近的这些小吃摊啊。”赵玲栎指着眼前的那个卖烧烤的说。

“行，咱今天就去撸串吧，让你吃个够。”我捏捏她脸蛋说。

“嘿嘿，偶然也是需要换点口味的。”赵玲栎忍俊不禁地说。

我俩坐在街边的啤酒摊上撸串，一边吹着晚风，一边说着玩笑。大概到了十点多的时候，我说我今天不想回学校了，要去603，赵玲栎说我也去。于是，我俩一起到603过夜了。从那以后，去603就成了我俩干那事的代号。为此，赵玲栎还时不时地嘲笑我，你在校外还有个秘密基地呢。

“中途岛，属波利尼西亚群岛，是美国无建制领地。位于太平洋中部，檀香山西北。为珊瑚环礁，周长24公里，环抱东岛和桑德岛。陆地面积5平方公里。亚热带气候。1867年属美国。1940年美国海军建航空和潜艇基地。第二次世界大战中的中途岛战役是太平洋战争转折点。战后其商业航空站的地位下降。1950年取消定期航班，同年海军撤离，仅剩下留守部队。现有国家野生动物保护区。”

我现在的情况，就是正站在属于自己人生的中途岛上。为了人生战争的胜利，我已经拼了，我把电脑搬到了603，借着城中村乌龟一样的网速来学习。如果在宿舍里的话，我怕李超凡和阿泽下副本的声音会吵嚷到我。我是甘肃张掖人，目前在文大上大三，在校生、无业、没有收入，全靠父母救济。为了改变这种局面，我豁出去了。我的目标，就是成为 Java 领域内的高手，找到一份四千元的工作。

课堂上，老唐正在卖力地讲，“Java 是一种可以撰写跨平台应用软件的面向对象的程序设计语言，是由 Sun Microsystems 公司于 1995 年 5 月推出的 Java 程序设计语言和 Java 平台即 Java SE，Java EE，Java ME 的总称。”

经历了快一个月的 HTML 基础学习，今天可总算是讲到重点 Java 了，我见所有的学员都舒了一口气，仔细地听课。这时候，连班上最淘气的那个学员在做小动作，都没有人去理他。

“虽然 Java 在很多领域都有应用，而我们所学的重点、侧重点则是 Java EE，就是所谓的企业级应用。”老唐继续讲道。

有好事者发问：“既然 Java 博大精深，为什么我们不连 Java SE，Java ME 一起学了？或者说为什么偏偏要学习 Java EE？”

老唐瞪了他一眼，颇为不满，你一个新来的，还没入门，懂什么？但他还是不慌不忙地解释，“同学们，学习一定要有重点，JavaSE 是用于开发和部署桌面、服务器以及嵌入设备和实时环境中的 Java 应用程序，包括用于开发 JavaWeb 服务的类库的。Java ME 是一个技术和规范的集合，主要为移动设备提供了基于 Java 环境的开发与应用平台。说穿了，只有 Java EE 比较赚钱、易学，而且我本人比较精通 Java EE，大家明白了吗？”

“明白了。”大家都这么说。

不过，我们纷纷对这个好事者表示不满，老唐这也是为了我们大家考虑，毕竟人家工作都十来年了，Java 行业那些旮里旮旯的事情难道他会不知道？好好听你的课吧，我们都对靳刚投以鄙视的眼神，并且把不满发泄到他名字上，你那么厉害，你怎么不叫金刚啊？靳刚被我们看得不好意思了，只能低着头做笔记。

老唐继续讲解 Java 的基础知识，一边讲一边在教师机上写一些程序，当我看着一些复杂的东西通过 Java 的编程逐渐实现时，我不得不惊呼，“oh, my god, it's miracle.”

老唐似乎也越发的得意起来，手不停地在键盘上敲击，让我们听到了噼里啪啦的声音，害得我有种他正在玩劲舞团的错觉。正当我们沉浸在 Java 的神奇中不能自拔之时，老唐说："好了，同学们，今天就到这里，你们下午要好好练习。"

我看了下手机，妈呀，竟然 12 点了，到了饭点了。同学们都收拾好各自的桌子，准备下楼吃饭。我、孙瑞、丁楠、郭扬、李媛走在一起，因为我们天天都在沙井村吃饭，海鲜店旁边的那个小吃城已经不能满足我们了，于是我们每天都换一家。

我一边走，一边说："各位，今天去哪家？"

孙瑞说："他妈的，昨天的饭真是太难吃了，都怪你，郭扬，非说那家店体面点，要带我们去。"

丁楠说："就是就是，没有吃过就不要说好吃，没有调查就没有发言权。"

郭扬说："那也不能全怪我，至少 80% 的责任怪店家，是因为他们做的饭难吃，导致了后面的结果，20% 的责任怪我，是我犯贱要带你们进去的。"

我被他们逗得无可奈何，"好啦，好啦，今天我带你们去，如果不好吃，就由我一个人买单。"

大家就都跟着我这个领导走了，我们穿过了村子的主街往右走，到了十字路口，我凭着直觉说："左走。"

果然，没走几步，就发现了一个很不错的饭店，飘香阁。

我说："就这里了，飘香阁，光听名字就知道这家饭很好吃的了。"

丁楠说："飘香阁？你确定是饭店吗？万一是足浴咋办？"

孙瑞立刻嗔责："丁楠，你说话得注意点，这里有女同志的，飘香阁，一看就是跟嗅觉有关系，怎么就成足浴了？别把你工地上的那套逻辑思维带到咱们学校里来，你这个包工头，以前肯定没干好事！"

丁楠还不知足，"我也知道和嗅觉有关，只是……"

我无奈地打断："跟着我进去看看，不就知道了？"

果然，当我掀开飘香阁的帘子时，里面全是食客，大厅里非常讲究，吧台后面的墙上还挂着一副对联，君自远方来，独爱此处饭，横批闻香下马。

服务员招呼我们坐下，我们一人点了个菜，都是些家常，我点了自己钟爱的红烧菜花。

等待饭菜的时候，我百无聊赖，“这副对联倒是工整，就是略输文采，可惜可惜。”

孙瑞喝了口茶，“你丫明明是抠脚大汉，还冒充什么文艺青年？”

郭扬马上附和，“是啊，你说不工整，那你给对一个，我们看看，来来来，欢迎文大高才生。”说着就要鼓掌的样子。

我摇摇头，舒展下筋骨，“是你们要让我对的，要我看这副对联应该写成这样，君自远方来，钟爱阁中饭，横批闻香停车。咋样？我这个可比他那个现代多了。”

孙瑞不以为然，“得得，人家这店铺装修本来就是古香古色，你弄个现代的对联，这就不应景了，说明你丫就是个抠脚大汉，啥都不懂。”

丁楠顿了顿说，“你看看，你整天嘴里念叨抠脚大汉，这里是饭馆，又有女同志在，不雅不雅……”

孙瑞脸色阴沉，似乎意识到了什么，忙装作若无其事的样子喝起茶来。

李媛见我们争论不休，终于发话了，“你们啊，天天这么贫嘴，都快工作的人了，能不能稳健一点啊。”

孙瑞说：“能啊，能啊，你看我不在品茶吗？”

今天的饭菜非常可口，做得很香，我得意地说：“你们看，我带你们来的饭馆就是不错吧。”

大家都说：“不错，不错，这饭店光听名字就知道不错了，你看看那副对联写得，简直神了，闻香下马，就算是再过个几百年，只需改成闻香下车，就同样适用，老板不愧是心思缜密啊。”

可我结账后，向他们索要饭钱的时候，他们竟然都变了脸，“不好吃！太难吃了，你不是说，如果难吃，你就自己买单的吗？要说话算数。”

我无奈地看看李媛，想从女同志那里得到真相，李媛非但没有为我出头，还这样说：“其实，我觉得还好啦，但大家都说难吃，少数服从多数啊。”

我被这群忘恩负义的人气得无话可说，但我觉得应该要讨个公道，便说：“明天是谁带路啊？”

他们纷纷指向李媛，一点也不怜香惜玉，看吧，这就是革命队伍里的叛徒，叛徒的下场都是可悲的。

我已经计划好怎么整李媛了。

当我处在自己人生中的中途岛，或者说是被流放，或者是说自己把自己关押在这里，怎么说都好，总之，这段时间内，我只能按照老唐的规定，完成学业，前不能进，后不能退，就是这么尴尬，好在毕业的时候能找到工作。庆幸的是，我身边有这么一群朋友，他们陪伴着我，一起渡过难关。说的再形象点，其实，大家这是相濡以沫。

第二天，李媛被我们整得不得不买单的时候，孙瑞替她扛了下来，这让我们群众的眼睛立刻雪亮了起来，“这就是革命中的爱情啊，多么朴实无华，却又绽放光芒。”

自从孙瑞和李媛的恋情公开以后，没少被我们讨论和调侃，似乎老魏和老唐也知道这种情况，原因是孙瑞一不做二不休，直接把位置挪到了李媛旁边，打着李媛辅导功课的幌子来卿卿我我。

西安的天气经过十月份的最后一个高潮，逐渐变得阴冷起来，在经历过几天连绵不断的细雨之后，更是每天都下降几度，我们身上的衣服也多了起来。现在每天上课时也不能像过去那样穿半袖了。

在这种阴冷的天气下，大家的学习劲头反而更浓了。我们已经学满了两个月，距离八个月又进了一步。现在，Java 的课程已经进行了一段时间，我们都具备了一个程序员最初的样子，但离所谓的码畜都还很遥远，更别说码奴、码农了。

一天傍晚，我回到 603，照例在天台上抽烟。这时，我看到天台上站着个人，年龄比我大，他把手放在墙上，正一动不动地看着远方，出于好奇，我走过去了。

我抽着烟，站到了他旁边。

他看了看我，突然问：“你在 6 楼住？”

我说：“是啊，你呢？我怎么没见过你。”

陌生人说：“我朋友在这住，我家在内蒙古赤峰，这次是过来玩的。”

我很疑惑，“Y 寨有什么玩的？”

陌生人说：“你也是文大的吧，我过去也是，我很早就在文大上学，后来毕业了，在Y寨租房住了一段时间。后来，就回老家去了，今天，过来看看，想想，也有快十年没回来过这里了。”陌生人感叹着，抽起了烟。

我说：“原来是学长，失敬失敬。”

陌生人又看着远方，低沉地说：“你看看Y寨，我估计有二十万人。这些人，有的是从外地搬过来打工的，有的是文大的学生。很久以前，我毕业之后，也在这里租房，在这里为我的理想奋斗。可后来呢，我年纪大了，就只能回到赤峰了。”

我明白他说的意思，“那你回到赤峰之后，又做了些什么？”

陌生人说：“我结婚了，休息了一段时间后，就在赤峰的一条街上开了一家小书店，平日里就是靠卖书为生。总之，我的人生已经定格了，而你，还有无限的可能，好好努力吧，学弟。”陌生人拍了拍我的肩膀。

我说：“有时候，努力了并不一定会有回报，或者，回报和付出不能成正比。也许，若干年后，我也会跟你一样，回到张掖，结婚生子，就那样度过自己的一生。”

陌生人说：“对啊，有这种可能，不过无所谓了。我们走了，还有年轻人过来。这里的人，总是来了一批，又走了一批，大家都在这忙碌的生活中追寻着什么，可谁又能掌握自己的命运呢？我们只不过是一群普通人。”

我说：“正如那些出租的房子一样，今天你住着，等你搬走了，又会有一个像你曾经那么年轻的人搬进来，这就是生活吧。”

陌生人说：“对啊，我今天来这里，纯粹是为了怀念，十几年过去了，每当我回首往事的时候，最令我难忘的，还是在文大的那几年，那些年，我的青春，我的理想，我的激情，我的棱角，全在这里付出了。”

我离开天台，看到学长仍然站在原地一动不动。他抽着烟，凝望着远方，在悼念着自己的曾经。我心想，那到底什么才是人生的意义呢？说这个问题太早，等我工作以后再说吧。我躺在床上，埋头睡去了。

十月三十一日万圣节。老魏喜庆洋洋地跑过来说：“大家今天晚上不用上晚自习了，我们在大教室举行万圣节舞会，你们看，这是什么？”

原来是个南瓜，我说：“南瓜有什么稀奇的？又不好吃。”

老魏说："没文化真可怕，今天是万圣节啊，自然跟南瓜有关系。晚上的舞会，大家可以尽情地自由发挥，白沙路前面的那个礼品店有化妆服和面具，你们不要买，租了就行，以前我们的学员都是租的。"

下午，大家都已经按捺不住悸动的心了，纷纷想尝试一下万圣节怎么过？万圣节舞会怎么过？会不会有吸血鬼和狼人。我内心就有点鄙视老魏的做法了，你说，咱们都是中国人，过什么洋节？况且，万圣节这个节日很讲究文化氛围的，我们中国的传统文化里可没有吸血鬼和狼人。不过，我又听同学说，老魏就是爱折腾，过万圣节是鱼跃教育的传统。

在这种心猿意马的心态下是无法学习的，大家都跑出去挑道具了。

晚上七点，天色慢慢变黑，夜幕撒开，万圣节舞会正式开始。

教室里打扮得像那么一回事，就跟美剧里的一样，一眼望去，感觉是动物世界或是到了阴间地狱，这全怪大家的打扮了。连我这种眼光犀利的人都不知道躲在面具背后的人是谁？当然他们也不知道我是谁？我今天扮演的是范海辛，哈哈，估计这些人都没听说过。说到范海辛，就比较好扮了，直接租一顶礼帽，眼睛上贴个罩子，嘴上弄点胡须就是了。当然，最主要的是要穿范海辛的风衣，这样才像那个传说中的狙魔人。

教室里还有杰克船长、丧尸、蝙蝠侠、恶灵骑士（他个子高高的，夹克很帅气，穿着皮鞋，带着骷髅面具）。等等，角落里的那对情侣是谁？答案很明显，孙瑞和李媛，他们竟然扮演斯特凡和埃琳娜。我去你大爷的，绝逼美剧看多了。这俩人也真够入戏的，清一色的牛仔裤，在眼罩的掩饰下，竟然在大庭广众之下接吻。我心里骂了一句，不要脸。

正当大家乱糟糟地喧闹时，老唐和老魏进来了，他们扮演的是黑衣人里 J 探员和 O 探员，明显一对情侣嘛，不过这也太简单了，直接穿个黑色西装就完事了。

老唐大声宣布，万圣节舞会正式开始。音乐就响起了，人群开始躁动。大家在动听的音乐中纷纷寻找舞伴，我正在寻找，对面竟然来了个猫女，我主动拉起了她的手，和她共舞。舞会就在这样和谐的气氛中进行，偶然还会有学校的工作人员进来，不是穿礼服的，就是穿女仆装的，他们会拖着盘子，为我们送上饮料和水果。

大约持续了一个小时，孙瑞和李媛故意走到中间，吸引着众人的眼光，孙瑞情深意切地说：“埃琳娜，请原谅我的哥哥达蒙吧，他是个不折不扣的浪荡子，而我，才是真正爱你的。”

我们纷纷停下脚步，注视着他们，李媛激动地说：“斯特凡，从现在开始，我只爱你一个。”这种煽情的对白，果然又博得了在场各位的掌声，正当我们享受和谐时，达蒙杀了出来，这大概是他俩没想到的。

达蒙一把牵起埃琳娜的手，我们还以为这是事先安排的，“埃琳娜，我不能没有你，和我在一起吧。”

孙瑞一把推开这个不明身份的达蒙，把李媛挡在后面，“少来了你，别破坏我们的爱情，你是谁啊？”

达蒙明显是本校的学生，故意上来捣乱的。他没有停止，依然不依不闹地追求者埃琳娜。

这时，有个声音突然冒出来，“性骚扰啊，那谁谁蝙蝠侠，你还不上？要维护学校的治安。”

蝙蝠侠做出深沉的姿态，用他特有的深厚语气说：“我只维护高谭市的治安。”

众人一阵唏嘘，发出哎呀哎呀的声音。

检察官说：“韦恩，能力越大，责任越大。”

蝙蝠侠怔了一下，“好吧，我的对手是小丑，可惜他今天没有出现，区区的吸血鬼，有什么可怕的？”

蝙蝠侠随手拿起别在腰带上的蝙蝠飞镖，用力扔向达蒙，达蒙瞬间中镖，应声倒地，赖在地上啊啊的叫唤。没过多久，达蒙就被一个身着护士装的女孩搀扶着出去了。舞会又一次恢复平静，在和谐中进行。这时候，我仍然在一个角落里喝着红酒，等待着赵玲栎。忽然，一个身穿斗篷的女孩子出现在我跟前，她坐在我对面，和我碰起了杯，我知道这是赵玲栎。

“你来晚了，重头戏都过去了。”

“今天临时有点事，不过没关系，我站在这里看看就行，你这身装扮太 low 了，话说，你扮演的是谁？”

“范海辛，你呢？”

“我啊？你猜？我这个叫黑暗游侠。”

“我去，你也打 DOTA 了。”

到了十一点，舞会结束，大家把衣服道具都卸下来，打算明天打包还给附近的礼品店。事后，我问郭扬，你扮那个达蒙上去捣乱是故意的？郭扬说，那哪能啊？是孙瑞拜托我这样做的，他说我帮他这个忙，我下周的伙食费他包了。我去，这家伙，我心里直骂他不要脸。

从鱼跃教育出来，赵玲栎不想回家，拽着我的胳膊非要让我请她吃火鸡。

“啊喂，你没搞错吧？万圣节是小孩子挨家挨户收集糖果吃的，你吃什么火鸡，又不是感恩节？”

“不管不管，我就要吃火鸡！今天只顾着玩了，肚子还饿着呢。感恩节在下个月，还早呢，我就要今天吃！”

“好吧，我到糯米上查查，看西安哪里有火鸡。”

“嗯，阿里嘎多。”

“查到了，据说，在城南有一处非常偏僻的店里有火鸡，那咱们出发吧。”

“好嘞！”

第十一章　同居生活

万圣节舞会后，孙瑞和李媛的爱情总算是修成正果了。这俩人当即就脱离了组织，吃饭也不跟我们一块了。我说这样也挺好，人多眼杂的，别碍了他们的好事。中午从沙井村回来，我和郭扬本来要去天台上抽烟，竟然看见孙瑞抱着李媛在天台上看风景。我俩只能在背后骂不要脸了。其实，我们对孙瑞并没有什么意见，骂他其实也是欣赏他下作但直接的人品。

看到孙瑞和李媛，我就想起了赵玲栎。于是，我对赵玲栎说，要不你搬出来住一段时间？赵玲栎说为什么啊？我说咱俩老是偶然在一起，多没意思，我想和你每天都住在一起。赵玲栎就骂我神经病。不过，后来她来603的次数多了起来。

我和赵玲栎两人一直维持着这种男耕女织的生活，每天如此。赵玲栎是个闲不住的女人，她没事干就喜欢到处乱跑，去钟楼的骡马市逛逛，去小寨的百汇市场逛逛，有时候甚至发神经要去汉唐书店，还硬要拉着我去，有时候我会逃避掉，有时候我缴械投降。

有一天，赵玲栎说，你看你都快工作了，可我的工作，还不知道在哪呢？我看最近人家好多人都在做淘宝，说一个月能赚好几千。要不，咱俩弄一个，你没事就去上课，我来做淘宝，你看成吗？我说成啊。赵玲栎又说要交保证金，我有点舍不得的给了她一千块，赵玲栎见我这样，搂着我的脖子说没事啦，这玩意以后不干了还能退的，说完我的心情稍微好了点。不过，这意味着，我这个月都要省吃俭用了，我每个月父母才给我打一千元呢，不但要吃饭，还要交房租，还要买一些杂七杂八的生活用品。

凌晨，我还是昏昏沉睡着，对外界的世界一无所知。这一觉睡得格外舒服，因为本人还没有工作，也就没有早上起床的压力，可以尽情地睡到天昏地暗，如果起得太迟，就不用去上课了，反正逃个一两次课是没什么问题的。

外面的世界是一片黑暗，人类都蜗居在自己的房子，这个城市热闹散去，留下满地孤单，街上只有明亮的灯光，映着地上斑驳的影子，按照我们人生的常理来说，此时此刻，宽阔的大街上是空无一物的，可真的是空无一物的吗？我想并不完全正确。

古人说得好，孤魂野鬼，这是有道理的。唰的一声，有一个物体从街上快速走过，地上的落叶被风扫起，但放眼望去，却是什么都没有。原来，有些东西，是只能听到，而不能看到的。

我和赵玲栎仍然在沉睡中，我们手握着手，嘴上带着幸福的微笑。突然，我感觉有什么东西靠近，随后，我就进入了一个很沉很沉的梦境。梦里，我看到了小时候农村住的那个宽敞的房子，我站在门外，看见四周的天气都是黑色的。

于是，我推开正门进去。突然间，院子里开始飘起了各种各样的纸钱，白絮，这些东西就在我周围飞舞，吓得我赶紧往上房里跑，结果，刚进去就看到了一个红色的棺材矗立在我的眼前，桌子上摆放着各种贡品。妈呀，这可把我吓坏了。我一下子就醒了，还听见603房子里有奇怪的嘤嘤声，这可咋办啊？我拍拍赵玲栎，叫醒了她。

“玲栎，你听到没有，这声音好恐怖啊？”

“是啊，好像是有点声音。妈呀，吓死我了，像有个老太婆在哭，你还不开灯。”赵玲栎抓着我的肩膀说。

“我不敢动弹啊，要不你去？”

“你怎么不去死呢，你还是不是男人？赶紧开灯去。”赵玲栎狠狠地捏了我一下。

“好吧。”我被捏疼了，反而有点回到现实的感觉，就勉强走过去，按开了灯。

随着屋子里的灯光亮起，那种声音就逐渐没有了，但我仍然听见房子周围有咚咚的撞击声。

“得，这房子，咱不能住了，是个鬼屋。”赵玲栎说。

“切，我看只是个小问题，你看周围都有人住，又不是就咱们一家，我觉得不是鬼屋，你不要乱说话，西安这地方邪。”我是怕赵玲栎以后不来603了，心里不乐意了。

“那咋办？”赵玲栎一副要死要活的样子。

“再过几天看看吧，也许，只是偶然碰见了一个怨灵呢？”我其实觉得这也是意外，毕竟这二十年来，我可没见过什么鬼。

“嗯，那就再看看呗。”赵玲栎说完，就倒头睡了。

“喂，你把灯亮着。”我刚要起身，赵玲栎指着灯说。

打那天撞鬼以后，赵玲栎来603的次数就少了。按她的说法就是，她要埋头于自己的淘宝事业了，就不能缠绵于儿女私情了。记得赵玲栎在淘宝上赚了第一桶金后，虽然只有几百块，但她还是请我和杨嵩一起搓了一顿。一天晚上，赵玲栎高兴，就又留宿603了。

冥冥之中，我听到邻居两个人在吵架，一个男的和一个女的，我还会听见他们的说话声，似乎还要摔东西的声音，而后，不知道怎么回事，这两人好像又开始亲热了。我听见了他们的呻吟声。然后，我脑袋越来越晕眩，不知道咋回事，就感觉乱七八糟的什么东西都往脑子里钻，是从窗户那边来的，让我很沉重！但我又能听见各种各样的东西，只是听见，看不见。

恍惚中，看见一个黑影子坐在我的床边，用力地抱着我的左腿在拖，就像死神要拖走尸体一样，它拖了好久貌似拖不动，就放弃了，然后它跑到了我跟前，望着我。

我俩就这样对视着。其实，我当时脑子里有很多疑问，比如它是怎么进来的，但我不知道该如何开口问他，因为我不能开口说话。这家伙似乎也看出了我的疑问，就指着窗子对我说：“窗子是开着的。”我听了恍然大悟，原来它是从窗子进来的。

“喝了不少酒。”它摸摸我的肚子。

“我们去街上逛逛。”它伸出手，把我抱起来了，此时我明显感觉自己的身体飘浮在空中，然后，它抱着我往阳台的窗户走去，我竟然看见了对面那些房子亮起的灯光。妈呀，这可不好，这是黑无常索命啊？正当我惊慌失措的时候，赵玲栎伸了个懒腰，哎呀叫了一声。

我就感觉自己被重重地摔倒了床上。并且，一阵类似于电磁波的玩意在梦中狠狠地抽搐了我的神经，我哎哟一声，昏睡过去了。

第二天早上，赵玲栎起床了，她对我说的第一句话就是头晕，没有睡好，我觉得这根那什么电磁波有关系，就把那件事情的来龙去脉轻描淡写地说了一遍，还好，这次赵玲栎认为跟她没关系。

“你啊，一定是上辈子做了什么见不得人的事情，那鬼魂晚上找你索命呐，反正跟我没关系，是你自己作孽。”赵玲栎不怀好意地笑着。

而我却不以为然，觉得这事情要这样下去，可就麻烦了。

这段时间，我在鱼跃教育的学习进入了关键的时刻，本身压力就有点大，再加上房子里闹鬼，一时间让我变得很是忧愁。中午吃过饭，我们也没有像往常那样，吃完去街道上溜达，而是很早就回来了。

下午第一节课结束后，我和丁楠来到了天台上。

这时，天空开始变暗了，中午那会还是一片清澈，偌大的空间中只有懒散的浮云。这会，连云朵也变暗了，有的还镀上了金色，借着太阳的光芒。而太阳，已经不知不觉中走到了西边，缓缓落下，空中有阵阵飞鸟掠过。

这样的情景，从我小时候，就开始经历。那时候，我觉得自己永远都这么小，永远都长不大，可一转眼，我就上大学了。记得刚步入文大的那一刻，那个傍晚，和今天是一模一样的，当时我对未来充满希望。而现在，大学快要毕业，鱼跃的学习也还在中途。让我觉得，最近的日子过得真漫长。

我叹了一口气，抽了一口烟，面对着远方发呆，嘴里不停地念叨这就是人生啊，这就是人生。

丁楠把手放在我肩膀上，用安慰的语气说：“又在这里看风景了？”

我顿了顿说：“是啊，天天看，月月看，都看不透。似乎，我们的生活永远是这个样子？我们永远没有出人头地的一天？”

丁楠也叹了口气，“别想太多了，有些事情，是命中注定的。而有些事情，我们还可以改变，不过，这都需要时间。如果玩不过时间，就放弃吧。这么多年我们都过来了，还怕现在这区区的八个月？”

听了丁楠这番颇有见解的话，我心头的迷雾散去了很多，但还是有些阴霾。阳光越来越微弱，就像在为黑暗缴械，其实，这更像是融为一体。就如一个人在生活中，如果他不能坚持自己纯粹的理想，那么，最终就会随波逐流。

远处，那个叫做美轮美奂经典浴场的地方，牌子又亮了起来。

陈华和陈亮不知道什么时候也过来了，陈亮大声说："喂，你看，哪个美伦经典浴场的牌子又亮了，咱哥俩啥时候去玩玩呢？"

陈华迫不及待地说："等工作了吧，哈哈。"

我的生活，就是这样的郁闷，在学习中等待，直到八个月后，看能不能收获人生中的第一份真正意义上的工作？晚上，我拖着疲惫的身体回到了603，我一进门，就看到了赵玲栎正拿着纸笔在清点货物。

"你怎么买了这么多东西？"

"对啊，我今天特地跑康复路去了。这些东西，都是批发价拿的，我要把自己的淘宝事业做起来。"赵玲栎很有信心地说。

"好吧，我支持你。不过，这房子里的东西越来越多了，可会影响到咱们的生活的。"

"你就将就点吧，总不能让我放宿舍里。大不了，我以后少过来，你一个人住呗，这样就不挤了。"

"你可别这样啊，我离不开你。"

"嘿嘿。"

我见赵玲栎今天打扮地特别妖娆，就忍不住抱起她接吻。忙活了一阵子，我感觉自己就像一条快要枯死的鱼，突然有了活下去的动力。

"你最近事业心很强啊？"我轻轻抚摸着赵玲栎。

"是啊，看你整天那么辛苦地学习，我也要做点什么才好。"

"可是，我感觉自己理想中的生活好遥远。人这么辛苦，不为别的，就是为了让自己活得稍微轻松点，不是吗？这么简单的事情，我俩竟然做不到。"

"任何事情都是一个从无到有的过程，我们慢慢努力吧，我相信我们可以的。"

"好的，未来的日子，我们牵手一起努力。"

这一刻，我心头的那层阴霾彻底消失了，被赵玲栎带来的温柔击退。晚上，我和赵玲栎都睡得很沉。好困，这一晚，睡得真安逸。我怎么又回到了过去？这分明是我上小学时的场景，那个操场，很阴暗的操场，仿佛听到了欢笑声。我继续向前走去，学校里空无一人，只有我一个人闲逛。一路上都没有人，没有声音，我走上了三楼，笑着推开办公室的门，却发现办公室里没有一个老师，只有各种纸张被风吹得飘散，发出哗哗的声音。我心里一阵不适，感到恐惧，不禁打了个寒战。我赶快关上门，走到了阳台上，望着窗外的一切。依然没有阳光，非常阴暗，可这明明是夏天啊，人都上哪里去了？只有阴风凄语伴随着我，吹打着我的身体。

突然，我听到外面传来了一种钥匙串的声音，一晃一晃的，叮铃铃叮铃铃的，我心里在骂，这是谁啊？大晚上的故意制造恐怖气氛呢？我想着想着，就想了白无常，妈呀，这可别是它的铁链声，这也太恐怖了。

这个声音越来越近了，我甚至听到了轻微的脚步声，但这种脚步声，明显是没有鞋着地的，很空泛的，仔细一听就能分辨出来，铁链的声音还在响动，哗哗的，一晃一晃的。我攥紧了拳头，积聚了身体所有的力量在一点上，想放手一搏。如果真有鬼，那你就来吧。当那声音快要靠近我身边的时候。忽然间，窗外电闪雷鸣，轰隆一声，倾盆大雨就从天上降落下来，地上响起了噼里啪啦的雨声。我和赵玲栎被雷声惊醒，她依偎在我怀里，说害怕。

我俩望着窗外，Y寨在郊区，这里并没有什么高楼大厦能阻挡视线，我清楚地看到了闪电在西边的天空中不停地出现，它们有时候交织在一起，向着任意方向延伸，就像大自然在作画一般。呼啸的冷风把村子里的东西吹得七零八落，我们听到了磕磕碰碰的声音。

“冬天快来了。”我抱着赵玲栎说。

“是啊，咱们也需要考虑在这房子里安装个空调了，我可不想被冻死。”赵玲栎俏皮地说。

“这房子还是老不踏实，总是感觉有点东西，怎么办？”我有些担忧地说。

“怎么刚才又撞鬼了？要不咱们换房？”

“是啊，你倒是觉得轻巧，我可不想搬来搬去了。”

“那这样，明天，咱俩去法门寺祈福，我听说法门寺有佛祖的舍利，那可是佛家重地，你去问问方丈，给你开个光啥的，一定会没事的。”

“可以啊。”我觉得这个主意不错。

早上，我们从城西客运站出发，直达扶风县。花了一个半小时左右，总算到了法门寺。真不愧是关中名寺，你看看，这里的天多么蓝，阳光多么灿烂。

第十二章　闺蜜秦妍

这阵子，我除了偶然回到301之外，其余的时间都在603。然而，赵玲栎迷恋淘宝已经到一定程度了，她经常看到人家淘宝上皇冠的卖家，就对着屏幕流口水，我说你别着急，你现在不也一个钻石了吗？坚持几年，肯定上冠。赵玲栎只是摇摇头，嘴里嘟哝着还早。

周末，赵玲栎说她闺蜜来了，要一起去大雁塔逛逛。我说那你俩去吧，我就不去了，赵玲栎说你老待着多不像话，跟我去逛逛，我闺蜜男朋友也在。既然这样，我也就只能硬着头皮去了。

我和赵玲栎来到了Y寨的一个公交车站，等着她嘴里说的闺蜜。结果，等了半个小时，还没见人。我心里有些着急，就盯着赵玲栎看。赵玲栎忙打电话催促，没几分钟，就看到她闺蜜开了辆崭新的灰色别克过来了。看到这个场景，我心里有了一丝自卑的感觉，为啥别人老是这么富有呢？遇见一个人，就比自己强。早知道这样，我就借陈旗的赛欧了，虽然那车差点，但也能为我挣点面子啊。

赵玲栎坐在前排，跟闺蜜聊个不停。我坐在后面，看着外面发呆。

“秦妍，好久不见你了，你最近在忙啥？”赵玲栎问。

“没什么啊？一直学车呢，这不刚学成，就开着老公的车来带你们兜风了。”秦妍得意地说。

“哦，你老公的车？你老公好厉害啊，做什么的？”赵玲栎说。

“他开了一家公司，就在小寨，一会我带你们去参观。”秦妍说。

虽然秦妍的语气很平常，但我真想找个地缝钻进去，不是说好了的逛大雁塔吗？怎么又成参观公司了？万一再遇见人家老公，看人家光鲜明媚的一老板，我这个屌丝不是要被虐死的节奏？我无奈地只能坐在后排玩手机了。

俩人聊着聊着，就聊出了事情了。

秦妍沉默了一会，突然问："玲栎，你们这么快就同居了啊？"

赵玲栎有点不好意思，"也不是啦，我们都交往三年了。"

秦妍说："那还成，现在的感情都不怎么靠谱，还是要抓紧结婚的好。"

赵玲栎说："怎么，你俩打算结婚了？"

秦妍说："是啊，我老公是个老板，我不得抓紧点。"

听到这话，我觉得她说的没错，但言下之意呢，我不是老板，是不是这事就不能着急？还有，我跟赵玲栎同居又碍着你啥事了，我从心底里讨厌她这个闺蜜。

到了小寨，秦妍带我们来到了一个高档的写字楼里。这间写字楼在汉唐书城的附近，位于20层，整层楼的面积很大。秦妍带我们去的是右侧的一个办公场地，大概有三百多平方米的样子。

"你们随便坐吧。"秦妍指着会客厅的沙发说。

"嗯。"我和赵玲栎坐到了一起，有个年轻的前台助理，为我俩倒了杯水。

"你们先坐，我给老公打个电话。"秦妍收拾了下头发说。

"喂，老公吗？你什么时候过来啊？我和闺蜜赵玲栎在一起呢，还有她老公，我们在公司，你快过来吧。"秦妍咿咿呀呀地说了一会。

"哎，当老板就是忙啊，你瞧瞧他，整天都在外面跟人家吃饭喝酒，说不应酬不行。"秦妍指着手机说。随后，她坐到了赵玲栎旁边，开始介绍她家的公司。

"你们看啊，这三百平方米的办公场地，大概有二十多个员工，个个都是精英。"秦妍得意扬扬地说。

"你们公司主要是做什么业务的？"赵玲栎问。

"这个，主要是做文娱方面的。举个最简单的例子，比如，有些人他想办一个销售活动，但他自己不会组织，也没有人，这时候他就给委托我们来办理，我们提供方案，还有人员；还有，一些人呢自身条件很好，想去做平面模特，但是，他不知道门路，也可以在我们这里登记，由我们负责给他找业务。"秦妍用专业的口吻说着，可以想象，她内心有多么自豪。

"哇塞，酷！"赵玲栎说，"能不能给我家这位也介绍一份工作呢，他计算机专业的？”赵玲栎想靠关系为我谋个职位。

“可以啊，正好还缺个平面设计师呢，张帆，你有兴趣做吗？”秦妍一脸喜悦，且不说她是不是真的为我考虑，但我内心对此很排斥，我一直觉得，之前我和赵玲栎的生活很平静，就是她来了，才生出这么多枝节，现在可好，我要是进了这家公司，这麻烦不就躲都躲不掉了吗？我心里对此嗤之以鼻。

“喂，干吗呢你，大白天的，发什么呆？”赵玲栎肘击了我一下。

“没……没什么，我觉得，这里挺好的，办公环境也不错。不过，我正在上计算机培训学校，都交学费了，两学期的都交了，现在要半途而废，不太好吧？”我勉强地说。

“哎，没关系的，你来公司上班，也就三月，那份学费就挣回来了。况且，你还能退一学期的，不是吗？”秦妍不依不饶，像是非要把我拉过来。

“真的不用了，谢谢，这边太远了……”我再三拒绝。

“有直达车的啊……”秦妍轻声说，真不知道她葫芦里卖的什么药。

“喂！张帆，你有没有出息啊？现在，我给你找了一份好工作，你竟然还嫌弃？你有没有良心啊？”赵玲栎一个劲地埋怨我。

“不是了，你看，我这还没毕业呢，学校里有时还有课，真的不方便……”我估计再撕下去就没意思了。

“得，你不来是吧，那我来好了，正好有直达车，我就来这里当个平面模特，以后我淘宝店里的衣服，都自己实地拍摄，哼！”赵玲栎并没有真生气，她是闹着玩呢。

说着说着，秦妍的老公过来了。

“老公，你来啦。”秦妍娇滴滴地靠在一个穿西装的男人身旁，“我给你介绍啊，这位是我的闺蜜赵玲栎，这位是她男朋友张帆。”

“你好，我叫韩森。”秦妍的老公主动和我握手。

“你好。”老实说，秦妍在我眼里的印象并不好，但她老公韩森貌似还不错，一米八的身高，看起来很稳重。

“老公，赵玲栎说想在我们这儿当模特，你看成吗？”秦妍说。

“成啊，你什么时候想来，直接过来就行，找我和秦妍都可以。”

韩森说。

“那太好了，你真伟大！”赵玲栎双手握拳，差点没蹦起来。

“你们先聊，我去办公室放点东西。”韩森轻轻地拍了一下挎包说。

“好的，老公拜拜，一会我们四个人去大雁塔玩好不好？”秦妍娇滴滴地说，真是的，去趟办公室也搞得这么矫情，真不知道他们生活中是怎么相处的。

“好啊。”韩森说。

过了一会儿，韩森来到我们旁边，略有点尴尬地说：“不好意思啊，三位，正好有个客户打来电话，说下午要过来一趟，谈下合同的事情，我答应了在办公室等他，就不和你们一起去玩了，我晚上请你们吃饭吧？”

“好吧，那我们三个先去玩了，老公拜拜，我们走了噢。”秦妍说，真不知道她这种矫情是与生俱来的，还是装出来的。

我们三人来到大雁塔，一边聊天，一边拍照，其实，也就是绕着广场溜达。五月份的西安已经有了初夏的感觉，天气有些闷热，但幸好刮着微风。我们来到大雁塔喷泉，今天的喷泉，正好是开着的，几十条水柱隔一会儿就齐刷刷地向上喷涌，吸引着来这里玩的小朋友们，我看他们在喷泉旁边嬉戏，不由得想起自己的童年。

从大雁塔左侧往外走，有一些作画的艺术家，旁边围着一群人。秦妍非要让一个胡子拉碴的艺术家给他作画，她就坐在墙角边，让这个艺术家给她素描。我和赵玲栎站在旁边，看着艺术家一笔一笔地勾勒出了秦妍的音容笑貌，还真是形象呢。大概过了一刻钟，艺术家把素描交到了秦妍手里。

秦妍仔细一看，“哎呀，玲栎，你过来看，画得好像，比我本人都美，师傅，你好样的。”秦妍竖起了大拇指，艺术家摸摸脑袋，乐呵呵地笑个不停。付款的时候，秦妍拿出了一张崭新的100元，但师傅说自己没零钱，找不开，我就帮他付了，反正十来块钱而已。这时候，我见秦妍用异样的眼光看着我。

我们三人沿着大慈恩寺绕了一圈，顿时觉得索然无味。为了缓解炎热，我特意请两位女士坐在避风塘前面的椅子上喝饮料。

“谢谢你，张帆，你真是个好男人。”秦妍笑着说。

“没关系了，这天真是热啊……”我被她这一夸，反而有些不知所措了。

“嗯？”赵玲栎看着我俩，有些莫名其妙。在避风塘那里坐了一会，赵玲栎说要去看那个4D电影，于是，我又请她俩看了一顿。

晚上，我们三人从电影院里出来。韩森已经开车在大雁塔广场附近等我们，我们三人上了车，他就开车载我们去吃海底捞了。走进海底捞，我们三人找了一个靠近窗边安静的地方，我和赵玲栎坐一起，韩森和秦妍做一起。

“你们点菜吧，今天我请客。随便点啊，别客气。”韩森大方地说，我心里想，不错啊，人家毕竟是当老板的，有这魄力啊。哪像我，今天一天都掐着手指头度日，盘算着这个花了多少钱，那个花了多少钱，生怕有了这顿，没了下顿。

“韩森，看你也比我们大不了几岁，就当老板了，真厉害！”赵玲栎又开始夸韩森。

“也不是了，我没有上大学，比你们早一点接触社会，说白了，也就是混的早，觉悟得早。前几年，我见这个社会上都鼓吹什么信息时代，我就看准了机会，做起来信息买卖来。其实，也就是找几个人天天在网上、现实中搜索有价值的信息，然后，再以我们公司的名义发布出去，做一个中介的作用，赚点佣金罢了。起初，我也没想着当老板什么的，就觉得能过且过呗，可后来，我招的那几个业务员太厉害了，他们跑成了几个大单子，我也就下定决心，要把这件事情做好了。”韩森打开了话匣子，看得出来，他很喜欢向别人讲述自己的经历。

“不错，有眼光，果然是当老板的料。哥，我敬你。”我举起啤酒杯。

“好的，咱俩干一个。”韩森说。

过了一会，菜熟了，两个女生一下子活跃起来，先是从聊火锅的菜开始，接着，又聊起了衣服、包包，最后，又扯到了电影明星上，这倒是让我们这两个男人，有点冷落了。

从海底捞出来，已经是晚上十点多了，韩森开车把我们送到了学校。本来，我还想着去603呢，结果，赵玲栎一个劲地闪躲，怕是觉得说出去太丢人了，俩人挤在一个10平方米的小屋里，在人家面前，那得多相形见绌。

第二天晚上，我和赵玲栎回到了603。我见她一脸的不愉快，便问怎么回事？

“张帆，你看看人家韩森，也比你大不了几岁吧，人开别克不说了，还在西安开了一家公司，你看看你，还在培训班上课呢。哎，人比人，气死人啊。”赵玲栎叹气说。

“那也不能全怪我？你不也还是个大学生。谁叫人家早出去几年，就这短短几年，就把我们甩到九霄云外去了。”我喃喃地说。

“那你还不去他那个公司，我不是都帮你说好了吗？”赵玲栎说。

“我怎么去？我学的是计算机专业没错，但我不会平面设计，我对那个也没兴趣。虽然，我还在上培训班，但等我学成，一定可以月薪过万的。”我有些激动地说。

“月薪过万？那都是培训班瞎说的，我就不信了，写几个代码能那么值钱？我最近在做淘宝，也是累死累活才挣几个钱？要我说，你还是赶紧去退款吧，早点去社会上闯闯，就从加入韩森的公司开始，行吗？”赵玲栎有些发火了。

“幼稚！我才不去！要去你去，反正，你跟你闺蜜好得不得了，去了不正好吗，天天待一起，没事了，可以尽情地八卦、说闲话了。”我嚷嚷着说。

“行啊，咱们认识三年了，以前我倒是没看出来，你挺能吵的啊。好啊，我去，我明天就去，你就好好地上你的培训班吧，咱们就看看最后谁说的对！”赵玲栎把包一扔，一下子坐在沙发上了。

“玲栎，咱能不能好好的，不要为了别人争吵？我知道咱们现在日子过得不好，但咱们不是还没毕业吗？他们也就多出去混了几年，等我们毕业了，准备好了，一定可以比他们过得更好！”我见赵玲栎坐在沙发上生闷气，就这样安慰他。

“可是，和秦妍在一起我就觉得我们之间差距好大，人家男朋友可以为她买几千块钱的衣服，可以请我们吃海底捞，可以随随便便就解决一个人工作问题，可你呢，也就只能帮我们买瓶饮料了。”赵玲栎落寞地说。

“我？什么叫做只能买饮料，我还请你们看电影了不是？海底捞我也可以请你去吃，多大的事，只不过我最近忙，好不好？”

“行，得了吧，你就好好上你的培训班，我明天就去那边上班了。咱们好好努力，希望早日可以拨云见日。”赵玲栎说完，就拿起挎包打算出去。

“我说，你这么晚干吗去啊？”

“心情不好，我想去喝酒。”

我一个人躺在床上，回想起那天韩森请我们吃饭时的情景。虽然，那天我们玩得很开心你。但是，我当时心里就有点不是滋味了，凭什么人家可以混得那么好，而我，连给赵玲栎买件好点的衣服都犯愁，更不要说是买房了。

第十三章　混入剧组

自从我跟赵玲栎为了前途的问题吵架后，我俩都更加努力了，为了各自的生活目标。我在培训班明显踏实了很多，也不经常走神了，我觉得自己的 Java 技术长进很快，一想起出来后就可以工作了，我的信心更足了。当然，这也与培训时间快要结束有关。还有三个月，所有的课程就都上完了。而赵玲栎呢，还真做了平面模特，有一家品牌服装请她拍了一些照片，她就索性在淘宝上代理了这个品牌，为此，她还沾沾自喜的让我看，说你女朋友出名了，成淘宝上的封面人物了。

周六，我在宿舍里跟大家聊天呢，毕竟，好久不见了，大家也都很想念彼此。鲁伟这小子从餐厅回来，还特地为我带了一份宫保鸡丁饭，说是来犒劳我的。为此，我大受感动，认为舍友情深。

我正吃饭呢，赵玲栎打来电话。

“张帆，这周末北京有个剧组来西安拍戏，我做了特约，要演一个角色。因为公司跟剧组合作了，现在大量需要群众演员，你看看，能不能找几个人？越多越好。”赵玲栎激动地说着，我听着也激动，但还是劝她慢点说，免得噎住。

“那行，情况我已经告诉你了，我还要忙，你记得找人啊，拜拜。”赵玲栎挂断了电话。

“兄弟们，活来了。”我沉默了一会，做足了前戏，大声地说。

“什么情况？”李超凡说。

“我女朋友最近刚揽了一个招募群众演员的工作，北京的大导演来西安拍戏，你们想不想去啊？一天 50，外加剧组盒饭。”我得意地说。

“什么，当群众演员？”李超凡说。

“怎么了？超凡，你不是一直想当演员吗，这次，机会来了，你去不去？”

“去啊，阿泽也去，我给他报名了。”李超凡说，阿泽瞅了瞅李超凡，没说什么。

“好，已经有俩人了，你们还有谁去？”我继续吼着。

“去，大家都去。”赵磊说，“反正，也闲了一个月了，再不出去逛逛，都要闲出病了，你说呢，陈旗。”

“嗯，我觉得可以，大家就当作一次人生中的特别经历吧，到时候，我开车带你们去。”

“太好了，我正愁路途远呢，这下好了，有自己人开车，我在路上也可以打个盹。”李超凡摩拳擦掌地说。

“哈哈，大家都去啊，那太好了，我的任务也完成了，明天早上七点钟，大家准时起床，坐陈老板的车去东郊的高渝宾馆，剧组在那里集合。”

“六个人？陈老板的车只能坐四个人，那可不得挤死啊？”鲁伟说。

“说得也是，免得戏没演成，倒被罚款了，那可真是喜剧变悲剧了。”我担忧地说。

“这样吧，明天四个人坐我的车，另外两人，打出租车过去，反正也不远。”陈旗说。

“好吧，就这么定了，明天，李超凡和阿泽乘坐出租车。”赵磊拍板说。

“去死！”李超凡和阿泽同时表示。

第二天早上七点，我起床后，竟然看见李超凡和阿泽都已经收拾好了，这俩人难得起这么早啊。怎么？真要一门心思的当明星啊？我们六个人来到停车场，陈旗把车开出来，大家就为这上车的事情纠结了，李超凡和阿泽大概计划好了，车一来，就开门进去了，死活拉不出来。

没有办法，这两个活宝，只有委屈下自己了，谁叫自己是活动组织者呢。我让他们坐陈旗的车去了，我和鲁伟打出租车跟在后面。

到了高渝宾馆门口，我们就看到这里围了一大堆人。原来，这次需要的群众演员还真是多，但大多数人都是年轻人，以学生居多，他们大概都是想过一把戏瘾。我一眼就看到了赵玲栎，她和秦妍站在一起聊天。

“怎么？今天你俩都打扮得这么漂亮？”我调侃着说。

“哈哈，那是啊，万一被星探看上了，那可不一发不可收拾了，咱姐俩那也是名媛闺秀啊。”秦妍说。

“得了，你俩被臭美了，也就我和韩森能看上你们……”我无奈地说。

到了九点，剧组的车队出发了。这次，我、赵玲栎，还有鲁伟乘坐了秦妍的别克，跟在剧组车队的最后面，让他们带路，而陈旗则跟在我们后面。在路上，陈旗的车有一两次和我们保持了同步，我见到李超凡，就冲他做了个鬼脸，看到他不爽的样子心里就高兴。路上，天气逐渐热起来，外面的阳光也由最初的朦胧变得开朗，太阳的光线照在地表，令郊外的植物都显得健康向上，身上布满了金色。

我和赵玲栎坐在后面，赵玲栎不停地跟我说：“哎呀，你看这边怎么样？你看那边怎么样？快要拍戏了，真的要激动死耶！”

我看她潮气蓬勃的样子，笑得那么灿烂那么自信，还真有点星象，我打趣地说：“是啊，你看，今天早上的阳光都变了，露水晶莹，鸟雀啁啾，一派欣欣向荣的景色，这预示着什么？预示着一个超级大明星的诞生……”

赵玲栎更加得意，“是啊，那当然。”随后，她看到了鲁伟一脸茫然的样子，又改口，“咱能低调点么？”

我懒得理她，明明是她自己要对号入座的，还说我过于高调。

车队继续向前行驶，路过了一个又一个村庄，每当我看到车队驶进村住，被村里那些穿着破烂的行人注目的时候，我就顿时觉得浑身有一种自豪感，看见了没？哥是剧组的，哥是明星。而那些看我们的眼神，也是充满了好奇和羡慕，这让我们的优越感油然而生。赵玲栎更是优越到天花板了，心花怒放地直接晕倒在我怀里了。

到了十一点多，车队总算抵达了目的地。我们下车一看，这里原来是个废弃的火车站，难道剧组要在火车上拍戏？我拉着赵玲栎的手，跟随者大部队前进，前面的一群人心花怒放，不就当个群众演员么？乐得合不拢嘴了，简直可以用欢呼雀跃来形容了，一群土锤。尤其是那个带头的李超凡，简直就跟《射雕英雄传》里的那个沙通天一样。

我们从村口往里走，绕过了一个巷道，来到了火车站底下。眼前就是火车站，对面走来了一个年轻人，对我们说："群众演员去前面的车厢换衣服。"

这时候，有一个老太婆一下子就不满意了，脸阴得跟冰天雪地一样，"我们不是群众演员，我们是特约！"我和赵玲栎也愣住了，"咱俩也是特约啊？"旁边的一个男人跟着附和。

那年轻人改口，"特约的话，往那边走。"

老太婆和中年男人往另一个方向去了，我俩也默默地跟着过去了。到了一个废弃的房间附近，一个剧组成员从车里拿出一个袋子，里面放着一些衣服，大概有六七成新的样子，总之是勉强能穿。于是，我们几个特约就根据自己的角色，穿上了自己的那套戏服。

结果，我俩往回走的时候，就看到了李超凡他们。丫的穿得都是六七十年代的那种衣服，又脏又丑，李超凡还闻了闻，我见他一下子变得龇牙咧嘴。

"这什么衣服？有没有洗过？穿上了会不会得传染病？卧槽？"宿舍的几个哥们都闻了闻，纷纷表示不满，但秦妍赶紧过来安慰，说这些衣服都洗过的，没事的，大家好好演戏，一会我给你们买最好的盒饭。

"明星都是从跑龙套开始的，人家周星驰成龙都干过，咱们有什么干不了的，超凡啊，你要挺住！"赵磊说。

"咳，算了算了，总比演个尸体强吧？"李超凡撇撇嘴。这时候，我见陈旗穿这个中山装走了过来，他旁边有个女的，穿了件红色外套，裹着个头巾……

车上乱糟糟的，虽然这辆绿皮车已经被打扫过了，但我还是能想象得到。N年前，这辆车运营的时候，那满车的人，臭气熏天的场景，不由得让我心里一阵厌恶，再加上，现在的场景和那时已经差不多了。

大家各就各位，坐在位子上，开始闲聊攀谈。我和赵玲栎坐在中间，也没有想过会见到明星，就傻傻地坐着，她还一个劲地捣我，"热情点，热情点。"

这种乱糟糟的场面持续了十几分钟，导演那帮子人终于来了。几台摄像机跟在后面，从不同的角度拍摄，等场面布置得差不多了，另一个人拿着喇叭对我们说："各位，安静一点，一会儿，我们就要开拍了，到时候，主演会在中间那个位子上，拍一场对话，大家只管做自己的事，表情自然点就可以。”

赵玲栎听到中间，就立刻四处看看，中间那个位子，说的不正是咱们这里吗？原来，这就是特约跟群演的区别，特约可以离明星近点，衣服好点。

这时候，一个人拿着喇叭，对我们喊着，“摄像，演员准备，Action。”这下大家都一下子陷入正常运转，从静止变成了动态，该干吗的干吗，大多数都是闲聊的，我拿着剧组给的那截烟，意味深长地抽着，故意学着小马哥，似乎随时都会被摄入镜头。

此时此刻，我想大家的心情都是激动的。我一个劲地只顾耍帅，都没听到明星们在说什么，赵玲栎则是双手托着下巴，望着窗外，表现出自己文艺女青年的范儿，她大概想露个美好的侧影给电视机前的观众吧。

这时候，有一个女的穿着绿色的列车员工装出现，拎着个茶壶，去给主演们倒水，还说了一句台词，“火车马上快到站台了，请大家准备好下车。”说完，就要小心翼翼地给主角们倒水。

导演突然喊了，“Stop。”大家立刻停下手中的活，主演们好像重新回到正常了一样，这才懵懂地望着剧组。导演跑到那个女演员跟前，说：“哎呀，你还是特约，怎么连这点戏都拍不好？表情那么僵硬，重来，重来。”

于是，我们被这个害群之马搞的，又做了一遍相同的动作，只是我手里的烟，已经抽完了，我无奈地从兜里掏出了一根兰州。

又一声“Stop。”导演还是对这个女人不满意，这也加剧了她的内疚之心，出于无奈，导演指着赵玲栎，“你！过来，拍这个角色。”

赵玲栎前一秒还蒙在鼓里，后一秒就立刻反应上来，受宠若惊地说：“好的，没问题。”一下子朝导演走去，此时此刻，我感到自己已经被完全忽略了，莫非赵玲栎真的时来运转了？

赵玲栎换好了衣服，刚要准备开始，导演立马跑到我跟前说：“哎呀，小伙子，抽你自己的烟也可以，但要把烟蒂掐掉，过去可没那个。”

我瞬间觉得导演真是专业。随着一声“Action。”大家又一次忙活起来，而这次，竟然出奇的顺利，主演们顺利地演完了对话，赵玲栎也顺利地说完了那句，“火车马上快到站台了，请大家准备好下车。”并且成功地为他们倒满了水，随着一声“Cut。”第一场戏结束。

主演们很快逃离了现场，只留下我们这群人在哎呦连天，那叫一个累啊，重复的动作做了三遍，都怪那个女特约，没一点演技，肯定没看过《演员的自我修养》。

我们这一群菜鸟在车厢里搞得乌烟瘴气，等拍摄结束，大家一个劲地聊个没完，都纷纷抒发第一次演戏的感觉，有些人表情惊喜，有些人则垂头丧气，估计是对主演们的羡慕嫉妒恨。

赵玲栎张牙舞爪地对我说：“看见了吧，我刚才那个镜头，一次性通过，导演都很满意，而且，肯定在电视上播的时候能够看见，哪像你们，在电视上都瞅不到。”

我看她那得意劲，不忍心打击她，就稍微夸奖了下。

“是啊，如果你这次在电视上给观众留个好印象，说不定等个一年半载就被星探挖掘了，到时候，签约出唱片演电影都是分分钟的事情……你可要好好努力啊。”

赵玲栎听了，都快飞到天上去了，一个劲地给自己打气，“知道了，知道了，以后我不勤奋你就拿榔头敲我！”

这话大家都听到了，纷纷表示都要拿榔头敲，赵玲栎吓得赶紧闭嘴了。大家说话的时候，好像都忘记了火车上的那股臭味，等一安静下来，立马捂住了鼻子。

“臭死了，臭死了！”赵磊拿扇子在空气中挥来挥去。

“哎呀，你别扇了，越扇越臭！得了，咱还是下车吃剧组盒饭去吧，你们看，那几个民工演员都领到盒饭啦。”阿泽说。

“好，咱们走！”李超凡起身往外面跑去。

我们一群人领到了盒饭，就蹲在一块偏僻的地方吃。大家一边吃，一边聊天，纷纷讨论着下午要拍摄的内容。李超凡说火车上又臭又热，说啥也不上去了，应该会在火车外面拍一场戏，大家也都觉得这样好，但遗憾的是秦妍告诉我们，今天的戏全部都在火车上，这不禁让大家有些愕然。

微风吹着我俩的发梢，我吃了一口盒饭，说：“玲栎，做演员好不？”

赵玲栎也吃了一口，淡淡地说：“好啊，挺好的，可惜，主演都是别人，我们这些群演只是运气好，才上了镜头，说了句台词，仅此而已。”

我拍拍赵玲栎的肩膀，赵玲栎靠在我怀里，我们就这样待着，抬头看那湛蓝的天空，和天空中自由漂浮的云朵。舍友们见我俩在秀幸福，瞬间觉得受不了，就结队散步去了。

“你有什么理想？”我问赵玲栎。

“没想过，就算有，也实现不了。比如，我今天在这个剧里演了个角色，说了句台词，可是，仅此而已，我想当个万人瞩目的明星，去演电视剧，去拍广告。可是，理想总是虚无缥缈，现实总是实实在在，就在身边。”

“未来还很遥远，不要气馁……”我安慰赵玲栎。

“你呢？”沉默了会，赵玲栎突然问我。

“你不会只是想在一个 IT 公司里，老老实实做一个程序员吧，未来的路那么长……”

“我？我不知道，刚来大学时，认为自己如鱼得水了，认为自己终于能干一番大事业了。可是，这些想法最终都破灭了。大学三年的生活，只是让我变得成熟了些，苍老了些。就说说现在，我把希望还都寄托在鱼跃教育上，如果八个月结束，我找到了工作，那会是一个新的开始，生活可以改变。如果不能……我也不知道该怎么办？”我迷茫、惆怅、失落地说。

“别太悲观，要对自己有信心，你一定可以找到工作的，如果实在找不到，再去韩森的公司也不迟。”赵玲栎语重心长地鼓励着我。

“嗯，可这八个月，才过去一半，剩下的日子，对于我来说，每一天，都是煎熬……”我心里很难受。

“没事的，我会一直陪着你……但是，你也要改改你这急功近利的毛病了。”赵玲栎说。

“好吧，谁叫我们都是负二代。”我无奈地说。

我们在彼此的安慰中，心情都变得晴朗了些，就像湛蓝的天空。我俩继续吃着剧组的盒饭，觉得应该先把手头的事情做完，回去再计划未来。至于剧组的盒饭，只能说是一般，当然，这也取决于剧组的好坏。

中午的这段时间，大家都无所事事。我偶然路过剧组场地，看到导演在对着电脑看拍摄效果，稍微驻足观看了下，其余时间都是和赵玲栎聊天，秦妍突然走过来了。

“嗨，玲栎，听说你今天表演出彩了呢。”

“嗯，还好吧，第一次拍戏，就上了镜头，还有一句台词呢。”

“嘿嘿，那你加油，下次我再给你介绍几部戏。”

“谢谢你，秦妍，你可真是我的好姐妹。”

到了下午两点，剧组又一次开工了。还真是和秦妍说的一样，仍然是拍火车内的戏份。但是，这次比早上变本加厉了，要拍摄春夏秋冬四个季节的场景，这可让我们瞬间觉得压力，活多就不说了，关键是太麻烦，那套破烂戏服要换来换去。

我们先是换上了春天的装束，都是60年代的，衣服跟刚才那套差不多，只不过这次的稍微时尚点。赵玲栎可就郁闷了，早上的那个乘务员演完了，下午就只能演普通乘客了，没有台词，估计也不能上镜。为此，她郁闷地靠在我身旁一直抱怨，我只能安慰她睡觉咱是群众演员呢。

场景拍完了夏天，又切换到了冬天。大家都换上了厚重的棉袄，外面三十度的天气。我们在这个又臭又热的车厢里穿棉袄，如果不是拍戏，那我们肯定是疯了。有几个附近的农民受不了，连工资都不要，就溜走了，反正人家也是过来体验生活的。可我们这些人却不同，千里迢迢从市区过来，一定要把戏拍完再走，有始有终。这剧组真是折腾人啊，车厢里怨声载道。

为了安抚群众的不满，导演拿着话筒喊话：“大家认真一点啊，争取一次就过。”骚动的群众这才变得安静。“Cut！”导演说：“过了，过了……”大家赶紧一溜烟地跑出车厢，把一身的棉袄脱了去。等我们把火车上四季的戏份都拍完后，已经到了下午五点。这时，今天的戏份基本上拍完了，大家也都等着吃饭拿工资了。

我和一个哥们抽了根烟，就开始漫无边际地聊起来了，小伙子不停地抱怨剧组，“妈的，让我们演这么久，这么累，这么折腾，最后才给20元，真是骗人的。”

听了这话，我暗自庆幸，也就我和秦妍是好朋友，她才给我们这批人50元。不过，话虽如此，我也不能说出来，只能一个劲地安慰这位兄弟了。

“你们是怎么知道这个群演消息的？”我问。

“通过中介啊，好在没收中介费。”

“也是，辛苦一天也就赚 20 元，再掏中介费，那还让不让人活了？”

“嗯，就算是给自己无聊的生活增加点趣味吧。”哥们似乎是想通了，看他的样子有点拨云见日的感觉。

“中介的负责人叫什么？”我接着问。

“樊老师。”

哦，好吧，看来不是和秦妍一伙的，也许只是他们这边工资低呢，想到这里，我不禁同情这位哥们的遭遇。

“你是哪个大学的？”

“西电的。”

“这么厉害，本科还是专科啊？”

“研究生。”

听了这话，我瞬间有些石化了，我从下到上，认真地看了看这位哥们，不禁对他佩服得五体投地。不过，说到这里，我又想起了自己即将要结束的大学生活，那种无忧无虑，成天玩游戏的宅男生活，也同时想起了一连串名字，不由得一阵心酸。哎，从刚开始的大一，到现在马上大学毕业，并且上培训班学习职业技能，真的好像是一瞬间的事情。

我本来想说很多，但瞬间没有过多语言，只是叹了口气，“哥们，大学生活很美好，不管是友情、爱情、还是学业，都要好好珍惜，我真的很羡慕你。”

这哥们的热情瞬间被我点燃了，也开始一个劲地回忆过去，都恨不得和我开两瓶啤酒在这里对饮了。

傍晚，夕阳在慢慢坠落，余晖射向我们，温暖中带着凄清。

等这最后的一场戏结束，我们走出车厢的那一刻，才知道，天已经完全黑了。

天黑了不可怕，可怕的是，我们地处荒郊野地。虽然，这个年代不会像 60 年代那样，遍地是狼，但起码今天我们很难打车回去了，这里几乎没有出租车过来，如果有，只能说明司机很失败，要来这里拉客。

幸运的是，我们有私家车，而其他的群演，却没有这么好的运气了。

刚一出车厢门，我就看见，外面的漆黑融成一片，只有零碎的灯光照亮了部分场地，所有的人们乱作一团，剧组和群众演员。剧组的人，结束了一天的拍摄，都想和主演们赶快离开，好回下榻的宾馆休息。而群众演员，都觉得今天很不爽，不管咋样，赶紧发工资，再坐车回去，当然是要坐剧组的车，不然，你们早上把我们拉过来，使完了人就不管了，撂这里，那可不行。

在一片嘈杂的吵闹声中，我听见秦妍在喊：“诚挚文化公司的人，都站过来，到这里，发工资了。”我循声望去，见秦妍正站在高处，踩在一个石头上，让做兼职的这些人集合。等秦妍点清楚人后，就让自己的一个手下给他们发工资了。而她，就带着我和赵玲栎直奔停车场了。

“哎，真是要累死了，咱们赶紧走吧，忙活了一天了。”秦妍抱怨地说。

“你又没演戏，还累啊？”赵玲栎说。

“哎哟，我的大明星，我不演戏，我整天都在外面站着晒太阳，也累的慌啊，咱赶紧走吧，回去好好洗个澡。”秦妍说。

我们三人在停车场，正好碰见了301的舍友们，他们五个人本来想要挤挤走的，结果鲁伟一看到我，就瞬间直奔过来，说要坐我们的车。秦妍更是语无伦次地说：“没时间解释了，快上车！”真不知道她着急个什么？于是，大家又跟早晨一样，坐车出发了。有所不同的是，这次，陈旗的车开在前面，估计他们也是累坏了，想早点回去休息。

谁知道，我们刚走出停车场，就被一伙滞留在场地的群众演员拦了下来。他们愤怒地说：“你们这个剧组，怎么不讲道理啊，你们的人都走了，把我们丢在这里不管！你们要不给个说法，我们不让你们走。”

这可让我们一下子惊慌了，好在陈旗脑子转得快。

“你们是群演？那你们去拦剧组的车啊？我们是附近做生意的，刚来这里考察完要回去呢，大家伙让让吧，剧组在哪个宾馆，我们过去的时候帮你们催一下，他们也太不近人情了！”

听了陈旗的这番话，这伙人估计也都不好意思了，只能把路让开。我们赶紧发动汽车，一溜烟地跑了。后来，我听秦妍说，剧组拍完戏就撤了，本来不管群演了。结果，那边实在离市区太远，群演搭不上车，人又太多，差点跟剧组打起架来。最后，没有办法了，剧组派了好几趟车，才把人全部接走。

说真的，这个剧组的做法确实很不地道。今天的戏这么辛苦，大家都帮忙拍摄过了，结果呢，你们完成任务了，就逃之夭夭，把这几十号人扔在荒郊野地，也太不负责了。更可气的是，人家辛苦一天，就挣了20 块钱，吃了两顿你们的盒饭，让人家搭车回去，岂不是白忙活了？

想到这里，我瞬间觉得我们好幸福。

看着回去路上的风景，我满身疲惫，赵玲栋已经倒在我的怀里睡着了。是啊，早上还是充满希望，乐观积极，恨不得一口气成为明星。可晚上呢，当夜色笼罩，月上枝头，有的只是凄清和落寞，这次当群演的经历，让我对这个城市更加迷茫，更加无助。

回去的路上，有一段路很像张掖的郊外，让我有一种自己走在张掖的错觉。这里是月上枝头，在家乡，又何尝不是？有时候，我真希望回到家乡，好好过自己平静的生活。可是我又不服气，一心想在西安这里闯出自己的一番天地来。难道没有开始，就要结束？我不甘心。

车子很快驶出了郊区，进入了西安，我看着迎面而来的灯光，宽敞的马路，来来往往的车流，矗立在草丛中的电视塔。这满目疮痍的繁华，让我感觉到痛彻心扉的惆怅。回到 603，我俩连衣服都没有脱，就呼呼睡着了。从那以后，我每次问李超凡。超凡，还想去当演员不？李超凡就一脸郁闷，连说自己还是老老实实地打魔兽吧。

第十四章　红玫瑰

冬天来了，网络上到处飞着，求女友、求暖床、求安慰的信息，这种特别的现象貌似只有冬天才会火起来。因为，冬天实在是非常让人不爽的季节，尤其是住在城中村里，绝大部分房子是没有暖气的，只能靠电暖气和电热毯了。好在，我和赵玲栎未雨绸缪，赶在天冷之前就已经在603安装了空调，这样的话，不论我们是在603，还是在宿舍，都能够温暖如春。

这样的天气，让我们觉得不适应。总之，就是人越来越懒，不愿意出门了，赵玲栎的日子就是待在家里看淘宝店，而我呢，还有最后的一段日子，就要在鱼跃教育学完八个月的课程了，一想到这，我就满心欢喜。赵玲栎平时都不用出门，她一看到我出门，就说晚上回来时给她带饭，她要在屋里宅一天，专注地做淘宝。

12月25日圣诞节，赵玲栎没有让我给她带饭，我估计她想和我出门去吃。从鱼跃教育放学，我走在回家的路上。突然，我手机响了，我拿起来一看，怎么是林原，她给我打电话做什么？怀着这种无比好奇的心情，我接了这个电话。

“张帆，你在哪里？”

“我在回家的路上。”

“今天是圣诞节，你能过来陪我吗？”

“你不是在成都吗？我怎么过去陪你啊？”

“早回来了，你不知道而已，我在文大外面的红树林网吧门口等你，快点哦。”

“可是，我还要……”

“少废话了，你今天要不来，我以后再也不理你了！”

“那好吧，一会见。”

我本来要拒绝林原的，可一想，也没什么，不就是带她在学校外面溜一圈吗？她满意了就屁颠屁颠地回去了。然后，我再回去找赵玲栎，和她一起去过节。我就在心里这么盘算着，结果，公交车很快就停到了学校附近。

见到了林原，我意外地发现她今天穿得很艳丽。红色的外套，大冷天还只穿个裤袜，冻得瑟瑟发抖。

“林原，你穿成这样，是要扮圣诞老人啊？快说吧，什么事，有没有礼物给我啊？”我一脸坏笑地说。

“你去死啦，没有礼物，今天给你个机会，你请我吃饭，好不好？”林原说。

“这样啊，好吧。”我心想，不管她有什么事，我还是先请她吃顿热的吧，她一个人大冷天在外面等我这么长时间，也够意思了，我得补偿补偿她。于是，我带她来到了学校附近的KFC，给她点了很多高能量的食物。

吃完了KFC，林原问我去哪，我说我也不知道。我们就这样沉默着对饮，过了几分钟，林原提议去大差市。

“去大差市啊？我本来也计划和赵玲栎去的，你抢我台词啊？”

“哪有？你刚才还说自己不知道去哪的，这会就有理了？”

“不行，今天去不了，这大过节的，赵玲栎要找我怎么办？”

“没事的，你就打电话说自己有点事，不就结了？”

“我能有什么事啊？赵玲栎肯定会怀疑的……”

“你怕什么？别忘了，当初要不是我，你俩早分手了，怎么，现在我让你陪我逛个街，你就推三阻四的？”

“不是，我真不知道要编一个什么样的理由。”

“你就说你们培训班快结业了，学校组织集体活动，大冷天的，赵玲栎肯定不会跑过去的……”林原说。

“这个，貌似可以。”我觉得林原说的没错。

我踌躇了一会，本来想拒绝林原的，但一看她今天穿得格外艳丽，我又动了恻隐之心，想和她一起做点什么。于是，我决定就从逛街开始。

我和林原坐车来到钟楼，逛完了骡马市，又沿着回民街往里走，最后，从另一条巷子里出来。走着走着，我俩都觉得很冷，就不知不觉中依偎在了一起。后来，我俩就在西大街那块的酒店里开了房间。

我冻得直哆嗦，赶紧把空调打开，让热风对着我吹。过了半个小时，我突然意识到了自己在做一件错误的事情，心里不由得一阵紧张。我心里深爱着赵玲栎，我记得上次，我和她闹分手，好不容易，我才挽回了自己的爱情，难道这次，我又要亲手葬送它？

如果赵玲栎不知道，不就没事了吗？可我知道林原的性格，她那么张扬，如果我们做了什么事情，一定会走漏风声；如果她想和我在一起，只要把这件事情一捅出去，我和赵玲栎铁定完蛋；或者说，我要对她负责，一夜情是不公平的。如果我晚上回不去，那我和赵玲栎肯定又得闹别扭。我的心里就这样矛盾着，我抬起头看看林原，她把外套脱了，说房间里热。这可怎么办呢？

“也许每一个男子全都有过这样的两个女人，至少两个。娶了红玫瑰，久而久之，红的变了墙上的一抹蚊子血，白的还是床前明月光；娶了白玫瑰，白的便是衣服上沾的一粒饭粘子，红的却是心口上一颗朱砂痣。”

我想起了张爱玲的这句名言，这种场景，正在我身上上演。对于我来说，我是娶了白玫瑰的人，赵玲栎就是那朵宁静的白玫瑰，我俩相知相爱，从大一走到大三，整整三年了，如果不出意外，我们会这样走一辈子。而林原对我来说，正是那朵奔放的红玫瑰，我内心渴望得到她，却又备受煎熬。

我抽了根烟，看到钟表的秒针在滴滴答答地走动，马上十一点了，我该回去了。我从沙发上起来，梳理了一下自己的情绪，我知道这句话总算是要说出口的，不管多难。

“林原，我要走了，再迟点，赵玲栎会生气的。”我平静地说。

“你要回去？今天，就不要回去了，和我住一起吧？反正，你都骗了她一次了，再骗一次又有何妨？你就说自己要去上夜机，明天回去不就行了？”林原说。

“我知道，你怎么想的，你说的没错，这个理由是可以搪塞过去。但是，也会为我们埋下隐患，如果她知道真相，我和她铁定会分手。对不起，林原，我爱的是赵玲栎，我心里只有她。”

“那你就没有爱过我？”

“我也说不清楚，大概，我喜欢你吧，我喜欢那个我行我素，来去自如的林原。”

“嗯，谢谢你，没关系的，我们还是好朋友。”林原说这句话的时候很平静，但我知道，她内心起了波澜。

我推开门，准备离开。

“张帆，明天陪我去趟华山好不好？我来西安这么久了，都没去过。”林原说。

“这么冷的天气去华山，你真当咱俩是洪七公啊？要去也要等到明年夏天，以后再说吧。”

“可是我就是想去玩，但我一个人又懒得去，想和自己心爱的人去旅游。”

“真不行，大冬天去不安全！”

“那你说，咱俩这样，究竟算什么？”

“这个问题，我还没有答案，等我想好了再告诉你。但今天，我一定要回家，你早点休息吧，外面冷，就不要出去了。”

说完这句话，我就走了。

离开了酒店，独自走在漫天大雪中，在回去的路上，我听到了一家理发店在播放陈奕迅的《红玫瑰》，这让我唏嘘不已。

“得不到的永远在骚动，被偏爱的都有恃无恐，玫瑰的红容易受伤的梦，握在手中却流失于指缝。是否说爱都太过沉重，过度使用不痒不痛，烧得火红蛇行缠绕心中，终于冷冻终于有始无终。”

从那以后，林原就从我生活中消失了，我一直没有见过她。

我星夜赶回家里，见赵玲栎板着个脸，“老实话，你干吗去了？从人间蒸发了吗？这个家，你还回不回了？”我赶紧道歉，“对不起，马上快结业了，大家都很激动，也很伤心，在 KTV 里玩得很嗨，我一时半会还真回不来。”

“哦，没事，你要再不回来啊，我可打电话给你魏老师了。”赵玲栎说。

“哎呀，你看看你，这么件小事，看把你激动的……”我心想，还好回来了，不然今天可真不知道怎么死了，她要真打电话，我这事就穿帮了，这日子铁定没法过了，我暗自庆幸今天的正确决定。

“桌子上有饭，我刚给你热了下，你赶紧吃点吧，外面冷的。”赵玲栎温柔地关心。

“嗯，我知道了。”我端起饭，一边吃，一边又想起了林原，不知道她在干吗，想着想着，我就自己郁闷起来。

文大放假了，我在鱼跃教育的八个月课程也基本上学完了。看看现在，我是一切都准备就绪了，就等来年开春去找工作了。窗外天寒地冻的，连一向热闹的Y寨也都变得冷冷清清，街上走着的人寥寥可数，大多都是步履匆匆。

“玲栎，我过几天就回张掖了。要不，你跟我一起回去？”

“好啊，不过，秦妍说让我去她那住段时间，我本来想跟你回去，但冬天太冷了，我还是去秦妍那住吧，我今年也不打算回洛阳了。”赵玲栎貌似还蛮期待的，看她这样子，我就不再强求了，反正，最近对秦妍的印象也改善了很多。

“那你什么时候过去？”

“看你吧，等你回家，我就搬过去。”

“好，那你要照顾好自己。”

“嗯，知道了。”

这个冬天，仿佛格外寒冷，也不知道为什么，大概是我太专注于眼前所要面对的一切了，不像过去，直接把票一买就不顾一切地回去了。我俩去火车票代售点买车票，发现排队的人特多。这么寒冷的天气，竟然有这么多人排队，真心受不了。

赵玲栎用围脖遮住脸，抱怨地说：“哎呀，我说对了吧，西安这鬼天气，冬天可真要把人冻死了。还好，我今年不回去了。”

我无奈地说：“是啊，这么冷的天气，还排这么长的队，你要觉得冷，就去旁边那写字楼大厅里坐着去。”

“没事，我这会还扛得住，等实在扛不住再说……”

买完票的人走了，我们就往前走一步，前面俩女生显得无聊，就聊起了美剧，说最近特流行《越狱》，说米勒好帅。哎，我发现自己自从有了工作的念头，对生活中的很多事情都漠不关心了，连最近流行的美剧都不知道。

终于买到了一张回张掖的票，我和赵玲栎赶紧搭车回去了。

一月十五日，我坐车去火车站。临行前，我和赵玲栎好好地吃了一顿，互相嘱咐了一番，我就启程了。回到张掖，依然没有什么变化，只不过我变得越来越宅，一心窝在家里计划着未来的事情。我觉得，如果不出去工作，我的生活就是一潭死水，我迟早会废掉。因为，我的生活不会发生什么新鲜的事情了，我的人生也将止步不前。过年的时候，长辈们都关心地问我有没有女朋友，我说有，家是洛阳的，他们都高兴地让我把女朋友带回来，可是，我当时没有坚持，让赵玲栎去找秦妍了。

鱼跃教育开学了，我们这届班级，经过了八个月，也顺理成章地成了就业班。老魏开始向我们传授找工作的经验，从写简历开始……这阵子，在班里是比较轻松的事情，没有了学习的压力，我们要做的，就是不断地海投简历。

我的未来会怎么样？大家的未来会怎么样？ 401 宿舍的未来会怎么样？如今，我已经大四了，这阵子，就不只我一个人有压力了，连一向淡定的陈旗，也开始为毕业以后的事情做考虑了。当时，我们 401 宿舍开了一个会，就是专门讨论毕业以后的事情，陈旗说要去广州；赵磊说先回太原，再看看行情；阿泽要回陕北老家；李超凡竟然下定了决心，要来鱼跃教育学软件开发，只不过，他现在要从头开始，走我之前的路。鲁伟看着我们，只是一个劲地祝福，希望我们有个锦绣前程，而他，要继续努力学习。

第十五章　第一份工作

老魏拿着一沓资料，笑着走进教室。

“同学们，今天可是个好日子。老唐说你们的功课都已经结束了。同时，你们学习得也不错，在这个最后的阶段，就由我来教你们怎么填写简历，怎么面试吧。”

“好耶！可总算等到这一天了。”座位上的同学们都开始欢呼雀跃。

“不但是你们等得辛苦，我也等得辛苦，一届又一届的。不过，好像每个班结业我都得说同样地话，哈哈。”老魏有点不好意思。

“呼，一转眼就八个月过去了，从去年到今年，可真是辛苦。”同学们也是一阵唏嘘，忍不住感慨。

“好啦，你们不要废话了。记住，别以为所有的事情都结束了，这只是一个开始，你们还没有上班呢，等走上工作岗位，往后的事情还多着哩！”老魏以一种过来人的语气叮嘱我们。

教室里喧闹了一阵子，大家都安静下来，听老魏讲怎么写简历。

“同学们，现在是信息时代，相信你们过去在面试一些兼职的时候，也填写过简历吧？但那种简历，说实话，都是不靠谱的、不规范的。尤其是你们将要从事的职业，Java 软件工程师，是一个非常讲究严谨的职业。就比如，你们平时写代码，如果有 bug，程序是肯定不能正常运行的。所以，我来教你们怎么写简历，这里，有几份你们之前的师兄师姐们写好的简历模板，你们照着抄写一下。当然，要保留格式，改掉内容。这样的话，投出去的简历才有人愿意看。最后，有一点特别重要，你们必须谨记，Java 这一行有自己的情况，你们可以或多或少的吹嘘自己有 1 到 2 年的工作经验，这样的话，就可以多要点工资了。不过，如果你们愿意，也可以写只有培训经验，都是各有好处。如果写 1

到2年经验，可能会被识破，但运气好入职的话，工资就会高点；如果写自己只是参加过培训，有些公司，会比较好进去……你们自己看着写吧。”老魏叽叽喳喳说了一通，就把简历模板通过教师机发送到了我们每个人的手上。

我打开其中的一个，哇塞！人家这个才叫简历。格式工整，内容详略，简直无可挑剔，想想我之前写得那些简历，简直就是垃圾。大家对着模板，把自己的简历从头到尾精装打扮了一番，个个笑嘻嘻地跃跃欲试。

这时，有个同学发言了，他说出了大家心中的疑问。

“魏老师，您说得没错，简历是该认真填写，毕竟，这是介绍自己的门面。但是，我们如何投递简历呢？我以前工作过，要么是网上搜到的邮箱，直接发送过去；要么就是直接带着简历登门拜访，我左思右想，觉得都不太靠谱，毕竟，软件这一行比较正规，有没有什么好的方法呢？”

老魏眼前一亮，似乎是觉得这位同学的提问很有价值。

“这位同学说得不错，写简历是一方面，如何把简历推送过去，又是另一方面。你们学习Java，当软件工程师，是肯定不能登门拜访的。那样，有些企业会以事先没有约定直接把你们拒绝掉；不过，如果你运气好，也会有个别企业会给你临时安排一次面试，但那样的话，成功率不高，因为你没有事先约定，对方或许会认为你不太靠谱。”

“因此，Java软件工程师投递简历，都是通过网络上的一些专业的招聘网站来投递的，比如51job、智联等，这些网站，专门就是做招聘求职的，他们本身也提供一些简历填写模板，你们可以照着写自己的信息。所以，这也就是今天我要给你们说的第二个问题，你们必须在这些网站上注册，并且填好自己的简历。”

“然后呢？”有个同学发出疑问。

“然后就在这些网站上搜java，就会弹出很多Java软件工程师的职位，你们看自己的情况，挑着投呗。这就像是选秀，你们相中哪个就投哪个，当然，如果你胃口大，极度地想在短时间内找到工作，也可以海投，就是见一个投一个。海投这种方式你们现在可以使用，但工作一段时间之后，我还是建议你们挑着投吧，毕竟，还是要考虑很多情况的，比如，上班时间、上班地点、项目情况等。”

听了老魏的话，大家像是放羊了一般。一眼望去，全部都是海投简历的，见一个公司投一个，也不怕自己的电话被打爆。我综合了自己的情况，就稍微地吹嘘了一下，写自己有1年的工作经验，又从一位师哥的简历上抄了一个项目过来，做成了一副天衣无缝的样子。就这样，我沾沾自喜地开始投简历。不过，我没有海投，只是认真地看一个公司的招聘情况，分析后再投。就这样，我一早上下来，也投了二十家单位，更别说其他人了，他们可能投了上百家，看他们激动的神情就知道了。其实，我心里也有点小激动，恨不得把这个情况告诉赵玲栎，让她跟我一起分享分享。不过，一想到最近会有一些单位要过去面试，我心里又有些惴惴不安。

忙碌了一早上，大家都饿了。中午的时候，我们三五成群去了沙井村吃饭，也是奇怪，这次午饭，大家都没有约定，竟然出奇地走到了一处。看来，还真应了那句话，人逢喜事精神爽。连一向小气地孙瑞也热情地招呼起大家来，说今天这顿他买单，那可不，这阵子他和李媛已经修成正果了。这件事，恐怕就是双喜临门了。不过，到了结账的时候，孙瑞就有点忧愁了，他扭扭捏捏的，一点都不痛快，李媛实在看不下去，上去往头上就是一巴掌。这一幕，逗得大家哈哈大笑。话说，装逼是要付出代价的！

下午，大家都懒懒地靠在椅子上休息，有的同学，直接趴在桌子上，一动也不动。到了两点多，教室里还是一副死气沉沉的样子，过去那种良好的学习氛围早就灰飞烟灭了。

老魏又拿着一沓资料走进了教室，她清了清嗓子，用力敲敲桌子。

“睡觉的，都给我起来，你们真以为自己没事可干了吗？”

有几个同学揉揉惺忪的眼睛。

“魏老师，我们都投了几百份简历了，接下来也没什么事可做了，就等着面试的通知呢。”

老魏笑着说。

“你们那，毕竟 too young！你们真以为自己投了简历就没事可做了吗？那我问你，如果有十家单位约你去面试，你能过几家？你们都扪心自问一下，自己有没有这个实力，可以打动面试官，让对方录用自己呢？”

听到这，大家似乎是内心发怵，又一溜烟地振作起来，眼睛睁得大大的，等待着老魏传授经验。

“看吧，我就知道你们会这个样子。就算你们平时学得再好，到面试的时候，人家问你们一些问题，你们照样答不上来，还不用说一些项目经验了，你们压根就没在公司做过项目。更何况，你们其中的有一些人，平时学习就不用功，我真替你们着急啊！”老魏郑重其事地说，搞得大家都有点不知所措。

“那怎么办啊？”一些同学开始着急了。

“都给我振作起来。”老魏把手上的资料往桌子上一摔。“这里有一些资料，全部都是关于 Java 软件工程师面试的试题，你们这段时间给我好好做，如果实在不会做，就把答案给我背下来。记住，出去面试之前一定要过一遍，会提高成功概率，听明白了吗？尤其是这本 Java 届的《葵花宝典》，人手一册，你们一定要给我背得滚瓜烂熟！”

听了老魏的训话，大家又一次打起十二分的精神，开始着手分析老魏送来的面试资料。教室里又恢复了往日的那种学习劲头，老实说，我还是挺喜欢这种氛围的，这种专注的氛围，总让我想起遥远的中学时代。

外面的天气已经由晴空变得阴沉了，西安的天气就是这样反复无常，一到了下午四五点就这样，教室里仍然很安静，只听见大家沙沙地写字声和喃喃地阅读声。折腾了一下午，总算到了休息时间。大家放下手中的资料，纷纷往天台走去。

我站在天台，看着远方，呼啸地轻风不停地吹着我的脸颊。又是这副光景，火红黯淡的太阳又一次从西边缓缓落下，远方矗立的楼群，把我们分隔在不同的世界，我们想努力融入这里，正在为此付出艰辛。

“总算等到这一天了，终于解脱了。”有人在我身后说话。

“原来是老丁。”我回头一看，“怎么，都解脱了也不请我抽一根，我拿着空烟盒在他眼前晃了晃。”

“哈哈，当然请了。”老丁递给我一根长征。

“万里长征，总算是走到尽头了。”我深深地吸了一口，不住的感慨。

"说得对啊，这段日子太艰辛了。"连一向淡定的老丁也忍不住了。

"暴风雨前的平静。"我望着远方说。

陈华和陈亮也走过来了，他俩今天特有劲，在不停地讨论着《大话西游》。我想，这俩人工作后的第一个月工资，肯定是TM买游戏装备了。

"看呐，美轮美奂经典浴场的牌子又亮了。"陈华激动地说。

"是啊，嘿嘿。"陈亮也激动地说。

"咳，你俩这第一月工资肯定是要进去消费的吧。"丁楠拍着他俩的肩膀说。这倒也是，看来他俩不一定会把第一月的工资用来买游戏装备，也许是去洗浴中心了呢。

天色已经完全黑暗了，又是万家灯火的时刻。我们依然坐在教室里，忙碌地写着代码，背诵着试题。此时此刻，我很清楚，在这个熟悉又陌生的城市，正在发生着什么？所有的人，三教九流，都在做着各自的事情，只不过，有些人可以不用为金钱和事业发愁，他们似乎与生俱来就是享福的命。而我们，只能蜷缩在这个几十平方米的教室里，不停地努力，不停地努力，不停地努力，来谋求到第一份工作，来尝试着改变自己的命运。金钱把我们分成了不同等级的人，各种建筑把我们的世界隔开。

我依然沉迷在Java的世界中，不能自拔，渐渐地我忘记了时间。我总以为，同学们都在学习，可当我醒过来的时候，却发现，教室里只剩下我和李媛了。

"今天没有跟孙瑞一起回家？"

"没有，都毕业了，大家都在求职，我也要更加努力才是。"

"没想到你一个女孩子，还这么认真，那祝你第一个找到工作。"

"嗯，你也是。"

我俩寒暄了几句，就一起离开了教室。当我们驻足在公交车站台的时候，我突然有种莫名其妙的慌张，我害怕看到城市中华灯闪耀的样子，为了缓解这种难受，我主动找李媛开始聊这聊那。过了一会，公交车来了，我俩坐上了不同的车次，离开了站台。晚上，我难受的情况还是没有缓解，就找来了杨嵩，我们约在一起吃了顿饭，又去了酒吧，可不知道为什么，我的情绪突然爆发，哭得稀里哗啦的，杨嵩不知道什么情况，只是一个劲地安慰我。我说，杨嵩啊，你不知道，我这一边要找工作，一边还要面临双重地毕业。我大学快毕业了，培训班也快毕业了，大家都要各奔东西，我心里难受。杨嵩说，兄弟你振作点，我知道你是性情中人，可是，这些事情，总是都要发生的，你哭吧，我也不拦着你了，哭完了，明天就好了。我说，杨嵩我可真羡慕你，那么快就把工作的事情搞定了，我这，还八竿子没一撇呢。杨嵩说，你羡慕什么啊，好歹我也比你大一届不是吗？如果我不比你先找到工作，那我就白混了，估计这会儿要跟你一块哭呢，想到这里，我心里好受多了。

次日，同学们都跟往常一样，按时来到学校。但现在，班级的气氛已经跟往日里完全不一样了。大家没有了学习的压力，投递了很多简历，就默默地等着生意上门呢。就跟做淘宝的掌柜等着那声叮咚的响声一样。

早晨，我在楼下买了一个煎饼果子，吃得饱饱的。心想，这几天我大概投递了几十份简历，就算没有别人投递得多，也应该有生意上门了吧。我百无聊赖，盯着电脑发呆。过了一会，我看了看其他同学，他们也和我差不多，根本无心复习。

荒废了大概一个小时的时间，教室里就陆续有电话的声音响起来了。收到面试通知的同学，就带着自己精心准备的简历出去了。可我还是没有生意上门，真的很让人闹心。但是，为了增加面试的成功率，我还是狠下心来，认真地开始阅读《葵花宝典》。

读了一会，我觉得万事俱备了。就不由得想起以前找工作的经历，从第一次的发传单到房地产经纪人，到群众演员，这些经历，想想就好笑。现在，我总算是正规的了。在鱼跃教育学习期间，我曾经有几次请假偷偷地跑去面试，可结果呢？没有经过老魏的传授，洋相百出，被对方一连问了几十个问题无所适从，而且对方还是个极小的公司。有些面试官刁钻古怪得很，你说说，我一个新人，什么都不懂，你不让我通过也就罢了，还故意刁难我，更有甚者，摆出一副你即将被录用的姿势，给你很多希望，可结果呢，你一走就没消息了。

我越想越觉得可笑，嘴上都浮出了笑容。突然，教室里有人的手机响了，是小宇的，我们都循声望去，只见小宇接起手机，一本正经地回答问题，“噢噢，是我……好的，没问题。”看来，他收到面试通知了。

小宇拿起简历就要出发，我们问了问公司的具体情况，他说在软件园，叫做SG科技，就飞奔而去了，剩下的人继续等通知。

“SG科技？听名字很牛逼吗？如果在这家公司上班，应该会学习到很多吧？”我闲着无聊，开始胡思乱想。我开始畅想自己的第一份工作，我开始期待我的锦绣前程，还有在软件开发这个职业领域的无限可能。老实说，我现在非常有信心，认为没有什么东西可以难倒我，只要让我进入一家公司就职。

大概到了十点多，教室里已经陆续出去很多人了，看来他们都收到通知了。唉，急死我了，怎么别人都有生意，就我没有？难道，我的命运就这么悲惨吗？我用手撕扯着头发，开始困得打瞌睡。可正当我踌躇的时候，手机响了，我接起一听，是面试单位打来的。

“喂，请问是张先生吗？”

“是啊，您是？”

“哦，我们是ZH软件公司。在智联上看到你的简历，请问你还在职吗？”

“不在，我已经办完了离职手续。”

“那好，请于今天下午两点到四点之间来二环水利社区面试，来的时候请带一份简历和笔。”

“好的。”

我缓缓地放下手机，但内心早已经激动万分。我收拾了一下自己的桌子，把刚才胡乱摆弄的东西都摆的端端正正，然后，我捋了捋衣服，把自己的衬衫挪正。是该出发了，这一仗，可非要让我自己咸鱼翻身呐。

我拿起简历，起身就走，刚走了几步，孙瑞就跟上来了。

“张帆，你去哪面试？”

“水利社区？”

“咳，我就说肯定是一家啦，刚才我也收到ZH公司打来的电话了，我们一起过去吧，说不定还能互相照应。”

“那太好了，走，反正我路上也无聊，说不定还不认识路呢，你经常在南二环那边活动，应该挺熟悉的。”

“嗯，走吧，Let's go。”

我俩挤上了公交车。虽然，夏天的西安闷热闷热的，让人有一种烦躁的感觉。但是，我俩抑制不住心中的喜悦，就站在车上聊了起来，聊天的内容大多都是关于这次面试的。老实说，我俩没底。但是，就算临时抱佛脚吧，聊了几句，我俩就沉默下来，开始看自己的简历，免得到时候说漏了嘴。

我们在一所大学门口的站台下了车，孙瑞就四处打听水利社区的具体位置。没几分钟，就问清楚了。我们从小区的大门口进去，沿着街道往里走，大概走了十来分钟，就看到了几座高楼，大概是二十几层的样子。

“看样子，这是居民楼嘛？”我有些疑惑，难道所谓的公司都在居民楼上吗？

“管他呢，我们先进去看看，大白天的，我们是来面试，就算是骗子公司，也没啥，大不了走人。”孙瑞自信地说。咦？这孙瑞想得明显比我多啊？我还只是觉得这公司不靠谱，环境太差，竟然在居民楼，他竟然联想到了骗子那一层。

这座楼的大门被锁着，也没有人进出。孙瑞就打电话给 ZH 公司的人事，说我们过来了，让他开下门。没几分钟，一个男人打开了门，示意我们进去。这个男人身高一米六几，脸上坑坑洼洼的，就跟月球表面一样，说话也鬼里鬼气的，一看就是屌丝。

到了 22 楼，这个男人从兜里掏出钥匙，打开了门。我们跟着他进去，他让我们现在外面等，说领导正在面试，一会在跟我们谈。

这时，我终于有空闲的时间来好好查看一下这所 ZH 公司了。这家公司在居民楼办公，面积大概 100 多平方米，墙上只是刷了白漆，有些地方还有黑压压的手印。大厅里有几排桌子，上面全放着笔记本。有几个无精打采的程序员一边写代码，一边不时地瞅瞅我们。这哪像是什么正规公司吗？分明就是一个游戏工作室，我心想，不由得瞅瞅孙瑞，他也一副半死不活的样子，就像被那几个人感染了。

我们等了一会，还是没有消息。这时候，刚才那个给我们开门的屌丝从里屋出来，他拿了两份试题，扔在了桌子上。

“不好意思啊，我们领导正在面试，还没有结束，你们先做这套题吧，答完了叫我。”

因为，这是我和孙瑞人生中的第一次面试，我们都很珍惜。所以，我俩互相对视下，二话不说，就开始埋头做题，那气氛，就跟高中的时候应付考试一样。

这些题有几页，大多比较简单，但也有一些是《葵花宝典》上没有的。我遇见这些题目，就一下慌了，只能先空着。我看看孙瑞，他的卷子上密密麻麻地写满了字，应该能答个满分吧，我心想。

过了半小时，我把题目答完了，还有三道难题，不会写就空着。我用胳膊肘捣捣孙瑞。

“给我看看，你这些题目，是怎么写的？”我小声说。

“嘘……小声点，你看对面的人都看着呢，被发现了可不好。”说着，孙瑞把试卷偷偷地向我这边挪了挪。我嘿嘿一笑，就开始照着抄了。刚抄了两道题，刚才那个屌丝就从里屋走出来了。

“孙瑞，你进来一下。”孙瑞一愣，准备起身走。

“噢，对了，把卷子拿上，经理要看的。”屌丝补充了一句。

“好的。”孙瑞没等我抄完，就一把拿走了卷子。眼看就要抄完了，事情近乎完美解决了，非要在这个时候被叫去面试，也真是的，我气得直在他背后竖中指。但是无所谓啦，反正就差一道题没答上，也无伤大雅了。我悻悻地坐在沙发上，想着自己的美好未来。

过了半小时，孙瑞从里屋出来了。我看着他一脸皮笑肉不笑的样子，还真不知道他啥情况呢。正准备问呢，屌丝又叫我名字了。

“张帆，该你了，拿上试卷过来吧。”

“好的。”我拿起了试卷。

“快进去吧，我在楼下等你。”孙瑞说完，就离开了。

我战战兢兢地走进了面试官的办公室，坐在了他对面的椅子上。这屋子也没什么特别的嘛，墙依然是白漆，只不过挂了点装饰品。面试官是一个大概三十岁的男人，第一句话就是。

“你好，请简单地介绍下你自己。”

“我叫张帆，毕业于西安文化大学……”

面试官跟我聊完了自己的一些情况，就开始询问技术问题，总之，他绕来绕去，都是那些基础的 Java 知识，偶然也会问一些难点。会的，我就如实回答了，不会的，就咿咿呀呀地敷衍过去了。

“张帆，你的水平还不错，我大概都知道了。我们公司是一家创业型公司。目前，有二十个人。首先，我们对员工的技术要求是比较严格的，但是，因为你们是新人，我们也愿意培养。如果我没猜错，刚才那个孙瑞是你的同学吧。”

“嗯，是的。”

“这样吧，你们两个我大体上还是比较满意的。你们先回去吧，如果我确定录用你们，今天下午我会叫人打电话通知你们。”

“好的，谢谢，那我先走了。”

“嗯。”

面试官目送着我离开，老实说，我对这个人的印象还不错，难道，这个人就是我们以后工作上的领导？这一旦上班，就可要朝夕相处了。

到了楼下，我和孙瑞互相交换了一下意见。

“咋样？张帆，一切顺利吗？”

“我这边还可以。”

“嗯，我也差不多，不过，我觉得这公司不靠谱。”

“那如果被录用了，你到底是来还是不来？”

“再看吧，容我好好想想，我还要跟李媛商量一下……”

“哦？”

我们顺着原路返回。站在公交车上，我的心情，五味杂陈，一瞬间，我开始觉得，自己的命运似乎都在别人的手上。如果不工作，我们就没有饭吃，总不能一辈子就靠父母吧？我没有心情跟孙瑞东拉西扯，只是望着沿途的风景，思考着如果被录用去不去的问题……

等我们回到教室，发现大家基本上都在。看来，经过一天的折腾，大家也都是各有各的收获。有的人喜气洋洋，但大多数人都耷拉个脑袋，应该是不太顺利。但人群中，有一个人却显得格外高兴，没错，就是孙瑞的相好李媛。不问不知道，一问吓一跳，原来人家第一次面试当场就定了。虽然，工资只要 1500。不要说 1500 了，只要给我 800，我都愿意干。看着她幸福的样子，我心想着自己居然还不如一个女生。直到若干年后，当我回首往事的时候，才意识到，正因为她是女程序员，才那么顺利。毕竟，女程序员是稀有动物，哪个公司不抢着要呢，何况是有点颜值的？

老魏和老唐都走进教室，老魏一个劲地哎哟哎哟的安慰我们，说没事啦，你们这才找了几天工作，就跟霜打的茄子似的？别的不说了，就拿老唐来说，他当时可是找了几百家公司才找到第一份工作的。老唐一脸的无辜，用手指着自己的鼻子，那种表情告诉我们，几百家绝对是夸大其词了。

正当我们郁闷的时候，一个电话想起了。孙瑞拿起手机，他嗯嗯啊啊的说了几句，就挂了。

“什么事儿？孙瑞。”我问道。

“没事，就一家公司，说比较缺人，让我今天有时间最好过去试试。”孙瑞淡淡地说，丝毫不见一丝喜悦。

“那你还等什么？去呗。”大家都这么说。

“我倒是想去啊，可今天跑了一天了，这会眼看都要四点了……算了，我还是去吧，多跑几趟也不是坏事，反正不远，就在旺座现代城，我搭个车算了，实在跑不动了。”孙瑞说完，就往外走了，这时候，郭扬不知怎的，也跟了出去。

“哎，去吧，都去吧，我还是继续等我的ZH公司的电话，这家公司呢？虽然条件差点，可我觉得有潜力啊……”大概到了四点多的时候，ZH公司通知我，面试通过了，工资2000。嘿嘿，这可比我预想的好多了，就是条件差点。我沾沾自喜地开始向大家炫耀，也等着孙瑞和郭扬回来。

到了五点，孙瑞和郭扬回来了。看着他俩脸上绽放的笑容，同学们都忍不住问他们面试情况。

“通过啦，我俩全部通过啦，就是工资不一样，哈哈。”孙瑞笑得合不拢嘴，郭扬则有点郁闷。

“什么情况？”连老魏也有很关心。

“我是之前约好的，郭扬觉得既然他们缺人，就跟着我来面试了。可结果呢？那会儿人多，老板直接面得我，给我开了3500，郭扬被一个项目经理面试，给开了2800。哈哈，不过，也算是皆大欢喜了。”孙瑞一脸得意，仿佛他就是全班工资最高的。

听到这个消息，大家首先是为他们高兴，不过，没乐乎多久，又开始为自己的前途担忧。他们的工作问题都解决了，而且，工资还那么高。可我们呢？还得杵在这里等通知，真是郁闷，连吃饭都没有心情。

我就更没有心情了，丫的凭什么？孙瑞？就他那副德行，平日里没什么真才实学，就知道装逼，也能拿 3500？更别说郭扬了，人家根本没通知他面试，他就厚着脸皮去了？还给开了 2800，我勒个去，我这才 2000。

“哎，孙瑞，郭扬，我问问你俩，那家公司叫什么名字？环境咋样？还招不招人了？”我把希望寄托在这家公司上面了。心想，你们能去得？我还去不得？同样是培训班出来的，我就不信这个邪？

“那家公司啊，叫啥来着？对，叫联合技术公司。”俩人前前后后地说，完了又确认了一次。

“那就好，谢谢，那环境咋样呢？”

“哎哟，那环境，可别提了，简直可以用一词来形容，高大上，比我们下午两点去的那什么智慧老人的公司，不知道高到哪里去了？甩他们几条街。联合技术公司，大概有 300 到 400 平方米的面积，办公场地装修得很好，左边是人事部门，右边是技术部。人家那桌子，大理石地面，都擦得锃亮锃亮的，一尘不染，哪像那居民楼的公司，跟黑漆漆的小作坊一样。”

听了这个情况，我瞬间就决定不去什么 ZH 公司了。第一份工作，就应该找联合技术公司这样的，那什么 ZH 公司，一听就不靠谱，跟着他们，可别把我引到黑路上了。

下了这个决定，我当即就打电话过去，把那份工作给推掉了。然后，我打开电脑，给联合技术投了一份自己的简历。哼，叫你俩得意，我过几天一定也去联合技术上班，我要 4000，你们一个 3500，一个 2800，有啥得意的？

过了两天，李媛、孙瑞、郭扬这三人连告别的话都没有，就消失不见了。大家都知道，他们已经去上班了。慢慢地慢慢地，教室里的人在逐渐减少，可我仍然杵在自己的座位上，一点消息都没，急得我有点想哭。我这种心情，并不是说我矫情，而是，我等了太长时间。从去年到今年，坚忍卓绝地把八个月的时间熬过去了，眼看着毕业了，大家都陆续工作了，连学习比我差的都工作了，只有自己还停留在原地。我失落、愤怒、觉得不公平，但我又不知道问题出在哪里？昨天，我跟陈华还去了一家日企面试，那次，我使出了浑身解数来面试，可就是没有通过。陈华倒是过了，但这哥们竟然说不想为日本人办事，又嫌弃工资低，我就怂恿他不去，说日本人都很可恶，都是残酷的资本家，听说他们加班很厉害，但给员工的工资却很少，我们还是老老实实为咱中国人做事吧。陈华显然被我的爱国主义情怀打动，一口回绝了他们，而我，却在背地里偷偷笑他傻。

事后，我觉得有点不好意思，就主动请他吃了顿饭，喝了个冰峰，我心里才慢慢舒坦。这哥们现在不说，也许以后就明白过来了。得了，你就多陪我在学校里待几天吧。

晚上八点钟，正是Y寨最热闹的时候。我独自走在繁华的街道上，顶着迎面扑来的热浪。想想这些年，我一直以为自己是个人才，可到头来，却一事无成，连个工作都找不到，更不要说是在这个城市里立足了。或许，只要在这个城中村里，和这么多社会底层的人在一起，才能让我稍微感觉到心安。回到家里，赵玲栎已经做好了晚饭。她坐在沙发上，默默地看着电视剧。

“今天怎么样？面试了几家？”赵玲栎关心地问。其实，她内心跟我一样着急，我们都快毕业了，如果再不找到合适的工作，恐怕连菜都买不了。

“哎，别提了，我又一次搞砸了。本来，一切都好好的，可我一紧张，却忘记了一些重要的知识点，几个问题没回答上，估计没戏。”我喝了一口水，失落地说。

“没关系，明天继续努力吧，我就在家里等你的好消息。”

“嗯。”

这一周很快就过去了，新的一周来临。星期一，没有找到工作的同学依然齐聚在鱼跃教育的教室里，我们叽叽喳喳地聊天，有的在聊电影、音乐，但更多的人，都是在抱怨最近的不顺利。

这时，我记起了小时候玩过的一款经典游戏《英雄联盟3》，这个游戏呢，每次到了新的一周，占星家就会宣布该周某些物种因为若干原因，数量成倍增长，接着，玩家就可以招募到更多的士兵。

希望我们的在这一周都能解决工作的问题吧，我是真心希望每个同学都这样。如果这周可以解决，恐怕是对我们付出无数艰辛最好的回报了。

老魏走进教室，又安慰了大家一会，并且掏空心思地又讲了一些面试技巧，就扬长而去，留下我们这二十个人在教室里专心复习。我们也确实没闲着，互相交流了面试经验。比如，有些公司特垃圾，像什么 ZH 公司，就直接忽略掉；有些公司面试特难，就可以考虑不去；而有些公司，各方面都不错，就可以试试。

我打开电脑，把自己之前去过的公司全部划掉，又开始了新一轮的简历投递。这次，我对面试有了新的认识，决定不海投了，打算精挑细选，步步为营。所以，我只投了自己悉心选中的十家公司。

星期三，也就是 5 月 18 日。我收到了 H 科技西安分公司的面试邀请。老实说，我对这家公司并不怎么看好，因为，公司的地址离我有些太远了。但是，付出行动总比坐着干等要好。于是，我决定亲自去看个究竟。班级里有一共有三个人收到了 H 科技的面试通知，我们决定同行。

又是一个热得够呛的天气，走在街上，刺眼的阳光晒得我睁不开眼睛。得了，咱三个凑点钱搭车去吧，免得人没到，就被热晕了，搭车还可以减少时间，保持清醒的头脑。这毒辣的太阳，暴晒一阵子，估计咱的知识都忘得差不多啦。

出租车从西斜七路出发，司机选了一条熟悉的道路，绕啊绕的，大概过了四十分钟，就停到了世纪星大厦。我们三人下了车，这会儿正是下午三点多，骄阳似火，我们瞬间就被西安城里燥热的空气所包裹。

“哎呀，我不行了。”江涛用纸巾揩了揩脸上的汗珠，快步走进了世纪星大厦的旋转门。

“还是空调舒服……这要是之前去的那家 ZH 公司，恐怕我们都要用风扇纳凉了，还好没去，不然夏天热死，冬天冷死。”我不住地感慨。

“嗯嗯。”靳刚一个劲地赞同，好像他去过似的。

从大厅往里走，发现一个电梯，我按了一下向上的按钮。几分钟后，我们来到了 18 楼，H 科技的办公场地门前。

“怎么样？这公司还行吧？”靳刚说。

“我看行，你们看，公司虽然比较小，但办公室里的装修很好，高档典雅，不失风范，如果可以通过，我就在这里扎根了，你俩呢？”江涛说。

“我俩当然无所谓了，只要能过就行，可惜，面试了这么多家，连个正眼瞧咱的都没有。”

“那还等什么，咱进吧。”江涛说。

“你是老大，你先走。”我俩在后面怂恿。

“好。”江涛把身子挺得笔直，就大大方方地走进了公司。

“你好，这里是H科技。请问，你们有什么事吗？”前台MM热情地招待。

“我们是来面试的。”

“哦，好的，请等一下。”她招呼我们坐到了前台左边的桌子旁，就往里边去了。

我们三人干坐在那里，既不能复习，又不能大声喧哗，就默默地喝着纯净水。这时候，我们心里充满了忐忑，因为，接下来的面试，会直接影响我们的人生。

几分钟后，前台MM拿来了一堆文件，微笑着说。

“你们先填一下这张简历表，再做一套题吧，里面还有人，到你们了，我过来通知。”

“好的。”

看来，去每家公司面试，还基本上都是要做一套题的，这是我们同学百分之九十的反馈。做就做吧，反正都习惯了。我们拿出笔，在纸上刷刷地写起来。为了提高面试成功率，我们私下里还偷偷地互相对了下答案。

大概过了一个小时，我们把简历表和试题都交给了前台MM。她拿着资料，又一次走到了里面的办公室。这时，我们三人都闲下来了，就开始审视这家公司的办公环境。这家公司的环境很好，虽说面积只有两百平方米的样子，但办公室里感觉很干净，统一的蓝色格调，让人有一种清爽的感觉，再加上公司员工都比较年轻，就多了份朝气蓬勃。最主要的是，前台MM的颜值很高，非常养眼，这让江涛两眼放光。

“江涛，你来一下。”前台MM第一个叫他进去面试，也算是一种缘分了吧。真不知道里面是什么情况，过了半个小时，江涛出来了，一副略微失落的样子。紧接着，靳刚就进去了，看来，我又是最后一个。半小时后，靳刚也出来了，看起来也不高兴。他俩说在楼下等我，就先行撤退了。

“张帆，你跟我来一下。”前台MM把我引进了一个办公室，面试官正坐在里面翻资料。

我小心翼翼地坐到椅子上，把身体挺得很端正，等待面试官的提问。

“哎，你们这些刚毕业的大学生，怎么没一个水平好点的？”

“呃，我觉得自己的水平还可以。”

“还可以？行，那我简单地问几个问题。”

“好的。”

“你知道Servlet的声明周期是什么吗？”

“Servlet生命周期分为三个阶段，1. 初始化阶段，调用init方法。2. 响应客户请求阶段，调用service方法。3. 终止阶段，调用destroy方法。”

“嗯，回答得不错，比之前那两个好多了。”

“那你告诉我HashMap和Hashtable的区别是什么？”

“HashMap是Hashtable的轻量级实现（非线程安全的实现），他们都完成了Map接口，主要区别在HashMap允许空（null）键值（key），由于非线程安全，效率上可能高于Hashtable。

HashMap允许将null作为一个entry的key或者value，而Hashtable不允许。HashMap把Hashtable的contains方法去掉了，改成containsvalue和containsKey。因为contains方法容易让人引起误解。Hashtable继承自Dictionary类，而HashMap是Java1.2引进的Mapinterface的一个实现。最大的不同是，Hashtable的方法是Synchronize的，而HashMap不是，在多个线程访问Hashtable时，不需要自己为它的方法实现同步，而HashMap就必须为之提供外同步。Hashtable和HashMap采用的hash/rehash算法都大概一样，所以性能不会有很大的差异。”

“好，可以。”

这两个问题正好问到点子上了，我昨天前后背了几十遍，明显是跟书上的原话差不多。我心中窃喜，如果接下来的几个问题，我都可以回答上，那么自己的第一份工作就基本上确定了。

接下来，面试官又一连询问了我一些问题，包括 Java 最基础的数据类型，Struts 和 Spring 分别是做什么的，常用的数据库是哪些？我觉得自己回答得都不错。还好，这个面试官比较好说话，没有问一些变态的问题。

“好了，我这边差不多问完了，我大概给你说下我们公司的情况吧，公司叫做 H 科技，是北京在西安的一家分公司。我们的业务，主要是社保这一块，根据国家的社保政策，跟政府合作，帮助他们推广社保信息系统。说到底，这些系统并不复杂，但推广起来就有些难度了，因为每个城市的人员计算机水平良莠不齐，所以，这个也是需要一定的耐心和技巧的。”

“哦，知道了。”

“那你这边有什么需要问的吗？”

其实，我很想询问一下自己的面试情况，但我知道，这个一般不能问。当然，我更想跟他谈谈工资，最好现在就谈妥，但我知道，这个更不能主动问。反正现在，我根本不知道自己究竟有没有被录用，只能选择按兵不动了。

“我这里没什么了……”

“嗯，我觉得你技术水平还可以，在公司里多学习的话，应该没问题。你还没毕业吧？”

“是的，我还有两个月就毕业了。”

“哦，那没有关系，公司最近正在扩招，也愿意培养新人，你就以实习生的身份进入公司吧，等三个月后，如果没有意外，就可以转为正式员工了。”面试官像是看出了我内心的疑问，特意告诉了我这些事情。

“好的，那我什么时候过来上班？”

“哈哈，还不急。我这边只是初试，至于工资什么的，你要跟西安这边的老板去谈。大概星期五吧，人事会通知你，到客户现场去，也就是××局。到时候，你好好准备一下，争取一次通过吧。”

“嗯，好的，谢谢。”

我从18楼下来，发现已经到了下午五点多。江涛和靳刚已经回学校去了，临走前给我发了短信，只不过我当时正在面试，没有顾得上看。且不说他俩的情况了，就说说自己吧，面试管已经给了明确答复，他这边是没有问题了，可还要看星期五的复试。再加把劲吧，别嫌麻烦，这也是没有办法的事情，谁叫自己是初出茅庐的人呢？那万一，复试再过不了，我之前的努力不就白费了，我不就被打入十八层地狱了吗？一想到这里，我就觉得受不了，我害怕那种结果，我的心已经不能再等待了，我急需一场胜利来缓解目前的尴尬。

回去的路上，我坐在公交车的最后一排，也就是运气好，捡了一个座位。我发呆地望着窗外，夕阳西下，又是一个黄昏来临。今天，就要过去了，或许，每一天都是一个祝福，但我的人生却总是充满了等待。

我拖着沉重的步履，走上了Y寨的天桥。迎面走来的是人群，侧面射来的是一缕金色的阳光，黄昏时分，总会有一种独特的感觉，这种感觉，让人在欣赏落日的时候充满了惆怅。

而我的生活，还是一潭死水，在这个所谓的大城市里，上不去，下不来，怎么也融入不进去。

当黑暗笼罩的时候，有些人在约会、有些人在网吧打游戏、有些人在吃饭、有些人在喝酒，还有很多没心没肺的人，浪迹在这个村子的大街上，他们没房没车，却依然活得逍遥自在，这全归功于城中村低廉的生活成本。而有些人，他们似乎比前者的境况更好些，但是，他们所拥有的远远不及自己在心里规划的，于是，他们迷茫，他们痛苦，他们纠结。不幸的是，我是后者，我无法活得没心没肺，哪怕是在不愁吃穿的情况下。算了，希望越大失望越大，我最好还是保持平常心吧。

星期五，我乘坐公交车去锦业路，这里有很多软件公司，我决定去碰碰运气。但是，我忙碌了一早上，一无所获。

手机响了，我接起来。

“喂，是张先生吗？”

“是的，您哪位？”

“我是H科技的人事，今天下午公司要对最近招聘的人进行统一的复试，请您在下午两点准时到达 ×× 局 301 室，参加复试。”

“好的，我会准时到的。”

挂了电话，我望着远方家的方向，这是最后的希望了，如果这次还不中，我就卷铺盖走人，离开西安，再也不回来了。这种事情，就是多说无益，牙一咬，狠狠就过去了。我按照事先查询好的路线，正式出发。

到了 ×× 局的大门口，我往里面看了一阵子。果然是事业单位，虽然楼房不咋的，但里面感觉很正式，布告栏里都挂着办公人员的详细情况，比如照片履历之类的。我匆忙地走到 301 门口，偷偷地瞅了瞅里面的情况。里面有很多新人，这些人的装束跟上班族是不一样的，我一眼就可以看出来。这样的话，就最好了，我不用太担心了。我走进 301，说自己是来面试的。有一个女同事就让我坐到了旁边的椅子上，说让我先等等。

这时，我看到 301 的全景了。这其实就是一个大型会议室，大伙儿都在会议室里办公，因为地方小，为了节省空间，就都使用笔记本。会议室靠近正门的这堵墙是第一排，坐着一批人，一次往后是第二排、第三排、第四排、第五排……光外面就坐了几十号人。我往左边看看，还有一个套间，里面也坐着十来个人，并且放着打印机等设备。我心想，这可别在这里上班啊，我之前看上的是他们公司在世纪星大厦的那块办公场地，要是在这里，可就悲催了。

我旁边还坐着几个参加复试的人，他们大概也是同样的心思吧。我正和他们聊天呢，一个中年男人走了过来，他拿了一把椅子放在我们这几个人中间，就和我们面对面开始交谈。说白了，这就是复试。原来，他就是老板啊，我心想。这个人不简单啊，面试的时候，思路清晰，谈吐自如，很快，一个人就面完了。我还盘算着多做点准备呢，这才十来分钟，他就开始和我交谈了。

“你叫张帆？”

“是的。”

“技术这边初试的时候已经面过了，没有问题，我主要问一些项目方面的事情吧。”

听到这，我内心有点小小的激动，既然不问技术，那我就放心了。

可问到项目，又该怎么回答呢，真是令人揪心。

“我看你的简历上写了五个项目，这些都是在学校和培训机构做的吗？”

“是的。”

“这个城市信息网开发了多久？”

“两个月。”

“这个人力资源管理系统开发了多久？”

“三个月。”

“这个呢……”

短短几分钟，他就把我简历上的五个项目问完了。他并没有往细里询问，只是大概的过了一遍，就把情况写到了资料表上。我一联想起他刚才也是这样问其他的人的，就明白了，这只是走个过场，心里不免高兴起来。

“张帆，你期望的工资是多少？”

好家伙，最最最重要的时刻终于来了。

“3000。”我本来想要更多的，但害怕要得多影响通过率，就怂了。

“3000？有点高了，我们这里愿意培养新人，但一次招募这么多新人，也是需要考虑成本的。这样吧，我给你开 2400，你觉得可以吗？”

“可以。”我实在经不起再多的折腾了，就一口气答应了。

“还有什么要问的吗？”

“有的，我想问一下，我上班的地点是不是在这里？”

“对，这是我们的客户现场，每年大概有几百万的项目资金都在这里。我们挣人家的钱，当然要在人家的场地办公，这样交流起来才能方便、快捷。”

“哦，好的。”

回到学校里，我把这次面试经历分享给了其他人。本来，我还有一些郁闷，觉得自己工资不如孙瑞和郭扬，但静下心来一想，也就算了，这走路都没学会呢，还想骑马？等过几年咱们再比吧，我不能在折腾下去了，我急需一份稳定的工作，来步入职场，学习经验。

这长达一个月的面试经历，让我身心疲惫。回到家里，我看到自己邮箱里多了一份offer，就急忙打开查看。offer上写得很清楚，在H科技工作，每天都有15块钱的餐补，这样算下来，我一月也就有2700元的收入了，不错啊，只比郭扬少100。我接着往下看，因为公司使用笔记本办公，如果自带笔记本每月就有300元的补助，这不就是3000了吗？看到这里，我喜出望外，就拉着赵玲栎和我一块看。

完了，赵玲栎只高兴地说了句：“塞翁失马，焉知非福。”

我拍拍自己的胸脯，“是啊，忙碌了快一个月了，总算是找到第一份工作了，从今天起，我也是上班族了，我一定好好努力挣钱，给你创造一个美好的未来。”

“好啊，那我可就等着了。”

星期一，是个下着蒙蒙细雨的天气。

今天，是我人生中上班的第一天。我六点三十起床，在文大附近的一个公交车站旁边等车。早上六点多，车站旁边就挤满了人，随着时间的流逝，聚集在附近的人越来越多。这个站台是很多班车的始发站，人特别多。我站在一个角落里，心想，这么多年过去了，好不容易熬到大学毕业，看来，我又一次要进入上高中时的境遇了，从今往后，我每天都要这么早的出发，不分季节。

等了半个小时，309路公交车总算是来了。可这车还没停稳，附近的人群就一个劲地往车门附近挤。我这是第一次挤309路，平时，我也经常坐这趟车，但是，我乘坐的时间一般都比较空闲。

车门打开，人群用力地往车里挤，司机师傅很无奈，一边盯着他们刷卡，一边还维持秩序。我站的位置在中间，虽然我没心情挤，但也被后面的人挤到了车里。这其实没什么，就是怕以后挤坏了笔记本，可就得不偿失了。

汽车发动的时候，车里面已经站满了人。我右手扶着栏杆，左手搭在背包上面。这是第一天，我在拥挤之余，仍然觉得意兴阑珊，恐怕没有什么比上班更有意思了，我总算是步入职业生涯了。一路上，我都在幻想着未来，什么买房买车之类的，却丝毫没有想过达到那些目标的难度，我天真地认为，那些事情非常简单。

309路公交车停到了赛格电脑城附近，我下车后，沿着一条曲折的道路一直往前走，路过铁一局医院，就到了××局。这是第一天上班，我想尽快进入状态，连早饭都没有买，就来到了 301 室。

第一天上班是最让我头疼的，我连自己的座位都没有，更别说自己被分在哪个项目组呢，总之就是一头雾水。我独自坐在墙角，等着领导们的安排。这时，一个年轻的高个子小伙站到我的旁边，对我说。

“你是新来的？”

“对，我这是第一天。”

“怎么样，这个环境很让人紧张吧？我刚来的时候也是，待一阵子就习惯了。”

“你也是新员工吧？”我见这个小伙子看起来比我还年轻，就试探地问。

“对啊，我刚过来两周。”

“哦，原来如此。”我明白了，在一个公司里，新人跟新人总是很好交流的，就跟抱团一个道理。

既然大家都是新人，我和他之间的距离感一下子就消失了。

“这公司怎么样？”我好奇地问。

“H 科技？还行吧，只是这办公场地有点局促，而且，有时还需要出差。”小伙子摇摇头说。

“出差？没事，反正闲着也是闲着，不如出去逛逛。”

“你能这么想，那就最好了。”

“你叫什么？”

“金涌。”

“我叫张帆。”

“行了，先不跟你聊了，我下去买点吃的，公司里最近都在大规模招人，是因为项目太多，人不够用，新人多对我们好，可以互相帮助。”

“嗯，那确实。”

金涌说完就下楼去了，留下我一个人坐在那里。

到了九点钟，这个面积大概 200 平方米的会议室已经坐满了人。他们每个人进来的时候都会在打卡机那里按下，进行考勤。这并没什么特别的，让人郁闷的是，每个人在去自己位置上坐的时候，都会有意无意地看我一眼，让我很是尴尬。我真希望这会儿，我旁边再坐一个新人，能让我分担一点这么多目光的杀伤力。

九点十分的时候，上周面试我的老板来了，他见我无所事事地坐在那里，就向我走过来。

“张帆，你们项目经理昨天刚出差回来，没休息好，今天可能要迟点过来。你跟我来，先坐在这里。”老板带我来到了小办公室，让我坐到了最里面靠近窗户的位置。

“小顾，这是新来的同事张帆，就分到你们新农保项目组了。他是刚毕业的大学生，就由你先来带他吧。”老板对我旁边的一个同事说。

“好的。”小顾瞅了我一眼，“我先让他看看文档吧，了解一下项目的情况。”

“好，他我就交给你了。”老板说完就转身走了。

小顾年龄应该比我大几岁，老板叫他小顾是可以的，但我可不能这么叫他。那我叫他什么好呢？电视剧里不经常演的吗？同事之间就老X，老X的叫啊，那就叫老顾吧，哈哈，我自鸣得意。

老顾把椅子挪动了一下，坐到了我旁边。

“张帆，这台是咱公司的测试服务器，你不要乱操作。用过StarTeam没？”

“没有，我们在培训班的时候都用SVN，我觉得那个挺方便的。”

“SVN？它们都是版本管理工具，差不多的。我先给你从版本库拉一些项目文件下来，还有公司的规章制度，你刚来，也不用做什么事情，就先看看文档吧，毕竟，新人要把学习放在第一位。”

“好的。”

老顾在操作的时候，我就睁大眼睛盯着看。他在桌面建立了一个新人学习的文件夹，就单击右键，选择了StarTeam的检出功能，从弹出的版本库里挑选了一批适合我阅读的资料，没几分钟，就检出到刚才那个文件夹里了。其实，StarTeam跟SVN用起来一模一样嘛，这我就放心了，免得误删了公司文件，急得跟热锅上的蚂蚁似的。

外面的雨还在下，丝毫没有减轻的趋势。我打开了公司的规章制度，认真地阅读起来。有时，我会一连看几十分钟；有时，我会盯着窗外的雨势发呆，这场雨虽然不大，但落到光滑的水泥地上，还是溅起了花朵，发出噼里啪啦的声音。这声音，打扰着我的思绪，敲击着我的心灵。

工作？似乎是从人生中的一个坑又跳入了一个坑，但是现在，我根本没有弄清楚他的真实面目，未来，我还有太多的路要走。有时，我会在想，人生到底是为了什么？有时，我又想干脆一个人待家里算了，当个啃老族，也不用面对这么多的未知事物。有人的地方就有江湖，有江湖的地方就有纷争。

我偷偷地叹了一口气，觉得先接受现在的一切，至于未来，以后再说。

公司的规章制度看完了，我又开始看新农保的文档。这些文档都讲得通俗易懂，只要大脑正常的人都可以理解。

一个人闲着也无聊，不如找点事做做？

“老顾，新农保和老农保有什么区别？”我虽然看了文档，但这块理解的不太深入。

“嗯？首先，他们都是农业保险方面的，所谓新农保，就是根据省上最新的政策调整后农保，与老农保是有区别的。具体的区别么，就多了去了，比如，缴纳的费用、退休后领到的养老金数额等等。”

“哦，好的，我知道了，谢谢。”

“嗯，不客气，有什么不懂的就问我，我叫顾晨。”

“好的。”

顾晨？这名字有意思，只顾清晨，不顾傍晚？哈哈，我心里开始偷笑。顾晨是那种特别好交往的人，很随和，没有架子。

到了十点半，办公室的人大概是工作得累了，就开始聊起天来，毕竟是星期一，大家都一副懒洋洋的神情。

我并没有关注他们聊天的内容，只是觉得，他们聊天是好事，可以让办公室的气氛变得轻松、愉悦，我这里紧张的心情就可以得到缓解。毕竟，我是第一次上班，干什么都觉得战战兢兢。

大家聊得正酣的时候，一个中年人走到了顾晨旁边。

“老于，你来得正好，这个是张帆，萧总特地给你们新农保招的人。你是这几天不是一直嚷嚷人不够用吗？这不，张帆来了，一个机敏能干的大学生，你们可要重点培养啊！”顾晨半开玩笑说。

“哦，知道了，你就是张帆，是老郝招的人吧？他说你技术不错，很踏实。”

“于总你好，我今天是第一天上班，正在看工作方面的资料。”

原来，这个老于就是我们新农保的项目经理啊！我一下子就有些局促不安了，倒不是被他吓着了，而是面对自己的顶头上司，总要有那么点敬畏之心。

“哦，没事，你就先在这里坐吧，咱们项目组的人还没有到齐，就不搬外面去了。秦剑锋在陕北出差，正被那帮人灌得花天酒地的，估计要过几天才回来，还有一个新人最近会进组。张帆，你就先跟顾晨学习吧，等大家到齐了，我们再搬出去坐。”

“好的。”说着，我就转过身来，开始继续之前的学习了。旁边，于总又跟老顾在那里诉苦呢，哎哟，也真是的，我刚从陕北回来，又得去陕南那边，真是见了鬼了，我总算是明白了什么叫做马不停蹄……

一早上的时间，我总算是把自己的位置摆正了，还有我的工作内容等等之类。算了，看这些规章制度有个鸟用？还是看开发文档吧，说不定，下周就要开始干活了，不早点未雨绸缪，可能会死得很惨。老于这人，看着还行，比较面善，但谁知道他内心是啥样子的？万一给我穿小鞋，咋办？我还是认真地把开发工作干好吧。

随后，我让顾晨给我讲解了一下开发文档。他告诉我，公司用的是自己的框架，这套框架，是北京总部那边的架构师写好的，我们这里负责使用就行了。说白了，就是继承他们写的上层接口，我们在底下实现业务逻辑，并且，进行持久层的开发。

“明白了吧？咱们这套框架叫做核心平台三版，简称核三。没什么难度，跟别公司的差不多，唯一让人受不了的是，你从上往下写，大概需要写六层，这让一些开发人员非常头疼……”老顾一边说一边发出呵呵的笑声，大概是为自己独到的见解得意吧。

中午，到了饭点。公司的人都前扑后拥，勾肩搭背地往外走，就跟上学时一样。他们三五成群地分成一组一组的，去附近的地方吃饭。

“走，张帆，咱们也出去吃饭吧。”顾晨说。

“好。”我关闭了文档，就跟着顾晨出去了。

到了楼下，雨已经停了，空气很湿润，一阵芬芳馥郁迎面扑来。周围的柳树长得非常繁茂，被大雨冲刷了一早上，绿色的树叶，娇艳欲滴。路上有点泥泞，但幸好不怎么严重，还可以畅通行走。

“于总呢？我们不跟他一起吃饭？”

“他啊？早上过来报个道，就回去了，他明天还要去陕南出差，要下周才回来。”

“那我就在这一周的时间里，好好学习学习。”

“对的，虽然你刚来，不用做什么，但学习是必要的，不然，往后的日子会很被动。做咱们这一行，就是写代码，面对着交付的压力，谁都会难受。”

“顾晨，你工作多久了啊？我觉得你很有经验。”

“我？让我算算，应该三年了吧。这是我进的第一家公司，因为离家近，也一直没有跳槽。”

“好吧。”

“不说这些了，咱们去哪吃饭？”

“哈哈，你在这里工作三年了，还是你说吧，我可是人生地不熟。”

“那就老规矩，去百脑汇吧。”

“好吧，我不认识路，你就在前面带路吧。”

“哈哈，好。咱们在 ×× 局这边上班，附近有个村子，你要是百脑汇吃腻了，就可以去村子里吃。”

我俩边走边聊，因为刚认识，话题没那么多。聊着聊着，就沉默了。往前走了一会，正好金涌也在前面，他一回头，就看见了我们，遂就加入了我们的队伍。这下，气氛可就热烈了，一下子没干脆那种生疏了。

我们三人拉了一会家常，就到了百脑汇。

百脑汇是一家综合商厦，什么都卖。一楼是品牌电脑，二楼是组装机、数码产品，还有乡村基，三楼是卖游戏周边的。到了五楼，整层都是小吃，品牌特别多，类似于学校食堂那种构造。

小吃城人很多，非常热闹。我办了张卡，就跟着他俩往前走。

老顾要了个锅巴米饭，金涌也吃这个。我往周围一看，黑压压的全是人，算了，我也吃个锅巴米饭吧，与团队保持一致。

“还不错吧？”老顾问我。

“还行，品种挺多的，比文大的食堂要好。”

“哦，你是西安文化大学的啊？”

“对，怪不得，看你能说会道，还真是有文化。”

“哈哈，我就知道，你们要拿我这学校来调侃。”

“不过，说实在的，我觉得金涌，你这个名字才起得溜呢。”

“我名字很溜吗？你说说，看看有文化的人的见解。”

“你看啊，金庸，是武侠小说的名家吧。庸这个字，就不说别的了，总之包含了一种中国文化的中庸之道。而金涌，确实滚滚金币从土里面涌出来，你起这个名字，迟早是要发财的哇。”

“哎呀，我服了服了，文大的高才生果然不一般，这拆名解字的……”老顾边吃边笑起来。

“咳，托你吉言了，可是，我出来混了这么久，也没见发财的迹象啊？你是不是解释的有问题？”金涌说。

“我看看，没错啊？不过，你这个名字是把双刃剑，如果你气场不够，那么从泥土里涌出金子，也会变成，从口袋里涌出钱财的，你可要注意……”

“有道理，有道理，怪不得我最近老丢钱。”

“哈哈。”

在一阵欢笑、轻松的气氛中，我们三人吃完了午饭，就从百脑汇下来，往 ×× 局方向走去。对他们来说，这只不过是很平常的一顿饭，可对于我来说，这是我职业生涯中和同事吃得第一顿饭，我百感交集，看来，真的是又回到学生时代了，只不过，没有家庭作业。

午间休息的时候，有的人跑会议室最里面的墙角，把椅子拼到一起，就躺上去睡了；有的人没位置，就趴在桌子上睡。我还在看开发文档，看了一会，眼皮就开始打架……我不自觉地趴到桌子上睡着了。

下午四点，老顾忙完了手头的事，就过来教我学习。

“新农保，很大的一部分改变就是政策。你们出去出差做实施的时候，这些政策文件，要记得滚瓜烂熟，被人家问住了，可就丢人了……比如，参保情况，领取待遇这些人家最关心的问题，是一定要死记硬背的。如果当时你一时想不起来，就问下同事，一般情况下，不会出现一个人出去的情况。如果大家都不知道，就打电话问公司里的人。”

“这些政策文件你就自己琢磨琢磨吧，学过政治的都懂。至于开发，你先自己看看文档，等具体任务下来，我再给你详细讲。不过，公司的框架是很简单的，是用传统的Struts，一般开发一个功能，就需要自己写Action，然后在代码里传入需要的参数，接着往下写就行了。”

“哦，这样啊，看来，跟我们之前做得那些练习一样。”

“嗯，现在的培训班，都是按照实际项目来走的，否则，他们的学生出来会很吃亏。”

说完，老顾继续忙自己的事情去了。我还在想着之前的技术要点。虽然，整个过程我已经知道了，但具体的细节方面，还有点似是而非，只能对着开发文档看了。其实，我对概念的理解不错，但那都是靠背来的，我的软肋就是动手能力，也许，老于过几天给我分一个需求，我就会忙得不知所措了。还好，他出差去了，还要一周才回来。

一下午就这样过去了，到了六点钟，公司下班了。我收拾好东西，离开的时候，金涌正在收拾笔记本电脑。

“一起走吧。”金涌说。

“好吧。”累了一天了，我有些有气无力。

我俩走在路上，往百脑汇的方向而去。

“公司别的都挺好的，就是需要自带笔记本，这点让我很不爽，都说工作是出来挣钱，我这第一月工资都没领呢，又要花钱买笔记本。”我有点抱怨。

“也没什么，你是程序员，买笔记本电脑是迟早的事情。这几天你先用服务器看文档吧，估计下周，你就要用笔记本搭环境了。所以，我觉得你还是早点买吧。”金涌说。

“实话，买吧。”我下定决心。

金涌和我同路，但他是住在沙井村的，这离鱼跃教育很近，他是不是也在那里学习过，不然，为什么我总是觉得在哪见过他？

“你听说过鱼跃教育吗？”我试探地问。

“当然听过啊，我就是在那里学的Java。”

“怪不得呢，我也是在那学习的，总觉得在哪见过你。”

“哈哈，原来是校友。”

“是啊，真是巧呢。我记得，当初我跟江涛、靳刚三人一起面试H科技，本想着有人做伴，可没想到，就我一个人过了。我还郁闷呢，这可好了，有你这个先来两周的校友，以后可要多照顾小弟。”

“咳，照顾什么，我也是菜鸟。要不然，我比你早一届毕业，为什么现在才找到工作呢？哈哈。”

“呵，原来如此。”

我俩在沙井村下车，决定去学校里遛遛，一来显摆一下，二来也给还在找工作的同学打打气，传授点经验。

金涌的班级早就不复存在了，他是最后一个找到工作的。而我们哪个班呢？当我走进教室的一刹那，看到班级里还有五个人在复习。他们很用工，很努力，找不到工作，只是暂时的，我相信，用不了多久，他们就会跟我和金涌一样，走进职场。但其中有一个人我很不解，就是郭扬。

“郭扬？你不是前阵子就入职联合技术公司了吗？怎么还在这里学习呢？”我不解地问。

“张帆啊？看得出来，你找到工作了。我在联合技术公司干了半个月了，我发现，这半个月我改变了太多。第一点，理想与现实差距太遥远了。第二点，我必须再选择一次。我是西电毕业的，我想进一个最好的公司一劳永逸。于是，我决定回来继续在这里学习。”

“最好的公司？你想去哪家？”

“华为，这阵子，我了解了很多。什么软通、海辉、中软，都是给华为做外包的，你想想，那三家公司都是全球知名的，那华为，岂不是更牛了？”

“说的有道理，希望你能成功，你进了华为，可要多照顾照顾我们这些小弟，你看看，我们找个工作多难。”

“是啊，都是搞软件的，还是要互相帮助。”

又到了晚上，暮色四合。我乘坐12路公交车，往Y寨驶去。从西斜七路到Y寨的这段路程非常繁华，马路宽敞，两边都是高雅精致的楼房。一到了晚上，这里街灯明媚，成千上万的上班族从路上的每个写字楼里出来。他们或是开心，或是生气，或是面无表情，心事重重，不知不觉中，我突然意识到，自己也成了其中的一分子。

第十六章　新来的同事

在H科技的一周就这么过去了，周末，我买了笔记本电脑，和赵玲栎窝在家里打了一天游戏，也没什么特别新奇的事情。只不过，我俩搬家了，从10平方米的公寓搬到了蔚蓝海岸小区。这是一个50平方米的套间，精装的，我感觉咱俩的生活总算又上了一个台阶。我心里盼着周一不要到来，因为第二周，新农保项目组的全体成员就要到齐了，是真正考验我的开始。

可周一却很快到来了。早上，我背着电脑包，心平气和地走进了××局301室。

会议室里，同事们都坐在各自的位置，我仍然坐到了老顾的旁边，觉得这样有安全感。

可我刚坐了半小时，于总就来了。

“张帆，咱们项目组的人都到齐了，出去坐吧。”

“好的。”

这一刻，还是来临了。于总让我坐到了第二排的最右边，左边是秦剑锋。

“小秦，张帆刚毕业，以后就由你来带，你可要好好教，我听说他基础还是不错的。”

“好的，没问题。”秦剑锋看了我一眼，我也看了他一眼。他这个人，瘦瘦高高的，戴着副方框眼镜，穿着很随便，就是那种蓝色条纹T恤。

“张帆，你这笔记本新买的？”

“是啊。”

“真不错，我这个都用好久了，跑个程序都吃力。”

“那你可以换一个啊？”

“拿什么换？我都快结婚的人了，生活压力大，再买笔记本，无异于雪上加霜。”

“你动作这么快。”

“咳，不说了，一会我给你安装一个开发环境吧，你就可以正式投入工作了。”

“嗯。”

到了九点多的时候，公司里又来了一个陌生人。于总走上去迎接，并且把这个新人向我们项目组做了介绍。他叫邵海南，是陕西本地人，家在安康，工龄大概是三年。总之，比我这个菜鸟好多了，有这个工作三年的老手加入，我顿时觉得生活一片开朗，以后有什么搞不定的就推给他好了。

邵海南被于总安排到了他的旁边，很明显，于总对他给予了厚望。这标志着，以后的日子里，邵海南将要发挥很大的作用。嘿嘿，这太好了，我坐在最右边，压力就小多了，我不由得在心里庆幸。这也是正常的嘛，你工作三年，经验丰富，拿得薪水也比我多，自然要承担重要的任务。

于总给我和邵海南开通了StarTeam的权限，让我们检出项目搭建开发环境。其实，我的项目刚才已经在秦剑锋的帮助下搭好了，我就检出了一些工作中可能用到的文档，放在一个专门的文件夹里。倒是邵海南那边，有点忙碌，于总似乎是有意测试下他的能力，并没有叫秦剑锋帮忙。

折腾了好一会，邵海南的环境总算是勉强搭建起来了。他开启Tomcat服务器，可以通过IE访问到了新农保系统的页面。这一幕，被于总看到了。

“不错，没人帮你，你按照开发文档上面的步骤，也可以搭建好环境，果然是有经验的程序员啊。”

“呵呵，还好了，主要是之前做过类似的项目……”我总觉得，邵海南说这句话的时候心里有点不悦。

“既然大家都到齐了，开发环境也都搭建好了，我们现在就开个会吧，也算是咱们新农保项目组的动员会，咱们就到会议室的最后面开会，不要打扰到了其他人。”

于总起身，就往后面走去，邵海南、秦剑锋，还有我，跟在后面。我们几个人刚坐定，顾晨也来了，坐到了旁边。于总看起来很高兴，大概是因为新农保总算是不再缺人的缘故吧。他脸上带着笑容，一件白色衬衫非常平整。

“最近，我们项目组新来了两个同事，张帆、邵海南，相信大家都认识了吧，我也就不再过多介绍了。总之，张帆是新手，邵海南经验比较丰富，以后的工作，邵海南这边还是要多多出力的，张帆要抓紧学习，争取能达到秦剑锋的水平，那我就可以放心了。”

“以后有什么任务就交代给我好了，我一定尽力办好。”邵海南见于总对他寄予厚望，就赶紧表示了一番。

“好的，我这边有什么不懂的，一定好好请教秦剑锋和邵海南，有这两位高手在，我的水平肯定会突飞猛进。”虽然，我并不清楚我的水平究竟会增长到什么程度，但面子上的事情还是要说的，总之，我需要像邵海南一样，向领导表个态，证明我很上进。

“嗯，你们大家如果能够紧密团结，好好配合，相信以后，新农保项目组的工作一定可以开展地很好……之前，我们人手不够，就拉着顾晨过来帮忙。现在，这边已经不缺人了，顾晨也就不用再出差了，他会回到原来的平台组，继续进行核四的开发。”于总满意地说。

“哈哈，你们新农保倒是不缺人了，平台组这边又缺人了，之前有的人都被这些项目组借走了，到现在也不还，得了，就剩我一个光杆司令了。”顾晨笑着说，脸上露出无奈的表情。

“缺人？你继续让萧总给你招嘛。你那个不急，现在核三都没被大家用熟练呢，你这个核四的开发，就稍微放放吧。反正，你也正好趁这个时间段好好挑挑核三的毛病，让北京那帮人也着急着急？你可是咱们西安的架构师。”

“目前为止，除了类的继承有点多，大家写起来很麻烦之外，还没有发现什么特别重大的缺陷，以后再说吧。”

“行，不说题外话了。这次叫大家过来开会，主要是咱们人都到齐了，有几项任务需要做。一、顾晨以后就不再咱们项目组了，但他仍然会做一些项目架构上的支撑，比如，给各个地市的系统参数配置，还是由他统一负责。二、前段时间，我们的目标主要是陕北，那边的业务都基本上稳定下来了，说句实话，就是我、秦剑锋、顾晨三个人不要命地喝出来的，那帮人都拿碗喝酒，可整死我们了。接下来咱们新农保主要的业务，就转移到陕南那边，比如商洛、汉中、安康这几个市，还有它们下边的县区。我这几天刚从陕南回来，大概做了个了解，整体推广的难度，比陕北要好点。这一方面，是我们人手多了；另一方面，也有一个经验方面的帮助，比如，我们跑完了陕北，就有了经验，后面可以避免犯一些类似的错误。再说了，我估计陕南喝酒应该没陕北厉害吧？哈哈。”于总侃侃而谈，总算是停下来了。

“是啊，咱们去陕北推广的那阵子可真是困难，顾晨都被喝趴下了，要不，怎么早早就逃回来了……”秦剑锋风趣地说。

“咳，凑合吧，反正我以后打死也不出去帮你们做实施了，我一个架构师，你让我跑去跟客户喝酒，这不是要整死我吗？你让我跟他写代码还差不多。”顾晨似乎回忆起了不堪回首的延安往事。

“最近，我们暂时不用出去出差了，但是，有几个任务要分配给大家开发。需求并不多，也很简单，就是新农保系统的一些报表业务的修改，详细的情况，我会用飞秋发 Excel 给你们。海南这边，你会多做一些，多锻炼也是为了更好的成长；张帆这边的任务相对少一点，就由剑锋带着他做好了……剑锋，你刚从陕北回来，就稍微休息下吧。”

“大家都听明白了吗？”

“明白了。”

“那好吧，今天这个启动会就开到这，大家都去忙吧，我去找萧总汇报下情况。”于总说完，就去找萧总了。我们几个人回到第二排，坐到了各自的位置上，等着于总给我们发送 Excel。

今天，总算是过去半天了。新农保项目组的一切，都在有条不紊地进行。虽然，我只是这个项目组的螺丝钉，但我，依然有不小的压力。我也曾想过，像剑锋那样独当一面，可是，我的能力实在是太差了。想到这里，我就着急，没办法，周末去图书馆买几本 Java 方面的书籍学习吧，再买一本 Oracle 的。

我打开 MyEclipse6，把项目启动起来。之前，我在看新农保操作手册的时候，都是看 PPT。这次，我决定对着实际项目操作一遍，等我了解了具体业务，就开始动手做一个增删改差的 DEMO 出来。

邵海南那边呢？我偷偷地瞅了几眼，他之前没有看过文档，正从版本库检出文档呢。老实说，他比我慢了半拍。到了十一点半的时候，邵海南主动找我，说出去抽一根。

我俩走到楼梯间，他递给我一支好猫。

“你来多久了？”

“这才第二周。”

“哦？我本来早就过来了，但跟上家公司有些手续还没办完，他们非要让我交接到他们满意才肯放人，真棘手。”

“海南，不错啊？上家公司都舍不得你走，你还非要离开？”

“是啊，人总有自己的想法。”

抽完了烟，就快十二点了，301 室的人都开始往外走，我俩也没回去，就跟着一起下楼了。中午，我和邵海南没去百脑汇，我俩出了门，就往左走，向西面走去，到了太乙路中段的时候。我走不动了，就去了旁边的一家面馆。

“海南啊，你以前是做哪方面的项目的？”我想跟邵海南套近乎，就故意找了个话题。

“我以前是做医疗项目的，工作性质跟这个差不多，既要做开发，又要做实施。记得刚去的时候，开发任务多一点，后来，领导可能觉得我实施做得好，能喝酒，就索性一直让我干实施了。”邵海南一边说，一边回味着曾经。

“哦？怪不得呢，于总要委你重任，原来是看重了你的出差经历。”

“对啊，之前面试的时候，萧总就跟我说了，说新农保这边开发任务不多，主要是需要跑的市县区太多了，最需要你这种实施能手。”

“那他们给你开了多少钱啊？”问这句话的时候，我很直白，当然，这也与我初出茅庐有关，不懂得职场禁忌。

“哎呀，这个，你叫我咋说？同事间是不能打听工资的，你不知道？”邵海南有点惊讶。

“我懂什么啊？我一刚毕业的大学生。哦，对了，还没毕业，还差两个月，现在算实习。”

“哦，怪不得呢，没事。”邵海南沉默了下，又开始说，“那你的工资，给开了多少？”

“我？2400。”反正自己的工资肯定是全公司垫底的，说出来也没事。

“2400？哈哈，不错啦，对于你这种新手来说，你真是运气好啊，像我刚出来那会也就1500。”

“得了，你都知道我的工资了，还不透露下自己的？”

“4000，本来我当时面试的时候想要5000，但前台MM说这个数字这家公司给不了，于是，就4000了，萧总见我有点郁闷，就说我给你试用期和转正都算4000，这样总可以了吧？”

“有经验的待遇就是不一样啊，那你觉得咋样呢？”

“试用期转正都算4000的话，我觉得还能接受，在加点出差补助的话，应该可以赚不少，我挺满意的。”邵海南说得越来越起劲，我看他也确实是真满意了。只是我这边，加上补助也才2700，跟人家的4300差得远呢。想到这里，我有点失落。

“咳，年轻人，别有情绪。你才多大啊，我今年都26了，马上奔三的人了。工资要不高点，连自己都养活不起了，你年轻，好好学习，以后前途无量的……工资的话，每年都会涨，别着急。”

“好吧，第一份工作，也就是好好学习，攒经验吧。”邵海南不愧是经验老到，瞬间就看透了我的心思。不过，我觉得他这人还不错，相信以后，我们会合作得很愉快。

下午，大家都睡了一觉，又恢复到了工作的状态。有的人在不停地打哈欠；有的人在起来去倒水；有的人还趴在桌子上，懒得起来。我活动了下筋骨，深深地舒了一口气，准备迎接下午的工作。

这时，于总把工作任务的Excel通过飞秋发到了项目组成员的手上。我赶紧打开看，我的工作内容是修改参保人数统计的那块SQL语句，看起来很简单，无非就是个COUNT函数，而邵海南那边就复杂多了，他要修改好几处报表的业务逻辑……我瞅了他一眼，丫的表情明显变得沉重了，跟上坟一样。

完了，于总亲自上阵，把详细的需求给我和邵海南过了一遍，就忙自己的事情去了。

他临走之前说：“邵海南，张帆，你俩这段时间要抓紧学习。完成需求是一方面，另一方面，就是把新农保的业务，还有一些参数记住。

比如，缴费100到500之间所对应的养老金等。这些很重要，我下周会考你们。”

听了于总的这番话，我俩的压力指数蹭蹭地往上飙。

下午，我按照秦剑锋的指导，把查询语句拷贝出来，放到PLSQL中一执行，再结合于总告诉我的正确的计算方式，很快就修改好了这个功能。然后，我就把这条语句在代码中修改了，从头到尾，跑了一遍程序，没有任何问题。简单，我人生中的第一个软件需求就完成了。

“看你自娱自乐的样子，是不是做完了？”秦剑锋说。

“对啊，这第一个需求，总是很简单的，我再三测试过，没有任何问题，不信你看看。”我指着屏幕，在项目中实际操作了一下。

“哈哈，挺好的，你很有潜力啊。”秦剑锋笑了起来。

“那你也不要干坐着了，把代码提交到StarTeam上去吧，只有这样，于总在部署最新版本的时候，你提交上去的代码才会生效，否则，只能在你自己的笔记本上演示。”

“OK。”

“但是，这个StarTeam怎么提交代码啊？我以前是用SVN的。”虽然，我大概知道怎么操作，但为了保险，还是让秦剑锋演示一遍吧，反正他人不错，不会嫌烦的。

“你看啊，StarTeam是这样提交代码的……明白了吧？”秦剑锋亲自操作了一遍。

“好的，我试试，谢谢。”这就对啦，StarTeam的常用操作，我已经都掌握了。

下午四点多，邵海南又叫我出去抽烟。

“唉，郁闷死了，我倒腾了一早上，还是没有做出一个来。这种类似的需求，只要做出一个来，就能全部搞定，可难就难在，第一个始终搞不定。”邵海南开始抱怨。

“你有三年的工作经验，于总对你的要求肯定和我是不一样的。要不，你问问秦剑锋？”我给他出了个主意。

“这倒是，可是……我跟他并不熟悉啊，我都三年经验了，人家才一年，我去问他，就有点太那个啥了……”

“什么那个啥？问吧，没事的，他人挺好的。”

这时，秦剑锋也从办公室出来了，站在了我们跟前。邵海南赶紧迎上去，掏出了一根好猫递给他。

“老秦，我那个需求特别难，主要是我对业务不熟悉，搞了一下午，还没有眉目。我想着，我要自己继续埋头弄，恐怕是浪费时间，你能不能帮我看下？”哈哈，这个邵海南，也真是会找机会，我在一旁忍不住笑了。

“哦，这样啊，怪不得今天看你愁眉苦脸的，没事，这些需求不急的，赶周五完成即可。咱们先抽烟，一会我再帮你看看。”

“哎呀，那太好了，谢谢老秦。”

“没事，都一个项目组的，自家兄弟，你们快速成长起来，我这边压力就会小了，这也是双赢的事情。”

“对对，这才是咱们软件工程师应该有的觉悟，哪像我之前那个公司，里面员工都生怕别人比自己好，真是鼠目寸光！”邵海南喜出望外，又开始大谈曾经。

我们三人抽着烟，聊着天，气氛挺好的。这时候，大概因为快下班的缘故，301 里的很多人都耐不住性子，走出来抽烟。大家一边抽，一边聊，很快就互相认识了。这几个人是其他项目组的，有医疗保险的、失业保险的、工伤保险的。喜欢穿蓝色 T 恤，一脸成熟的那位是老朱；还有个喜欢穿黑色 T 恤的，介于成熟和青涩之间的那位是老王。聊着聊着，又出来了一位，这个同事有种与生俱来的忧郁气质，谈吐儒雅，脸上有点痕迹，可能是青春岁月留下来的。

大家聊了一会，不但认识，也就熟悉了。我这时才知道，这几个人也都是新来的员工，都没有过试用期，也就比我和邵海南早来一两个月。这就对啦，大家年轻人在一起就是有活力，怪不得 301 那些长相老成的员工都不乐意和我们在一起呢，人家有自己的圈子。

下午六点，公司下班了。我见大家都在收拾，我也很快关机，把笔记本放进了背包里。

“海南，你还不走？加班啊？”我站在他旁边说。

“是啊，你们先走吧，我这还要忙碌一会呢。”邵海南说得煞有其事，我也不便再说什么。

“好，那你忙，我先走了。”说完，我就急匆匆地从三楼下来，走到了站台旁边。等了二十分钟，309 到了。因为这里离始发站不远，我抢到了一个位置，就这样，会一直坐到终点站。

在回家的路上，我望着窗外的天气由晴转黑。每天，我都要在这条同样的路线上跑一个来回。不知不觉中，快两周了。我想，我是不是逐渐已经习惯了这种上班族的生活？虽然，对于未来，我仍然没有答案，但眼前的事情，死死地拽住我。有一种工作上的责任，让我不能再像过去那样，放任自流，由着自己的性子做事。

晚上，父母跟我通了电话。我把最近工作的情况告诉了他们，他们只是一个劲地鼓励我认真工作，再就是不要感冒了，按时吃饭之类的嘱咐。在这个和平年代，我已经 22 岁了，很难遇见什么突如其来的危险。我的那些烦恼，全都是社会带给我的，也必须通过社会的手段才可以解决，比如赚钱，赚很多钱。

第二天中午，我和邵海南去百脑汇吃饭。在路上，邵海南突然有点郑重地对我说。

“张帆，我要给你提个意见。”

“请讲。”我还挺想知道的。

“这样啊，咱们都是新人，我知道你那边的活已经干完了。我这边呢，昨天秦剑锋给我讲了一遍，我第一个需求已经做完了，剩下的如法炮制即可。虽然，咱俩是可以按时下班，不用担心需求的问题了。但是，我们下班不可以走得那么勤，给人们造成一副我们很闲的感觉。你说对吗？”

“有道理，我怎么没想到？”

“哈哈，你要是能想到，就不是新人了。这些都是职场的一点经验之谈吧，就算我们没事，也可以稍微拖延一下，最起码等老于走了再走。”

“嗯，你说得没错。”

“我的建议是，我们最近每天加半个小时班再走。因为，我们的需求是做完了，但老于不是还让我们背政策吗？我们至少做做样子吧。”

“可以，免得人家说我们项目组工作量不饱和。”

“哈哈，你倒是长进了……”

“是啊，最近也在网上看了一些职场方面的鸡汤。”

我俩在百脑汇吃了一顿麻辣香锅饭。下楼的时候，邵海南非要在百脑汇逛逛，说那么着急回去干吗？反正回去也没事，就逛逛吧。邵海南来到二楼，在卖数码相机的地方停住。一个服务员热情地招待他，他说只是看看，那服务员就又回到了自己之前的位置。

“张帆，你觉得这索尼的相机咋样？”

“日产的相机？质量肯定很好，日本的相机比咱们领先，咱们起步晚。”

“是啊，我家里那个爱国者，纯国产的，不好使……”邵海南不住地摇头叹息。

“那你等毛线，一月那么多工资，直接买这个索尼的，才 1000 块，1200 万像素。”

“得了，先凑合着用吧，反正咱现在工作稳定了，没事也不出去跑，又不是那些年轻人了……”

“搞得你多老似的。”

我俩从百脑汇往回走，一路上，邵海南不停地谈论他曾经的那些故事，职场的啦，校园的啦，爱情的啦。虽然，剧情一般，但我还挺想听的。我这也是第一次发现邵海南非常爱说话，嘴闲不住。

“张帆，哥有个事要拜托你。”

“啥事，你说吧。”

“我坐在于总旁边，总觉得影响我正常水平的发挥。你也是知道，咱公司的人，都坐在那个会议室长桌子上，两人之间的距离不超过一米。有时，我正写代码呢，于总过来一瞅，我这脑子里瞬间就翁了，连刚才写什么都不知道，真尴尬。”

“那你是想要换位置？”

“对，你刚毕业，和他坐一起没关系，哪怕你有什么做错了，老于也不会把你怎么样，毕竟你是新人，说不定他还乐于教你呢，我就不一样了，我有三年工作经验了，犯错误被抓住是很难堪的，直接影响到我的前途。”

“听起来挺严重的，那你说，具体怎么个换法？总不能我跑过去对人家说，邵海南想跟我换座位之类的话吧。”

“不用，明天你来早点，故意坐到于总旁边就行了。而我，来迟点，见大家都坐到自己的位置上了，只有一个角落是空的，那我就只能坐在那里。我看于总这性格，喜欢把事情藏心里，他应该不会说的。他可能会觉得，是你要换座位的，想多学点知识，而不会考虑到我，你觉得成吗？给，抽根烟，拜托了。”邵海南递给了我一根芙蓉王。

“行吧，也没什么，那我明天早点来。”

第二天，我故意来得很早，坐到了于总跟前。而邵海南来得比较迟，就坐到了最角落里。

他见秦剑锋稍微往左挪动了一点，也就顺势挪动了点，可不管怎么挪，他都如愿以偿地坐到了最右边。

于总看了我一眼，我没说什么，但为了打发尴尬，我故意提了个问题。

“于总，这个 SQL 语句怎么修改啊，你给我说下吧，我昨天研究了几十分钟，还是没效果。”

“哦，我看看。”于总把目光停到了我的笔记本屏幕上，“你这个是左连接查询，你可以用传统的 SQL 语句写，也可以用 Oracle 的语法写，Oracle 的语法就是在语句末端放置一个加号，就可以实现左连接查询了。”

“谢谢于总，我试试。”

一早上过去了，我其实也体会到了坐在领导旁边的难受，但是，只不过没有邵海南那么严重罢了。老实说，于总人还是不错的，我至少没见过他厌烦或者发怒的神情。不过，我也觉得这次换座位跟邵海南搭配得不错，以后，也许我俩可以一起出去做实施。

中午，我、邵海南，还有秦剑锋三人一组，出去吃饭。秦剑锋问到了换位置的事情，邵海南就一阵痛苦的抱怨，秦剑锋只能表示理解理解。为了感谢我们的积极配合，邵海南又拿出了芙蓉王，为我们每人点上了烟。

“海南，你是哪里人啊？”秦剑锋问。

“乾县的。”

“哦，就那个乾县豆腐脑是吧，挺好喝的。”

“张帆呢？”

“我是甘肃的，甘肃张掖。”

“甘肃，兰州牛肉面。”

“怎么，你们喜欢吃？”

“对啊，咱今天就去吃牛肉面吧？天天百脑汇，也总该换个地方了。”

“行吧，张帆，你看呢？”邵海南说。

“随你们吧，我无所谓，不过，我吃不了牛肉，吃面还行，对我来说，牛肉面这个词是分开的。”

“毛病！你西北人吃不了牛肉？”

“我反胃。”

“啧啧啧，Don't worry，那个店我经常去，里面还有青椒土豆丝之类的，你吃那些总可以吧。”

“那些倒没事，我吃蔬菜比吃肉厉害多了。”

“哈哈。”

走到前面的十字路口，路上站着一个女孩，正举目四望呢，不知道在等谁？她长得很清纯，一撮头发顺着肩膀垂下来。

“张帆，这女孩，就适合你这种刚毕业的大学生，怎么样，感兴趣吗？”秦剑锋说。

“我觉得还不错，怎么，你要包介绍对象？”

“介绍个毛线，自己去追啊。”

“哈哈，人家张帆是有女朋友的，他之前跟我说过。”邵海南笑着说。

到了饭店，他们在吃牛肉面，我还真就点了个青椒土豆丝。不过，刚才秦剑锋跟我聊女人，我倒是想起了赵玲栎，这段时间只顾着忙碌了，跟赵玲栎话都没说过几句，也不知道她最近在忙什么？

中午，我们回到了301，秦剑锋赶紧跑到了最后面，拼凑了几张椅子，躺在上面睡觉了。邵海南也紧随其后，生怕没有位置了。我看着他们，觉得他们已经很习惯职场生活了，只有我，还有点不适应，每天这样重复的生活。想着想着，我就有点困了，也就我们今天没去百脑汇，回来得比较早，要换了平时，后面早就躺满了人。算了，我也认命了。我走到最后面，拼凑了椅子，躺那睡着了。

下午，没什么事情。这个月快要过去了，全公司上下都可以填工时，于总也按捺不住了。

“你们几个上一下 OA 平台，把工时都填了，有什么不懂的问我，记得选新农保项目。”

虽然，这个 OA 平台很简单，每天的工时就写 8 小时就可以了，但我还有一点不明白。

“于总，我们每天都在这里上班，还打卡，不是大家都知道上班的情况吗？为什么还要填工时？”

“那是做给北京总部看的，明白了吧？”

“哦，我知道了。”因为西安这边是分公司，总部肯定要对这边的绩效进行考核，也需要了解这边的情况。

下午四点多，公司人事潘晓敏来了，也就是我们之前见到的那个前台 MM。潘晓明打扮得风姿绰约，让原本沉闷的 301 室一下子热闹起来，大家都放下手中的工作，开始填工时、填报销，或者处理一些请假相关的事宜。潘晓敏每月回到 ×× 局来一趟，主要目的就是收取这边客户现场的各种单据，再统一寄到北京。

真没想到，半个月前，我和潘晓敏还不认识呢，现在就已经成了同事。而江涛还想着泡潘晓敏呢，可是呢，他面试没有通过，也就自然没机会咯。潘晓敏在这里待了一个小时，就离开了，这让 301 的同事又一次回到了无精打采的状态。

终于熬到了星期五，我、邵海南、秦剑锋又一起到了百脑汇，美美地吃了一顿，来庆祝周末放假。吃完饭，我们就迎着夏季的微风，慢悠悠地往 ×× 局走去。我想，以后我的每一天都会这样度过吧？

下午四点多，正当我们忙碌的时候，萧总走到前面说：“大家停一停，今天有培训。”

于是，我们停下手中的活，都看着他。

这时候，顾晨走到了前面。萧总说：“因为最近新来的同事比较多，可能对我们的核三平台的使用还不熟练，今天，我就让顾晨给大家介绍一下核三平台的开发流程，请大家仔细听，不要错过这个学习的机会。”

顾晨打开了投影仪，坐到了幕布左侧，开始讲解平台技术。他一边讲，一边会做一些简单的例子，好让我们看到开发完整流程。

“你们仔细听，以后要是还不会在核三下面开发，你俩就自己去问顾晨。或者，你俩自己开发个核四也行，这样的话，公司还有奖励。”于总小声对我们说。

“好的，我们一定认真听。”

我和邵海南拿着工作薄，坐在后面，一边学习，一边记录要点。等培训结束时，已经六点多了，明显超过了下班时间。顾晨不好意思地笑了笑说：“今天就到这里，耽误大家的时间了。”

今天是星期五，是我在H科技上班真正意义上的第二周。我在忙碌、充实、有趣中度过。

又到了周末，自从和赵玲栎同居以后，我仿佛已经忘记了那些为爱情闹腾的岁月。自从上班后，我的生活就突然被束缚住了，我无法想象，当初我是如何那么自愿地，迫不及待地接受这种束缚？大概，这是一个成长的必经之路。这个周末，我和赵玲栎去小寨逛了逛，又回到文大逛了逛，发现很多事情都已经改变了。下个月，我们就毕业了，曾经的101宿舍即将不复存在。

我回到401宿舍，大家还是跟往常一样，只不过，话少了很多。李超凡已经在鱼跃教育学习Java有段时间了，他向我请教了一些问题。而鲁伟，出去打游戏了。阿泽已经下定决心要回到陕北去了。赵磊也是，决心回到山西。只有陈旗，打算去广州闯一闯，他此时正在忙碌地制定他未来公司的发展计划。而对于我来说，我的工作已经固定了，就在H科技，至于能走到何时，我也不清楚。以前总想着上班就了事了，现在却发现，这只是一个开始，漫长的人生之路是说不清的。

我离开宿舍的时候，赵磊叫住了我。

“张帆，下个月我们就要毕业了，6月20日，大家也都收拾地差不多了，吃顿散伙饭吧，这是我作为宿舍长，最后组织的一次活动了。”

“好。”我听着赵磊的声音，有点难过，我又何尝不是？只不过，我比他们早一步进入了社会，发现了生活的真相而已。

星期一，我买了份早餐，坐在位置上悠闲地吃饭，还用耳机听着歌曲。这种每天都朝九晚六的生活，我就算抗拒，又能怎么样？还不如踏踏实实地接受呢。工作就像强奸，与其抗拒，不如享受。你瞧瞧周围这些人呢，哪个不是一副习惯了的样子，他们干活的时候能多慢就多慢，下班的时候跑得比谁都快。我想着，只要转正了，也不必在装模作样地加班半小时了。

九点半的时候，于总又叫我们几个开会了。

这是有史以来的第二次会议，让我心惊胆战的，生怕老于又弄出什么新花样来。

“咱们项目组现在已经有五个人了，你俩经过一周的学习，相信已经掌握得差不多了，从这周开始，我们的开发任务就会多一点。”

“邵海南，你把缴费那块的查询改一下，估计要加新功能。张帆，报表那块的几个查询有问题，按条件搜索没用，我估计是有 bug，你把这些 bug 修复一下，有什么不懂的就问秦剑锋好了，那块他还是比较清楚的。”

“好的。”

“秦剑锋，这周，你就留在公司处理下面反馈的数据吧。下周，延安那边可能还要过去一趟。”

“顾晨，我这周要出去一下，他们的工作我已经安排好了。延安那边可能要发个新版本，等他们代码提交了，你就发布一下，记得做好测试。”

“好的，不过你们把代码写好了，先自己做好单元测试，免得我部署到测试服务器，又出什么问题。”

“好的，我们会注意的。”

就这样，一个简单的例会开完了。别人怎么样，我不好说，但我知道自己的心情又稍微沉重了些。我这样，是因为，我怕自己搞不定这几个 bug。还是秦剑锋好，处理数据爽啊，处理错了，还能在 UPDATE 回去，如果实在不会，还能敷衍下面的人，反正都是一些无关紧要的事情。不知不觉中，处理数据，成为我职业生涯的一个追求。

我打开任务文档，按照上面描述的文字，开始寻找搜索条件 bug 的原因。忙碌了一早上，我大概知道了问题出在哪里，但就是不知道怎么修改，我尝试了几次，都失败了。那种焦急的心情又一次涌上心头。

下午吃完饭，我和邵海南走在回 ×× 局的路上。

“你那边开发得咋样了？”我问邵海南。

“没头绪，可能有一点吧。”邵海南也是郁郁寡欢。

“切，你不是号称工作三年了吗？怎么连个简单的需求都搞不定？”

“我那三年，大多数时间都做实施了，到处出差，还去过东北，那里的冬天可真是漫天大雪……”

“行了吧你，说点实际的。”

“我也没辙，这次，恐怕是真的要认栽了。”

“我还好，今天忙碌了一早上，已经找到问题出在哪里了，就是不知道怎么改。”

“不说这些了，一说就头疼，下午，再努力努力，说不定咱俩都可以做出来。”

到了 ×× 局对面，我刚要过马路，邵海南说：“急着回去干吗？反正也没事，坐这里抽会烟吧。”

我有点不情愿地坐在了一个石凳上，反正，邵海南这嘴闲不住，想说啥就说啥吧，我就洗耳恭听好了。

邵海南顺手掏出一盒云烟，递给我一根，自己点了一根。

“唉，我女朋友又和我闹别扭了。”邵海南愁眉苦脸地说。

“怎么了？”

“没什么，还是结婚的事，我想尽快，可是她，还是一拖再拖，说过一阵子，可我们已经交往一年多了。”

“哦，这些问题，我不是特别清楚，你们再好好沟通沟通吧。”

“嗯，你呢，什么时候结婚啊？”

“我没听错吧，我还早呢，结什么婚？”

“那你女朋友不催你？”

“不会。”

“嗯，年轻就是好。”

“你也比我大不了几岁。”

“我 86 年的。”

“哦，那不就是了么，也就大一两岁。”

“呵呵，彼此彼此。”

闲聊了一会，我和邵海南走进 ×× 局，开始忙手头上的事，清闲日子一去不复返了。

于总一直忙着写自己的文档，没时间管我们，总之对我们不闻不问。我们有什么问题，就直接去办公室找顾晨，他会热心地指点。尽管询问了顾晨，解决了几个问题，但还有一些疑难杂症，始终无法处理。为此，我隔一会就出去抽烟，想解决方案，总不能什么都去问人家吧。

周三下午，于总不在。秦剑锋大概看出了我的情况，关心地问。

“张帆，做得咋样了？”

“大多数都处理了，还有几个疑难杂症。”

“你赶紧解决吧，明天于总那边就要用新版本给客户演示了，你们这样搞不定，会出事的。”

我心里一怔，手忙脚乱地打开工程，开始看代码，思考问题。很明显，我和邵海南还没有意识到问题的严重性，总觉得能拖就拖。

秦剑锋又看了我一眼，“行了，我来帮你看看吧。”

他坐在我的位置上，查看了一会，又改动了几个东西。然后，他打开页面，输入查询条件，一点搜索，就查出了数据。那一瞬间，我觉得写代码这职业还挺神奇的，之前怎么点都没反应，人家至改动了一下，就好了。

“我已经帮你把这个改了，你照着看一下，其他几个都差不多。”秦剑锋又回到自己的位置上处理数据了。

“嗯，谢谢。”说真的，我非常感谢秦剑锋，要不是他，我恐怕真要误事了。

我赶紧打开秦剑锋刚才改过的那个文件，仔细查看，对比修改前和修改后的代码，终于分析出了问题的关键，迅速记到工作簿上。说实话，知识就是这样一点一滴积累的，这次为这些问题烦恼，下次可就不会了。

下午四点多的时候，我终于改完了所有问题，自己单元测试通过。我深深地舒了口气，就出去抽烟了。谁知我前脚出去，邵海南后脚就跟了过来，自己也点了一根。

“你那边忙完了？”

“对，刚忙完，可算是渡过难关了。”

“哈哈，我这边也完了，我是愣着头皮再那修改，实在没办法，就只能问顾晨了，让他从头到尾地跟我细说了一遍，我终于觉悟了，两个小时就解决了战斗！”

“怪不得你很开心的样子，这才是工作三年的实力嘛。”

“哈哈，这下，咱俩明天都可以安心地领工资了。”

“是啊，这可是我人生中的第一份工资，意义非凡。”

星期四，是发工资的日子，公司里的人都心怀鬼胎，一边心不在焉地工作，一边暗暗地等待着发工资的消息。别人肯定没有我这么兴奋。因为，这是我人生中的第一份工资。不过，我还是表现出了一副淡定自如的样子，免得人家说我傻，没见过市面。我的bug都改完了，也就没什么事情了，剩下的时间，就是静静地等待发工资的消息。

顾晨检查了我和邵海南的工作，他微笑着说：“还可以啊，完成得不错，你俩把代码提交到StarTeam上吧，我一会就发布新的版本给于总用。”

下午四点多，我不断地听到301室想起的短信声，就知道工资已经发了。秦剑锋更是毫不避讳地直接去银行的网站上查了，当他看到工资已经发了时，就咧嘴笑了。我估计是之前出差的时候，他狠狠地敲了一笔，看到这笔钱都到账，心里自然是美滋滋的。

晚上，我在附近ATM上查看了自己的工资，1800元。我上了几天班，就发了几天工资，而且，笔记本的补助也发了，看样子，公司的办事效率还是挺高的。我从卡上拿出1000元，打算花500交房租，剩下的钱当生活费，再买一些赵玲栎喜欢吃的东西。

公交车停到了科技路上，我下车跑到了华润万家，这可是我人生中第一次用自己的工资购物啊，那种喜悦之情可想而知。这样的场景，怎么能一个人分享呢？于是，我打电话把赵玲栎叫来了。

我俩推着超市的购物车，从超市一楼逛起，喜欢什么，就买什么。一楼被我俩一扫而光，我们又推着车到了二楼。我看得出来赵玲栎很高兴，以前要是让她买这么多东西，她肯定嫌我浪费，而这次不同，我是有收入的人了，她不趁机占我便宜那就不正常了。

从超市出来后，赵玲栎又看中了一件浅蓝色T恤，硬是让我给她买，我也答应了。这还不够，他看到超市上面有一个香辣虾，又拽着我说要去吃虾，没办法，我就跟着她走了。

吃火锅的时候，赵玲栎特地为我夹了几只又肥又大的虾，放在我碗里。

“张帆，你最近辛苦了，好好补补。”

“哈哈，没事，应该的。今天，这可是我人生中的第一份工资，能和你分享这份喜悦，我挺开心的。”

“嗯，正因为是你第一份工资，我才要好好地花费一番，好让你记忆深刻。我突然想起了咱们刚认识的时候，就在那个红树林网吧，可没想到，一转眼，咱们都快毕业了。”

“是啊，我俩都是吃货，也是在不停地请吃饭中才培养起了这种无坚不摧的革命友谊。无所不吃，就是我们的人生爱好了。”

“哈哈，你越来越会说话了，像个哲学家。来，哲学家，这个喂你。”赵玲栎用筷子夹了一只大虾在我眼前晃悠，我毫不犹豫地吞下去了。最近，父母也时常问我生活费之类的事情，当他们想资助我的时候，我都回绝了。我从内心认为，自己总算是彻底独立了。

第十七章　陕西后花园

周一例会，于总交代了这周的开发任务。

“秦剑锋，这周我们得去延安那边，市上有个会，主要是对延安地区新农保建设的总结，我们在那边做得很好，领导给予了充分的肯定，我和你过去吧，顾晨就不过去了，他又不能喝酒。”

下午，于总就和秦剑锋出发去延安了，于是，我和邵海南又被放羊了。

“看来，这周又放羊了。”我笑着说。

“哈哈，是啊，他们一走，就没人管咱们了。”邵海南丝毫掩饰不住心中的喜悦。

“嗯，不过，虽然工作不多，但还是要做好的，免得于总回来又叨叨。”

“对，可以趁这段时间，好好地学习下数据库了。虽然项目的代码咱们已经理解得差不多了，但新农保的存储过程，有好多还是一知半解。”

“是啊，那些东西，就是用来处理数据的。如果不理解透彻，到时候客户反映数据过来，我们也是干着急。”

星期一，就这样过去了。我想这种情况，还是跟公司有关系。毕竟，做社保项目，肯定是要经常出差的。我们嘴上不说，但对此心知肚明，说不定哪天，我和邵海南就要跟着出去了，于总嘱咐我们记好政策文件，就是为的那天。

这周，我和邵海南的工作任务都很少，连顾晨也闲着。每天中午，我们都迈着悠闲地脚步，去百脑汇吃饭，今天吃这家，明天吃那家，我喜欢吃米，邵海南喜欢吃面，为了调和，我俩就今天吃米，明天吃面，这样换着来。

吃完饭，我们就哼着小曲，优哉游哉地从百脑汇往××局走。一路上阳光灿烂，夏天的风吹得我们心情极好，总算告别那个寒冷的冬天了。到了××局对面的街道花园，我们就停下来，坐在石桩上，歇歇脚、抽抽烟，天南地北地聊一阵，吐会槽，谈谈公司的八卦。

等时间到了两点，我们才走过马路，回到工作岗位，这样的小日子过得非常滋润。当一天和尚撞一天钟，上一天班挣一天工资，能混一天是一天。

我和郑海南经常聊工作上的事情，也经常聊周围的同事，包括公司里的一些小道消息。比如，秦剑锋涨工资的事情，这已经是公开的秘密了，因为秦剑锋能力很强，但刚来的时候工资要得低了，所以他一直对此不满。

上个月他刚涨了500，这个月他又让于总把涨工资的事情提上去了，结果被萧总骂了一顿。秦剑锋经常当着我和邵海南的面，有时候还有老马，颇为自豪地说："要没我？新农保能上得这么快？"

我们对此都比较认同，可萧总却说他扯淡。

这也难怪，就算你自己对公司有贡献，也不能上个月涨工资，这个月还涨吧？你让别的人情何以堪？

上有政策，下有对策。为此，秦剑锋很不服气，就拿公司的报销制度开刀。每次出差，秦剑锋都虚报、瞒报、多报。有一次填报销单，我清楚地看见他写了1000元，有些出行理由根本就是狗屁不通的。比如，从××局去公司开会，从公司回××局，这两个地方不远，我们通常都是坐公交车的，而他就写了出租车。

在出差阶段，秦剑锋也总能找出很多花钱的理由，吃饭啦、住宿啦等等，想方设法花样百出地从公司总部弄钱。为此，于总也只是睁一只眼闭一只眼。

毕竟，人家快当爹了，这样费尽心思，也是为了抚养下一代。

有一次，我们填工时的时候，发现项目里面没钱了。于总就让我们填新的项目，我们正纳闷呢，于总看着正在贴报销单的秦剑锋，无奈地说："你看，钱都让秦剑锋报光了。"

于总和秦剑锋出差一周，回来了。估计这趟，秦剑锋又捞了一笔。

他俩在大肆渲染延安地区辉煌成绩的时候，满脸的亢奋喜悦，说得夸夸其谈，让我们身临其境，我仿佛看见了在庆功宴上，很多人举杯痛饮，觥筹交错的情景。

正当我们陷入遐想的时候，于总开口说：“邵海南，张帆，延安地区已经彻底做好了。现在，我们要做别的地区了。这周，我们三个就去柳泉，你们两个也来公司有段时间了，是时候出去锻炼锻炼了。”

我之前说的没错，果然，这一天还是来临了。

我把开发文件传到StarTeam上，就去为出差做准备了。于总计划星期二出发，星期一下午，我们就回到家里，带好了出差所需的日用品。对于出差，我是既期待又害怕。为此，我一个人在房间里坐立不安。

赵玲栎安慰我说：“你恐惧个毛线啊？又不是长差，你自己都说了是短差，就离开西安那么几天，怕什么？人家古人还说，男儿志在四方呢。”

我担心地说：“我不是怕给客户讲的时候，万一搞砸了么？”

赵玲栎说：“没事，你要自信一点，你平时的自信都跑哪去了？没上班前，雄心万丈的，上了班就成缩头乌龟啦。”

我无奈地说：“哎，只有上了班，才知道，跟以前预期的不一样，在公司里边，从某种程度上来讲，比上学更熬人，这是一种煎熬，就跟长期喝中药一样。”

赵玲栎笑着说：“好啦好啦，别说这些了，听说你们公司出差待遇好啊，去哪里都是山珍海味招待着，你快去吧，好好锻炼一下，顺便在挣点差旅费回来。”

我说：“也只是听说，这次去才知道。”

赵玲栎邪恶地笑了下，“哈哈，快去吧，吃得饱饱的，造得多多的。”

哎，这个丫头，不知道跟谁学的。但说到分别，我竟然有一种莫名的慌张，也许我和赵玲栎在一起久了，分开会不习惯吧。

“那你最近不要乱跑，这年头社会上乱。”

“行了，知道啦，我的生活，你是知道的，要么和秦妍在一起，要么就在房子里做淘宝，卖点衣服饰品，就这么简单，你看看，我都有多久没去网吧，多久没去夜店啦？”

“你要想去，回来我和你一起去。”

“嗯。”

星期二早上，我们三人带着出差所需的物品来到 ×× 局，稍作休整后就下楼了。走到外面一看，都十点多了，天气还是灰蒙蒙的，一层薄雾笼罩着市区。有段日子啦，有段日子我没有在白天的时候在大街上徜徉了，曾经那种自由的生活一去不复返了。

“这让我闻到了出差的味道。”邵海南说。

“不是吧，你这么厉害？”我好奇地问。

“哈哈，邵海南，你以前肯定经常出差吧，这样的天气是有种风尘仆仆的感觉。”于总也寥发感慨。

我们三人坐上出租车，直接开往城西客运站，于总坐在前面，我和邵海南坐在后面。出租车行驶在高架桥上，外面的风呼呼地刮着。车厢里很安静，于总就跟司机聊了起来，总之，就是聊些天气情况之类的。

“张帆，你住在 Y 寨？”于总问道。

“是啊，怎么了？”我一脸懵懂，还以为他要查户口。

“你应该换个地方，那里离公司太远了，我住二环附近都觉得远。”

“搬家很麻烦的，再说，有直达车，也没关系，早上早点起就可以了。”一听搬家我就头疼，为了在公司尽心尽力，连家都搬了，那我也彻底傻了。

“邵海南，你在哪住？”于总又问。

“我在小寨那边。”

“那还可以，上班挺近的，怪不得你有时来得特别早，我还考虑把公司的钥匙给你一把呢。”

“啊？那可千万别，我平时压力一多，就写不出代码了。”像邵海南这种自由散漫的人，怎么可能让他拿钥匙呢？那不是让他又多一份责任吗？

司机师傅见我们聊得热乎，也插上话了。

“你们是哪个公司的啊？”

“H 科技，负责省上的新农保项目，这次去柳泉。”

“哦？那你们是 ×× 局的？”

“不是，我们不是公务员，我们跟 ×× 局是一种合作关系，他们委托我们推广社保系统。”

“那你们应该经常出差咯？”

“是啊，这个自然了。”

司机师傅过完了话瘾，就继续认真地开车了。大家又陷入了沉默，过了一会，就到了城西客运站。我们下了车，去超市买了点饮料，以备路上之需。于总主动在候车大厅排队买票，邵海南机灵得很，非要代于总排队，于总拗不过他，就坐在一旁休息了。

第一次出差，我心里有点没底，主要我不知道到了客户现场自己应该做什么？反正就跟着邵海南学习吧，有个现成的榜样在也不错。

上了车，于总和邵海南坐到了前面一排，我坐到了后面。独自一人也好，免得一跟领导交谈起来，又不知所措了。我拿出饮料，放在腿上，庆幸自己这段时间来的成长，就让他俩聊吧，聊个天昏地暗也行，我就在后面看风景。

大巴行驶在路上，于总和邵海南就攀谈起来，我在后面听着，偶然也说几句。反正呢，我又没和于总坐在一排，不愁没有话题出现什么尴尬的情况，我倒是想看看，邵海南怎么办？他不会又说自己结婚那摊子事情吧，哈哈。

我们三人先是聊了各自家乡的情况，又聊到了自己怎么接触 Java 这一行的。出来混，都是说自己家乡如何好如何好之类的，没想到，工作了也跟大学一样。至于说到接触 Java，于总就开始回忆从前了。

“我当时也是刚从学校出来，没有工作，那会儿挺着急的，不知道做什么好。后来我听朋友说，Java 这个编程语言挺火爆的，也挺赚钱的，就去认真地学了一段时间。没想到啊，一转眼到了现在，都十几年了过去了。”

“邵海南呢？”

“我是上大学期间学的。”

“张帆呢？”

“我是学校里第一次接触的 Java，后来毕业了，也没啥事，就去培训了一下，决定以此谋生了。”

“哈哈，说到底，咱们三个也都是缘分啊，要不是做了一个共同的选择，也不会见面，更不要说是一起出差了。”

“哈哈，这就叫做有缘千里来相会。”邵海南激动地说。

看来当领导的都喜欢询问下属的情况，这也难怪，大家都在一个公司，说白了，就是天天见面，你仔细一算，每天跟同事在一起的时间，有时候或许都比和老婆在一起的时间长，真是这么一回事，所以，很有必要搞好同事之间的关系。于总问我们的情况，也是怕革命的队伍里出现什么叛徒吧，说叛徒这个有点夸张了，万一出现个精神病，抑郁症患者就不好玩了。

停了一会，邵海南说：“这个项目，刚接触起来，还是有点难度的，尤其是开发那个新功能，但接触得久了，也会慢慢熟练。”咳，这个海南，不是废话嘛，典型的没话找话。

于总有点不高兴地说：“这还难？我们以前在公司的时候，都没人教，还不是一点一滴的研究出来的，包括数据库的存储过程。那时候，连续加班好几天都是家常便饭，为的就是研究出个门道来，以后就不辛苦了，这些都是经验之谈。况且，你都工作三年了，应该不至于这么困难吧。”

“是啊。”

邵海南不知道如何接下去了，就低着头呵呵地笑起来，然后两只手并在一起搓搓。他这人有个特点，就是遇见尴尬的情况时，就故意低头，呵呵地笑，以此来化解这种情况。有时候，对方都不理睬他了，他还一个劲地笑，纯粹是笑给自己看的。但你还别说，这套有时还挺管用的，因为对方就算跟你没话说了，看到你那种不知所以的笑容，还是会觉得你这个人不错。

我在心里也偷着笑了，叫你平时话多，今天，倒霉了吧，碰见刺头了吧。不知怎么搞的？我莫名其妙地问了一句，“于总，你以前也经常出差？”

“是啊。”于总淡淡地回了句。

一提到出差，邵海南就来劲了，“我以前也出差，做医院的项目，记得那次去哈尔滨，哎呀，冻死了，那个天寒地冻啊。”

“我在那边待了三个月，一下雪时，那边可好了……”

于总和我都对他的这段经历饶有兴趣，尤其是于总，坐在一旁默默地听着。等他说完，我们都一阵惊叹。

“哎呀，海南，不错嘛，不一般啊。”于总由衷地夸奖了一句。

邵海南笑了一会，没话可说，就佯装睡觉了。身为他的搭档，我太了解这个人了，毕竟坐在领导身边，还是蛮有压力的。

我也小睡了一会。当我醒过来时，我看到车子还在继续行驶，外面灰蒙蒙的天空似乎有所加剧，变得更加阴暗了。我突然想起这些年来，走过的岁月，从高中开始，到了现在，这么多的年月，算起来，有很长的日子，可总让人觉得像是过了一瞬间。我望着窗外那些金黄的稻田，在风中摇曳，不禁陷入了沉思。

柳泉到了。

我们在车站附近等着，于总打电话给迎接我们的人。过了一会，一辆出租车停下来，里面走出一个人，穿着黑色的夹克，灰裤子，脸上有几道幽深的皱纹，看上去很淳朴。

“你好，是李主任吗？”于总上前打招呼。

“嗯，我是，你们就是省上派来的人吗？”李主任诚恳地说。

“是啊。”

“好的，我们一会坐车去农保办，你们旅途劳累了，都没吃饭吧？”

“没有。”

“嗯，那我带你们去尝尝咱柳泉的蘸水面，那可是陕西一绝！”说到这，李主任提高了嗓门，兴致一下子高涨。

出租车向右行驶了一阵，一路上都是很普通的民房。等穿过了一个桥洞，出租车停到了路边，这边的建筑倒还可以，有点像老城区跟新城区之分。

李主任在前面走，边走边向我们介绍柳泉的情况，言语之中充满了热情。

于总在李主任旁边，微笑着与他交谈。

我和邵海南没心思听那些官话，只是左顾右盼地看这个巷子里民风古朴的建筑，心里惦记着那传说中的柳泉蘸水面。

巷子的尽头就是那家传说中的柳泉蘸水面馆了，店很庞大，有种粗犷的气息，里面坐满了人。

李主任招待我们坐下，这时候，从外面又来了两个工作人员，和我们坐在一张桌子旁。这张桌子，是个典型的方桌，大家围着坐，有一种特别热情的气氛。

“来，我们干一杯，今天，就以茶代酒了。”李主任先发话了。

“好，为省城而来的客人接风洗尘。”刚才进来的那个工作人员说。

我们拿起手中的茶杯，示意了下，喝了一口。

“咱们柳泉的情况是这样的……”李主任又开始说官话了，于总就笑着陪同。

过了一会，服务员端来一大锅热气腾腾的蘸水面，摆在桌子中间。另一个服务员给我们一人一个酱碗，放在了桌上。

李主任拿起筷子，“各位，不要客气啊。”说着，自己夹了一条宽大的面条放进了碗里，既然主人都已经开吃了，我们也纷纷效仿，拿着筷子从锅里夹面条，再把面条放进酱碗里。

我夹了一根，放进酱里，虽说这个蘸水面的做法跟吃法与别的面不一样，但味道还真的不错，很独特。

饭后，李主任说：“怎么样，还可以吧？”话语中充满了自信。

我们笑着，不吝赞赏地说：“挺好吃的，呵呵，正宗的柳泉蘸水面。”

离开饭馆的时候，我看到饭馆的墙上，贴着很多名人来这里吃饭的照片。有央视的一些知名主持人、记者，也有贾平凹、陈忠实这些文化名人，这里也号称是天下第一蘸水面，名不虚传。

李主任带我们来到了明天做培训的场地，我们看了一遍，觉得没有任何问题。这是一座复合型大厦，贴着白色砖瓦，二楼和三楼都是办公场地，一楼有个大厅，经过布置，用于明天开新农保实施启动大会，侧面那个微机室，就是用来做培训的。

从大厦出来，我们看到了雾气弥漫下的柳泉新区，这边的建筑都格外宏伟，有很多是政府机关，与刚才面馆附近的建筑形成了鲜明的对比。搭上出租车，李主任带我们来到了下榻的宾馆，这些都是他们事先安排好的。

我们三人住一间屋子，屋里有台电视，靠近窗户那边放着衣帽架。别的都无所谓，只是三人住一间，让是让我们心里有点情绪。

于总首先发话了，“他们也真小气，明知道我们有三个人，那么至少，也应该开两个房间吧。”言下之意很明显，他单独一间，我和邵海南一间，这才是正确的分配。我们也觉得有道理，跟领导住一间房子是不好，如果有两间，于总住一间，我和邵海南住一间，这不刚好吗？两全其美，为什么只开一间呢？难道他觉得这次来的都是无名小卒吗？我和邵海南确实是，但于总人家是项目经理。

没有办法，但又无可奈何，我们只能唉声叹气。

稍作休息后，农保办的工作人员来了，这些就是我们需要直接打交道的人。

宾馆的包厢里，我们一群人坐在一起，面前是一桌丰盛的晚餐，比刚才的蘸水面高级多了。

一个蓄着胡子的中年男人说：“你们可来了，我们早就在申请新农保了信息化了，咱柳泉这么人，靠我们这些工作人员，整天手动操作，可要累死了，以后有了这套系统，我们就方便多啦。”

于总说：“是啊，省上也很重视，本来打算之前就过来的，但延安那边，还有很多问题需要处理，就拖到了现在，实在不好意思。”

李主任忙说：“没事，不要紧，你们这次好不容易来一趟，明天就把大家都教会，我们操作系统熟练了，也能更好地为人民服务，更好地为大家办实事。”

于总说：“是啊，李主任你们这样上心，我觉得大家也一定会学得很努力。”

话匣子一开，大家也都放开了，一边吃饭一边聊天，内容大概都是围绕着新农保的，于总还饶有兴趣地把延安那边的情况介绍了一下，跟柳泉做了个对比。

等饭菜吃得差不多时，李主任说：“好了，各位，今天就到这吧，让三位老师先好好休息，明天给咱做培训。”

晚上，于总说：“明天早上九点过去，就刚才那个场地，到时候我讲，你们跟着学习一下，新农保的政策你们都熟悉了，培训的时候，就在现场给学员们好好指导，记住，我们的任务就是把他们教会，并且完成考试。”

次日，天刚蒙蒙亮，我就从睡梦中醒来。昨天晚上的那顿饭，虽然说是丰盛，但大多都是蔬菜和水果。借用于总的话就是，柳泉农保办没钱，连酒都不准备，他们不像延安那边经费多，不过，从中也可以看出来，人家确实是有诚意的，处处节省，但会场布置得好，也是为了让大家能学好。

九点钟，我们准时到达培训现场。今天，天气特别晴朗，昨天雾霭下的建筑一下子现出了原型，在阳光下的照耀下熠熠生辉。柳泉的城市建设还是很不错的，在这些宏伟的建筑中间，就有有一个很宽阔的广场，可以供人在闲暇的时候游玩。

会议室里，于总打开投影，面对着台下几十号人，侃侃而谈。主要也是一些常话，我想他从陕北那边的很多市县一路走过来，这套话已经说了很多遍了，早已驾轻就熟，就算是闭着眼睛，没有任何参考，也能完整地讲出来。

投影幕上显示着早已经制作好的PPT，大多都是政策文件，也有一些关于H科技公司的介绍。毕竟，陕西境内的新农保，大多都是由H科技来负责开发和实施的。

我和邵海南坐在自己的位置，一边听于总讲话，一边把关键内容记到了笔记本上，所谓处处留意，处处积累，就是这个道理。

随着于总讲话的深入，台下也爆发出一阵又一阵的掌声。最后，于总讲话结束，农保办的领导又走上台去，语气铿锵地说："同志们，新农保对社会是有重要意义的，而新农保信息化，又是提高我们经办效率的必需途径，于老师讲得很好，一会给咱们做培训的时候，各位要认真听讲，掌握经办过程。"

各级乡镇经办人员像是受到了鼓舞，再一次掌声雷动。

柳泉新农保培训启动大会正式结束。

领导说完话，对于总嘱咐了几句，就离开了。

在场的所有人，就来到旁边的微机室，人手一台，等待我们的培训。

我们先是把所需的资料发给他们，让他们打开新农保的测试地址，并且注册自己的账号。让他们熟悉一下新农保的操作界面，如果网络保持畅通的话，这些准备工作就算是做完了。

于总站在最前面，从最基础的开始，讲具体的经办流程，一直到领取待遇。期间，有经办人员提出问题，于总就围绕这个问题开始讲起，比如，中断缴费和补缴的情况，以及类似的很多问题，这些看起来简单，如果不仔细去想，还真有点麻烦。如果被人问起来，也许会一时回答不上来，这样就显得不专业。

中午，农保办的几个工作人员，又带我们去一个新的餐馆吃饭。

李主任说："这个地方不远，就在前面。"

我们跟随着他的脚步，一边欣赏柳泉示范区的风景，一边聊天。漫步在这样一个宽阔的广场，还是在工作日，没有丝毫的压力，我和邵海南都感到心旷神怡。我想，这就是出差的好处了吧，不但有差旅，还有很多新鲜的事务，比待在办公室里强多了。

不知不觉，我和邵海南就东拉西扯聊起来了，并不断地说："还是出差好，还是出差好。"

从马路往左拐，一直向前，大概五百米的地方，就是李主任说的那个饭馆。

馆子里人很多，也很喧闹，这里是一个很平常的大排档。

我们为了能安静地聊聊天，就找了一个包厢。李主任点了菜，服务员就下去了。

我和邵海南都在猜想。今天，李主任会请我们吃什么呢？昨天的饭菜虽然说都是蔬菜和水果，但也算丰盛，但昨天那是第一天见面，肯定要上点档次。今天，就不一样了。

结果，确实出乎意料。刘主任竟然拿包子拌菜招待我们，好歹也是一个示范区的农保办，怎么这么寒碜。当然，我们三个是不会在餐桌上表现出来这种情绪的，我们卖力地给你们培训，你们竟然拿菜包子来打发我们，真是的。我和邵海南互相看了一眼，既觉得无奈，又觉得好笑。

李主任见菜上来了，主动拿起包子吃了起来，看他认真的样子，还真有点可爱。他边吃问我们怎么样，还一个劲地夸包子不错。和他一起来的工作人员，大多都是女的，有三四个，都是中年妇女。

我们也没有什么不满意的，毕竟人家招待的也不算差，昨天那顿，是为我们接风洗尘，看得出来，人家是用心去做了。当时，我记得李主任看菜单的时候，我就注意到了，他明显有所顾虑，每次想点这个，又换成了那个。说到底，就跟我们请客吃饭一样，要在心里计算着价格，当他问我们要不要酒的时候，我们都说不喝了，其实是客套话，但人家也就默认了，没有点。

这顿饭，明显差点档次。李主任似乎也觉得不好意思，就解释起来，“我们区农保办就这几个工作人员，人家上面的领导不管我们，平时经费有限，老师们可不要介意啊。”

“哪有哪有。”于总立刻回应，“你们招待地很好，这些都不是主要的，你们把这套系统好好掌握了，以后领导下来检查，对我们的工作也是一种肯定，这才是最重要的。”

“嗯，这个你放心，你们培训完，我就让他们天天都练习，争取把业务掌握踏实。”李主任拍着胸脯说。

“这我就放心了。”于总露出了一丝欣慰。

下午，于总跟领导去谈论一些事情。我和邵海南，就在微机室里，手把手地教各级乡镇的经办人员操作这套系统，认真地回答他们提出的问题，并把一些学员们提出的问题做了归纳总结。

各级乡镇的经办人员，倒是很年轻，大概都是考上了公务员，给分配的工作。有个女孩，长得特别可爱，我就坐她旁边，一边辅导一边聊聊别的，来打发无聊的时间。

等于总回来，培训也接近尾声了。于总站在前面，询问经办人员，今天大家掌握得怎么样。大家基本上都说可以。就这样，一天的培训工作结束了。

我们乘出租车回到宾馆，夜间就是自由活动了。于总洗了个澡，就坐床上看电视了。我和邵海南两人闲不住，就一起出去浪了。从宾馆门口，顺着街道，往左边走，一直走了几十分钟，感觉没什么逛的，就在一家餐厅里吃饭。

“邵海南，觉得今天咋样？”

“还可以吧，听于总讲了一天，又跟客户交流了一天，觉得在公司和客户现场，还真是不一样的，这里突发情况比较多，如果把这些突发情况解决了，我们也就是老手了。”

“嗯，是啊，我也有这样的感触。”

“不知道秦剑锋怎么样了？”

“他啊，肯定还在洛川那边花天酒地呢，要么就是在到处积攒发票。”

“听于总说，明天咱要去渭水？”我再也忍不住心中的疑问了。

“是啊，这边刚完，就要去那边，那边估计要待几天，渭水是个县，路程又远，争取要做到一步到位，免得像陕北那边，隔三岔五的跑回去，不把人累死啊。”

我和邵海南喝了一会茶，在漆黑的夜色中，就像两个喝醉的流浪汉一样，走着笑着回到了宾馆。

于总因为受不了邵海南的呼噜声，就单独开了一个房间。这样的话，对大家都好。一来于总晚上可以睡好觉了，二来我们也不用那么拘束了。晚上，我睡不着觉，就给赵玲栎打了个电话，东拉西扯地聊了一阵，看看手机，才九点多。

“真是无聊啊，干点什么好呢？”

“你不是刚给女朋友打完电话吗？还无聊什么。”

“哈哈，远水解不了近渴啊。”

“哎，你们这些年轻人啊，真是越来越开放了，你们这是典型的非法同居。我和我对象，只牵过手接过吻，还没一起睡呢。”

“为什么不一起睡呢？”

“因为，咱俩奔着结婚去的，一起睡了，不管是男方还是女方，都会产生一些不必要的思想转变，为了防止这些玩意影响我们的婚期，还是算了。”

“海南，你这个老古董啊……”

“我可不是，我年轻时，那也是风流人物啊，堪比古龙笔下的楚留香。”

“得了，你楚留香，我还李寻欢呢。”

“你电视声音关小点啊，我要跟准媳妇聊天了。”邵海南故作严肃地说。

“切。”我不屑一顾，“谁这两天晚上打呼噜给打雷一样，搞得人家于总都受不了，单独住去了，你这倒好，管起我看电视来了。”我懒得理他，把电视声音又提高了几格，自己沉浸在一部流行的电视剧中。

休息了一晚上，满身的疲倦消失了，又一次精神抖擞。

我们昨天把培训的内容基本上都说完了。今天早上，要对培训成果做一个测试。如果测试的成绩可以，我们在柳泉的任务就算是圆满完成了。否则，可能还需要在这里逗留。

我们把新农保试卷发到经办人员手中，让他们做题。这些经办人员都和我们年龄差不多，掌握东西自然比较快。考试期间，也有一些作弊现象发生，但我们都是默许的，毕竟对方作弊，就说明对考试比较重视。这样的人，反而往往会成为业务精英，而那些连作弊都懒得动的人，就算是勉强学会了，在给人民办事的时候，也是推诿扯皮。

有一些人对政策比较模糊，不能深刻理解。这时候，我们就会上去讲解，结合试题进行分析，让对方理解透彻，把这类题目的核心思想吃透。

过了一个多小时，于总看看表，觉得时间差不多了，就示意我和邵海南收卷。

我俩从教室的两端开始收起，有些人还格外认真，愣是说题没答完，让我们等一等，我们只能把他们放到最后了。我和邵海南都清楚，这个考试只不过是做做样子，走走流程，让我们大体上掌握一下培训的情况，根本不会让 ×× 局的领导看，但于总就会吓唬人家，说要拿到省上去批阅，这在无形中产生了一种压力，农保办的领导有压力，这些经办人员更有压力。

我们大概浏览了下试卷，柳泉这边还可以，60—70 分吧，60 分以下就比较郁闷了。

等培训结束，差不多就到了饭点，对方执意要请我们吃饭，于总婉拒了。他让我们把事先打印好的培训结果表，拿给农保办的领导看，并让领导签了字。这样，我们在柳泉县的工作就结束了。

走出培训现场，外面的阳光无比灿烂，照得我们睁不开眼睛，浑身暖洋洋的。走下台阶，我们向柳泉县农保办的同志们告别，在等车的同时，寒暄了一会，彼此有种不舍的感觉。人与人之间的缘分就是这样，我们在这个时间点在这里做了这么一件事情，分别后也许这辈子都不回再回来。

“这两天麻烦你们了。”农保办的李主任说。

“哪里哪里，我们也是工作嘛，乡镇的经办人员学得都很好，过阵子我们会派同事过来，给这边的新农保系统正式上线，到时候就可以使用了。”于总笑着说。

“好，那希望尽快。”李主任充满了期待。

“好的，等回到省上，我们就安排计划。”

我和邵海南也同几个熟悉的工作人员交谈了一会，他们就先去吃饭了。

过了一阵，渭水那边的车来了，是一辆崭新的比亚迪 S6，车身是银色的，很有气派。

从车上走下来一个人，是渭水 ×× 局的刘局长，头发稀疏，人很和蔼，年龄大概接近五十岁了。

“于工，这边的工作完了吧？”

“今天上午刚完，渭水那边的准备工作怎么样了？”

“都准备得差不多了，需要的资料也及时提交上来了。”

“好，我们现在就过去吧。”于总给柳泉社保办的李主任打了个招呼，做了个再见的手势，就上车了，我们也跟着上去了。

比亚迪 S6 缓缓发动起来，我看李主任还站在原地，就冲他挥手告别，他也微笑着挥挥手。上了高速，仿佛像是进入了去往渭水的正轨，我们几个人话也变得少了，车上一共五个人，都保持着沉默，只听见超车时呼呼的声音。

刚开始，刘局长还经常回过头来，询问新农保的情况，还有我和邵海南的情况，这会他也不说话了。

突然，于总惊讶地说：“我的外套没拿，忘培训现场了。”

“你确定在培训现场？”邵海南说。

“确定。”

“那就没问题，让李主任帮忙拿一下。”

于总没有说话，看起来心里不高兴的，有点美中不足的小情绪。

我见于总还是愁眉苦脸的，就说：“不就是件衣服吗？丢不了，下次去柳泉的时候取一下，不就行了？”

本来我是好意，结果于总听了，却很不高兴地说：“下次去取？我那可是阿玛尼的，八百块钱呢，是我一个很好的朋友送我的，这次忘在柳泉，要是被别人拿走了，我可就亏大了，既丢了西装，又丢了人情，最主要的是，我还没穿几天呢。”

这一句话把我噎得没了下文，我在心里抱怨道，上次是邵海南撞枪口上了，这次，轮到我了。真是，言多必失，都怪自己话多。我这口气咽在肚子里，久久不能消化，把我憋得，甚至想说，阿玛尼的，八百块钱，丢了我给你买一件成不？不过，我闷了一会又想，这也是啊，人家朋友好不容易送个阿玛尼西装，正好高高兴兴地穿出来，在人前亮相，还没穿几天呢，就丢了，这可真是亏大了，万一那西装是小情人送的，可不是更郁闷了？理解，理解。

当汽车行驶到秦岭那边时，我们就处在两山中间的夹缝里了，看着两边的青山绿树，我的心情逐渐变好。大概是想化解刚才的尴尬，邵海南说："哎呀，我从小就有一个梦想，就是长大了在这里隐居，你看，那边山上还有房子呢，如果住在那里，再种几亩田地，真是不错。"

于总似乎也是觉得刚才有点任性，想来这会心情也舒畅了些，他带着笑意说："你想住这里？你不怕晚上有蛇跑进你的被窝啊？"

邵海南憨笑着说："人家外国人那叫与狼共舞，我这叫与蛇共舞。"

我心里一乐，"你那是与蛇同眠吧。"

"哈哈！"车厢里的几个人都笑了。

刘局长说："这里地形很偏，属于秦岭腹地，但还是有人居住的，我们渭水，就是陕西和四川的交界处，其实，也是山区，但城市里那块的居住面积比这里大多了。"

"嗯，怪不得一直往南走呢。"

"是啊，走了有一段时间了，大概下午六点会到。"

这次愉快地交谈，又让车厢里的气氛活跃起来。快到渭水了，我们的话随即又多了，大多都是围绕渭水的风土人情展开。

"我们渭水美女多啊，山清水秀，比较养人。"刘局长说。

"哈哈，那我们一会到街上，可要注意看看了。"于总说。

"是啊，我之前去过汉中，都说汉中出美女，既然刘局长你这么说了，那我可要好好注意下，和汉中的情况做个对比。"邵海南意兴盎然地说。

"哈哈，于工，你这两个同事啊，想必也是全国各地跑，阅历丰富哟。"刘局长说。

"那是啊，我们 H 科技公司就是需要这样的人才。"于总心情大好。

外面的天色逐渐暗淡，车子穿过了一个又一个山洞。此情此景，让我想起了在培训班的日子，鱼跃软件教育学校、沙井村，我在那里刻苦学习，不就是为了争取到今天的生活吗？而如今，我得到了，又会做出一番什么样的感慨？看样子，只是从一个坑跳入了另一个坑，什么才是我想要的生活，如今，我真的没有答案。

邵海南的哥哥，北漂了几年。这次，终于下定狠心辞职回到了家乡，可回来呢？又是一个新的开始，他是学城市交通管理专业的，与之对应的公司应该是地铁方面的，可从天津回到乾县，又什么都不会做了。他在家里待了几个月，耐心地思考人生，还是没有答案。无奈之下，邵海南就劝他去学软件，他是否也在走和我相似的一条道路？

到了城里，齐师傅在渭水街道上绕了一圈又一圈，从这边绕到那边。终于，把我们送到了吃饭的地方。我盯着眼睛看渭水的街道，可能是因为天色暗吧，没看到几个美女，倒是渭水幽静的夜色让我着迷。这个被夹在两座山之间的城市，空气格外清新，一条狭长的河流把城市分成了两块。城里的楼房民居都沿山而建，形成了一种独特的格局，所谓依山傍水，就是这个意思吧。

我们吃饭的地方是一个大排档，跟其他餐厅比，这个算是稍微高档点的。

刘局长伸着手，笑着把我们往里面让，“来，于经理，邵工，张工，里面请。”

一个大包厢里，坐着十来个人，桌子上已经摆满了菜，并且放着西凤酒、芙蓉王。这一看就是官场上的人。

于总不知道怎样，反正我和邵海南，已经被这气势压得沉默寡言了，谁都不敢主动说话。我索性学起了邵海南那套化解尴尬的办法，低着头搓手。

我们三人坐在一起，刘局长站起来，笑着说：“这三位是省上新农保小组的，这是于经理，这是邵工，这是张工，他们可都是精英，刚从柳泉那边过来，一路上很辛苦。来！我们敬他们一杯。”

在座的都站起来，我们也举起酒杯，于总说：“谢谢刘局长，还有各位的盛情款待，我们这次来，打算多待几天，把这个新农保，好好地办一下，这是一个惠民工程，我们自当尽力。”

“啊对，说得好，新农保是个惠民工程，为咱老百姓做实事，我们一定全力配合，鼎力支持！”刘局长接着说。

“呵呵！说得对。”在座的各位领导都称赞了一番，并且点头默认。

我们共饮了这杯，气氛热情融洽。但这一杯白酒下肚，一股辛辣的感觉瞬间贯穿肠胃，嘴里也散发出酒气，这让我很不适应，第一次在出差的时候喝白酒。

刘局长说：“这下就给三位接风洗尘了，你们的住宿，咱民政局赵局长已经安排好了，至于，有没有安排小姐，这我就不知道了。”刘局长边说边向我们介绍赵局长。

“哈哈。”在座的各位都笑了起来。

赵局长笑着说：“安排了两间房子，就在咱渭水的雅致宾馆，三星级的。”

于总脸上露出了满意的微笑，忙说：“谢谢赵局长，麻烦您了。”我和邵海南也跟着附和，这点明显最让于总高兴了，他是领导，自然要单独住一间，我和邵海南就无所谓了，让我们住旅社都行。何况，邵海南那呼噜声，我都受不了，更别说于总，晚上听他打呼噜，能有睡眠质量吗？白天还做不做事了？

刘局长又接着介绍在座的各位领导，“这个，是咱人事局的王局长，这个，是咱规划局的廖科长。”

“你好。”

“你好。”

我们忙着跟几位领导打招呼，一时间，竟有点应接不暇。

“至于这个，一脸严肃的，就是政法委罗书记。”刘局长开着玩笑说。

“刚才我说老赵有没有安排小姐，大家都笑了，就你没笑。”刘局长说，“是不是我这个笑话讲得不好啊？你说吧，该咋办？”

“哎，你们这些人啊……我自罚一杯，总可以了吧。”罗书记拿起酒杯，一饮而尽。

“好，痛快，罗书记不愧是政法系统的。”于总敬佩地说。

“哈哈，今天主要是为你们省农保小组接风洗尘。你们做这个新农保信息化系统的推广，这是为民的好事，虽然跟我没有直接关系，但我还是要大力支持的。”罗书记发自肺腑地说。

“嗯，这个事情呢，省上一直很重视，延安那边的推广已经做好了。据说，效果不错，群众都非常欢迎。刚才，罗书记说得好，我们一定会积极配合刘局长，把这个惠民工程搞好。”于总郑重其事地说。

“哈哈，我不懂你们那个系统，具体的还是要靠你们三位了，给咱社保上的工作人员，讲明白，教会，就可以了，有什么困难，你就直接找我。”刘局长豪爽地说。

人都介绍完了，也互相认识了。刘局长拿起筷子，开始夹菜，我们这才跟着吃起来。从中午到现在，一直空着肚子，都饿得咕咕叫了，本以为会很早到渭水的，没想到这一走就是几个小时，到这里都六点多了。

这顿饭比柳泉那次，又提升了好几个档次，我们吃得开心，聊得开心，没有什么不满意的地方。人家刘局长为了给咱接风洗尘，把同僚们都叫过来了，可见对这件事情的重视，我们从心底认真起来，决定把这件事情办得漂漂亮亮的。

过了一会，就开始喝酒了，先是渭水这边的领导敬我们，一人敬三杯，有时还会多出来。虽然我不能喝白酒，但在这种情况下，是不能不喝酒的。我只能硬着头皮上了，有好几次，喝得差点想吐，愣是喝茶压了下去。我去了很多趟卫生间，不是说我喝了多少酒，而是我喝了太多茶，喝茶可以稀释酒气，缓解头疼。

领导敬完酒，就该我们回敬了，敬人家一杯，我们还得陪一杯，真是要命。一圈下来，我头就感到眩晕，但喝醉的那种亢奋，还是迟迟没有退去。

我稍微休息了下，只听到于总和领导们在聊新农保的事情，这点酒对他们来说简直是九牛一毛。所以，他们的思路还是很清晰，聊天就跟平常一样，而我，已经晕头转向意识不清了。

齐师傅开着那辆比亚迪 S6 把我们送到了雅致宾馆。

我们从正门进去，来到二楼，于总单独住一间，我和邵海南住一间，两个房间是挨着的。

这领导和员工只要一分开，做起事情来就顺畅多了。我一下子躺到宾馆的床上，哎哟连天地说：“刚才喝死我了！”

邵海南倒觉得没什么，“才喝了那么点酒，你就成这样了？得是以前没喝过？”

“是啊，我们以前一直喝啤酒，白酒是从来都不沾的。”我接着诉苦。

“那你以后可要破戒了，出来做实施，不跟客户喝酒是不行的，如果是一般的客户还好，要是像这样的，都是领导，怎么办？”邵海南摇摇头，给自己泡上了一杯上好的龙井。

“哎呀，你那么小气，给我也泡一杯嘛，我实在是不行了。”我见他正在研究桌子上的茶叶。

“好吧，就你事多。”邵海南又烧了一壶水。

过了十来分钟，我缓得也差不多了，就坐在圆桌的右边，开始品尝这杯上好的龙井。我一边喝，一边和邵海南聊起了刚才酒桌上的话题。

“张帆，你这人，有个毛病，就是喝点酒，管不住自己的嘴！刚才在酒桌上，我几次给你使眼色，你还叨叨地说个没完，跟人家领导套近乎，你以为是你的哥们啊？”

“其实，跟领导亲近点也没关系嘛，人家不会在意的，没那么小气。”我这时才意识到自己的不对，但还是觉得没那么严重。

“这你就不懂了吧，你没有十成把握知道一个领导是怎样的人，就不要做出这样的举动。如果领导吃你这套，那么，你很侥幸，项目会谈成。如果人家只是装出来的，那么，他表面上不说，私下里就会对你有意见。所以，我们做实施，如果遇到陌生客户，就采取保守的办法就行了，不卑不亢，从容面对！”郑海南得意地说。

“精辟！你分析得太对了。”我情不自禁地鼓起掌来。

“我说得对吧，你这人，毛病虽然多，但还是知错就改的类型，要是遇见那种固执的，非要坏事不可。”邵海南继续补充。

这时候，我们听见一些密集的脚步声往这边来，很明显，是去于总房间的。

听声音好像是刘局长，他送完了各位朋友，就匆匆赶到这里，询问住宿情况，还有明天的培训计划，人家还真是上心。于总把我们也叫到了房间，打算在这里部署一下明天的培训。

我们刚坐到椅子上，邵海南就看了我一眼，我立刻知道他什么意思了。

我起身走过去，烧了一壶水，拿来一次性纸杯，放上茶叶，给领导们倒上。邵海南看着我勤快的样子，脸上露出了满意的笑容。切！我又不是你徒弟，我只是在做自己应该做的事，你刚才为我泡了壶茶，我这会可是还给你了。

“刘局长，我之前拜托你们统计的参保数据，都拿上来了吗？”

“拿上来了，前两周就让他们准备了，时间挺充足的，应该没什么错误。”

“那就好，这些数据，要拿到省上去，上面的领导要看。各市县的数据都要拿，以便做个总体上的分析。”

“嗯，你放心吧，都已经准备好了。明天的培训，你具体怎么安排？”

“明天，我们早上九点过去，地点就按你们说的，在渭水中学那边，使用学校的微机室，校长老师那里都说好了吧？”

“说好了，他们对于本县的新农保信息化这个惠民工程，还是十分支持的，这也是为县里做出了一份贡献嘛。”

“那就好，网络通吗？”

“通着，他们平时上课都联网的。”

“好，那就没什么问题了，再就是，给经办人员下个死命令，让他们认真点学，延安那边，就有几个县的经办人员，学得时候不认真，下来了办得业务又一塌糊涂！还老是打电话给省上，让我们给解决，其实这些都是可以避免的。”

“嗯，这个你放心，之前就给他们说过，明天他们来了，我再重申一遍。”

夜深了，刘局长离开了雅致酒店，我们也回到了自己的房间，免得打扰了于总休息。

我和邵海南看了会电视，因为酒喝得不多，感觉不到困意，但又很是亢奋。我就提议出去逛逛，邵海南也正有此意，于是，我们就出门了。

漫步在渭水的平整的街道上，我们感觉到前所未有的惬意，这个比西安小太多的县城，被一条河分成了两部分，左边一部分，右边一部分。漆黑的夜色中，只有少数的灯光，熠熠生辉。让我们有种回到70年代的错觉，走在这些小巷里，就像走在过去的弄堂里，蜿蜒曲折，却又不失趣味。

我们从桥上走过去，到了对面，这里是刘局长说得广场。面积很大，有很多人聚在这里，有的跳舞，有的听歌，有的坐在长椅上，有的在玩滑板。

在往前走，我们看见一个水车，轮子慢慢地转动，清水哗啦啦地流淌。因为长期浸润的原因，水车的木头，总是湿漉漉的，有一种特有的光泽。再往前走，就是一条笔直的公路。

我和邵海南往回走，路上的风比刚才更凉，这是一个被群山围绕在中间的城市，空气清新，但带着寒意，好一个夏风沉醉的夜晚。

路过一个足浴店时，邵海南提议。

“要不要去泡泡脚？”

“不用了，我都没去过那种地方。”

“呵呵，没事，这个是正规场所，我也是在广州的时候，泡过一次，很久没去啦。”

“一个广州，一个渭水，真是天差地别呢。”

“是啊，一个是国内一线城市，人多得要死，充满竞争，一个是陕西后花园，安静祥和，就像一个世外桃源。”邵海南感慨地说。

“回去吧，都快十点多了，早点休息，明天还干活呢。”我有气无力地说。

回到房间，我和邵海南大概都在回想刚才的经历，想象这种地方和大城市的不同生活。于是，房间里很安静，我们都在思考，没有说一句话。

到了十二点，我关了灯，准备睡觉。

“张帆，你有没有犯过错误？”邵海南阴阳怪气地说。

“错误？人人都犯过错误。”我不是很懂他的意思。

“哎呀，就是男人的错误，你丫再别揣着明白装糊涂。”

“哦，那我没有。”他这么一说，我就有点明白了，反正不是什么好事。

“哎，我一共犯过两次错误，都是在出差的时候，当时一个人住在宾馆，甚是寂寞啊。”邵海南说着，好像还挺回味。

“正常，男人嘛。我只是和女朋友天天都在一起，所以没犯过错误。”我实话实说。

“哎，羡慕嫉妒恨啊，我那个女朋友……算了，不说这些了，我这会要出去一下。”

“这么晚了，你出去干吗？”

“你是真没看见，还是假没看见，我们回来的时候，不是路过一个发廊吗？就紫色灯的那个。”

“哦，就是那个充满诱惑的房子？”

“对，貌似前面还有一个，是红色灯，总之，我得出去看看。”

“唉，你不是之前还说自己跟对象有多坚贞，多鄙视我们这些非法同居的人吗？这才刚过了两天，你就又要犯错误了？”

“没办法啊，刚才喝了酒，我这难受得慌。”

“哦？那你去吧。”

邵海南拿着房卡出去了，屋里成了一片漆黑。我一卷被子，侧面睡过去了。

出门时，他生怕吵到于总，或者被发现什么蛛丝马迹，只能蹑手蹑脚地往前走，看样子真是滑稽。我拿起手机，现在是晚上十点半，我倒要看看，邵海南几点回来？哈哈，这会让那个我发现一个有趣的事情。

到了十一点钟，房子里的灯亮了，我知道邵海南回来了。

“咋样啊？海南？外面的那几家风俗店，可合你口味？”

“哈哈，还行吧，我出去逛了一圈，感觉跟做贼一样。那家粉色灯的店，里面人多，质量却不好，我进去问了下就出来了。那家红色灯的店，里面没人，我本来想着走了算了，没想到老板娘非拽着我不让走，说给我介绍一个年轻的小姑娘，刚来这上班的。”

“于是，你就在那里待了半小时？”

“是啊，唉，我又犯错误了。”

“没事，男人嘛，可以理解。”

“对的，我要是像你那样跟女朋友同居了，我才不去那些红灯区呢。去那里的人多半道德有问题，而且那里的女人也都不是什么好人。”

“唉，海南，你这是典型的提起裤子不认人。”

正当我俩熄灯准备睡觉的时候，突然听见隔壁有动静……于总的门开了，是高跟鞋的声音。

“哈哈，难不成于总也好这个？”邵海南像找到了知音一样激动地说。

“你呀，你们这些人啊，不过人家领导就是不一样，你邵海南想做点啥还不得亲自出去走一趟，你看看人家于总，这可是上门服务的。”我饶有兴致地分析起来。

“啧啧，不侃了，明天还要干活，我先睡了。”邵海南眼睛一闭，又开始打呼噜。

我赶紧用棉花把耳朵塞上了，幸好我早有准备，不然，这几天又睡不好了。

第二天，我和邵海南起得很早，事实上，是他最先起来的，然后叫醒了我。照他的话来收，就是好久没有释放了，昨天一晚上，他把所有的疲倦都消耗完了，总算是可以认认真真地投入到工作当中了。

外面刚刚破晓，天空中的黑暗像是被阳光一点一簇地填充，世界慢慢变得光明，等完全明亮了，又像是被撕扯去了外套那般利落。窗外的一棵树上，已经开始有小鸟站在枝头啁啾，我明白，黑暗已经完全褪去，连那种压抑的感觉也消失了。

刘局长早早来到雅致宾馆，敲开了于总的门。

“看来于总起得也很早啊。”

“是啊，人家是领导，不勤奋能当上领导吗？谁都跟你一样懒。”

“那你咋不说你俩昨天都犯错了？都剧烈运动过，我能跟你们比？”

于总从房间里出来，叫上我们，一起下楼。

刘局长说：“住得还行吧？”

于总说：“还行，你们安排得很妥当。”

刘局长说：“那就好，只有你们休息好了，一会给咱们上课才有精神。”

齐师傅开着比亚迪 S6，载我们去往渭水中学。刚走了一会，我就看到邵海南昨天犯错误的那家发廊了，虽然大白天关门，但那个显眼的招牌还是能吸引不少眼球。我瞅了一会，不由得笑了起来。

渭水中学大概是这里唯一的中学了，规模颇大，修得也很气派，校园里矗立着名人雕像。有周恩来的为中华之崛起而读书，也有蔡元培的知教育者，与其守成法，毋宁尚自然，与其求划一，毋宁展个性。

我和邵海南背着笔记本，跟在于总和刘局长身后。校园里的学生用好奇地眼光看我们，就像我们小时候，用好奇地眼光看陌生人。

三楼微机室直接被布置成了培训现场，一条写着新农保信息化启动大会的横幅挂在正面的墙上。第一排的座位，就是领导席，我赫然地看见了自己和邵海南的名字，虽然座位在最角落，但想不到咱俩也成领导了。

过了一会，×× 局的领导们都到齐了，会议由刘局长主持。我和邵海南没什么事情，就打开笔记本，做一个会议记录。

在刘局长热情洋溢的讲话下，会场所有的人都被这种氛围感染了。

刘局长说："我们渭水，是国家新农保的一个试点，既然上面安排了任务，我们就要努力完成，不求第一，但绝对要在陕西的前几名。"

大家不约而同地为这句铿锵地口号鼓掌。掌声中，我想起了于总昨天晚上说过的一句话，现在想来，确实很有道理。

"每个县的情况都不一样，就说这重视程度，你看看人家渭水，直接派专车来，把我们接走，还给安排这么好的住宿和饮食，人家这种重视程度，就值得我们多花几倍的心思去把事情做好！然而有些地方，不管口号喊得多响亮，只要他们不从心底上重视，我们就花一两天时间大概培训一下，走个过场就行了，反正他们也没心思认真学。"

刘局长接着发言，但大多内容都是鼓励新农保的经办人员，认真听讲，不懂就问三位老师，争取在这两天把业务经办流程学会，并且做到熟悉，没有任何疑问之类的话。他反复强调，县里面对新农保项目的重视，这无形中给在座的各位都造成了一种压力。大概过了十几分钟，刘局长的发言总算是接近尾声了。

"我刚才讲了很多，目的就是让大家能够上心，并且投入到学习当中去。多的话我就不说了，这几天培训完成之后，会有一个考试，你们拿成绩说话就行。新农保的启动大会就开到这里，接下来，大家就开始学习吧，你们社保办的陈主任会亲自上阵，带头学习。"

会议结束了，底下的经办人员都走过来帮忙，把第一排的桌椅都抬到了隔壁教室，腾出位置让我们做培训。而刚才的领导，在我们忙碌的时候，都回去上班了，只有刘局长还在反复地跟于总交代事情，过了一会，他也走了。

宽敞的培训场地里，只剩下陈主任坐在第一排的机子上，看来他真的是下了狠劲，要带头学习。

会场秩序平静下来，于总打开投影仪，投影幕上就显示出了之前已经做好，已经用过很多次的PPT。我和邵海南坐在第一排，在空出来的桌面上，摆着自己的笔记本，继续听于总讲课，并且记录下一些重要的细节。

“咱新农保是以保障农村居民年老时的基本生活为目的，建立个人缴费、集体补助、政府补贴相结合的筹资模式，养老待遇由社会统筹与个人账户相结合，与家庭养老、土地保障、社会救助等其他社会保障政策措施相配套，由政府组织实施的一项社会养老保险制度，是国家社会保险体系的重要组成部分。”

不出所料，于总又是从政策开始讲起，不过我想，人家底下的人，都是新农保的经办人员，对这些早就背得滚瓜烂熟了，有必要再重申一遍吗？邵海南却不以为然，他说在这里讲一遍，很有必要，凡事都要正规，要有种严肃感，才能让人打心底里去重视，才能发自肺腑地做好这件事。

当然，我觉得他说得很有道理。

于总认真地讲述新农保的经办流程，一边讲，一边从测试环境，注册一个账号，实地模拟，并且对账号进行了不同的授权。这种账号授权，可以是经办人员，可以是管理人员，也可以完全自定义，他还认真地讲解了这些不同权限的角色之间的区别。

总之，于总这次的讲解，比柳泉那次要认真详细很多倍。其间，有经办人员不停地提问，要是别的时候，于总早就烦了，可这次人家招待得好，于总也是很有耐心地为他们解答。

于总讲得认真，底下的人学得就快。到了自由练习时间，我和邵海南就开始在场地里梭巡，解答经办人员的问题，或者帮他们在自己的机子上演练一遍。因为，他们自身也比较认真，学得很快，问我们的问题，也大多都是疑难杂症，能问到点子上。

到了中午，陈主任打算开车把我们送到吃饭的地方，但我们几个心情都比较好，执意要步行，并且好好地欣赏一下渭水白天的风景。能出来一趟，本来就不容易，既然可以看看风景，又怎么能白白浪费呢？

从渭水中学出来，走在路上，可以看见两边的山格外壮丽，山上的植被覆盖很广很密，像一条绿色绸带往未知的地方延伸。昨天晚上，那条宽阔但是黑暗的河流，也变得富有生气，让人想走下去接触一番。往前走了几步，还真看到有人在底下嬉戏游玩，这条河从上到下，距离很高，但河水却很浅，大概是还没到水多的时候。如果河水足够多，这地方就太凶险了，有点像波涛汹涌的黄河。

夏风迎面扑来，我和邵海南也觉得很是惬意，出差的日子，似乎与××局301那种压抑的气氛，形成了鲜明的对比。

邵海南感慨道：“看来还是出差好。”

我说：“你不是以前也出差吗？”

邵海南说：“那是冬天，没什么可玩的，这天一冷，人就只能缩在屋里不出去。”

我说：“那倒也是。”

中午，我们在马路南段的一个餐厅里吃饭。这个餐厅，是从马路的一侧，一直往里走，有点像胡同，突然转一个弯就到了。这是一个标准的农家别墅，刘局长包下了一楼，一共三桌，××局的领导和经办人员都在。这三桌酒席呢，并不算是铺张浪费，一来可以犒赏于总和我俩的辛勤付出，二来也可以让基层人员吃饱吃好，他们才更有激情投入到学习当中。

我们刚走进包厢，刘局长就笑着跟我们打招呼：“你们来了，呵呵，快请坐。”

饭菜很多，做得不错，本来刘局长打算开酒，但于总说：“下午还要继续培训，等完了再喝吧。”刘局长也没有勉强，说以茶代酒。这顿饭很丰盛，一连上了十几道菜，有鱼有虾，大家吃得很开心，聊得也很投缘。但午后的时光总让人感到困倦，齐师傅就开车送我们回到了雅致宾馆。

我和邵海南睡了一觉，等起来时，刘局长已经过来接我们了。

整个一下午，都是经办人员的自由练习，我和邵海南闲着没事，就坐在那里上起了网。

赵玲栎见我在线，就不停地发窗口抖动给我，直到我对她说话。

“怎么啦你？耐不住寂寞了？”

“没有，这不想你了么。”

“呵呵，我们才分开几天，你没事干就跟你闺蜜出去逛逛呗。”

“嗯，最近到了淡季，淘宝生意也不好做，我这一连几天都没接单子了，你快回来吧，咱再想想其他的赚钱方法。”

“好的，我估计最多再过三天就回去了，你再等等。”

“嗯，回来记得给我买好吃的。”

“行啊。”

我看看邵海南，他又在一旁给自己的女朋友打电话，言语中充满了纠结，大概就是一些世俗的事情吧，什么房子、车子、结婚什么的。

闲来无事，我走出教室，站在护栏旁边，望着对面一层又一层的山峰，一直看到了最顶峰。我蓦然地看到了几多很大的白云，悠然地停留在天边，仿佛就在山的头顶，白云背后，就是湛蓝的天空。我已经很多年没有像今天这样清闲了，以前的我，整天忙碌，都不知道在追求些什么。

下午六点，今天的培训就结束了，齐师傅载着我们先回宾馆。但是，这还不能从原路回去了，只能从桥的这端走到另一端，再从那边绕回去，就跟我们刚来渭水时走的路线一样。看来，地形复杂真是有好有坏。

到了宾馆附近的那条马路，我看到邵海南突然把脸侧到了一边，傻傻地盯着那里，可能又在思念那个发廊了。

我决定打断他的思路，“海南，看什么呢？”

邵海南一下子回过神来，有点恍惚地说：“没什么，我没看什么啊？”

过了半晌，邵海南又狠狠地说：“我看什么，关你什么事？”

于总见我俩在后座拌嘴，回过头来看了一眼。邵海南又开始装了，他低下了头，嘴里不停地呵呵，并且开始搓手。见到这个情况，于总和我都已经了解，就不再理他，各干各的事情去了。

我们在宾馆大概休息了一个小时，刘局长又过来接我们了，他说晚上还有一个饭局，是专门为我们准备的。其实吧，说到饭局，我本身是不反感的，但如果在座的都是一群领导，那还不如不去呢。不过，刘局长像是很明白我们的心思一样。

“这次去参加的都是咱们社保系统的人，就是你们的学员。最近，我注意到他们学习很认真，掌握得很快，这全都是你们三位的功劳，我们决定让他们今天晚上好好给你们敬酒，感谢一下三位老师的辛勤付出。”

“哈哈，刘局长，你们太热情了。咱们这次去哪，还是中午的那个地方吗？”于总说。

“不是，这次我特地选了一个农家酒店，让你们品尝一下咱渭水的野味。”刘局长笑着说。

“嗯，那我们可要好好尝尝，不然，可就白来渭水一趟了。”于总意兴盎然地说。

齐师傅开车，在渭水狭窄的街道上绕来绕去，大概过了二十分钟，就到了农家酒店。这个酒店正好坐落在秦岭脚下，四周很宽阔，一个仿古的招牌在晚风中轻轻地摆动。

“于经理，我先敬你一杯。”

“谢谢刘局长。”

“不客气，邵工，张工，我也敬你们一杯。”

“谢谢刘局长。”

宴会上，白天在渭水中学的那些基层经办人员都在，他们大多都坐在一起。我们这桌，主要是刘局长和陈主任，因为经常打交道，彼此间都已经很熟悉，一点也没有紧张的感觉。这次，于总放得很开，话也很多，连一向小心翼翼地邵海南，也放下了防备，大大咧咧地吃起来。

过了一会，刘局长说：“于经理，你尝尝这个，这是地道的山猪肉，咱渭水的野味，一般地方可吃不到。”

于总尝了一块，不禁大加赞叹：“好吃，这渭水的野味，果然名不虚传呐。”

刘局长笑着说：“这个是野兔肉，邵工、张工，你俩也尝尝。”

我尝了一口，虽说这野兔肉也不错，但明显没有山猪肉吃着香。

“刘局长，你们这儿的山猪肉，真是不错，比普通肉吃起来瓷实。如果做成红烧肉，那就更好吃了。”

“哈哈，于经理，你手下这两个小兄弟很有意思啊，不但业务教得好，还颇有创新精神。”刘局长说。

“年轻人嘛，就该有活力，都像我这样，那出差就没意思了。”

“是啊，年轻人，就要多出去闯，看看世界。像我到了个岁数，一心也就图个稳定了。”陈主任感慨地说。

“老陈啊，你当年不也是到处跑吗？”刘局长说。

“咳，不比当年，不比当年了……”陈主任说。

饭吃得差不多了，于总主动端起酒杯，我俩忙跟上他的节奏。

“刘局长、陈主任，这两天多谢你们对新农保项目的支持，也感谢你们的照顾。咱们渭水的社保经办人员都挺不错，学得很好，这不仅是我们教得好，更主要的是刘局长、陈主任的督促，你看看陈主任，还主动带头学习呢。他每天都坐在第一排，不把当天的内容学会，都不离开教室，这种精神，很值得敬佩呐。刘局长、陈主任，我们敬你们一杯。”

“哈哈，以后还要于经理多费心呢。”酒杯在空中一碰，大家都一饮而尽。这喝酒要是开了头，就停不下来了，其他桌的学员们，见我们喝上了，就一个劲地组团过来给我们三人敬酒，饭局的气氛达到了高潮。

我浑身都是酒气，频繁地出入洗手间。本来，这桌的情况总算是应付过去了，可谁想到其他桌的学员们又组团过来了，不喝不行，你要是喝了这几个人的，不喝那几个人的，也不行。我是实在没有办法了，就只能全喝了。学员们的热情非常高涨，我们三人都不好拒绝

“张老师，你一定要喝，你不喝，我们做学员的心里可不好受，连老师都不喝我们的酒。”又有几个学员组团过来了。

“好，喝，谁说我不喝，喝个痛快。”我一杯一杯地喝，几十个学员都陆续跑过来敬酒，渐渐地，我就失去了知觉，躺在了桌子上。幸好，当时没有发作，只是在酒精的作用下，晕倒过去了。

我耳边一直都是嘈杂的声音，现场非常吵闹。我听到了他们仍然在互相敬酒，喝个不停，我脑海中还能想象到那种觥筹交错的情景，各种杂乱的声音从四面八方袭来。虽然，我趴在桌子上起不来，但我的意识

还算清醒，想拼命起来，但浑身已经完全使不上劲了。时间慢慢过去，周围还是一片混乱，这场酒宴，似乎是喝得越来越高了。

不知道过了多久，我感觉到自己躺到了地上。隐隐中，我听到了于总告别的声音，接着，我就感觉到身体被几个人抬了起来，塞进了车里。

凌晨三点，我不知道在昏迷中度过了多久，只感觉被人抬到宾馆房间里时，我就一直开始呕吐。作为一个文明人，我在昏迷的时候还感觉到，这下糟了，房间里估计要被吐脏了，但我浑身麻痹，已经没有任何力量，只有在睡梦中保持着一种愧疚。

我觉得，原本舒适的床上，睡着也没昨天那么舒服了，老是有一种黏稠的东西，抹在身上，枕到头上，到处都是，这让我很难受，纵然我翻来覆去地变换姿势，想睡得安稳一点，可无济于事。

在梦中，我又一次看到了酒宴的现场，仿佛他们还在继续，而我的脑袋嘤嘤嗡嗡、昏昏沉沉。这种错乱的感觉，我还是第一次体会到，我内心深处明白，这次，我彻底地喝大了。

终于，我还是醒了。

像一个冰冻千年的干尸，慢慢苏醒一样。我先是睁开了眼睛，看到了天花板，是宾馆的房间，总算是安全了，接着心里一怔。

我缓缓地坐起来，看到房间里一片狼藉，地毯被各种芜杂的东西染成了另一种颜面，就像是换了花纹。再看看床上，各种恶心的呕吐物已经把白色床单染成了浅黄色，都是自己吐的，这可真是造孽，我叹了一口气。

我挪动了下身子，找到了一块相对干净的地方坐下。摇摇头，敲敲脑袋，长长地舒一口气，可算是清醒过来了，但只恢复了百分之六十。

这时候，我看见邵海南半躺在旁边的床上，身子靠着墙，不停地喘息，在枯黄地灯光下，他就像一个奄奄一息的病人，指不定何时就一命呜呼。

我看着邵海南说："刚才喝得太多了，我可算是醒过来了。"

邵海南看着我，没有说话，但他的脸色急遽地发生了变化。也许，刚才他只是保持着一个平衡，但我这一打扰，这种平衡就被打破了。几秒钟的时间，他一下子就崩溃了，把刚才的坚持付诸东流。他突然身体往走道一倾，哗的一声，吐了一地，停都停不下来，直到把胃里阻塞的东西全部吐出来。

“咳咳，哎呀，好多了，刚才难受死了。”邵海南说。

“您老总算是恢复正常了，不容易啊。”我笑着说。

“是啊，很不容易，你刚才晕过去时，我和于总已经差不多了，但对方见状，更来劲了，说晕过去一个不碍事，全晕倒才算喝好，就一个劲地给我们敬酒，于总还好，拿出了领导的架子，不喝对方就不勉强了，可剩下的酒，全都到我这了，我不能不喝，不能辜负学员们的盛情啊……”邵海南连说带诉，感情诚挚，当真是催人泪下。

“那真的辛苦你了。”我安慰道。

“不辛苦，命苦，谁叫自己是员工，天生就要为领导挡酒，你倒好，晕过去了，直接省了不少事。”

我俩走下床，泡了一壶茶，一边喝着茶暖胃，一边聊天。

“那这些东西怎么办？明天要让宾馆的人看见，指不定要扣钱，人家 ×× 局的款待我们就已经不错了，还让人家掏钱，我们也过意不去啊。”

“没事，我们先把床上的这些东西清理干净，好好休息一晚，等天亮了，再把地毯上的这些东西弄干净，反正卫生间里有自来水，先扫掉，再冲一下就没事了。”邵海南胸有成竹地说。

“好吧，也只能如此了，看来你很有经验，是不是以前经常这么干？”

“像我们这种做实施的，难免的……”

我们把床上的垃圾清理完后，就把脏兮兮的被子拿到一边，连枕头都没有用，就睡觉了。

早上六点，天刚微亮，我和邵海南就起床，开始打扫卫生。

我把所有的灯都打开，保持光亮，先是从卫生间里打了一桶水，倒在地毯上，用扫帚把地毯上的杂物都扫到一起，放到垃圾袋里。这下，地毯上算是稍微干净了，但还是有一些杂物粘在上面，不好清理。

然后，我们把床上的用品都放卫生间里大概洗了一遍，但上面还是有点浅黄色的痕迹，但所幸的是把杂物都洗掉了，这就没问题了。等宾馆的服务员把这些东西扔进全自动洗衣机里，转个几千遍，不就又焕然一新了吗？

九点，我们换了件新衣服，就坐上齐师傅的车，再次来到渭水中学。今天的任务是对昨天的内容进行复习和考核。也就是说，今天是出差的最后一天，等考核结束，我们就可以回到西安了。

一路上，我们都没有说话，而是躺在车厢里静静地休息，昨晚，我们三个都喝多了。

到了渭水中学，还没走几步，我就感觉到自己不对劲了。有股气流一直压在身体里，非常难受。我知道自己快要呕吐，就赶紧跑到了厕所，躲在格挡里。我脚步刚停，还没站稳，这股气流就一下子从底往上涌出，哗的一声，我吐了很多，吐了几分钟，才逐渐恢复正常。

走出厕所，我感觉轻松多了，但一种悲凉的感觉接踵而至。

“昨天吃得那些山珍海味，还没消化，又被吐出来了，早知道，我就不吃那么多了，真是铺张浪费。”

到了微机室，于总见我神清气爽，还一个劲地夸我：“哎呀，你看看人家张帆，昨天喝得都不省人事了，今天还这么精神，原来还是你最能喝啊。”

“哎，不能喝，不能喝，我只是恢复得快，年轻人嘛。”

“嘿嘿，你这个优点不错，以后多加培养，一定可以在酒场上大有作为。”邵海南不怀好意地说。

“你就拉倒吧，昨天那次，我是毫无防备。要是下次，我一定能挡就挡……”

培训开始，我摸摸口袋，想掏出手机看看时间，却发现手机不见了。正当我郁闷的时候，一个学员走过来说：“张老师，这是你的手机，昨天抬你上车的时候掉了。”

我微笑着收下，看来昨天的酒没有白喝，就怕对方偷看了我和赵玲栎之间的暧昧短信，那可就糟了。哈哈，不过没事，大家都是交心的朋友，昨天都喝多了，我估计他们也没这个闲情雅致去看。

早上的时间，我都在发呆，一方面是缓解昨天的症状，一方面是根本没有心思做事。邵海南也差不多，我想，我俩都有点想回西安了。这次出来，工作进展地很顺利，也玩得开心，可正是这样的情况，才更让我们想家。于总大概也是这样吧，但他还在坚持着吆喝，毕竟，这次的培训不同以往，人家好心招待我们，我们必须全力以赴。

下午，考试完毕。我们大概看了下情况，渭水这边的人，基本上全都在 80 分以上，这就说明，考试成绩，是跟人家的重视程度相应的。我们三个，也总算是放心了，如果他们的考试成绩不理想，我们恐怕还得再逗留一天。

夕阳开始坠落，强烈的阳光变得微弱，收敛了锋芒。又是这个时刻，我们坐着齐师傅的车，从另一条路，往宾馆开去。

途中，于总接了一个电话，“喂，是于经理吗？”

“是的，您是哪位？”

“噢，好的，我知道了，那你下周过来上班吧。”

“什么情况？”陈主任问。

“是一个陕北那边的经办人员，人挺机灵的，我们在陕北做推广的时候，一直都有业务上的往来，就熟悉了。后来，她说想到西安那边找个工作，正好我这边缺人，就让她过来了。反正，都是社保系统的人，对各方面都比较熟悉，比新招一个人强。”

“女的？”邵海南关心地问。

“是啊。”

“长得咋样？”

“你回去看看，不就知道了？什么都告诉你，那就没意思了。”于总故意卖了个关子。

我们把笔记本放到宾馆的桌子上，打开了电视，稍作休息，等下还要继续干活。

“好无聊啊，好无聊啊，每天都是这样，都没有什么给力的新闻？”我看着新闻抱怨地说。

“今天，美国新墨西哥州遭遇了有史以来最大的飓风袭击，同时，引发了印度洋海啸。”

“哈哈，这下满意了吧，你刚说没什么给力的新闻，人家就给你报道了一件。”邵海南幸灾乐祸地说。

“这绝对是蝴蝶效应。”我转过脸去，神秘地一笑。

“啥叫做蝴蝶效应？”邵海南一脸迷茫。

“亏你还是大学生，连蝴蝶效应都不知道，蝴蝶效应就是指，北京的蝴蝶振一振翅膀，亚马孙森林就有一场暴雨。”

下楼的时候，于总见我已经完全清醒，得意地说：“哈哈，张帆，你都不知道，你昨天有多惨，直接躺在地上，被人抬回来的……”

“是啊，完全喝得不成人样了。”邵海南添油加醋地说。

唉，这俩人啊，我懒得理他们。

到了 ×× 局，我们拿到了局长签字确认的文件，就回到了宾馆。我知道，我们的渭水之行总算是结束了，回去，只是时间问题。这个下午，终于没有事情了，我躺在床上，给赵玲栎打起了电话。

晚宴上，我们都比平时低调了很多，话也很少，一种分别时的惆怅气氛遍布在酒桌周围。

刘局长和陈主任坐在一起，对我们在渭水所做的一切，表示了感谢，我们也谦虚地说，这是应该做的。

没有酒，宴会上就显得落寞。刘局长问我们：“要不要拿瓶酒啊？”

我们诚惶诚恐，忙说：“酒还是不用了，我们多吃点菜，一会还要回西安呢。”

刘局长说：“先别急着回去嘛，可以多待几天，你们好不容易来一趟，就光顾着忙了。”

于总说：“那可不行，公司有规定的，都是提前计划好的，去一个地方，一般都是两天，最多三四天，如果我们再待的话，回去萧老板可就要找我的麻烦了。”

陈主任说：“天都黑了，等吃完饭，估计又得到九点多了。我看，还是明天一早，你们再回去吧，这大晚上的，送你们回去也不安全，秦岭这条道可不好走。”

刘局长也坚持这一看法，“陈主任说得对，今天，你们就好好休息一晚吧。明天，我再让齐师傅开车送你们回去。”

我和邵海南也觉得有道理，但没有决定权，就看着于总，听听他怎么回答。

沉默了半晌，于总说：“好吧，那就明天。”

刘局长像等了很久似的，对服务员说：“拿瓶红酒。”

“既然白酒不能喝，就喝红酒吧，这个没事。”刘局长看着我们，我们面面相觑，只能无奈地笑了，表示感谢，渭水的人真是太好客了。

有了酒，气氛就上来了，喝了几杯，聊得也多了。

刘局长说："咱们渭水是个好地方，陕西的后花园，山清水秀，人杰地灵。你们以后没事可以过来度假，到了找我，我绝对给你们介绍一些好玩的地方。"

"好的，我们以后有时间，一定过来。"于总说。

也许是即将分别的原因吧，我们心里都有种不舍，毕竟一起共事的这几天，我们努力做事，互相了解，都已经成了很好的朋友。在工作当中，虽然大家都是做事，但这并不妨碍我们之间的友情。

刘局长拿来了骰子，教我们陕西的玩法。几杯红酒下肚，我感觉到了前所未有的舒适，有一种沁人心脾的清香。而渭水，就像这瓶红酒里沉浸的酒水一样，已经成了我记忆中的一道风景，随着岁月的磨合，越来越美，值得怀念。

第二天，齐师傅开着比亚迪 S6 送我们往西安驶去，当我看到西安的收费站时，我知道，这个让我生存，依恋，充满笑与泪的城市，我又回来了。

这次出差以后，我仿佛是成长了很多。我看到的这个世界，不再是以前那样了。很多人，他们都在为自己的生活坚持着，只不过，奋斗在不同的战线。已经六月底了，学校已经开始清理宿舍了。

周五的时候，我请了一天假，特地回到了西安文化大学。当我走进学校的一刹那，我的心瞬间又回到了四年前，回想起第一次来文大时候的场景。那时，我什么都不懂，什么都不知道，整天沉迷在网吧，还有一种对未来的虚幻之中。我试着寻找生活的答案，为此，我当过兼职老师，和舍友们去剧组混过盒饭。这些经历，在一定的程度上，让我得了短暂的安稳。直到现在，我工作了，却发现这一切远没有结束，只是个开始。曾经的我，是那么的幼稚。

回到 401 宿舍，大家都在，这情景，又回到了从前。李超凡和阿泽还在玩电脑，只不过他们再也没有组队去刷斯坦索姆。我蓦然地想起了过去的生活，那时候，如果我每天听不到他们刷副本的声音，我就会不习惯。李超凡在做程序员试题，阿泽在跟老乡聊天。

陈旗在收拾东西，赵磊又放起了歌曲，是一首老狼的《睡在上铺的兄弟》。

“赵磊啊，你以前可是不听老狼的歌曲的，你不是说他的歌太伤感吗？”我说。

“听听吧，大家在一起四年了，很快就要离开401宿舍了。以后，大家就分别了，那些在一起经历过的事情，都已经远在昨日了。那些快乐的、悲伤的往昔，都不复存在了。”赵磊惆怅地说。

“唉，是啊。”

“张帆，最近工作怎么样，还顺利吗？”陈旗问。

“挺好的，最近刚出差回来，学习到了很多。”我喃喃地说。

“嗯，那你打算是留在西安了？”

“是啊。”

“要不要跟哥去广州闯荡啊？”

“得了，你还是带你老婆去吧。或者，等你在那边真的做起来了，我再去投奔你，也不是没有可能的。”

“哈哈，就知道你没有那种魄力，要是曲直的话，肯定去了。”

“曲直？一个熟悉又陌生的名字，你们最近见到他了？”

“没有，这哥们可真逗，我现在还在想他做得那些事情，想想就有意思。他是在大一退学的吧，这一转眼，四年过去了，我们就算是没有退学，也毕业了。”

“是啊，时间过得真快。”

“鲁伟呢？咋没见他？”

“那哥们啊，最近天天在网吧打游戏呢，跟我们曾经一样。”

“咳，我不在，你们也不好好开导他？”

“谁说没有开导啊，是他自己不听，要不然，一会你亲自上阵试试，我估计他也快回来了。”陈旗看看手表说。

果然，几分钟后，鲁伟回来了，他见我在宿舍，还有点吃惊呢。有些日子没见了，这鲁伟怎么越发消瘦了，跟营养不良似的。

“张帆？好久不见啊，这阵子工作很忙吧？”

“还行，我听说你最近天天去网吧，在玩魔兽世界？听我的劝，别玩了，那游戏也是个无底洞，虽然确实不错，但弄不好也会荒废你的学业，你还是悠着点。”

“没有，我要是玩魔兽世界，就跟李超凡、阿泽一起了。跟你们说啊，最近出了一款特别火爆的游戏，叫做 LOL，特好玩。原来你们要去网吧，基本上所有的人都在玩魔兽，组队下副本，现在啊，都在玩这个 LOL，挺有意思的，我建议你们试试。”鲁伟越说越起劲。

“什么 LOL ？没听说过，很好玩吗？我可是对所有游戏都免疫的，用魔兽世界的台词来说，就是那个单位对魔法免疫。”

“嘿嘿，你那是不敢试，你要玩了就会着迷。我再说一遍啊，叫 LOL，中文名叫撸啊撸。”鲁伟对这个游戏极有信心。

“撸啊撸？怪不得你最近脸色苍白，人比黄花瘦，我看你是撸多了吧。”

“哈哈。”大家都笑了，是啊，很久没有以前的那种宿舍氛围了。

赵磊沉默了半晌，清了清嗓子。

“咱们一会合完影，就去学校外面吃饭吧。正好鲁伟也回来了，人都齐了。严格意义上来说，这就是咱们几个人的散伙饭。最后一顿了，大家都吃好点，也喝好。过了这个村，就没这个店了。以后的日子，希望大家保重吧。”

“唉，好吧，大二的时候，我就知道总有这么一天的到来。”

晚上六点钟，我们宿舍六个人走出学校，来到了 Y 寨。这个村子，人很多，其中不乏文大的毕业生。他们之中有很多人毕业，都选择了在西安工作，因为城中村生活成本低，他们都选择这里作为自己职业生涯的起点。

晚霞映红了天空，云朵簇拥在一起。我们走在 Y 寨的道路上，迎着暖和的夏风。人群中熙熙攘攘，你来我往，每个人都有自己要去的地方。

“今天很热，要不是实在被逼得没办法，我也不会出来。”李超凡说。

“这是咱们的散伙饭，不吃可不行啊，不吃会遗憾终生的。”阿泽说。

“啧啧，这热风，吹在身上黏乎乎的，你看我这汗都下来了。”赵磊说。

“哈哈，你们说，这像不像我们刚来文大报到的那一天？”陈旗说。

“唉呀，太像了，那时候，我们可对西安人生地不熟，什么都不知道。这一转眼，就四年过去了，时间过得可很快呀。”我说。

“岁月荏苒，时光如梭。”鲁伟说。

“哈哈，鲁伟啊，听哥一句劝，以后咱们几个大四的都走了，你就别玩游戏了，好好地找个女朋友吧，我都后悔死了，没有好好把握时机。”赵磊说。

“行啦，你也把握过了，你不是之前一直追你的小初恋吗？虽然，结果不太好，但人生中，难免会有这种情况了。”陈旗说。

“好吧，我会尽力的，尽力带自己的女朋友，也投入到伟大的LOL事业当中去……”鲁伟说。

“这孩子。”我们几个都不置可否地笑了。

到了四海酒家，我们要了一个包间，就随便坐了。陈旗还是出手大方，往酒桌上丢了几包软中华。

“兄弟们，本来呢，今天这顿我跟赵磊商量过了，要请你们，可我俩随后一想，这是散伙饭啊，大家就AA制吧。以后的日子，你们都自己努力点，如果有什么难处，你们可以打电话找我，这几包烟，大家就随便抽，抽不完就拿回去。”

“谢谢陈总，那我就不客气了。”我掏出一根软中华，就点上了。

“哎？这陈总是请抽烟，那我都工作了，也不能落后，今天这酒我就包了，你们喝多少，我要多少，直到你们全喝趴下为止。我这次出差啊，也喝了不少酒，酒量都练出来了，你们估计不是我的对手啦。”

“哈哈，那我们可要试试，你自吹自擂那不算。”李超凡说。

“老板，要一个宫保鸡丁、京酱肉丝、麻婆豆腐、酸辣土豆丝……”赵磊拿着菜单开始点菜。

“顺便拿两箱啤酒。”我对老板说。

“好嘞。”老板出去了。

这四年大学生活就这么过去了，我们几个能走在一起，也算是缘分。虽然，我们的生活之中，有一些事情不尽如人意，但是，我们面对了，承担了，尽力了，没有认输就好。大家都抽着烟，喝着啤酒，开始聊着曾经的故事，侃侃而谈。

说着说着，陈旗就哭了。

赵磊聊到了我们一起去农大帮他追小初恋的故事，虽然失败了，但兄弟们能一起去做一件失败的事情，也是很感动的，他也没有控制住自己的情绪，一把鼻涕一把泪的哭得最伤心。

受这种分别气氛的感染，李超凡、阿泽，还有我，都哭了。鲁伟今年还没有毕业，但他跟我们也相处了很长时间，彼此间也有深厚的感情，他也跟着哭了。

“大家都吃饭吧，最后一顿饭，都吃饱喝足。”赵磊说，“作为宿舍长，我最后再下达一次命令，明天开始，我就不再担任401的宿舍长了，以后，鲁伟你就是宿舍长了，要好好对待新来的兄弟。”

“哈哈，没问题。”

大家开始吃饭，刚才喝了不少酒，肚子里已经很空了，正好拿饭菜填补下。李超凡和阿泽两人还是老样子，吃饭最积极，没过多久，两碗米饭就下肚了。

“哎，我发现今天这饭特别好吃。”李超凡说。

“还行吧，外面的餐馆肯定比食堂的那什么盖浇饭强啊。”阿泽说。

“哈哈，你俩啊。对了，超凡，你毕业以后打算去哪？”赵磊说。

“我啊？我最近正在上培训班，就张帆之前那学校，我觉得还不错，完了应该和他一样吧，当个码农。”

“行啊，超凡，看不出来啊，你最近为了这事连WOW都不打了，那你毕业了，找工作的话，也可以来我们公司，叫辉煌网络，到时候我给项目经理说说，有可能会比较容易进来。”

“好，没问题。”

“我是要去广州，车票都已经买好了。赵磊，你打算去哪？”

“我先回太原吧，毕竟这么多年没和父母在一起了，有点想念。回去再看呗，兴许家里会安排我去一些熟人的企业，总之到时候再说，还早。”

“阿泽呢？见你一言不发的，是在想去哪吗？”陈旗问。

“没有，我这人话本来就少，那个词咋说来着，沉默寡言，我觉得挺适合我的。我过几天就回陕北了，我本来就是陕北人，也没打算出去闯。回去的话，有机会就去城里上班，没机会的话就回家种地。按我父母那话讲，就是天塌下来也有高个子顶着，我们这些农民怕什么，一亩三分田，不愁吃喝饿不死。”

“哈哈，阿泽，没想到啊，你这平时不说话，一说就是至理名言啊，佩服，佩服。”李超凡说。

“四年过去了，人都是会改变的，大家都在成长，没有任何人会在原地踏步。其实，我觉得最有意思的事情，就是咱们一起去剧组那阵子，想起来真好玩，当时超凡还想着当明星呢。”

“咳，别提了，那阵子幼稚……”

吃饱了，大家又开始东拉西扯地聊天，就跟过去一样。啤酒喝了一瓶又一瓶，两箱啤酒全部喝完了，又要了两箱。聊天的内容，都是这四年来一起经历的种种快乐悲伤的事情，有些话，大家之前一直没有机会讲，都趁着这个机会说明白了，诉说一下自己的真心话。

“咱们宿舍好像没有什么精神不正常的人吧？”

“当然没有了，整个计科A3班没有，信工院也没听说过有啊？”

“咳，我的意思是，咱们宿舍好像没什么偏执的人，大家都很和气，对不对啊？”

“是啊，我也觉得是，我们这几个人好像都跟大熊猫一样。”

“对啊，要是青春可以重来一遍，就算我考上了清华北大，我也不去，我仍然要回到西安文大，跟你们这几个兄弟做舍友。”我打心底里说。

“说得好，如果确实是这样，我也愿意。”

“我也愿意……”

“哈哈，看来大家都愿意了，是不是？”

“哎哟，我看看表，都十二点了，赵磊，是不是楼门锁了啊？”

“好像是。”

“不管了，来，咱们干了这杯，从今往后，我们就彻底分别了，以后的日子，大家都好好保重。”

“好的，干杯。”

“哈哈哈哈。”阿泽一手端着酒杯，突然笑得停不下来。

“兄弟，你咋了？”众人纳闷。

“没事，我突然想起了曲排，这家伙，可有意思了，作为我的隔床，又作为曾经的大学室友，分别的时候，自然要带上他。”

“可惜，他退学了，唉，不过没事，人各有志，人各有志……”

“你还别说，那家伙有时候说话特有意思，我至今仍然记得，他刚来宿舍那会说的一句话，有一天他戴了个帽子，就说什么我要做一个21世纪的牛 × 人物，我的大脑要像电磁波接收器一样，连接全球各大地区，这样，我才能获得源源不断地信息。”陈旗哭笑着说。

“哈哈哈，那时我一听就想起了红警里的尤里，笑死我了！这哥们。”

“不对！那是雷达。”李超凡说。

“啧啧，来吧，让我们敬曲排一杯酒。”说着，众人齐饮。

晚上，我们几个兄弟都来到了红树林网吧。很久没有在一起上夜机了，也许，这是我们六个人最后一次聚在一起了。我们先是像过去一样，打了几把魔兽争霸，又特地试了试鲁伟介绍的新游戏LOL，这不玩不知道，一玩还真上瘾了。

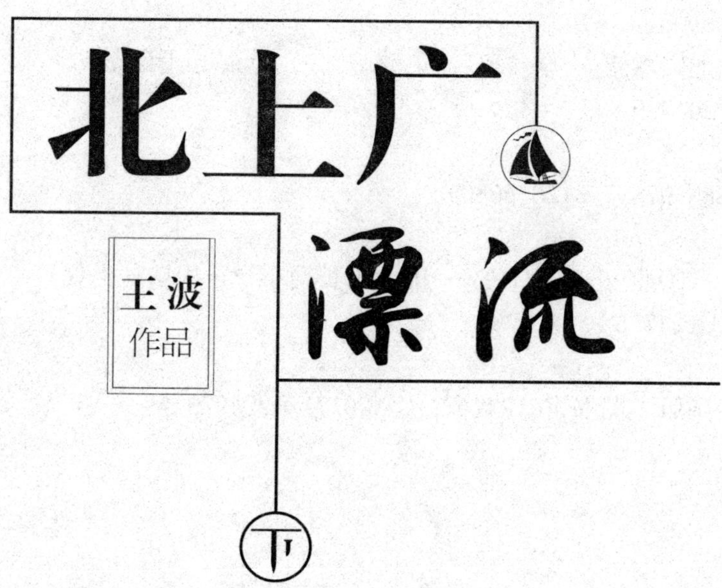

团结出版社

图书在版编目（CIP）数据

北上广漂流 : 全二册 / 王波著. -- 北京 : 团结出版社, 2017.9

ISBN 978-7-5126-5580-5

Ⅰ. ①北… Ⅱ. ①王… Ⅲ. ①长篇小说－中国－当代 Ⅳ. ①I247.5

中国版本图书馆CIP数据核字(2017)第224029号

出　　版　团结出版社
（北京市东城区东皇城根南街84号　邮编：100006）
电　　话　（010）65228880　65244790
网　　址　http://www.tjpress.com
E-mail　65244790@163.com
经　　销　全国新华书店
印　　刷　三河市京兰印务有限公司
装帧设计　成都天恒仁文化传播有限责任公司

开　　本　160mm×230mm　1/16
印　　张　31
字　　数　475千字
版　　次　2017年9月第1版
印　　次　2020年1月第2次印刷

书　　号　ISBN 978-7-5126-5580-5
定　　价　110.00元（全二册）

目　录 contents

第十八章　夜游秦淮河

周末，公司举行了一个晚宴，在一家知名的川菜馆。这是我来公司后，所有的员工第一次聚在一起吃饭。为了能够愉快地进餐，我特意和邵海南坐到了一起，免得跟不认识的人一起没有话题。公司自己人聚餐，没有什么特别之处，大家吃得很开心，酒的话，能喝就喝，不能喝也没人强迫你。

大家吃了好一会，就开始互相敬酒。等喝得差不多的时候，萧总发言了，四下又恢复了寂静。

“今天，我们在这里聚餐，主要有两件事情。第一件事情，就是最近公司里来了很多新同事，大家可能有些认识，有些不认识，为了增加大家的相互了解，还有公司团队的凝聚力，就有必要聚一次。第二件事情，是总部那边刚来了通知，说这眼看就要七月份了，咱们H科技有数十个分公司，分布在全国各地，这老是不见面，各自为战也不好，也有必要聚一聚。所以，公司总部决定，在南京举办一次运动会，届时，H科技的所有员工都要参加。”

话音一落，大家都开始窃窃私语，聊的内容也都是围绕这次南京运动会的。

“我知道你们的疑问，具体的出行情况，公司人事潘晓敏会整理好文档，发给大家，你们有什么疑问直接跟她讲吧。今天，我要说的是一个令人头疼的问题，大家都知道运动会吧，那总要上场，总要喊口号的。咱们西安这边是黄队，我最近想了几个口号，都不太好，趁着这个机会，大家也想想看，如果不错，咱们现在就定下来。”

萧总的话说完了，其实，别的事情都好说，也就是走走过场。最主要的是这个口号，如何才能喊出气势呢？这是萧总最关心的，毕竟，咱们西安这边有几十号人，可能是分公司人数最多的，如果没有一个响亮的口号，输在了气势上，那以后可就落下话柄了。

大家一边吃菜，一边动脑筋想着口号的问题。起初，公司的老王想出了一个口号，大家就当场试喊了几遍，但效果不太理想。不过，老王这口号大概也有那么点意思，八九不离十了，在座的各位就在他的基础上修改，改来改去，就成了这个样子。

“黄队黄队，炎黄之队。黄队黄队，战无不胜。”

老实说，这个口号真的挺好。炎黄，既体现出了咱们黄队是在陕西这一特色，又跟黄队这一主题比较匹配，而后半句，就简单了，战无不胜就充分地表现出了我们的自信。果然，这个铿锵有力的口号就正式被确定下来了。不过，说到去南京开运动会这事，别的同事都比较欢喜，但我就觉得有点郁闷了。虽说，公司理论上是允许携带家属的，但真正带家属去的，估计没有几个。这就让我有点犯难了，我要是带赵玲栎去，就显得不合时宜；要是不带她去，我老是出差，让她一个人待着，又不太好。

回到家里，我抽了根烟，在思考着怎么说这件事情。

“怎么了，看你愁眉苦脸的样子？”赵玲栎关心地问。

“是有点事，公司要组织我们去南京参加运动会。虽然，理论上是可以带家属的，但我私下打听了下，西安这边没人会带家属去。我这刚出差回来，又要走，就觉得对不起你，老让你一个人待着。”我一边说，一边抽了几口烟。

“又出差？你这刚回来还没几天呢。”

“我知道，不正为这事烦恼着呢么？”

“算了，也不是什么大事，你这次要去几天？”

“大概就三四天吧，最多这样了。”

“没关系，你工作了，总不能像过去一样天天陪我出去玩吧，咱们都应该有自己的事业。”

“嗯，那你这三天打算干吗？”

“最近我淘宝做得不顺利，千盼万盼总算把你盼回来了，刚想着跟你讨论一下我未来的出路，你又要去出差，真是的。”赵玲栎有点抱怨。

“我也不愿意啊，谁叫这事就摊在一起了。”

“没事，你去吧，去南京了好好玩，我这几天去找秦妍吧，我可以先听听她的意见，回来再结合你的想法。你这几天去南京，正好没事儿，可以帮我想想，我的电商事业如何转型。”

“好的，正好出远门，见见世面，帮你理一下思路。”我有点喜出望外，赵玲栎还是跟过去一样善解人意。

七月初，公司所有员工穿着印有H科技LOGO的T恤，统一出发去南京。在路上，我隔着车窗看着远处的风景，陷入了沉思。长这么大，还是第一次去江苏省，一直以来，我的活动区域都是甘肃和陕西，这两个省接壤，一个是我出生的地方，一个是我工作的地方。这次去南京，要跨好几个省，不由得让我心里激动。我在中间的车厢里，抽着烟，看着远处的群山发了会呆，就回到了自己的卧铺。夜晚，天色漆黑，外面除了沿途的灯光，什么都看不见。我躺倒了卧铺上，沉沉地睡去。在梦中，我看到了自己一次又一次地离开赵玲栎，我心里有多么不舍，但我没有办法。

七月三日，我们总算是到了南京。这南京和西安一样，号称中国的四大火炉，一走下火车，我就被迎面而来的热浪滚滚包围。

潘晓敏作为领队，已经安排好了一切。她穿着一件特别清爽的衣服，右手举着旗子，像导游一样，走在最前面带路。

我们坐上大巴，从南京长江大桥一直往市里走，最终到达了格林豪泰酒店。

经过一阵忙碌，我和邵海南被分配到一个房间。想想不带赵玲栎过来也是对的，公司已经提前把这些房间的安排都布置好了，如果带家属的话，赵玲栎那份肯定是要我出的。算啦，不想了。

我特地买了盒南京，和邵海南抽起烟来。经过了一天的劳累，剩下的时间就是自由活动，运动会明天才正式开始。

“海南，你在南京有认识的人吗？”

“有啊，我记得有几个大学同学，毕业后就来南京工作了，听说待遇比西安好多了。”

“哈哈，那你怎么不让他们帮帮你，让你在南京定居下来。”

“得了，我还是个比较本分的人，我跟我对象都是乾县的，能在西安一起工作、生活就满足了，跑那么远干吗？折腾过来，折腾过去，到头来都是一场空。”

“看你说的，年轻人嘛，四海为家。”

“那都是老头们骗小孩子的，要真那样，你咋不去北漂呢？还窝在西安干吗？”

“北漂？算了吧，我是张掖的，我对象是洛阳的，能够各退一步，在西安生活已经很不容易了，还北漂？北京对我来说，压根就是一个完全陌生的城市，我估计我家里人都没一个去过北京。”

晚上，似乎没有什么可做的。我们就聊起了格林豪泰跟雅致宾馆的区别，除了名字不一样外，我们得出的答案是格林豪泰更加舒适，设备更加先进。毕竟，这里是南京，是江苏的省会。

我躺在床上看电视，邵海南要出去逛逛。他刚一推开房门，一张卡片就掉了下来，我看到上面印着那种穿着特别诱惑的女孩。

“海南，你的生意又来了，又开始收集小卡片了吧。”

“哈哈，你也可以来尝试一下。”说着，邵海南从地上捡起卡片，放入了钱包。

“别人都是收集好人卡，你是收集艳遇卡啊。”

“怎么，不服气？我又不像你，家里有个女朋友伺候着。妈的，非法同居！”

“你不是也有女朋友吗？”

“咱们怎么又回到这个话题了。我都说了好几次了，我跟我女朋友，那是奔着结婚去的，我们两人都很传统，非常鄙视这种婚前性行为。”邵海南没好气地说。

“那你这老是犯错误，也不好吧？”我故意拿这调侃。

“你懂什么？像我这种错误，结婚前是没人管的，结婚后也不会再犯，只是一时地应急策略。”

邵海南说完就出去了，不知道是干吗去了。有可能是去找同学了，也有可能是单独开了一个钟点房，给那个卡片上的女人打电话了。总之，谁知道呢？到了南京了，他想去哪浪就去哪吧，我还是老老实实地待在房间里睡觉。

第二天，我俩没有设定闹钟，竟然迟到了。真是的，也没人通知一下我们。

我俩慌忙地收拾好，就往南航跑去。走进校门，竟然没有看到一个穿公司T恤的人，难不成他们已经在会议室开会了？我俩询问了南航的学生，才知道了会议室的具体地址，就一路上狂奔过来了。

当我俩走进会议室时，就震惊了。所有H科技公司的员工都聚集在这里，大概有五百多人，这一条队伍，把会场完全占据了。我俩来不及看这种壮观场面，就找了一个偏僻的地方坐下，静观其变。

这时候，公司的马总出场了。我还以为他气场很强大，结果，还就是一个普通人，走在街上，我都懒得看一眼的那种。马总走上了讲台，发表了热情洋溢的讲话。

“在座的同事们，今天，我们H科技公司五百多人，能够聚集在南京，参加这样一个会议，是一种公司发展的契合，也是一种缘分。以后，希望大家再接再厉，为公司的发展，贡献出自己的力量。”

随后，马总又说了一些特别冗长的发言，内容就是概括公司的部门，归纳公司的发展之类的，扯来扯去就那几套，典型的领导发言模式，我听得耳朵长茧。

最后，北京总部的一位高管，把各地分公司的部门经理都请上了主席台，让这些分公司领导介绍自己的部门情况。当介绍到自己的部门时，该部门的员工都要站起来大声呼喊，以证明自己的存在。当萧总讲到我们部门时，一下子站起来了不少人。原来，跟我预料得差不多，西安分公司的人是最多的，就跟西安的高校一直在扩招似的，导致现在西安满地都是大学生。

启动大会结束后，我们五百人，选择了一个空阔的地方合影。有很多平时工作上有交集，但没有见过的同事，也趁着这个机会聚在一起拉拢感情。折腾了一早上，总算是忙完了，接下来又是自由活动。

我和于总本来在一起走，后来老冯那帮人就过来了，凑在一起聊个没完，我就落了单。

“人家都是项目经理级别的，你跟着凑什么热闹啊？”不知道什么时候，邵海南突然出现在了我旁边。

“哪有啊？本来，大家都是在一起走的嘛，总不能遇见了于总，我装作不认识。”

“没事，让他们一起聊着吧，咱们走另一条路。”

“也是，跟领导在一起总是蹑手蹑脚的，不舒服。”

我和邵海南从另一条路走了，他开始吹嘘自己昨天跟那个卡片上的女孩发生的事情。一边说，还一边抽着烟，津津有味地回忆。

“噢，你跑过来，就跟我说这些啊？刚才那么多领导，你咋不说呢，好让领导们也开心开心。”

“哈哈，这些事情，也就咱俩这种公司最底层的屌丝可以交流交流了。”邵海南沾沾自喜地笑着说。

回到格林豪泰，外面的天气开始变得阴沉，但气候依然闷热，是不是大城市都有这种特别的天气？我想是温室气体太多了的缘故。这要是在张掖，只要下起了雨，屋里屋外都会变得非常清凉。

下午，我们在南航的体育馆内，举行了运动会的开幕式。其实跟学校运动会差不多，只是一切步骤都进行了简化。在走完开幕式，喊完了口号后，所有的比赛就正式开始了。

首先是一场足球赛，马总亲自出场。于总这厮，见老大在场上，就赶紧参加了，而且在场上表现得特别积极，接到球后自己都舍不得射门，把球往前面带一会，就把球传给了马总，真是会做人啊。马总是全公司的老大，他要射门，估计守门员也会放水，谁敢拦他的球？这不，没几个回合下来，人家马总就进了两球。

球赛结束后，就是一些团体性的比赛，大家都能参加的那种，跟体育课上的没什么两样，也没什么技术含量，运动量又小，又能让每个人都玩得尽兴。尤其是女同事，似乎非常喜欢这种活蹦乱跳的项目。

晚上，天气乌黑，月明星稀。这样的夜晚，如果待在格林豪泰，又没有佳人相伴，岂不是浪费了？萧总身为领导，已经考虑到了这点，早制定好了出行计划。

七点钟，我和邵海南从格林豪泰 21 楼乘电梯往下走，遇见了很多穿 H 科技 T 恤的人，但没有见过，显然不是一个部门的，或者不是一个地方的。这出去玩嘛，就不用穿公司 T 恤了吧，我觉得这些人真是老土，万一遇见什么不好的事情，不是把公司的人丢大了？

我们西安的人，都集中在格林豪泰附近的一个大排档里，一共三桌。还是老规矩，不能和领导坐一桌，我乖巧地坐到了秦剑锋的那一桌。

这一桌，都是公司的新生代员工。有我比较熟悉的老朱、老王，还有秦剑锋和邵海南，我们几个正吃着饭，连金涌都凑到这桌来了，他大概是休息的时候睡过头了，一进门就发现只有我们这桌有空位。

“金涌，你迟到了！”邵海南说。

“唉，今天下午比赛的时候打了一阵篮球，好久没锻炼，结果回去就睡着了。这一觉醒来，天都黑了，虽然毫无倦意了，但这晚宴就来迟了，不好意思，我深刻检讨。”金涌唯唯诺诺地说。

“那可不行！你们失业保险项目组也经常出去做实施，你说说，跟那些领导吃饭的时候来迟了，该怎么做？”邵海南不依不饶地说。

“唉，你们呐，非要让我下不了台。”金涌无奈地说。

“哈哈，跟领导吃饭，你要是迟到了，就要自罚三杯！这个是不成文的规矩了，虽然，咱们都是一个公司的同事，但酒桌规矩还是要讲的，不然，我们H科技的项目组以后怎么出去混啊？”秦剑锋添油加醋地说。

“也罢，败给你们了，那我自罚三杯好了。”金涌说着，就举起酒杯一连饮了三杯。

“好酒量，一点也不养鱼，金涌，恭喜你通过了测试，你可以坐下来吃饭了。”我笑着说。

这酒一旦喝起来，就刹不住了。大家刚才都吃得不错，明显是填饱了肚子。这会儿，就开始跃跃欲试了。很多人同事举起酒杯，开始互相敬酒，我考虑到今天晚上还要出去玩的原因，就随便应付了一番。在酒精的作用下，这桌的新同事们话也多了起来，原本稍微安静地吃饭氛围立刻变得喧嚷起来。

从一开始，我们这桌就有说有笑的。因为这桌一个领导都没有，大家都是平级，气氛非常活跃，反观墙角那桌，情况就不太好了。有萧总在，大家都有点放不开，但萧总显然是聪明人，他见我们这桌已经喝了起来，也不甘落后，怂恿自己那桌的人喝酒，这酒一喝上，气氛立刻就变得活跃起来，讲段子的讲段子，聊人生的聊人生。

另外一桌，大多都是女同事。女人和女人在一起，本来就有聊不完的话题。再说，潘晓敏、杨姐这些个本来就是成天跟电话打交道的客服，没话说才怪。尽管他们这桌不喝酒，可我还是能听见她们笑得跟花儿一样，估计是又在扯什么八卦话题。

我喝了几杯，就不喝了。本着来南京不能错过美食的宗旨，我把饭桌上那些好吃的菜依次品尝了一番，要不然，可真是白来了。

这时，老朱想跟我喝一杯，他已经喝了很多了，这会估计有点飘飘然。

"老张，来喝酒。"

"老朱，我看你已经喝了这么多了，真打算一会直接回酒店睡觉？我听说，一会还有活动呢。"

"活动，真的？"

"我骗你干吗，你要跟我喝酒，那我干了，你随意啊。"

"好，爽快。"

大概是受我那句话的影响，大家在心里都盘算着一会出去玩的事情，这酒风就稍微刹住了点。大家聚在一起，又聊了半个小时，大概到了八点多。萧总终于站出来说话了。

"今天晚上，我们就去秦淮河吧，来南京，不去一趟秦淮河，怎么也说不过去。"

大家都觉得这个提议不错，赶紧收拾好自己的东西向外面走去。这下，我们西安的一百多号人，就成群结队地往秦淮河走去。南京的夜晚，微风荡漾，这条路上的行人并不是很多，我们带着微醉的酒气，浪在大街上。

从正门进去，是一条狭长的仿古街，卖什么东西的都有，以手工艺品、纪念品、南京特色产品为主，当然也有卖小吃的。街上人山人海，公司的同事早已经三五成群，各游各的了。我和邵海南一组，慢慢地往前逛着。走了十来分钟，就陆续地遇见了其他的同事。他们有的人在买特产，有的人在看热闹。

从这条闹市街往前走，还有一些卖现代用品的商店。邵海南总是热心，忙跑过去买了一些糕点，拿给我们吃。这时候，我看见老王他们三人，在一家皮具店里买包。本来，我也想着买点南京特色的，可一想这月还没发工资，囊中羞涩，就算了。

路的尽头，就是传说中的秦淮河了。好家伙，这边是一副金碧辉煌的装扮，简直到了古代。各种颜色的灯点缀在古香古色的房檐上，勾勒出一条笔直的线条，连河里的游船也是张灯结彩，沐浴在喜庆的气氛中。

秦淮河中间，有艘游船上面站着一个穿着汉服的女人，她正在用优美的歌声，唱着古典戏曲，此情此景，让我有种穿越到古代的感觉。游船沉稳地向文德桥划来，冷冷的江水在夜色中泛起波澜。我们凭栏而望，不由得感慨万千。秦淮河不愧是十里珠帘，这两岸的建筑斜檐漏窗、雕梁画栋，在夜色中灯火通明，果真是锦绣十里春风来，千门万户临河开。金粉楼台，鳞次栉比，画舫凌波，桨声灯影，俨然构成了秦淮河的奇特美景。

顺着走廊往前走，赫然看见了得月台。楼下有几家玉石店，主要以南京的雨花石为主。雨花石这个名字，听起来就很有诗意，也可以吸引人的购买欲望。虽然，大家都是新员工，手上没多少钱，可好不容易来南京一趟，除了吃吃喝喝外，总要带点什么回去。思来想去，我决定买几块雨花石。逛到这里，大概就是尽头了，再往前走，可就没有路了。但如果原路返回，那多没意思。大家正站在河边发愣呢，秦剑锋说。

“咱们从这个岔路走吧，说不定可以有另一番发现呢。”

“行，听你的，从这边看过去，也有不少楼阁呢。”

我们几个人从另一条路返回走，走着走着，就绕到了传说中的夫子庙。这座庙，可是非常著名的。它的规模宏大，里面有很多建筑群，是供奉和祭祀文圣孔子的地方。本打算进去逛逛，可游人实在太多，乱糟糟的也没什么意思，我们就在门口合了影，就接着往出去走了。走了大概几分钟，就看到了一条狭窄的巷子，门上写着乌衣巷，这里俨然是民间工艺品聚集地，让人想起了刘禹锡的诗句，“朱雀桥边野草花，乌衣巷口夕阳斜。旧时王谢堂前燕，飞入寻常百姓家。”

回到格林豪泰 21 层，我躺在床上就睡了。邵海南掏出了身上的卡片，挨个地看着。

“你要想去就去么，你又不是没去过，记住，这是第四次犯错，我帮你记着呢。”

“张帆，你错了，这是第五次了，上次的时候，你不在。”邵海南夸张地笑起来，都不知道他笑个什么劲。

“好吧，那你这次去不去？去的话，我就按 Java 里的内容给你声明个变量X，如果去的话，就X++，不去的话，就保持X，如果你女朋友原谅你一次，你给我说声，我就给你X--。”我不可理喻地说。

“我勒个去。”邵海南沉默了半晌说。

运动会已经第二天了，南京炎热的天气终于过去了，这天飘着蒙蒙细雨。早上，我起床后，打开窗户，远眺南京市区。因为我在21楼，也可以看个梗概，南京市区看起来跟西安市区没什么两样，到处都是高楼大厦，只不过南京比较陌生。

早晨，我们还是在南航的体育馆举行各种比赛，今天是运动会的最后一天，大家的热情格外高涨。因为，这天熬过去，剩下来的一天，正好可以去南京城里逛逛。我和邵海南混在人群中，半推半就地完成了几个项目，就躺在看台上休息了。不光是我俩这样，有一些人也躺在看台上睡起觉来。

“喂，醒醒。”邵海南推了我一把。

“干什么你？我正做梦呢。”

“都中午了，该吃饭了，一起去南航的餐厅吧，我们有票的，去尝尝南航的伙食。”

“行啊，咱们走吧。”自从离开文大之后，我已经有些日子没在学校里吃过饭了，今天正好回味一下曾经。

从体育馆出来，一直往里走，到了一个角落，就是南航的餐厅。我们拿着饭票，领取了相应的午餐，H科技的员工跟南航的学生混在一起，这种情况还挺有意思的。大家面面相觑，不知所以。

“下午的篮球赛完了，可就没运动项目了。”

“是啊，总算是结束了，我南京的同学还等着请我去吃饭呢。”

“呵呵，看来你在哪里都混得开啊？”

“我本来朋友就多，之前做实施到处跑，又认识了不少人。”

下午，体育馆内举行篮球赛，秦剑锋参加了，我俩是属于那种没有身高优势的，只能站在台下加油。虽然，我们黄队的同事奋力拼搏，但无奈的是，对方每个人都比较高大，任凭我们这边怎么进攻，得分还是少得可怜。作为资深球迷，秦剑锋再也忍不下去了，直接带球，横冲直撞，眼看就要突破得分了，结果，在起跳的那一刻，出了事故。他和对方的防守球员撞在了一起，人就跌倒了，把脚崴了。

这个事故来得太突然，秦剑锋躺在地上，疼痛地起不来了。我们几个看球的人，赶紧跑过去，把秦剑锋扶到了场边休息。秦剑锋一边抱怨，一边还在担心比赛，总之，这场比赛是没救了。邵海南这人也是一点没有集体荣誉感，秦剑锋都挂彩了，他还在那呵呵地傻笑，谁不知道他在想什么。哎呀，这球赛嘛，不就是大家意思意思就行了，何苦那么拼呢？

比赛结束，黄队输了，但大家的拼搏精神，还是值得敬佩的。秦剑锋敢拼敢打，算是给在场的同事留下了深刻的印象。我和邵海南往格林豪泰走去，到了过马路的时候，我见路边有一个卖烧烤食品的店铺，就买了一些鱿鱼，打算拿到房间里，边吃边看电视。外面的雨还是悄无声息地下着，我站在格林豪泰 21 楼，打开窗户，望着远方。突然，我就想起了西安，想起了赵玲栎，想起了我们之间那些难以割舍的东西，还有我们之间不确定的未来。

慢慢地，雨势就大了起来，落在地上，溅起了水花。每当下雨的时候，我就感到特别不安。以前，我不知道生活的意义，打算以工作来填充生活，可当我工作了，又发现这也不是我想要的生活。这种情绪，一到下雨天就开始作祟。

晚上，公司在一个酒店的礼堂举行了盛大的庆祝会。每个部门都要表演节目，马总亲自上阵，拉起了二胡，胡声悠扬，牵动着我们的思念。所有节目表演完后，就是颁奖典礼，秦剑锋因伤获得了最佳新人奖。而我们黄队，是人数最多的，但却是最后一名，大家遗憾地领取了最后一名的奖品毛巾。

回去的路上，我们没有从原路返回，而是从另一边绕了一个圈子，穿过了一条狭长的巷子。这边的马路上人烟稀少，但路边却开着一排发廊，里面全是衣着暴露的女人，她们望着走在路上人群，还不时抛个媚眼。有的女人坐在沙发上，从半掩的门缝看进去，只有一条修长的大腿。

“张帆，咱们进去玩玩？”秦剑锋开玩笑地说。

“你不是脚崴了吗？”

“脚崴了跟那又没关系？”

“他还有一个部位没崴。”邵海南说。

“你还是先养好你的脚伤再说吧，我可从来不去这种风月场所，不过嘛，你可以和邵海南一起去，他可是老司机。”我笑着说。

“啧啧，没看出来嘛，海南。”

“咳，男人嘛，那么一本正经干什么，总要犯点错误。”

“说得好。”秦剑锋夸奖了一句。

“你们呐，能不能正常点。尤其是你，老秦，身上还穿着公司T恤，你这样去，有伤风化！况且，万一染病了咋办？”老王郑重其事地说。

“老王，这就是你的不对了。首先，我肯定不会穿着公司T恤去。其次，哪有那么多病啊，就算染了，严重的国家还给治呢。”秦剑锋嬉皮笑脸地说。

“哈哈哈。”在场的几个人都笑了。

晚上，大家闲着没事，不知道是谁出的主意，说是一起去南京1912酒吧街看看。那是个充满激情和诱惑的地方，在南京很出名，说到这，众人连连赞同，并且三五成群，搭车过去。

到了1912酒吧街，我们才发现，这里有一番独特的风格。基本所有的建筑都是民国风格，墙是灰色瓦片，让我想起了一些电视剧里的场景。各种造型别致的建筑矗立在绿色树木的陪衬之中，等待着忙碌了一天的人们进来消遣。

晚上，这里灯火辉煌，无数男女走在大街上，相拥的、调情的、散步的，只有我们H科技的，一群男人在酒吧附近逛着。

这里的建筑外表都显得古朴典雅，街道上随处可见遮阳伞，底下摆着几个椅子。每个夜店外面都停着不少豪车，可见其中不乏有钱人。瞅来瞅去，也就是我们这些人最屌丝了。

从门口进去，一直往里走，绕了一圈又一圈，愣是不知道该去哪一家？逛了几家后，我觉得南京的夜店真的很不错。消费情况我不知道，但店里的设施够豪华，美女也够多。天气还是湿漉漉的，偶然会落几滴雨，打在身上，我们站在一家夜店门外，开始商量到底去哪家？

“得嘞，你们也别磨叽了，就跟着哥走吧。”老陈是公司里少有的经常出入夜店的人，他这一说，果然有人叫好，就跟着他的步伐走了。

老陈带着我们往前走了几步，拐了个弯，就到了苏荷酒吧楼下。

“就这家吧，我觉得名字不错，直觉告诉我，这家酒吧一定很好。”在场的几个人都点点头，没有异议。这时，一个服务生热情地招待我们进去。

老陈他们几个走在前面带路，穿过酒吧中间的那条走廊，就进入了夜店中心。这里，果然是人山人海，音乐声一下子填充了我的身体，连彼此说话的声音，都已经听不清楚了。至于夜店的 BGM，我也听不懂，就是那些玩 POP 的老外在一个劲地唱着，英文唱得很溜，很有激情。

到了我们订的位置，是个有沙发的地方，靠着墙壁。我们正坐着，就可以看到夜店中心的所有风光。老陈他们几个坐了一桌，我和邵海南、秦剑锋，还有几个不熟悉的同事坐了一桌。

音乐声还是一直持续着，我们几个人抽着烟，喝着酒，但气氛总是上不去。大家仿佛都已经习惯了坐在公司里，在那个压抑的环境下，默默地上班，处理问题。一旦出来玩，都有点不知所措的感觉，看着人家在舞台上跳得那叫一个嗨，我们几个貌似不能理解，无法跟酒吧的氛围结合起来。

喝了一阵子，连酒都喝得没意思了。看看别的桌子，都有美女作陪，不管是人家带来的，还是酒吧的工作人员，总而言之，都比我们玩得高兴。我们几个，只有干干地看着，好像还有点尴尬。这时，一个美女走过来，对老秦抛了个媚眼。老秦赶紧抓住机会，让这个美女过来陪我们喝酒。

这下，我们这桌的气氛一下子被点燃了。美女不但陪我们喝酒，还跟我们玩起了骰子。看看老陈那桌，人家也找了个美女，正喝得相当愉悦呢。我们两桌隔得比较近，就互相来往起来，一起喝喝酒、聊聊天、玩玩游戏，也挺有意思的。

酒吧的 BGM 越来越疯狂了，DJ 仿佛是有意要把气氛抬到最高点，不断地切换着歌曲。在苏荷酒吧待了一个多小时，我们几个喝了不少，不知不觉中，就跟着音乐开始摇头晃脑。

这时，一个同事坐不住了，就直接跑舞台上嗨去了。他跟着音乐，不停地摇摆着身体，晃动着脑袋，完全脱离了工作时严肃的样子，让我们在台下忍俊不禁。渐渐地，老谢也忍不住了，彻底放开了，他刚开始还只是坐在沙发上不停地点头，没过几分钟，也跑到台上去了，一边舞蹈一边还跟美女互动。看来，还是老王的定力最好，先是跟着音乐晃了一阵，当意识到自己不受控制的时候，赶紧恢复了常态。他就这样，坐在沙发上一个劲地循环着。

“萧总去哪了？刚才还见来着。”老王说。

“人家可能有自己的安排。”老谢说。

“萧总要是在这就好了，今天这桌非得让他掏了。”老王说。

“萧老板鬼得跟啥一样，你还想让人家掏钱？”老谢说。

这时，DJ 放起了 LadyGaga 的经典歌曲 PokerFace，全场的气氛又一次沸腾起来。这首歌比较出名，歌词也写得有意思，最主要的是朗朗上口，大家都听过。老陈跑过来，硬是把我、邵海南、秦剑锋都拽到了舞台上，还絮絮叨叨地说我们没劲，要我们既来之则安之。

我们几个也彻底放开了，就站在舞台上跟大家一起摇摆。虽然，我不知道自己的动作是在干吗？但我就跟着音乐的节奏跳了，别人怎么跳，我就跟着咋跳，没过多久，我也学得有模有样。

我和秦剑锋还好，最癫狂的就是邵海南了。没想到，他平时除了那点犯错误的小爱好之外，在酒吧里也玩得很嗨啊。他不但跟着跳舞，还跟着 LadyGaga 的歌声唱起来，时不时地还欧几声，这让我们都很意外，着实没有想到。我和秦剑锋跳了一会，就停下来了。秦剑锋指着远处让我看，原来老陈这厮竟然和一个美女站在钢管旁边舞上了。这一男一女，张牙舞爪的，不停地亲密接触，有点像拉丁舞，底下还有几个人在给他们鼓掌喝彩。

我们几个回到沙发上，抽着烟，又开始喝酒。大概到了凌晨两点多，酒吧里的气氛渐渐缓和下来，我们这次确实玩得尽兴了，身体疲惫不堪，有人提议回酒店睡觉，大伙儿就跟着往外走了。当我走出酒吧的那一刻，才感觉自己恍惚间又回到了人世。

回去的路上，老陈着急地问我们要钱。

“快，一共消费了 2000，都把钱给我。”

“干吗这么急，又不欠你的？”

“我这有事呢，刚才和我跳舞的那妞在等我，我要请她吃饭。”

“请什么请？你刚来南京，人生地不熟的，明天就要回西安了，你别请人家吃一顿饭，结果，就回不来了。”

“对啊，你没听Lady Gaga咋唱的，Take your bank before I pay you out,I promise this promise this，说不定人家会将你洗劫一空呢。”邵海南说。

“哎？海南，你这英文说得挺溜的，洋气啊！”秦剑锋说。

“那是。”

老陈犹豫了一会，不知道是去还是不去。

“我不管了，你们先回去吧，这顿饭我请定了。”老陈头也不回地请美女吃饭去了，拦都拦不住。

这一晚，我见识了到了南京夜晚的繁华。这种繁华，让我痴迷向往，可是回过头来一想，这一切都是用金钱堆积而成的生活，我等屌丝，只能望洋兴叹呀。繁华过后，就是凄清。正如我们回来时，路过的南京总统府那样，曾经是国民政府的中心，现在，已经沦落到无人问津的地步，只有那枯黄色的灯光，一直照耀。

Can't rea dmy

Can't rea dmy

No he can't read my poker face

……

Can't rea dmy

Can't rea dmy

No he can't read my poker face

……

p-p-p-poker face,p-p-poker face.

邵海南还在一个劲地唱着，意犹未尽，似乎仍然沉浸在苏荷酒吧的氛围中，这让我和秦剑锋都很无奈。

“海南啊，别唱了，你再唱可就真成扑克脸了。”秦剑锋说。

“对啊，你再唱，我可真猜不透你了，哈哈。”我说。

“不过啊，偶然出来去趟酒吧也不错，至少可以让咱们平时那种一成不变的生活发出点波澜，你看看，酒吧里的那些人，他们多会生活啊，就我们公司的这些人，愣愣地坐在沙发上，都不会玩。”秦剑锋说。

“嗯，我对喝酒没兴趣，但特别喜欢酒吧的BGM。我觉得听着听着，就仿佛进入了另一个世界，就像海南一样，你看他现在还没清醒呢，就是平时太压抑了。不过，我倒是蛮喜欢刚才那首 *DJ Got Us Fallin In Love*。”

公司的运动会已经结束了。今天，是我们在南京的最后一天。晚上的车票已经订好了，离开车还有十几个小时。邵海南一大早就出去了，说要去看望南京的朋友。我正愁没事干呢，金涌和秦剑锋主动过来串门，硬是要拽我跟他们一起去中山陵。我想着，秦淮河去了，1912 酒吧街也去了，就差个中山陵了，那不正好？

我们几个人坐地铁直接到了中山陵景区。在山脚下的时候，就已经有很多游人了，但始终没见卖票的地方，让我误以为中山陵是免费的景区。秦剑锋走在最前面，他之前查过南京的旅游攻略，认识路。到了景区门口，我看到前面有几个熟悉的身影，原来是老王他们。正好赶上巧了，我们几个就结伴而行了。

“天气这么热，你还抽烟啊？不怕污染环境么？”我问老王。

“是有点热，没办法，谁叫这里是南京，我感觉比西安热多了。”老王扔给我一根烟。

“咱们今天就在中山陵好好逛逛，反正晚上就要离开南京了，总不能留下什么遗憾。”老朱说。

“是啊，公司组织运动会，本来就有两层意思，一个就是让大家互相认识，交流感情；另一个就是每年都换一个地方，让大家出来旅游。”秦剑锋说。

“看来你经历了好几届了？”

“没有，我来这里也才第二年，去年的时候去的武汉。”秦剑锋说。

“看来这个公司不错，我要在这里长待了，等我干够几年，中国的省会城市都能逛个遍了。”金涌说。

聊了一会，大家就开始在中山陵里边四处逛了。这个景点，其实没什么逛的，山脚下就是一些消费的地方，游客要么在这里拍照，要么就在这里用餐、乘凉什么的。我们几个人一边走一边拍照，用了差不多一个小时，就到了山顶。其实，就是埋葬国父孙中山的地方，跟骊山的秦始皇墓是一样的。

在山上逗留了一阵子，我们沿着原路返回了。在山脚下，大家买了一些南京的特产，就搭地铁回到了格林豪泰。虽然，我们只在这里居住了三天，但我心里竟然有种不舍的感觉。路过烟酒店时，我买了一条南京作为留念。我沿着御道街往前走，这里苍松翠柏，形成了很多树荫，它们遮蔽了强烈的阳光，只漏下来星星点点。一阵微风吹过，让我倍感清凉，南京之行，大概就到这里了。

火车上，我躺在卧铺。想着最近发生的事情，就觉得特有意思，尤其是在苏荷酒吧时，想起同事们那些经典的表情，真是值得回忆。是啊，这些事情正是昨天发生的，可一旦过去了，就会有一种很特别的感觉。在火车行驶的轰隆声中，我渐渐地睡着了。深度睡眠中，我做了一个梦。梦见自己在一条广袤的旷野，拼了命地狂奔，一直向前。我也不知道，自己这么一路狂奔到底是为什么？但在路的尽头，我看到了赵玲栎穿着崭新的衣服，挥着手对我微笑。于是，我停下脚步，默默地注视着她。我大概是过于思念赵玲栎了。等我醒过来的时候，已经到了第二天早上。离西安，也只有很短的一段路程了，我期待和赵玲栎见面，和她聊聊南京发生的趣事。

回到家里，已经是早上十点多了。本来今天是星期一，仍然是要上班的，但考虑到大家刚从南京回来，比较劳累，如果硬是上班，也没什么工作效率，萧总就决定给我们放假一天了。

我回到603公寓，倒头就睡。虽然，火车上我已经睡过了，但睡眠质量明显不足。直到现在，我的脑袋还在嗡嗡作响。赵玲栎在家里，她为我熬了一碗红豆汤，放在床头柜上。看着她这么贤惠，我真的觉得有她比什么都幸福。我勉强着坐起来，喝着红豆汤。这时，窗外起风了，呼呼的声音从四周传来。天空一下子灰暗起来，先是劈了几次闪电，又下起了瓢泼大雨。还好，萧总这个决定是正确的，不然的话，大家的日子可真是叫苦连天了。

“你这几天过得好吗？”

“还好，无聊的话就去找秦妍了。但是，最近我的淘宝生意一直不行，秦妍说电商的竞争日益激烈了，她建议我开个实体店。我思来想去，也觉得她说的对，咱们就开一个店吧，就在Y寨附近。”

“开店？可以啊。可是我这才上了几个月的班，没攒够多少钱，要不你再坚持坚持？等今年过完了，我保证给你在附近开一个店，专门卖女装。”

“这样啊？那好吧。”赵玲栎有点失望，嘟哝着嘴。我赶紧抱着她亲吻，好言好语地哄着她，让她相信我。其实，开店这事也确实是可以的，至少，她可以有一份自己的事业，也不用靠电商小打小闹了。但是说到底，是我自己没钱，我要是像韩森那样有自己的公司，为自己的爱人开个店，那不是分分钟的事情吗？想到这里，我就觉得很自卑，很对不起赵玲栎。今年，在好好努力一阵吧，明年，我一定帮她把店开起来。

晚上，杨嵩攒了个饭局，让大家在一起好好聚聚。我们在四海酒家见面，有些日子没见了，大家彼此都很想念。但一见面，饭还没吃几口，就喝上了。杨嵩一边夸我事业有成，终于有了经济来源；一边又抱怨自己的广告设计不顺。总之，我们几个人过来过去也就那么几句话，钱难挣、人际交往也不咋滴、买房没希望、买二手车倒是还可以。

聊着聊着，我还特意说起了给赵玲栎开店的事情。杨嵩也听得特认真，还一个劲地帮忙分析行情。老实说，我这多少有点作秀的意思，好哄哄赵玲栎，让她认为我把这件事情放在心上了。

回去的时候，我就在想，一个月前，同样是在四海酒吧，我们401宿舍的最后一次聚会。大家又哭又闹，就是舍不得曾经，但不管怎么样，未来还是如期而至，想逃都逃不了。现在，一个月过去了，大家都过得好吗？阿泽我就不关心了，他这人在老家，有一大帮子亲戚朋友照顾着；李超凡也不用关心，这人脸皮厚，也属于那种胆小怕事的，这不还在鱼跃教育学习呢么？倒是陈旗和赵磊，让我挺想念的，我在宿舍就跟他俩特别投缘，真不知道他俩咋样了？我应该打电话问问。

“老陈，最近咋样？”

“没事，我已经到广州了，公司也注册好了，正在装修办公室呢。”

“在广州市中心？”

“没有，是在周边的一个比较偏僻的地方，这里房租比较便宜，先在这里扎根，慢慢发展，以后再说了。”

“哦，你这没给人打工就直接当老板了，真让人羡慕。”

“怎么样？你那边呢？”

“我还好，就是赵玲栎想开一个店，最近手头紧，一时半会还开不了。”

“要不要我借钱给你？”

“不用了，你这公司刚起步，我怎么好意思问你借钱呢？你先忙你的，我这坚持一年就能把这钱存出来。”我本来想开口借点钱的，但想想还是算了，出来混，大家都不容易。

“嗯，加油。”陈旗沉默了一下说。

“好吧。”我挂了电话。

本想着给赵磊也打个电话呢，可一看时间，都快凌晨了，还是算了。给赵玲栎开店这事，我还是放到心里了，我就辛辛苦苦攒一年钱吧，谁叫我和她是凑在一起过日子呢。这钱，本来就是两个人一起花的，没什么。

第十九章　离开H科技

从南京回来没有过几天，新农保项目组就忙得一塌糊涂。一方面是已经上线的地方，不断地打来电话，要求处理数据，或者更改程序。一方面是没有上线的地方，天天打电话催促我们派人过去培训。

开会的时候，于总说："最近，程序上面需要改动的地方太多了，顾晨还要忙核心平台开发上面的事情，他明显忙不过来。邵海南和张帆，你俩来也有一段时间了，客户现场也去过了，应该明白我们要做的事情了吧。"

"明白，经过柳泉、渭水这一遭，我俩彻底明白了。"邵海南抢先说。

"嗯，明白。"我只能跟着附和。

"明白就好，一会我会通过Excel的方式，把最近的工作安排一下。最近的任务，还是优先改代码吧，秦剑锋也会分担一部分工作，处理数据的事情就由我来做吧。"

"好的。"项目组所有的成员都表示认同。

"对了，还有一件事情，上次我说的那个陕北的女孩今天过来了，也在我们新农保项目组。她叫祁雪，颜值很高哦，海南你不是一直惦记呢么，一会你的愿望总算是实现了。不过，她初来乍到，很多地方不懂，我就亲自带她吧。"

"……"邵海南沉默不语。

"散会。"于总说完就去楼下接祁雪了，还真是殷勤。话说，这当领导就是好，不但可以给我们分配任务，自己做最轻松的，还能以合理的手段给自己招个小秘。说到这里，我们几个人就摇头叹息，纷纷发誓自己要以于总为榜样。

一会，祁雪来了，所有的男同事立刻睁大了眼睛。祁雪皮肤白皙，身材挺正，虽然并不是什么闭月羞花、出水芙蓉之类的，但也称得上是风姿绰约。本来，我是坐在于总旁边的，祁雪一来，就坐到了我的左边，这下，他跟于总之间就没有什么距离了。咳，祁雪？正好天热得够呛，身边坐一冰雪聪明的女孩子，那也不错，至少可以降降温。

一个小时以后，我们都收到了于总发来的Excel文件。我打开一看，好家伙，这次的任务量果然增加了不少。其实，看到这个任务表的时候，我们的心情都瞬间变得沉重了，邵海南本来脸就有点黑，这一阴，看上去衰老了十来岁。

中午的时候，我们项目组的其他人终于有机会跟祁雪单独在一起了。大家都围绕着这个新来的女同事，又是传授工作经验；又是介绍西安美味的，以至于平时我们需要走半个小时才到百脑汇，这次像是走了十分钟。吃饭的时候，秦剑锋还捷足先登，主动为祁雪买了单，说这第一次出来吃饭，让女孩子掏钱不好。我就在心里纳闷了，你跟于总两人都结婚了，还对单身女士这么关心干吗？一点也不考虑我和邵海南。有本事，你每天都给祁雪买单啊，想到这里，我就偷着笑起来。

“你在笑什么？”祁雪问。

“没什么，哈哈。”我忍不住又笑了。

“别理他，他在渭水的时候把脑子喝坏了。”秦剑锋说。

“哈哈，对啊，我跟你们讲，张帆在渭水出差的时候可惨了，直接喝晕过去，最后，被人抬走了……”邵海南不但不站在我这边，还拿这件事情取笑我，我真不该为他保密，我真应该把他的那点小爱好说出去，不过算了，我还没那么低俗。

“海南，这就是你的不对了，你是不是要我把你喜欢收集小卡片的爱好说出来？”我不还好意地说。

“哎呀，可别，千万别……”邵海南连忙止住了。

“什么卡片呀？是小当家水浒卡吗？”祁雪惊讶地说。

“得嘞，还水浒卡……你真当他是小孩子？”我故弄玄虚地说。

“那你告诉我，我也要收集。”祁雪依然追着问。

“好啦，没事儿，这个话题就到这里，大家吃饭吧。”邵海南嚷嚷着说，一口米饭已经送到了嘴里。

回去的时候，秦剑锋和祁雪走在前面，我和邵海南走在后面。

“开心的事情过去了，说说现实吧，需求看了吗？能搞定吗？”我问邵海南。

“还行吧，这次估计要加班。”邵海南低着头说。

“我这边估计更惨，我听小道消息说，漫川那边催促得可紧了。这次，肯定不会派咱俩去了，应该是秦剑锋一个人去。”

“那又怎样？他一个人可以啊。”

“不是，你没明白重点。我是说，经过了这段时间的考虑，我觉得自己可能不太适合写代码，我想去做实施。上次换座位的事情我帮了你，这次又为你保守秘密。你是不是也得帮我一回？”

“别废话了，直说吧，要我怎么办？”

“你可以故意接近于总，和他吃一顿饭。在吃饭的时候谈起我，说我成天跟你抱怨写代码头疼，想去做实施。然后，我会在适当的时候瞅准机会，主动提出跟秦剑锋出去做实施。”

“可以啊，小样儿，几天没见，学会用阴谋诡计了。”邵海南嘴角浮出一丝微笑。

“什么阴谋诡计，这叫指桑骂槐，醉翁之意不在酒。”

“行行，包在我身上，不就是吃一顿饭嘛。我明天就去，至于结果咋样，就不是我能决定的了，我只负责把话带到。”邵海南说。

“OK，行啊，兄弟，只有咱们互相帮助，才能在这个公司里混得更加长久。”我拍拍邵海南的肩膀。

最近的日子，我都故意做出一副写代码很难、很烦躁的精神状态，于总和我之间虽然隔着一个祁雪，但他还是能察觉到什么的。

“张帆，最近的需求做得咋样了？”于总问我。

“不太好，没有思路。”我回答。

“我听邵海南说你想去做实施？”

“是的，于总，我可能是之前没有认真学习，代码写得很差，连我都不忍心看了，更别说你们了。我喜欢做实施，想出去多跑跑。”既然话都说开了，我也就爽快地承认了。

“可是，你酒量不行。而且，我觉得你对于新农保的业务掌握得还不纯熟，总之，我有点担心。”

“没事的，于总，你就相信我吧。我可以跟秦剑锋一起出去，他再带我跑几个地方，我一定能成为专家。”说这句话的时候，我特别自信。

“那好吧，今天下午，你把投影仪拿过来，当着我们几个人的面，把新农保的业务从头到尾地讲一遍，如果我觉得可以，你就和秦剑锋一起去漫川吧，那边催得很急，秦剑锋一个人去也忙不过来。”

“好的。”

下午的时候，我按于总的要求，把新农保的业务为大家讲述了一遍，不但于总觉得没问题，连秦剑锋也觉得可以，邵海南更是一个劲地支持。看到他们这样的表情，我觉得这事基本上成了。

“张帆，秦剑锋，你俩今天回去准备一下吧，后天就去漫川做培训。这次培训的主讲是秦剑锋，但张帆也要登台去讲，漫川的任务，就交给你俩了。”

“好的。”我内心非常激动，终于可以把没有开发完的代码扔掉了，可邵海南却有点不高兴了，他是怕于总把我的活交给他，可事实上没有这样，于总从别的项目组调来了一个人，接着做我未完成的需求。

星期三，是个阳光明媚的日子，我和秦剑锋启程了。因为漫川属于西安的周边地区，路程并不遥远，我俩坐着大巴过去。一路上，我跟秦剑锋东拉西扯地聊了一阵，就都躺着睡着了。

大巴行驶在秦岭中间的公路，天特别蓝，云朵聚集在一处，形成各种奇怪的图案。山上植物很多，一片葱郁，山脚下是一些有着陕西特色的砖瓦房。汽车在一种安静的氛围中前进，可外面突然就下起了倾盆大雨。过了几分钟，汽车穿过了秦岭的一个隧道，神奇的是隧道的另一头竟然万里晴空。

到了漫川，工作人员接我们到了下榻的宾馆。这个宾馆，楼层很高，我们住在十八层。晚上，跟以前一样，又是一次接风洗尘的宴会。漫川县的杨局长接待了我们，因为于总这次没来，杨局长也没有跟我们过多的客气，只是公事公办，我们喝了几杯酒，吃完了饭，就回到酒店休息了。

第二天，培训在一个网吧里进行。这个网吧的设备很一般，还不时地出问题。不是麦克风不响了；就是学员们的电脑出问题了；更有甚者，有的学员还在网吧公然打起了游戏。我看在眼里，只能好言相劝。

这次，是秦剑锋主讲，我在台下辅助，帮经办人员解答疑问。

星期五早上，考虑到网吧讲课的效果不好，×× 局的领导又找了一个培训机构的微机室，让我们在这里工作。这次是我担任主讲，我调试了一下设备，没有任何问题，秦剑锋坐在台下，期待地看着我。

这下，总算是要把平时学习到的都派上用场了。因为，这个微机室本来就是教学用的，大家的学习氛围也很浓厚，我这次的讲课非常成功，连秦剑锋都感到意外。

中午，我们和几个经办人员来到一家排挡吃饭。培训已经做完了，大家都很放松，就喝起了酒。外面的天气，已经不知不觉飘起了雨丝，在温暖的排挡里喝酒，真是人生一大乐事。我们越喝越起劲，为了不喝醉，中途我们把白酒换成了啤酒。在这样的天气里，一边喝酒，一边讲着段子，当真是非常快活。

葛股长说："哎呀，要说讲笑话，还是咱许科长最拿手，老许，讲一个。"

许科长说："好！今天这雨吓得这么大，本来，咱们几个在这里煮酒论英雄已经非常快哉了，为了给大伙儿助兴，我就讲一个段子。"

"有一位姥爷，他有一些叛逆他还有一些嚣张；有一位姥爷，他有一些任性他还有一些疯狂！没事儿喝喝小酒，反正醒着也是醒着；没事儿唱唱小曲儿，反正闲着也是闲着。喔，是哪个姥爷呀？哈，他就是毕姥爷！"

"哈哈哈……"虽然，这个段子很一般，但不知道为什么，我们都笑得前俯后仰了，主要是许科长这讲段子的时候还在模仿毕姥爷的表情，这一模仿，就做到了声情并茂，让人有种滑稽的感觉。

"老许这个讲得不错。"葛股长说。

"啧啧，我看是老许表演得不错，请问您是刚从星光大道上下来了吗？怎么模仿得这么像？"秦剑锋说。

"咳，咱这样子，就不用上去丢人现眼了，我是家里老婆孩子喜欢看那个节目，我也跟着看，看得久了，就得到毕姥爷的真传了。"

"秦工，张工，你俩也喝了不少了吧。你们成天在外面跑，见多识广，也讲一个，让我们这些天天窝在机关里的人乐呵一下。"葛股长说。

“我是不行了，我喝多了，让张工给你们讲吧。张工这人，别看他刚毕业，能喝得很，而且还喜欢以退为进！什么叫作以退为进呢？就是前期喝得少，后期大爆发。哎？我是不是说错了，应该是后发制人，后发制人！”秦剑锋支支吾吾地说。

“好！好！今天大伙儿这么高兴，我就讲一个吧。刚才许科长讲的是《星光大道》，那我就讲一个《非诚勿扰》的趣事。”

“话说，这孙悟空和唐僧一起上江苏卫视举办的《非诚勿扰》，孙悟空很自信，但一上台，24 盏灯全灭。理由：1. 没房没车只有一根破棍。2. 保镖职业危险。3. 动不动打妖精，对女生不温柔。4. 坐过牢，曾被压五指山下 500 年。孙悟空很憋屈，但人家说得头头是道啊，他竟无言以对，灰溜溜地离开了。轮到唐僧上台了，唐僧呢，一脸谦逊，人也不自信，最主要的，他压根对女色不感兴趣。可结果呢？哗，24 盏灯全亮。理由：1. 公务员。2. 皇上兄弟，后台最硬。3. 精通梵文等外语。4. 长得帅。5. 也就是最关键的一点：有宝马！”

“哈哈哈……”我这个段子把大家逗得大笑起来。

“你们看看，这张工可真是真人不露相！你这个段子，太经典了，我甘拜下风。来，我敬你一杯！”许科长举起酒杯。

“好，咱俩碰一个。”我也举起酒杯。

接下来的时间，大家肚子吃饱了，酒也喝得差不多了。这一顿饭，吃得可真是心安理得。以至于饭局快结束时，咱们的许科长还沉浸在酒意中一个劲地说：“秦工，张工，你俩别急着回去。喝多了不要紧，咱们一会出去插红旗。”

下午五点多，我和秦剑锋都缓得差不多了，就来到 ×× 局，做最后的一项工作。因为漫川的系统参数是我配置的，跑存储过程的时候出现了严重的问题，我俩可能是喝了酒的原因，一时半会怎么也想不出解决的方法。这下子情况就不好了，眼看就要下班了，我俩急得跟热锅上的蚂蚁似的。

“漫川的参数是你配的，怎么跑不过去？这事我做不了，你自己来。”秦剑锋忙碌了一会说。

“好吧，我来看看。”我坐到笔记本跟前，看着出错的 SQL 语句，专注凝神地从脑海里思索着解决方案，可怎么也想不出来。

“你来公司都三个月了，连这点事情都做不好，真搞不懂你平时都在忙什么，混日子吗？”秦剑锋气急败坏地说。

“这哪能怪我？我的参数也是按照顾晨提供的标准来配置的，我怎么知道会出问题？倒是你，来公司两年多了，这点小问题都解决不了吗？”我反驳了秦剑锋一句。

“什么？你还怪我了？我当初来公司的时候，两个月就可以自己单独出来做实施了，哪像你，三个月了还需要我来带？”秦剑锋说。

“谁让你来带了？我主讲的时候，也没让你帮忙弄设备吧？”我说。

我俩吵得越来越凶，眼看就要有点肢体接触了，×× 局的工作人员赶紧把我俩拉开了，还语重心长地说让我们以大局为重，不要着急，静下心来，慢慢解决，说他们可以等，实在不行加班。

我懒得跟他吵，就打电话给顾晨，让他远程帮我看。虽然，这个问题比较棘手，但顾晨自习查看了半个小时，最后，还是解决了。存储过程成功运行，漫川的项目总算是落下帷幕了。

回到宾馆，我躺在床上一言不发。秦剑锋也躺在床上，看着天花板发呆。心里骂着，好你个秦剑锋，果然是宝剑锋从磨砺出，你脾气很好！

“刚才我情绪不太好，你理解一下。我这段时间基本上都在出差，这次来漫川，本来我都不愿意过来，但于总怕你一个人搞不定，就让我带着你。今天，咱俩都喝了不少酒，脑袋变得迟钝了，以至于刚才那个问题卡住了，想不出解决的办法。”秦剑锋说。

“没事，都过去了，重要的是咱俩把漫川的项目做成了。”我说。

“嗯，不瞒你说，我这辛辛苦苦一个月也就拿 3000 块钱，为什么我每次出差都报那么多，公司的钱，能多弄点就多弄点，我这穷得连奶粉钱都不够了。”

“理解，你是已经成家立业的人，压力大。”

“是成家了，可这算什么立业啊？说多了都是泪。”

第二天，正好是星期六，外面又开始下起大雨，街上的行人寥寥可数。幸运的是，我们已经办完了所有的事情。在车站，我们告别了许科长，就乘着大巴，往西安去了。

在H科技上班已经三个多月了。按理说，我和邵海南都已经到了转正的时间。可是，萧总最近比较忙碌，就没顾得上找我们谈话。

周一例会上，我注意到于总的神情跟以往不一样。他说项目组最近有点变化，顾晨要去北京总部学习一段时间，主要是研发核心平台四版。祁雪的工作主要是接电话，跟客户沟通。邵海南的任务比较繁重，就是实施和开发都要搞。最后，他又说把其他项目组的老侯也调过来帮忙了，就是没有给我安排任务。我隐隐地有一种被排斥在外的感觉，但我没有说。

周四，于总找我谈话。

“张帆，你来公司已经三个月了。我觉得你做实施不行，本来打算让你做开发的，结果你又想去做实施。漫川那次，虽然你讲得不错，但是，你和秦剑锋在客户现场吵架，被人家投诉了。当然，投诉你们的不是许科长，据说你们关系还不错，而是当时那个办公室的工作人员。所以，我觉得你不太适合我们新农保项目组，要不你去其他项目组？我可以跟别的项目经理协调一下。”

“于总，漫川那次存储过程出错，不能全怪我。顾晨都说了，他有一半的责任，你总不能把所有责任都压在我的身上？这对我不公平。而且，这事是秦剑锋先没控制住自己的情绪，事后我已经跟他和解了。这件事情，不足以证明我的工作能力有问题吧？”

“但是，你们在客户现场吵架，这本身就是不该发生的呀？据说，还造成了不良影响。你让公司都跟着丢人了！”

“又赖在我一个人身上了？难道是我自己跟自己吵架吗？他秦剑锋没有错？”

说着说着，我跟于总就杠上了。他这个人，总是自以为是，自己又没在现场，根本不了解情况，还把责任全推在我身上。我本来情绪还挺好的，后来，就彻底被他激怒了。我当场拍了桌子，撂了句狠话，连前面的同事都回头看我。说完我就回到了自己的位置，该干吗干吗了，留下于总一个人尴尬地坐在后面。

这下，我在公司算是出了风头了，除了有几个关系不错的人对我表示敬佩外，其他的人都对我避之不及。也罢，随他们去吧。反正，都是些可有可无的人，关系也不咋样。

周五，萧总找我谈话，我知道，是谈关于我转正的事情。所以，我做好了准备。

“张帆，你觉得你在公司做得怎么样？”萧总心平气和地说。

“还可以，从接触新农保到现在，对业务掌握得不错，可以出差，能在客户现场进行培训。在开发方面，虽然刚开始有点吃力，但经过三个月的学习，已经对新农保项目非常熟悉。”

“那你对新农保项目组有什么看法？你的上司这段时间里有没有对你进行辅导？”

“新农保项目组的状况还是很不错的，只是文档较少，希望可以抽时间整理一下，这样对以后新来的同事，可以有个参考。于总对我的辅导很好，经常给我讲一些问题，让我进步很快。”虽然，我跟于总有点不愉快的事情，但我还是不计前嫌地为他说话了。

萧总还是保持着一贯的微笑，用中性笔在本子上记录着什么。最后，他为我的人生上了一课。这一课，使我终生难忘。

“你昨天跟你们的项目经理吵架了？”

“是啊。”

“什么原因？”

“工作上的，他有很多地方，总是不能理解我。”

“嗯，我相信，这不是你一个人的问题。但是，吵架总归是不对的。吵架不能很好地解决问题，但会让你们之间的误会越来越深。”

“这点我也明白。”

“其实，人生只有短短几十载。像我，年轻的时候跟现在的你一样。脾气还好，但总是控制不住，总是让不良的情绪左右自己。我当时也吃过亏，跟很多人吵过架，但后来呢，我发现吵架并没有起到任何实质性的作用，只会让我的人际关系越来越糟糕。于是，我就反省自己，开始改变自己。但是，一转眼间，我都四十多了，时间过得很快，尤其是对于我们这些工作的人来说，快到我们难以想象。很多时候，我想起曾经的自己，就觉得我很可笑。有些事情，分明是可以用一种平淡的心情去面对去解决的，为什么还要发脾气呢？搞得大家都不愉快了。

人生这短短几十载，很快就过去了。我们不用太在乎很多东西的，比如，工作上的这些细枝末节的事情，用心去做，尽力就好。说句实在的话，你今天在H科技工作，你把这份工作看得很重，是因为这是你人生中的第一份工作。可是呢，当你有了足够经验，有了足够阅历，你会发现，这些都是无所谓的事情。你在H科技多待一年、两年，又有什么区别呢？很多事情，都是过眼云烟。站在你们项目经理的角度上来看，他可能有点小气，但他的工作能力是很出色的，这无可厚非，人无完人。我觉得，你可以继续留在公司工作，但要改变自己，控制自己的情绪，至于转正的事情，延迟一个月吧。”

“好的，谢谢萧总。”

转正的事情算是总算有个交代了，虽然是延迟一个月，但我心里还是觉得很开心，很感谢萧总对我说的那些话。客观地来讲，这就是项目经理跟分公司经理的区别，于总跟萧总，那简直不是一个境界的。

次日，萧总去深圳出差了。于总又来找我谈话，说北京方面要让我离开，各种理由说了一大堆，我耳朵都快磨出茧了。我张帆何德何能？要北京方面亲自发话？我只不过是一个无名小卒罢了。算了，这样的项目组呆着也没意思。就像萧总说的，我在这个公司多待一年、两年，又有什么区别？我走了，这些活照样有人干。

今天的阳光非常灿烂，八月份，正好是西安最炎热的季节。我不知道未来是什么样的，此时此刻，我放弃了所有在H科技公司拥有的东西，没有了工作压力，没有了烦恼，恢复了自由。

我乘坐一辆出租车飞快地向Y寨驶去，可当我回到家里，面对一片狼藉、凌乱不堪的屋子时，我又陷入了迷茫。赵玲栎出去玩了，不在家。我一个人出去，在Y寨逛了一圈。这里，人山人海，路上来来往往的人群要么是文大的学生；要么就是无业游民。街道两边是各种各样的摊点，大多是卖小吃的，他们深深地抓住了大学生的胃口，从大学生口袋里掏钱。这里还是老样子，每个人都有自己习惯的生活方式，就说这摆摊的小贩吧，他们的工作就是每天都出现在固定的地方，把自己的货物摆在摊位上，站在那里吆喝，你说这摆摊不挣钱吧，可大有人在；说他挣钱吧，竞争又这么激烈。谁知道他们心里怎么想的，也许人家就喜欢这样的生活方式。可是我，难道只能去上班吗？我是不是也可以转行从事经商呢？想着想着，我就头昏脑涨，万事开头难，全是钱作怪。

接下来该怎么办？这事情怎么跟赵玲栎开口才好？我答应她明年要

帮她开女装店的，这下好了，钱没攒够几个，人倒是失业了。我在野蔷薇餐馆附近买了一个肉夹馍，蹲在路口吃着，嘴上嚼着，心里就想起了从前。那是四年前，我跟赵玲栎真正认识后的第一顿饭就是在这里吃的，时间过得真快，转眼间四年过去了！而我的生活，还是这样的半死不活。

“也许，我真的应该成为于总那样的人。他虽然小气，但工作能力很出色，是生活中的强者。可是，我这只有三个月的工作经验怎么办？算了，还是先回家吧。之前在鱼跃教育面试那阵，有人吹嘘自己一两年工作经验，虽然面试路程坎坷，到最后不也找到工作了吗？我这次就吹嘘自己有一年经验好了，反正已经工作过了，最艰难的时刻已经过去。”我自言自语地说道。

回到家里，我把屋子里收拾了一番，很久没有自己动手收拾过了，别的时候都是赵玲栎在忙活。就这样吧，我躺在床上睡觉了。突然，我感觉眼前一片漆黑，脑袋里天旋地转，我知道自己做梦了，我梦见了很多幸福的事情，我和赵玲栎结婚了，画面一转，她从一间卧室里走出来，怀里还抱着一个可爱的孩子。我微笑地看着她，她也微笑地看着我，这种幸福的画面一直停留了好久。

睡梦中，我感觉脸上痒痒的，便不断地用手抚摸。这种感觉持续了好几次，我终于被弄醒了。原来，天色已经黑了，楼外又传来熙攘地喧闹声。赵玲栎正坐在床边，用柳枝蹭我的脸颊。

“你干吗呢？”我一脸懵懂地说。

“没什么……”赵玲栎顽皮地笑着。

“都多大了，还玩这种幼稚的游戏。”我从床上坐起来，揉揉脑袋。

“哈哈，反正闲着没事，正好逗逗你。你今天请假了？”赵玲栎说。

“我……我没有请假，怎么说呢？”反正这件事情已经瞒不住了，就趁早招了吧。“我失业了，被人家炒鱿鱼了。”

“怎么会这样？前几天你不是还跟我说在这家公司干得挺好的吗？”赵玲栎很诧异地看着我。

“是干得挺好的，跟顶头上司闹了点别扭，本来萧总已经说让我延迟一个月转正，但于总那边不干，他一直在劝退我，我就遂了他的意思。”

“那你完全可以不理他呀？坚持一阵子也许就好了。”

“话是这样，但我就是看不惯他盛气凌人的样子，与其在他手底下苟且偷生，不如换份工作。”

“哦，这样也好。”赵玲栎淡淡地说。

“嗯，没事，你不用为我担心，我休息几天就去找工作。还有，开店的承诺还生效，等找到工作了继续攒钱。”

“嗯，不急，你加油吧，我相信你。”

这件事情就这么过去了。晚上，我跟赵玲栎一起吃饭，又叫上了杨嵩。我们在附近的一家餐馆吃小炒。刚开始，杨嵩就沉默不语，我还没向他吐槽呢，他就主动跟我诉苦了。

“张帆，哥们最近不顺，那家广告公司的老板简直不是人，克扣我工钱！”杨嵩龇牙咧嘴地说。

“你……打算怎么办？”我被他吓得怔了一下。

“不怎么办，我已经辞职了，打算最近找家新公司，最好离家近点。”

“哈哈，看来倒霉的不只你一个。”赵玲栎指着我说。

“怎么了哥们，你那也出事了？”杨嵩说。

“是啊，本来都要转正了，中间又出现了点小插曲。于总那厮不厚道，天天劝退我，没办法，我就辞职了。”

“行啊，哥们，你痛快。来！咱们干一杯，庆祝我们的重生。”杨嵩的脸色刷得变了，刚才那种不高兴的表情彻底消失，大概是找到了同病相怜的人。

“嗯，干一杯，旧的不去，新的不来，我也找一个离我近点的公司。”

几杯啤酒下肚，我俩的情绪好多了。有时候，人生难免会出现不顺利的情况，有一个这样的兄弟能跟你分担，也是不错的。

“杨嵩，你女朋友哪去了？怎么今天没来？”赵玲栎问。

“她呀？我们分手了。”杨嵩没好气地说。

“为什么？”

“我跟她可能感情基础差了点吧，毕竟不像你俩，四年一路走过来的。她回老家了，虽然就在陕西，但我还是没有去找她。我们刚吵完，觉得分开一段时间比较好，过阵子我再给她打电话吧。”

“哦，你还爱她吗？”

“当然。”

“嗯，那过阵子你再跟她道歉吧，说不定你俩就破镜重圆了。”

“托你吉言咯。”

我们吃完饭，就开始喝酒，一直喝到了凌晨一点多餐厅打烊。走出餐厅，Y 寨原本热闹的街道在此时就变得冷清了，路上只有稀疏的几个行人，残留的几个摊点也在收拾，四周到处都是垃圾，有辆卡车从村头行驶进来，环卫工人们正在忙碌地打扫卫生。

“今天就这样吧，喝得挺痛快，谢谢你买单啊，老张。”

“咱俩认识这么长时间了，客气啥，下次你请我。”

“嗯，你俩先回吧，反正我失业了，又没人管，今天晚上正好去网吧打 LOL，重新感受一下大学生的生活，你俩去不？”杨嵩饶有兴致地说。

“我俩不去了，我们回去还有事情要做呢。”我笑着说。

“哈哈！我知道了，你俩还回去做作业呢。是吧？行了，我先走了，晚安。”杨嵩转身离开了。

我拉着赵玲栎的手，走在 Y 寨的街道上。这里的晚上总有一种特别凌乱的感觉，刮风的时候，到处都是纷飞的纸屑、沙子，还好今天风和日丽。这样的夜晚，我们能够并肩走着，回到自己租住的小区，真是一种莫大的幸福。

第二十章　祸不单行

最近的几天，我跟赵玲栎又恢复了那种如胶似漆的日子，日日缠绵，夜夜笙歌。现在已经到了九月份，天气在炎热中带着清凉，尤其到了下午的光景，炽烈的阳光会变得熹微，那一缕缕金色线条照在地面上，总让人回忆起大学时代。

我跟赵玲栎漫步在兴庆公园，看着游人如织的景象，似乎很久没有这样放松过了。这几天，我们趁着有时间，又去游览了兵马俑、太白山、壶口瀑布等陕西附近的景点。这阵子出行，手头的钱又花了不少，看来回到家里是务必要找工作了。

我认真修改了简历，按照老魏以前教的办法，在网上求职。因为我找工作的心情比较迫切，又有了一定的工作经验，这次就选择了海投，一连投了几十家。然后，就静静地在家里边复习，边等通知。果然，没过多久，就有面试电话陆续打进来了。我把这些公司的地址记录在手机上，在从网上找到具体的行车路线，制定一个每日的面试计划。比如，今天面试这边的几家，明天面试那边的几家。

和平门这家是最远的，我决定先去解决这个，再回过头来去高新区。这家公司是做财经软件的，老丁就在这里上班，他之前透露了一些试题给我，不知道有没有帮助。抱着试试的态度，我走进了这家公司的大厅。公司装修得很豪华，前台左边是会议室，一直往下走就是办公区。办公区是典型的格挡桌，每一排左边都放着一盆绿色的植物，地面的瓷砖也被拖得干干净净。

前台 MM 很漂亮，她热情地接待了我，并且让我先在会议室做题。这个套路跟 H 科技一模一样，不知道结局如何？按照老丁透露给我的试题，我在最短的时间内就答完了卷子，并且可以拍胸脯保证至少 90 分。虽然这公司有点远，但我还是乐于在这里上班的，办公环境比 H 科技好多了。

过了一会，一个看起来并不友善的家伙过来面试我。起初，他问的问题我都能回答上来，正确率也差不多。但是，这人似乎并不想让我在这里上班似的，有意刁难我，一个问题回答完了，他还要继续往深入里追问，如果我仍然可以答对，他就沿着这个思路往更深处挖掘。这种情况，让我误以为他有强迫症。问了几个问题后，我明显支撑不住了。后来，这家伙又开始出一些刁钻的问题。这些问题，如果让他回答，估计他自己都说不清楚。因此，我情绪上出现了点波折，有了抵触心理，好几次都和他针锋相对了。最后，这家伙又说我家离这里远，为什么要来这找这工作之类的废话。我心里就骂了，我心里就开骂了，丫的我简历上都写明了家庭住址，既然嫌远，你们通知我过来干吗？这不是犯贱吗？面试完，我就气呼呼地坐公交车离开了，发誓再也不会到这里来，就算面试过了也不来上班。

“好，既然找工作的话，太远会被拒绝，那么我就索性在软件园附近找吧，我住的地方跟软件园最多三公里。”我暗自说。

下午，我去了一家做 CMS 的公司，就在软件园附近。但这家公司非常扯淡，一进来二话不说就让我做智力测试题，结果，我得了 60 分。像这种玩意，每个人都有自己的想法，怎么可能有标准答案？丫的还直接连面试的机会都不给了。这种公司，真让人费解，我直接把卷子捏成一团，砸到了他们的墙角上。回来的路上，我想想就觉得好笑，那些智力题，从不同的角度分析，就会得出不同的答案。因为每个人的逻辑思维不可能完全一致，你至少也应该听听对方这样答的理由，竟然直接按照什么标准答案打分，我真是醉了。

在去锦业路面试的时候，我遇见了一撮面试大军。他们有很多是刚毕业的，有的是刚从培训学校出来的，我有幸加入其中，和他们一起努力。我正跟一个高个子聊天呢，一个熟悉的面孔出现在了我旁边，让我惊讶不已。

“李超凡！”我一下子就叫出了他的名字。

“张帆？哎呀，你不是找到工作了吗？怎么又出来面试？”

“咳！别提了，之前那家公司没遇见一个好领导，被劝退了。”

“哦，没关系，我正好刚从鱼跃教育毕业，咱们一起找吧，你还可以教我们这帮师弟们一些经验呢。”

“好嘞，没问题。”李超凡什么时候变得这么谦虚了，我心里纳闷。

“这个是你同学啊？超凡。”旁边的高个子说。

“是的，他工作可能有两年了吧。”李超凡说。

“嗯，差不多。”我说。

“太好了，你赶紧给我传递点经验吧，我是达内毕业的，还没有工作经验，但老师让我们吹嘘两年。”高个子说。

“好吧，那你听我说……怎么样，两年也是可以的吧，只要不露馅。”我这时稍微观察了下高个子，这家伙有点胖，但人很和善，我对他印象不错。

我们面试的这家公司是个外包公司，参加面试的人很多，主要是他们来者不拒。令人不解的是，这么多人的面试队伍，大多数人貌似第一轮都过了。这就让我们有种错觉，认为家公司缺人，自己铁定会进入这家公司上班。可万万没想到，恶心的事情还在后面呢。他们先是花了一早上的时间做了初试，接着就让我们回家等通知了。令人高兴的是第二天复试通知就下来了，我再一次乘坐 608 路公交车到了绿地世纪城，直奔这家看上去很高大上的公司。

到了公司，人事把我请到了一间会议室里。好家伙，这里坐着很多人，大多都是我之前见过的，其中就有李超凡。没想到，我们竟然都齐刷刷地通过了初试，真是值得庆贺，如果在这里上班的话，我们第一天一定要出去聚餐。

这时，一个公司的工作人员走进会议室，年龄大概四十多岁，穿着西装，打着领带，人很成熟，但脸上苍老得跟树皮一样。他郑重其事地向我们介绍了华岩公司的情况，让我们有种已经加入该公司的错觉，看着投影幕上显示华岩公司从创始到现在的发展历程，真是一番艰难的创业史。

华岩公司 2000 年正式成立，最初只有几十个人。接下来的每一年，公司的业绩都节节攀高，公司的人数也由最初的五十人扩展到了五百人。华岩公司以其认真专注的态度，获得了业界好评，并且获得了欧美投资人的支持。说实话，我们内心挺震撼的，都深深觉得这家公司不容易，都为能在这个公司上班而感到无比光荣。

而正当我们沉醉在这种虚无的氛围中时，华岩公司的员工请来了隔壁华为公司的人，让华为公司的人对我们进行复试。直到这时，我们才彻底明白过来，丫不过是给我们放了个烟雾弹，用来迷惑我们，让我们产生错觉，接下来的事情，才是重磅炸弹。华为公司的这些人，个个精神抖擞的，他们过来面试，很随意，就那几道复杂的算法题，你能答对，就跟着他们走，答不对，就离开。这可把我们这伙人坑坏了，人家考的算法都是那种需要计算的，不是说我们平常面试问几个技术问题就能搞定的。最典型的就是给一张白纸，让我们写冒泡排序法和递归，我去，这玩意，不练习个几百遍怎么能记住？

果然，一轮复试下来，基本上全军覆没，只有一个人被他们选中了。接着，就没我们啥事了，华岩公司人忽悠了我们这么长时间，也句话都不说，就让我们走了，这跟刚才请我们看公司宣传片时的态度截然相反。回去的时候，我跟李超凡路过茶张村，见附近有个按摩店。正好我俩心情都不爽，就进去做按摩了。我俩躺在按摩床上，靠着床背，一边抽烟，一边聊着这些年的事情，顿时觉得唏嘘不止。

“超凡，现在还打魔兽世界吗？”

“不玩了，都戒了，现在就业形式这么不好，哪有心思玩游戏？”

“老魏和老唐他们还好吧？”

“他们倒是挺好的，学员越来越多，赚得盆满钵满的，只不过这就业率就不行了。”李超凡无奈地摇着脑袋。

“哈哈，没事儿，此一时彼一时，事无常态！这几天不好就业，估计过俩月就好多了，我们也不用太着急。”

“听天由命吧，自从我入了 Java 这坑，就知道没有回头路了。每次，我看到老魏在教室里贴的那什么就业排行榜，我就觉得不做这行，没别的适合我。你想想，你出来搞 Java 运气好可以拿到 4K，而现在的大学毕业生，出去做个其他职业的，都是 2K 左右，半死不活的。我这人又特喜欢玩电脑，想来想去还是觉得做程序员最适合我。”李超凡发自肺腑地说。

“超凡啊，不瞒你说，我也觉得自己挺适合干程序员的。不过，我可是真的不会做其他的，以至于我只能在这条路上走到黑。你跟阿泽联系过吗？”

“阿泽就在陕北啊？回去种地了，听说他亲戚给他介绍了个对象，都订婚了。”

“哈哈，穷人家的孩子早当家哟，这话一点没错。”

“这你可只说对了一半，阿泽可不穷，人家搞这个养殖，那个养殖的，一年赚个十来万不成问题，这句话应该叫农村的孩子早当家。”

“也是。”

我俩聊了一会，心情好多了。正享受按摩呢，外面响起了几声轰隆声，接着就噼里啪啦地下雨了。得了，今天所有的不幸都集中在一起了，也罢，一次全过去了，剩下的就是幸运。许个愿吧，李超凡说，希望我们能尽快找到一份称心如意的工作。说着，咱俩都双手合十，故作深沉。

可在这雷雨声中，我又不禁想起了陈旗、赵磊、阿泽、曲直、鲁伟这几个曾经的舍友，想起了我们曾经在文大四年的美好时光，那些日子，连令人讨厌的上课，都成了记忆中弥足珍贵的部分。

“四年过去了，马上五年了……”我嘴里念叨着。

“是啊！岁月是把雕刻刀，时间曾经饶过谁？”李超凡感慨道。

“你也会作诗了？”

“情到深处自然浓。”

今天又过去了，我的工作仍然没有着落。回到家里，我仔细思考了一下，觉得不是我的问题，是这几家公司有问题。看来，公司多了也不好，还需要仔细筛选出几家靠谱的才行。晚上，我很早就睡觉了，争取明天一次性过。清晨，当阳光又一次普照大地时，我在睡梦中苏醒过来。我像往常一样，带着简历出门了。这天，去的是高新路的一家公司，看资料还可以，就是规模比较小。管他呢，先过去看看再说。

这是一家小公司，在一个单元房里办公。公司里坐着十来个人，墙上没有贴壁纸，只是用涂料粉刷了下，破破烂烂的让人有种毛坯房的错觉。公司的老板是个中年人，大概快四十的样子，留着短发，蓄着胡子，但人很精神。

“你之前坐过一年的 Java？”

“是的。”

“那你聊聊你做过的项目吧。”

“好的，我之前主要做社保方面的项目……”我把H科技做过的工作都说了一遍，但没有说上下级之间矛盾，这个不能说。

“那你为什么要离开上家公司，按你说的，那家公司也不错。”

“太远了，我每天必须六点钟起床，刚开始还能承受，后来慢慢地就受不了了。”我利用客观原因，巧妙地回避了这个问题。

“嗯，在赛格电脑城那边，确实远。你在我这里上班的话，过来只需要半个小时，还有直达车。”老板微笑着说。

“是啊，离自己家近可以方便很多。”我说。

“这样吧，我觉得你能力也不错，但我们公司比较小，工资只能给你开到2000，你要是觉得可以，明天就过来上班吧。”

“好的。”我离开了这家公司，站在楼道里抽烟。当我站在20层，望着西安这座城市的景色时，觉得特别恍惚，这么长时间过去了，我都在忙碌什么？第一家公司工资2400，加上补助2700，难道我真的要在这里上班，接受2000元的工资吗？算了，最近都没钱了，我和赵玲栎的花销明显不足，再不能这样拖下去了，现在这里勉强干吧，以后在慢慢寻找更好的机会。再说，这个老板和我聊得挺投缘的，我估计以后还有升迁机会。

过了一会，老贾出来了。他是我在面试大军里认识的一个人，前几天还一起在外包公司面试呢，结果都没过。今天，他也正好在这里面试。

“老贾，怎么样？”

“这公司不行，他们只要程序员，但我说给我5000，我帮他带项目。”

“那老板咋说的？”

“他说考虑考虑，我估计没戏。”

“你还好，工作三年了，我这个菜鸟，就2000块钱在这里干吧。话说，你为什么离职啊？你在那家公司不是项目组长吗？”

“公司新来了个架构师，脾气火爆，整天骂这骂那的，我受不了，打算出来看看机会，如果没机会，就回去吧。”

“嗯，有经验的人就是不一样，这就叫做骑驴找马。”

“哈哈，好好干！年轻人，以后你也一样，只要在程序员这条路上一直走下去，不久以后，你也可以成为项目组长的。”

“谢谢，但愿如此。”

回去的路上，我反复思考，权衡利弊。最终，还是得出了去这家飞科网络公司上班的决定。虽然，工资只有2000块，但是我觉得，只要在这里干下去，总有一天，我会熬出头来，成为老于、老贾那样的人。

经过简单的入职流程，我就在飞科网络公司正式上班了。跟我一块入职的同事是个女孩，名叫肖莎。我俩都是新人，来这里上班怀着一样的心情，经过一阵交谈，很快就彼此熟悉了。早上的时间，我俩没做什么事情，就坐在位置上看项目文档。

下午，从客户现场赶来了一个项目经理。他个子挺高的，人长得踏实，气质敦厚，有点像体校的学生。怎么这种人，也会来做软件？当时，我和肖莎就互相对望了一眼，有着同样的疑问。项目经理组织开会，参会的人员主要是我和肖莎，老板坐在旁边听着。这会开得十分漫长，从下午五点一直持续到了七点。两个小时中，全是项目经理一个人站在那叽里咕噜地说个不停，对着图表分析，反正我和肖莎是听不懂，估计他在那自娱自乐呢。不知不觉中，我就睡着了。等我一觉醒来，老板就让我和肖莎下班了。最近的几天，我和肖莎的任务都是看开发文档，学习知识，并没有什么复杂的工作。

可是到了星期五，事情就发生了急剧的转变。老板开着桑塔纳，带我和肖莎来到了百脑汇的二手市场，买了几台联想ThinkPad笔记本，说是要带我们去客户现场。听到客户现场这个词，我的内心就崩溃了。原来，我们上班的地方并不在高新路，也就是说，他之前说半小时路程那完全是忽悠我。得了，且看看他这个客户现场在什么地方吧。

我和肖莎坐在桑塔纳后排，隐隐地觉得事情不对，但这种情况下，我们不能开口讨论，只能用眼神交流。老板一边开车，一边询问我们在以前公司的工作情况。这什么鬼，面试的时候不是问过了吗？怎么现在还问。

这辆桑塔纳一直行驶，从一开始我熟悉的百脑汇，走到了我从来没有去过的地方。直到我看到了外面的广告牌才知道，桑塔纳已经行驶到了未央区，属于西安的北郊。可是，老板似乎没有停下来的迹象，仍然一直往北开去，真可谓是一路向北。

我们愣是从凤城一路到凤城二路再到凤城三路……最后，终于到了凤城八路。这辆车才停止向北前进，转了个弯，开进了一座新修的小区。我们从楼梯走到了三层，进入了一家单元房，原来，这就是所谓的客户现场。

我的神，当桑塔纳行驶进小区时，我就觉得情况不容乐观了。当我走进单元房的那一刻，我的心彻底失望了。这是一个八十平方米的住宅房，完全是按照家庭住宅的样子修的，根本不是什么办公场地。

老板把我和肖莎交给了项目经理，就谎称有事，迅速离开了，大概他也觉得欺骗我们有点过意不去吧。

我和肖莎坐在台式电脑前，心里都不好受。尤其是我，心里非常压抑、痛苦、无奈。凭什么？我辛辛苦苦找个工作，容易么？本来还以为在高新路上班，结果，竟然在凤城八路？从 Y 寨到这里，根本没有直达车，连倒车都要三四趟。每天八点半上班，等我过来，估计都十点了。

我带着情绪上班，什么都没有做，就干坐着，等着下班回家。肖莎还挺积极的，她迅速地搭建好了开发环境，不停地问同事问题，大概她比我稍微近点吧，这年头，赚点钱真不容易。而我，真的是想死的心都有了，不在这里上班也就罢了，还白白浪费了我三天的时间，更何况这三天是没有工资的。

下班时，项目经理把我叫到一间卧室里，这间卧室很简陋，什么都没有，只有一个上下铺的架子床搁在墙角。项目经理坐在下铺，对着我说。

“我看你一天都不高兴，怎么回事？”

“我以为是在高新路上班，如果以后都在这里上班的话，我早上过不来。”

“你在哪住？”

“雁塔区 Y 寨。”

“那还真有点远，不过你可以倒车。”

“嗯，我回去查一下，看有没有直达车。”

这人说话真是不过脑子的，何止是有点远，那是非常之远。中午，老板开着桑塔纳送我们过来的时候，都走了两个多小时呢，我坐公交车过来，不就是要人命吗？

“是这样，我看了下你的资料，觉得你技术方面好像还存在点问题。这都周末了，你回去想想，如果觉得可以的话，星期一就直接到这里来上班，如果有困难，就去别的公司试试。”

“好，我知道了。”

我明白项目经理的意思，他话里有话，既然是老板招的人，他也不好直接否决。那么，就用委婉的方式来说吧。当我看到那个上下铺的架子床时，有一刻，我还真犹豫了，想在这里干算了，大不了周一到周五就睡在这里，周末再回去。等项目做完，不就可以离开这里了吗？但我一想这项目经理那一副要死要活的样子，心想还是算了吧。

晚上，我跟肖莎在凤城八路绕了一圈，愣是没有找到回去的路线。我俩对着公交站牌仔细盘算了好久，才计算出一条可以回到高新路的路线。在这里就别说如何回到家了，先回到高新路再说吧。面对着最近的一次次打击，我石头般的心灵，也逐渐变得脆弱起来。我坐在沙发上，狠命地抽烟，来缓解自己的情绪，甚至有种绝望的感觉。

“为什么会变成这样？为什么？我付出了无数的努力，到头来，却还是一无所有。”我想着自己的颓败，觉得命运对我不公平。邵海南和秦剑锋依然在H科技过着曾经的日子，据说，我的位置很快也被老侯取代了，这于总，当初把老侯调过来的时候就已经动了劝退我的念头，我果然是被踢出局了。那接下来，我该怎么办呢？

接下来的日子，我又面试了几家公司。有趣的是，基本上我每去一家公司，都可以遇见那个高个子，据他说，李超凡已经成功就业，这倒让我挺开心的，但也为我俩的前途担忧。在面试一家国企的时候，我们大概十来个人在会议室里等着。高个子镇定地坐在椅子上，这时，有个HR进来问，你们谁是培训机构出来的？高个子连忙说，我是达内的。逗死我了，他说那句话的时候特有自信，特自豪。什么我是达内的，笑死我了，达内出来的真那么厉害吗？哈哈哈。

我抽着烟，在招聘网站上一页一页翻着公司信息。突然，有一家RS公司映入了我的眼帘。这家公司招聘工作经验一到两年的人，需要的技术要求跟我很匹配，都是SSH相关的。那么，要不要试试？算了！估计去了也是白去！反正待着也没事，我就再试一次好了，我果断地投递了简历。

过了几天，还是没有收到RS公司的电话。我深刻地意识到，是不是自己应该改行了？老在软件业窝着，也不是办法啊？为此，我又查看了一些其他行业的招聘信息，貌似都比较容易做，但就是工资低得要死，平均下来都是2000多。

闲着也是闲着，不如去其他行业的公司看看。我去了软件园附近的一个保险公司，参加了一次面试。因为人数比较多，这边都是集体面试，感觉还挺热闹的。参加完了第一轮面试后，HR就让我先回去了。从面试当中，我了解到，这家保险公司招的是电销，所谓电销，

就是对方给我提供详细的客户资料，由我天天打电话骚扰对方，以拿到订单。这也太苦逼了吧，跟我这程序员的工作比起来，简直是小白做的。当对方通知我复试的时候，我本来打算要过去的，可一听对方说，要自己花钱体检，就作罢了。我人都穷成这样了，你还想着剥削我？

我在无所事事中度过了三天，终于，接到了RS公司的面试通知。事不宜迟，赶紧去吧，反正这几天都在努力复习，概念就不用再背诵了，可以做到对答如流。我立刻拿起简历，穿了一件白色T恤，把皮鞋擦干净，就去了高新四路。这边的话，其实上班还挺近的，只要乘车到达玫瑰大楼这站即可。我顺路找了一遍，但还是没有找到世纪颐园A座。奇怪！分明就在这附近啊，再耗下去，时间可就来不及了，我问了一下保安，对方热情地为我指了条路。

原来就在街角，魏家凉皮旁边，害得我白白绕了几圈。我走进大门，乘坐电梯来到了20层。我在RS科技公司的门口徘徊了一阵，这家公司看上去很安静，也没有多少人，但办公室装潢得还不错，是一种特别干净的白色格调。

走进公司，前台人事热情地接待了我，并且给我倒了一杯水。她从一间小办公室出来，拿了一份试题让我做。这次面试，对我来说太重要了，真的是不成功便成仁。我咬紧牙关，像对待考试一番，认认真真地开始做题，一直忙碌了一个小时，这可是我所有试题做得最长的一次。连不会做的题，我都旁征博引，希望拿到点同情分。

我小心翼翼地填好了面试登记表上的每一项，在工作经历和个人技

能那栏，扎扎实实地写了很多，写得密密麻麻，连我都觉得不可思议。

当HR把试题、面试登记表交给了坐在最角落里的主管时，我的心就悬了起来，像等待被审判的人一样，惴惴不安。主管身材魁梧，但看上去很友好，他认真看了会资料，就招呼我去了里边的会议室。离开座位的时候，我特地把一杯纯净水全部喝掉，为的就是减轻压力，从容面对。

“你以前在H科技公司做过？”

“是啊，我在那里做了一年的开发，偶然还会出差做实施。”

“那你对出差怎么看？我见你在登记表上写得可以接受1到3个月的短差。”

“嗯，没问题，半年也可以，只要不是特别偏僻的地方。”其实，我是不想出差的，但为了拿下这份工作，我豁出去了。

“那就好，我们公司是需要出差的。下面，我们聊点技术方面的话题吧。”主管说。

“Java的基本数据类型有哪些？”

“byte、short、int、long、float、double、boolean、char，一共8种。”

“回答得不错啊，看来你基础很扎实。”

“还行。”我心想，当然不错了，我在家里都背了N遍了。

“HashMap和ArrayList有什么区别？”

“HashMap和ArrayList都是Java的数据集合，但它们的存储方式不一样。HashMap是存储键值对的，ArrayList使用数组方式存储数据，一般用于展现列表。”

“很好，看来你不但明白这些概念，还能得出自己的理解，那我再问你几个难点的问题。”

“好的。”

这位主管又一连问了十几个问题，但幸运的是我都在复习的时候背过，而他也确实以为这是我能力的体现。我俩一拍即合，聊得很不错。

“你期望工资多少？”主管问。

“3500。”总算是问到工资了，我感觉这次有戏。

“嗯，我知道了。”

“你这边还有什么疑问吗？”

“我想问一下出差地点都在哪里？”

“一般是郑州、北京、上海、太原等地的办事处，做移动公司、联通公司的项目。”

“好吧，我这里没什么问题了。”

“嗯，我今天会把申请提交到总部，你周末注意收一下邮件吧，应该会有 offer 发到你邮箱。”

“好的，谢谢。”

当我走出公司的时候，我还强忍着内心的喜悦。这次，是我有史以来面试最成功的一次。等到了世纪颐园 A 座楼下，我再也抑制不住这种喜悦，我激动地跳了起来，不禁想起了杨培安那句想和太阳肩并肩的歌词，不过，话说也不能飞得太高，免得摔下来很惨。

周六，我跟赵玲栎在野蔷薇餐馆好好庆祝了一番，就去公寓附近的一个网吧打 LOL 了。我的想法很简单，就是边玩游戏边等 offer，还有女友陪着，那种感觉太棒了。我俩在情侣区坐着，买了很多零食、饮料，摆在桌子上，打算嗨翻天。正当我俩玩得高兴时，一阵鬼哭狼嚎的声音从左边的大众区传来，吸引了附近所有人的目光。

“那个德玛！！！”一个长相普通，但显得很猥琐的屌丝喊起来。随后，他很快地摇晃着脑袋，一脸不爽的样子，正当众人吃惊的时候，他又把耳机往桌子上一摔，哎哟连天地叹气。大家很不解，但也无可奈何，就不管他了。我想，大概是德玛抢了他的人头，或者是团战的时候把他卖了。

“请叫他盖伦。”赵玲栎嘻嘻地对我说。

“哈哈。”你可真调皮。

过了一会，网管走了过来，跟刚才那哥们好好地聊了一阵，才回去。大概玩到五点多的时候，我就收到了 RS 公司总部发来的 offer，我打开邮件，自习浏览了一番，喝了一口可乐。

“玲栎，我工作的事情终于尘埃落定了。”

“那恭喜你了，你要请客，请我吃饭。”

“行啊，没问题。”

九月二十日，是我去 RS 公司报道的日子。这天，我和赵玲栎都起得很早，她悉心为我准备了早餐，让我吃饱，好投入第一天的工作。这天是星期一，又是一周的开始。我九点钟准时来到RS公司，办理了入职手续。和我同时入职的，还有一个叫李平的小伙子。这种场景，让我又一次想起了邵海南，每当想起他自个傻笑的样子，我就觉得特有意思。我和李平被分入了不同的项目组，我这边是宋涛率领的A组，负责河南移动公司的核算项目。李平被分到了B组，由王主管带领着负责河南移动公司的卡品项目。

来RS公司的第一件事情，就是认真地学习自己的项目。和H科技公司不一样的是，RS公司的笔记本都是公司给配的，这点倒是让我很满意，很人性化。早上的时间，总是过得特别快。中午，宋涛带我们几个人，去了附近的城中村吃饭。

为了庆祝我们RS公司西安办事处的人员越来越多，宋涛提议，今天这顿去大排档吃炒菜，由他请客。我们几个人沿着村子往里走，走到中间的时候，被招呼进了一个相对宽敞的川菜馆。

“大家随便点啊，今天我请客。”宋涛笑着说。

“好！平时也不见老宋请客，他只是一个劲地给我发烟，但我又不抽，这下总算可以吃到点实际的了。”老沈说。这个老沈，名叫沈浩，据说是西电毕业的高才生，工作了几年了，是核算项目的主力开发。

“老沈啊，这就是你的不对了。我可没那么小气，本来说一直请你们吃饭呢，但没合适的机会啊。你说说，之前咱们核算项目组只有我和你，这两个大男人在一起，我怎么好意思请你呢？”宋涛说。

“哈哈。”大伙儿被宋涛逗笑了，尤其是秋薇笑得最开心了。秋薇是咱项目组的一枝花，意思她是开发人员，而咱办事处的一枝花则是HR夏琦。不过说来说去，咱们西安这边也就只有两个女同事了。

“最近来了三位新同事，都自我介绍一下呗，让大家认识认识。”夏琦说。

说到新人，也就只有我、李平、肖伟三人，我们三个自我介绍后，大家就开始动筷了。老实说，这顿吃得很安逸，点的菜除了家常的外，还有一条红烧鱼，一盘干锅虾。可见咱们的宋组长，还是相当阔气的。

下午，我在学习的时候，宋涛主动走过来，对我进行了辅导，把核算项目中的重点、难点都对着代码给我讲了一遍，我心里简直要感激涕零了，看来这次运气不错，遇见了好的顶头上司，要再是于总那样的，我可真是时运不济了。晚上，我从世纪颐园走出来，绕过街角，就到了玫瑰大楼。我沿着旺座国际城，走到了唐遗址公园。今天心情不错，我打算步行回去。

一路上，我都在思考一个问题。从毕业到现在，我陆续接触了不少公司，但打心底里说，我从来没有想过离职，我理想中的职业生涯，应该是进入一家公司，在这里生根发芽的，我不喜欢漂泊，就跟我不喜欢出差一个道理。而在 RS 科技公司，我觉得周围的一切都非常好，于是，我暗自下了决心，要在这里扎根下去。曾经，我经历了很多挫折，看来这家公司，就是对我最好的补偿吧。

Y 寨还是一片繁忙，这里的人仿佛越来越多，但我始终不能找出一张熟悉的面孔，连街边摆摊的人，都仿佛在不停地变换。这个世界上有自己的规则，每个人都为了生存而战，没有人是弱者，只不过我们的境遇不同。有时候，你努力了，却不一定得到自己想要的生活。有时候，你妥协了，却发现幸福就在身边。终于，走在这忙碌的街道上，我的心不用那么慌张了，我总算是有了脚踏实地的感觉。

转眼间，已经到了十月份。国庆放假，我本来想和赵玲栎一起去旅游的。结果，赵玲栎又开始惦记她女装店的事情了，说好不容易攒点钱，如果再出去玩，估计这店明年是开不了了。从心底来说，对她开店这事，我是认真的，但同时我也觉得，这店不开也可以。我就在 RS 公司好好地干着，努力工作，慢慢涨工资，足够养活我们两个人了。此时，我完全没有想过房子的事情，觉得租房也挺好的。但是，我每次跟赵玲栎说这些的时候，她总是说别人怎么样，我们怎么样之类的话，最可气的是，她竟然动不动就拿她闺蜜秦妍说事。估计，她俩在一起的时候，秦妍没少给她出坏主意。

我在 RS 公司的人际关系处理得很好，这点让我颇为得意。想想，在 H 科技的时候，虽然与其他人关系不错，但跟顶头上司老于的关系处得不好。这样，被人家劝退还不是易如反掌的事情。在 RS 公司，我的顶头上司是宋涛，我俩关系非常融洽。在工作方面，他经常教我一些经验，闲下来的时候，我俩就一起出去抽烟，这种关系，概括起来讲就是亦师亦友。

在 RS 公司上班，有一种特别踏实的感觉，每天过得非常充实。我把社保从 H 科技转了过来，做好了长期奋战的准备。这边的开发任务，有时轻松有时忙碌，但忙碌的时候也不会加班到很晚。宋涛是根据我和沈浩的不同情况来分配任务的，沈浩作为高级软件工程师，自然承担地多，我作为初级的，就做些边边角角的事情，在工作中慢慢积累。

每天早上九点上班，下午六点下班，这种朝九晚六的情况，我渐渐地熟悉了。有时候，西安下起了纷纷扬扬地大雨，我就站在 20 楼的窗前，望着这座我深爱的城市，不禁就想起了过去的点点滴滴。毕业，就意味着失业。而工作，让我们每个人都得到蜕变。不进入职业生涯，怎么能了解真实的人生？闲暇的时候，我有时会和李超凡一起回家，转眼间他也从鱼跃教育毕业了，住在 Y 寨。日子就在这样的生活中重复着，单调、无聊、寂寞，很多时候，当我静下来思考生活的时候，我就发现，自从我工作了以后，这个世界上的很多东西都成了一种装饰，只有金钱是最真实的、只有性爱是最深刻的。说到底，我并不知道这样的结论是否正确，只是有感而发。

“喂！发什么呆？”李平拍拍我的肩膀。

“嗯？没什么，吃完饭，看看远处的风景，对眼睛比较好，看一天电脑会很疲劳的。”

“刚才老王又招了一个新人，你没注意到？”

“没有啊？怎么，给我们招了个帮手？那太好了。”

“得了吧你，是给我们卡品项目组招的，你们那边工作任务不多，我们这边可是忙得要死，为此，老王就招了一个工作经验丰富的人进来，据说，他已经干了三年了。”

“哦。”我回过头来，果然看到了一个戴着金丝边眼镜，长相略微猥琐的人坐在办公桌前。他好奇地看着四周，观察着这里的一切。我走到他旁边，主动跟他打招呼。

“你好，我叫张帆。”

“你好，我是陆应雄。”

英雄？这名字霸气，我心想，这家伙绝对是志存高远。我比较欣赏这种有远大抱负的人，因为，这种人和我是同类人，总能找到共同的话题。第一次见面，我对陆应雄的印象还不错。第二天，老王开会的时候就宣布了，咱们西安办事处的两个项目组人基本上都齐了，短期内不会招人。言下之意，就是要开始大张旗鼓地干活了。果然，散会没过多久，工作任务就接踵而至，但还好，我能 hold 住。宋涛一直把我当精英培养，把工作多年的经验倾囊传授，我在高兴之余，总觉得需要感谢一下他，就在楼下买了一条精白沙送他了，他也乐意地接受了。

但陆应雄这边就有点吃力了。虽然，他有三年的工作经验，但对公司的这套开发平台并不熟悉，于是，他经常问我各种问题。吃饭的时候也发烟给我，一来二去，我和他就比较熟悉了。

我们西安办事处做得是河南移动公司的项目，为此，我们每周都会填写周报，给河南那边的负责人发过去，做一个工作方面的交流。起初，我并没觉得怎样，但时间长了，总觉得有种神秘兮兮的感觉。河南那边究竟是何方神圣在坐镇？有没有机会可以见见呢？

闲下来看代码的时候，我总会看到公司的大神在各种接口、方法前面写得注释，什么 @authorwxb、@version1、@authorsnow、@version2 之类的，这些大神都是神龙见首不见尾，据说，有好多注释都是很多年前就存在的，写这段代码的大神早都离开公司了。什么时候，我也可以在自己的代码前面写上 @authorzf、@version1 呢？这时，一个成为软件架构师的梦想突然涌现在脑海，但很快被我以不切实际否定掉了。

中午，大伙决定去村子里吃蘸水面。这让我想起了在 H 科技出差柳泉的那段岁月，当时，我们可吃得是天下第一蘸水面。想起这事，瞬间就有了聊天的话题，我开始跟大伙聊我以前出差的那档子事。聊着聊着，陆应雄就问宋涛。

“公司会经常出差吗？”

“还行，一般都是短差，我们这边的话，主要是出差河南。”

“你跟老沈一定去过吧？”

“前段时间还去过一次，一个很小的需求，客户不放心，非要嚷嚷着现场开发，没办法，我们过去支援了两周。”

“哦，那我就放心了，要是两年可就不爽了。”

“哈哈，不会的。”

晚上六点钟，辛勤工作地一天又结束了。正好赶上周五，大家都非常愉快，秋薇和夏琦很快就溜了，说是一起去小寨逛街。宋涛和沈浩顺路，也一起走了。偌大的公司，就剩我和陆应雄了。

我俩关上窗户，检查了一下公司的情况，没什么问题后，就锁门回家了。

自从步入职业生涯以来，我就发现时间过得飞快。金色的秋天已经过去，虽然没什么收获，但这样的生活还是挺有滋味的。冬天到了，城市里蒙上了一层白色的雾霾，下水道口冒着热气，有流浪汉蜷缩在那里，瑟瑟发抖。

最近下雪了，外面很冷，我和赵玲栎待在家里，享受着空调带来的舒适。

“咦？张帆你看！窗户上都有冰雕啦？”赵玲栎惊奇地喊道。

“冰雕？我看看，果然是鬼斧神工，这些冰雕奇形怪状，从稍远处看，就像一副完整的壁画，神奇的大自然。”我感叹着。

“真无聊，我去玩游戏了。”赵玲栎一个人霸占了电脑，开始玩网络游戏。

“好吧，今天我正好休息，在家睡个够，你慢慢玩。”我躺在床上，随手捞起了一本小说。我正看着入迷呢，可不知道怎么回事，我竟然想起了林原。好长时间没见了，林原在我的生活中就像一个幽灵般的存在，总是突然出现，又神秘失踪。去年圣诞节，在西大街的宾馆，是我和她最后一次见面。之后，她就彻底从我生活中消失了。可不知道为什么，我竟然有点想念她，有点惋惜我们那份毫无章法的爱情。

“你在发呆？”赵玲栎回过头来看我，不知道看了多久。

“呃，没什么，书中的剧情太曲折了……我完全陷进去了。”

“我感到好无聊，玩游戏也没意思。今天圣诞节，虽然外面很冷，但咱们还是出去过吧。”

“你想去哪？”

“这样的天气，一直在外面，会很冷，咱们就去必胜客吧。”

“好啊，正好亚美大厦那里有一个，也不远，咱们正好搭车过去，还能在沿途欣赏雪景呢。”

下午，我俩来到必胜客，挑了一个偏僻、安静的位置。

我翻着菜单，也不知道吃什么好。

“你点吧，想吃什么就点什么。”

“谢谢，我快要饿死了。”赵玲栎又说起俏皮话来。

“我要吃披萨。”赵玲栎点了一个大份的海鲜披萨。

“这个看起来不错啊，分量也足，够咱俩吃的了。我打赌，咱俩吃完了出去绝对不会觉得冷。”

“嗯，那必然的。披萨上面的食物，比切糕都多，什么有营养的东西都有，这么多热量，肯定不会冷啦。”

“我想再点一个，总觉得桌面上就放一个大披萨很单调，但我不知道吃什么好？”

“拿来，我帮你点，你不是鱼类素食主义者吗？那就吃撒丁岛酥炸鱿鱼吧。”

“哈哈，好吧，我正好尝尝，如果味道不错，我可要经常过来光顾。”

“那你记得带上我，别一个人吃独食！”

我一边吃着披萨，一边又想起了一件事。

“玲栎，说到鱼类素食主义者，我想起了雨果维文，一个澳大利亚演员。”

“这名字，听起来很耳熟，怎么想不起来了？”

“《黑客帝国》里的特工史密斯，他还演过《V字仇杀队》，想起来了吧？”

“噢，我说呢，我大学里看过。他这个人很有特点的，表情很严肃，但一脸严肃又遮不住脸上的喜剧细胞，还有V的面具，也很经典。”

“是啊，我和他一样，都是鱼类素食主义者。你觉得，我有朝一日也会成为一个出色的演员吗？”

“演员？我还影帝呢。别做梦了，上次你兴冲冲地带我们去当群演，要死要活地演了一天，就挣了几十块钱。”

“哈哈，今非昔比了。如今，我也上班了，有钱啦。”

“有钱？你跟人家韩森差远了。”

“呃，怎么又提韩森？我还是吃披萨吧。”

后来，我俩又聊了一些文艺方面的话题，比如《罗马假日》《午夜巴黎》等，又扯起了最近热播的美剧《吸血鬼日记》，直到我俩吃完了桌子上所有的食物，有种昏昏欲睡的感觉。

“走吧，你还真想在这里睡觉啊？”赵玲栎摸摸我的脑袋。

“嗯，咱们去哪？”

“出去再看啦。”

从必胜客出来，已经是下午四点多了。太阳出来了，雪白的大地瞬间被照亮了，这个银装素裹的世界又被镀上了一层光芒。马路上的车辆来来往往，溅起了泥泞的水花。

“你知道吗？我感觉冬天跟夏天很不一样哎？”

“哪里不一样？”

“最大的特点就是，我记得上学的时候，有一次天气特别炎热我来到这里逛街。四周全是人，耳边莹莹嗡嗡的，有一种喧闹的感觉，那种感觉，让我慌张。而冬天，四周像是进入了童话世界，在冰雪的覆盖下，充满安宁。”

“这么说，你喜欢冬天咯？”

“还行。”

我俩沿着街道往回走，先是去金鹰国际逛了一圈，又去了世纪金花。总感觉这里的东西都特别奢侈，连一个 zippo 打火机都要几万块，真是不去世纪金花，永远不知道自己有多穷。逛了一会，我俩就去了奥斯卡影城。记得我们第一次看电影，就是在这里，而那已经是几年前的事情了。

外面的风一直柔和地吹拂着，吹得我和赵玲栎的发梢微微起舞，不知道什么人坐在什么地方弹起了忧伤的吉他，是老狼的《恋恋风尘》。

“那天黄昏，开始飘起了白雪。忧伤，开满山岗，等青春散场。午夜的电影，写满古老的恋情，在黑暗中，为年轻歌唱。走吧，女孩，去看红色的朝霞。带上，我的恋歌，你迎风吟唱。露水挂在发梢，结满透明的惆怅，是我一生最初的迷惘。当岁月和美丽，已成风尘中的叹息，你感伤的眼里，有旧时泪滴。相信爱的年纪，没能唱给你的歌曲，让我一生中常常追忆。相信爱的年纪，没能唱给你的歌曲，让我一生中常常追忆。”

这段忧伤的调子配着怅惘的歌词，让我和赵玲栎沉默地走在路上，安静地聆听。那些曾经的岁月，一去不返。晚上的时候，赵玲栎提议我俩一起去她姑妈家里吃饭。说到吃饭，本来我是赞成的，但一想这个姑妈可是赵玲栎的远房亲戚，从来没有见她提起过，又有点生疏的感觉。

“你姑妈在西安？”

“是啊，意外吧。不过，这可是跟历史有渊源的。”

“哈哈，这么神秘，你说说看。”

“你知道《1942》这部电影吧，当时河南闹饥荒。我姑妈的祖辈们就举家迁到西安了，你听起来挺简单的，但据说他们当时很困难的，一路上都有飞机狂轰乱炸，又要忍饥挨饿，反正，当时特别惨，路上死了不少人。”

“哦，原来是这样。那既然你说去她家里吃饭，那就过去吧。要不要买点礼物？”

“你想买也可以，就超市里提一箱饮料得了。”

我俩到了黄雁村，绕了一会，总算是找到了赵玲栎姑妈的家。她姑妈住那种老式的单元房，在五楼，但家里装潢得不错，愣是让这老式楼房焕发出了青春的色彩。我们几个人围了一桌，就开始吃饭聊天了。

她姑妈问了我很多问题，生怕我耽误了赵玲栎。我回答每个问题之前，都要停顿一会，用心思考下怎么答复。不过这也难怪，毕竟她是赵玲栎的亲戚，总要帮忙盯着点。虽然，我对这些问题回答得井井有条，但我能够感觉到，她姑妈对我有点不放心，也有点不满意。所以，这顿饭吃得有点美中不足。我跟赵玲栎的事情，已经单纯地从她闺蜜秦妍的极力反对，到了她姑妈的暗中反对这个层次了。

这段时间，我忽略了很多生活中的琐事，把主要经历投入到了 RS 公司的工作上。事实证明，有付出还是有回报的，我不但转正了，而且，我的工资还从最初的 3500 涨到了 4000 元。这件事情，让我大为振奋，中午的时候，我就请同事简单的吃了顿饭，算是小小地庆祝吧。总之，我在 RS 公司的一切，已经步入了正规，我不会再担心像 H 科技公司发生的那档子事请了。

有时，我一个人吃饭的时候，总会想起跟邵海南、秦剑锋，包括于总他们出差的事情，虽然，我们之间有过误会，但大多数时间还是合作地很愉快的。这两家公司在西安市里也是相距很远，渐渐地，过去的那些事情，就让我从心底里开始怀念了。谁说只有学校生活让人难忘，职业生涯中的很多事情也是让人萦绕的。但是，过去的已经过去了，我必须继续向前看，在RS公司，塑造自己的未来。话说，一个人在一家公司里待习惯了，就会感到每天都一样，每天都是那些事。一日一周的，天天都在过着千篇一律的日子，就像是太平盛世。但是最近，却发生了一件令人感到意外的事情。

星期五，李平很早来到公司，他收拾好了东西，准备出门。同事们都以诧异的眼光看着他，以为他离职了。结果，他解释说自己要去山西出差了，今天就走。这个消息来到真意外，恐怕只有王总知道了。不过，既然是出差，那就没什么好悲伤的。中午的时候，我们跟李平一起吃了顿饭，互相勉励了一番，就散伙了。我们继续回公司上班，李平回家收拾房子去了。

最近，公司里就有点动静了，大家都从李平出差这事情上联想到了自己，生怕自己也被派到外地去，毕竟，办事处的人大多都是陕西人。

中午，我和陆应雄一起吃饭，又讨论起这事来。

陆应雄说："其实，我早就知道这事了。我和王然是一个项目组的，我们小组讨论过了。"

我说："那你怎么不提前告诉我？"

陆应雄说："又不是你去出差，你急什么？如果是，我当然会提前告诉你。"

我说："我也只不过想了解下公司的最新近况罢了，这些天都能把人闲死了。"

其实，换作是我，就算陆应雄通风报信，也没多大作用，毕竟王然才是主管，西安这边的事情是他一个人说了算的。公司过来过去也就那么几个人，我不去出差，换作别人，也会难受。

宋涛见我俩正在讨论出差的事情，也插了一句话。

"既然你们担心出差的事情，那我就给你们交个底。其实，公司每一个人都有出差的可能，包括王然和我，都会不定期的去客户现场，了解最新的情况。你俩的话，也自然会出差，我估计过段时间，有可能会派你们去郑州。这次本来是要张帆去山西的，那边电力系统接了个新项目，张帆经验比李平丰富，应该更适合。但是，老王考虑到核算项目这边年后会有大量的需求，就让李平去了，你可以说是逃过一劫。"

"看来，跑得了和尚跑不了庙，咱们是逃不掉了。"但我心里暗忖介绍李平跟赵磊认识这件事情是作对了。

“那有什么好怕的？我郑州都去了很多次了，沈浩也去过。最多是让你们待半年，就回来了。”

“那郑州好玩不？”我本来我要问的，但陆应雄嘴快先说了。

“我觉得挺好的，到时候你们自己去看看了。”宋涛故意卖了个关子，神秘地微笑了。今天正好是发工资的日子，下班的时候，王然就请我们办事处全体成员出去玩了。

我们先是去科技路西口的济州岛上，品尝了韩式饭菜，又去了高新路的真爱 KTV，尽情地唱歌。晚上，大家都玩得很尽兴，这又是发工资、又是赶上周末的，都快嗨翻天了。明天没有上班的压力，大家就放开了喝，别看沈浩年龄大，看起来老成，但他喝起酒来也是一个好手，在座的年轻人都拼不过他。秋薇和夏琦喝了几杯，就一边唱歌去了。本来，李平的心情有点不高兴，但随着我们一个劲地安慰他，说出差也是为了公司发展，每个人都要出差的。他心里那道坎，总算过去了。于是，他苦涩的脸上终于涌现出了微笑，来和我们拼酒。

从 KTV 出来的时候，大家看到王总刷了信用卡，都比较关心这次出来玩的消费。王总则若无其事地说：“你们别担心，我可不会傻到花自己的钱来请你们玩的。这些都是公司给我们办事处的项目经费，我到时候都会报销的。”

散场的时候，大家都结伴而行。王然和肖伟步行回去了；宋涛和沈浩两人也顺路；我、陆应雄、李平三人把秋薇和夏琦送上了出租车，就沿着高新路往回走。马上就元旦了，时间过得可真快。到了岔路的时候，李平往左走了，我和陆应雄望着他一个人孤零零离去的背影，顿时，觉得有点凄凉。这并不是李平处境不好，而是很多时候，我们难免会跟李平一样，要独自面对很多事情，独自抉择，独自走向人生的旅途。

李平到了山西，还通过 QQ 给我们几个人报了平安。据说，太原那边还不错，我告诉李平有个哥们就在太原，最近刚考上公务员，在电力系统工作。如果你有什么需要，我会让他帮你的。尽管李平说暂时不用，我还是把赵磊的手机号告诉了他。

今年没剩下几天就过去了，大家的心思也都是心猿意马。办事处这几天，基本上都是七分工作，三分偷懒。按照宋涛的话来说，就是你不要想着花个通宵把所有工作的整完，明确告诉你，做软件这一行，需求是做不完的。呵呵，大家显然是把这句话牢牢记到心里，并且，应用到实际工作当中了。

中午吃饭的时候，我私下里问了下宋涛。

“今年，公司应该不会从我们这边抽人过去出差了吧？”

宋涛说：“肯定不会了，都快过年了，领导也需要好好休息啊。出差的事情，我估计要到明年了，你就放心好了。”

虽然，今年不会去外地出差了。但还是发生了一件事情。从公司上海总部过来了一个领导，他接到了陕西移动的项目，要从我们项目组抽人过去做技术支撑。王总想来想去，就决定把我和陆应雄调过去了。这一过去，我就高兴了，但陆应雄明显不明白我的意思，一脸茫然地看着我。

“应雄啊，你是真不明白还是揣着明白装糊涂啊？”

“我是真不明白啊，你瞎乐呵什么劲呢？”

“你想啊？这软件系统做起来就没完没了的，这次，我们调到了陕西移动总部这边，这边的项目至少也有会个一年半载的吧，我们暂时归何总管了，就不用操心核算和卡品项目的事情了，完全可以从这边重新开始。”

“哦？仔细想来，还真是这么一回事啊。张总您高明啊，高明。”陆应雄皮笑肉不笑地夸奖了我几句。

杜成是我们这个三人项目组的经理，他是属于 RS 科技公司上海派的人，直属于何总。而陕西这边跟河南关系不错，河南又是公司的大本营，所以，陕西这边是属于河南派的。看来啊，但凡是这种大公司，总是拉帮结派啊。公司里派系林立，谁都想着今年出点什么优秀的成绩，好在董事长那里炫耀。

这些日子，杜成在负责项目基础方面的工作，我俩只是打个杂，没多少实际的工作任务，倒是轻松了很多。每天，我都跟陆应雄两人一起吃饭，基本上都在糜家桥小区附近。今天吃这家，每天吃那家的。从心底里来说，陆应雄这人有点像邵海南的角色，就是每天跟我吃饭、瞎扯淡的。这不说不知道，一说还真像。第一，邵海南跟陆应雄年龄都比我大，第二，他俩都比我晚进公司，所以，我又是他们的长辈。他们对我客气点，也是应该的。但从性格上来讲，这两人就迥异了，邵海南属于那种大大咧咧的，喜欢说话、张扬的人；陆应雄则是那种低调、沉稳、踏实做事的人，但他这个人又太传统。有时候，特别死板，不懂得变通。就比如说抽烟喝酒吧，这本来是分不开的事情，可这哥们竟然愣生生地分开了，只抽烟不喝酒，打死也不喝。

星期五晚上，项目的基本信息总算是从各个营业部、营业厅收集完毕了。考虑到第二周需要做一些具体的开发任务，杜成就希望在今天晚上把所有数据整理方面的工作做完，不留残渣剩饭。于是，他决定加班，加就加呗，反正你已经请我俩吃过饭了，又是周末，就多玩一会吧。在陕西移动总部十五楼，我和陆应雄还在忙碌地执行存储过程，杜成出去开会了，有个办事处在移动公司的客户代表在这里陪我们。

“怎么样？一个小时内能弄完不？我明天还要跟老婆出去玩呢。”客户代表看了看手表说。

“我俩真的是尽力了，要怪就怪这些存储过程吧。丫的不知道谁写的，也不知道从哪个项目里拷过来就用的，一个存储过程，起码要执行三十分钟。”

“我听说是从山西那边拷贝过来的，杜成不是之前就在山西带项目吗？这不，那边的项目结束，又接到了陕西的，因为两个项目类似，就把那边的存储过程拿过来用了。”客户代表说。

“你看看，你看看，我就知道是这么回事！别的不说，我就问问，这山西移动跟陕西移动的数据是完全一样的吗？哪怕稍微有一段数据结构有偏差，这存储过程跑过去，绝对有问题。”

“还行，我这边都基本上执行完了。杜成应该没那么幼稚，他肯定会把两边的数据库整成一样的，这样做安全也最省事。”陆应雄说。

“你说得没错啊，我也是这么想的。可我这段存储过程，跑了一个小时了，就是卡着不动弹，你看看，我电脑都快卡死了。”我气急败坏地说。

“我看看。”陆应雄过了看了会，也看不懂，就忙自己的去了。

过了一会，我实在是受不了了，我不可能让这个存储过程影响到我们周末休息啊？万一，他执行到明天早上才结束，该怎么办？得了，我在 H 科技还整过不少存储过程呢，正好用到了我来仔细看看吧。

结果，我看了半小时，还是没看出来问题。这时，我们三人都已经筋疲力尽了。会不会是表的索引出来问题？我试着删掉了索引，一执行，结果只用了几秒钟就执行好了。刚开始，我还挺高兴的，可仔细一想不对啊。我进到表里一看，原来是刚才删除索引的时候，不小心把表里的数据也清掉了。这可完了，这张表是这个项目的主表，这张表要是完了，这个项目可就没法做了。

我非常郁闷，汗珠从额头上滴下来，但想不到好的办法。这时，连陆应雄那边都察觉出了问题，他执行 SQL 的时候也觉得非常快，快到让人觉得不正常。我只能坦白了，自己不小心干了错事。

“哎，这可糟了，这个项目就靠这张表里的一百万条数据啊，你误删了，咱们周一可怎么交代啊？”客户代表说。

“那怎么办？”我完全没有了主意，这是我上班以来遇到的最难办的一次情况。

“我这还有原始数据，不过都是 Excel 的，总不能让我一个一个贴上去吧？”

“这样吧，你这有最近几天的备份数据没？”陆应雄说。

“有，就在 F 盘的那个 backup 文件夹里。”

“哦，是 dump 文件，那我来用 DOS 恢复一下吧，恢复到最近的几天的数据量，剩下的，你再贴上去，我估计最多也就一两小时的事情。”陆应雄淡定地说。

“能恢复那最好了。”我心里有点感动，这次，要欠陆应雄一个人情了。

过了半小时，Oracle 数据库恢复到了几天前的情况，我们三人都松了一口气。

“没问题了，剩下的数据我来弄吧，反正也就差个几天，没什么大碍的。至于存储过程的事情，咱们还是别忙活了，让杜成来看把，他自己最熟悉。”

“好的，那咱们撤吧，今天都累死了。”

从移动出来，我和陆应雄走在高新路来。虽然，已经是寒冬腊月了，但我的额头还是因为紧张而渗出了汗珠。

“应雄啊，今天要谢谢你，刚才那种情况，我可是彻底慌了。你还那么淡定，看来，姜还是老的辣！”

“哈哈，不客气，我比你多工作两年，这就是经验，经过了这一次，你以后也会学习到很多的，尤其是数据库，我们不要随意操作。”

“咳，我就是仗着自己在H科技学了点数据库的三脚猫功夫，想露一手，结果，竟然弄出了这样的事情，万万没想到啊。我记得我删索引的时候，明明有英文提示，说是会删除掉表的数据，可我还是点删除了……估计真是忙糊涂了。”

“所以啊，这就是你跟我的区别。对于数据库方面的操作，我一向是很认真仔细的，不会弄的东西，我绝对不碰，让领导去解决，你以后也要学会这样，免得引火上身。”

“好的，谢谢，咱们抽根烟吧，累死了，刚才又紧张兮兮的。”我递给了陆应雄一根兰州。

城市的灯光彻夜通明，人们的脸上都洋溢着笑容。街边的雪堆，开始融化了，带来了阵阵寒意。我走在西安的街道上，回想跟刚才的事情，心情一片糟糕。虽然，这次事故有点严重，但庆幸的是完美解决了。但我，还是从心里不能原谅自己，我怎么会犯这么低级的错误？还好，有陆应雄在，帮我挽回了败局。那些在街上到来来往往的人，大多数人的脸上没有表情，但我知道，他们和我一样空虚，脆弱的心灵正在被一种东西慢慢是啃噬。

元旦的钟声敲响了，世纪金花附近的广场上。人们守在倒计时的电子表前，看着屏幕上的数字跳动，跟心爱的人一起跨年。随着红色的数字归零，在一阵欢呼地喝彩升中，我们告别了旧的一年，迎来的新的一年。去年，是我工作的第一年，发生了太多的事情，总体上还算勉强吧，就看今年咯。虽然，早就已经到了21世纪，可我还是想起了汪峰的那首《再见20世纪》。

这是1999年的冬天，从来没经历过的寒冷，街边的楼群直插蓝天，人们都蜷缩在大衣里行色匆匆。我坐在深蓝色的车里，摇摇晃晃行驶在狂野的城市。太突然了，一切都将消失，褪色的幻梦，褪色的爱。再见，二十世纪再见，和我一样迷茫的人。

“你要回张掖了吗？”赵玲栎问。

“是啊，你呢，回洛阳吗？”

“我跟你一块去张掖看看吧。”

“哦，算了吧，大冬天的，也没什么好看的。反正，就放七天假，我很快就回来了。”

“那我就回洛阳了，我决定在家里多待一阵子。”

“好吧。”

在张掖的七天里，跟过去没什么两样。只不过，我从一个大学生变成了一个社会上的工作者。这种角色的转变，让我的人生发生了改变。我可以清楚地感觉到，自己正在变得不那么年轻，但我所拥有的，实在是太少。我们这个国家，安定祥和、四处都是欣欣向荣，可是，我们这个国家的青年，却好像比其他国家的青年压力要大。因为，我们从大学毕业，就会变得一无所有，教育、医疗、住房是我们这辈人的新三座大山。教育？父母供我们上学都要省吃俭用，很不容易，而我们供养下一代就更难了；医疗？现在生场病，只要去躺医院，就得花个一两万，花的少了人家都觉得不正常；住房，这点是最坑的，房价高得离谱，真不知道是地太贵了，还是开发商心太黑了。也许，有人会说，你买不起房，可以回老家啊。回老家确实是一条路，但人得有理想，有选择的权力，如果什么东西都要我们青年去将就，生活在这里还有什么幸福可言？如果不能给青年理想，不能给他们希望，只为他们的生活带去灰色轨迹，那就没什么意思了。

据说，公司的老总来西安视察了，王然他们正在陪同着游山玩水。不过，这才刚入春，外面还是天寒地冻的，也没什么玩的。下午六点多的时候，总算是忙完了手头的任务，我和陆应雄打算下班，被杜成叫住了。

“一会去湘水肴附近的中国餐馆，老总过来了，要聚餐呢。”

“什么？老总过来了？”我和陆应雄都很惊讶。

“是啊，前几天在郑州，最近就到西安了，作为公司的董事长，他不得在开春的时候多跑跑，慰问下前线的战士？”杜成说。

“那好吧，我俩先过去。”我和陆应雄点了根烟，边抽边走。

因为这家餐馆就在附近，我和陆应雄步行了半小时就到了。我俩走到预订的餐桌旁，发现还没有几个人来。

“一会老总来了，我们都坐到另一桌。”我嘱咐陆应雄说。

“好的，和老总坐一起，是不爽，放不开。”陆应雄也赞同这个提议。

过了半小时，一拨一拨的人来了，可还是不见主角出场。我们和办事处的人打了招呼，就坐到一边聊起来了，算算也有几个月没见面了，他们也还是老样子，只不过李平还没有从太原回来。

到了八点，老总被一群人陪同着出场了，王然就在其中。但一眼看过去，有很多生疏的面孔，感觉都是领导，但不知道哪个是董事长。我还没有分清楚呢，大家就开始找座位了，反正一共就两桌，一左一右。从谈话中，我听到了什么周总李总赵总的，都是总，和谁坐一起都不好。

我和陆应雄看着眼前的阵势，还在发愣。还没想到短短几分钟，左边的一桌都坐满了，右边那一桌就剩下两个座位了。陆应雄见没得选，就坐到了靠外面的那个位置，那剩下的一个位置肯定是我的了，不管我愿不愿意。不过，说起来也奇怪，为什么其他位置都连在一起坐满了，就只有这两人中间空了一个？管他呢，先坐上去再说。

宴会开始了，两桌的气氛都不错，吵吵嚷嚷的，貌似都在诉说公司里的事情。我这桌不知道怎么回事，总有种莫名其妙的感觉，大家都有一种矜持，说话也温声细语的。连王然和杜成看我的眼神都变了，不对，他们是在看旁边这位大佬。我心想，我右边这位一定是董事长了，不然，为什么大家都不坐他旁边。

等到敬酒的时候，我终于确定了。我右边坐的是苏总，就是RS公司的董事长，左边坐的是袁总，就是RS公司的总经理。这董事长跟总经理中间竟然空了一个座位，偏偏让我给坐上了，我这真是作死啊。看着王然、宋涛、沈浩一个一个地走过来，毕恭毕敬地跟董事长、总经理敬酒的时候，我真是郁闷。最后，连陆应雄都照猫画虎地敬完了酒，这他妈就有点尴尬了！

算了，我豁出去了。我拿起酒杯，先是向右边的苏董事长敬了杯酒，又向左边的袁总经理敬了杯酒。在敬酒的时候，我一再强调自己是新人，说刚进入公司，觉得公司的文化氛围很好，需要多学习之类的话，总算是蒙混着过关了。

酒过三巡，大家的气氛都高涨了。两桌人开始互相敬酒，那种觥筹交错情景又再一次重现，让我想起了在H科技公司的事情。我保持淡定，从容应对，对每一个敬酒的人，都报以微笑，并且说几句寒暄的话。过了一会，我就主动站起来，到另一桌去回敬，做到礼尚往来。气氛还在持续加热，公司的前辈们都想起了很多往事。比如，公司什么时候成立的，从最初的几个人走到现在很不容易。他们一边说，一边感叹着创业艰难，一番话发自肺腑，令人热泪盈眶。

众人都在调侃高总的白发，高总无奈地笑着说："这叫白天不懂夜的黑。"

老梁突然跑过来，敬了苏总一杯，就开始吐苦水了。说自己多么多么辛苦，在西藏办事处那么艰辛的条件下，都坚持了很多年，这一路走来，兢兢业业，认真地工作，并且一再地说陕西这边投入很大，产出却很少。说了半天，原来最后的意思就是希望苏总把他调到上海去，担任项目管理方面的职务，他是上海人。苏总频频点头，说你为公司做的一切我都知道了，这件事情，我会考虑的，等最新的人事安排出来，会邮件告知公司各部。

宴会快要结束时，杜成立马鬼斧神差地跑下楼去结账了。

回来后，苏总问："结了多少？"

杜成说："五千。"

苏总说："好，我知道了，你回去填下报销单，让公司报了。"

我们走到了楼下，互相告别。每个人，都在公司里有特别好的朋友，这次告别，不知道何时才能再次相聚？这时，我看到宋涛正在和高总攀谈，他们谈的，无非是核算方面的事情，一起配合了三年了，能够聚一次很不容易。

第二十一章　出差郑州

中午，我和陆应雄破天荒地去了徐家庄吃饭，比原来多走了半小时。一路上，陆应雄都在拿上次聚餐的事情调侃。

“哈哈，你不是说不跟领导坐一起吗？没想到，你左边坐的是总经理，右边坐的是董事长，可把你能的。”

“我哪能知道啊？我看董事长右边有个空位，想着左边肯定也是一普通员工，不然怎么不和董事长坐？谁知道他是总经理啊？”

吃饭回来后，我发现自己的笔记本坏了。

“应雄，你上次本子坏了，怎么修的？”

“什么？你的也坏了？我上次就说过，戴尔的这个系列有问题，你还不信，说我背回家背坏了。”

“少废话了，快说，要不然我下午干不了活。”

“你打这个电话，打过去再给人家账户汇维修费，完了他们会派工程师过来。”

“这么麻烦？算了，我还是去百脑汇吧，那里有戴尔维修店。”

下午，我请假出去了。当我走出移动公司的那一刻，看到万丈阳光向我扑来。哇塞！这是立春以后天气最好的一次，可惜，今天是工作日，我还要上班，不然我一定和赵玲栋出去踏青。

到了戴尔维修店，好不容易排队到我了，对方竟然开口要 500 元维修费，还说过两天来取。这怎么成？且不说钱的问题，我这两天还要工作，没有笔记本怎么行？无奈之下，我又搭出租车回来了，原路返回堵车，司机就绕到了小寨那边，一路上拼了一个又一个客人，他是把钱挣美了，等把我送到高新路，都下午四点多了。回到 15 楼，我心里就很不爽，直接躺椅子上睡觉了，反正杜成也不在。我们对面是用友公司的一个团队，人家那项目经理见我这样子，还摇了摇头，笑着说：“这哥们，真会享受生活。”

第二天，我按照陆应雄的办法，打电话汇维修费过去，没过多久，戴尔就派了工程师登门服务了，经过一阵子忙碌，换了个主板，终于把笔记本修好了。我正高兴之余呢，杜成就跑进来说。

“张帆，最近郑州那边的项目缺人，办事处决定派你过去。”

“什么？让我过去，不是还有其他人吗？”

“这是王然的意思，其他人在做卡品项目。现阶段，这个项目正在做架构方面的设计，等一切确定下来，他们也是要去郑州的，你不过是先去。再说，你跟他们做得项目不一样，你这边是做一个图表项目，跟核算相关的，必然是你去啊。”

听到这个消息，我和陆应雄都很惊讶，不是年前刚派我们就来这里了吗？怎么还调？看来公司也真是缺人。见我愁眉苦脸的样子，杜成就开始安慰我。

“没事，年轻人嘛，多出去逛逛，有好处的，郑州那边也不错，你就当出去玩了，听王然说，只去两个月，你坚持两个月回来，看他们再出去，多好的一件事情。”

“话是这样，可其中的变数谁知道呢……也罢，既然逃不掉，那我就去吧。”我跟陆应雄在楼道里抽了根烟，我想起了上次把数据库弄出问题那事，就觉得烦躁，早有点想出去透透气的想法，既然，现在有机会了，就出去吧。

下班后，我请陆应雄吃了顿饭，好好地诉了一阵苦。我俩就在餐厅门口分别了，我向左走，他向右走了。其实，出差也没什么，可我最大的苦衷是怎么跟赵玲栎说这件事情？我们在一起都五年了，已经到了谈婚论嫁的年龄了，可我始终没有去过他家里，向他的父母承诺这件事情。最近，我好不容易有这个觉悟了，公司又要派我去郑州出差。这一分别，又不知道何时才能见面？回到家里，我坐在沙发上，一言不发地抽烟。

“你别抽了，板着脸给谁看啊？是不是又遇见什么难以启齿的事情了？”

“还是你了解我，公司要派我去郑州出差。据说是两个月，但我还是怕有什么突发情况导致延期。”

“自从你工作以来，你一直都在出差。过去的事，我就不说了，今天跑柳泉、明天跑商州、后天跑渭水，这些都在陕西境内，都是几天就能回来的。可你这次去郑州，距离那么远，叫我怎么才能放心？我俩已经在一起五年了！你答应我的事情，有一件做到了吗？你说今年给我开女装店，没有开起来；你说今年咱们去洛阳见我父母，现在又没机会了。是不是我俩根本就不适合在一起？”赵玲栎语气有点激动，我印象中这是第一次我们针锋相对。

“我也没办法，这是公司的决定。如果不是这件事情，我过阵子就给你开店，就跟你去洛阳。你以为我想去郑州啊？那么远，还没有什么朋友，去了还不知道什么时候回来。”我觉得自己在理，说话声音比较大。

“公司，又是公司！行了，我不跟你吵了，也许秦妍说得对，你根本就不爱我。”赵玲栎失望地说。

“又提秦妍，都说了多少次了，你不要提她好不好？人家找了高富帅，伴了大款，那跟咱们不是一个世界的人。”

“为什么不提？我跟秦妍条件差不多，人家老公韩森不但脾气好、有素质，而且事业有成，我就不能也找个跟韩森一样的，偏偏找你？你也不想想为什么？不就是因为我们在大学里度过了四年的时光吗？我希望把这件事情善始善终。”

“那你去呗，你长得又不差，很容易找一个跟韩森一样的。像我这样的男人，脾气又不好、又没素质，事业也一塌糊涂。”我有点伤心地说。

“你？叫我怎么跟你说呢？你怎么就不明白呢？”赵玲栎着急地说。

“那你说我现在该怎么办？”

“你去辞职啊？他们让你去郑州，你不愿意，就别在这里干了，你现在有快两年的工作经验了，找工作远比之前好找多了，咱们在西安找一份工作多好？过几天咱们就去洛阳把结婚的事情定了。”

“我也想过，可是，我在RS公司干得挺好的。人家领导对我不错，宋涛和沈浩在项目组里也很关照我，我怎么能在这个时候背弃他们而去呢？如果我辞职了，沈浩又得过去，这不变相地把他卖了吗？”

“那你的意思是，你愿意把我卖了？”

“我不是这个意思，我只是想不到两全的办法解决这个问题。”我抽了口烟，又陷入了沉思。

“这样吧，我跟你去郑州。反正郑州离洛阳也不远，我们可以抽时间去趟洛阳。”赵玲栎不生气了，语气平缓了很多。

“行吧，我听说那边也能带家属，只是过去的话，要单独安排房间，很麻烦的。我先过去看看吧，第一次就带你过去恐怕不好，完了，我再回来接你。”

“好的，那你尽快吧，反正我知道你这事也逃不掉了，一会就好好收拾下吧，打算什么时候去？”

“下周。”

这几天，我多花了里很多时间来陪赵玲栎，她知道我的意思，只是安慰我说没关系，她会照顾好自己。我俩在离别前又缠绵了几次，可每次过后，我都觉得特别对不起她，那种对她的愧疚与日俱增。

周一，我甚至没有去办事处和同事们告别，而是搭着出租车，直奔北客站。当汽车行驶在二环高架桥的时候，我又想起了我和陈旗，开着他那辆蓝色赛欧去农大帮赵磊表白的事情，虽然，最后的结局是赵磊输得很惨，但值得庆幸的是他总算是从对初恋的苦情中摆脱出来了，这又何尝不是一件好事？北客站路途很远，望着计费器里的数字不断飙升，我的心也跟着蹦蹦直跳，万一车费花个几百块，那我岂不是亏了？不过想想公司可以报销，又觉得安慰，花公司的钱坐车出去兜风感觉挺不错的。

到了北客站，我发现这里很空旷，街上只有寥寥可数地几个行人。因为是工作日的原因，候车厅里大部分座位都空着，我坐到 G50 检票口附近，就看起小说来。大概到了下午两点，动车来了，我检票进站，坐上了去往郑州的动车。仔细想想，我可真对不起赵玲栎，自从毕业工作以来，我不是出差，就是在公司里折腾，都没有花心思去陪伴过她，也没有特地搞一些浪漫的事情让她开心。可话又说回来，我的人生，也不正如那风中的飘絮吗？

动车里很豪华，不是节假日，大部分座位都空着。我玩了一会笔记本，就靠在后背上睡着了。当动车经过了一个又一个沿途的车站时，三门峡、洛阳、巩义，我知道离郑州越来越近了。

走出郑州火车站，放眼望去，外面的人特别多。有一些是出来旅游的，也有一些是学生，更多的是农民工兄弟，他们大多都背着粗布麻袋，里面装着满满的东西。有些农民工直接枕着背包，躺在地上睡觉。我跟随着出站的人群，到了站外，拦下一辆出租车。

“去哪里？”司机问。

“经三路金成国际广场。”

司机没说什么，就开始安静地开车，这是一位女司机，看起来年龄也不大，说话声音很清脆，戴着太阳镜。我第一次来郑州，这里的一切对我来说非常陌生。我看着两边的街道，有种特别复杂的感觉。出差，就是这样，离开自己熟悉的城市，被派往一个陌生的环境，一切都要重新开始。但我之前已经做过思想斗争了，最艰难的环节已经越过，后面的就没什么了。我不过是把这次出差当作是一次人生的历练，一边过来学习技术，一边过来游玩。

今天的天气很晴朗，我看着郑州的街道，真心觉得还不错。路过二七广场时，我看到了传说中的二七纪念塔。这座塔修得很别致，白色的墙，绿色的檐，塔顶有座大钟，听说会整点报时，但整体太过于简洁，让人有种模型的错觉。路过紫荆山公园，一直往前走，然后拐个弯，就到了经三路。司机又往前开了一会，把车停到了金成国际广场门前。

“到了，旁边这座楼就是。”司机说。

“好的，谢谢。”我付了她 15 块钱。

我按照王然交代的事情，先去找了郭姐，她是这边的人事。她热情地接待了我，跟我交谈了一会，就带我来到了 403 办公室，接着，她就出去给我安排住宿了。这时，我看到了坐沙发上的两个同事，他们也是从外地过来出差的，只不过徐敏从上海那边过来的，陈浩是从西藏办事处过来的。我们三个，就苦逼地凑到了一起，来接这个所谓的图表项目。

今天，也没什么事，主要就是聊天，了解下情况，顺便把开发项目用到的软件安装了下。别的东西，都跟我们日常开发一样，唯一的不同是这次要安装一个画图的软件，用 XML 生成动态图表。这件事情，让

403 的同事们帮忙搞定了。

“你俩在哪住？”他们比我先到，我觉得他们的住宿已经安排好了，特地打听一下。

“卡萨。”

“卡萨在哪？是职工宿舍吗？听着像是宾馆。”

“本来也是要安排职工宿舍给我们的，结果宿舍没房子了，我俩就只能住宾馆了。”

“住宾馆好啊，什么都有，最重要的是环境好，我听说 RS 的职工宿舍垃圾的一逼。”

“还好吧，我听说没那么烂。”

“还不知道我咋安排呢？”

“不出意外，也是卡萨。”

“那行吧，我们三个都住一个地方，相互也有个照应，反正我在大学时上下铺的那种环境受够了，再也不想看到。”

整个下午的时间，我跟徐敏、陈浩两人一直在东拉西扯地聊天，要么就是看 403 的同事们在忙碌。反正，时间过得特别快，一不留神就到了下班的点。这时，一个同事找到我，拍了拍我的肩膀。

“你是张帆？”

“是啊？”

“走，咱去住的地方。”

“咱俩在一起住啊？”

“是啊。”

“好吧，我拿下箱子。”虽然，我有点莫名其妙，但还是跟着他走了。

到了楼下，我看到天已经黑了。虽然已经是三月份，但还是有点阴冷。白天过来的时候，楼下就没多少人，这会下班，人一走完，道路上就剩下凄清了，只有绿色的灌木丛在枯黄的灯光下微微地颤动。

“咱们是在卡萨住吗？”

“不是，我们在明鸿新城小区。”

“我晕，听说职工宿舍很垃圾。”

“没那么严重，我打扫过了。”

“你叫什么？”

“周志伟。”

“我叫张帆，看来咱们以后要一起共事很长时间了。”

“是啊，你被派到郑州来，虽然是出差。但RS公司的情况，出差的时间一般都很长。”

“唉，先干着吧，具体情况也说不定。”

在枯黄的灯光下，我看到了周志伟的清瘦的容貌，脸上有点成熟的印迹，穿着一件卡其色棉衣。我和周志伟一边走，一边聊，很快就到了明鸿新城。原来，这个地方离公司特别近，只有几百米。过来的时候，我看到了卡萨公寓，就在金成国际广场斜对面。

“呵呵，公司还挺会安排住宿的。”

“是啊，住的地方近点，上班也有心情，本来出差就已经够烦的了，要是还住的老远，估计就会闹情绪。”

“你来RS公司多久了？”

“两年了，我之前在内蒙古那边，后来，被调到了郑州。相比，这边还是好多了，内蒙古那边太冷了。”

“看来，咱都是这个命啊，被调来调去的。”

“还行吧，都习惯了，咱们做软件的，就是这样。”

到了住的地方，我看到这是一座比较陈旧的住宅楼。从楼门进去，竟然有两个楼梯，可以从不同的方向、坡度来上楼。当然，走不同的楼梯就会走到不同的楼层，大概是单数层和双数层的区别。我们从背后的那个楼梯上去，到了六楼，周志伟打开了门。我放下箱子，就在房子里逛了一圈，这个房子大概有一百多平方米，空间非常大，只不过，没有装修，看上去很乱，就连家具，都是破破烂烂的，但还好比较干净。

“最里边那个卧室是我的，最大的那个，你的是走廊第二个。”周志伟说。

“还有一个？住的谁？”我纳闷地说。

“袁总。”周志伟无奈地说。

“怎么又是袁总？是咱们公司那个总经理吗？”我撇撇嘴。

“是啊，你认识？”

“谈不上认识，领导们去西安视察的时候，他是坐我左边那个位置，这我来郑州出差，他又住我左边的房间。”

“哈哈，那你俩可真有缘。”

“咳，我是最不喜欢跟领导在一起的，没想到又跟领导住一个楼了，跟领导住这么长时间了，你也受得了？”

“咋说呢？肯定有点不习惯。比如，看电视的时候，只要他在，我就不敢把声音开大，生怕吵到他，总之有点拘束。”

“那不结了。”

我在这一瞬间像兔斯基被雷劈了一样，愣在那里，不知所云。据说，负责这次项目的是高总，就是上次调侃自己白发的那位长者，该面对的总要面对，咬咬牙就过去了。

我把箱子拿到了自己的卧室，把乱七八糟的东西拿出来。那套出差用具，还是我在渭水的时候买的，那个毛巾，是南京运动会的奖品。很多东西，都在细节上透漏出难忘的记忆。这些东西，我随身携带，就像是挽留住了过去一样。可很多东西，过去了就再也无法体会。

“去不去吃饭？”周志伟说。

“好啊，旅途劳累，舟车劳顿，都没有吃饭呢。”

“嗯，那就一起去枣庄吃饭吧。”

“枣庄？不是在山东吗？《铁道游击队》里的？”

“郑州的枣庄，就是金成国际广场左侧的一个社区，其实就是个城中村，跟西安的城中村一样的，这里很热闹，但是卫生条件总体概括起来就是脏乱差。”

“咳，我在Y寨住了那么多年，早就习惯了，跟那些街上的小商小贩早就打成了一片，这每天上班，不见那几个人摆摊，我还心里痒痒呢。”

“那就好，我还担心你不习惯呢。”

“吃什么啊？”

“你想吃什么？”

“我也不知道啊，刚来到郑州，一无所知呢。”

“那去吃米饭吧，炒几个菜。”

我们就近找了个川菜馆，点了三个特别经典的菜，蒜薹炒肉、手撕包菜、土豆丝。等菜的时候，我顺便抽起了烟，我递给周志伟一根，他犹豫了一下，还是接了。

“你不抽烟的话，不用勉强。”

“也谈不上不抽，一直想戒，但总是戒不掉。有时，坚持一个月后，一遇见复杂的需求搞不出来，人心烦，就跑楼梯间里抽烟了。”

“哈哈，做软件抽烟的人还是比较多。”

“这可不一定，人家移动楼上办公的高总、老毛从来都不抽烟。”

“高总我知道，这个老毛是谁？”

“跟毛主席有点关系，这个老毛啊，因为家是湖南湘潭的，跟毛主席一个地方，是同乡。而且，他长得又有点神似毛主席，所以，人送外号老毛。”

“哈哈，那他可更要抽烟了，不然，怎么能学习到毛主席的神韵啊。”

“得了，人家是程序员，技术工程师，又不是特型演员。”

“我在哪边上班？ 403 吗？可我听说在移动。”

“嗯，应该在移动，你看 403 都挤成那样了，你们这几个人来，估计都没位置了。”

“那我明天还是去 403 吧，反正也没人通知我去移动。”

“对，你就先过来，如果在移动，会有人带你过去的，估计最近正在申请相关手续，移动可不是随便就能进去的。”

吃完了饭，我和周志伟走出川菜馆，迎着熙攘的人群，原路返回。回到家里，我躺在床上，本来心里因为出差这事觉得对不起李平，但是，既然我这次也出差了，那咱们算是扯平了。真不知道这哥们在山西混得怎么样了？我打个电话问候下吧，好久没有联系了。

“李平，最近过得咋样？项目忙不？”

“不忙，谢谢你介绍赵磊跟我认识，他帮了我不少忙。我最近已经成了项目经理，全面负责山西这边的新项目。”

“那太好了，看来出差也有好处！”我从内心里替他高兴。

“是啊，据说这个电力局的项目做好了，公司还会接发电厂的。虽然发电厂那边的项目比较难，但我现在是干劲十足，完全有信心把它拿下来做好！”

“哈哈，你小子！加油！”

“你也是。”

这是我在郑州的第一天，就这样过去了。不知道该说些什么？也许，有些事情，是一个人必须经历的，尽管在当时很不乐意很不情愿，但到了后来，当那些事情都过去时，我又无比怀念，也许我会认为，我的郑州之行是命中注定，无法逃避的。从 3 月 5 日开始，我就在 403 上班了。在这里，我只认识几个人。平时，无非是练习公司的报表制作工具，阅读工作文档，也没有领导来询问情况。

中午吃饭的时候，我没有跟别人出去，只是买了盒饭，站在楼道里很快就吃完了我在楼道里转了一圈，这里也有其他的公司。比如，有一家文化公司，里面装饰得特别漂亮，柜台上摆满了各种金银首饰，大厅里有很多瓷器，最让张帆印象深刻的是，一个动物的工艺品，放在地上，很庄严，大概是貔貅。我走出 403，往大厦后门走去。

穿过东风路，继续往前走，看到了东风渠滨河公园。一条又宽又长的大河出现在我眼前，我想，这个就是东风渠吧，或者也可以叫做护城河。河边，种植着一排柳树，在三月的季节里，都开始发芽，泛出新绿。但这种绿色，似乎与严冬的末尾显得格格不入。柳树的枝桠在微风中俏动，三月的微风，还带着些许凉意，吹在脸上有点不舒服。我站在河边，抽着烟，心里感受到了前所未有的压力。河上有一个横贯两边的长桥，我从这一侧走向那一侧，站在桥中央，抽了一根烟，静静地想着心事。

西安，这一别，不知道何时才能回去？我内心的痛苦难以平复，我内心的挣扎，难以平静，还要在每天晚上饱受与赵玲栎的相思之苦。这是不能改变的现实，我只有接受。公司是一个正规的组织，不是说来就来，说走就走的，什么都要按照规章制度走，就算离开，也要过一段时间。这既是一种制约，也是一种责任。我放手一扔，把烟头扔到了东风渠里，算了，坚持吧。

这一周，我就这样，失魂落魄地过去了。每一天，我吃完饭要么在枣庄乱逛，要么就是来到东风渠抽烟，独自面对着大河。下班以后，就躲在网吧里上网。我开始玩魔兽争霸，在激烈地对战中，打发时间。到了晚上十点多的时候，我就沿着枣庄往前走，拐个弯，就到了明鸿新城的后门。这段时间我的心情糟糕到了极点，每当我从枣庄正门进去，顺着人群熙攘的马路往里走时，我就不知不觉地想起了Y寨，那个我生活了五年的地方。当我走到一家理发店的时候，那个理发店的老板总喜欢放汪峰的《存在》，我总会驻足倾听。

“多少人走着却困在原地，多少人活着却如同死去，多少人爱着却好似分离，多少人笑着却满含泪滴，谁知道我们该去向何处，谁明白生命已变为何物，是否找个借口继续苟活，

或是展翅高飞保持愤怒，我该如何存在？多少次荣耀却感觉屈辱，多少次狂喜却倍受痛楚，

多少次幸福却心如刀绞，多少次灿烂却失魂落魄，谁知道我们该去向何处，谁明白生命已变为何物，是否找个借口继续苟活，或是展翅高飞保持愤怒，谁知道我们该梦归何处，谁明白尊严已沦为何物，是否找个理由随波逐流，或是勇敢前行挣脱牢笼，我如何存在。”

听着汪峰扯着嗓子喊，真是带劲。周志伟曾不止一次地问我，你是不是很喜欢汪峰，你是不是他的粉丝？我说没有啊，我中学时的偶像是周传雄。那你最近怎么老听汪峰的歌？我最近很烦，人家歌词写得跟我处境比较贴近。

“多么人走着却困在原地？多少人爱着却好似分离，多少人笑着却满汉泪滴，多少次狂喜却备受痛楚。”这几句歌词跟我现在的处境不完全一样吗？我在这里出差，身不由己，我给赵玲栎打电话，人家也爱理不理的，动不动就埋怨我。可我，竟然无能为力，我也不能回到西安跟她好好谈谈。我感觉我们之间长达五年的爱情，正在逐渐死去。袁总每天都很忙碌，时间不确定，我基本没有在楼上碰见过。只是有时候，等我们都睡下了，才听到他回来。看来，一个公司的老总也不是好当的，整天都忙到晚上十点多。在这样的情绪下，我在403度过了一周。从三月十二日开始，我的工作地点就被调到了移动，正是明鸿新城对面的移动公司大楼。办公地点在18楼，做的就是图表项目，纯粹给领导看图表看数据的项目。

这时候，我认识了老毛。他是公司的老员工，来公司很长时间了。他先是给我讲述了图表项目的大概内容，又对我之前所学的报表开发做了一些指导，一早上很快就过去了。中午，徐敏和陈浩一起吃饭去了，他们很早就认识了，两人在卡萨一起住，当然，吃饭也一起吃。于是，

老毛就单独请我吃饭。

老样子，我们来到了枣庄。这里白天人更多，每当下班的时候，周围的上班族都蜂拥而至，把这里堵得水泄不通。老毛带我来到了小辣椒，这是他最爱来的地方。看来，湖南人喜欢吃辣子，果然是名不虚传。

我俩随便点了个菜，就开吃了。小辣椒人很多，到了饭点更是座无虚席，很多人就在店外面拼桌坐。小辣椒上菜速度很快，所以深受大家喜欢，但唯一的缺点就是因为人多，还要保持速度，在质量上，有时会出现失误，也显得不尽人意。但人少的时候，这种质量就会明显回升。

“你来公司多久了？”

“我去年刚来的。”

“哦，我都来公司很长时间了，我是北京那边招的，后来就被派到郑州了。”

“北京？那不是挺好的吗？干吗来郑州啊。”

“哎，北京那地方，物价贵得要死，吃饭吃不起，住也住不起，一月才发那么点工资，都花出去了，一分钱都攒不下。”

“哈哈，看来还是郑州好啊。”

“你是王然招的？”

“是啊，你怎么知道？”

“他是西安办事处的主管嘛，以前，我跟他一个宿舍的，关系特别好。”

“哦，那你俩，谁来公司更早？”

“当然是他咯，王然啊，以前也一直在郑州这边，我没来之前就在，我在郑州三年，他都五年了。哎，王然把整个青春都献给 RS 了。”

“怪不得人家能当上主管啊。”

“是啊，你以为这个主管好当啊，人家就算没功劳，也有苦劳的嘛。”

“唉！”

“咋了？”

“我怕我在郑州，回不去了。”

“没事，你还年轻，肯定能回去的。”

“这边住宿能带家属吗？我想带女朋友过来。”

“据说是可以，但我没女朋友，还没试过，这个你得问郭姐，看她具体怎么安排，如果你带女朋友过来，肯定是给你单独安排宿舍。”

“哦，好的，谢谢。”

吃完了饭，我老毛在附近逛了逛，就回移动了。按照之前的习惯，我吃完饭肯定要去东风渠那边溜达，并且抽根烟的。可是，这次到了移动，一是路程远了，二是我感觉一种压力正在降临，就取消了外出活动。在移动，就是这么无聊，整个18楼，基本都是睡觉的，我也趴桌子上睡了。一觉醒来，打水，收拾电脑，整层楼又慢慢地恢复了生机。时间，就在无声中悄然流逝，不知不觉，到了六点，下班了。我和徐敏，还有陈浩，就一起从18楼乘坐电梯，到了一楼，向外面的街道走去。

他们要沿着经三路往前走，到卡萨公寓。我穿过街道，对面就是明鸿新城，但我进入小区之后，还得一直往里走几百米，距离上都差不多。说到回家，我有时是直接从小区门口进去，有时，我会从枣庄绕到后门，从后门进去。从枣庄走，有一个好处就是人多热闹，可以在工作之余，看看这个繁华世界。我走进明鸿新城，看到正对面的公园，有很多孩子在那里玩耍嬉戏，他们在草地上的游乐城里自由穿梭。还有很多可爱的狗狗，跟着小孩子奔跑。

看到这一切，我就觉得，还是明鸿新城好，这里，才像个家。而住在卡萨，虽然房间里环境好点，但到了晚上，估计就能听见隔壁的叫床声了。想到这里，我就真为徐敏和陈浩捏了把汗，真不知道他们两个大男人住一起，在听着隔壁的叫床声，能不能休息好？

从此，我开始主动适应在郑州的出差生活，在闲暇的时候，我会出去刻意逛逛，结识一些新朋友。西安的一切，似乎是被淡忘了，但事实上，是我强行把它们压在心底。每当想起的时候，还是不由自主地感到悲伤，为什么？人生要如此艰辛。为什么？我没有选择的权利。自从老毛教会我们三个报表工具后，我们身上的任务就变得繁重起来。高总主动找到我，让我做一个核算的图表。在业务上，肯定是没有丝毫问题的，查询语句也很轻松地写了出来。但在逻辑上，如何使这个报表速度变快，又是问题。我花了一周时间，终于搞出来了，高总看了一下，很满意。

这周，我们项目组开了一次会议，讨论了如何开发图表项目的具体事宜。高总的意思呢，是先让老毛搭好 Ext 的环境，等数据都到位，我们就正式着手开发。所以，大家压力都很大。但在压力之前，有一段轻松的时间。但没过几天，老毛就迅速地把 Ext 环境搭好了，数据也都到位了，这下，我们就开始忙碌了。

首先，就是从最基础的做起，用一些最基本的图表，把数据算好，先展示出来。一共有六个系列，我做了两个，徐敏和陈浩做了三个，老毛做了一个。可我们做出来的，只不过是最基本的样子，和最基本的数据展示。很快，高总就提出了新的需求。这种样式太简单，也很难看，在展示方面也只是做了基本的，根本没法拿给客户看，我们应该使用库里提供的那些好看的样式，开发复杂的功能。从这个需求发下来后，我们就开始了加班岁月。基本上，每天都会加到十点多。下班时，高总主动请我们吃饭。这次，高总请我们去了九回香饺子。大家都点自己喜欢吃的，我点了虾饺。

饭前，高总说：“大家在加把劲啊，移动那边也天天在催我，你们做得咋样了？”

“还行，这周就能把那几个柱状图做完了。”徐敏和陈浩说。

“我这边，这周把那些样式都换了一遍，至于连动，下周再说了。”我说。

“这阵子先把这些基本做出来，以后就轻松了。”高总说。

“但愿吧，如果没有新的需求，这个样子出来也差不多，我看了我以前同事他们做的报表，也没见有多好。”老毛说。

“你那个客户可能比较好说话，移动这边特挑剔，他们给我的要求是精益求精，我也是希望你们最近做出来后，一次性通过验收，咱们也就不用加班了。”高总说。

这边的饺子不错，吃饭的时候，我们可以尽情地放松。等饭吃完，高总结了账，拿了发票，我们就原路返回，到 18 楼继续加班。基本上每天都是这样，我们一直处于忙碌状态，根本无暇顾及别的。

说到高总请客吃饭，第一次是欢迎仪式，是在林科路那边的一个餐馆。东西不错，是牛肉骨汤面，高总、老毛、徐敏和陈浩都吃得挺爽的，就是我不能吃，就要了别的，吃了点凉菜。害得人家高总还以为我有什么特殊的信仰，不能吃牛肉，我说没有啊，我天生就不能吃牛肉，大概是基因决定的。高总一直鼓励我试试，说牛肉多么好吃，但我遗憾地表示，我大学时已经试过了，结果就是我把几分钟强行吃进去的牛肉全部吐出来了，还恶心了三天三夜。高总见我说的绘声绘色，就决定了，以后下班吃饭再也不来这家店了，为此我心里总是感激涕零。

周六，我累得睡到十点才起床。

周志伟精神饱满地跑过来，“张帆，下午去打球不？”

我左思右想，犹豫不决，“好吧，去。”

我和周志伟抱着篮球，刚走到楼梯，就遇见了袁总，这都很长时间了，总算见到人了。

袁总笑着说：“去打球啊？”

我俩说：“是啊。”

接着，我们就像高中生一样，一边拍着球，一边走出了明鸿新城，迎面而来的风，吹得我们心情愉悦，这一转眼就到了四月份，绝对的阳春四月。

“去哪吃饭？”

“阿利茄汁面吧。”

填饱肚子后，我俩乘坐公交车去往郑州大学。今天的天气真热，我明显感觉自己穿多了。公交车一路行驶，路过了一个又一个站点，对我来说大部分都挺陌生的。

“打个篮球，干吗跑那么远啊？”

“没办法，403 的好多同事，都在那边住。”

到了郑州大学，一直往里走，就到了篮球场。同事们都在，我们分好了队伍，就开始拼搏。打了一会，极度热爱 NBA 的周志伟竟然挂彩了，因为抢球太厉害，跟对方撞在了一起，对方人高马大，应该是大学生。周志伟不打了，坐在一边喝水休息。我进了几个球后，也下场休息了。这大热天的，打个篮球，真累！下午四点多，我们坐着同事的悦达起亚，四五个人挤在一起，去台球馆。轿车行驶到一座城中村，停好车后，司机带我们走进一个地下室，刚进来时我简直要当场昏厥。我天，好歹咱也是 RS 公司的员工啊，竟然把我们领到了一个地下黑台球室。

不说光线有多暗了，就摸摸这台球桌子，也真够搓的，上面锈迹斑斑，大概有几年没有维护了。

晚上，我和周志伟乘坐公交车回到经三路，在枣庄漫无目的地瞎逛。我望着外面的景物，来对比郑州和西安的不同，其实都差不多，只不过修建得不一样，对两个城市的感情不一样罢了，哪里不是灯火辉煌？霓虹闪烁？只是，我的心里，却越来越迷茫，究竟我们离开自己热爱的故乡，到这些所谓的大城市里闯荡，到底为了什么？我俩从东风路一直往前走，在前面的巷子口，右拐一直走，就快到了明鸿新城后门。

“靠，你怎么这么熟悉路？”

“哎呀，城中村的结构不都是这样吗？四通八达的，猜都猜到了，跟Y寨一样。”

“哈哈，你也在Y寨住？”

“是啊，怎么了？”

“以前我在软件园上班的时候，就在Y寨住。”

“哦？这么巧，怎么我以前不认识你。”

“Y寨大概二十多万人呢，人流量那么大，你怎么可能认识我，就算是街上碰到了，你也早忘了，像我这种大众脸。”

“你之前在哪个公司？”

“YK电讯。”

路过叫花鸡店时，闻见了一股浓重的香味，我俩不自觉地在店门口停了下来。

“发工资了，咱吃顿好的吧。”周志伟说。

“行啊，这顿叫花鸡我请了。”我说。

我俩站在摊位前，精心地挑选着叫花鸡。但这些叫花鸡都被植物叶子包裹着，根本看不见里面的东西。我只能凭手感挑了两只，带回了家里。周日，我还是睡到了很晚才起来。因为昨天拼搏得太厉害，导致我浑身无力。我出门四处走走，实在是百无聊赖，就跑到卡萨二楼的七星网吧，继续打游戏。玩了一阵，我退出游戏，和西安的朋友网聊起来。这时候，我旁边的空位置上坐了一个很清纯的女孩子，她一边聊天，一边玩游戏。老实说，我被这个女孩子吸引了，这不仅是因为她的外表，还有一个特点，她玩游戏的时候竟然抽起了烟来。

“什么破游戏啊？花钱这么厉害！”女孩嗔怒了，用手拍了拍键盘，噼里啪啦的。

“怎么了？”我也不知道为什么，突然从嘴里就蹦出来这句话，好像咱俩是认识好久的朋友似的，约在这里上网。

“这 CF 好烧钱，我前几天买的黄金 AK-47，这才几天没玩，就到期了，又得花钱买，真想买个永久的。”女孩也没有一点意外的回答了我。

“有永久的，就是贵，要一百大洋。”我微笑着说。

“今天没带够钱，怎么办呢，烦死了！还说上去打僵尸呢，武器不行，打个鸟啊？”女孩生气了，撅起了小嘴。

“别生气，这样吧，我帮你买张充值卡。”我起身走到吧台，买了一张一百元的 QQ 卡。

“给你，你充值后就去买你的黄金 AK-47 吧，永久的，以后再也不用担心它过期了。”

“好啊，谢谢你。”

“你叫什么？”

“陈婉如。”

“你干吗的？”

“无业游民。”

“你在哪住？”

“卡萨。”

“你多大啦？”

“等等……你这速度太快，我跟不上。请问，你是查户口的吗？”陈婉如反问了我一句。

“不是，我只是好奇。”

“好吧，现在该我问了。”

“你叫什么？”

“张帆。”

“你干吗的？”

“程序员。”

“你在哪住？”

"明鸿新城。"

"你多大啦？"

"这个，我可以不说吗？因为你刚才也没告诉我。"

"可以，我只不过是把你问我的问题，还给你。"

这就是我和陈婉如认识的过程，听起来很简单，也确实不复杂。有些人，不知道怎么回事，总有一种似曾相识的感觉，我和陈婉如就是这样的典型吧。我们在特定的时间，特定的地点，出现在了一起。也许，如果我不来郑州，恐怕此生也不会认识她。我玩了一会魔兽没意思，就果断跟陈婉如一起打 CF 了。就这样，我俩从白天一直玩到了夜晚，还有些意犹未尽。

"改天请你吃饭吧。"我觉得肚子饿，想离开了。

"我现在就很饿，不要改天了，你现在就请我吃吧。"

"好吧。"她这样的反应倒让我很意外，我不知道自己口袋里的钱还够不够，但是，既然她要求了，我当然要满足，把好人做到底。

我和陈婉如离开七星网吧，她说先回卡萨收拾打扮一番，让我在楼下等她。我等了二十分钟，陈婉如下来了，穿得特别时尚妖娆，是一件豹纹衫。

"那咱们走吧，去哪？"

"不急，我还要去做发型，你在理发店等我就行了。"

于是，我又在理发店里等她做发型，等了一个小时，终于忙完了。我心里还在盘算着，这小妞是不是要吃定我了，在这里做个发型，少说也得两百块吧，我这也真是当了冤大头了。套路，都是套路。陈婉如站起来，对着镜子照来照去，满意地笑了。我刚要起身结账，结果她麻利地掏出了会员卡，自己结了。这又让我感到意外，真不知道她玩得是哪一出？

"你看我这个新发型，好看吗？"陈婉如指着自己一头金黄色的卷发。

"嗯，挺好看的，特别潮流。"

"那当然了。"

陈婉如把头发烫卷了，梳到一边，披在肩上。她穿着一件豹纹衫，和我走在路上，吸引了很多人的目光，当然，都是看她的。走着走着，我就觉得不自然，用手挠了挠头发。

“我走不动了，咱们搭车去吧。”我拦下了一辆出租车，把陈婉如塞进了车里，这下，总没得看了吧。

“好啊。”

“那咱们到底去哪吃饭，你在郑州这么多年了，比我熟悉。”

“仙味传奇。”

“是火锅吗？”

“对，很正宗的麻辣火锅，我的最爱。”

“呵呵。”是不是女孩子都喜欢吃火锅。

出租车沿着东风路往北走，没走几分钟就到了。这时候，天色已经慢慢昏暗下来，路上的街灯逐渐亮起，又是一个宁静的夜晚。仙味传奇的人很多，可能是周末的原因。我俩坐在沙发上等位置，陈婉如闲来无事，就拿着自己的 iPhone4 玩自拍，不时还让我帮她拍照。我总是选择最好的角度给她拍，展示出她最美的一面。

吃饭的时候，陈婉如还不忘显摆，把自己的 iPhone4 拿出来，放到了桌子上，生怕别人看不到。不过，对于我来说无所谓，尽管我拿的还是那台诺基亚 5320。陈婉如什么都吃，但和我有一个共同点，都喜欢吃海鲜。因此，她点了不少海鲜。等菜都吃得差不多了，陈婉如就把剩下的海鲜往我盘子里夹。

“哎呀，你多吃点啊，我吃饱了。”

“好吧，你也多吃点，那么瘦。”

“我跟你不一样，我要保持身材嘛。”

还好是海鲜，我能吃下去，要是牛肉，我就得去死了。我曾经为了克服这个弱点，一口气吞下了不少牛肉，都吞到胃里面去了。结果，还是一阵反胃，吐了出来。这时候，一个服务员热情地走过来，给陈婉如送了瓶酸梅汁。

陈婉如说：“谢谢。”

服务员说：“不客气，乐于效劳。”

看来人家美女的待遇就是不一样，为什么不给我送一瓶呢？等吃完了饭，我们准备离开时，服务员又跑过来，帮我们的把衣服擦一擦，掸掸尘土，学的海底捞那套。晚上，我和陈婉如漫步在东风渠旁边的走道上。来郑州到现在，我从没有像今天这么开心过。我觉得，我在郑州找到了一样可以让我心里温暖的东西，可以让我暂时忘记相思之苦的东西。到了卡萨公寓，陈婉如站在门口，盯着我说。

“看什么看，你回去吧。”

“我不想回去。”

陈婉如什么也没说，就往里边走，我跟在她身后上了电梯。到了三楼最里面，陈婉如打开了门，我就跟着进去了。

“谁让你进来的？出去！出去！”

“我自己想进来，怎么啦？”

“不要脸，拿着。”陈婉如扔给我一把扫帚。

“干什么？”

“帮我打扫卫生。”

“乐于效劳。”我学着服务员的声音，开始扫地，把垃圾扫完后，又拿拖把拖了一遍。这下，原本有点脏乱的屋子，变得清爽舒适了。我和陈婉如坐在床上，没事可干。陈婉如向我介绍房间里的一切，从每件衣服开始。比如，这件衣服是在哪里买的，多少钱？这件衣服是什么品牌的，她喜欢在哪种场合穿？没想到，这女孩子穿衣服的讲究多着呢。过了一会，我俩还是没有找到什么特别投入的话题。陈婉如躺在床上玩手机，我坐在桌子前喝咖啡，屋子里的一切仿佛都静止了，只有时间在悄悄流逝。以前习惯了和赵玲栎随随便便，这遇见一个陌生的女孩，反而有点不知所措了。

“你帮我拍照吧。”陈婉如说。

“好啊。”我心中一阵窃喜，这是一个暗示，陈婉如大概不会拒绝我了。

陈婉如走到衣柜旁边，拿出了一件紫色的洋装，穿到身上。她站在我面前，摆出了各种 pose 让我拍，我一边在相机里偷看她身体的部位，一边捕捉着最佳画面。这件紫色洋装，我一连帮她拍了几张。

接着，陈婉如又从衣柜里找出一件白色碎花衬衫，一件卡其色短裙穿到身上，摆出 pose 让我拍。我拍了很多，让她看看效果，她很满意，还夸奖我的拍照技术好。但是，每当她换衣服的时候，我下面的反应就越来越强烈，不知道自己可以坚持多久。

这一次，陈婉如从衣柜里找出了一件蕾丝裙。她刚要换衣服，我就把持不住了，我再也受不了她的挑逗，终于无法压抑住心中的欲望了。我直接扑上去，按倒了陈婉如。经过一阵如胶似漆地爱抚，我如愿以偿地得到了释放。

“好累啊，你想干死我啊？”陈婉如躺在床上，唉声叹气地说。

“没有，我只是太投入了。”

“你是不是很久没有做爱了？”

“是啊，大概有几个月了。”我躺在床上，有点要睡着的感觉。

“怪不得呢，跟禽兽似的。”

“我最近穷死了，都没钱交房租了，你资助我点。”陈婉如从我的钱包中拿出五百块钱，塞进了自己的钱包。我本来想说什么的，但又算了，反正我也累得不想动弹。也许，陈婉如本身就是做这一行的也说不一定呢，但我还是从心底喜欢上了她。

沉默半晌，我对陈婉如说：“婉如，做我女朋友好吗？”

陈婉如坐在镜子前，正在卸妆，“你是个好人，但我配不上你。”

这句拒绝的话，让我心里很难受。但我也突然清醒过来，猛猛地扇了自己一个巴掌。赵玲栎还在家里等我呢？我怎么能说这样的话？

“怎么啦？良心发现了？看来你有女朋友嘛，至少是关系特别好的女人。”

“真是什么也逃不过你的眼睛，我女朋友在西安。”

“那你还让我做你女朋友，你真是个龌龊的男人！”

聊了一会，我灰溜溜地离开了卡萨，回到了明鸿新城的家里。从走出卡萨公寓的那刻起，我就决定要跟陈婉如保持距离，这不但是因为赵玲栎的关系，还因为她给我发了好人卡，让我的自尊心受到了严重的伤害，我决定不再理她。那晚的事情，就算是一夜情吧。说的再俗点，就是我花钱买乐子了，反正她从我身上也消费了不少。一张一百元的 Q 币卡，十元钱车费，两百元的火锅费，五百元的服务费。十元钱可以不算，但加起来也八百元了吧。没错，我就是屌丝，屌丝就喜欢斤斤计较。最近，加班仍然在持续。我和陈婉如之间保持着一种暧昧的关系，但我始终不愿意见她。我努力克制自己，压抑住对她的想法。不过，我仍然好奇这个女人，她到底是从事什么工作的？难不成真是小姐？

一天晚上，陈婉如突然打来电话，“哎呀，我一个人，你过来一下。”

我本来不想去的，但有一阵子没那啥了，结果只好妥协。我慌忙地穿好衣服，正准备出门，可没想到，今天袁总在。这都九点多了，明天又是工作日。万一袁总听到了声音，会不会对我有意见？不好好在家休息，这么晚出去干吗？算了，豁出去了。

我赶到卡萨，陈婉如正要出门，我和她撞了个正面。

“你干吗去？”

“去上班啊？”

“那你叫我出来干吗？”

“我一个人，你陪我去上班吧，一个人怪无聊的。拜托，你不会又想做那件事情吧，你可真是低俗！说你们男人是用下半身思考的动物，一点都不冤枉你们。”

“好吧。”这也让我来了兴趣，我正好看看这个陈婉如，到底是从事什么职业的。

我拦下出租车，把陈婉如送到了上上酒吧楼下。这个酒吧，跟南京1912那边的差不多，都属于中高端场所，门外停着不少豪车。

“你要不要进去玩玩？”陈婉如说。

“好啊。”本来我不想进去的，但既然来了，不去又有点扫兴。

走进上上酒吧，耳边立刻响起了躁动的音乐。这个酒吧大厅里装扮得十分豪华，挂着很多古典的灯，连窗户都跟教堂的一样。古典与现代结合，就是上上酒吧。今天人特别多，竟然没有服务生上来招待我。

我混在人群中，跟在陈婉如身后。面对着酒吧蜂巢般的人群，走了一会，我竟然跟丢了。既然，她在这个酒吧里上班，我就坐在位置上等她吧，估计她一会就出来了。结果，事实证明我的想法是对的。过了一阵子，陈婉如从后台走出来，她来到舞台上，露出了笑容，开始唱歌。搞了半天，原来陈婉如是这个酒吧的驻唱。

“今天，我为大家演唱的歌曲是来自Hailey Rowe的*My Boyfriend Is Gay*，说起来可笑，我男朋友是gay，但我却很喜欢他。”

“哈哈。”台下的人都笑了，并且发出了掌声。随着一声欢快地旋律响起，陈婉如开始演唱了。

“It happened on a Monday,It was my baby’s birthday,I wanted to surprise him he deserved a treat.He said he’d be late working,He’d call me when he’s leaving,Off I went to get him something,Ain’t I just too sweet.

So I cruised downtown to Armani,To find him something trendy,And realized that my Jimmy Choos were killing me.So I text the girls from my car,Meet me at Eleven Bar,We made quite an entrance,That’s when I got punked.

My boyfriend is gay,I know it sounds cliché,That everybody saw right through this guy but me.My boyfriend is gay,Should’ve known by the way,He tivoed every episode of RHOC.My boyfriend is gay,He was really such a great guy, but I saw him with another guy,His favorite color was turquoise and he always drank chocolatinis through a straw.My boyfriend is gay,I didn’t really mean to spy, but I saw him with another guy,You should’ve seen his place and he cried more than me at every chick flick that we saw.

Fast forward to next Friday,It’s not like I’ve been crying,Deep down I think I must have knew it all along.Maybe it was his Cher playlist,Or his craving to be A-list,Or how he knew the words to every Britney song (oh baby, baby). Perhaps it was that poodle,Or those cheese filled strudels,He used to dip into his Frappuccino grand.Well I must have just been kidding,Myself into thinking,I was more than him experimenting(Damn).Well, It happened on a Monday,No it wasn’t such a fun day,When I finally realized what I always knew.”

虽然这首歌的歌词很难，但凭我多年的英语功底，但也大概明白什么意思，就是讲一个女孩，他男朋友是个 gay，他无意间发现了这个事实，却无可奈何，一个劲地向人诉苦，说自己男朋友是个 gay，而她却唱得很高兴，像是喜极而泣。台下的人，可能听不太懂，但他们都懂 gay 的意思，也就跟着乐呵了。但是坐在斜角的那一桌外国人，就听得 happy 了，他们一直笑个不停，还不住地互相交谈指手画脚的，感慨陈婉如的遭遇有多么艰辛，悲惨。陈婉如的歌曲唱完了，他热情地去跟那几个外国友人握手、拥抱，看得出来他们彼此很熟悉。随后，她来到我跟前，说要不要玩一会再走，我说好啊。我俩就坐在那里，继续看酒吧接下来的演出。

“你男朋友是 gay ? 是那几个老外中的哪一个？” 我好奇地问。

“是啊，但他不是外国人。”

“那你是说我咯？”

“是啊，哈哈。”陈婉如扑哧一笑，大概憋了好久。

“你竟然说我是 gay ? 我可不是！” 我义正词严地反击。

“不是？那你最近怎么逃避我，却经常跟一个男人在一起，这个男人长得也很一般嘛。”

“你是说周志伟？”

“看吧，你自己承认了。”

“他是我同事，我们平时在一起工作，当然也在一起住。”我真是越描越黑了。

“哈哈，还一起上班，一起同居，你说你不是 gay 是什么？”

“喂，这是公司规定好不好？我也不想，难道还让我出去租房？”

“那你最近就只跟周志伟在一起了？也不理我，微信发你信息也不回？”

“哈，总算是露出真实意图了，你是怪我不理你了，才拿这首歌气我。”

“哪有，我说的都事实。”

“得了吧你，没安好心。”

“嘿嘿。”

“那你是答应做我女朋友了？”

“切，我可没同意。”

“原来，你在这个酒吧里当驻唱？”

“是的，我这可是正当职业。”

“那你还老掏我钱包？”

“喂，光靠唱歌的这点收入，我要饿死的。”

“这酒吧名字真土。”

“你懂什么，上上酒吧，就是 song song 酒吧，意思就是唱歌的，不然我来这里干什么？当然是唱歌咯。”

“看样子，你英文学得很好啊？很喜欢唱英文歌？”

“我上学时英文一般，出来混的时候认识了个美国帅哥，你懂得。

唱英文歌，才显示出我的英伦范啊。”

晚上，我搭车送陈婉如回家，又不要脸地去了她房间。事后，她又翻我的钱包，只翻出了一百块钱，幸好我早有防备，把钱放到了家里。

“一百？你怎么这么穷？”

“最近花销比较大。”

“算了，一百也行啊。你真是穷！我这可不是什么非法交易，我拿你这一百是为了买衣服。”说着，陈婉如把我钱包里唯一的一百拿走了。

“套路。”

“谁跟你玩套路啦？给自己女人花钱买衣服怎么了？连一百也不愿意花，这可不像你的风格，对一个陌生人挥手就是一百的Q币卡。我还以为你是土豪呢，没想到是自己失算了，不过想想也对，哪有土豪周末没事干，跑网吧里打魔兽的？啧啧。”

“就你有理。”我心里暗自好笑，幸好自己有先见之明。

夜晚，我没回家，在卡萨睡了一晚上，第二天就直接上班去了。第二天中午，我和周志伟在阿利茄汁面吃饭。周志伟觉察到了我最近的夜不归宿，直接挑明了话说。

“你最近是不是在郑州交了个女朋友？”

“算是吧，你怎么知道？”

“你都夜不归宿了，肯定不会是在酒吧酗酒。”

“哈哈，袁总不知道就好。”

“他知道也没关系，不过，他不会知道了。”

“什么？”听周志伟的语气，把我吓了一跳。

“人家最近就搬走了，搬到一家宾馆里住了，找了个更大更舒适的房间。”

“那太好了，咱俩都解脱了。”

“不过，话又说回来，你没谈女朋友吗？”

“谈了，不过，我是异地恋。”

“异地恋，那可真是辛苦，说说你俩的故事吧，反正闲着也是闲着。”

“好吧。”周志伟抽了一根烟，开始漫长地诉说。

“我和刘羽桐是在大学时认识的。那时，我们都在西安上大学。但说到底，我和她在一个学校，但不是一个系，更不是一个班的。我们的认识，完全是意外，是有一次我单独去敦煌旅游的时候认识的。那时我大二那年，因为考试情况不理想，挂掉了两门课，被导员狂批了一顿。放暑假回家的时候，我本来要去安康的。可我怎么也想不通，我大学里也认真学习了，怎么会莫名其妙地挂掉两科？一气之下，我就买了去新疆的火车票，想去乌鲁木齐看看，顺便散散心。”

“你一个人？没找个伴？”

“起初是一个人的，后来，就遇见了刘羽桐。”

“怎么认识的？快说说，刘羽桐长得漂亮不？”

“你急什么，又不是你老婆。”

“哈哈，我这不是听故事呢么？故事的主角长什么样，我当然得知道。”

“她长得当然漂亮了。不然，我怎么会看上？像我这么有实力的型男。”

“嗯，您继续。”

“呀？过去好久了，我都记不太清楚了。我记得当时正好赶上大学生放假，去新疆那边的大学生特别多，我买的是站票。”

“从西安站到乌鲁木齐？你不想活啦？”

“我也没管那么多，觉得自己年轻，无所谓。那时，我抽烟也很厉害，觉得不就是站着吗？正好磨炼一下自己的意志，扛不住的时候就在车厢里抽根烟好了。”

“那你抽了多少根？”

“那一晚上就抽掉了一盒。”

“当时，火车上人太多了，我就站在人群中，被挤来挤去的。这散心不成，反而让自己的心情越来越差劲，我有气没出撒，气急了就拍拍火车的墙壁。”

“那后来呢，我要听重点的！中间省略一万字。”

“等到了第二天，我实在困得受不了了。我都不知道昨天是怎么度过的？反正迷迷糊糊地就到了天亮。我看到好多人下车了，就开始寻找空位子，从十三号车厢一直找到了七号车厢，终于找到了一个能坐的位置。我当时坐在椅子上时，一下子就松了一口气，这条命是保住了。然后，我缓了几分钟后，就看到了坐在对面的刘羽桐。”

“你俩就这么认识了？”

“对啊！她穿着一件运动装，显得特别精神，柔顺地长发披在肩膀上，让我忍不住想轻轻地抚摸。”

“那你摸了吗？”

“当时没有，后来在敦煌的时候摸了，还接吻了呢。”

“那你们在火车上就这么干坐着么？”

“没有，我和她一直在聊天。从古到今，从校园生活到明星八卦，什么都聊。总之，那阵子我特别开心，之前的阴霾都一扫而光了，我丝毫感觉不到绿皮车上难受的氛围了。当时，刘羽桐还拿出了自己买的零食，和我一起分享。记得当火车行驶到金昌附近的时候，刘羽桐看到了窗外的戈壁滩上有一些荒废的寺庙，造型很别致，就问我那是什么？”

“不就是寺庙吗？有什么好问的。”

“对啊，我刚要说寺庙。但我又想起来 WOW 里的血色修道院。就说，那个啊，是传说中的大名鼎鼎的血色修道院。”

“她信了吗？”

“不知道，她就说给我讲讲血色修道院的故事，我就给她讲了。”

“据说血色修道院曾经都住着神圣的十字军，他们为了同亡灵天灾继续斗争，用鲜血染红了寺院，这里发生了太多的战斗，所以，这里才叫做血色修道院。”

“故事就从我们当时打血色修道院副本开始了……”

“莫格莱尼倒下了？你们要为此付出代价！”女人说。

“复活吧，我的勇士！”女人复活了男人。

“为你而战，我的女士。”然后他们又和玩家厮杀在一起，直到两人双双死于玩家的剑下。

“这段经典对白相信 WOWER 们都记忆犹新，曾经多少次，我们只是在杀死了雷诺之后，等待怀特迈恩来把他复活，然后再毫不留情地把他们一起杀死，能够死在一起，这也许也是这对恋人最后的幸福了吧。在血色修道院沦为玩家们带小号和刷钱的地点之后，这个过程更是变成了一场屠杀，又有多少人会感觉到，在这对所谓的狗男女的背后，有着一个感人的故事呢。”

“到底是什么故事呢？你快说啊……”我迫不及待了。

“好的，容我喝杯水。”周志伟喝了一口可乐，让 HPMP 恢复到最佳状态，我已经做出了听故事的姿态。

“雷诺莫格莱尼是血色十字军著名领袖之一，大领主灰烬使者莫格莱尼的独子，血色十字军成立于亡灵天灾肆虐于洛丹伦之时。当时，联盟军队遭受了一场惨痛的失败，由于王国最有天赋的圣骑士阿尔萨斯的背叛，骑士导师——联盟军队指挥官乌瑟尔被害，随之带来的是白银之手骑士团几乎全军覆没，从此联盟军队退出了瘟疫之地。白银之手幸存的圣骑士决心与亡灵战斗到底，他们成立了血色十字军。血色十字军的宗旨是：消灭亡灵，清理被瘟疫污染的一切。”

“在伊森科恩、莫格莱尼、阿比迪斯、提里奥弗丁等传奇英雄的领导下，血色十字军在东西瘟疫之地顽强的战斗着，莎丽怀特迈恩的父亲曾经是白银之手的一名圣骑士。在第一次天灾战争时期追随乌瑟尔，并最后战死于安多哈尔，临死之前，他将自己的年幼女儿托付给了大领主灰烬使者莫格莱尼。怀特迈恩成了莫格莱尼的养女，她从小就表现出了异于常人女子的对神圣力量的理解和运用能力。当时还没有银色黎明这个组织存在，血色十字军的几大领袖都还在人世，领导着血色十字军在整个沦陷的洛丹伦王国与亡灵天灾战斗着，血色十字军还没有被疯狂的复仇和愤怒所控制，势力比现在强很多，在诸多前辈的教导下，怀特迈恩很快就成了血色十字军里一位著名的牧师，作为大领主的养女，她从小就和雷诺莫格莱尼青梅竹马，一同长大，并且彼此互相爱慕。”

“哇！青梅竹马，他们一定很幸福吧。”我忍不住赞叹。

“幸福？他们最后确实很幸福。”周志伟哼了一声，接着继续讲述。

“雷诺莫格莱尼是个很好胜的人，作为贵族之子，养尊处优的出身并没有使他失去战斗的渴望，他一直向往成为像父亲一样的英雄，但是身为灰烬使者的儿子，他一直被父亲的光芒所笼罩，好胜的他却不想依靠父亲的庇护，他想证明给父亲看他是一个勇敢而且无畏的勇士。不过大领主好像并不认同雷诺的表现，他处处给儿子挑毛病，经常当众训斥雷诺，这使的自尊心极强的雷诺非常不满。其实，大领主一直希望儿子能成为真正的英雄，作为白银之手资格最老的圣骑士之一，他对儿子的要求非常严格，最让他不能容忍的是，儿子居然爱上了自己的养女怀特迈恩。他要求儿子严守骑士古老的谦卑、荣誉、英勇、牺牲、怜悯、信仰、诚实、公正的信条。他认为，对待女士应该是尊重和礼貌，骑士对女士只有保护的义务，而没有占有的权利，而感情和肉欲会让圣骑士丧失作战的意志。”

“父亲对自己与怀特迈恩的感情的干涉，让雷诺莫格莱尼非常愤恨，最后，在克尔苏加德的操纵下，在一个血色的叛徒艾希尔的引导下，雷诺莫格莱尼犯下了他一生中最大的错误，他出卖了自己的父亲大领主灰烬使者莫格莱尼，将他置于数千名亡灵天灾战士的包围之中，并在最关键的时刻，用自己父亲的剑：灰烬使者，从背后杀死了自己的父亲，在利剑刺入自己父亲心脏的一刻，他才意识到自己的所作所为，他惊恐万状，但是一切已经无法挽回。”

“其实怀特迈恩的命运是很悲惨的，她一直扮演的是弱势的和服从的角色，雷诺的弑父在很大程度上可以说是因为她，在事情发生之后，她和雷诺一起，把唯一知情的人，已经被天灾感染成为亡灵的大检查官法尔班克斯隐藏在血色修道院的密室里，然后自己担任了血色大检查官。”

我始终记得那段经典的台词：“莫格莱尼倒下了？你们要为此付出代价！”

“复活吧！我的勇士。”

“为你效劳，我的女士。”

那是一种对爱人的信任和坚贞，少女对勇士的依赖和信任，骑士对爱侣的保护，同生共死的境界，那是爱情里面最高尚和美好的。说到这里，周志伟低声长叹，“莫格莱尼其实是个好男人，只可惜被这种跌宕的命运所捉弄，世事无常。”

我听到这里，情绪低落，“好感人的故事，虽然经历了这么多的曲折，但他们最后还是在一起了，就连死也死在一起，那是种幸福，我想他的父亲会原谅他的。”

“不错的故事！我好像以前听李超凡和阿泽在宿舍里念叨过，他们经常打这个副本。”我轻轻地拍拍手。

“哈哈，你的表现就跟刘羽桐当时一样！不过，她的表现比你夸张多了。”

“去去去！”

“我记得当时刘羽桐也说这个故事很感人，她的眼泪竟然不争气地流了下来，我就拿出手帕，轻轻帮她擦拭。”

“后来，刘羽桐到敦煌要下车了，我本来要去乌鲁木齐的，但我从心里爱上了她，就跟着她一起下车了。在敦煌，她做向导，带我去逛了很多地方，我最难忘的就是沙洲夜市，那晚，在银色的星辰下，我们接吻了。”

“听了你俩浪漫的曾经，那说说，你俩现在怎么样了？”

“后来，我跟她在西安也有过几次约会，但不知道为什么，也许是我没有爱情天赋吧，我们总是回不到当初，那次沙洲夜市的接吻，也就成了我们最美好的际遇。”

“说现在啊大哥，你们最近这几天还有电话联系吗？重要的事情说三遍，是最近这几天，最近这几天，最近这几天。”

“有打过一次电话，但她的语气很淡，我不知道该怎么做，才能回到当初？”

“我觉得你俩还是有希望的，至少这么多年以后，她仍然接你的电话，你不用想太多，往前冲就是了。但我觉得，你必须再去一趟敦煌，你们之间的爱情，要么开花结果，要么就彻底死掉。”

“我想过，但是我害怕。停留在原地，待在郑州，仿佛我和她的记忆还留在最美好的地方，可我去了敦煌，如果我失败了，我就彻底失去她了。”

“你这就是鸵鸟，遇见暴风天气，把头埋在土里就没事了？”

“那你说怎么办？我真的很爱她，我不想失去她。”

“去敦煌吧，我陪你去，正好去旅游一番。”

“行，有你帮忙，我觉得成功的概率又增加了很多，咱们事不宜迟，就五一放假去吧。”

“好！不过，这事要靠你自己，我真的帮不上什么忙，只能帮你分析分析局势。毕竟，当局者迷，旁观者清。”

五一劳动节的时候，我撇开陈婉如，跟周志伟一起去了敦煌。本来，我打算带上赵玲栎的，可仔细一想，这事不妥，毕竟周志伟和刘羽桐还没有在一起，万一她失败了，这次出行不就成了我秀幸福了吗？去敦煌的路上，我耳机里一直回放着飞儿乐团的那首《月牙湾》，想想自己终于要到敦煌了就一直激动。突然，我想起了血色修道院的故事，又联想到了一个有意思的段子，就开心地跳起来，别以为你周志伟会在火车上讲段子，我也会，今天，我就给你们讲个更经典的。

“你们一定知道好莱坞著名演员尼古拉斯凯奇吧，他前阵子演了一部电影叫做《女巫季节》，你们谁看过？”

“看是看过，可这电影很一般啊？”对面的两哥们瞬间愣住了。

“是这样的，尼古拉斯凯奇呢，他们组队去刷副本了，但是这次他们职业搭配极不科学，导致最后差点被团灭，你们知道问题出在哪里了吗？”

“就是职业搭配极不合理，三个战士、一个牧师，最后那个小伙子搞了半天原来是个圣骑士。所以你们知道了吧，这片子的致命伤就是远程职业太少，没有主火力法师和远程物理攻击的弓箭手，导致 BOSS 战的时候 DPS 严重匮乏、近战职业闪避率过低，以及操作意识不强，不会跑位，致使 HP 耗损严重，牧师魔不够，完全奶不过来。

幸运的是，尼古拉斯凯奇他加的天赋是防御，而那个惩戒天赋的圣骑士，他的副天赋是神圣，所以最后在没有牧师加血的情况下，他居然磨死了 BOSS！所以从这个角度看，虽然最后几乎团灭，但还是打赢了 BOSS 分了战利品，因此评价标准就三星还行吧，毕竟通关了。”

故事听完了，对面的两哥们竟然呆若木鸡，没有一点反应。倒是隔壁的一位哥们很给力，哈哈大笑起来，还不停地用手拍着大腿。

“哎呀，太经典了，这段故事简直就是 WOW 组队刷 BOSS 的典型啊，队伍的搭配很重要。我记得，他们组队的时候是有个猎人的，可是他在捉狼宠物的时候挂了，要知道副本里的宠物可都是精英啊，不是那么好抓的。你还有什么类似的段子吗？再说几个，我回去也给公会的兄弟们讲讲？叫他们平时刷副本的时候不听指挥，丫的还有的战士不拿盾，进副本就冲上去抗 BOSS 的。”

“没了，不过，WOW 里搞笑的事情太多了，还是要经常组队下副本才可以见识到各种有意思的人。”

“是啊，不过现在都开到熊猫人的崛起了，我有段时间不玩了，工作太忙，玩魔兽也是大学的时候开始玩的，那段日子真是令人怀念。”这哥们和李超凡、阿泽一定会成为很好的基友。

我俩下了火车就在附近宾馆开了个房间。周志伟给刘羽桐打电话，说出来一起玩，刘羽桐答应了。见面的第一天，刘羽桐就问周志伟。

“你上次说的瘟疫之地在哪里？你不是要带我去看吗？怎么现在才来？”

“桐桐，对不起！我这些年一直为了理想在漂泊，我从来没有忘记过对你的承诺，瘟疫之地就在火烧沟原始部落村。”原来，周志伟曾经还给刘羽桐许了一个承诺，说带她去看什么瘟疫之地。可是，瘟疫之地是 WOW 里的，现实中哪有啊？这周志伟，真是的。

“瘟疫之地，就在玉门，我今天就带你去看。”

“好啊。”刘羽桐满心愉快地答应了，我没有说话，倒是想看看周志伟玩得哪一出。

我们三人一起乘车来到了火烧沟原始部落村，这里非常荒凉，人烟稀少，地上长满了枯黄的杂草。在淡蓝色的天空下，矗立着几座奇形怪状的房子。这些房子，被四周高大的杨树包围，看起来冷冷清清的。往远处延伸，就是一些低矮的山坡，连个人影都看不见。

“桐桐，这里就是我说的瘟疫之地。因为时间过去太久了，这里已经荒废了，你看看脚下这布满沙砾的泥土，里面可是埋葬了不少血色十字军的遗骸。”周志伟说。

“哎呀，总算是见到了传说中的瘟疫之地，就在离敦煌不远的地方嘛，你都不早点带我来玩，真是的！”刘羽桐说。

忽悠，接着忽悠，我看你俩真是中戏毕业的。

“好了，瘟疫之地看完了，咱们应该去看点正常的景点了吧？刘羽桐，你说敦煌哪里好玩啊？”我说。

“咱们先去鸣沙山吧，山脚下就是月牙泉，那里可美了！”

“好的，那咱们出发。”

离开了这该死的火烧沟原始部落村，我的心情总算是好多了。这个部落村真的没什么逛的，一个人都没有。要不是周志伟非要带刘羽桐来看什么瘟疫之地，我估计这里就只剩下风声了。

到了下午三点多的时候，我们总算是到了鸣沙山。这座山很长，绵延几十公里，但它毕竟是沙子组成的山，海拔最高处也只有一千七百米。据说在鸣沙山漫步，会听到沙子发出的奇特声音，一路上我都在侧耳倾听，但无奈的是沙鸣的效果不太好，传入我耳朵里更多的是风声。这金黄色的沙漠像是一条丝绸似的延伸到看不尽的远方。沙漠此起彼伏，身上的纹路错落有致，在不同光照的调和下，描绘出斑斓的色彩，让人仿佛处在奇幻的魔法世界。看着路过的驼队，我仿佛是站在了唐朝时的丝绸之路上。

傍晚的时候，我们三人从鸣沙山下来，到了月牙泉附近休息。月牙泉被鸣沙山紧紧包围，可以想象，在遥远的古代，如果驼队长途跋涉，穿过鸣沙山的时候，月牙泉必定是休憩之所。这里面积不大，是一座沙漠中的绿洲。在这块狭小的绿洲上，有一处造型独特的阁楼，里面有很多历史资料，以供游人阅览。阁楼附近，是一团一团的绿色植被，毛茸茸的，点缀得非常齐整。再往前走，就是传说中的月牙泉了。泉水清澈碧绿，轮廓酷似新月，湖边芦苇纵横，茂密丰盛。轻风吹拂，枝叶斜梳，让人流连忘返。夕阳坠落的时候，阳光的暗影逐渐覆盖了绿洲，一层接着一层，这种朦胧之美，简直是大自然无意之中的杰作。

游遍了自然之景，次日，我们又去了莫高窟，领略了人工雕刻的佛像壁画。这次敦煌之行，总算是完美地落下了帷幕。回来的路上，周志伟和刘羽桐牵手漫步在戈壁滩上，这对恋人，几经周折，终于修成正果。看着他们在风中倾诉表白，彼此爱慕。这一趟，总算是没有白来。

这段时间，工作方面最忙碌的时候，已经过去了，加班的次数也逐渐变少。我的生活开始变得有规律起来。然而，最高兴的还是周志伟了，他不但成功追回了刘羽桐，还把刘羽桐带回了郑州生活。每天晚上，虽然他俩都尽量不发出声音，但我还是可以听见一丝丝娇喘。说来，这袁总走得也真是时候，要是晚那么一两个月，估计周志伟也不敢把女朋友带回来。据刘羽桐说，她是想跟周志伟住一段时间，以加深一下感情，再顺便到郑州旅游，真可谓是一箭双雕。

反观我这边，情况却越来越不好了。我打电话给赵玲栎，想让她也过来，这样的话，正好都可以凑成对。可赵玲栎却遮遮掩掩的，说暂时不想过来，等一段时间再说。我真纳闷了，我离开西安的时候，她巴不得跟我过来呢，现在倒好，请都请不过来了，我很生气，但不好发作，只能在心里骂她神经病。

郑州的夏天一直很晴朗，炎热的天气总让人感觉到倦意。每天中午，徐敏和陈浩都回卡萨睡到一点半才来18楼，这样规律的作息让他们能在下午不用打瞌睡。我一般吃完饭，就回到了移动，但这样总是感觉困。没办法，我也跟他们学习，每天在枣庄吃完饭，回到明鸿新城睡觉。

为了筹集发票，凑够每月的报销额度，我开始在速来咪吃饭。速来咪是快餐店，我办一百的卡，前台就给我一百的发票，只要每月凑够一千就行了。这里的饭菜还可以，但老毛总说不好吃，就像他一如既往地讨厌小米，喜欢苹果手机一样。为此，作为一个米粉，我曾不止一次地跟他说过这事，你喜欢苹果就用呗，不用老是说小米的不好。作为一个工薪阶层，能用1999的小米以前很不错了。iPhone4s，公司不是只有袁总他们才用的吗？但是，作为一个资深的果粉，又是为了彰显自己的品位，老毛还是斩钉截铁地买了iPhone4s，这样一来，他就可以说，咱公司就只有袁总他们用iPhone4s，当然，还有我。

这段时间轻松下来，让我有种想回到西安的感觉。我深刻地觉得，自己在郑州待的时间已经够长了，二月份过来的，转眼六月份了。除了有时去上上酒吧听陈婉如唱歌外，我真的没什么特别想去的地方，更不要说跟周志伟跑郑州大学打篮球了。

日子就在无声无息中度过，项目也没之前那么紧了，变得半死不活。虽然，我习惯了在郑州工作，但我还是希望项目早点结束，好让我彻底离开。时间会改变很多东西，连明鸿新城也逃不过去。袁总搬出去后，空出来的那间卧室，没过多久，就被从西安来的一个同事拎包入住了。听说，这次来了好几个人呢，陆应雄因为还在陕西移动那边做着缓兵之计，逃过一劫。他私下里对我说，王然天天问他，移动那边的项目怎么样了，陆应雄只能添油加速的说很忙，忙得天天加班。这家伙，真会伪装。

自从袁总搬走后，房子里的气氛就嗨多了，新来的同事喜欢喝酒，我也陪着他喝。周志伟也从卧室里出来，看起了电视。以前，大概是袁总在的原因，周志伟只看热点新闻和军事评论，关注黄岩岛、钓鱼岛局势。现在，袁总一走，他立马花样百出，看起了都市言情剧，一看就到了凌晨两三点，还不时对我说他喜欢的女主角类型。到了周末，周志伟又破天荒地看起了非诚勿扰，可真是原形毕露。不过，这个刚搬进来的新同事显然受不了加班生活，在郑州待了一周，就辞职回去了。

又是一个无聊的周末，我在小辣椒吃完了饭，就站在枣庄门口的地毯旁边看书。这时，突然间刮起了大风，还没来得及反应，又纷纷扬扬地下起了雨，天气瞬间变成了晦暗的颜色。我望望四周，无处可去，只得走进了卡萨旁边的迪欧咖啡，点了一杯卡布奇诺。我坐在偏僻的角落里，喝了口咖啡，暖了暖身子，拿出了随身携带的Kindle，也学着文艺青年的范儿看起了小说。大概看了半小时，我抬起头来，看到窗外的雨势仍然很大，雨丝像织网般乱窜。这时，一个服务员站在我座位旁边，站了几分钟，一直盯着我看。

“你也喜欢喝卡布奇诺？”服务员说。

“啊？是啊。”我丝毫没有防备。

“你是薛鹏吗？”服务员说。

“不是。”我觉得莫名其妙。

“那你怎么喜欢喝卡布奇诺，你俩长得挺像的。”

“喂，小姐，这些事情都很正常，对吗？”

“可我有一种直觉，你认识他，对不对？”

“不认识。”

“一定是薛鹏派你来的……快告诉我，他在哪里？”

“呃，对不起，我真的不认识他，也不知道他在哪里。”

我仔细看着这个很普通的女孩。她长相清秀，留着黄色的短发，没觉得她哪里不正常，为什么神经兮兮的。但随后，女孩也要了一杯咖啡，坐在我对面，跟我聊起天来。我在郑州没什么朋友，就应付了几句。没想到的是，我隐隐地感觉，这个女孩，有一种严重的臆想症。情结大概是，他之前的男朋友叫做薛鹏，后来，薛鹏离开了她。她一直放不下这段感情，开始寻找男朋友的消息，但寻找了很久没有结果，她就在主观上臆想出了各种可能，来维持这个信念。于是，我一改之前的态度，想要了解下这个女孩的真相。

“你真的不认识薛鹏？”女孩有点焦急地说。

“不对，我认识他，前不久才见过。”

“我就知道，你一定认识他。每个下雨的日子，我都特别想念他，可我不知道他在哪里。这三年来，我问了很多人，只有你告诉我你认识他。”女孩突然露出了天使般的笑容，这种笑容凝固在嘴边，让她看上去非常美丽。

“嗯，说说你俩的故事吧。”虽然，我知道骗她很可耻，也会对她造成伤害，但不如先听听故事，万一我可以帮助她呢。

“我和薛鹏是在烟台认识的。我记得那是几年前了，我正在烟台上大学。有一天，我去应聘兼职，那老板说要带我去拍摄外景，就开车到了一个偏僻的地方。可谁知道，刚开始还好好的，拍了几组照片。后来，这个摄影师就和司机联合起来欺负我。我跟他们厮打在一起，这时，正在附近工地上打工的薛鹏路过这里救了我，他冲上去跟这两个流氓动手，但毕竟不是他们两人的对手。薛鹏被打倒了，我也被推搡得碰在了一块石头上。你看，我额头还有伤疤。后来，薛鹏的工友们赶到，两个流氓仓皇逃跑了。”

“那你俩不是认识了吗？怎么会分开？”

“我当时脑袋被撞得很疼，住进了医院，薛鹏一直陪着我。其实，他也很严重的伤。后来，他把我送回了学校，就离开了。我当时脑袋很昏沉，只是一个劲地感谢他，却忽略了很多事情。当我彻底清醒后，我发现自己爱上了他，是那种特备执着的爱，但我找不到他了。”

“那你没有去问他的工友？”

“自从那件事情之后，我害怕男人。我真的不敢回到那个地方，哪怕是白天人多的时候。在我心里，只有父亲和薛鹏是有安全感的男人。而我的父亲，很早就离世了，母亲也只是靠自己打工扛着这个家。我在烟台的一个报纸上看到了薛鹏的消息，据说他离开了烟台，去郑州创业了。于是，我在三年前来到了郑州，一边在这个咖啡馆里打工，一边寻找薛鹏的消息。这三年，我每天都在思念他，思念那个救过我的男人。可是，面对着茫茫人海，我渐渐地失去了希望。我走遍了郑州的每个角落，甚至去了陈寨、徐寨这两个郑州最大的城中村，去每一家店里询问有没有人认识薛鹏，可我还是没有找到他。有时候，我走路走得鞋破了，脚磨出了血，但我仍然没有放弃希望。他是我在这个世界上唯一会爱的男人，他是我心中除了母亲外，唯一的温暖。”

“那你没有朋友？”

“有，他们很关心我，但他们也会在私底下嘲笑我，说我是神经病，他们根本不懂我的世界，尽管有男人追求过我，不管他们多么有钱，我都不会接受的。”

“你很执着。”

“可是，我仍然没有找到薛鹏，你快告诉我，他在哪里啊，你不是前几天才见过他吗？”

“我？我是见过他，可是，我忘了他的联系方式，我回去帮你找找吧。”

“你直接带我去他家里好吗？我想见见他。”

“他在西安，不过，我不建议你去西安找他。西安有一千万人口，那也是大海捞针，比郑州更难找，我再过两月就回西安了，到时候我会帮你问问。一有消息，我就联系你好吗？”

“嗯，我相信你。”

“你看看窗外，阴雨连绵，可太阳总会出来，驱散阴霾，照亮这个世界，不是吗？不要丧失希望，要勇敢地面对生活。”

“嗯，谢谢你，我去上班了。”女孩喝完了剩下的咖啡，又回到了自己的工作岗位。

“总算是混过去了，可这个女孩真的很可怜，或者又可以说她很幸运，遇到了这样的一个男人。可是，为什么有情人不能成眷属呢？如果我能遇见薛鹏，我一定告诉他，郑州有个女孩在等他。”

这个女孩叫李娟，很普通的一个人，连名字在中国都很普遍。为了不刺激她，我很少去迪欧咖啡了。但李娟总是闲不住，要跟我说话。每次谈论的话题，都是围绕着这个叫薛鹏的男人，让那个我有些无计可施。我劝她放弃，可她还是一如既往地执着，她像是抓住了最后一根救命稻草似的粘着我。其实我心里明白，她只是太累了。我们聊天的时候，到了关键的问题上话题就死了，陷入了僵局。有时，我会带她出去散散心，试图制造点快乐，让她忘掉薛鹏，可是无济于事。一到了下雨天，她又会恢复原状，在咖啡厅里遇到一个人，就询问薛鹏的信息。心理医生告诉我，这种情况，就跟复读机一样，可能是因为受到了严重打击后，心灵一直停留在了某种不良状态，无法进退，只能保持在当前，如此循环往复，直到遇见薛鹏，才能真正地解开这个心结。

第二十二章　再见我的爱情

六月份的一天，我们正在移动上班。突然，我感觉脑袋一阵昏涨。桌子上的东西开始乱动，哎呀，地震了，很多人都感受到了。这次地震来得很强烈，我们图表项目组的人都从移动18楼下来了，在楼下宽阔的地方待着。我觉得还是不够安全，就往外跑去，一直走到了明鸿新城的花园里，我才停下脚步。这时，没想到高总、老毛、徐敏、陈浩都跟了过来，403的几个同事也在这里，看来真是英雄所见略同。强烈的地震持续了一阵子，就变得轻微了，大家见没什么余震，又陆续回到了各自的工作岗位，继续工作，但很明显，我们已经没有了工作的心情，都一个劲地在讨论着这次地震。

晚上，回到家里。我和周志伟守在电视机旁看新闻，原来是祖国的西南方发生了一次比较强烈的地震，受灾情况严重，国家号召社会为灾区捐款。第二天公司里就举行了捐款仪式，我捐了两百元。陈婉如打来电话，说让我去上上酒吧听她唱歌，我说西南都发生地震了，你还唱什么歌曲，在这种情况下，应该尽量停止娱乐活动。陈婉如说让我来撑场面，她正是为赈灾演唱呢。听到她这么有爱心，我决定义无反顾地去帮她。

到了一家装饰古典的酒吧，今天的人不是很多。但明显的，娱乐的氛围没有之前浓烈了，大家或多或少地受到了这次地震的影响，心情有些低落。陈婉如这次的穿着跟以往不同，她穿了一件特别清新的衣服，剪掉了自己的长发，背着一把吉他，很谦恭地走上了舞台。

“今天，祖国的西南发生了强烈的六级地震，作为社会的一分子，我觉得每个人都应该伸出援手，为灾区奉献出自己的一份爱心。今天，我为大家演唱一首歌曲，来自 Ingrid Michaelson 的 *Everybody*，希望大家能够喜欢，在支持我的同时，也可以在舞台前面的捐款箱里奉献出自己的一份爱心，这些赈灾款，将在几日后全部捐给灾区。”

陈婉如坐在椅子上，翘着腿，把吉他放在胸前，开始专注地弹奏。她旁边还坐着三四位弹吉他伴奏的人。我想，这个节目应该是事先精心准备过的，她为了给灾区筹款，还能这么认真地去做这件事情，真的很让人感动。虽然，她身上有不少缺点，但总归是瑕不掩瑜吧。

“We are falling down again tonight In this world it's hard to get it right,Trying to make your heart feel like be loved,What it needs is love love love.Everybody everybody wants to love,Everybody everybody wants to be loved.

Happy is the heart that still feels pain,Darkness strains and light will come again,So open up your chest and let it in,Just let the love love love begin.

Everybody everybody wants to love,Everybody everybody wants to be loved.

Everybody knows the love Everybody holds the love Everybody folds for love.Everybody feels with love.Everybody still with love,Everybody heals with love Just let the love love love begin.”

这首 *Everybody* 唱得非常有感情，陈婉如很投入，她深情的声音让大家不禁打起了拍子，有人还跟着唱起来，反正这首歌词言简意赅，旋律优美动听。当陈婉如唱完后，台下就爆发出了热烈的掌声。大家被陈婉如的声音，还有这首歌感染，纷纷走上舞台，往捐款箱里投递钞票。虽然，陈婉如的演出结束了，但接下来的环节，还是有不少人会时不时地过来捐款。我估计，整个晚上，酒吧大概可以收到几千元的赈灾款。如果这个活动持续几天，那将是一笔不小的收入，而这些钱，都将用于赈灾，可谓是包含着每个人的善心。晚上，我深深地被陈婉如，还有在座的观众们感动，不管是年轻的人们，还是事业有成的老板。他们作为中国人，都毫不吝啬地奉献出了自己的爱心，谁说我们是垮掉的一代？这种人间的大爱，这种满满地正能量，将永远流传于世，把我们的心连接在一起。

我送陈婉如回家后，回到了明鸿新城小区。当我走在黑漆漆的路上时，想起了赵玲栎。虽然，白天的时候我打电话与她互相报了平安，可是，我仍然能听得见她的声音充满了心酸，还有无奈。在她最需要我的时候，我竟然不在她身边。而这个夜晚，我还陪另一个女人在酒吧里驻唱。虽然，这次演出是为了赈灾捐款，但我还是从心底里觉得愧疚。无论如何，我必须要回到西安了。如果再这样下去，后果不堪设想。

我跟赵玲栎通了电话，说了我要辞职的事情，赵玲栎只是淡淡地回应了一句，并没有特别高兴。我虽然挺纳闷的，但想想，马上要见面了，等回到西安再说吧。因此，我这阵子也没有跟陈婉如见过面，她有时让我去酒吧听她唱歌，我也婉拒了。我向高总正式提出了辞职，高总挺意外的。这段时间，大家合作得很好，眼看项目还有最后一个环节就可以交付了，为什么要在这个时候走？是不是工资的原因，我说不是，说自己家里有点事，高总表示理解，但说我必须坚持到月底，把活干完再走，我答应了。回到明鸿新城，我跟周志伟和刘羽桐简单地说明了下我离开的原因，就回到自己的卧室，开始打包行李。六月二十日，都晚上九点多了，我还在移动加班。这时候，李超凡突然打电话过来了。

“张帆，不好了，我看见你女朋友跟一个男的在一起，好像很亲密的样子。”

“超凡，你又来这套？记得大二的时候你和阿泽你诬陷过她一次，我打电话质问她，还被她说了一顿，这次你又来，你确定你看清楚了吗？上次，你可是在关键的时候没看清楚，自己臆想出来的。”

“咳，你当我还跟大二一样？这么多年了，我早改变了不少。听我的哥们，这次我是真心为你好，我觉得吧，你俩从大一走到现在，很不容易。这次要是分了，你的损失可就大了。我见了几次了，他们好像经常在街上逛，然后坐到椅子上休息。正好，就在我上班的那个楼下。可能那男的也在附近上班吧，我能够知道的就这些了，你最好尽快回来，否则老婆被别人抢走了，可别怪兄弟我没提醒你。”

“好的，谢谢你，超凡。”

“不客气，咱们都这么多年的关系了，想想时间过得真快，你是第一个上班的，我培训完到现在上班也快一年了。”

“是啊，我们更需要把握现在。”

“你知道就好，咱们这些年都长大了，和一个女孩子在一起很不容易，我还有事，先挂了。”

李超凡告诉我的事情跟晴天霹雳似的，让我内心一阵颤动。一直以来，我都固执地以为，我跟赵玲栎的关系是异常坚固的，这不仅是我跟她恋爱这么多年了，还有彼此之间的磨合、习惯，她怎么会跟一个陌生人在一起呢？我本来打算质问，但想起大二那件事情又觉得不必打草惊蛇，反正自己马上就要回去了。我把这件事情告诉了周志伟，周志伟表示支持我。他能和刘羽桐走在一起，我帮了不少忙。这次，他真心祝福我可以挽回爱情，并且表示走的那天一定去火车站送我。

月底，我本来要离职了。可是，客户这边的需求又变了，我正好又是负责这块的开发人员，没有办法，高总只能让我再次修改了。可是，我的心早已经不在这里，飞回西安了，还哪有心思开发程序？这样拖下去也不是办法，无奈之下，我打算在晚上直接乘坐火车回到西安。周志伟决定送送我，我俩乘坐一辆出租车往火车站行驶。

“几个月前，是我接你来到明鸿新城的。没想到几个月后，我又得亲自送你离开郑州了。”

“每个人都有自己的生活，我这也是没办法。我和赵玲栎之间这次是真的出现问题了，如果我不回去，很可能失去她。”

“但愿你这次回去能够顺利挽回，以后有什么打算，还回郑州吗？”

“不回了，我走之前已经跟高总打过招呼了。回到西安，我在找一份工作吧，以后有机会，咱们西安见。”

离开时，我特地到珠宝店，为赵玲栎买了一串蓝色翡翠项链。我觉得她戴着一定特好看，也许，她一高兴，就不会离开我了。我在卧铺车厢，一边想着和赵玲栎之间发生的问题，一边经受着时间的折磨。火车行驶了六个小时，总算是到了西安。

回到Y寨，已经是晚上十点多了。我匆忙地赶回了蔚蓝海岸小区，却在距离小区不远处看到了赵玲栎，他正在和李超凡说的那个男人在一起。两人明显是出去逛了一天，这个男人送他回来了。我没有上前去，而是静静地等着，看他们有什么举动。结果，那男的跟赵玲栎拥抱接吻后，一直站在原地，似乎想上去，虽然赵玲栎看起来拒绝了，但这男的不肯定离去。于是，两人就一起走进了单元门。

等了几分钟后，我来到了家门前，我没有进去，打算听听里面的动静。他们好像只是在聊天，半天了也没什么出格的举动。我觉得奇怪，难道这男人真的对赵玲栎没有任何想法吗，那他来到我家里做什么？又过了十分钟，还是没有动静，难不成他们已经开始做事了？慌乱中，我赶紧用钥匙打开了门。两人见我走进来了，都露出了错愕的表情，但他们什么也没干，赵玲栎坐在床上，这个男人坐在沙发上喝水。我上去就要揪住那男人打，但被赵玲栎劝开了。

“赵玲栎，你竟然带男人来我们的家？你这是做什么？”

“没想到你竟然回来了，我还以为你永远不会回来了呢。”

“你什么意思？难道我不回来，你就让他住在这里？”

“如果你一直不回来，那也说不定呢。”

“呵呵，你也真是的。我们在一起五年了，你竟然这么对我？”

“彼此彼此了。”

“我不跟你吵，请问这位是谁，你给我介绍一下？”

“他是我朋友，秦妍介绍的。”

“又是秦妍，看来咱们家不提你的这个闺蜜是不行的了。好，我不说她了，那这个男人在我们家里做什么？”

“今天，孟雪松只不过是送我回家，他想上来坐坐，这几天他一直陪我逛街，请他上了喝杯茶，不过分吧？”

“呵呵，随你怎么说了，要不是我今天回来，说不定，他还真就不走了，你们可能还会发生很多事呢。”

“不会的，我可不是那种人。”赵玲栎不屑一顾地说。

“张帆，你误会了，我跟你女朋友也是最近才认识的，我只是好奇，想看看她这么漂亮的女孩子，到底住什么样的地方，没想到这个地方虽然只有五十平方米，但装潢倒挺好的。我真的只是过来坐坐，一会就走。”

“你少来这套！觉得这个房子小，那你说说，你在西安又是住的多少平方米的房子？”

“我和你一样，也是普通的工薪阶级，在西安租房住。我之所以和赵玲栎交往，是因为我老家也是洛阳的，为了她，我可以放弃西安的一切，陪她回到洛阳重新开始，你可以吗？”

“我？我今天不想跟你讨论这个，你赶快从我家里离开！”

“好的，我走了，赵玲栎，咱们改天见。”孟雪松走到我跟前的时候，冲着我微笑，似乎是胸有成竹的样子，“张帆，你女朋友很不错，可惜，你这人就差劲了些，这么多年过去了，怎么还租房住？”

“行了，就你老家有房，我老家也有一百平方米的房子，还两套呢。你赶紧走，别让我再碰见你，哦对了，谢谢你最近照顾我女朋友，以后的事情，你就不用操心了，我来继续照顾她。”

“哼！等着瞧，我一定会让赵玲栎选择我的。”

“行啊，随便你，我已经回到西安了，你休想抢走我女朋友。你尽管抢，我倒要看看，你有什么本事？你倒是在西安变套房出来，再变辆车出来啊？”

“呵呵，我哪像你，那么神奇，突然就从郑州变回来了。我对待赵玲栎是真心的，不像你，拈花惹草的……我走了，再见。”

“不送。”

家里，就剩下了我和赵玲栎两人。我把买的蓝色项链戴在了她脖子上，非常好看。

“这是我特地给你买的，喜欢吗？”

“多少钱？”

“两千块钱。”

“谢谢你，但是我很烦，我想回到洛阳，想离开西安这个地方，我觉得自己的人生应该有个新的开始了，我们分手吧。”

“玲栎，你怎么啦，我们说好要一直走到最后的，你怎么能在这个时候离开呢？”

“我们已经走到了最后。”

“我娶你，过阵子我就向你求婚。好吗？不要离开我。”

“有些事情，发生了就不能挽回了。”

“什么事情？你跟孟雪松在一起，我都没怎么怪你。我原谅你了，咱们重新开始吧，我已经辞去了郑州的工作，我发誓要在西安工作，再也不出差了。接着，我就给你开女装店，让你经营自己的事业。”

“现在说什么都晚了。”

虽然我不知道赵玲栎怎么了，但我觉得，夫妻嘛，床头吵架床尾和。不管怎么样，我跟她睡一晚，她就原谅我了。想着，我心里有谱了，开始抚摸赵玲栎。可赵玲栎一把推开了我的手。

“你走开！”

“怎么啦？咱们不是一直这样吗，你突然变得这么陌生，连我都不认识了？我们才分开几个月。”

“你错了，是你变得让我不认识了。”

“这话怎么讲？你跟孟雪松交往，我没拦着你们，我舍友李超凡给我打电话，说看见你们逛街，我辞了工作就往回赶，没想到，你竟然这样对我，难道你和他已经发展到了那种地步，你们是不是已经……”

“呵呵，谁跟你一样，我可不是你。”

“你说什么，我怎么越听越糊涂了？”

“你以为你派李超凡监视我，我就不能让别人监视你。你在郑州的事情我都知道，你一五一十地告诉我了，我也让我同学去看了，情况都属实。但你却没告诉我你还和一个酒吧驻唱谈恋爱的事情吧，她亲眼看到你们去了上上酒吧，并且配合的那么默契，完了你还送她回卡萨。有时候，你上了楼，就没有出来。起初，我还不信，结果，她去观察了几次，确实是这样的。你说我跟孟雪松怎么样了，你能原谅我。但你做的这些事情，让我怎么原谅你？”

“对不起，我错了。”原来赵玲栎什么都知道了，这个女人，竟然背着我来这一套。也怪我，太诚实了，把工作地点，住宿情况都告诉了她，她本来就是河南人，找个朋友来盯梢应该很正常吧。唉，这次我失策了，只能自食其果。

晚上，我试了几次，但赵玲栎都拒绝了我。虽然，我因为长期出差的原因，好久没有那样了，在我的强迫下她就范了，但我知道，我们已经回不到了当初了。赵玲栎侧躺在床上睡觉了，不正眼看我，我抱着她，能听见她的抽泣声，我抚摸着她，能感觉到她脸上的泪滴，顺着脸颊流下来，沾湿了枕巾。我不知道说什么，只是一个劲地叹息，也许这次，我和她真的完了，这个孟雪松，出现的真不是时候，他真是出现在了我和赵玲栎感情最脆弱的时候，最不堪一击的时候。

这几天我一直都在家里，有时候，我和赵玲栎会激烈争吵。有时候，我们会沉默不语，冷战一阵子。最后，我们变得互相理解，彼此间包含着微笑，像是回到了刚刚恋爱之时。这多像回光返照？果然，没过几天，赵玲栎决定离开了蔚蓝海岸，和闺蜜一起住。

“我要走了，去和秦妍一起住。”

“别走好吗？”我已经不在意她继续提秦妍这个名字了。

“不行，我觉得，我们还是分开好。我真的需要好好思考一下我的未来，也许我会回来，也许我会跟孟雪松一起回到洛阳。张帆，过去的事情一直是你做主，这次，我需要自己选择一次。”

“我不允许你走。”我抱住了赵玲栎，紧紧地搂住。

“我们还没有结婚，现在是自由恋爱时期，你有什么权力让我一直住在这里，我要去哪里是我的自由。”

“好吧，你说得对，我把选择权交给你。这次，你选择谁全看你自己，你要跟孟雪松走，我尊重你，你要回来，我依然在这里等着你。”我知道赵玲栎已经下了决心，我也知道她说的有道理，我如果继续这样，只会让她反感。

赵玲栎收拾好行李，离开了蔚蓝海岸。我就这样看着她离开，我没有勇气送她到秦妍家里。我点上了烟，坐在沙发上，一根接一根地抽起来，又打开了啤酒，一边抽烟一边喝酒，自暴自弃。这次，我恐怕是真的没有办法挽回了。在一起这么多年，我太了解她了。以前的那些小打小闹只能增进我和赵玲栎的感情，而这次，我让她彻底伤心了。孟雪松又在前面为赵玲栎勾画了一个美好的未来，不管怎样，全看赵玲栎自己的选择了。

我在自家自暴自弃，喝酒抽烟。而另一边，孟雪松却在那里趁热打铁，又是送花，又是请看电影，走的完全是我当初的那套。可是，我实在不知道要玩什么浪漫，玩什么花样，才能挽留这份爱情？我感觉我们之间的热情都全部消耗干净了，赵玲栎临走时，脖子上还戴着那块蓝色翡翠，我把所有的希望都寄托在这串翡翠上面。

孟雪松这人本身就很阳光，充满自信，他像一个初出茅庐的职场精英一样，就那种做销售的天才，口齿伶俐，人又帅气。而我呢，从郑州回来之后，满脸胡楂，蓬头垢面，那种出差的风尘一直陪伴着我，久久不能散去。我像是掉进了一个深渊，无法振作起来。这下好了，工作没了，老婆也没了，一切都是我自作自受。当孟雪松在疯狂追求赵玲栎的时候，逗她笑的时候，我还坐在沙发上顾影自怜，活在悔恨当中。李超凡打电话过来，催我行动，我也淡淡地说了句随她去吧。他咒骂了我几句，就挂上电话，不再打来。

半个月后，流火的七月。随着大学生的暑假来临，赵玲栎像是刚从大学毕业一样，跟随孟雪松回到了洛阳，开始了他们幸福的生活。临走前，她回到了蔚蓝海岸，不舍地看了看这间房子，这里的一切，久久不愿意离开。可她还是做了决定，她吻了我，告诉我要振作起来，把脖子里的那串蓝色翡翠，归还给了我。

“你戴上它挺美的，留着做个纪念吧。”

“不了，我想重新开始，我怕一看见它，又会想起很多往事。再见了，张帆，我们不会再见面了。”

“嗯，我祝福你。”

“什么时候走？”

“明天。”

“我去送送你？”

“不用了，我今天就是来跟你告别的。”

“好吧，再见了，赵玲栎，我的挚爱。”

虽然，赵玲栎执意不让我送她，但次日我还是早早地来到了火车站等她。我戴着墨镜，换了一套另类风格的衣服，买了一张最便宜的动车票，进入了候车大厅。我坐在靠近去往洛阳方向的检票口附近，静静地等待着赵玲栎的出现。

下午三点多，赵玲栎挽着孟雪松的胳膊出现了，她穿着连衣裙，戴着草帽，看上去真美。他俩笑得很开心，坐在检票口旁边的座位上，认真地交谈着什么。这一切对赵玲栎来说，就像是新生，而对我来说，则是彻底地失败。我不知道赵玲栎的笑容是发自内心的，还是勉强出来的。但我知道，她已经习惯了没有我的生活。

“通往郑州方向的G88次列车即将到站，请旅客们排队检票。”赵玲栎和孟雪松排在队伍里，马上要走入那辆幸福的列车了。而我，就站在不远处，眼睁睁地看着他们离开，却无能为力，这一局，我输了。

当我看着他们消失在检票口时，我想起了他们幸福的笑容。也许，离开我才是赵玲栎最好的归宿，我已经不能为她带来任何幸福。我哭了，哭得特别伤心，这是我长这么大，哭得最伤心的一次。我能感觉到自己哭红了眼睛，但墨镜遮挡了一切，没人看见我的泪水。

我在家里自暴自弃了一个月，直到陈婉如打来电话，我才意识到她的存在。她问我什么时候回去，我说最近。我失去了赵玲栎，再不能失去陈婉如了。于是，我又一次打起精神回到了郑州。我跟陈婉如摊牌了，希望自己可以和她一起在郑州工作。这段时间，我一边找工作，一边和陈婉如过着之前的生活。但陈婉如像是有自己的秘密一样，始终不让我跟她同居。我只能在卡萨的305附近租了一间房子，和她住在同一层，也差不多算是邻居了。

这阵子，我和陈婉如像热恋的青年一样，天天粘在一起，可我总是在高兴之余有着悲伤。我知道，我还是没有完全从赵玲栎带给我的伤痛之中解脱出来。我告诉陈婉如，我和女朋友分手了，她并没有什么特别的表情，只是不停地安慰我，让我想开点。可这种情况持续了很久，我一直闷闷不乐，连我自己也不知道什么时候才可以回到当初？

有一天，我跟陈婉如在街上逛，她见我不高兴，就说晚上要唱歌给我听，绝对可以让我高兴起来，我将信将疑地点点头。晚上，我陪她到上上酒吧，再一次见证她登台演出。十点多的时候，陈婉如出场了，她这次打扮得很时尚，穿着卡通T恤和短裙，露出了修长的双腿，以至于台下的观众一片欢呼。

“这段时间，我和我的男朋友天天逛街、吃饭、看电影、喝酒，我觉得这种生活很美好，尽管他失业了，但这种情况更让我们显得那么有勇气来面对生活。只是，他仍然对未来充满了迷茫，仍然纠结于过去。为此，我把这首 Jewel Kilcher 的 *Stay Here Forever* 唱给他听，希望他可以开心，也希望在座的每一位都可以开心。”

“I'm laying here dreaming Staring at the ceiling,Wasting the day away.The world's flying by our window outside,But hey baby thats OK.This feels so right it can't be wrong,So far as I can see.Where you wanna go baby,I'll do anything.

Cause if you wanna go Baby let's go,If you wanna rock on ready to roll. And if you wanna slow down,We can slow down together.If you wanna walk Baby let's walk,Have a little kiss have a little talk,We don't gotta leave at all. We can lay here forever,Stay here forever.If you wanna see that Italian tower leaning,Baby we can leave right now.If that's too far,We can jump in the car and take a little trip around town.They say that California is nice and warm this time of year,Baby say the word and we'll just disappear.

Cause if you wanna go Baby let's go,If you wanna rock on ready to roll.And

if you wanna slow down,We can slow down together.If you wanna walk Baby let's walk,Have a little kiss have a little talk.We don't gotta leave at all,We can lay here forever,Stay here forever.
It's a big world for a boy and a girl,Letting go of it all,Holding on to one another.
there's a whole lot of world to discover,Under the covers.So if you wanna go Baby lets go,If you wanna rock I'm ready to roll.If you wanna slow down,We can slow down together.If you wanna walk Baby lets walk,Have a little kiss have a little talk.We don't gotta leave at all,We can lay here forever,Stay here forever.Let's just lay here forever,Stay here forever."

听到这首歌，我的心情果然好多了，和赵玲栎之间的阴霾像是被优美的旋律吹散得荡然无存。我决定要珍惜现在，好好地和陈婉如在一起。晚上，我和她又去了一次仙味传奇火锅店，好好地吃了一顿。回到了卡萨，我俩挤在一张床上激烈地拥吻……这一切仿佛回到了我们第一次见面的时候。

我坚信，我跟赵玲栎之间的故事已经结束了，但我跟陈婉如的故事才刚刚开始。我放下了一切，决定在郑州发展。不久后，我就找到了一份工作。然而，这种幸福地生活只持续了三个月，就发生了变故。陈婉如在郑州待了很多年，她是一个热爱自由的人，觉得这里没意思，想去香港发展，她希望我跟她一起去。可是，我又一次陷入了迷茫，我是西北人，从小到大，一直在西北生活，来到郑州，已经离我的家乡很遥远了，我不想再去那么遥远的地方。我始终认为，我们在郑州生活得很好，为什么要离开这里？或者，我们也可以一起去西安发展，干吗要去香港？可眼前的陈婉如非常固执，我知道她比赵玲栎坚强多了，是个一意孤行的人。我们争吵了一阵，还是没有结果，但我又舍不得她离去，只能让她再给我一点时间思考。我考虑了几天，还是没有结果，我想不通，为什么我爱的女孩子都喜欢远走高飞，就没有一个女孩子可以老老实实地陪在我身边吗？

晚上，陈婉如在上上酒吧演唱了一首歌曲，Laura Pausini 的 *It's Not Goodbye*。

"Now what if I never kiss your lips again,Or feel the touch of your sweet em-

brace,How would I ever go on? Without you there's no place to belong,Well someday love is going to lead you back to me,But till it does I'll have an empty heart.
So I'll just have to believe some where out there you're thinking of me,Till the day I let you go,Till we say our next hello its not goodbye,Till I see you agai,I'll be right here remembering when.And if time is on our side,There will be no tears to cry on down the road,There is one thing I can't deny its not goodbye.
You think I'd be strong enough to make it through,And rise above when the rain falls down.
But it so hard to be strong when you've been missing somebody so long,It's just a matter of time I'm sure,Well time takes time and I can't hold on,So won't you try as hard as you can,To put my broken heart together again?
Till the day I let you go,Until we say our next hello its not goodbye.Till I see you again,I'll be right here remembering when,And if time is on our side,there will be no tears to cry on down the road,there is one thing I can't deny its not goodbye,It's not goodbye.Till the day I'll let you go,until we say our next hello its not goodbye.Till I see you again,I'll be right here remembering when,And if time is on our side,there will be no tears to cry on down the road,And I can't deny it's not goodbye.
Till the day I'll let you go,Till we say our next hello its not goodbye.Its not goodbye,Till I see you,I'll be right here remembering when and time is on our side,No more tears to cry.And I can't deny,It's not goodbye.Goodbye,no more tears to cry,It's, it's not goodbye,It's not goodbye."

当我听到这首歌曲的时候，我觉得陈婉如是打定主意要去香港发展了，我根本拦不住她。怎么办？我是辞职跟她一起去？还是留在郑州？如果她走了，我在这里也没有什么意思。然而，当我在左右为难的时候，陈婉如已经订好了郑州飞往香港的机票。这些事情，我当时根本不知道。

周末，我像往常一样去敲卡萨 305 的房间，希望可以看见陈婉如的微笑。可让我没想到的是，陈婉如已经不在这里。她早在前两天就一声不响地离开了郑州，去了香港。可这些事情，她没有跟我说过。我站在门前发呆，手机上收到了陈婉如的短信。

“张帆，认识你很高兴，在郑州的这段时间内，谢谢你照顾我。不对，应该说我们是互相照顾。每个人的人生都是孤独的，我看起来很坚强，其实内心也很脆弱。你是我最好的朋友之一，我这几天想了很多，才发觉我们的关系仍然是朋友。在伤心的时候，互相安慰；在高兴的时候，一起庆祝。可是，我有我的梦想，就是去香港的酒吧里驻唱，如果有机会，我希望能签约到这边的唱片公司，我在这边有一个认识很久的朋友，他会在这方面帮助我。总之，还是看造化了。本来打算告诉你的，但我想想还是算了，我不想为难你。这条路，也许更适合我独自行走，我没有必要为了自己的理想而耽误了你。虽然，你的存在会让我感到安全，会让我的感情有所依靠，但我不能那么自私。你有你的理想，我有我的理想，我们都坚强地行走在这个世界上，固执地活在自己的天地里。我想，在这点上，我和你很像。以后，你一定要坚强起来，不要再为了爱情伤感，失去了生活中其他的色彩。再见，爱你的陈婉如。”

“记住我唱给你的最后一首歌。直到某天我让你离开，直到我们打了最后一次招呼，而不是永别。直到我再次见到你，我就在这里，记住那时。如果时间站在我们这边，未来将不会再有，滴落的眼泪，只有一件事我无法否认，那不是永别。”

“其实我最近刚听到一首新歌，叫作 *Dream It Possible*，主题是追求理想。我把它唱给了酒吧所有的观众，却唯独没有唱给你，原因仅仅是你不在。生命中总有这样的遗憾，我是一个歌手，还是一个寻找家、鉴赏家，我想追寻最美的东西。原谅我的自私，在自己和你不确定的未来之中，选择了自己，选择了远方流浪。”

当看到这条短信的时候，我意识到了自己基本上在短时间内先后失去了赵玲栎和陈婉如。其实，说实在的，我真正失去的是赵玲栎。我和陈婉如的关系，正如她所言，更像是好朋友，有朝一日我们还会见面，可我跟赵玲栎之间，确实什么都不剩下了。本以为，我可以在郑州扎根，和陈婉如相爱下去的。可是，人算不如天算，谁能料到她要离开这里？也许，人生就是一场戏，而我在郑州的戏份已经完全结束了。周五，我辞去了自己刚找的工作。在世纪联华里买了一些花式咖啡，有摩卡、曼巴、蓝山、拿铁、卡布奇诺，我觉得它们的味道不同，连包装也很花俏，很讨人喜欢，我比较喜欢这种精致的玩意。

我沿着经三路往回走的时候，路过了金城国际、枣庄、卡萨公寓、移动大厦，还有明鸿新城，这些建筑，让我想起了很多事情。在郑州短短的几个月，我经历了很多，也成长了很多。我想，我会怀念这里的。周志伟还在上班，我这次回来，还有离开，就不要再惊动他了，他已经送过我一次了，怎么好意思让他送我第二次。人生的旅途，大部分时间还是需要自己来行走的。

我在迪欧咖啡楼下站了很久，我想起了李娟，这个平凡的女孩子。不知不觉中，天空又变得阴沉了，呼啸地风从身边吹过，街道上淅淅沥沥地飘起了小雨。我站在迪欧咖啡门口，看到了李娟的身影，她又在向喝咖啡的顾客打听薛鹏的消息。我突然觉得，可能李娟并没有疯，她知道主动去寻找薛鹏，自己会变得一无所有，还不如在一个固定的地方寻找，这个咖啡厅里，每天都有来来往往不同身份的人，或许，总有一天，她可以找到薛鹏吧。但是，为什么她只在下雨天询问呢？也许，她只是伪装成了精神病患者，在雨天询问，就可以不被人揭穿，毕竟，她是一个受过刺激的人，这样的话，咖啡厅的老板也会因为同情心而不至于开除她。但不管我的猜测是否属实，我能确定的是，这种对爱情的执着让我敬佩。

我沿着枣庄的马路，绕到了明鸿新城的后门，又像往常散步一样，走到了前门。曾经的美好记忆，就在这里，可现在，我将要彻底离开郑州。在离别之前，碰巧周传雄要来郑州演出，几个网友非要拽着我去听歌，我就去了。大家在一个宽敞的饭店包厢里用餐，谈论着偶像的事情，聊着这些年网上的交往。不知不觉中，我又多了几个新朋友。生活就是这样，有人离开你的生活，有人走进你的生活。这是我第一次追星，事实证明，在现场近距离接触歌星，更加震撼。

“走吧，不要再徘徊不前了，这里对于我来说，已经什么都不剩下了。再见了，郑州，再见了，卡萨，再见了，明鸿新城。”我咬了咬牙，狠心拦下了一辆出租车，来到了火车站。

在颠簸的火车上，我看着远处逝去的风景，还有那绚丽的日落。我在思考着一个问题，我难以割舍的是人，还是物，想了很久，觉得是两者的结合吧。但不管怎么说，我的生活又回到了原点，我失去了爱情，还有一个很要好的朋友远走高飞了，从此，孤独将陪伴着我，成为我的良师益友。

“曾经空寂的小巷，洒着似水流年的灿烂时光，没有伤痛和恐惧，没有霓虹闪烁的悲凉，如今儿时的街道，变成钢筋水泥的欲望丛林，只有孤独的你我，伴着奇幻壮丽的旷世彷徨。

从明天起我愿孤独一人，让这纷乱的人生变得简单，走走停停看看这个世界，向着春暖花开的远方流浪。有人曾在歌里唱到，答案早已就在那风中飘扬，如今我们都已长大，依然那么满含悲伤地迷惘。如果我能够选择，我要挣脱这满身的枷锁，如果我可以飞翔，我要展翅飞向那光明的远方。从明天起我愿孤独一人，让这幽暗的人生变得闪亮，走走停停体验这场生命，向着春暖花开的远方流浪，从明天起我愿告别昨日，让这庸碌的生命变得非凡，轻轻醉倒或是随风飘荡，向着春暖花开的远方流浪，从明天起我愿孤独一人，让这纷乱的人生变得简单，走走停停看看这个世界，向着春暖花开的远方流浪。”

第二十三章　梦回大唐

秋高气爽的日子，这次家里只剩下我一个人了，一个人的秋天，没有人陪伴，我必须习惯这样的生活。我开始写日记，开始学习英语，开始看很多书籍，学习知识，让自己的生活充实起来。

渐渐地，我总算是恢复了往日的自信。我打电话叫来了杨嵩、李超凡，在四海酒家里好好吃了一顿，大家的生活都有变化。一直单身的李超凡找到了女朋友，而我和杨嵩，却恢复了单身。呵呵，看这生活，真是有趣。不过，习惯了就好。每个时代都有自己的特色，过去的战争时期，人们吃不饱饭，生活得不到保证，就去当兵。现在是和平年代，人们生活幸福了，欲望多了，诱惑也多了，能有几个人甘于寂寞？

“杨嵩，你说说，我现在又回到了单身，除了看书来填充自己的生活，我还应该做些什么？”

“再谈场恋爱？”

“算了，我需要好好想一想，想明白自己要的到底是什么？等我想通了这个问题，我再开始恋爱，我要对自己和别人负责。”

“哈哈，去了一趟郑州，人成熟了很多。”

“生活就是这样，逼着人成长。”

“不如你去加入基督教，或者是佛教。这样，你的灵魂就得到了寄托，有上帝和佛祖为你安排一切，你就少去了很多烦恼。”李超凡说。

“说的也是，不过，总觉得信教有点困难，我这人活得特别清醒，锱铢必较！”

“噢，对了，我觉得你应该像大学那样，加入什么社团，你不是最新狂读《海子》的诗歌吗，什么面朝大海，春暖花开的。”

“哈哈，其实，我最喜欢的还是那句永远是这样，风后面是风，天空上面是天空，道路前面还是道路。这句诗词一下子就揭露了生活的本质，光凭这几句海子就够让咱们铭记一辈子了。”

“我对诗歌不是很了解，我是想说，你可以加入个什么诗歌协会，平时跟他们好好交流，说不定可以认识个什么文艺女青年。这样，你们有共同的爱好，也可以更好地在一起。”

“人与群分，物以类聚，真是一语惊醒梦中人。超凡，你说得没错！我的生活是该有点变化了。生活还是充满了希望的，就算活在这个世界上多么艰难，我们也要坚持下去，为自己，为别人。”

“从明天起，做一个幸福的人，喂马，劈柴，周游世界。从明天起，关心粮食和蔬菜，我有一所房子，面朝大海，春暖花开。从明天起，和每一个亲人通信，告诉他们我的幸福。那幸福的闪电告诉我的，我将告诉每一个人，给每一条河每一座山，取一个温暖的名字。陌生人，我也为你祝福，愿你有一个灿烂的前程，愿你有情人终成眷属，愿你在尘世获得幸福。我只愿面朝大海，春暖花开。行了，吃饱喝足了，这首诗送给诸君共勉！”

于是，我学着像过去加入社团那样，在虚拟的网络上寻找起了社团。这不找不知道，一找还发现了不少，原来，像我这样需要被救赎的人太多了，我们能做的，就是聚集在一起。在一个阳光灿烂的日子，我加入了西安诗歌协会。平日里，我们这些诗友们经常聚在一起，评诗赏画，吃饭喝酒，好不快活！渐渐的，渐渐的，我也不知道过了多久，我已经在心底了放下了赵玲栎，完全接受了她不在我身边，彻底离开的我的事实。

之前的日子，每当到了晴朗的天气，我走在街上，总会莫名其妙地伤感，想起了和赵玲栎经历的一切。经过高新路附近的必胜客时，我就想起了我俩在一起谈论明星、谈论文学的事情，嘴角就浮起了一丝微笑。可是现在，她已经彻底离开我了，想必已经结婚了。我想起了赵玲栎在这里说过的话。

“你知道吗？我感觉冬天跟夏天很不一样哎？”

“哪里不一样？”

“最大的特点就是，我记得上学的时候，有一次天气特别炎热我来到这里逛街。四周全是人，耳边莹莹嗡嗡的，有一种喧闹的感觉，那种感觉，让我慌张。而冬天，四周像是进入了童话世界，在冰雪的覆盖下，充满安宁。”

“这么说，你喜欢冬天咯？”

“还行。”

我一个人在街边的长凳上坐了很久，摸摸脖子里的围巾，还是赵玲栎大三那年织给我的……我轻轻地抚摸着围巾，像是可以摸到她那双白皙的手。天黑了，气温骤降，我感到了寒冷，这种刺骨地寒冷，提醒着我，往事不可追忆，曾经沧海难为水。短暂的热闹并不能彻底改变我的生活，在每当夜幕降临，万家灯火的时候，我总会想起赵玲栎，想起这段可以完整却中途停止的爱情。

又到了周末，晚上，我辗转反侧睡不着。我一骨碌从床上爬起来，点了根香烟，坐在沙发上看起了电视。都凌晨了，也没什么好看的，只有球赛还可以。我选到中央五台，看到了巴萨的比赛，梅西又进了几个球，真不错。可惜啊，没人跟我分享胜利的喜悦了。以前赵玲栎在的时候，我们可以举杯畅饮呢，我们都是巴萨的球迷。算了，不提她了。

我抽着烟，仔细琢磨着最近我的生活的变化，总觉得缺点什么。诗歌协会是可以，但总是不够直接，激情。就跟玩 LOL 一样，为什么那么多人喜欢玩德玛，不就是因为他简单、暴力吗？我拿着遥控器一直翻着频道。突然，我看到了一些招商广告，我并不是想辞去工作干个体。我是觉得，我可以在周末摆摊。这样，我的生活不久更加丰富了吗？关键是卖什么？幸好，我知道一个进打折书的好渠道，好的，明天就行动。

第二天，我就去图书市场找到了老王，从他那批发了好多二折三折的图书，这种书大多卖不动，销量不好，反正我摆摊是为了体验生活，又不是赚钱，能有个样子就可以了。我一口气进了几千块钱的书，找了一辆车运回去了，拿回家自己看，一边看一边卖。

我拿了几本书，把废弃的床单带上，就去了小寨。天桥上太热，阳光照到桥面上，没有阴影。我走到天桥右侧的报刊亭后面，这一排全是摆地摊的，大多都是上了年纪的人，卖点鞋垫、饰品之类的。

第一次摆摊，我找了一个合适的地方，离两边的摊点都有距离。我铺开床单，又折叠了一层，把书整整齐齐地放到了上面。这会是下午三点钟，让我看看，第一单生意会在几点。

这边是一个人流量集中的地方，来来往往的人很多，站台那始终都有不少人。很多公交车都向南走，那边就是长安南路，通向韦曲的，沿途有很多高校。从我面前走过的人很多，但大多都是看几眼，就匆匆路过。有时，会有一些个人停下来，看看书，问问我价格，但都没有买。老实说，我并不知道原因出在哪里？是价格定位的问题吗？一般标价三十的书，我都卖五折到六折，这个折扣应该可以啊？为什么还卖不出去呢？

到了下午四点多，还没有开张，我内心有点着急。这时候，有一个老头拿着东西走了过来，就摆在了我旁边。原来，他是专门为别人设计签名的，一张白纸上有五种签名，只要一块钱。他年轻很大了，但身体硬朗，大概是见我卖书，才摆到我旁边的。

老头的生意比较好，刚摆摊，就有好几个人找他设计签名。只见他拿起钢笔，用娴熟的笔法，迅速地写好了五种样式的签名。短短半小时，就有不少的交易。沉默了一会，老头说："小伙子，这书咋卖啊？"

"全部半价。"

"哦？那还可以，我能看看吗，我闲着也是闲着，看会书。"

"行啊，你看吧。"

"谢谢。"老头拿起来一本陈忠实的《白鹿原》，就投入地看了起来，我也没管什么，看就看吧，估计这老头也是个知识分子。

"你这是第一次出来摆摊？"

"是啊。"

"哈哈，年轻人，很会体验生活，我买一本吧，就这本《白鹿原》。"说着，老头把十五块钱给我了。

"谢谢你，这可是我的第一笔生意啊。"

"嗯，慢慢努力，你就会逐渐总结出做生意的技巧了。"

"谢谢。"

后来，我和设计签名的老头，还有附近几个卖衣服的阿姨聊了起来，我们一边聊，一边照顾生意。渐渐地，我找到了一点摆摊的感觉。到了六点多的时候，有一位阿姨路过，瞅了一眼摊位，就停了下来。

"你这书怎么卖的？"

"二十，可以打折。"

"那我先看看吧。"

看得出来，这位阿姨是比较喜欢文学的人，我心里在思考，她会不会买？

过了一会，阿姨抬起头说，“小伙子，我是个喜欢书的人，看出来你也喜欢，我就买一本吧，照顾你的生意。”

阿姨一手拿着书，一手付了钱，我把钱装口袋里，正在享受摆摊带来的喜悦。

“谢谢，第二笔生意成交了。”

到了晚上，老头说：“我要回去了，小伙子，你还不走吗？”

“没事，晚上，才刚刚开始呢。”

“我一把年纪了，比不上你们年轻人呐，我走了，明天见。”

“明天见。”

就这样，我人生中第一次摆摊成功了。与此同时，我也深刻地感觉到，摊子的门面太重要了。既然决定干这一行了，我就应该好好地准备下。于是，我把摊位移到天桥上，加入了天桥上的摆摊大军。天色完全黑了，月明星稀，深秋的天气早已经不再炎热。我站在天桥上，抽着烟，看着纷扰的人群。天桥斜对面的那座大厦，有一个广告屏，在天黑的时候，就开始播放各类广告，有销售楼房的、有明星代言产品的、有书画家作品展览的。广告屏带来的光芒，在我眼前一晃一晃的。

我的摊位还是无人问津，但我已经不在乎了，更多的只是体验生活。这时，我旁边来了一个卖杯子的，铺着一个银白色的毯子，是一个年轻的小伙子，个子和我差不多，都是一米七五左右。他迅速地放好杯子，站起来吆喝，我们互相看了一眼，但没有说话。直到他一连卖出几个杯子后，我突然间对他有点敬佩。

“你这生意不错啊？”

“还行吧，好的时候能卖出几十个，不行的时候就卖出几个。”

“哈哈，那你完全可以靠这个养家糊口了。”

“我这也是兼职，我还是大学生呢。”

“哪个学校的？”

“文大。”

“原来咱俩是校友，我叫张帆。”

“我叫黄杰。”

“OK，那咱俩就认识了。”

本来，我摆摊完全是为了体验生活的。但随着生意越来越好，我逐渐意识到这样也可以养活自己，就渐渐地打消了工作的念头，想自己先这样维持一段时间再说，看能不能以此谋生。这段时间，我基本上每天都带着几十本书去小寨摆摊，心想，如果有朝一日我攒够了钱，就买辆五菱荣光拉货，专门靠卖书赚钱。这种好日子持续了一段时间，又发生了变故。可能是因为我们摆摊的生意越来越好的原因吧，我们不知不觉中就被城管盯上了。

下午四点，我在天桥上找了一块地方，把最近流行的一些小说、散文摆到了金丝绒上，等待着生意开张。这次，我专门写了一个书全部五折卖的招牌，放在了旁边，免得顾客老问我价格。今天的生意还可以，卖出了好多本书。大多都是那种特别文艺的，比如村上春树的《挪威的森林》、路遥的《平凡的世界》、余华的《活着》，要么就是鸡汤类的卖得好，比如《把时间当作朋友》。

到了下班的时间，我的生意又会迎来一次高潮。成千上万的上班族从写字楼里走出，纷纷路过小寨天桥，他们中总有那万分之一的人会在我的摊位跟前驻足观看，并且买上一两本书。还有放学的高中生，也会从这里买一些小说。时间过得真快，在卖出了十几本书后，一转眼就到了晚上七点多。上次卖杯子的小伙子来了，他铺开摊位，摆了二十个不同颜色的杯子上去。

“今天生意咋样？”

“可能是最好的一天，卖出去了二十本书。”

“不错嘛，相信你赚了不少。”

“勉强够自己吃饭吧，主要还是因为这里只有我一个人卖书，没人和我竞争。”

“对啊，不过我的杯子卖得也可以，特百惠的。”

“这是美国品牌，你为什么不开店卖呢？”

“我朋友在科技路西口开的专卖店，他要转行了，就把囤货低价卖给了我，我只能拿到天桥上自己卖了，不过，这些杯子全部都是正品，不信，你看看。”说着，黄杰就随手拎起一个杯子，往地上砸了几下。

“竟然完好无损？”

“那是啊，人家这个杯子质量就是好！不然，也不会有那么多人来买，我这里比专卖店便宜几十块钱呢。”

“特百惠水杯打折卖啦，绝对正品！”黄杰开始吆喝生意。每当有人过来咨询，他总是要拎起杯子往地上砸一会，以证明这是正品。而他这招也很有效果，买家看到后，大多都会挑一个买走。

到了八点多的时候，我俩看到摊子最多的南边，突然人群涌动，摆摊的商贩都开始收摊。他们把垫子的两边一拉，就把东西卷到了里面，手法十分专业。有几个城管从南边的台阶上来了，这些商贩吓得赶紧四散而逃。我俩在北边，已经在城管上来之前就把摊位收好了，免得被抓住，还要没收东西。

“看样子，这会是摆不成了。”

“是啊，你吃饭了没有？”

“还没，我一般很晚才吃。”

“那咱们先去吃饭吧，过一阵子再上来，那会城管应该走了。”

我俩拿起帆布包，从天桥下来，向北面走去。到了兴善寺东街，我们随便找了家砂锅店，要了砂锅和肉夹馍。自给自足的生活就是这样，刚才卖了东西，赚到了钱，这会就该花出去了。面对着一碗热气腾腾的砂锅，我已经饥饿难耐了。

“黄杰，我真羡慕你，你才大二，就知道自己出来做一些事情了，我大二那阵，还宅在宿舍里玩游戏呢。”

“我觉得待宿舍里没意思，我们宿舍的都有电脑，他们天天玩梦幻呢，我只是偶然玩，大多数时间都在外面跑，不是摆摊，就是出去旅游。”

“你很喜欢户外啊？”

“是啊，我经常徒步去很多地方。”

“黄杰，你知道么？你最大的资本就是年轻，现在才上大二，有的是时间做自己喜欢的事情。而我就不一样了，我出来工作了两年，虽然收获了很多，也同时失去了很多。现在，我终于意识到人最宝贵的就是自由。就说这摆摊吧，虽然赚不了大钱，但人就觉得安逸，完全跟创业一样。人啊，年轻不了几年，如果你在大学的时候创业成功了，毕业后就可以省去很多麻烦。”

“我也想过创业，不过，我还是先把囤积的杯子卖完吧，之后再说。”

“嗯，希望你能成功。”

吃完饭，回到小寨天桥。这时，已经九点多了。城管扫荡完之后就离开了，这里又恢复了之前的热闹。我俩回到刚才的地方，铺好货物，等待生意。刚才那个靠扔圈套物赚钱的大叔也回来了，他重新把场地布置好，又把笼子里的兔子、小鸟、仓鼠什么的，放到了地上，等顾客上门。这大叔的生意很火爆，每天，他那里都是天桥的焦点。有一些女孩子，特别喜欢玩这个，反正也是男朋友掏钱。但是遇到城管的时候，这大叔可就惨了，往往来不及收摊，弄得鸡飞狗跳的。摆摊的这段时间，我认识了很多形形色色的人。这些人平时在街上逛，看到我卖书，就想当然地认为我是个文艺青年，便喜欢和我交谈，发表自己对一些社会问题的看法，但更多的人，都喜欢讨论自己的理想。

有一个人，见面就问我，“会写剧本吗？”

搞得我一头雾水，我只能老实地回答，“不会，我写诗歌的。”

接着，他就递给我一张名片，“我是搞微电影的，如果你有兴趣，可以尝试写下剧本，然后联系我。”

“好的。”

我一看名片，上面印着某某文化公司的总经理，还真是有身份的人呐。

有一次，我和黄杰正在摆摊，一个中年人走了过来。

“小伙子，你很喜欢读书？”

“是啊。”

“我看看你的书，不介意吧？”

“没关系，你喜欢哪本，就看吧。”

过了一会，中年人说：“不错，年轻有为，你是做什么工作的？”

“我之前是搞软件开发的。”

“我女婿就是做软件的，一个月一万多的工资，你一个月多少钱？”

“只有几千。”

“那你要好好努力啊。哦，对了，我忘了，我女婿是在世界五百强的大公司，再说，他还是研究生学历，一般的公司应该不会给那么高的工资。”

“是啊，一般公司都只开几千块钱。”

“你平时出来卖书，是为了给自己增加点收入吧？”

“对，顺便体验生活。”

“嗯，现在的年轻人真有意思，这本书我买了，年轻人，加油！”说完，他付了钱就背着手大摇大摆地离开了。

有一次，一个女人在我摊子旁边，拿了一本书看。这时候，从天桥北边走上来一个年轻人，个子很高，头发很长，穿着衬衫和牛仔裤。他走到我的摊子旁边，拿了一本《顾城的诗》，默默地读了起来。

这个女人放下书，开始喋喋不休，“我是写小说的，不过都没有发表，我要等着出版社来找我。”说完就头一甩走了。

这个男人不屑地看了她一眼，用陕西话说：“就你那样子，还出书？”过了一会，他掏出一个小本子，递给我一支钢笔，让我把联系方式写到上面。我从头到尾翻了一遍，本子上全部都是用钢笔写得诗歌，蓝色的墨汁代表了一种过去的格调。

“这些都是你写的？”我好奇地问。

“是啊。”

“你也喜欢诗歌？”

“嗯，从小到大就喜欢，这本《顾城的诗》我买了。”

说完，他按照原价给了我二十元钱，起身走了。看着他的背影，还有本子上的蓝色笔迹，让我想起了海子，他瘦长的身影，跟海子的气质不是很相似吗？我不由得想起了那首《阿尔的太阳，给我的瘦哥哥》。

晚上十点的时候，我正准备收摊，一个胡子拉碴的中年人走了过来。

“小伙子，今天又在这里摆摊啊？”

“是啊，你是谁？”

“我叫刘抗战，你可以叫我刘老师，我是教日语的。”

“哦，你好，刘老师，我叫张帆。”

“你好。”

“我经常见你在天桥上摆摊，今天没事，就下来转转，这不，又看见你了。”

“你在哪住？”

“附近，你看，就是旁边的那个华旗国际广场。”

“华旗国际？我知道了。”

“嗯，以后有时间可以上去找我，我们好好聊聊。我是做文化项目的，说不定咱们可以合作。”

“行啊，没问题，我最近有时间就过去。”其实，跟刘抗战合作，我还是很期待的，看他的样子，不像个说谎的人。

之后的日子，城管又销声匿迹了一段时间。我有去华旗国际找过刘抗战，去了几次。每一次，刘抗战都热情地接待了我，给我倒水，并且向我介绍他们公司的情况。从刘抗战的介绍来看，他是这家文化公司的老总，在华旗国际有十间办公室，在交大有一个软件团队。他的公司主要从事软件教育，还有传统国学项目的孵化。但我去了几次，从来没见他有忙碌的时候，他总是特别轻松。为此，他解释说公司刚刚成立，目前的项目比较少，以后就忙了。

但我总觉得，刘抗战喜欢说大话，并且喜欢把事实夸张处理。一天晚上，我卖了一些书，城管来了，我就收摊去了刘抗战那里。在华旗国际 21 楼，一间二十平方米的办公室里，刘抗战正在和几个员工处理一些事情，我坐在一边观看。大概的工作内容就是文字录入，我也不清楚，刘抗战收集这些《百家讲坛》的文字对白是干吗？过了一会，几个员工准备下班了。

刘抗战把他们叫到一起，当着我的面说：“公司刚刚成立，现在一共有六个部门，部门经理的位置都是空缺的。你们回去，如果有这方面的人才，或者你们自己有能力，都可以找我面谈，以后的业务会很多，公司的发展潜力也很好。”

这可是个不错的机遇，他们都说好的，我们会留意的。然后，就拿着自己的笔记本，离开了办公室，房间里就剩下了我和刘抗战，还有他的助手。

刘抗战说：“张帆，我有一个项目，现在处在计划阶段，就是纳兰性德项目。”

“纳兰性德？不是清朝词人吗？你打他什么主意啊？”

“不是打他的主意，是弘扬他的词，纳兰性德的词写得非常好，可以堪称一绝。比如那句，人生若只如初见，何事秋风悲画扇。赌书消得泼茶香，当时只道是寻常。”

“对啊，确实经典。”

“所以啊，我们才打他的主意。这个项目，就是我们邀请西安学术界还有各高校的老师来讲纳兰性德的词，每人一首，具体的讲述过程就跟《百家讲坛》一样，先是叙述人物生平和关于这首词的故事，最后，在逐渐深入，对句子进行分析。”

“不错啊，那我们请得起吗？”

“这个不用担心，我们这个节目，跟别的不一样，我们不但要请知名人士，还要请民间人士。比如，我不管你是老师也好，业务员也好，挖煤的也好，渔夫也好，只要你能讲，有独到见解，都可以上我们的节目。我们每一首词做一期，尽量把纳兰性德所有的词都做完。然后，这个节目要在电视台播放，还要录成光盘，在市面上销售。你觉得怎么样？”

“堪称完美！ genius ！”我不由得赞叹。

“那就好。所以，我需要你帮我，写纳兰性德的稿子，你能写吗？”

“这个就有难度了，你要让我写现代诗歌，我写多少都没问题，纳兰性德的词我虽然读过不少，但不擅长这些。”

“这个没关系，我们这边有专门的老师，你写好后交上来，他们会给你修改。接着，你在勤加练习，就可以做一期的节目了。”

刘抗战的这番言论把我说得心花怒放，如果可以站在讲台上来一段，就可以出名，说不定我还能收获几个粉丝呢。

“好的，那我试试吧，先写一篇。”

“行，你先回去，在网上多找一些纳兰性德的资料。挑选一首词开始写，到时候跟我联系下，我把你写的词记录下来，免得大家都写经典的那些。”

“好，没问题，就这么定了。”

刘抗战喝了口水，又继续说：“小杜，你这边的工作，就是负责帮我介绍和挑选主持人，尽量多找一些，我们坐到百里挑一，才能配合好节目效果。”

小杜深刻意识到工作的压力，忙说：“好的，刘总，您放心。”

沉默了一会，刘抗战拿出了一包东西，“你们看，这是我的护照，我以前去台湾、新加坡、美国考察的时候用的，这是公司的营业执照，这是跟李敖的合影。”

哇塞！没想到刘抗战还挺厉害的啊，都是些有谱的东西。我清楚地看到了他户口本上面写着刘备战、刘抗战、刘胜战。原来，他们三兄弟构成了一场战争的整个过程。

等小杜走了后。刘抗战说：“我那天见汉唐书城那也有两个卖书的啊，你认识他们吗？”

“不认识啊，怎么了？”

“哦，我还以为你们是一起的呢？”

“他们卖什么书？”

“他们卖的是自己写的，我打算让这些人也参与到我们的计划之中，你去帮我联络下吧。”

“好的，没问题，我最近有时间过去。”

时间差不多了，我该回去了。刘抗战送我来到电梯门口，走在路上，他还一个劲地说：“我这边六个部门，有业务部、拓展部、人事部、公关部、财务部、行政部，你如果有合适的人员，可以向我推荐。”

“行，我会留意的。”

走了几步，我说：“那我可以当部门经理吗？”

刘抗战说：“张帆，我知道你是个人才。但是，你不熟悉我们公司的情况。而且，你主要擅长做软件，我们软件部在交大，已经满员了。刚才，你也了解到了，我们主要做的是教育项目，你又不会。”

这番话，让我对刘抗战又一次产生了质疑。不过，这些都是不重要的，我和他是朋友，不用在意他究竟在玩些什么，只要我能帮上忙的尽量去帮就行了。

周末，我在汉唐书城附近寻找那两个卖书的人，想拉他们入伙。还没等我找到呢，有个人就认出了我。

“你好，你是张帆吗？”

“是的，有什么事情？”

“那天我在你摊子上买了几本经管书，回去我就认真阅读，最近收获了很多。”

“那恭喜你了，我卖书也是传播认识来着。”

“可是，我有点事想跟你商量一下。我觉得你是个人才，咱俩能不能合起来干一番事业？”

“你详细说说，我听不太懂。”虽然，我觉得这个长得像马云的人不靠谱，但我还是想听听他的一番见解。

“我是做证券工作的，做了五年，对这行业非常熟悉。现在，我有一个特别赚钱的项目，咱们去里面谈。”他指着旁边的百富考霸说。

“好，咱们进去说。”这敢情好，就算谈不成合作，还可以蹭一顿烧烤。

结果，我还真以为他要请我去吃百富考霸。原来，这家伙直接把我领到了百富考霸旁边的一个楼梯道里，我当时想死的心都有了。

“是这样的，我从事证券工作已经五年了，都快三十的人了。按理说，这样的工作也算稳定。但我觉得，我既然这么熟悉金融行业，不如靠这个赚钱，靠工资根本是不行的，永远无法出人头地。”

“你说的有道理，我也是年轻人，可以理解你的心情。那么，说说你的项目吧。”我有种发狂地冲动，不要再浪费我的时间了。

他点了一根烟，也给我点了一根。

“目前，我们国家的金融制度还不算完整，有很多漏洞，我做了这么多年的证券，非常清楚里面的条条框框。我想成立一个自己的工作室，印刷名片，让有钱人把钱投在我这里，我再利用我熟悉的证券知识，帮他们挣钱。”

“这跟买股票、买基金、买国债有什么区别吗？人家自己会投资啊。”

“对！但他们的投资，要么亏损，要么赚得少。我要新开发的一个理财产品，帮他们免费买房，免费买车。”

“有这么好的事？”

“我会跟他们接触，再签订合同。比如，他们投给我二十万，我承诺在未来三至五年之内，给他们买一辆价值十万的车，并且，我会把他们投资的本钱退回去。他们只需要把钱借给我，就可以免费得到一辆价值十万的车，不是很划算吗？”

“这当然是理想的状态，你收了人家二十万，就要在这三至五年之内赚很多钱，这样，你才能为人家买十万的车，并且把本钱退了。”

“对啊，我在证券市场混了很多年。只要给我二十万，我就能够赚五十万，我为他们买一辆车花掉十万，再退还给他们二十万，我最后还能赚二十万。这样的话，如果我的客户足够多，我就能赚很多钱。”

“你这是非法集资啊？”

“不对，我这个是合理的投资。你能帮我介绍到客户吗？”

“那都需要一些有钱人，我交集圈子小，恐怕帮不到你。”

“哦，这样啊？那我最近要成立投资公司，正在招募股东，你愿意加入吗？”

“多少钱？”

“三万。”

“我很想帮你，但我没有三万，不好意思。”丫的，就一非法集资，还想办法忽悠我？连饭都不请，还让我拿三万？你这是在侮辱我的智商。

“唉，其实我这个人吧，非常有才能，只不过我的口才不好。我一跟客户交谈，就会结结巴巴，我见你人有亲和力，又能说会道的……本想和你干一番大事业呢。”

“口才不好？买本鸡汤书慢慢练习，我可以帮你介绍几本。好了，我还有事情，不聊了，再见。”

回到华旗国际，我把这件事情跟刘抗战交流了一番。

刘抗战说：“张帆，这就是朋友跟坏人之间的区别。你看看我吧，虽然，我不能为你带来什么实际的收入，还老请你帮忙，但是，我绝对不会问你要钱的。问你要钱的，都是居心叵测的人，你要记住这点。”

我觉得刘抗战说得很有道理。

十一月份，我在小寨摆摊的收入逐渐跟不上我消费的速度了，这种严重的收支失衡让我非常郁闷。看来，我的第一次创业失败了。巧的是 KY 软件公司看上了我之前开发报表的经验，特地邀请我去他们公司上班，在这种无可奈何的情况下，我只能答应了。我曾经不止一次地想跟刘抗战合作，来做国学项目的孵化，但刘抗战总是推推拖拖的，很明显，他有自己的苦衷。

“是这样的，这位是沈老师，西安书画院的，纳兰性德的项目，我又有了新点子。我打算在老师讲课的同时，把纳兰性德的词，用书画的形式表现出来，做成字帖，发给在场的每一个人，既可以作为留念，日后也可以在市面上销售，你觉得怎么样？”

“堪称完美！ genius！”

“谢谢，我虽然是教日语的，但你说英语，我也能听懂。我整理了很多杂志，让沈老师过来看，正好你也在，就一起看看吧，挑选一些不错的版面，纳兰性德的项目，不但要出字帖，还要出一本杂志。”

“嗯，行，那我们一起看看吧。”

我们三人把资料放在桌子上，一边看，一边讨论。刘抗战一直在阐述自己的观点，我和沈老师都拍案叫绝。总之，一切围绕着刘抗战的想法去迎合。谁知道他叫我们是干吗的？是真的出主意，还是来听他唠叨的？不过那都无所谓了。

“张帆，你觉得我的计划怎么样？”

“我觉得特别好，你实施得怎么样了？”

“正一步一步地走呢，讲课老师那边，已经有很多人在报名了，我也在抓紧时间面试。刚才来的那一男一女，你也看见了，男的是北京人，个子很高，在西安上军校。女的是我以前的学生，过来面试主持人的。”

“哦，那小伙子挺不错的。”

“对，比她原来的男朋友好多了。”

“结果咋样？”

“我先记录下来，过一段时间再定夺，主持人的事情咱们先不急。”

“哦。”

“你的词挑好了没，写得咋样？”

“我随便挑了首浣溪沙，在网上找了些资料，写了一点。”

“那你加把劲，写好了直接发给我。”

“好，没问题。”

“另外，还有一件事情，想请你帮忙。”

“什么事？”

“我认识一个朋友，搞国学的。他们最近在搞一本叫做《三秦国学》的杂志。明天，他们打算在雅荷花园举行一个国学研讨会，打算邀请我参加。你知道的，我不喜欢参加这类活动。所以，我希望你能代替我参加。明天你就去吧，他们几个的师父是享誉世界的儒学大师，你可以趁机学习学习。”

“这我可求之不得了，明天正好是周末，我正愁没活动呢。”

“嗯，早上十点，你到了雅荷花园直接找韩老师。他们的师父是邹延，最近出版了一本国学书籍，据说卖得挺火的。不过，明天在座的所有人都要发言，你得回去写一本演讲稿，围绕这本书来写。”说着，刘抗战递给了我一本国学书。

“好的，我今天回去加个班，争取写出来。”

“那我就放心了。”

周六，我来到了雅荷花园的国学研讨会现场。大家围着一张矩形的会议桌而坐，参会的大概有二十来个人。十点半的时候，书院的大弟子老计开始发言，主持研讨会。

“感谢各位的来访，今天这个国学研讨会有两项议题。第一项，针对恩师邹延先生的国学著作展开讨论，阐述各自的想法；第二项，针对目前的社会问题，我们如何使用国学来解决。现在，国学研讨会正式开始。”大家同时鼓起掌来，现场的气氛很不错。

老计继续说道，“在座的各位，都是来自不同的工作岗位。有些大家认识，有些不认识，我就依次介绍一下。”

“这位是西北大学的吕教授。”

“这位是国学特色班的李校长。”

“这位是国学幼儿园的王女士。”

“这位是关中书院的郭院长。”

“这位是企业培训的陈老师。”

“这位是道家的宁老师。”

“这位是……”

“哦，我是张帆，是刘抗战老师介绍来的，我是西安诗歌协会的。”看来平时加入个什么协会到了关键时刻还真能用上。

“下面，就请咱们的邹教授发言，大家欢迎！”

邹教授不愧是儒学大师，他穿着白色的唐装，一眼看去，还真有点仙风道骨。

“感谢大家来捧场，我自从工作以来，一直都在做中国传统文化方面的研究，尤其是儒家文化。这次，我出版的这本国学书，比较白话，适合大众阅读。相信大家也都看了，有什么指教，都可以在这里提出来。”

“哪里哪里，邹教授你过谦了。”大家都这么说，我只是沉默地看着他们。

“下面，就从吕教授这边开始吧。”老计说。

吕教授头发都白了，但人很精神，他没有拿稿子，“我很早就拿到这本书了，一直都在看，觉得写得很好，直到昨天，我还在看。我觉得，这本书最大的特色是既口语化，又涉猎广，丝毫没有遗漏儒家的思想，比较适合大众去阅读，对中国传统文化的推广，很有意义。”

吕教授说完，大家都附议了一下，就轮到李校长了。

李校长拿出已经写好的手稿，照着念起来，“这本书写得太好了，我是上周才拿到的。那天，我正好在山上的一个凉亭里休息，觉得应该学习点什么，就拿起了邹教授的这本书阅读。这不看不知道，一看就看到了太阳落山，我还沉迷于其中。我觉得，邹教授写得好，普及了儒家教育，对我们的国民素质也是一个很大的提高。我是办国学教育的，今天回去，我一定向老师和学生们推荐这本书。”

接下来，是老计发言，“我本人是做企业的，曾经很迷茫，我一直无法找到人生中的意义。直到，我接触了儒学，加入了邹老师的儒学书院，并且拜他为师。在师父的教导下，我逐渐认识到了这个世界上的一些事情的本质，以前想不通的，按照儒学的方式思考，就自然而然地明白了，这就是儒学的价值，把我从一个迷茫的人变成了一个透彻的人。这本书我认真地读过几遍了，对其中的道理非常欣赏，我觉得今后，我要把这些思想，融入我的企业管理学中。”

接下来是陈老师的发言，陈老师是个无发主义者，还拿着和尚带的那种布制挎包。他讲述了一些佛家和儒家的道理，非常神秘，大概就是阐述了佛家跟儒家的相通之处，还有争议之处。

接下来是宁老师发言，他是专门研究道家的，形象打扮也颇有道士的风采。这个人非常自信，也很有实力。他的发言主要是围绕着儒家跟道家展开，虽然，他肯定了邹教授的学说的优秀之处，也否定了其中的一些观点。他认为，只有道家才可以完美地诠释宇宙苍生，而儒家只是描述了人类世界。他的发言很出彩，连邹老师都忍不住赞叹，但是，他依然坚持自己的道家主张。接着，宁老师给在座地每位都发了一张名片，上面印着的字迹让我们每个人都感到惊讶。

宁老师被称作玄道使者，他的名片上还有一段特别NB的话：中国智囊团，曾经给国防部出谋划策被采用，被日本民间称为一招制服日本鹰派的中国民间高人。且不说真假，就这份自信，我给满分。

最后，轮到我发言了。我拿出昨天晚上写好的发言稿，照着念了一遍。大概内容就是，我们应该扬长避短，发挥儒家学说的优势，摒弃它的局限性。在历史观上，我们需要继承和发展儒家学说，不能停留在古代。当我说到继承和发展的时候，邹教授看了我一眼，露出了惊讶的表情，可能觉得我是个人才，观点独特。

第一项议题结束了，大家开始第二项议题。这项议题是针砭实事，所以，大家也就自由发挥了，完全是各抒己见，真正做到了天下兴亡，匹夫有责。围绕这项议题展开的内容有房价、教育、医疗、军事等等，大家都结合了儒家学说来出言划策。

研讨会结束后，大家合影留念。我本以为没什么事了，正打算走，没想到韩老师又请我们去一家酒店里吃午饭。大家聚在一起，聊天喝酒，让我有了一种融入了国学圈的自豪。下午，邹教授来到了市图书馆的讲坛，面对着几十名观众，开始讲述儒家思想。我本来想离开的，可一想到吃了人家的嘴短，就只能帮忙捧场，直到讲座结束。晚上，我乘坐地铁回到了Y寨。

周一，我在KY软件公司上班，忙完了自己的任务后，我跟以前的同事聊起天来。

先是RS这边，陆应雄的好日子算是走到头了。在移动那边躲了那么久，总算是躲不下去了。他刚一回到办事处，就被通知要去郑州出差。说是我之前的那个报表项目还没结束，需要接着做。

“你把我害了，你在郑州，活没干完就辞职了，我去完全是接替你的班。”

“我也是身不由己，就算我还继续待在郑州，你在移动这边的项目完了，也还是要去郑州的，那边的项目很多，缺人。”

“我最近就过去了，你有什么建议没？”

“没什么，可以趁这个机会要求王总给你涨工资，算是趁火打劫吧。因为无人可派，他肯定会答应的。还有，你要是想搞发票，记得去经三路的速来咪办张卡充值，充多少给多少的发票。”

“谢啦，这敢情好。”

周志伟仍然在 403 加班，按他的话来说，就是生活总是这样一成不变，但所幸的是刘羽桐还陪在他的身边，他们打算以后结婚。听到这个消息，我真的挺高兴的，没想到自己帮了他这么大的忙。

飞客这边，肖莎就向我诉苦了，“唉，你走得很明智。当时，老板说我是女生，去客户现场那边太远了，不放心，就暂时让我在高新路上班了。可没想到过了三个月，这坑人的老板竟然把高新路的办公室给退掉了，所有人集体搬到了客户现场。大家都要去北郊的凤城八路上班，一时间走了不少人。我坚持了一阵，实在坚持不住，也辞职了。”

“看吧，我当时就觉得这老板满嘴谎话，人看起来很和善，但鬼主意多着呢。他们全都迁到那里，无非是项目赚不了钱，想节约成本。他主要是跑业务的，把技术都交给那个很拽的项目经理，不亏才怪。”

看来，大家的生活都不太如意。我分析了下本周的任务，给自己列了一个计划表，每天完成一部分。到了周五的时候，任务全部完成了，我想，总算是可以过个安稳的周末了。

星期六，艳阳高照，秋风凉爽。我拿着行当，又一次来到小寨摆摊。自从我上班后，来这里摆摊完全成了爱好，想靠这个发家致富的想法早就打消了。我从下午一点摆到了两点，这时，我看见一个熟悉的人从北边走过来。原来是韩老师，他还穿着那件拉风的古文衬衫，手里拿着一把折扇。

“张帆，你怎么在这里摆摊？”

“周末闲着没事，过来体验生活。韩老师，你怎么到小寨这边来了？”

“是这样的，我们今天要在华旗国际开一个会议，不知道你能过来参加吗？”

“哦，国学方面的？”

“对，这次来的都是我们书院的人，还有几个朋友，上次你也见过了。我们打算开一个国学发展方面的研讨会，在华旗国际 17 楼。”

“好的，我参加。”

华旗国际 17 楼是一个教学培训公司，里面有一个会议室，大家就坐在这里开会。

“这位是朱老师，以前在兵器公司上班的，现在做企业管理研究。”

“朱老师你好。”

“你好。”

“这位是夏老师，专门做国学教育的，在凤城二路有所培训学校。”

“夏老师你好。”

“你好。”

“这位是张帆，是做软件工程的。平时喜欢诗歌，是西安诗歌协会的常务理事长。”韩老师又向他们介绍我。

“原来是诗人啊，年轻有为。”大家都一个劲地夸奖。

“跟各位前辈比起来差远了，我很喜欢国学，希望有机会和大家交流。”

“老计怎么还没来？”宁老师说。

“快了，他在书院那边忙着，正赶过来呢。”韩老师说。

等人期间，我们在座的几位又聊了起来。从过去一直聊到了现在，涉及的内容包括哲学、教育学、成功学，没想到这几位年长的前辈也知道成功学，这是近来才流行起来的一种学说。等了半个小时，老计来了，这次研讨会仍然由他主持。

“大家好，这次我们书院组织这次国学研讨会，只有一个议题，就是怎样让国学产业化？邹教授已经去了北京，在一座国内知名的大学里任教。而西安这边，他的书院基本上处于停滞状态了。为此，我们几个弟子决定，自己办一所国学书院，就叫做兴儒书院，大家觉得如何？”

“振兴儒家，名字起得不错。可是，书院的具体办法，还得认真研讨一下，不然，做什么都无异于空谈。”宁老师说。

“对，这正是今天邀请大家来的目的，请大家广开言路，各抒己见。我们办这个书院，就是为了弘扬中国的国学教育，做到国学的复兴。可是，光有口号不行，书院的各项开支都需要资金来支持，所以，我希望大家能多出主意，让国学实现产业化，只有这样，才能长期发展下去。”

“老计说得不错，下面，大家可以围绕这个话题进行讨论了。”韩老师说。

大家七嘴八舌地讨论了一阵，都支持办兴儒书院。人家别的城市都开始搞了，有个河南人，先是办了国学小学，现在都办了国学中学，是私立学校，教授的全是国学课程，《论语》《孟子》《大学》《中庸》《诗经》《尚书》《礼记》《周易》《春秋》。人家都能办起来，咱西安作为古都，也一定可以。但存在的问题也很多，比如，我们如何赚钱，书院的赢利点在哪？从钱的问题就引出了一连串的问题，都不好解决。

“我是做企业管理的，我觉得，既然咱们有这个想法，就要好好干。那么，我们绝不能像以前那样随便，没有明确地分工，书院必须企业化管理。不然，没有约束力，什么事情都办不好。”朱老师说。

“这点我赞同，但是咱们的书院根本就没有注册，从开始到以后的整个过程，都需要资金支持，这钱从哪里来？”宁老师说。

“我作为邹教授的大弟子，先出一千，韩老师是我师弟，也出一千。我最近还打算花重金做一个网站，专门用来宣传我们的兴儒书院。”老计说。

“对，我刚才就说过。好的东西，咱们就要努力去做，放在这个层面上，就不叫宣传了，而叫宣扬，宣扬一种传统文化。”朱老师说。

“既然大家都决定认真做了，那么，我也尽一份力。咱兴儒书院的那个网站，我可以帮忙搞。这样，可以省下一笔资金。具体的事情，等做的时候再详细商议吧。”我见大家都这么认真，也开始表态。

提到盈利的问题上，大家的意见是可以办国学培训班。从免费试讲开始，如果学员觉得可以，再正式缴纳会费。每周，我们都找一些老师来讲课，在座的各位也可以加入。每讲一节课，算课时工资。

“宁老师，你那些关于国际局势的看法、观点，这些都可以在课堂上讲。毕竟，这些也是提高知识水平的方面。”老计说。

“行，什么时候试讲，你们通知我就可以了。”宁老师说。

大家都说得差不多了，对兴儒书院的发展规划也做了详细地安排。这样的话，看起来这次国学研讨会是圆满地解决了问题，可只有夏老师坐在最后一排，不苟言笑，始终保持着沉默。

“夏老师，你也说几句嘛，说说自己的见解。”

“我跟韩老师是同学，从小到大这么多年了，我知道他有个心愿，就是办好国学。为此，我们一直努力着。我记得前几年的时候，我们就开过会。当时，会议现场也有很多人，都说咱们要努力办好国学。会上都说得很好，可下来呢，完全没有实际行动。慢慢的，这拨人就散了。后来，还有几次研讨会，也是这种情况。现在，到了今天，又是一样的情形，开会的时候说得很好，谁知道散会后有没有执行力？总之，你们说什么我都支持，但我实在是不抱有什么希望。以前的那些人，对国学非常热情，渐渐的大家都散了。现在呢，开会的时候又多了几个新面孔，比如说宁老师、朱老师、张老师，大家又坐在一起，围绕着这个话题开始讨论，说来说去，道理都是对的，但是，我还真不知道咱们这个兴儒书院能不能搞起来？”夏老师的一番发言让在座的人陷入了沉默，这番话无疑给热闹的现场泼了一盆冷水，但很快就被大家的热情扭转了，大家都说这种担心是多余的。

“那咱们的议题就算通过了，接下来，我说下咱们的人员分工。”韩老师说。

“老计，你是咱们的主力，就做兴儒书院的院长。”

“朱老师，你是搞企业管理的，认识的人多，比较熟悉业务，就做我们兴儒书院的副院长，兼外联部部长吧。最近，我们要在小雁塔举行祭孔大典，人家山东都搞了，我们陕西这边也要跟上，你就辛苦一下，尽量帮咱们多拉点赞助。”

“夏老师，你就做咱兴儒书院的理事，还有国学诵读团的团长。”

“宁老师，你工作比较忙，但见多识广，就当咱们兴儒书院的金牌讲师吧。”

“我这边的话，因为咱国学还要搞一个杂志，最近就要出第一期，我就做这个杂志的主编吧。”

搞得跟《封神演义》一样，又像《水浒传》的英雄排座次。这下好了，都完了，就剩我一个人了。我心里有点郁闷，不知道韩老师搞什么鬼，如果连个头衔都没有，那我跟他来一趟倒没什么，只是这会坐在这里，面子上说不过去。

“张帆，你是诗人，又有文学功底，就做咱们杂志的副主编吧。”

副主编？这可把我乐坏了，哪怕是个野杂志，只要出了几期，拿出去给人看看，还是倍有面子的。

“好的，我会尽力的。”我底气十足地说。

官封完了，事情也安排好了。这会，都已经下午五点多了，大家明显觉得会开得有点长，有点闷，可能有点想散会的意思。这时候，老计犯了一个连我都觉得不可思议的错误。

他说：“既然大家都决定要干了，那么，咱以后的办公场地就在这里，等下周咱们再开一次会。今天，如果大家有钱的话就最好先入股，我和韩老师已经各出了一千了，大家可以根据自己的情况，多少出一些。这样的话，咱们今天这个国学研讨会就算是圆满结束了。”

此言一出，大家的脸色都变了，连我都觉得无奈。我们辛辛苦苦跑过来，连一顿饭都没吃上，这才刚开完了会，怎么就伸手要钱了？况且具体的情况，很多细节根本就没讨论清楚，这时候要钱，不是让大家多疑吗？

韩老师意识到了情况不对，就跟老计岔了一下话题，可老计不依不饶，两人在情绪上有点对垒。这种情况，我们都看在了眼里。说到底，是两种观点的分歧。韩老师认为，入股的事情可以以后慢慢商量；而老计认为，既然大家决定做了，就多少拿出点诚意来，钱多钱少无所谓，但必须有所表示。他俩的观点其实都没错，但他俩忽略了一个问题，但凡是创业，不管大家多么志同道合，饭还是一定要请的。不然，我们花了自己的时间，辛辛苦苦开这个会，连肚子都填不饱，谁还有心情跟着你干？

最后，老计有点妥协了。他说：“既然大家决定办兴儒学院了，没点真才实学可不行。这本书是邹教授最近刚出版的，有很深的国学底蕴，我希望大家都买一本。”这话说完，在场的几位老师都有点诧异。为了缓解这种尴尬的场面，宁老师说这本书之前看过了，大家也纷纷这样说。接着，几位老师就离开了会议室。到了楼下，韩老师说还要去辛家庙见几个国学友人，就先走了。其他老师互相告别后，也离开了，只有我一个人还留在原地。

我觉得今天这事挺有意思的，就来到了华旗国际 21 楼，跟刘抗战一起聊起来了。

“我刚才跟韩老师他们开会呢，就在 17 楼。”

“哦？什么会啊？”

“国学研讨会，说是要办一个兴儒书院，他们想搞国学，靠这个赚钱。”

“情况怎么样？”

“开始还行，大家热情挺高的。后来就不行了，老计让我们出钱。”

“哈哈，我给你说，他们这些人，以前就在搞国学，搞了很长时间了。每次都是雷声大，雨点小。还动不动就爱开会，以前我去了几次，后来就觉得没意思了。每次都是讨论的时候说得特别好，一说到钱，就不行了。他们自己不愿意花大钱，总是希望有几个人出来跟他们分摊，哪有那么好的事情。就说这个兴儒书院吧，人家名片上早就印上了，但其实连个办公的地方都没有。”刘抗战笑了起来。

“原来是这样，就跟刚才夏老师说的情况一样。那邹教授的书院呢？”

“邹教授人家是国内外知名人士，他办的书院当然有场地。人家不但办了国学书院，还办了国学幼儿园，连国学杂志都出了几期了。他的几个徒弟总想着自己搞，但始终搞不起来。每次都是动静很大，但一点行动都没有。”

“是啊，我也看出来了。计老师跟韩老师，在一些观点上明显存在分歧，情绪也不好。朱老师刚开始还挺有信心，后来就不行了，一心只想着回去吃饭。宁老师呢，还是一如既往地支持，凑个热闹，但不会花一分钱。至于夏老师呢，从一开始就没抱什么希望。我看，他们这次估计又悬了。”

“哎，估计又搞不起来。他们这些人就这样，搞个书院连办公场地都没有，连请人家吃饭的钱都不愿意掏，总想着白白地使唤别人。还动不动就喜欢封官，见一个人就给分个院长、副院长，要么就是理事长，要么就是常务理事。”

“对啊，他们给我分了个副主编，说负责杂志。”

“这个杂志我听说了，等出刊的时候，记得带一本给我。”

“好的。”

“你见到陈哲了？”

“见了，就那个布袋和尚？上次邹教授新书研讨会上见的。”

“你有他的联系方式没？我想和他聊聊。”

“有。”我估计刘抗战又闲得无聊了，想找个人过来听他描述纳兰性德项目的计划。

在 KY 软件工作了三个月后，我转正了。回到家里，我看到之前批发的打折书已经卖得还剩下两百本了，就打算周末再出去摆几次摊，争取都卖完。为了促进销量，这个星期六，我把摊子摆到了省图书馆附近。果然，短短一个小时，我就卖出去了好几本。

这时，有一个小伙子来到我的摊位前，他拿了一本经管方面的书开始看，一看就是半小时。我觉得人家热爱学习这是好事，买不买都无所谓了。这个小伙子最后还是没有买书，但他跟我热情地交谈起来。他说自己是做安利的，见我喜欢在业余做生意，非要拉着我加入安利。我起初是拒绝的，但他说不一定非要有什么业绩，进来交朋友也可以，于是，我就答应了。有好几次，他都打电话给我，让我去参加他们的会议，但都被我婉拒了。直到这个星期天，对方又打来了电话。

“张帆，我们这次在阳阳国际举行厨艺大赛，你来参加么？”

“我又不会做饭，去干什么？”

“不用你做饭啊，你过来看他们做饭就行了，最后，还能吃一顿。”

“哦，有这样的好事？”

“对啊，厨艺大赛嘛，做出来的东西肯定是要让嘉宾品尝的，你就过来吧。”

“既然是这样，那我就过去了。”一说到别人请吃饭，我就有点想去。

到了厨艺大赛会场，我看到这里热闹非凡。参加比赛的都是一些中年妇女，当然，也有个别喜欢做饭的男同胞，看他们跃跃欲试的样子，我还真觉得他们很有实力。整个厨艺大赛的过程是非常有意思的，期间也是欢声笑语，掌声连连。当然，这些都不是我关注的重点。到了最后，我如愿以偿地吃到了他们做的菜，准备离开时，戏剧性的事情发生了。

主持人开始大肆地宣传安利产品。

“相信在座的各位都已经品尝了我们厨艺大赛的食品了吧，是不是很好吃？”

“非常新鲜可口！”台下的人都这样说，然而事实也是这样。

“没错，食品好吃一方面是因为做菜的人厨艺高，而另一方面，是因为他们使用了我们的安利厨具。刚才大家都看到了，厨师在锅里放了不同的十几种菜，又放了肉，可这些菜做出来后，竟然没有一点串味的感觉，大家觉得是不是？”

“是的。”听她这么说，好像真有点意思。

“嗯，这就是我们安利的产品。这套厨具非常棒，很适合家庭使用，是我们美国总部根据中国人的饮食习惯，特别定制的，如果大家需要购买的话，一会可以联系我们的工作人员。接下来，有请我们安利西安总部的营销总监曲直先生讲话，大家欢迎。”

“什么，曲直？”我不由得发出声来，随着一阵热烈的掌声，曲直从办公室里走出来，旁边还跟着一个漂亮的女助理，有着黑色的长发，柔顺地披在肩上。他站到了讲台上，还真是我大学同学曲直。这家伙，还是跟以前一个样子，只不过自信了很多，装扮也讲究了很多，难道他真的在安利发了财？

“各位朋友们好，我是安利西安的营销总监曲直。这么多年来，安利一直在走一条属于自己的道路，那就是直销模式。每个人都可以成为安利的直销员，从最基层做起。虽然，这条路并不是一帆风顺的，但我相信，只要你们肯努力，一定可以在几年内做到像我这样的级别。我是文大的学生，大一的时候因为热衷于彩票，选择了退学。当我离开校园的刹那，我就后悔了。但我知道，我已经没有回头路了。当时，很多朋友劝说过我，尤其是我的大学同学张帆，可是我年轻气盛听不进去。我拿着自己退来的一半学费，去了彩票中心，孤注一掷，可是，一分钱都没有中。那一次，我输光了所有。这种人生的打击让我无法承受，我彻底失败了，成了loser。接下来的日子，我开始反省自己，但无可奈何的是身上没有钱，又不好意思问父母要。我总不能向他们说，我的钱都用来买彩票了吧。那阵子，我在快餐店里找到了一份工作，但生活仍然非常拮据。最穷的时候，我曾流落街头，跟流浪汉一样，睡在街上的长椅上。直到有一天，我加入了安利，才找到了自己心目中的天堂。我从营销助理开始，努力了五年的时间，终于做到了营销总监。在座的各位，我相信条件都比我好，既然我可以成功，那我相信你们更不在话下了。相信我，加入安利吧。在这里，你们可以尽情地发挥自己的才能，赚取无限的财富。”

“嘿！这小子竟然还记得我。”我心里暗忖。

曲直的话讲完了，台下立刻爆发出了热烈的掌声。原来，曲直这小子这些年不容易啊，他从营销助理开始做到营销总监，那么，每年也能收入百万了吧？这小子，且不说真假了，光这经历就够传奇的了，原来，我们101宿舍还有这等人才？

会后，我主动找到了曲直，跟他聊了很长时间。曲直真的变了，他不再迷恋彩票，而是选择了踏踏实实做人，靠自己的勤奋来赚钱，而不是想着一夜暴富。虽然，他做安利这个直销并不被人看好，多少也有点忽悠人的意思，但毕竟人家成功了。晚上，曲直请我去了西安最豪华的夜总会玩了一遭，并且，兑现了他几年前的承诺。当时，他借了我五十买彩票，这次还了我五千。

转眼间，一年又过去了。回头想想，毕业已经快三年了。这些日子，发生了太多的事情。陈旗的公司越做越大，赵磊在山西的仕途也越来越好。曲直自从加入了安利以来，通过五年的发展，终于实现了自己的人生价值，还找到了一个漂亮的女朋友，就是她的助理。倒是只有李超凡、阿泽，还有我，我们这三人是最拖后腿的。曲直自从见了我之后，就开始经常和我来往，并且还时不时地带上李超凡，有时阿泽也在，我们这几个人就在曲直的带领下，纵横于西安的各大餐厅、酒吧。

中午，我和虎子吃完饭，刚走到永春楼下，就看到公司人事Sandy兴冲冲地跑过来。

“你俩来得正好，正愁没人搬东西呢，你们就出现了。”

“真是来得早不如来得巧！搬什么东西？”

“发劳保啦，这些东西都搬到公司里去。”

“好吧。”

我俩自认命苦地把楼下的这些洗洁精、牙膏、毛巾都搬到了公司。下午的时候，我正埋头写代码呢，Sandy拿着表，挨个挨个地找人填写。

“这是什么？”我问。

“公司这周要组织去武当山，你去不？去的话就签字画押。”哦？这样啊，我都迫不及待地想逃避工作呢，正好领导出差去了，让我轻松了一阵，没想到还能出去旅游，当然去了，我毫不犹豫地签上了自己的名字。统计结束，除了有个别人有事去不了之外，公司基本上所有人都参加了。

周五下午，公司所有人在永春门口集合，准备出发。这次是乘坐大巴，预计晚上六点多到达湖北。出行的路上，大家都是埋头玩手机、睡觉，看路边的风景，导游为了让我们提起精神，主动开始活跃车内气氛。

第一个环节是出行介绍，导游介绍了自己，也介绍了本次旅游的景点和注意事项。接着，就到了游戏环节。这个游戏叫做联想猜谜，玩法是导游说一个家用物品，大家要根据这个物品的字，组合出一个新词。这个新词呢？还必须是跟家里的事情相关的，否则失效，要表演节目。如果大家对你创造的词语不满意，你就要说出这个词跟家里的事情到底有什么联系，并且，等待专家的评审。

玩法是很简单的，但几轮下去，还是有不少人中招了。这些人，要么是反应不过来，要么就是粗制滥造地词语，根本跟家庭没关系。举个例子，导游说卤面，下一个人如果说卤肉，就是对的，如果说其他的就错了。

最搞笑的是小梦，我们从鸡蛋开始，下面有蛋黄、黄油、油条，可他竟然接成了条码。虽然这个词涉及买东西，跟家庭有一点关系，但大家死活就是不让他通过，非要让他表演节目。小梦只好上去讲了个笑话。

吴强中招后，一直赖着不肯上去，直到游戏结束，导游的再三催促下，他才大大咧咧地从车尾走到车前。他唱了一首刘德华的《忘情水》，大家都给予了热泪地掌声。但这哥们大概是觉得好玩，站在前面，不回来了。他拿着话筒，一直站在那里叨叨个没完，俨然客串了主持人的角色。刚开始，他玩起了《非诚勿扰》，对公司里的员工乱点鸳鸯谱，逮住一对，就要让人家说爱情宣言，搞得还挺有意思的。如果最后两个员工彼此有点好感，他就宣布牵手成功；如果两人压根就没感觉，他就宣布牵手失败。对吴强这种玩法，我真是无语了，看了一会，我就睡着了。

可这家伙最后竟然看到了我在睡觉，非要喊我上去，跟公司一个单身女员工玩游戏。本来吧，我就不太合群，这女员工显然也无法接收我的冷若冰霜，一来二去的就被宣布牵手失败了。我刚要回来，吴强这家伙又说之前没见过我，我是新员工，必须表演个节目。可没想到的是，大家都叫好。无奈之下，我又唱起了那首压箱之作，陈奕迅的《十年》，我唱得真心不好听，只不过我非常熟悉这首歌的歌词。唱完了歌，这哥们总算是放过我了，他又开始抓其他新人了。

吴强玩够了，总算是把话筒还给了导游，回到了自己的座位上。大巴在安静地气氛中行驶了两个小时，总算是到了湖北地界。导游开始介绍十堰，说这是咱们中国的车城，被称为东方底特律。十堰城里，有三分之一的人是二汽的。晚上，公司组织吃了顿饭，又在附近的 KTV 订了个大包，所有人过去唱到了晚上十点多，就回宾馆休息了。

次日一早，司机师傅就把大巴停到了宾馆楼下，人一到齐，就直接向武当山驶去。武当山是道教的圣地，东接历史名称襄樊市，西靠车城十堰城区，南依原始森林神农架林区，北临大型人工淡水湖丹江口水库，可谓是得天独厚。武当山不仅拥有奇特绚丽的自然景观，而且拥有丰富多彩的人文景观。可以说，武当山无与伦比的美，是自然美与人文美高度和谐的统一，因此被誉为“亘古无双胜境，天下第一仙山”。导游介绍了这么多，我在电视上也看了很多次，总算有机会去亲临其境了。

到了太子坡，导游建议我们直接坐缆车上去，但公司老板很执拗，非要爬山，并且说跟他一起爬山的，回去一律计五分。为了让自己有个良好的绩效，领取到更多的工资，我斩钉截铁地跟这老总一起爬山了。于是，大家就在这里分成了两批，老板带人爬山去了；另一部分体力不支的女孩子，直接坐缆车上去了。

我们这一路都跟着老板走，目标是明确的，就是靠步行爬到山顶，但过程是艰辛的。武当山的海拔比较高，步行爬山要从偏远的地方绕过去，非常耗费体力。前期，路上的台阶都比较平缓，走得比较顺利。到了后期，山势在一个分水岭处变得异常陡峭，这可把我们坑坏了。一眼望去，前面的台阶看不到尽头，大家都累得够呛，走一阵歇一阵。当走到中途的旅客休息处时，老板大发善心，为这些跟随他爬山的员工买了很多冷饮来补充体力。我们在感激涕零的情况下，对爬到山顶更有自信了。休息了快一个小时，大家又一次启程上路。这次，我们随身携带了不少纯净水。经过两个小时的攀登，总算是抵达了紫霄宫。这里是一个古香古色的院子，灰色墙壁，绿色琉璃，搭配着周围的风景，有点像中国传统的山水画。

在这里，我们跟之前坐缆车的人汇合了。大家在休息的时候，互相聊了聊，又开始继续往上走。这次，我们从紫霄宫出发，穿过乌鸦岭，到朝天宫，再越过三道天门，就到达金殿了。

这里并没有导游说得那么神奇，我不禁大失所望。金殿只是一座非常普通的建筑，两侧分别矗立着丹顶鹤的雕像。这座建筑的造型中规中矩，主要是因为山顶地形所限，不能修建得太随意。然而，金殿在岁月的流逝之中，早就被旺盛的香火熏成了漆黑的颜色。老板站在寺庙的正门前，买了几炷香，直到这个仪式正式完成。我想，这才是老板非要步行登山的原因吧，他就是想从山脚下一路爬上来，再给道教尊师老子磕头，这样才显得他心诚，能够保佑他生意兴隆。

可我，只是上来看金砖的，找了半天没找到，不禁心灰意冷。从金殿下来，我们在山脚下吃了顿饭，就乘坐观光车游览了剩下的景点。到天黑的时候，我们回到了景区入口处，酒足饭饱后，大家纷纷在附近的商店里购买了纪念品，依依不舍地回到了大巴上。武当山就这样游玩了，让我来说，我感觉这些风景没有传说中的那么好，但也绝对不会差，如果人一生中不来这里旅游，会留下诸多遗憾。

周日，我们又去了传说中的五龙河。这个景点，并不是爬山，而是沿着一条狭长的走道，欣赏路上的风景。五龙河景区都是些花花草草，没什么特色，唯一的亮点是五龙湖那里风景特别优美。水质清澈，轻风吹拂，如果此时泛舟湖中，会有一种欣然享受的醉意。看来，牛郎和织女在这里相遇，也就不足为奇了。

从武当山旅游回来之后，我又跟黄杰一起摆了几次摊，我俩的存货都卖得差不多了。我打算卖完就不再出来摆摊，而黄杰也打算过段时间做点别的。晚上，我们小寨天桥上摆摊，又一次遭到了城管的突袭，这次，我们被杀得人仰马翻，灰溜溜地离开了天桥。

“不行，我今天还没开张呢，肯定不回去！”黄杰生气地说。

“我是无所谓了，那你说怎么办？”

“咱们去美院门口摆摊吧，那边比较偏僻，肯定没有城管。”

“对啊，美院那边学生很多，生意也比较好做。”

我俩来到了美院门口，又一次重新铺开摊位。这时，一个年轻帅气的小伙子出现在了我俩旁边。看他的样子，大概是第一次出来摆摊。

“我能在这里摆摊吗？”小伙子说。

“当然可以，我们又不是城管。”

“好的，谢谢。”小伙子从背包里拿出了很多炭画，依次摆好。我看他的这些作品栩栩如生，充满了灵气。

“这些都是你做得？”黄杰问。

“是啊。”小伙子谦虚地回答。

在等生意的时候，我们三人互相聊了一阵，这个小伙子叫华野，是美院毕业的学生，但巧的是他也住在 Y 寨，咱们三人可以组队回家了。吆喝了一阵子，我们三人都卖出去了一部分货物，这次美院之行总算是没有白来。可是，华野的生意是最差劲的，半天才卖出了一幅。

“华野，你这个定价太贵了，大的一百，小的五十。要我看，大的定价五十，小的定价三十比较好卖。”深谙摆摊之道的我，不吝对他传授了一点经验。果然，华野重新定价之后，生意好了很多，一连卖出去了几幅。他在感激之余，也更加坚定了自己的摆摊之路。

“华野，你为什么不去找份工作？摆摊的话，最好是业余做做，挣不了多少钱。”我说。

“我也想过，可是，没有合适的工作。我毕业以后，就一直在专心制作炭画了，父母想让我回咸阳去，但我不想回去，我想在西安做自由职业者。”华野说。

“我觉得黄杰做自由职业可以，毕竟他才大二，有的是时间。咱俩都毕业了，还是要以事业为重啊？”

“嗯，我先摆几天摊试试吧，慢慢来。”

到了晚上十点多，我们三人乘坐出租车回到了 Y 寨，在四海酒家点了很多炒菜，又要了一箱啤酒，打算拿今天摆摊的收入来犒劳自己。

“看得出来，你俩都喜欢吃海鲜啊？我这菜没点错。”

“是啊，海鲜好吃。”

“说说吧，你俩将来有什么打算。我呢，这次又卖出了十来本，家里已经没有多少存货了，以后也不打算出来摆摊了。”

“我是医药专业的，但我并不想从事这方面的职业，我想去修车。”华野说。

“干吗去修车？”我有点纳闷。

“这你就不懂了吧，追求自由和兴趣，我从小就喜欢汽车。”

“嗯，我也很喜欢，但我对自行车更感兴趣。”黄杰说。

“这位就是我们文大户外协会的会长，专门带队的，一辆自行车都要三千块钱，零件都是不同国家制造的。”我故意调侃。

“哈哈，没办法，出来带队嘛，总要有点好的装备。不然，队员的车子都那么好，你让我这个做队长的情何以堪？不弄辆好点的，怎么带队？”黄杰笑着说。

“我记得，我们上次去户外越野，就在秦岭那边。当时，有个队长更牛 ×，人家光一辆自行车，就几十万，我们那个羡慕嫉妒恨啊。”

“这么厉害，我要有几十万，就买房了，买自行车多浪费！”

“要是我，我就买辆宝马。”华野感叹。

“几十万？只能买低端车型吧。”我说。

“没关系，我买华晨宝马，不买进口的。”

“哈哈。”

“张帆，你不是有辆兰博基尼吗？天天在自己的空间里晒，啥时候开出来遛遛。”黄杰说。

“那个啊，在郑州嘛，要能开我早开回来了。是上次在皇后酒吧门前照的，当时，我从酒吧里出来，看到外面停了不少豪车，就摆拍了一次。”

“哈哈，你那个穿扮，太屌丝了，一看就知道不是车主。”

“对对，开兰博基尼是需要气质的，我这气质只能开辆熊猫了。”

“来，为了我们的摆摊事业，干杯！”

“黄杰，小寨天桥那边恐怕要失守了，最近城管查得厉害。你是不是应该转型？”

“转型？怎么转？”

“你可以在西安各大高校招募一些代理，让他们去学校里销售，比你亲自摆摊好多了。他们赚买家的差价，你再赚他们的差价，不是很好吗？”

“这个主意不错，我今天回去就开始计划一下，总是摆摊，也不是个办法。”黄杰说。

“张帆，看得出来，你是老江湖啊，你给我也出出主意，让我把我的这个炭画也大批量地卖出去。”华野说。

“你这个，我还真不好说，市场需求太少。我建议你可以办一个炭画培训学校，一边教人家制作炭画，一边卖自己的作品。”

“你真是天才！我今天回去就实施。”华野激动地说。

“你给我们说了这么多，那你呢，有什么打算？”

“我？就老老实实上班呗，还能怎么样？”

周末的时候，我跟一个文化公司的朋友去了兴庆公园看马戏团演出。这个文化公司的员工，大多都是高校的学生，当我看到他们朝气蓬勃的样子时，我就感觉自己老了。夜幕降临，我一个人漫步在公园里，回想起了这些年经历的一切，不知不觉中，我和赵玲栎分开已经很久了，我们再也没有联系过。陈婉如在香港发展得不错，我们偶然还会通次电话，但彼此间的感情已经大不如从前了。我看着湖面上泛起的波澜，心想，我是该做一些与自己年龄相符的事业了，我再也不能把自己当作大学生了。一直以来，我都说自己还年轻，还有资本，可现在我发现，我的资本正在逐渐消耗。如果，我不把握住剩下的这几年。那么，到头来我将一无所有，悔恨终生。晚上，本来有个 KTV 的聚会，我婉拒了，乘坐公交车，回到了 Y 寨。一路上，我都在看着西安繁华的街景，我才蓦然明白，什么都没有改变，变得只是人心。

刘抗战给我打了几次电话，说要我过去商量纳兰性德的项目。我婉拒了他，我心里明白，刘抗战只是一个大龄 loser，他不会有什么行动的，只是迷恋于这种计划之中，只要不断地计划，就有无限的可能会实现，而只要行动，就会被打会现实。自从华旗国际的国学研讨会不欢而散之后，韩老师沉默了一段时间，没有什么新动作。这个周末，他终于打来了电话，说自己在生物学院举行了一个祭孔大典，邀请了很多社会名流，还有一些其他省份的专家学者。说来说去的意思只有一个，我作为西安诗歌协会的常务理事长，必须过来参加，共襄盛举。我拗不过他，就答应了。

周六早上，当我来到生物学院的时候，这里已经是人山人海了。参加祭孔大典的同仁来自全国各地，在场也有不少媒体记者。可以想象，韩老师为了这次活动，筹备了很久，花了不少精力。

在场的嘉宾们都穿着正装，身上披着黄色的丝带，对着孔子的雕像行礼。开场节目表演完之后，进入了嘉宾捐赠仪式。首先，陕西省国学院捐赠了一批国学典籍，用来支持传统文化的普及教育。接着，西安市作家协会也捐赠了一批会员的书籍。有几位文联的领导还当着记者的面，为这次传统文化活动加油鼓劲，说儒学是咱们中国的文化瑰宝，不能在我们这一代废弃，我们必须承前启后，将其发扬光大。这种铿锵的口号立刻迎来了不少掌声。

“下面，有请西安兴儒书院的韩老师，为本次活动捐赠《三秦国学》杂志二十本。”司仪说。

韩老师谦虚地拿着自己主编的杂志，来到孔子雕塑前，对孔子雕塑鞠躬后，把杂志放到了募捐桌上。这时，西安本地的记者开始采访韩老师，让他简单地说几句对这次活动的感想。

“这次活动，我亲自拜访了很多人。从城南走到城北，从城西走到城东，为的就是请来更多的专家学者，为我们这次的祭孔大典宣扬造势。刚才文联的领导说得好，儒学是咱们中华民族的文化瑰宝，我们必须要把它发扬光大。我作为一个普通人，特别喜欢儒学，坚持做儒学已经很多年了。这些年，虽然我经历了不少挫折，但我依然坚信，这次活动是一个很好的开端。相信以后，儒学必将在我们三秦大地开花结果。”韩老师对理想的坚持，打动了不少人，他们纷纷鼓掌呐喊，让会场的气氛达到了高潮。

“接下来，有请西安诗歌协会的常务理事长张帆先生，为本次祭孔大典捐赠《关中诗刊》十本。”我手里拿着诗刊，走到孔子雕像前，庄重地鞠躬，把杂志放到了桌子上。可惜，遗憾的是没有记者采访我，害得我刚才还在下面默默地背诵了不少台词，如今都用不上了。得了，你们开心就好。

中午，祭孔大典的节目都演出完毕了。在一系列拍照合影之后，很多人拿了纪念品，都离开了。我看到韩老师还在招呼一些知名人士，说接下来还有一次讲座，就在学院的二楼，等大家吃完饭后一起过去。我们在生物学院的餐厅里用完了餐，就跟着韩老师来到了学院二楼的一间教室里。这次讲座，主讲的是薛鹏老师，听这名字，我有点耳熟，但没有仔细关注。薛老师站在讲台上，手里拿着一本《论语》。这次，他主讲的话题是，儒学与当代的社会风气。教室里坐满了人，都在洗耳恭听。

“各位同仁，今天大家能在百忙之中抽空，过来参加这次祭孔大典，我很高兴。作为兴儒书院的讲师，能够看到儒学在当代社会中，仍然备受欢迎，我很欣慰。我在打工的时候，曾经见义勇为，帮助过一个女孩。这个女孩，是大学生，她只是想在业余的时候，去兼职赚钱，为自己的亲人尽孝。可没想到，她却遇见了两个歹徒，不但没有给她钱，反而欲行不轨！还好，我及时出现，阻止了他们，但我也因此付出了代价，身体受了重创。从那以后，我的身体一直就不太好，不能再适应打工生活。我思考了很多，觉得这件事情是咱们整个社会的悲哀，如果大家都能够坚持儒学中的仁义礼智孝，我想，类似这样的悲剧本身就不会发生。”

“仁者，爱人；智者，知人。学而时习之，不亦说乎？有朋自远方来，不亦乐乎？人不知而不愠，不亦君子乎？吾日三省吾身，为人谋而不忠乎？与朋友交而不信乎？传而不习乎？”

“各位，儒家的很多学说在今日虽然有局限性，有些甚至已经过时了，但它仍然有很多学说值得我们去坚持，我们要做的，就是坚持正确的；摒弃，或者改良，不合时宜的。只有这样，我们的社会风气才会变得充满正义……”

这个故事我好像在哪里听过？薛鹏，为什么这个名字很熟悉呢？我一时想不起来。噢，对了，是李娟朝思暮想的那个男人吧。刚才，他也提到了见义勇为，莫不是正好说得是一件事情？太好了，李娟寻找了他几年没有找到，这次，我总算可以帮她完成心愿了。嗯，一会我先去试探一下。

“薛老师，我刚从郑州回来，那边的天气实在太热了。”

“郑州？我几年前去过，本打算在那里工作的。可是，我的身体不太好，只能来西安学习养生之道了。”

“是那次见义勇为留下的祸根吗？”

“对，那次我受了重伤。本想着康复后，跟那女孩聊聊天的。可因为种种原因，我离开了烟台。”

我没有细问这件事情，过去的事情，估计他也不想提及。但我从心底里确信，这个瘦高的男人，就是李娟日思夜想的薛鹏。我怎么把这件事情告诉他呢？有点犯难。接着，韩老师号召我们在座的各位讨论下国学的未来。薛鹏再次发言了，他说得慷慨激昂，从言语中我可以听出来，他是个正直的青年。但从另一方面来说，他现在过得不怎么好，身体也出了问题。这都是源于他当初的见义勇为，李娟照顾他也是天经地义的事情。

“薛老师，我有个朋友在郑州，她说以前认识你，想跟你聊聊？”

“郑州？不是吧，我在那边只待了半年，都是萍水之交，哪有人会记得我，这么多年了，还要跟我聊天？”

“是个女的，估计是你的粉丝。这是她的手机号，你打过去问问，你俩可以好好聊聊。”

“李娟？这名字有点熟悉，似乎在哪里听过。哦，我想起了来了，不会是……”

“是什么？”

“可能是我当初救下的那个女孩。”

“对，正是她。自从你救了她以后，她就想着报答你，可一直没有你的下落。于是，她从烟台一直追到郑州，结果，还是没有找到你，现在她还在郑州，在一家咖啡厅打工，好像精神上出现了点问题。我也是碰巧在那喝咖啡的时候认识她的，我觉得你还是去郑州见见她吧，免得她受相思之苦。”

“好的，谢谢你，张帆。我知道该怎么做了。”想想，这件事情也真是凑巧，如果我不去郑州，就不会遇见李娟，更不会帮她完成心愿了。然而，我也不会认识陈婉如，失去赵玲栎了。

晚上，韩老师邀请参加祭孔大典的专家学者，一起登上了西安的城楼。当我们站在西安的城楼上，抚摸着这些的墙壁时，深深地感受到了一种历史的沧桑。几千年过去了，西安的城墙依然挺立，印证着曾经大唐的盛世。那些随风摆动的旌旗，让我仿佛看到了大唐的士兵，正手持长矛，眼神炯炯地看着远方。

月明星稀，秋高气爽，黄昏的霞光，映红了西边的天空。突然，一阵清脆的音乐响起，一群穿着汉服的女士，从不远处向我们走来，她们跳着欢快的舞蹈，唱起了秦腔。这种古典的韵味很快地感染了附近的游人，他们纷纷驻足观看，被她们精彩的演出陶醉。当暮色四合的时候，城墙上的灯笼开始亮起，一束束烟花直冲云霄，在天空中绽放出色彩斑斓的花朵。

“韩老师，你的国学梦想总算是实现了。”

“是啊，我自知实现国学的复兴艰难。这次祭孔大典，我拿出了国学联盟所有的活动经费，还自己花了一万多，只为了让大家能够深刻体会到国学的魅力。”

“原来这一切都是你在背后导演的？”

“是啊，可以说，我为了坚持自己的梦想不惜成本。”

“可是，如果他们欣赏到了国学的魅力，还是无所作为的话。这一切，难道就是你的国学梦？”

“你看看这城墙，这汉服，这舞蹈，这烟花，像不像梦回大唐？能够像烟花那样，在璀璨的星辰下绽放一次，我也就心满意足了。”也许，这次祭孔大典之后，国学的发展还是跟过去一样，停滞不前。也许，这次国学盛宴散场之后，会又一次的人走茶凉。但我深深地敬佩，那些为梦想不遗余力的人。

有段日子没见到刘抗战了，我在小寨逛街呢，突然就想起了他。如果说韩老师是行动派，那刘抗战，可就是彻底的计划派了。上去看看他吧，有段日子没听到他闲扯了，真不知道他那个纳兰性德项目，进行到何处了？我来到 21 楼，敲了一会门，没有人应答。我又去其他几个办公室找他，也没有见到刘抗战。他不会是出什么事情了吧？那么多的文化项目等这他做呢，找不到他人怎么可好？我在 21 楼踱来踱去，等了几分钟，也没见他回来。

“小姐，请问下 21 楼的刘抗战去哪了？”

“哦？你说那位教日语的刘老师啊，据说，他搞了很多文化项目，因为资金链断裂，就不知所踪了。”

“好的，谢谢。”

呵！当初刘抗战还口口声声说自己在华旗国际有十个办公室，都缺部门经理，让我们推荐人才给他，还说自己在交大有个软件部门，是做教育行业的。还说自己要做纳兰性德项目，要超过百家讲坛。哎，这牛吹的。到现在了，交不起房租就索性卷款跑了。人啊，究竟何时才能活明白？希望老刘一切都好吧。转眼间，又到了冬天，一年马上就要结束了。

第二十四章　师公会

自从那晚我们决定转型之后，我们三人便不再出去摆摊了。黄杰按照我说的办法在高校开始招收代理，生意非常火爆。他赚了点钱之后，又经过了缜密地研究，在大雁塔附近开了一家客栈。华野问父母借了点钱，在 Y 寨成立了一个炭画工作室，一边招收学员，一边卖自己的作品。看着他俩的事业都走入正轨，我真替他们高兴，可随之而来的，就是为自己的事业怅惘。

一个晴朗的日子，天空万里无云，阳光透过大气层，炙烤着地面，空气中似乎飘荡着一股热浪。我像往常一样，编写了一早上的代码，伸个懒腰，独自下楼吃饭了。这时，我看到了一个熟悉的身影站在永春门口。我走上前去，原来是周志伟。他穿着一件黑色 T 恤，一条宽松的牛仔裤。

“你怎么有心情来西安逛了？”我好奇地问。

“我可不是来西安逛的，我从 RS 科技辞职了。”

“我走了也没多长时间啊，你就辞职了，是不是受了我的不良影响？”

“哪有，我不是那种意志不坚定的人。这次回来，我打算在西安好好地工作，争取创业，搞一个自己的公司。”

“做软件？可以啊。不过，你得先找到一份工作，再坚持一阵子再说，创业的话，需要人力，还需要大量资金呢。”

“对的。”

中午，我请周志伟在软件园餐厅吃饭，我俩都要了一份刀削面。刀削面是陕西特色，分干拌和加汤的，硕大的鸡块在酱汁的作用下，非常可口。

“怎么样？还是咱陕西的面好吃吧？”

“对啊，比我们在枣庄吃的那个什么阿利茄汁面好多了。”

“说到这个阿利茄汁面，我又想起了你女朋友刘羽桐。她回敦煌了吗，还是决定来西安跟你一起奋斗了？”

“最近我们聊了很多，她说在家有点事，过段时间就来西安陪我。”

“那太好了。”

“还是要多谢你，上次不是你怂恿，我估计还在犹豫去不去敦煌呢。”

“客气了，应该的。”

吃完饭，周志伟就去面试了。晚上，我决定和他一起去黄杰的客栈看看，据说他的客栈办得非常好，每天都人满为患了。我俩乘坐400路汽车，在大雁塔附近下车，步行了半小时，总算是找到了黄杰的客栈。客栈在顶层，既可以清静地居住，没人打扰，也可以居高临下，俯瞰西安全景。

走进客栈，是一个100平方米的客厅，整体风格装扮地有点像酒吧，墙上贴了壁纸，印着各种时尚的涂鸦。大厅里摆放着一个长沙发，可以供旅客休息，看电视。客厅右侧是吧台，掌柜的就坐在那里，对住店的客人进行登记。他身后是一个架子，上面放着各种饮料和啤酒。这一切，黄杰只花了几个月的时间就搞定了，让我不得不佩服他的能力。

“不错啊，黄杰，几天没见，你这客栈搞得有声有色的。”我坐在吧台前，跟黄杰聊了起来。

“哈哈，总要有自己的事业啊。就像你说的，我们几个应该转型了，老是靠摆摊什么的成不了气候。我是旅游管理专业的，不喜欢做上班族，就只能自己开店了。在这里，我可以依靠自己的人脉关系，拉拢很多人来住店。这样慢慢地发展，总会越来越好。”黄杰很有信心地说着。

“听了你的生意经，我真是大有启发，怎么样，还缺人不，我和我这位同事周志伟可以投资入股吗？”

“暂时不缺了，等发展壮大了，你们可以加入。”

“好的，我等着那一天。”

“嗯，你俩先随便逛逛，我要忙了。”

“OK。”

我和周志伟在客栈里串门。这个客栈分上下两层，有四人间、六人间、八人间，基本上跟大学宿舍保持一致。如果你大学毕业，又特别想回味大学生活，可以来这里住几天。我们在这几个不同的房间都走了一圈，发现都基本上住满了。来这里居住的，大多都是大学生，他们往往背着包，来西安旅游。

客栈有一个偏厅，面积比较小，被用来做书房了。这里大概有几十本书，都是一些关于旅游、青春、诗歌、小说的书籍，其中有名家的，也有一些名不见经传的作者。这些书静静地躺在书架上，等待着旅客翻阅。我俩走进去时，还有一个年轻的女孩正坐在沙发上，默默地阅读着一本小说。

从书房出来，我和周志伟来到阳台。站在这里，可以鸟瞰西安全景，正对面的就是大雁塔。天色已经全黑，大雁塔灯光明媚，游人如织。我俩正投入地看着，过了几分钟，音乐喷泉开启了，一道道水柱从地下喷涌而出，划向天际，带给周围的群众无限的欢乐。

“还是西安好，郑州晚上都没地方可去。”

“也许，是我们的视野太小了，可能有好玩的地方，只是我们不知道。”

“我就算了，你不是经常去上上酒吧吗？那个驻唱的歌星还在不？”

“你是说陈婉如？”

“对啊，常听你在家里说呢。”

“她离开郑州了，去香港混了。如今，你也回来了。所以，郑州已经没什么让我留恋的人了。”

“不是还有迪欧咖啡的李娟吗？你答应帮她寻找薛鹏，有下落了吗？”

“人海茫茫，无异于大海捞针。幸运的是，我正巧遇见了薛鹏，已经告诉她了李娟的联系方式。”

“那太好了，有情人终成眷恋，真是一件令人高兴的事情。”

晚上，黄杰亲自下厨，做了很多好吃的。他把饭菜端到客厅的桌子上，大吼了一声开饭啦。宿舍里的旅客就纷纷走出来，聚集到桌前用餐。这顿饭很丰盛，有菜花炒肉、酸辣土豆丝、茄子烧豆角，还有陕西名菜老碗鱼。

“大家好好吃。今天，我朋友张帆和他同事周志伟特地光临小店，令这里蓬荜生辉。这顿饭，就铺张浪费一次，算我请大家的。从明天开始，吃饭还是单独算钱啊。”黄杰笑着说。

“好，谢谢老板，谢谢掌柜的。”旅客们一边吃饭，一边感激。

“黄杰，没想到，你不但会做生意，这厨艺也是一绝。今天，谢谢你的热情款待，我和周志伟以后一定帮你宣传，介绍客人过来。”

“好的，拜托了。”

吃完了饭，我们一起讲了会笑话，大家就开始胡闹起来。一群年轻人在一起，就是喜欢闹腾，根本闲不住。一开始，就是几个特别活跃的积极分子，在讲述他们各地旅游的见闻，大家听得津津有味。故事讲完了，进入游戏环节，真心话大冒险。桌子上摆满了啤酒，玩一会，我们就喝一阵子，一点也不无聊。和年轻人在一起就是不错，每个人都在这里，找到了曾经的自己。而我，还有周志伟，我们已经工作这么多年了，却是永远也回不去了。看着他们青春无邪的样子，真让人怀念我们的大学生活。

客栈放起了Avril Lavigne的那首经典歌曲*Here's to Never Growing Up*。这首叫做青春不败的歌曲一直是我的最爱，可惜，我和周志伟是回不去了，而在座的各位年轻人，他们还有大把的时间去做自己，真希望他们能认识到这点。今晚玩得很开心，回去的路上，我跟周志伟在分析这家客栈的前景。我觉得这客栈不错，是个商机，周志伟也认同。但我们最后得出的结论出奇地一致，客栈虽然可以赚钱，但不适合我们，我们这些IT民工，还是做自己擅长的事情比较好，最典型的，就是开一家软件公司。

聊着聊着，周志伟开始惆怅起来，你看看人家二十来岁的年轻人，都勇敢地创业了，可我呢，马上三十了，却始终在原地踏步。为此，我也深有同感，但只能说花有百样红，人与人不同。人家黄杰还在上大学呢，就有这思想觉悟，而我们在大学期间，还正迷茫着呢，不是打WOW，就是泡妞混日子。

在KY软件公司的日子，平淡而无聊。我从最初的毫无经验，到现在的游刃有余，已经工作了三年了。周志伟入职了ZR国际，办公场地就在对面的融城云谷。我和他的工作地点正好是对面，每天中午，我俩都一起吃饭，要么去软件园餐厅，要么就去南窑头。

KY 的主要业务是做电商，公司人不多，但大家都很好，是一家比较接地气的公司。而 ZR 国际是知名公司，周志伟做的是华为线。虽然，他工资比我高，但与此同时，他也需要承担更多的压力，经常加班到晚上十一点。为此，他没少跟我抱怨，他想跳槽，又觉得其他公司给的太低，达不到他的要求。于是，他就在这两者之间矛盾。

日子就这样过着，不知不觉中，我们已经习惯。今年初春，公司接了一个深圳的电商项目，需要我们过去一趟，由李总亲自带队。本来，我不想出差的，但想想深圳这地方，像是存在传说中的一样。自己去玩吧，不但远，又没时间。不如趁着出差的机会，好好玩一番？想到这里，我就觉得划算了。这次去深圳，不但可以拿到差补捞一把，还可以在深圳旅游。

四月中旬，一个阴雨连绵的天气。李总预约了一辆出租车，带着我们直奔咸阳国际机场。这次出差的人一共四个，李总是项目总监，卢总是项目组长，我和蔡雅峻是主力开发。外面的雨还在淅淅沥沥地飘着，透过车窗，我看到了三秦大地上一片浓雾朦胧。

“李总，这次去要待多久？”蔡雅峻问。

“我咋知道？AK 基因公司那边说是要待一个月，这个项目不是在西安做了一段时间了吗？现在，咱们过去做技术支撑，忙到上线就回来了。不过，具体情况还要看人家那边，这个项目公司很重视。”

“AK 基因是中国著名的生物制药公司，这几年发展迅速，他们不想依靠第三方平台，所以，急需要做一个自己的电子商城，来卖公司的产品。”卢总说。

“是啊，公司费了好大劲才接到这个项目，你们去了好好干，别搞砸了。做得好，回来了集体涨工资！”李总说。

“那敢情好啊，看来，这次去深圳收获良多。”我说。

“本来要老石过来的，结果，那家伙又说自己马上要结婚了，走不开！我 ×，这理由从他来公司说了多少次了，每次让出差，就说自己要结婚了，到现在了还没结！”李总抱怨地说。老石这人太搞笑了，不但平时言行举止有意思，这借口用的也真是无懈可击，把车上的人都逗笑了，连司机也跟着笑起来。

李总在微信上建了个群，名叫深圳的吃喝玩乐，让我们都加进去，一是方便联系，二是大家经常在群里说话，汇报情况，免得在深圳人生地不熟的走丢了。过了一会，陶总也加进来了。

“陶总也要去深圳？”我有点诧异地问。

“是啊，公司对这个项目非常重视，陶总作为公司的中层领导，当然要过来看看。”

在机场的候机区，我们几个人等了半小时，就登机了。这次直飞深圳，我没带什么行李，就一个背包，装着生活必需品。起飞后，飞机在万里高空中沿着规定的路线行驶。空姐为我们送来了食物和饮料，我们边吃边聊了会，就困了。一觉睡醒后，飞机已经到达深圳宝安机场了。从机场出来，我们几个在外面抽了会烟，缓了缓麻木的神经，总算是恢复了常态。李总叫了一辆出租车，带我们直奔AK基因公司总部。这家生物公司坐落在深圳盐田区，为了节省时间，我们没有从市区走，直接上了高速。深圳两边都是山，但山的海拔很低，上面布满了深绿色的植物。汽车行驶了两个小时，在中午的时候，我们到了AK公司楼下。这家公司规模很大，坐落在山脚下，但办公楼的层数不高，只有六七层的样子。在AK公司楼下站了一会，李总说。

“感觉咋样？还行吧？”

“也就一般。”卢总说。

“呵呵，反正我是没来过。听客户这边的人说，他们公司内部人很多，办公区都是一排一排的，用格挡隔开，整体上有点像工厂。”

“大公司都这样，总要节约成本嘛。”

“行了，不扯淡了。我们下午再去报道。先去吃饭吧，听说深圳的砂锅粥很好吃，我们去尝尝吧。”

我们一行人找到了一家拍档，点了砂锅粥，又要了几个家常菜。过了一会，服务员就把热气腾腾地砂锅粥端上来了。

“看样子不错，大家都尝尝。”李总说。

“好，长这么大就没来过这么向南的地方，今天正好品尝下，这边的菜跟咱们北方有什么不同。”卢总说。

“不错，这个汤味道很纯正啊。”蔡雅峻说。

“嗯，我倒是觉得，这些鱼啊虾啊什么的放到这砂锅粥里，乱炖一阵，这营养价值应该很高，就跟中药一样，你把珍贵药材放到一个药罐子里，绝对能造出仙丹来。”我说。

“得了，你还中药呢，别造出炸药就好了。知道火药咋发明的吗？就是道士在胡乱炼丹的时候，给试出来的。”李总开玩笑地说。

下午，我们在AK总部报道了，客户方给我们安排了位置，让我们和他们一起办公，大家坐在一起，方便交流。因为是第一天报道，只是开了一个会议，并没有什么实际的工作。李总跟客户方领导商量事情去了，我们三人就坐在一起闲聊。到了四点多的时候，天空竟然下起了暴雨。深圳这鬼地方，刚才还晴空万里呢，这会咋就突然变卦了。

“你们别紧张，深圳这地方就这样，时不时地会下大雨。你别看这会下得挺大的，到下班的时候，这雨肯定停了。”AK的工程师老裴说。到了六点的时候，这雨果然停了。我们几个人收起笔记本，准备回宾馆睡觉。刚走了几步，老裴又跑过来说。

“你们先别走，咱公司的领导，也就是这个电商项目的负责人罗老板要请大家吃饭，一会去师公会。”

“好吧，既然罗老板请客，那我们恭敬不如从命了。”李总说。

我们几个人在楼下等着，过了一会，罗老板开着一辆雪弗兰来了。人多坐不下，李总和卢总坐罗老板的车，我和蔡雅峻坐老裴的车。

到了梅山路口的师公会，发现这里就在深圳的海边。师公会算是个中高档的酒店，门外面全是鱼缸，里面都是各种生猛海鲜。奇形怪状的海洋动物在鱼缸里游来游去，让人忍不住站在跟前观看，这对我们这些外地人来说，很有意思。

罗总是个大方人，一口气点了很多菜，全是海鲜。服务员让我们派个人跟他去选鱼，罗总摆摆手，服务员就下去了。等菜的时间，大家都在聊天，交流项目方面的事情。不一会儿，这些海鲜就被摆在了桌子上。最中间的是一条大鱼，旁边是皮皮虾，周围摆放的是烤生蚝、东风螺、吹筒仔、花甲、扇贝等，反正平日里没吃过的海鲜，除了澳洲大龙虾外都有了。

“大家尽情地放开吃啊，今天，你们从西安不远万里来到深圳，来帮我们做这个电商项目，我很高兴，也很感动，这顿饭就为你们接风洗尘了。”罗总说。

“来，大家喝一杯。”罗总端起了酒杯。

“好的，谢谢罗总，我们一定竭尽全力，把AK的电商项目做好。”李总说。

“那么，就仰仗各位了。”

“哪里哪里，做好工作是我们分内的事情。”卢总谦虚地说。

过了一会，李总又带着我们几个人，回敬了罗总一杯。之后，大家就各自随意了。李总、罗总、老裴他们在讨论项目方面的事情。卢总、蔡雅峻，还有我，我们三人在讨论着深圳的美食。

大家边吃边聊，气氛很好。罗总还特意发陕西的芙蓉王给我们。窗外，蒙蒙细雨还在不停地飘散，盐田区靠近海边，本来人就比较少，遇上这种天气，大家多半是待在家里了。到了十点多的时候，罗总邀请师公会里卖唱的艺人为大家演唱了一首经典老歌，我们就散场了。罗总和老裴开车回去了，我们四个人从师公会往回走，不远处就是下榻的上东酒店。

李总一共开了两间房，到了二楼，他走在前面去开211的门了，我们三个小弟跟在后面。

卢总这家伙走到210时不动弹了，这家伙竟然不想跟领导住？这可得了，211的房卡蔡雅峻拿着，如果卢总这家伙跟着进去了，我不就只能住211了吗？机智的我早已看穿了一切，在卢总站在210发愣的时候，我就斩钉截铁地说。

“我住210，你去跟李总住。”

“哎呀，你这家伙。”卢总说。

“咋了？”李总回头看了一眼。

“没事，我就说张帆呢，人家非要跟蔡雅峻一起住。”说着，卢总就屁颠屁颠地跑过去和李总一起住了。晚上，我躺在宽大的单人床上，好好地休息了一阵。洗漱完毕后，不知不觉就睡着了，这就是我在深圳的第一天。次日，我们还在沉睡之中。突然，床头柜的电话响了，蔡雅峻接了。

“请问蔡雅峻先生，您需要特殊服务吗？”电话里传来了李总淫荡的声音。

“需要。”蔡雅峻有气无力地说。

“赶紧起床！干活去。”李总一改温柔的态度，骂骂咧咧地说。

我俩起床后，收拾了一阵，沿着北山道往 AK 公司走去。四月份的深圳，阳光灿烂，鸟语花香。新的一天开始了，我们勤奋地工作，为 AK 的电商项目努力，争取早一天上线，我们就早一天回来。中午，我们一般在 AK 公司周围的餐馆吃饭，每天都换不同的一家，最后，附近的餐馆都被我们吃遍了。想来想去，还是那家金沙茶餐厅比较好，菜品多，价格适中，离上班地方近。因为这个茶餐厅有这几方面的原因，后来，我们就把这里当作是根据地了。如果有特别想去的餐厅就去，没有的话，就统一来这里吃饭。自从我们几个在 AK 总部报道后，基本上每天都处于加班的状态，我们项目组通常都是加到晚上十点多，才从 AK 公司总部出来，再沿着北山道往回走。

日子在这样的节奏中慢慢度过。不知不觉中，来深圳已经两个月了。一天下午，我从楼上下来，正巧看到了李总在跟领导通话：“什么？你以为我想留在这里？我带队过来都两个多月了，眼看着要上线了，又改需求？这些人脑子有问题吧。”李总骂骂咧咧地说。我忙回避到了另一边抽烟。晚上十一点，我们从 AK 总部下来，拖着疲惫的身体，往酒店走去。今天，李总明显心情不好，没有像往常那样，给我们讲段子。隔了一会，他突然露出微笑，“哎！都怪小虎不争气！本来想让他来带项目的。可这家伙整天不干活，枉费了我对他的苦心。行了，没事，最近几天系统就上线了，你们都悠着点，别再出乱子，不然，咱可就回不去了！”最后，AK 电商项目也逐渐接近尾声，即将上线，我们的任务轻松了很多。平时，不是帮客户培训，就是聚在一起闲扯。突然，陶总过来视察了，也住在上东酒店。他这一来，就开始犒赏我们，请我们去师公会吃饭，一顿就是七八百。

从那以后，师公会就成了我们项目组豪华餐厅的代言词。每当项目组成员大发善心，准备请我们吃饭时，我们就说你这么好心，请我们去师公会吧，反正罗总和陶总都请我们吃了，就差你了。

周末，我们去大梅沙、小梅沙玩了一圈，去了所谓的天涯海角。接着，往回走的时候，又去了一趟东部华侨城。总之，这个周末玩得很愉快。细细想来，也是因为压力的原因，前面的周末一直处在焦虑状态，谁都不想出去。这次，挨着项目上线，大家就像是大学放假一样地开心。过了几天，陶总带着老婆走了，估计又去视察别的项目去了。

可是，临走时，他竟然没有结房费。害得李总在那里骂骂咧咧地说："陶总这家伙，带老婆出来开房，也要我掏房费？"

又是一个周末，回西安的消息已经在我们几个人之间传开了。我突然想起了阿飞在深圳，所以，就按照他给我的地址，想悄悄过去，给我久未见面的兄弟一个惊喜。可是，令我惊讶的是，当我来到深圳郊区的一个工厂之时，却发现，这个过去阿飞赖以生存了几年的地方竟然倒闭了。哎，真不知道阿飞去哪了？我拨打他手机号，却提醒不在服务区内。看来，人活在这个世界上，不管是爱情还是工作，都是缘分，真的是一场游戏一场梦，谁也不能未卜先知。我站在工厂附近，惆怅了一会，又想起了陈旗在广州，这次正好去拜访一下他，免得回到西安再过来就太麻烦了。我乘坐动车，很快地就从深圳赶到了广州。在陈旗的电话指导下，我来到了滨江东路的一个高档写字楼里，看到陈旗正坐在大厅的沙发上等我。

"陈旗，有几年没见你了，还好吗？"我激动地说。

"好极了，你看看我这个样子，哪点不好？"陈旗伸开胳膊，和我拥抱了一下。也是，他现在穿得一身名牌，简直就是我们说得那种人生赢家。

"我正好在深圳出差呢，就过来看看你。"

"嗯，这层就是我的公司，你看看，怎么样，气派吧？"陈旗自豪地说。

"不错，比我们公司好多了。"我竖起了大拇指。

晚上，陈旗开着奔驰车带我在广州逛了一圈，体验了一下广州风情。回到滨江东路的时候，他把车停在附近，带我去了广州塔的观景台。看着广州的夜景，我俩都陷入了沉思。我觉得，这人与人真的不能比，陈旗几年前还和我一样，是个普通的大学生，只不过家境富裕点。没想到，一转眼他就是开奔驰的人了，而我，连车都没买，更不要说房子了。

"张帆，还记得几年前我跟你说过的话吗？你要是觉得在西安发展不顺利，就来广州找我。那时，我的公司刚起步，在郊区。现在，公司已经发展到了几百人的团队，地址也从郊区搬到了滨江东路。怎么样？

有没有兴趣跟我一起干？我们在广州一起闯荡，成就一番事业？”

看着老陈这么热情地邀请，我都有点不好意思回绝了。

“陈旗，你在广州拼搏了这么久，才有了自己的一份事业。你算是我们401宿舍混得最好的一个了。我暂时还离不开，过阵子再说吧。不过，我有个朋友叫周志伟，他决定在西安创业，你能不能帮他拉拢到项目？”

“哦？创业，我感兴趣。他做的是什么行业？”

“咳，跟我一样，搞IT的，只要是软件方面的项目，我们都能接。”

“我知道了，我们公司目前五百多人，急需一款OA企业管理平台。本来呢，我打算直接网上买的，但想着我这公司老是搞域名、建站，服务器还是不行的，发展太单一，以后可能会涉及软件方面。如果你们可以做这个OA项目，并且把核心技术也转让给我们，那我现在就可以承诺，这个项目，我不管你们公司什么规模，哪怕是几个人的工作室也行，我都交给你们做。”

“陈总大气，一诺千金。我回去就跟周志伟商量商量，争取早点干。”

“好的，不过话说回来，你说咱们宿舍我混的是最好的，这我可不同意，人家宿舍长大人赵磊同学，不是已经在电力系统混到了正科级了吗？你们最近没联系过？”

“很厉害啊，没几年时间，就升到了正科级。最近太忙，没有联系。”

“嗯，以后如果需要接政府的项目，可以让老赵帮帮忙，他在体制内，好说话。他可是欠咱俩一个大人请，当初，要不是我俩陪着他去农大表白，让他快速失败的话，说不定这家伙还要在苦情中挣扎多久呢？”

“是啊，时间过得好快，那都是几年前的事情了。”

“应该是七年五个月。”陈旗肯定地说。

“你怎么记得这么清楚？”

“张帆啊，我来到广州，一开始很不容易。什么事情，我都必须锱铢必较，才能保证公司的安全发展，财务支出平衡。如今，我把公司搬到了广州塔附近，每天，当我遥望广州塔的时候，我就告诫自己，一定要保证清醒的头脑，不能被自己的情绪左右，这样，我才能在商界立于不败之地。”

“老陈啊，分开几年，你真是让我见识到了什么叫做成功人士，受教了。其实，曲直也混得挺好的，他在西安做安利，带着自己的团队，都已经做到了营销总监的位置，没想到，就剩下我跟李超凡、阿泽这三个屌丝了，不过，鲁伟去哪了，我还真不知道。”

“你们再加把劲吧，我说了，平台很重要。只要你决定来广州，我的公司随时欢迎你。”

“好的，谢谢。”我俩握了握手。

“吴乐呢？”

“以前公司刚起步的时候，她一直过来帮忙，现在稳定了，她就在家里带孩子了。要我说，这人呐，要是选中了在某个城市发展的话，买房之后就基本上是确定了，再也不能四处漂泊了。总之，张帆你也抓紧吧。”

“嗯，知道了，我得好好努力了，总不能一直都落在你们后面。”

回到深圳没几天，AK 的电商项目就上线了。我们圆满地完成了任务，准备在周日乘坐飞机回西安。早上，我们四个人离开了上东酒店，分开行走了，主要是购买的机票不是同一班的。李总和卢总一组，我和蔡雅峻一组。他俩非要去明思克航母世界玩，可真是意气相投，说生下来就没坐过船，这次非要坐个航母，一览众船小。我和蔡雅峻对航母没兴趣，就去了东门老街，先是在东门町外照了相，又从门口进去，从一楼吃到了二楼，还时不时地往微信群里发美食图片炫耀。我俩一发，李总就说我们不够高雅，就知道吃，然后他就在航母上拍了几张颇为壮观的照片发过来回击，说这才是真正的男人。

下午，我俩在老街附近的电玩城打了会街霸、黄帽、吞食天地，狠狠地回味了一把年轻时代。但工作这么多年了，我明显地不能适应电玩城里那种嘈杂的声音了。接着，我俩趁还有点时间，又去了世界之窗。等到了五点的时候，我俩乘坐地铁直接往机场赶去。可令人郁闷的事情还是发生了，这趟飞机原本七点半起飞，可还是晚点了。我俩在候机厅等着，百无聊赖。起初，机场通知说飞机只晚点半小时。结果，等了半小时后，又说晚点四十分钟。晚点的理由是天气不好，航线不清晰。

最后，我们从七点等到了九点，飞机还是不能起飞。为了安抚我们的情绪，机场工作人员为我们送来了快餐。

吃完饭，候机的人群明显按捺不住了，开始出现了一些躁动。有个为首的男人，跟工作人员交涉了一会，就开始骂人。他语气很冲动，骂得人家小姑娘都快哭了。我和蔡雅峻正好闲着没事，决定打抱不平，我俩又是拖又是拽的可算把这个男人给劝开了。这事情，我们不好说谁对谁错。你说机场错吧，人家是为了旅客的安全，你说旅客错吧，那也不是啊，我们都等着回家呢。像刚才那位，人家急着回西安开会呢，你让人家从七点等到九点多，这就说不过去了。为此，我们只能好言相劝，希望大家和和气气的，要为和谐社会做表率。到了十点，这趟飞机总算是可以起飞了。在万米高空中，我从飞机的圆形小窗看到了深圳灯光通明的夜景，竟然有点难以割舍。

从深圳回来后，我和蔡雅峻在卢总的带领下，开始继续做 AK 电商的后期需求。而李总这家伙，就彻底解脱了，他有几天没来公司了，据说是休假了。他不在，公司又放羊了，气氛比以前更加自由散漫。更让我想不到的是，陆应雄也辞职从郑州回来了，他去了 ZR 国际，跟周志伟在一个公司。这下可好了，我们 RS 公司郑州系的三个人总算是聚齐了。见面的第一天，陆应雄就请我们在软件园餐厅吃了一顿饭。

“应雄，你怎么也回来了？”我说。

“别提了，本来你那个什么破图表项目都做完了。我整天闲着没事，就在移动玩连连看呢，哪知道老毛看见了，直接把我给举报了。为此，高总还找我谈过话，说什么要在自己公司玩，也没什么事，但这里是客户现场，影响不好。”

“哈哈，你在郑州也待了快两年了吧。临走前，没请老毛吃个饭？”周志伟说。

“请个毛线啊，他都举报我。不过，我们平时倒经常在枣庄后面的酒徒大盘鸡吃饭呢，去了几次，徐敏和陈浩也在。”陆应雄说。

“得了，咱们以饮料代酒吧，喝了这杯，庆祝我们三人都从郑州解脱。”接下来的时间里，我们三人围绕着郑州出差的这个话题，聊了很久，颇为感慨。有时候想想，觉得人生就是折腾，我们总是需要面对一些突如其来的问题，不得不做出选择。而当一切返璞归真的时候，我们又会微笑着回忆曾经。回去的时候，我回到了永春大厦，周志伟和陆应雄去了融城云谷。刚才，我把OA项目的事情跟周志伟说过了。周志伟觉得可以，不久就可以动工。但是，还有一个困难的选择摆在了他面前。他之前有一个创业方案，得到了北京那边的天使投资人的青睐，意思是他的项目可以做，但必须去北京。我们三人在餐厅里讨论了很久，虽然，都想着在西安开公司，大家都可以帮忙，但周志伟他计划得更加遥远。他认为，如果我们在西安把OA项目做完了，很可能就没有项目可做了。不如直接把公司开到北京，大树底下好乘凉，不但可以在北京做OA项目，还可以做创业方案里的项目。既然，他这么说，我想他已经做了决定，就不再劝说，反正这也不是什么大不了的事情。

饭局快完的时候，周志伟拉拢我和陆应雄入伙，看我俩愿不愿意去北京发展。陆应雄想都没想就拒绝了，他说自己再也不想漂泊了，他想在西安结婚生子。而我呢，稍微迟疑了一下，还是觉得先保持现状好。我突然想起了武当山那事，觉得我们三人也可以出去旅游，放松一下。我话音刚落，陆应雄就嚷着要去终南山，说那里不但风景好，还可以请道士算命。正好，我们三人都处在人生中的一个比较关键的时期，就决定在周末去趟终南山，好好地卜一卦。

周末，我们三人在租车公司那里搞了一辆比亚迪，买了很多零食饮料，就浩浩荡荡地向着终南山行驶而去。一路上，副驾驶的周志伟都在沉默寡言，只有坐在后排的陆应雄叽叽喳喳地说个没完。

“你们说，老毛他凭什么举报我玩游戏？凭什么好多人都能发财，而咱们就属于那种半死不活的？你们说，你们倒是说啊？”

“玩游戏的那个问题我就不说什么了，就凭人家是老员工，当然可以教训你了。发财的问题，我可以说说，我同学陈旗，人家一毕业就去广州开公司了，五年多的摸爬滚打，才混出头来。曲直，那可是咱们宿舍公认的loser，人家在安利不是做到了营销总监吗？知道人家付出了什么代价吗？大一辍学，露宿街头，他工作比我们早三年多，这么算来，人家至少努力了七年，才成功！凡事都不容易，我们之所以不能发财，是我们付出得不够多。我们总想着在一种舒服的境遇中，沿着老路，去追求成功，而很多人，往往是背水一战。”

“还付出？我在郑州出差都快出得窒息了！得了，我以后就在西安养老了，你们谁也别想劝我去什么北上广。”

“张帆，你说得没错，很有道理。我之前是浪费了很多时间，从现在开始，我必须重新审视自己，认真地做好每件事，争取在三年内，让自己的公司成长起来。”

“好的，我支持你，叼总！”

到了终南山，我把车停到了一个农家乐里。已经中午十二点多了，我们在农家乐里美美地吃了一顿，休息了一个钟头。走出屋子，清凉的山风扑面而来，把我身体里残余的困顿完全吹散了。这里山清水秀，人杰地灵，湛蓝的天空下，峰峦叠起，树木葱茏。终南山延绵不绝，西起宝鸡市眉县，东至西安市蓝田县。眼前的这座山峰，仙气缭绕，顶端隐约可见造型奇特的道观，背后枕着云海，不知道这座山上有没有传说中的隐士。我们三人决定慕名前往，拜访一番。

爬山的过程很安逸，我们不停地喝水，保持着体力。按照陆应雄的说法，隐士就在山顶的到道观里，只要上去了，一定可以抽一个上上签。可没想到的是，我们爬了一个多小时，刚走到中途，就发现了山中的一片开阔地。这里生长着茂密的竹林，遮蔽了强烈的阳光，凉爽极了。我们不自觉地被吸引过去，看到了竹林中有一个年轻的小伙子，正扛着锄头在一块菜地里锄草。他见到了我们三人，放下手中的工作，非常淡定地说：“师父料到今天有贵客到来，已经在屋里泡好了茶，请你们随我过去吧。”

我们面面相觑，只能跟着小伙子往前走去。大概走了十分钟，我看到眼前出现了一个栅栏围起来的院子，里面有几座修葺得格外典雅的木屋。我们走进主厅，有一位年老的长者正在里面休息，他穿着灰褐色的袍子，盘膝而坐。

“你们来了？”

“是的。”

“老夫昨晚夜观天象，发现紫微星大放异彩，暗暗南移。想必有贵客到来，果不出所料。”

“请问师父的道号？”

“老夫道号无忧，凡人皆被忧愁所困。我在这里修行三十余载，已经历烦忧、忘忧、无忧的境界。”

“大师果然厉害，我们三人如今都处在人生中最关键的时候，希望大师能为我们指点迷津。”陆应雄说。

“你们先饮茶，容我好好算算，再告知你们。”无忧大师开始帮我们算命了。我喝了一口上好的龙井茶，见大师盯着我们看了很久，还不时捋捋花白的胡须，发出笑声。

“你叫什么？”大师指着我问。

“张帆。”

“我看你天赋异禀，但缺乏恒心。所以，你的人生多半会在随波逐流中找到属于自己的生活。”

“谢谢大师。”说的有几分道理。

“你叫什么？”

“周志伟。”

“很好，你志存高远，做事坚忍卓绝。但是，这样的个性会让你在人生中取得成功，也会暂时的迷失自己。但无论如何，当心脚下，只有脚踏实地，才能看清楚未来。记住，不要让其他因素，左右自己的选择。”

“谢谢大师。”

“你叫什么？”

“陆应雄。”

“你知足常乐，没有什么宏伟的目标。这样，你反而更加清楚自己的处境，你懂得在自己习惯的生活中进退取舍，很好，这也是一种美好的生活。”

“谢谢大师。”

我们三人在木屋里收获了无忧大师的金玉良言，并且，与他一直探讨哲学方面的问题，不知不觉中，就忘记了时间。大师教会了我们很多，欢声笑语充满了竹林，当日薄西山的时候，我们才告别了大师，回到了农家乐。回来的路上，我们三人一直在分析无忧大师给我们的赠言。客观来讲，他分析得很对，也看到了未来。可是，他并没有明确地指出我们应该怎么做，他建议我们凭着内心的信念去生活即可。我想了一会，专注地开车了，周志伟还坐在旁边，凝神思索。突然，陆应雄又闲不住了，开始说话。这家伙，总是话多，又安于享乐，平时没少被大家嘲笑。

“你们一定很好奇我为什么不思进取吧？按照你俩的说法，应该就是这个词。”

“有点好奇。”

“好的，今天既然无忧大师絮絮叨叨说了那么多。我也说一些尘封往事吧。我小时候，父母一直不和，他们有很多次都想离婚，可一考虑到我的问题，就没有离成。我那时就明白，自己是这个家庭的锁链，维系着这种支离破碎的局面。后来，随着我年龄逐渐变大，父母对我的关心也越来越多，他们渐渐地放弃了曾经的分歧，找到了一个共同点，那就是爱我。我就这样，一直从小学念到大学毕业，再去上班，直到在RS公司遇到了你们。我珍惜父母，虽然他们已经不再提离婚的事情了，但我还是不想远行，那些虚无缥缈的梦境对我来说没有吸引力，我更喜欢这种可以实实在在的、握在手中的东西，你们应该明白了吧？”

“原来，你也有这样的一段故事。怪不得，有时候会觉得你另类，只想着安安分分地生活，丝毫不提理想呢。”

“能够这样生活我已经很满足了，江湖，就让那些踌躇满志的年轻人去闯吧，我是不行了。”

“嗯，理解理解。”

回到西安，我们去酒吧里喝了几杯，稍微小小的放纵了一阵，就各自回家了。总体上来说，今天还是大有收获的，我们在彼此的交流中，认清了自己。我们每个人都在坚持自己内心的信念，如果不坚持，我们就会觉得难受，觉得在这个世界上没有存在感。周志伟的信念决定了他必须去北京创业；陆应雄的信念决定了他必须留在西安，安稳地生活，照他的话来说，他就一直待在这家公司里，等人都跳槽跳得差不多了，他不就是项目经理了吗？这叫守得云开见月明；而我，始终像一个投机分子似的，没有明确的目标，还是继续随波逐流吧。

三个月后，周志伟买了去北京的火车票，我和陆应雄在北客站送了他一程，祝福他一切都好，保持电话联系。据说，他到了北京，就跟天使投资人联系上了。他们合伙成立了公司，在望京SOHO租了一间写字楼，除了人事和财务外，又招聘了五个人，一个项目经理，四个软件工程师。

接着，周志伟亲自跑广州和陈旗签了合同，把OA企业管理项目接到了北京做。虽然，我没有去广州，但我知道，老陈绝对不会亏待他，也不会在合同上耍猫腻。于是，周志伟在北京的创业生活就这样如火如荼地进行起来。在电话里，他告诉我这个项目的进展很顺利，基本上可以在半年内交付。这个项目，陈旗投资了三十万元，周志伟为了感谢我牵线搭桥，给了我五万元的好处费，这倒让我挺高兴的。

OA 项目这件事情，让我尝到了好处，我第一次觉得赚钱的方式不只有埋头工作，我的思维，一直以来都局限在这里。在这种蠢蠢欲动的兴奋下，我有时觉得，是不是自己也应该出去看看世界了？

第二十五章　上海之旅

想来想去，我觉得无忧大师算得也不是很准，那天席间，他暗示过我，说我在初期得志的时候会有风险，这源于我性格上的缺陷。他竟然说我有灾难，可我不是还发财了吗？看着我卡上平白无故地多了五万，这可把我高兴坏了。这阵子，我就想着如果我不去北上广奋斗的话，有没有其他的途径可以填补这种工资上的落差？想了一周，我决定投资股市了，刚开始的一个月内，我就赚了几千，这点蝇头小利，让我彻底陷入了疯狂。说白了，就是过度地自信。

正好最近这段时间，公司里也不忙了。我下载了一个炒股软件，天天盯着手机看，研究操盘技术。虽然有赚有赔，但最后我还是赚了不少。听了那么多股市致富的故事，我愈发地沉迷其中。

最近，正好赶上中国中车打新，我赶紧申请了。想趁机再捞一笔，毕竟这阵子股市气势如虹，等错过了牛市，可就没这么好的机会了。我等了一周，虽然没有中签，但我毫不气馁，想把所有的资金都压在中车上。我觉得做人就是要有豪气，不然，我怎么从陈旗哪里拿到了项目？如果我这一笔压中了，再努力个一段时间，说不定就可以缩小自己跟其他舍友的差距了。现在，如果我们宿舍再搞一个聚会的话，我都不好意思去了。

我直接把五万块钱全部买了中车，这只股票很难买，我总算是在三十块钱的时候建仓了。希望这次中车，能让我再发一笔。虽然，我不能像陈旗和周志伟一样在创业的路上拼杀，但我可以通过金融手段来挣钱。果然，中车还是没有辜负我的希望，股价一路飙升到了三十九块。我本打算全部抛售的，但我的贪念让我没有及时出手。

可谁知道这看似平静的股市，竟然蕴含着一件大事，股灾来临了。从六月开始，中车连续暴跌，可我在此时又错误地估计了形式，以为这只是平常地波动。可没想到，中车自从受到连续都重创后，一直恹恹不振，彻底变成了中国灵车。然而，股价也从最高的三十九跌倒了十块钱，我五万的投入瞬间变成了一万五。这件事情对我打击很大，凭什么我的钱瞬间就没了？我不甘心，一直想等着中车崛起，可事实证明，我错了。这只股票一直停留在十块钱左右，再也没有冲上去，专家认为，这才是中车的合理价格，我被迫接受了这个残酷的事实。说什么好呢？买这只股票的人很多，赔钱的人不计其数，有几个家伙，竟然三倍、四倍杠杆来炒这只股，最后连房子都输了，赔得血本无归，也有人跳楼了，我这还算好的了。

我在烦躁之中一直靠抽烟来维持自己的信念，头发都白了一些。记得在深圳的时候，我就知道北上广深跟西安工资的差距了。这次，我赔了这么多钱，心里不服气，想去外地逛逛，

一是散散心，二是想依靠外地的工资优势来尽快弥补我的损失。而这几天，公司又突如其来地忙碌起来，我的压力越来越多，心烦意乱，工作效率极低。星期四，为了一个复杂的需求，我竟然加班加到了凌晨四点才回家。当我离开公司，走在大街上的时候，连卖早餐的阿姨都出来摆摊了。一阵风吹过，我突然感到自己的处境是多么的艰辛！

看看你，过得是什么生活？你看看人家陈旗、赵磊、周志伟，哪一个不比自己强？发了笔小财，就全部投资股市，这下全部赔了。怪谁？都怪自己。总自以为是地认为可以掌控一切，却发现什么都掌控不了。看看人家陆应雄，安贫乐道，股市这事人家早就警告过我，说这是个庞氏骗局，可我就是不听，这下傻了吧？七月二十日，我离开了KY软件。既然陈旗在广州成功了，周志伟在北京成功了，那我就去上海吧。我不相信自己比他们差，在上海我一样能混得开！我买了飞往杭州的机票，打算到了杭州，再辗转去上海。

离开西安前，我在Y寨从头到尾逛了一遍。走到通往学校的巷子时，我在之前和赵玲栎经常去野蔷薇餐馆停了下来。很想进去点几个过去我俩爱吃的菜，可是，不知不觉中，我已经没有了当初的感觉。我顺着马路往前走，这条路我来回往复地走了多少遍了。从每一个清晨到日落，街上摆摊的商贩，仍然在那里叫卖。我买了一份臭豆腐，往文大走去。

漫步在文的校园里，曾经那种青春的气息扑面而来，但我却无法再次感受。看着学校里散步的情侣们，他们亲密地依偎在一起，洋溢着幸福的喜悦。我站在八号楼脚下，看着我们大一住的101宿舍，不禁傻笑起来，有几年过去了，这里还是老样子。我沿着操场往前走，看着曾经挥洒着青春汗水的篮球场，一种温暖流入心间。凭着感觉，不知不觉中就走到了七号楼跟前，这是我经常送赵玲栎回宿舍的一条路线。我总算明白了什么叫做物是人非，欲语泪先流。我没有说话，从餐厅的另一边往回走，离开了文大。

我心情不好，又一次来到网吧玩LOL。还是在曾经我和赵玲栎坐的情侣区，只不过，这次是我一个人。玩着玩着，我突然想起一件事，就上次在网吧里大呼小叫那哥们，就下意识地转过去看看，以为他还在那里。结果有点让我失望，那个位子是空的。这时，网管走过来了。我指着那个空位置说。

“网管，之前坐在那里天天玩LOL的那哥们最近一直都没有来？”

网管一脸懵逼，显然不知道我在说谁。

“就那个动不动就跟着音响唱《命运》的那个家伙。”

“你说他啊？这我就知道了，他可是我们这的名人，以前天天都在。他玩LOL，一被队友出卖，或者被抢了人头，就大呼小叫的，还拍键盘……搞得全网吧的人都认识他了。后来，经过了我们三番五次地教诲，他总算是不拍键盘了，但还是会吼叫，今天喷德玛，明天喷蛮子……前几天还在，一直玩通宵。后来，据说是他父亲从湖北直接坐大巴过来了，硬是死拉硬拽地把人从网吧里拽走了。他当时还在打LOL，父亲在旁边怎么教导，他都不开窍。最后实在没办法了，他说打完这一局再说，自己经常被队友出卖，但他不能做这种人。一个小时后，这局打完了。父子俩就开始商量了，这事到底怎么办？你是继续待在西安，这样在网吧混日子，还是回湖北务农去？当时，我就在旁边看，挺有意思的。

两人一直在那讨价还价。父亲说，你待这里就是浪费青春，浪费时间，又不出去工作，还不如跟我回湖北种地去，做些有意义的事情。儿子说，我就想玩游戏，前阵子出去工作了，一直不顺利，所以，才沉迷于网吧。父亲说，那你跟我回湖北，那里也有网吧。儿子说，我在这里都已经是钻石会员了，舍不得。父亲说，我给你的生活费，你都在网吧消费打游戏了？我不抽你就不错了，你还有脸说？儿子说，有没有什么办法，可以工作和娱乐都兼顾到，如果有的话，我就回去。父亲说，你我还不了解吗？这次，我跟你三叔、四叔都商量过了，你好好跟我回去，我们在镇上给你投资开个网吧，你一边挣钱，一边跟你这些 LOL 队友们继续折腾，好不好？这段话，倒是说到儿子心坎上去了。儿子脸上露出了微笑，下机跟父亲回湖北去了，再也没有回来过。”

“哈哈，不错的故事。”

“嗯，年轻人嘛，可以沉迷于网吧一阵子，但一定要找回自己，不能在这里荒废青春。我虽然干网管，但也还在从事其他职业，等攒够了经验，就跳出来自己干了。”

“对啊，有自己的事业很重要。”

我一边玩 LOL，一边在思考着这件事情。人的一生，总会遇见这样那样的迷茫期。这哥们，他单纯、善良，就算队友怎么出卖他，他仍然不愿意挂机，就算局势逆风，也要坚持地打完这局。虽然，他是个 loser，但确实是一个有职业素质的玩家。想到这，我就为他祝福，希望他有个好的归属。看来，每个人都会做出自己的选择。虽然，我离开西安这个选择不知道对错，但我有勇气去尝试去闯荡。

到了蔚蓝海岸附近，我买了一箱啤酒，拎着回到了自己的家。自从赵玲栎离开后，房间我就一直没怎么收拾，这里非常混乱，但也乱不到哪里去。我半躺在沙发上，打开电视机，一边抽烟，一边喝酒。还有三天，我就要离开西安了，这次，是彻底的离开。我明白，自己的心里有多么不舍、纠结、难受。曾经发誓要在西安闯出一番天地的自己，却要远走高飞。我把房间简单地收拾了一下，赵玲栎的气息一直如影随形，伴随着我，让我在闲暇的时候感到一阵刺痛，这个家，是我和她最后的交集。第二天，我办理了退房手续，房东诧异地看着我，不明所以，我把大部分物品都放在了杨嵩家里，回到家里，等待着离开的时间到来。

第三天早上，清晨的阳光像往日一样照入卧室，我揉揉惺忪的眼睛，挣扎着起床。下午两点的飞机，临走前，就让我在这里最后的逗留一会吧。我简单地整理了下随身携带的物品，把床单铺平，把被子叠起。我绕着屋子走，用手抚摸着家里的墙壁。五年了，我在这里整整居住了五年，从我找到第一份工作开始，和赵玲栎搬入这里，直到我从郑州回来，在西安奋斗。我舍不得这个房间里的一切，舍不得这里的温暖舒适，忘不了我独自站在窗前，看着落雨斜织的情景。纵然我心里有万般无奈，但我还是决定离开了。

当我走到书架旁边时，意外地发现了送给赵玲栎的蓝色翡翠，这串项梁是我从郑州珠宝店，花了两千块钱特地买给她的，我对它寄予厚望，本以为它会让我们的爱情可以挽留。可事实上，我高估了它的作用。

蓝色翡翠安静地挂在墙壁上，绽放着淡淡的光芒，让我想起了《绝命毒师》里的一首经典歌曲，老白和我的处境有点相像，我们都是被困在自己的感情和理想之中。是的，这一切都是我咎由自取。

“Guess I got what I deserved,Kept you waiting there too long,my love.All that time without a word,Didn't know you'd think that I'd forget or I'd regret,The special love I had for you my baby blue.

All the days became so long,Did you really think I'd do you wrong?Dixie when I let you go,Thought you'd realize that I would know I would show the special love I have for you my baby blue.

What can I do,what can I say,Except I want you by my side.How can I show you, show me the way,Don't you know the times I've tried?

Guess that's all I have to say,Except the feeling just grows stronger every day. Just one thing before I go,Take good care baby let me know let it grow,The special love you have for me my Dixie dear.”

下午，我从咸阳国际机场直飞杭州。到了杭州的萧山机场，我下飞机没做任何逗留就乘坐大巴到了杭州东站。这里离西湖不远，我决定去看看。当我站在西湖边上的时候，我静下心来，欣赏着岸边杨柳依依，湖中碧波荡漾的风景。虽然，杭州的天气有些炎热，但站在湖边又似乎格外凉快，望着远方的绿山和游船，我不禁想起了赵玲栎。前阵子，当我看到赵玲栎结婚的消息后，就把她的所有联系方式都删除了。而现在的我，一无所有。

我不住地摇头叹息，回忆着曾经，感叹着现在。什么时候，我才能取得自己的胜利？走到自己的人生巅峰？寻找到那种适合自己的生活？

带着这种疑问，我心不在焉地走在西湖边上。正想得投入的时候，股票的事情又突然闯进了脑海，害得我极度抓狂。突然，我觉得自己撞到了什么，抬头一看，是一位美女。

“对不起，我最近压力比较大，在想事情呢，没注意到你。”

“哇，什么压力这么大，把你脑袋都压得抬不起来了？”

“股票的事情。”

“赔钱了？”

“嗯，赔得连内裤都不剩了。”

“哈哈，想开点，这次股灾的事情我也听说了。虽然我不炒股，但可以看出来，赔钱的人很多，我们公司就有好多呢，成天唉声叹气的，都不能让人安心工作。”

“哦，你是在杭州工作吗？”

“不是，我在上海。”

“我也打算去上海呢。”

“嗯，有机会咱们在上海见。”

就这样，我和李杭西认识了。下午，我俩沿着西湖边走了一圈，站在断桥上，谈人生谈理想。尽管天气飘起了温柔的雨丝，可我们仍然觉得意犹未尽，像是一对相见恨晚的好友。四点多的时候，我俩分开了，李杭西去了灵隐寺，而我跑到了阿里巴巴的办公场地。夜幕降临了，看着阿里巴巴灯火通明的办公大楼，我陷入了沉思，那个 Alibaba 的单词，在夜幕下泛着黄光，格外耀眼。中国的互联网发展这么迅速，还不是靠我们这些码农在日夜不停地加班维持的吗？我们是这个信息时代的缔造者，我们是网络世界的螺丝钉。是我们用自己的代码，把不同的服务器连接起来，组成了 Internet。是我们耗费了自己的青春，开发了互联网的一个又一个应用，让大众享受便捷的服务，让他们可以轻而易举地得到满足得到快乐。可我们，也是辛苦的。记得新闻上报道，华为就因为加班猝死了好几个，想想就觉得可怕。他们也许连房贷都没有还清，就撒手人寰了，让在世的朋友格外唏嘘。

阿里巴巴的办公楼非常漂亮，晶莹剔透，但不太适合我，我比较喜欢中小型公司，觉得在那里，灵活度大一点，发展得会更好一些。况且，我的目标是在上海，不在杭州。我在阿里巴巴对面的街道上抽了根烟，就转身离开了。第二天，我从杭州乘坐去往上海的动车，来到了虹桥火车站。

从虹桥火车站出来，我总算是来到了仰慕已久的上海。此时此刻，我就置身在这座城市之中，但我却没有任何方向。我凭着诗歌协会的关系，找到了上海的会员六六。他得知我来上海的消息后，非常高兴，说要跟我喝一壶呢。六六在人民广场等我，在他的指导下，我乘坐地铁二号线来到了人民广场。当我走出地铁站的时候，立刻被这边美不胜收的夜景感染了。六六正站在不远处，向我挥手致意。他留着短发，从事销售工作，平时酷爱旅游。

我俩穿过马路往前走，六六一边跟我聊天，一边向我介绍人民广场附近的特色。我们从步行街入口进来，绕了一圈，竟然没有发现一处中意的餐厅。主要是这边的餐厅人太多了，饭菜也不是我喜欢的口味。而且，逛街的时候我发现了，这边的餐厅倒不是很多，主要还是百货商场。

于是，我俩乘坐地铁二号线到了世纪大道，在世纪大道换乘四号线，来到了浦电路。

出站后，我俩沿着马路走了一阵子，就到了六六家里。打开门，我看到了一个十来平方米的卧室，里面还养着一只淘气的猫咪。看来，和六六挤在一起待几天的想法破灭了，他这里已经够拥挤了，又是笔记本，又是电视机的。就算我躺在地上，也睡不安稳，况且还有只活蹦乱跳的猫咪。在六六的房间里聊了一会，我实在闷热得受不了，提议出来吃饭。六六骑着电动车，载着我在崂山路狭窄的马路上兜风，走了几分钟，我俩决定在最热闹的那条街上吃盱眙龙虾。这个排档并不大，但桌子之间的空隙很多，我俩在门口亲自挑选好了龙虾，就坐在靠墙的位置，聊了起来。

“你在西安不是待得挺好的吗？干吗突然想到上海来？”六六问。

“在一个地方待久了，就没意思了。”我实在不想提起股票那事情。

“噢，上海这地方还挺好的，我很喜欢，这里有两千万人口，你就在这里好好工作吧，说不定还可以找个女朋友呢。”

“咳，我对感情这事已经不抱太多幻想了，还是安分守己地工作重要。”

“嗯，也是，男人首先要有自己的事业。”

“你是做软件的？”

“对啊。”

“那你可算来对地方了，上海这里，软件行业很赚钱的。”

“哈哈，看来你还挺了解行情的，要不是赚钱，我也不会过来。”

过了一会，一大盘香辣味的小龙虾端上来了。我俩戴着手套，饥不择食地吃起来。六六不愧是经验丰富，他一边吃着一边给我介绍龙虾的吃法。比如，这样吃不好，那样吃才对，我听着感觉挺有学问的，但我还是直接连虾皮一起吃了。本来这玩意就没多少肉，吃点虾皮还能补充营养。从排档里出来，六六载着我，开始在这附近寻找旅馆。要说找旅馆，还是非常简单的。只不过今天很不凑巧，价格合适的店都注满了，有空房的店又太贵。到了晚上十一点多的时候，我总算是找到了一家合适的。这家招待所刚开业，部分房间还在装修，一百一晚上，对于我这种必须省钱的人来说最合适不过了。这晚，是我在上海的第一个晚上。我住在不足十平方米的小旅馆里，打开窗户，看着街上来来往往的汽车，听着它们发出的轰鸣声。我不知道，在上海，我能不能混下去？有那么一瞬间，我的情绪非常失落，似乎看不到未来。我打定主意，如果在一个月内找不到合适的工作，我要么北上去找周志伟，要么南下去投奔陈旗。

第二天，我打印了十来份简历，直接去了上海科技馆附近的软件园逐个面试。可是几轮下来，情况还是不够理想，只有一家做外包的公司给我开了12K，我觉得太少了，说先考虑考虑。

第三天，我很早就起床，来到了青浦区的几个快递公司，听说在那里工作包吃住，正好可以省下一笔费用。况且申通、圆通、德邦这些公司也确实不错，能够在那里工作，也是一个不错的起点。从上海市区到青浦，要有很长的一段路走，本来天气就有点阴沉，没想到我刚从青浦下车，大雨飘洒而至。我在商店里买了一把雨伞，往赵重公路方向走去。走到半路，鞋子湿了，我在附近的商店里买了一双崭新的运动鞋。三轮面试下来，申通的面试官告诉我，基本上是确定了，但还需要走一个审批流程。听到这个消息，我非常兴奋。在回浦电路的车上，我一直沉浸在这种喜悦之中。总算是功夫不负有心人，可美中不足的是青浦区太偏远了，在那里上班，总觉得跟上海扯不上关系似的。但是，我没有办法，现在是背水一战。

第四天，我没有去面试。我想，既然工作已经确定了，不妨先去租个房子。虽然，我可以住单位的宿舍，但怎么着也得在上海租个房子不是？不然到了周末，连个消遣的地方都没有。我在网上看了一些租房信息，凭着自己的直觉，认为二号线的金科路不错。这里既有很多廉价的房子，隔壁又紧挨着浦东软件园。如果我在申通的工作不顺利的话，正好可以去浦东软件园。我收拾好行李，退了房，直接乘坐二号线来到了金科路。

第一次来到张江镇的时候，我就有一种莫名的亲切感。这里没有什么高楼大厦，全部是低矮的居民楼，还有一些百货商店。我拎着行李，走进了一个房产中介所。一位阿姨热情地接待了我，并且说正好有一个十五平方米的房间出租，每月只要一千五，我仔细算了下，挺划算的。她带我来到古桐住宅小区看房，走进房间后，我才明白过来。这是一个群租房，房东把原本一百平方米的房子拆分成了四个独立的房间，分别出租。我这个是最小的一间，将就着住吧，刚来上海，也没必要一次到位了。我爽快地签了出租合同，又付了三个月房租。以后，这个建中路160弄，就是我在上海的住址了。

今天是周五，我不但解决了工作的问题，还解决了房子的问题，就好好庆祝一下吧。我来到了附近的一条小吃街，走进一家川菜馆，点了一份土豆烧鸡，喝了一瓶啤酒，美美地饱餐了一顿。这时，天空已经黑暗下来，路上的街灯慢慢明亮起来，我独自走在建中路上，计较着自己的得失。总而言之，直到现在我仍然不能确定我的上海之旅是否正确。

回到301室，闷热的感觉很快让我抓狂起来。七月份正是上海最炎热的时候，我打开空调，迷迷糊糊地睡着了。凌晨的时候，我隐约听见房子里有窸窸窣窣的声音，这在西安是从来没有反生过的。我循声而去，打开卫生间的门。妈呀，不看不知道，一看吓一跳，卫生间里黑压压的全是蟑螂，大概有几十只。

开灯的一瞬间，这些蟑螂四散逃开了，大多都钻进墙缝里去了。这可如何是好？上海这边的蟑螂还挺大的，看起来很恐怖。我把卫生间的门关严实，又躺倒睡觉了。可是，我这刚睡了几分钟，蟑螂又出来活动了，这种声音让我睡不着。算了，今天晚上不睡觉了，我打开笔记本，在淘宝上瞎逛。

突然，我灵机一动，搜索蟑螂药，果然蹦出了很多结果。太好了，我从一家上海本店的店买了蟑螂药，决定次日好好招待一下它们。这晚，我熬夜上了个通宵，到了白天的时候，估计蟑螂也闹腾累了，便没了声音。总算是消停了，我拖着疲惫的身体躺下，很快进入了梦乡。大概到了中午的时候，送快递的来了。我拿到蟑螂药，就按照说明，在卫生间里集中撒了几堆，又在橱柜里撒了很多。哈哈，好家伙，这种麦香味是蟑螂最喜欢的，这一晚上，就让你们全体阵亡。

吃完了午饭，我在张江镇附近逛街。老实说，这地方比Y寨差远了，占地面积可能比Y寨大点，但店铺都太零散，不像Y寨那样，到处都是摆摊的。160弄门口是条商业街，虽然，只有几家饭店，但对我来说足够了，遗憾的是，不能像在西安那样潇洒了。晚上，我回到家的时候，打开卫生间一看，遍地都是翻着身子的蟑螂。这下好了，我总算是可以睡个安稳觉了。星期一早上，申通那边打来电话确认我被录用了。我在高兴之余，默默地打着如意算盘，如果我可以申请调到二号线的那个办公场所，甚至不用去青浦了。正当我沉迷的时候，一个熟悉的号码映入眼帘，这不是李总吗？他打电话找我什么事情？

“喂？张帆，我老李。”

“李总，怎么突然给我打电话了，是不是离职方面还有什么手续没办好？”

“不是，我有一朋友在上海开公司，是之前苏州电器城的一个客户。老关系了，她人不错，就在南京西路那。她最近接了个香港的项目，正在招兵买马，组建团队。今天，她搜索上海的简历库，觉得你这个人不错，就把简历推荐给了我。我一看工作经验，张帆，AK电商系统，承担核心开发，主要内容优惠券、收藏夹、下单退货流程等等。我×，你怎么不说把整个项目都做了？下单退货流程不是蔡雅峻做的吗？”

“哈哈，李总，你真会开玩笑。我这样写，也是为了更好的找工作。”

“找到了吗？”

“找到了，我打算去申通。”

“给你开了多少？”

“15K。”

“我去，不错嘛。我觉得你还是来我介绍的这边好了，老板是我熟人，我在她那边兼职技术总监，就是帮她把把关，开个电话会议什么的。因为，她虽然搞业务不错，但软件技术方面还不是特别了解。你觉得呢？你要去的话，我就给你预约时间了。”

“行啊，我去看看吧。”我觉得，虽然工作定了，但申通那边太远了，这家公司在南京西路，是静安区，上海最繁华的地方，如果能在这里上班，那最好了。况且，由李总担保，我更加放心。

“这家公司在招商局南楼十二层，公司名称叫做 JC 科技。老板姓蒋，不差钱，一会我把面试地址发到你手机上，至于工资，你看着要吧，不要太黑了。”李总笑着说。

“好的，那我明天去看看吧。”

次日，我乘坐地铁二号线，来到了南京西路。走出站口的一瞬间，我就被南京西路步行街的风景所吸引。步行街路面铺着长方形的灰砖，走上去很舒服，两边是一些装修豪华的店铺，有咖啡厅、拉面馆、娱乐场所，中间有一些摊点。我沿着步行街往北走，到了路口，再往东走，等到了十字路口的时候，再接着往北走，路过上海电视台，就到了招商局南楼。到了十二层，我还以为整层都是 JC 软件公司的呢，可当我走进大厅才知道，这一层办公区，是专门为中小型企业设置的综合办公区。也就是说整个办公区分成大概二十到四十平方米的不同办公室，一家公司可以租用一间或者几间来办公，其他的饮水机、咖啡机、打印机、会议室全部公用。呵呵，看来是我落伍了，自从上班以来，我还是第一次见这种格局。

这层有很多不同类型的公司，各种人都有。我在大厅的沙发上坐了一会，蒋总就微笑着走过来，带我来到会议室。这次面试，只是走了个过场，基本上李总确定了，这边也没什么问题。面试持续了二十分钟，最后谈到工资方面时，我要了 18K，但蒋总说太高了，最后讨价还价定到了 17K，比申通那边高 2K。当时，蒋总就拿出合同让我签了，我不得不佩服她这种雷厉风行地处事态度。走出会议室，我来到了大厅里，望着楼下那些典型的上海胡同，它们正静静地坐落在地上，错落有致。抬起头来，目光平视，就可以看到远处高耸的大楼。老实说，同样是国际化的都市，上海这边，明显比西安高端，这边的楼房修得很漂亮，有些布局，堪称艺术典雅。我已经下决心要跟着蒋总干了。于是，我发短信把申通的工作推掉了。

星期三，我来到了公司，在外面等着蒋总。过了一会，蒋总来了。

“张帆，咱们的办公室还没有租下来，估计得等一周。这周，你就在外面先看看李总那边发给你的需求文档吧。等办公室的事情确定，我们就搬进去办公了。”

“好的。”

“另外，李总还招了两个同事，他们大概都是一到两年的工作经验，以后就由你带队了。一会他们就到了，你和他们认识一下，以后可以一起吃饭。”

“行，没问题。”这次，我不但落实了工作，还正式带团了，这点倒是让我喜出望外。

到了十点多的时候，贾星星和梅婷都到了，我们项目组的三人团队正式到齐了。梅婷这名字倒是不错，但这个贾星星的话，实在是有点另类，贾星星，假惺惺？大概咱们都觉得这名字很逗，就不再直呼其名了，而是叫他星星。中午的时候，我们三人就从十二楼下来，往人民广场的方向走去。这是咱们项目组在一起吃的第一顿饭，地址选在了黑天鹅餐厅，上海的米饭跟西安的差不多，都是那些常见的盖浇饭，面馆就很少了，至少这几天我都没有见到，看来南方人喜欢吃米不是传闻。

虽然，这里的饭菜很一般，但跟自己的团队成员在一起，让我内心觉得很幸福，总想着关心他们，向他们分享一些人生经验。这点，就跟卢总当初对我和蔡雅峻一样，每当我们中午吃完饭散步时，他都会大谈曾经，不知不觉中，让我们受益匪浅。可如今我当上了项目组长，也染上了这种恶习，天天说自己曾经怎么辉煌之类的，反正他们也乐于倾听。第二周，办公室申请下来了，我们搬了进去。这间办公室大概二十平方米，常用的东西都有。星星和梅婷主动坐到了靠近窗户的长桌跟前，这样，位置比较宽松，一来可以舒适地办公，二来也可以看到外面的风景。我现在是项目组长，就没跟他们挤在一起，坐到了正对着门的墙角边。

我按照李总的要求，开始做项目的 WBS 分解，把手头的需求拆分成了几大功能模块，又细化成了二十个单元。这个项目的整体需求比较简单，是做一个物料管理系统，但是，实际上里面的水很深。比如，这个物料管理系统要跟其他系统做一些简单的对接，属于一个庞大项目的一部分。为了跟数据来源保持一致，数据库还需要使用 SqlServer，这让我这种用习惯了 MySql 的有点尴尬。但不管怎么说，我还是把已经确定了的工作单元，合理地划分给了我们三人。我负责整体的框架搭建、设计，还有分页的编写；星星负责画 Ext 界面，做简单的查询 DEMO，梅婷负责这个 DEMO 的上面的条件搜索。从整体上看，这样的布局是科学的、合理的，我认为自己对这个项目的把控是没有问题的。因为今天刚搬入办公室不久，大家也都马马虎虎地做了一下。下班前，我们开了个会议，打算从明天开始严格地把控项目进度，否则，会有交付上的风险。晚上七点多，我们三人从招商局南楼往南京西路地铁站走去。在路上时，正好看到了一个残疾人，他坐在一个推车上，毫无表情地看着眼前的马路。

“唉，每天下地铁都可以看见这哥们，他真惨，全身瘫痪了，只能坐在手推车里，估计也有二十多岁了，却还是个畸形。”星星感叹地说。

“是啊，最近我也看到了，他的命运真的好惨，或许，他就是一面镜子吧。”我说。

“一面镜子？”梅婷不是很懂的样子。

“那我就给你俩解释解释。这个孩子很不幸，他每天都被别人推到这里来，被放在这个墙角下。天气阴凉的时候还好，要是赶上天热，他不得热得够呛？可就算是如此，他瘫痪了，也没有选择的权力。他没有办法亲自行走，所有的生活起居都靠别人来帮助。这种帮助，时间长了，就成了施舍。也许，每天推他到南京西路这块的人，也是出于无奈。既然他可怜，就让他出现在这里，让来来往往的人们都看到，博取同情心，给个十块八块的。这样，也算是自己养活自己吧。唉，从他的不幸身上，总能照出我们这些正常人的幸福生活。所以，他是一面镜子。”说着，我走到跟前，往他的碗里放了五块钱，星星和梅婷也放了几块钱，他点头向我们致意。

“你们有没注意到，他从来没有笑过？”梅婷说。

“是的，我最近也留意了，每天，他就那副病态恹恹的表情。”星星说。

“笑容，是来自内心快乐的感受。他的内心从来只有痛苦，怎么会笑呢？也许，他大概都忘记快乐是什么意思了。”我说。

到了地铁站，我跟星星乘坐二号线往广兰路方向去了，梅婷去了相反的方向，通往徐泾东。地铁上，我跟星星讨论了一些工作上的问题，就开始围绕着房子、前途、兴趣等开始讨论了。我俩这样聊着，时间过得特别快。大概四十分钟，到了金科路，我走出地铁，从一号站台出去。从金科路走回建中路160弄时，我发现这里的路标很有意思，都是我们熟知的名人。比如，高斯路、郭守敬路等。我往北走去，在一个岔路口，往东走半小时，就到了十字路口的超市，接着再往北走几百米，就到了160弄。

晚上吃什么？今天心情还可以，就吃黄焖鸡米饭吧。虽然，房子里有灶，但我不会做饭，也难以想象，在那种环境下做出来的饭，我需要多大的勇气才能吃下去。前几天，我刚毒死了几十只蟑螂，还没有好好清理战场呢。吃完饭回去，我又一次无所事事了，如果在西安，我会在Y寨里到处闲逛，吹吹风散散心。可在张江镇，我竟然没有一点出去玩的心情。闲来无事，就看看美剧吧，从《斯巴达克斯》开始看起。上海的网速很快，特别适合看那种出了很多季的美剧，我一集接着一集看，到了凌晨两点钟才睡下。

第二天，我九点多才起来。不管我怎么赶，肯定是迟到了。我匆忙地收拾好，就在外面乘坐了摩托车来到了金科路站。这时，已经到了九点二十，但地铁里的人还是特别多，尽管金科路是第二站，可还是没有空闲的位置了。我站在地铁的人群中，享受着这种快节奏的生活。到了办公室，蒋总没在，她可能在另一个办公室里。这就好了，这次就算迟到了，也没人会管我。我怀着惬意的心情，哼着小曲，在大厅里泡了一杯柠檬水。回到办公室里，我跟星星和梅婷过了一遍需求，正式开始了今天的工作任务。大家明白了自己该做到事情，就忙碌起来。JC软件是做外包起家的，理论上来说，他的公司有很多员工，但都被外包到了其他企业，比如宝钢、大众汽车等，而我们三个算是本公司自己的研发团队，还有一个专门负责招聘的团队，就在另一间办公室。

李总还在香港出差，收集客户的原始需求。这阵子，他每天下班前都会打电话过来，跟我聊一会进度。而我们三人，则按部就班地开发已经确定的功能。前两周，项目进度一直保持匀速，不快不慢，蒋总和李总也没过多询问。后来，李总拎着一大堆需求，从香港飞到了上海，我觉得我们加班的日子来临了。蒋总在三楼的酒店，请我们项目组吃饭。

“老李，香港那边的需求都确定完了？”

“嗯，没有问题了，剩下的事情，我会跟他们电话沟通。”

“那就好，这几天你在香港辛苦了。”

“这个项目，你们在这边好好干。等做完了，我再去其他地方给你们接活，张帆，上海这边就靠你了。”

“好的，李总，没问题。”

“AK 电商的项目怎么样了？”我问这句话的时候，星星和梅婷都比较纳闷，他们听不懂，只有蒋总、李总，还有我知道怎么回事。

“AK 那边基本上交付了，但客户不怎么满意，成天在讨论组里撕逼呢。有几次，闹得不可开交。实在没办法，我又把老石调过来帮忙，又招了俩人，总算是把后续的事情搞定了，算是收尾了。”

“那就好。”

“你们几个好好跟着蒋总干，蒋总是不会亏待你们的。我跟蒋总是老关系了，知道她的为人。”

“老李，你什么时候也来上海这边，跟我一起干啊？你在西安那边也没意思，上海多好啊，新的环境，才有动力和激情。”蒋总说。

“蒋总，我都成家立业的人了，哪能像张帆这样，好好地在西安待着，说走就走。上海房价随便一个九十平方米的房子都要三百万，你只要把房子问题给我解决了，我二话不说，立刻从西安飞过来。”

“哈哈，你这个老李，让你过来上班，工资给你开够就行了，你还要让我帮你买套房？你也太黑了。”蒋总开玩笑说。

下午，李总在会议室，帮我们把需求从头到尾的梳理了一遍。原来不懂的地方，这次也彻底弄懂了。接下来日子，就看咱们三个人能力了，能不能把客户的需求转换成可以实际操作的程序？李总的事情忙完了，他准备明天回西安。第二天中午，我请李总在南京西路的拉面馆吃了碗蘑菇饭，就送他去了地铁站。离开的时候，他拍拍我的肩膀说。

“好好干吧，以后这里就靠你了，交给别人我不放心。”

“嗯，我这次又欠你一个人情。”

“扯淡，你欠老子的多了。辞职的时候，你手续都没完全办完就撤了，要不是我让人事把后续的事情给你补上，你上个月工资就别想要了。”

“还有这事？我以为只要辞职表交了，工作交接了就没事了。”

“唉，也是公司制度比较繁琐。行了，这个港币你拿着，以后在上海混不下去了，拿着它来西安找我，我一定给你找份合适的工作，我走了。”

“李总，再见，你走好。”李总回头微笑了下，向我竖起了中指。

接下来的日子，项目组陷入了一个怪圈。客户不但需求变化快，而且发过来的文档全部都是英文的，这让我们几个很为难。于是，李总就亲自上阵，帮我们把文档翻译过来，再通过电子邮件发给我。需求变化快也就算了，但作为项目经理的李总，他可能都没彻底弄明白客户的意思，以至于我们做出来的东西总是缺一块少一块的，每次，拿给客户看，客户都觉得不满意。为此，我始终找不到原因出在哪里。后来，我自己思考了一个下午，大概琢磨出了客户想要的方案，果然，我按照这个方案修改了程序，当天晚上，李总就打来电话，说这个版本可以。但是，为了做好这个版本，我们三个人付出了太多，每天都加班到九点，我不忍心，就让他俩先回了，可我自己却要加班到十点多，再乘坐最后一趟地铁回去。我总是希望可以再招募一个人进来，帮我分担压力。可是，蒋总并不打算这样，她总是表面上答应，实际上没有一点动作。我开始对蒋总、李总都有了一些意见。第一个版本交付后，我们三人轻松了几天，但随之而来的任务，又一次变得繁重。

因为客户要做一个很大的报表，来综合展示物料的使用情况。每张报表需要展示的字段就要一百多个，还需要支持在这个庞大的报表上面输入、保存。理论上，这些是可以实现的，但需要的开发时间比较多，就算实现了，还需要花大量的时间来提高性能。为此，我把这块重点需求交给了星星来做。因为，星星之前搞过Ext，比较熟悉，事实证明了我的决定是对的，星星不但完成了这项任务，还把导出 Excel 的功能也顺带做了。可是，还有一个非常郁闷的问题仍然存在，那就是报表的性能太差。在页面上编辑一次，要延迟几秒，才能保存成功，这种情况，连我都不能接受，更不要说客户了。为此，我又让星星继续努力一下，争取早日突破这个性能瓶颈。

而我的工作，主要围绕着客户需要展现的多级数据上来，也就是抽取数据。我需要把三张客户原始表的数据综合在一张 Ext 绘制的前端列表上，彼此间还有连接关系。前期，因为跟李总沟通的问题，吃了大亏，害得我在这块浪费了不少时间。幸好我悟性高，自己弄明白了客户的意图，才让第一个版本成功交付。我好不容易把这项内容完成，没想到的是，客户需要的查询太复杂了，我们之前把三张表的数据再保存到一张表里的做法太牵强，导致四处都暴露出问题，堵都堵不住。然而，这一切的根源就是所谓的一个月之内完成。也许，星星和梅婷他们不了解，但我心里非常清楚，他们这些人做项目就是这样，明明客户给了三个月时间，他们非要逼你在一个月内完成。这种情况，如果开发人员的技术不错，对这种类型的项目比较熟悉的话，是可以通过加班来完成的。但是，如果遇见这样的项目，那可就是彻底完了。本来，我们的工作任务都是超负荷的，还要我们接二连三地加班，试想，这样的状态下，做出来的程序能用吗？这个项目，从一开始就错了。但我为了感谢李总，仍然坚持着，希望这个项目可以善始善终。

我想过，这个项目如果再招两个高手进来帮忙，很快可以搞定；如果只招一个进来的话，勉强可以搞定，只不过时间会稍微慢点。为此，我把自己的想法反馈给了蒋总。蒋总表面上答应了，也确实见他面试了几个人，但一周过去了，始终不见一个人进组。一方面是客户急着要结果，一方面是迟迟没有帮手入组，我这边的压力非常大。而蒋总，却让我们在周末加班。听到这个消息，我们三个人已经万念俱灰了，只是在做最后的垂死挣扎！这个公司真的没有前途，我作为项目组长，没有一点权力。就说说招聘吧，我这边急着要两个人，而蒋总呢？装模作样的招人了，她自己不懂技术，竟然让李总通过笔记本远程面试。这一幕，是我在打水的时候偶然看见的。不是我不相信李总的能力，我是觉得，我想要什么样的人来帮忙，我自己应该更清楚吧。既然，你把项目交给我来做，你面试人不经过我是什么鬼？算了，不计较了，这个项目，我已经在心里放弃了。

星期一晚上九点，吃过晚饭后，我就让梅婷和星星回去了。我把自己关在办公室里，独自加班。这次，数据抽取方面又发现了问题，框架自带的 HQL 不好使，在多表查询的时候非常被动。我之所以让他俩先走，就是想一个人静静，看怎么能解决这个问题？使用 SQL 吧，需要重写分页。一个小时过去了，我还是没有想到好办法，只能决定重写分页了。我用心地投入到编码之中，迎着技术难题而上，不知不觉中，忘记了时间的流逝。

“哎呀，成了，这个分页可以用了，总算是解决了这个项目组头疼的问题。”我激动地说。

当我清醒过来的时候，发现整层楼都是黑的，只有我这个办公室里亮着。我看看表，已经凌晨十二点了。怎么办？搭车回去的话太远了，也划不来。我走下楼去，绕着南京西路的街道逛了一圈。凌晨十二点时，路上的行人非常稀少，只有一轮明月悬挂在天边，这个城市是看不到星星的。我从南京西路往北走，漫无目标地走了十来分钟，不知道走到了哪里？我站在一个立交桥上，点了根烟，独自面对苍然暮色，感慨着生活，耳边时不时地传来汽车的呼啸声。

我抛弃了西安固定的生活，来到上海打拼，为的是什么？虽然，我的工资比西安翻了一倍，但我承受的压力，也越来越多。这个项目最后能做到什么程度？是死是活？我真的没有底。蒋总始终和李总保持一致，有些情况不让我知道，这样一来，我很难放开手脚去做。最主要的是，目前急需一个人来帮我分担压力，让我把重点转移到项目 Code Review 上。在这样的压力下，写出来的程序，做做演示还可以，放到生产上根本用不了。这千疮百孔的程序，一大堆 bug，我心里比谁都明白。可是，蒋总这边总是不肯招人，真不知道她怎么想的，你在此时招一个人进来，我就可以在整体上把握进度，来做一些风险管控方面的事情了。不招人进来，我每天还要写那么多代码，哪有心思和时间做项目管理？也许，她是把项目管理的工作交给了李总，这本身是没错的，但是，李总远在西安，这边的情况，他不是很清楚，就算知道了，也无法救场。想着想着，我一阵怅惘，为这个项目的前途担忧。

突然，我想起了李平远在山西，他不是早已经是项目经理了吗？那他经验应该比我更丰富才对！这个时候，我应该虚心向他请教，看看如何渡过难关。我不顾凌晨的时间，就跟李平打了电话，反正程序员都有晚睡的习惯，说不定，丫的现在正跟我一样加班呢，我想想就觉得好笑。

电话响了很多声，没有人接。一种不好的感觉突然袭来，李平从来都是一个乐观的有干劲的人，怎么会不接我电话呢？这种直觉让我拨通了赵磊的电话。

“赵磊，李平最近咋样？我刚打他电话竟然没人接听？”

“这个……”对面陷入了长久的沉默。

“你倒是快说啊？李平怎么了？是不是出什么事情了？”我有点着急。

“是的，他出事了……”赵磊隔了一会又说，“本来，我想迟点告诉你的，怕影响到你的工作。但是你既然问了，我就实话说了吧。李平已经去世一年多了，是得癌症死的。”赵磊语气沉重地说。

“是吗？”我有些不相信自己的耳朵，“好好的人，怎么出了这种事情？多好的兄弟啊，我还说有项目上的事情请教他呢，没想到他已经去世了。”

“对不起！是我没照顾好他。当初你把他交给我的时候，曾叮嘱我照顾好这个代你出差的朋友，我也一直把他当做兄弟看待，没想到他竟然出了这种事情。本来，电力局的项目都结束了，RS 公司就要接电厂的项目了，拿下电厂的项目，并且做好它，一直是李平的夙愿，没想到，他竟然先走了。唉！”赵磊说着无奈地叹气。

“是不是加班太严重搞得？”我随口说。

“兴许有这方面的原因吧，项目上线那阵子，他确实连夜加班，但更多的还是长期以来的积累吧。癌症这事情，谁能说得准呢？兄弟，你也注意点，你们那行我了解，挣钱多没错，就是工作累。千万别把钱看得太重，而损耗了身体，我已经失去了一个兄弟，不想再失去另一个。”赵磊说。

“好的，我知道了……”挂了电话后，我心里百感交集，已经不知道该说什么了。

我抽了一根烟，拖着疲惫的身体原路返回，又回到了招商局十二楼。我躺在地上，枕着梅婷的抱枕睡觉。地面并不脏，只是我睡得很不舒服。我心里想着李平的事情，又看着这该死的办公室，这半死不活的项目，有点崩溃的感觉。当初，如果李平没有代替我去山西，说不定他就不会死。可能，他在西安没有这么大的压力，就不会得癌症。或者，他会及时发现，可能会被抢救过来。想着想着，我就陷入了深深的自责当中。

我打开手机QQ，看到了铃铛发表的心情。他贴了几张最近出去玩的照片，抱怨上海最近的天气真热。铃铛是个男的，年龄比我小一点，上海本地人，之前在澳大利亚留学，学的是金融专业，最近刚回来，在陆金所上班。他应该是典型的高富帅吧，又是海归，在上海也有自己的房子。只是我很奇怪，一个男人，为什么用铃铛这个网名？我跟铃铛认识几年了，关系也不错，要不然这次就去他家里当次沙发客吧，反正我也走投无路了。

我在QQ上向铃铛发信息。

“铃铛，我在公司加班太晚了，回不去了，你家在哪，我可以过去借宿一下吗？我睡沙发就可以了。”

“哦？风吟啊？你什么时候来的上海？也不通知我一声，我请你吃饭。”

“吃饭的事情以后再说咯，我实在困得不行了，公司又没有床，地上硬邦邦的。”

“你在哪里呢？”

“南京西路，你在哪？”

“我就在静安寺这边，跟你一站路，你搭车过来吧。”

“好的。”

出租车行驶在上海宽阔的马路上，我心情比较好，就戴着耳机听起了歌曲。这时，一首英文歌让我非常感动，是John The Whistler的*Wile Wild Web*，平时听这歌曲没什么特别，今天听了，才发现这歌曲真心好，也许，我们不仅能从这个疯狂的网络上寻找到虚拟的微笑，还可以受到别人的帮助。没想到，这晚要靠网友的救济度过了。我搭车来到了静安寺，在一个小区里见到了铃铛。他一头红色的卷发，笑起来有点像女孩了。他带我来到了他家里，一进门，我就觉得这哥们真有钱，九十平方米的房子，装修得特别典雅，有种现代都市的风情感。

“你还没有休息吗？”

“本来，我要睡觉了，谁知道你又要过来借宿？”

“嗯，麻烦你了。”

“没事，反正我也一个人住。你饿吗？我下面给你吃。”

“啊？不，我不饿，加班的时候吃过了。”

“呃，我这正好有之前做好的饭菜，在冰箱呢，我给你热热。”

“好吧，盛情难却。”

过了一会，铃铛从厨房热好了宵夜，并且拿出了两瓶红酒跟我喝。这种典型的小资生活，对于我这种屌丝来说简直是奢侈。算了，既来之则安之，不要辜负了铃铛的一番美意。我拿起酒杯，学着人家成功人士的样子，轻轻地摇了摇，再缓缓地喝入嘴中。几杯红酒下肚，再加上之前的困意，我很快就躺在沙发上睡着了。

“你去旁边的卧室睡吧，空着呢。”

“好的。”

迷迷糊糊中，铃铛搀扶着我来到卧室，又让我好好地躺在了床上。接着，我就什么也不知道了。第二天，我睡到了十点才起来，发现我没有穿外套。昨晚，我睡得太舒服了，什么困窘的感觉都没了，铃铛打来了电话。

“你起床了吗？”

“起来了。”

“嗯，我看你睡得那么舒服，不忍心叫醒你。你加班那么迟，应该可以调休吧？我在上班，餐厅上有牛奶和面包，你自己吃吧。”

“为什么我的衣服被脱了？”

“喂，那么热的天气，你不脱衣服怎么睡？可别把我的床单弄脏了！”

“也是。”

“嗯，以后常来找我玩。”

“好的。”

我打电话给蒋总，说昨天解决技术难题，加班到了凌晨，今天早上调休不去了。中午，我从静安寺穿过人民广场步行到了公司，开始了新一天的工作。当我迎着灿烂阳光，走在人民广场浪漫的小径之时，有一度，我甚至认为上海成了我最终的归宿。

第二十六章　创业公司

这样暗无天日的加班持续了三个月，项目做得半死不活。我不知道客户那边的真实反馈是什么，而领导们也从来不告诉我。国庆节前，蒋总本来计划加三天班，她话一出口，我第一个站出来否决了，星星和梅婷也坚决支持我。这样，蒋总也不再提加班的事情了。国庆节，我去北京找周志伟了，没想到他竟然和刘羽桐在一起，看来，他俩的事情基本上是落下帷幕了。

周志伟两口子请我吃饭，他们一个劲地向我敬酒，说是我成全了他们。看到他俩这么得瑟，我心里挺高兴的，但也为自己的感情生活悲哀。自从我跟赵玲栎分手后，便一直保持着单身。可以说，我很难找到一个合适的对象了。我们三人感慨了一阵生活，周志伟诉说了这阵子创业的艰辛，而我也吐露了自己在公司的郁闷。

回到上海后，本以为蒋总可以招来帮手的。可我走进办公室，看到的还是老样子，蒋总搬到这个办公室里，亲自督战，我不好意思和她面对面坐着，便搬到了星星旁边。我刚来上海的时候是七月份，天热得出奇。没想到一转眼，又十月底了，我深深地感觉到自己在这里没有丝毫价值了，便趁着调休的时候，去面试了几家公司。我收到了两份offer，待遇都差不多，关键是看我怎么选择了。

蒋总还在成天忽悠我们三个，说什么大家再坚持一下，等这个项目做完了，我们就开始做自己公司的项目，那时候就没多少压力了。这话，我们三人从一进公司就开始听，到现在听得都有些不耐烦了。蒋总是个商人，她总是想投入最低的成本来获取最大的价值，这点是没错的，但她却忽略了软件行业的特殊性。在软件行业，如果投入不足，反而会越做越乱，甚至会把前期的投入全部耗费掉。这阵子，我懒得跟她说话，我经过一番对比，最终选择了南京东路的这家YL软件。说到选择 YL 软件的理由，主要有几点。

第一，面试的时候，本来要做题，但我懒得做，想要离开。这时，人事直接让我跟项目经理谈了，省略了做题的环节。虽然这公司人多，环境有些嘈杂，但最起码比 JC 软件正规多了。这边是在南京东路的写字楼里，正好是上海最热闹的地方之一，我挺喜欢这里。

第二，面试官人不错，和我聊的时候，大多是谈论工作方面的事情。比如，做了哪些需求，项目管理是怎么样的。技术方面，他只是大概询问了我平时使用的框架，并没有追根溯源。后来，我俩聊到了在 JC 软件的加班问题，面试官保证，在 YL 公司工作，不会出现那种情况。

第三，工资给到了 20K，虽然有水分，一部分算了绩效，要年底才发，但底薪有 18K，剩余的 2K 就攒着吧，就算不发也没关系。

于是，我办了离职，冲破层层阻力，终于来到了 YL 公司上班，开始了新的旅途。

今天是我在 YL 软件公司上班的第一天，我从 IT 部门领到了笔记本，就坐到了公司右侧的办公区内。YL 软件公司大概有两百多人，主要是做餐饮行业的项目。至于我被分到哪个项目组，具体的情况我还不知道呢，这要看领导的安排。YL 公司的员工基本上都是拿笔记本上班的，办公场地是一排一排的长桌，中间没有格挡。一般，同一个项目组的成员就坐在一起，要么是在一排，要么是分成两排面对面坐。

我这排和对面那排人基本上都满了，他们应该是和我一个项目组的同事，不过，我还不认识他们。到了十点半，项目经理周静组织我们开会。我跟着老员工走入了里边的会议室，这边有三个会议室，面积都差不多。我们坐到了最里边的那个，透过窗户可以看见东方明珠塔。周静坐在靠墙的中间，我们其他员工都坐在两边。他看到我们项目组的人都到齐了，并且坐满了会议室，露出了满意的微笑。

“同事们，我们单店项目组最近又来了三位新同事，他们分别是张帆、郑晨安、刘峰，大家欢迎一下。”

“好，欢迎新同事。”大家都鼓起掌来。

“我们单店系统的客户主要是上海餐饮行业的公司，为他们提供门店管理、进货、退货等常用操作，还有 SAP 的数据同步。门店系统分为两大业务线，一个是单店管理，另一个是 BI 业务线。之前，我们人手不足，大家又是做BI的，项目组很乱。这次，我向领导多申请了几个名额，招了三个高手，希望能改善项目组的情况。为此，我把这两个业务线分成了两个项目组，由张帆负责门店项目，具体的包括资金监管、订货盘存，预算管控、绩效考核这四个主要子系统，BI业务线由梓宁负责。最近的任务，我会发邮件告知两位项目组长的，大家还有什么疑问没？”

“没有。”

“好的，我们来过一遍JIRA上的问题单。”

原来，周静是看上了我之前的带团经验，还有用过Ext的经验。YL软件的项目全部是使用Ext前端插件做的，怪不得我能很顺利地进入这家公司呢。原来，我跟这家公司各方面都特别匹配。回到自己的位置，周静给我发来一封邮件，是关于从北京那边接手订货盘存系统的方案。之前因为人手不足，订货盘存是北京的一位同事负责的，现在，我要把项目接过来，也就是跟北京的同事做个交接。交接的大概时间，是两周左右吧。我仔细看了下邮件，顺便把负责门店管理系统的三位开发，两位测试人员都拉进了讨论组。接下来，我重点跟北京的同事通过QQ语音交接项目，他大概给我演示了订货盘存的整个操作过程，然后，他开始对着代码讲解一些主要的接口、方法，让我能在最短的时间内接手这个项目。我本着不懂就问的原则，牢牢盯着这位北京的同事，希望能尽快做出点成绩来。

两周后，我顺利地接手了这个项目。这两周的时间，我和郑晨安、刘峰都在努力地学习单店系统的业务，研究它的代码。为了以后的开发方便，我把资金监管系统交给了郑晨安、刘峰，预算管控还是由原来的开发董超负责，而我自己负责订货盘存。这样，我们的分工就比较明确了，每人负责一块，也不至于手忙脚乱。日子恢复到了从前那样，生活跟软件的迭代开发似的，永远没有尽头，只是不断地重复进行。我这两周都忙于从北京那边接项目，没什么重要的事情。倒是郑晨安和刘峰这边，项目上出现了一些bug，他们已经开始动手修改了。而项目组每个人的日常工作都会反馈到JIRA上，这样，每个成员都可以看到自己的任务，也能关注整个项目组近期的动态。

这个月，除了郑晨安、刘峰那边调试SAP接口遇到了点麻烦，我跟他们一起加了几次班，其他时间，我都是妥妥的六点准时下班。这样的日子，让我总算是找回了正常的生活节奏，每当我漫步在浦东软件园内，向 160 弄走的时候，我都会不由自主地想起 JC 软件加班的岁月。为了报答李总对我的关照，我是豁出去了，可没想到，他们根本不在乎我。蒋总作为一个商人，总是徘徊在成本与产出这类问题上，迟迟不愿意招人进来，以至于这个项目快要步入死亡。每当想到这里，我都觉得，人生中很多事情我们可以看得清楚，却对此无能为力。

果然，蒋总这边开始频繁地找我麻烦。我已经到了新公司了，她还是揪着我不放，非要让我去那边解决问题。想来这事也真的搞笑，我在离职的时候，蒋总可是没有任何挽留的，现在，我们之间的合作都已经停止了，怎么好意思让我再回去帮忙呢？为此，蒋总的解释是我没有交接清楚，我明白，这不过是一个托词罢了。

从 YL 软件下班后，我有时会从南京东路走到南京西路，再去招商局南楼的办公室，给蒋总这边的开发人员讲解物料系统。所谓人走情走，我去那边无偿援助的时候，连一顿饭都没混到，而对方还做出一副我理所当然的样子。怎么，搞了半天项目没做好全部赖到我头上来了？看蒋总这个样子，我的心瞬间凉了半截。我最多就再支援几天吧，这周结束，JC 软件这边的事情我是彻底不管了。现在，这个物料系统按照我之前的设计，已经可以勉强使用了。

物料系统的大概情况是这样的。本来，我们拼命地开发，总算是做出了第一版 DEMO，客户基本满意。而困扰我的三张数据表结合在一起分组展现的难点，也大概上解决了。但是，客户又提出了针对不同表的数据进行计算，并且使用颜色区分。这样一来，就更加麻烦了，三张表的数据无论如何也是勉强拼凑在一起，使用左连接查出来的。如果再使用分组函数，无论如何也是会出现数据不能对应的问题的。你看看数据展现还可以，如果说到动态计算、颜色区分，那可真是困难了。

当时，我的计划是做一个小改方案，把这三张表的原始数据分成三部分，直接写入与之对应的三张新表，查询的时候直接从三张新表里取，彼此间毫不牵扯，数据也就清晰了。我的这个小改的方案只需要我这边再花三天的时间就可以做完，而星星那边也只需要再多画个界面就可以了。但是，李总跟蒋总的意思是要做大改方案，也就是把之前的所有基础数据全部分门别类，从原始的三张表里取出来，插入到不同的九张表里，这样的话，可以做到万无一失。这个大改方案，我本身也是认同的，但是，我需要把所有之前做的工作全部推翻，来重新做一遍。这样的工作量，我估计得至少一个月，甚至更多，而蒋总的意思是两周以内搞定。这对我来说简直是天方夜谭，况且，你好歹再招一个人过来帮忙，这么长时间过去了，项目组加上我就一共三个人，还能继续玩下去？直到我走后，蒋总才招了一个开发，组成了新的三人团队，来负责大改的方案。至于后续，我就不清楚了，总而言之，发生了很多不愉快的事情，搞得客户很不满意。

有一次，是晚上七点多，我在地铁里遇见了星星。有阵子没见面了，我俩围绕着物料项目谈论起来。

“你今天下班很早啊？”

“我也离职了。”

“项目的大改方案成功了吗？”

“谁知道呢，听老何说，他们先是做了个小改，按理说已经没问题了。但后来还是按照大改方案做了。但是，由于各方面的原因，客户最终决定弃用这个系统了，他们委托其他公司重新开发了。”

“我靠，不是吧，这么严重！”

“你以为呢，你走后，项目组就天天吵架。大家都互相指责，但谁也解决不了问题。”

“我也是没办法，我都快累死了，也不见蒋总招个人过来。为了我的身体着想，我只能离职，如果一开始就有四个人的话，也许，这样的情况就能避免了。说到做项目，三人组确实没问题，但遇见复杂的情况就比较吃力了，为首的项目组长既要解决难题，又要负责项目管理，明显力不从心，两边都做不好。如果能再加入一个高级开发帮项目组长分担压力，项目组长就能始终保持清醒的头脑，做一些项目架构、代码维护之类的工作，也不至于项目后期完全失控。”

“是啊，客户总算是做出了他们正确的选择。”

“唉，这项目，我现在想来，完全是能够成功的，就是因为我始终被蒙在鼓里，不知道蒋总和李总他们怎么想的。你说说，招个人有那么难吗？哪怕是当初我选择离职的时候，那会我已经连续加班两周了，连周末都加。如果当时蒋总一句话，再招募一个高级开发进来，帮我分担压力，我也可以继续做下去，说不定还能熬到交付呢。然而，这一切都已经不重要了。”

“你现在呢，怎么样？”

“我现在负责公司单店管理系统，有三个主力开发，两个测试人员。”

“那挺不错的，看来你离开是对的。”

“我不走不行了，当时，我就感觉自己深陷泥潭之中了。”

回到建中路，我在附近买了份炒饭带回家吃。吃完饭，我躺在床上，想着物料系统，不觉一阵唏嘘，如果当时有四个人，我绝对可以把这个项目做完的，可惜了。一转眼，我在 YL 公司已经上班一个月了，这样的生活，跟我理想中的情况，又迈进了一步，我感觉自己的事业，正处在上升期。周一，我像往常一样回到物资大厦二十楼。在十一点的时候，我起身去楼道抽烟，却意外地发现了一个熟悉的面孔出现在公司，这不是李杭西吗，怎么她也来 YL 公司了？还就坐在测试对面。

“嗨，李杭西，你也来 YL 公司上班了？”我走上前去。

“咦？这么巧，你也在这里。”李杭西诧异地看着我。

“你俩认识？”测试问我。

“是啊，在杭州西湖边上认识的。”我笑着说，感叹命运真是奇妙。

“哈哈，那你俩可真有缘。”测试说。

“李杭西，中午一起吃饭吧。”

“好啊。”

中午，我跟李杭西去了她喜欢的一家烧鹅仔饭店。我们聊了一会，我才知道，原来李杭西早就在 YL 上班了，那次在杭州西湖，正是她去杭州出差的时候，顺便去玩的，正好遇见了我。我俩笑成了一片，感慨命运这东西，真是这么奇妙。自从在公司遇到李杭西之后，我原本枯燥的生活像是被蒙上了一层斑斓的色彩。我经常回过头去偷看她，看她工作时认真的样子。李杭西有一米七的身高，长得很甜美，黑色卷发垂直到肩膀上。她在公司里是绝对的焦点人物，走在哪里，都能吸引到一批人。

有时，我会在下班的时候遇见她，跟她肩并肩走一会。在岔路口的时候，我俩就分开了，我要去南京东路坐二号线，她要往左走去坐十号线。其实，南京东路也可以换乘十号线，但她喜欢步行去天潼路。有李杭西陪伴的日子，逐渐过得轻松惬意起来。很多时候，我在处理问题的时候都会忘记时间，哪怕是最后李杭西已经回家去了，但我就像是觉得公司是自己的家一样，因为第二天李杭西总会出现在这里。

除了第一天在公司见面那次，我和李杭西唯一的聚会还是发生在地铁二号线。当时，她要去娄山关站，正好遇见了我，我便跟她同行。我俩在地铁接壤的商场里，逛了一会，就坐在一起吃火锅了。那一次，我俩玩得特别开心。可是，经历了之前两次感情的挫折，我不再那么容易对喜欢的女生表白，虽然，我心里喜欢李杭西，但我还是想刻意保持这种简单的关系，等时机成熟再说。我想，李杭西大概也知道我对她的感觉吧。总之，我俩这样若即若离，始终没有确定关系。有时，我觉得这样也挺好，我在上海一无所有，拿什么给她幸福？有时，我又觉得自己在耽误时间，如果这样耗下去，李杭西被别的男人成功追求怎么办？命运这东西，谁能说的准呢？之后的日子里，我俩又一起去看了一场电影，接着就彼此忙碌起来。她是做市场的，经常需要出去走动。有时，在公司里连着几天都看不到她的身影。而我，是做软件的，只能老老实实地待着。

我在金科路已经住了四个月，现在，已经是十一月份了，天气逐渐变冷。每天早上，我都从建中路 160 弄去往地铁口，从金科路来到南京东路；晚上，我又从南京东路，再次回到金科路。这样规律的生活，让我忘记了很多在西安发生的事情。

大多数时候，我是直接往北走再右转去建中路的。但有时，我也会穿过浦东软件园，路过软件园里碧绿的竹林，从北门过去。日子就这样悄无声息地度过，偶然也会遇见暴雨天气。有时候，我没带伞，被困在金科路地铁口。这时，总会有电动车司机排着队守候在地铁口，不管是阳光灿烂的日子，还是风雨交加的夜晚，从金科路地铁站到建中路 160 弄的价格，始终是五元钱，不像我在 Y 寨的时候，动不动就涨价。有时候，我在想，如果我确定长期在上海发展的话，是不是应该在建中路常住，是不是应该把工作找到附近，比如浦东软件园或者张江高科？很多知名公司都在这里，比如2345，沪江网校。可是，不管怎么样，每当我漫步在张江路上的时候，我总会特别怀念西安。

十一月底，张江这边打击群租房的活动开始了，我那个卧室要被施工队敲开了，跟旁边的卧室连成一片。房东急忙把剩下的房租、押金退给我后，就让我搬走了。我想来想去，就搬到了公司附近的一个小区，跟郑晨安、刘峰合租在一起。这个房子有九十平方米，一个客厅、一个餐厅、三个卧室，刚好够我们住。

虽然，我们单店项目组一直在努力工作，客户反应过来的需求，我们都能在规定的时间内完成。至于，客户反应过来的线上问题，我们也及时跟IT部门合作，协同处理。这样看来，我在YL公司的一切都很顺利，可是，这种顺利的环境下却隐藏着变动。下班的时候，周静叫我来到会议室，私下里跟我说。

“张帆，公司要进行改革，咱们的单店系统不赚钱，每月跟上海这几千家门店收取的费用，勉强只能发我们的工资，而客户提的需求却越来越多。这样算下来，我们是亏本的。为此，公司决定，从最近开始节省开支，缩减成本。这样的话，之前YL这边外包进来的几个员工就需要做人员遣散，这份名单你拿着，依次找他们谈话，说明利害关系。”原来，周静这是让我去扮黑脸，按理说，这话应该是他来说的，但他既然找到了我，我也不好推辞了。

其实，经过这几个月的磨合，这几个子系统我基本上都熟悉了。针对这几个遣散的外包人员，我基本上都实话实说了，除了一个人闹情绪外，其他的人都表示理解，而我也劝他们早点行动，出去找工作。但是，周静并没有告诉我所有的情况，有些事情，我也是最后才知道的。这次公司裁减人员，搞得跟碟中谍一样，非常神秘。先是让我们把项目接到手里，再把外包人员遣散了。接着，又说是让我们整理资料，把单店业务线和BI业务线都统一交给运维部门。每天晚上下班，郑晨安、刘峰和我都在讨论这些事情，我们辛辛苦苦把外包负责的项目交接过来，然后，我们再整理文档把这些项目交给运维部门，这玩得是哪一出啊？周静没有明说，我们也猜不出来。但是，据我的观察，可能公司要取消我们技术部，把我们统一调入运维部，如果客户有后续的开发，我们依然接着做。

“那周静怎么办？他这个项目经理还当不当了？”郑晨安说。

“这事情我也不清楚，可能公司会有其他安排。”我说。

“看来你们都是一知半解，我来告诉你俩吧。我之前有找过周静谈过辞职的事情，他说，技术部要解散了，他为了不让我们恐慌，就没有明说。他这边跟领导接触过，领导让他去做普通开发，他当然不愿意。好好的项目经理，说降级就降级了，谁受得了？所以，他最近申请调休了，打算回来后辞职。”

“哦，原来是这样。怪不得公司最近人员方面一直在不停地调整，大有山雨欲来风满楼的景象。”

我们知道了这次公司裁员的真相后，也没有声张，只是彼此间讨论而已。周静在离开之前，也是尽力把我们每个人的位置都安排了一下。对于我，他特别关照，可能也与我们两个私下里关系比较好吧。

下班的时候，周静和我来到会议室里，他对我说：“张帆，你来公司已经快三个月了。你负责的单店系统做得不错。可是，公司最近正在进行调整、裁员你也是知道的，原因我之前已经告诉你了，就是钱的问题，这也没什么好抱怨的。前几天，负责长岛披萨的技术经理离职了，我觉得你在单店这块也干了三个月，公司的工作流程、框架技术方面你应该完全吃透了。于是，我就自作主张地推荐你去接长岛披萨的项目了，当然，你过去也会被提升为技术经理，成为公司的中层领导。”

听到这番话时，我有点意外，没想到周静在离开的时候，还帮我做了一件好事。我连忙感谢周静，同时表示自己一定好好干。周静满意地说：“好，我相信你的能力。”于是，我被正式划入长岛披萨的项目组，成了技术经理，从整体上负责这个项目。

星期三，我出任 YL 软件公司技术经理的认命通知书通过邮件正式发送给了公司的各位同事。当看到自己能够成为一名技术经理的时候，我满心欢喜，甚至下定决心要在上海一直努力奋斗下去。

当天，负责长岛披萨项目的技术总监杨工把之前的一些交接资料发给了我，让我认真阅读，为以后的开发打下基础。我接收到这些资料后，小心翼翼地把他们存放到一个文件夹里，决定以后有事没事就点进去看看，循环往复，可以做到胸有成竹。与此同时，我看到了 JIRA 上已经把长岛披萨项目的负责人改成了我的名字，这点让我很满意。这些动作可比在 JC 软件好多了，在那里我虽然是项目组长，但一点实际权力都没有，说到底就是个带头干活的。

中午，郑晨安和刘峰非要让我请客，他俩是跟着我一起混的，我请他们在附近的东北饺子馆吃饭。我们每人要了一斤饺子，又点了几个凉菜，还喝起了啤酒，气氛搞得非常热烈。

“张帆，你现在是技术经理了。以后，可要罩着咱们。”郑郑晨安说。

“哈哈，咱们三人可是从公司基层干起的，你俩放心好了。虽然，我以后不在单店项目组了，但咱们还是坐在一个办公区内。如果你俩在运维那边混不下去了，就来找我吧。”我喝了一杯啤酒说。

“嗯，大树底下好乘凉。以前，本来咱们三人都是靠周静的，但周静这次要走了，他的团队可都是交给你了，你可别辜负了人家的一番好意。”刘峰说。

“OK，这些话周静都对我说过几次了，可以看出来，他不想走，但是没办法啊。他在 YL 公司干了五年了，突然从技术经理降职到高级开发，谁也不愿意啊。公司让他去接长岛披萨项目，但他不愿意，就推荐我去了。”

“好了，咱们不说了，吃饭吧，下午还得干活。”

从东北饺子馆出来，我们三人还是精神饱满，丝毫没有困意。于是，我们又去外滩浪了一圈，到两点多的时候才回来。下午，我开始全身心地投入长岛披萨的工作当中。先是从看资料开始，接着熟悉这套电商平台的操作。

负责这个项目组的其他成员都离职了。幸好，他们还有一个测试人员在，这个项目的测试工作量挺大的，他还在负责交接。我赶紧抓住他，让他帮我讲解项目的整个操作流程，丝毫不能懈怠。小顾非常熟悉这套电商，他带着我从头到尾地过了一遍，包括程序的常用操作，还有数据库的字典，让我在大体上对这个项目有了个完整的认识。小顾是个称职的测试，不但可以将测试工作做好，还能把数据库整理好，精通 SQL 语句。这就让我纳闷了，究竟是怎么回事，为什么长岛项目组要集体离职？为了弄清楚这个原因，我吃饭的时候也会带上他，跟他聊一些项目组方面的事情。

在吃饭的时候，小顾告诉我。公司之前为了节省开支，把项目组外包的一个主力开发辞退了，这个开发人不错，工资也不是很高。当时，负责长岛披萨的项目经理就跳出来骂了，说省钱也不是这样省的。我们这个长岛披萨项目组的主要任务就是做活动，你把做活动的人裁掉了，以后的活动怎么做？这玩意复杂着呢，眼前就要上免八的活动，让谁来接？当然，管理层的意思很明确，就是让我这个新任的技术经理去接，他们觉得凭我这么多年的开发经验，肯定能在短时间内接下来。但事实上，跟这个开发交接了一周的工作后，我才知道，这玩意不是那么简单的。比如这个活动，不但需要开发人员把前端、后端的代码写好，还需要跟测试人员配合，在数据库里执行配套的脚本，才可以把这个活动跑起来，缺一不可。怪不得，人家走的时候一副得意的样子，明说了这个项目我接不下来。但是，我也没办法啊，公司对我的认命邮件已经发了，明确让我负责这个项目，我已经没有办法撤退了，只能硬着头皮上，没办法，我只能求着人家教我啊。

在楼道里抽烟的时候，前任项目经理跟我说："长岛这个项目不好做，原来我们团队的标准配置是两个主力开发，两个测试人员，还有一个万金油的老杨，才勉强把项目做起来。现在，我们整个团队都走了，就剩下你跟老杨，怎么搞？测试人员小龚也是新人，还需要跟小顾继续交接，我估计怎么着也得交接一个月才行吧，两周太勉强了！"

听着这位前任项目经理的话，我的心凉了半截。原来，让我担任这个技术经理就是为了派我过来救火的？唉，怪不得周静自己不接呢，这个烫手的山芋，他在公司这么多年了，难道还不知道？我明显可以不蹚浑水的，好好地做我的单店系统多好？非要让我来这里，真不知道周静这是帮我还是害我？算了，不想那么多了，多说无益。

"我也知道，可是我没办法啊，公司的邮件你也收到了吧，你说我怎么办？"我无奈地说。

"唉，他们这也是没办法，急需找个技术过硬的人来接，挑来挑去就选中你了。这不但是因为你技术水平高。还有一点，我说出来你别生气，是因为全公司没人敢接这个项目，所以，只能是你这个新人了。"

"无语。"听了他的话，我不知道该说什么。

见我沉默，前任项目经理用手指了指头顶，我一脸懵逼。

“记住，咱们长岛项目组的情况是，当公司所有人都走了，你们头顶上的灯得亮着。”

“加班有补助吗？”

“……算了，你好好干吧，我的身体都被长岛披萨折磨得不行了，你好好保重身体！我辞完职就住院去了，有什么问题就打电话。”

“记住，你是长岛披萨项目组的第六代钢铁侠，我是第五代，前几代已经早不知道哪里去了。”

“好的，谢谢你告诉我这些。”虽然，我有种被蒙骗的感觉，但现实是我确实做到了技术经理，就算是个空头衔，顶着也好。不然，我总不能也学他们，辞职不干了吧，我之前亏损的几万块钱，才勉强补回来三万。这时候打退堂鼓，不是我的风格。豁出去了，就要跟长岛披萨干到底，看看谁才是笑到最后的人。

三十元减免八块的活动，在之前那个开发的帮助下，勉强是赶在上线的日期前做出来了。但我不能放弃警惕，得抓紧这段空闲的时间整理资料，做笔记，熟悉代码。这公司也真是的，好好的一个公司，非要分两套开发工具。之前的单店和BI系统都使用MyEclipse和SVN组合，到了长岛披萨这边，竟然要使用IntelliJIDEA和Git组合，真不知道他们搞什么鬼，玩得哪一出？对工具的不熟悉也是我头疼的问题之一。

后续长岛这边的项目都由客户经理跟我说需求了。他每次就从客户拿接到一大堆需求扔给我，说什么在规定的时间搞出来。我对此很无语，但无可奈何。尤其是这个项目的情况就这样，客户就是上帝。然而，周静看到自己的团队都有了归属，休假结束后，便一声不响地辞职了。

长岛披萨这个项目的坑太多了，凭着多年的开发经验，我琢磨了下，大概就是因为每次活动给的开发时间太少，大家都是忙于应付，谁知道代码里面埋了多少坑？以至于一旦之前的开发离职，后面接手的人会遇到不少的困难，非常被动。还好，之前他们有注释代码的习惯，对着代码，阅读常用的接口，做一些调试勉强可以明白意思。

为了这个项目，我们又一次进入了加班模式。因为人手不足，我申请把单店系统的郑郑晨安和刘峰也调过来了，做个人员储备，而单店那边的项目则完全交给运营去做了。既然那边的事情还在商讨合同的修改事宜，一切都悬而未决，还不如拉他们过来帮忙。最近，客户经理又拿了很多需求过来了。为此，我们又一次加班到了凌晨四点，临走前，我把最新项目已经部署到了生产环境，第二天，我申请调休了。

这样的日子，持续了很久，情况在慢慢好转。但每当我从南京东路回到金科路，迎着漆黑的夜空，路过一盏盏枯黄的路灯之时，我就愈发的怀念自己在西安的日子，还有和过去的那些兄弟并肩奋战的岁月。可是，一切都回不去了，不知不觉中，我已经快二十八岁了。我就愈发地怀念大学中那些逝去的时光，那些日子，虽然过去了很久，但流走在心间的时候，总觉得就发生在昨天。我想起了陈旗，赵磊，曲排，李超凡，阿泽他们，在同一个天空下，他们生活得怎么样了？赵玲栎，现在过得还好吗？陈婉如，在香港乐坛混起来了吗？如果她回到了郑州，我们是不是有重新开始的机会？想到这里，一种物是人非，欲与泪先流的感觉从心底泛滥。我突然想拨个电话问候他们，可拿起手机，还是挂断了。十二月份的时候公司组织了一次聚餐，虽然，老总宣布公司亏本了很多，烧了不少投资人的钱，但幸运的是公司找到了正确的发展路线，已经接到了麦当劳的项目。老总说每个公司都应该有自己的特色，我们YL的特色就是做好餐饮，成为中国第一的餐饮软件公司。这样的发展路线，确实是正确的，免得像之前一样，又是做软件、又是开餐厅、送外卖之类的，搞的公司步子迈得大，扯到了蛋，啥都想做，啥都做不好，最后白白烧了几百万，还要把之前招募的人再裁掉，搞得天怒人怨。你说，你一个软件公司，老老实实地做软件多好，非要搞那么多花里花哨的东西。你堂堂一个软件公司，还招什么店长、送餐骑手吗？说出去不让人笑话。

去往人民广场地铁站的路上，我、郑郑晨安、刘峰三人走在路上，喝得醉醺醺的，吹着冬天的寒风，但一点也不冷。当走到南京东路步行街中段的时候，一家夜店播放起了叶丽仪的《上海滩》，受这歌声的影响，我也跟着唱了起来。

“浪奔，浪流，万里滔滔江水永不休，淘尽了，世间事，混作滔滔一片潮流。是喜，是愁，浪里分不清欢笑悲忧。成功，失败，浪里看不出有未有。爱你恨你，问君知否，似大江一发不收，转千弯，转千滩，亦未平复此中争斗。又有喜，又有愁，就算分不清欢笑悲忧，仍愿翻，百千浪，在我心中起伏够。”

坐到地铁上时，我的心突然脆弱起来。我想起这些年来经历的一切，一种在心里憋了很久的感情喷涌而出，再也忍耐不住。我在地铁里哭了起来，我想起了遥远的西安，想起了赵玲栎、杨嵩、陈旗、赵磊、李超凡、阿泽他们，想起了我的大学时代，想起了我们一起经历过的那些美好岁月。可是，这一切随着我年龄的增长，似乎永远回不去了。我曾经不止一次地想要设法回到当初，可是，总因为这样的那样的问题作罢。

回去，正好赶上巴萨和皇马的世纪对决。我们三人都是球迷，惊喜之余，对着电视机，一边喝酒一边看起了球赛。这场球赛持续到了凌晨两点，我们喝了很多啤酒，也吃了不少烧烤。比赛进行得很胶着，虽然，C 罗一直很努力，但球队的整体实力明显比不上巴萨。在巴萨攻入一个球后，皇马组织了几次进攻，但毫无收获。为此，解说总是将画面切来切去，当切换到美国海岸的时候，说这里全是巴萨的球迷，看着他们在海滩上观看球赛，分享喜悦的时候，真让人感动；接着，画面又转播到了上海新天地，新天地这边的球迷大概都是皇马的，看他们身着白色球衣，黯然失落的样子，真让人有点于心不忍。

“哈哈，今天你俩输定了，早知道跟你俩打赌好了。”

“唉，我一直等着 C 罗爆发，可这球赛都快结束了，他愣是没射进去一个。”

“行了，大局已定，我不看了，巴萨这边攻入两球了，你们估计没戏了，我去看看夜景，如果 C 罗进球了，你俩再叫我。”

我站在二十楼的窗边，遥望着陆家嘴的东方明珠，那经典的建筑群，在黑色的夜空下华灯明媚。不知不觉中，我已经出来奋斗几年了，可是，每当我越发接近生活的真相之时，就会遭受到前所未有的打击。就拿这次事情来说，我被提拔成为技术经理，这看似是一个好的开端，可事实上，我却身陷囹圄，不能自拔，被责任心、事业心捆绑着，要为别人拼命。经过刚才的哭闹，我的内心已经平静了很多，说太多也无益，回忆就像是抓不到的月光，握紧就变黑暗。于是，我只能将它在脑海中回放，却不能试图将它带入现实。凄迷的夜，华灯明媚，上海的夜色真美。

“月色正朦胧，与清风把酒相送，太多的诗颂，醉生梦死也空。和你醉后缠绵，你曾记得，乱了分寸的心动。怎么只有这首歌，会让你轻声合，醉清风。梦境的虚有，琴声一曲相送，还有没有情浓，风花雪月颜容。和你醉后缠绵，你曾记得，乱了分寸的心动。蝴蝶去向无影踪，举杯消愁意正浓，无人宠。是我想得太多，犹如飞蛾扑火那么冲动，最后，还有一盏烛火，燃尽我，曲终人散，谁无过错，我看破。”

那天晚上，我们三人恣意狂欢，香烟啤酒瓜子撒了一地。为了庆祝，我行使了一次技术经理的特权，明天我们三人集体调休。为了这两个一起吃苦受罪的兄弟，这一切，值得。

又是一年过去了，我被长岛披萨项目拖得筋疲力尽。不过，我们的工作总算是逐渐进入了正轨。阳春三月，我休息了很长时间，才从张掖到西安，再坐飞机到上海浦东机场。但我一面对长岛披萨这个项目时，就有说不出的无奈。今年的软件大会在上海召开，我有幸代表 YL 软件公司参加了。在热闹的讲座现场，我学习到了很多知识，也认识了不少同行。在听完了大佬们的分享之后，圈内的人士决定一起聚餐。

在饭局上，大家都开始互相认识。在座的人有百度的、阿里的、腾讯的，还有一些著名的外国公司的员工，比如微软、IBM 等。和他们在以前吃饭，我既感到深深地荣幸，但也同时陷入了自卑。虽然大家不会明说自己的收入，但通过交流，还是很容易听得出来，他们大多都是年薪五十万到一百万的，这让我这个年薪二十万的，还处处被公司克扣的人，感到无地自容。我们在一起喝了杯酒，就开始吃饭聊天。说起来也巧，我旁边坐着一位年轻人，他也觉得场面有些尴尬，为了缓解，他主动跟我聊起来。聊了一会，总算是认识了。原来，这哥们是一家创业公司的 CEO，也是想学习新技术，才来软件大会的。跟在座的土豪在一起，他也有点难堪。于是，我俩一见如故，聊了很长时间，在很多方面，我俩的意见出奇地一致。他得知我目前的处境后，非常坚决地要挖我过去当项目经理。我心里很乐意，但没有当场答应，而是说回去考虑一下。

我想了很久，迟迟不能决定。这一方面是因为我漂泊惯了，好不容易安定下来，比较珍惜这种情况。另一方面，我是打算在今年好好地跟李杭西发展一下双方的感情。如果，我在此时离开，就不能和她天天见面了。正当我幻想未来的时候，客户经理拿了一堆需求放在我桌子上，让我研究研究。我看了一会，发现这又是那种只给一周时间，就要让活动上线的情况。这我就有点想不通了，这个优惠活动是在五月份举行，为什么要在一周的时间搞定？长久以来，这个披萨项目的需求，总是需要我们在极短的时间内解决。因为，我不是跟客户直接交流的，便不能知道他们的真实情况。我思来想去，觉得是不是这个客户经理有问题，他不动脑子，一味地讨好客户，来坑自己人。我决定不理他，按照自己的进度来处理。可没想到这家伙竟然隔三岔五的进来询问进度，我被惹烦了，发了一阵脾气，说客户都不急，你急什么？他被我说得无法反驳，气呼呼地走了。

下午，他说临时要插进来一个数据处理的问题，需要我加班改，本来我就烦着呢，直接没管打算明天处理。我怕他骚扰我，下班就直接关机回家去了。结果，这家伙分分钟就把我告到领导那里去了。说我不接电话，不处理现场问题，说我不想干了，不管了之类的话。我承认我是说过那样的话，但都是前几个月压力最大的时候说的。可现在，早都事过境迁了，你又把这些话拿出来说是什么意思？果然，领导很生气，第二天就找我谈话了。我被这家伙气得当场开骂，在公司足足骂了半个小时，接着，我二话不说就递交了辞职报告。回到家里，我越想这事越觉得生气，就打电话跟周志伟聊天。

“你说说，我到底做错了什么？”

“得了吧，你就消消气。咱们出来混，本来就不容易。再说了，你也知道，那些所谓的客户经理，他们存在的价值是什么？不就是给客户传递消息，找事吗？你干吗跟他们一般见识。”

“我要去一家创业公司当项目经理，是之前软件大会认识的一个年轻 CEO，你觉得怎么样？”

“张帆，这件事情，我要认真地跟你说一下。首先，你在之前公司不顺利，就是因为，你不是自己人。如果你在我的公司干，你觉得，会发生这种情况吗？人不够，我立马给你招；需求多，你可以自己推。你想想，这样多好？什么事情，咱们都是可以好好商量的，因为，咱们是兄弟。你去创业公司，也正是这个道理，你说你跟那位年轻的 CEO 认识，关系还不错，我想，只要你这次去带项目，凭着你们的关系，应该会如鱼得水，不会发生之前的那种情况了。还有，那边给你的工资怎么样？”

“年薪三十万，又涨了。”

“恭喜你了，我告诉你一个诀窍。咱们这些码农，要是想发大财，只有两条路。一是创业，我走的这条路；二是跳槽，想办法跳到那种创业型公司里，如果你看准它的前景，就死心塌地的干几年，只要公司一上市，你就是百万富翁。”

“这么说还挺像一回事的，那哥们说过了，只要我加盟，就给我一部分期权。”

“行，我觉得可以，你去吧。”

“嗯，我这次一定加油，好好干，争取熬到上市，来他个一夜暴富。”

“哈哈，行啊，公司上市了记得请我吃饭。”

这家创业公司在张江高科，是做传统电商的。公司里大多都是些年轻人，气氛很好，大家也都在努力拼搏。我负责带领的这个团队，就是电商平台的开发，公司赖以生存的核心支柱。果然，来到这家公司后，完全没有了之前的压抑。我需要什么，老板都尽力满足。为此，我写了一个开发计划书，组建了一个我认为非常棒的团队，他们的技术面试，我都是亲自把关的。

平时的开发任务，我都是按照工作量科学划分的。如果，团队之中有哪个人没有按照规定时间完成，我做的第一件事情不是责备，而是让他指出困扰他的技术难点，让大家一起讨论，找出解决方案。接着，我会告知整个团队，以后如果遇见过不去的坎，不要自己埋头瞎搞，要学会问别人，实在不行，直接过来找我。这些举动，让我们的团队充满了凝聚力，大家在一种轻松地氛围中，完成了自己的任务。就算是遇见加班的情况，我也会在第一时间帮他们订好晚餐。而且，加班的时间，绝对不会超过晚上九点。

接着，我又跟老板配合起来，制定了一系列的公司文化。按照老板的话来说，咱们是创业公司，成员大部分都是年轻人，那就不打卡了吧。这个规则颁布之后，受到了很多人的欢迎，但与此同时，我们也进行了很多团建活动，来加深团队凝聚力，还有集体荣誉感。在这家创业公司工作，让我第一次感到了前所未有的安稳。

半年后，我总算把自己在股市亏损的钱全部补齐了。每当想起那件往事，我不会像过去那样心里充满了刺痛，而是感到了一种温暖。电商项目在接近一年的开发之后，总算是圆满的上线运营了。我们整个项目组总算是松了一口气，都开始调休。看着自己的团队变得成熟起来，我内心感到幸福。然而，不知不觉中我自己也老了，马上快三十岁的人了，每当我看到公司的那些年轻人在拼搏的时候，总会想起很多往事。不知不觉中，时间，就会把我们塑造成另一个样子。

后来，我当上了公司的技术总监，开始负责公司航线方面的问题，至于那些细枝末节的事情，都交给了底下的项目经理。成为技术总监后，我有了自己的办公室。每天，我基本上都在办公室里看文档，审批文件。这样的日子，就跟久经沙场的战士突然卸甲归田一样，让我在轻松之余，也有了很多空闲时间去思考自己的人生。在一次高层会议上，董事长提出了公司上市的想法，在一阵支持声中，这个上市的计划就被纳入了日常事宜。我在心里清楚，自己最希望发生的事情，总算是要到来了。为了全面巩固这个计划，我开始亲自上阵，撰写了很多技术文档，分发到部门每个技术人员手中，让他们在阅读的同时，提高自己的开发水平，保证自己的代码质量。如果电商平台不出问题，再坚持运营一段时间，公司就可以在新三板上市了。

上市的那晚，公司组织了聚餐，基本上所有人都参加了。那一晚，大家很激动，玩得很疯狂，似乎是长久以来积攒的一种爆发。那一晚，这个世界上又多了几个百万富翁，我也是其中一个。老实说，靠勤奋打工真的很难致富，就算是攒了不少钱，也买不起房子。如果真的想赚大钱，还是要靠这种资本的运作。而这种游戏，都是有钱人带着玩的，自己根本不懂。

一个下雨的日子，我正望着窗外上海的风景出神呢。助理走了进来，说有几份文件需要我签字。我翻开抽屉，在无意间看到了那串蓝色翡翠。于是，我把蓝色翡翠拿出来，半举在空中，用手抚摸着它的纹路，细微地观察。

“张总，这几份文件还需要您签字呢。”

“我知道了，放桌子上吧。”

助理把文件放到了桌子上，正要转身离开，又回过头来说。

“那串蓝色翡翠不是您送给女朋友的吗？”

“你怎么知道？”

“公司里都在传，说总监特别爱他的女朋友。自从分手后，不管去哪里都带着那串蓝色翡翠，那应该是你们之间很重要的东西吧？”

“对，这串蓝色翡翠非常珍贵，是我曾经送给赵玲栎的，象征着我对她所有的爱，每当看见它，我就想起了我对赵玲栎没有实现的承诺，比如房子、汽车、女装店，诸如此类，还有很多。”

“那你现在还爱她吗？大家都说你至今保持单身，就是为了等她。”

这个问题，对我来说，简直是一记闷棍。我还爱赵玲栎吗？我不止一次地思考过这个问题，一直没有答案。直到今天，我想，我总算是明白了一切。

“不，我不再爱她。我出来奋斗，完全是为了我自己，从一开始就是那样，我受不了别人比我富有，我受不了自己总被人忽略。每次，我都说这是为了咱俩的生活，却从来没有考虑过她的感受。说到底，我是为了自己，为了自己的虚荣、满足感。我喜欢这样的生活，喜欢在充满激情的城市里奋斗。因为只有这样，才能证明自己的存在，才能让我感受到，我还活着。”

助理听了我的这番话，不知道说什么，就走出了办公室。我把蓝色翡翠丢进了抽屉，转身继续看着上海的风景。之后的日子，我得了严重的咽炎，实在撑不下去了，便去了成都修养。在跟会长的聚餐中，我俩畅谈了人生，大呼人生就跟游戏一样。当说到爱情的问题上时，我缄口不言。沉默了半晌，我说我有一个朋友叫林原，此时此刻，她就在成都，而我却不知道她在哪里。

“看来，你心里还是有在乎的人。”

“是啊，讽刺的是，我和她都在成都，在同一座城市里，可隔着这些高楼大厦，茫茫人海，却连在一起喝杯咖啡的机会都没有。”

漫步在成都的大街小巷，听到了那首动人的旋律《成都》，这首歌非常好听，也很吸引我的感情，可我明知道这是一首逛街的歌曲，听着它我却不知道该做什么了。

第二十七章　遥望北京

自从我过上自己理想中的那种生活之后，肩膀上的压力轻松了不少，平日里也总是笑口常开的样子。OA项目结束了，周志伟在短暂的庆祝后，却遇到了新的问题。他打电话过来，让我给他出主意。

“叼总，找我什么事？”

“张帆，听说你们公司上市了。”

“对啊，你怎么知道的？”

“咳，我这不也天天盯着新三板看呢么，有哪家公司上市，我当然知道了，怎么样，发财了吧？”

“哪有啊，也就是稍微财务自由了点，要说在上海买房，还真买不起。”

“嗯，我最近又遇见了点新的问题。之前给陈旗做的OA项目结束了，公司是赚了一笔。本来，我打算计划着开发自己的产品，可投资人认为，如果只是给自己的项目砸钱，在短期内是无法变现的。这样的话，公司会有沉重的财务负担，言下之意，就是我最好还能接一个周期比较长的项目。这样，他们才会有信心继续追加投资。”

“哦，你是说让我帮你接一个？”

“对，你再想想。看自己还认识一些需要做软件的老板吗？最好是跟陈旗那样的熟人，合同靠谱，不扯皮，付款痛快。”

“让我想想啊，我有个同学，他在山西的电力系统任职。如果我可以帮你接到他的项目，应该可以缓解你资金的问题。”

“行啊，这次又要麻烦老弟你了。还是那个规矩，如果项目成了，给你回扣。”

“好的，反正我最近也闲着没事，正好去山西走一趟。”

话虽这样说了，但我手头上还有一些其他的事情要处理。所以，我没有立刻去山西，而是按照原计划去了古城阆中。在那里，我住了一家稍微好点的宾馆，继续休养生息，思考人生。闲暇的时候，周志伟也没有再打电话过来，我觉得也没什么事情。然而，到了月底，周志伟在电话里心急火燎地说，公司已经三个月没有新项目了，已经有部分投资人失去了信心撤资了，如果再没有项目的话，我的公司就要破产了。听到这里，我才意识到事情的严重性，我安抚了一下周志伟，就迅速地准备好，打算亲自去山西会会赵磊，以拯救周志伟的公司。

我电话联系了赵磊，谈了拿项目的事情。赵磊说正好有一个项目，但需要我亲自过去面谈。而周志伟这边，则天天拿着项目计划书在创业咖啡厅，逢人就忽悠，希望可以拿到B轮融资。为了让周志伟尽快渡过难关，我从上海飞到了太原，见到了赵磊。他经过几年的摸爬滚打，已经当上了某县电力局的副局长。见到赵磊的时候，我俩拥抱了一下，他请我去了县里的一家高档餐厅，为我接风洗尘。

“赵磊，这么多年没见了，你混得挺好啊？都当局长了。”

“你不也一样，都混到了公司的总监。听说你们公司上市了，那你可不得了，绝对的有钱人。”

“赵局，你就别取笑我了。我们那公司，是在新三板上市的，融资能力不行，我那点股票，最多值个一百万，还不够上海买半套房子的。”

“哈哈，张总！咱们都快十年没见了，眼看着就要奔三十的人了。现在想想，过去的事情还真是回味，有时候，我就觉得近在眼前，可总归是回不去了。”

“是啊，想当年，咱们在101宿舍第一次见面的时候。那场景，我现在仍然记忆犹新，你当时还是宿舍长呢，没想到，现在成局长了。”

“都不容易，老陈在广州混得挺好；曲直不是在做安利吗？听说也混到了市场总监，张帆你也是总监级别。貌似就剩下李超凡，阿泽两人还在基层，咱们是不是应该帮帮他们？阿泽就算了，他在搞养殖，那行业他比咱们清楚，据说也挣钱。李超凡的话，不是软件工程师吗？你正好把他拉到上海去啊？”

“李超凡我在西安的时候，还见过几次。我跟赵玲栋出事的那阵子，他也帮了不少忙。总之，我觉得他改变了很多。据说，他现在混得也不差劲，成了高级工程师了。我最近再打电话问问吧，如果他想来上海，我让他进一个好点的项目组，当项目经理培养。”

“嗯，不错，咱们都是一个战壕里的兄弟！是应该互相帮助。我也不废话了，咱们县上的电厂，最近需要做一个电力管理系统，不但需要大量报表，还要提供实时监测的，难度系数非常高。厂里讨论了很多次，都想让一直做电力系统的那家公司搞，但他们报价太高了，要一百万，这个数目，咱们可承受不起。”

“虽然，这是块硬骨头，但凭着我多年的经验来看，还是可以搞的。实时监测的话，程序上可以实现，但可能会需要 3D 技术人员。”

“你说得对，这套系统需要一个实时监测的模块，需要 3D 展现出来。举个最简单的例子，比如，发电厂的一个锅炉，上面有很多的监测点。哪一个点上热度高，具体是多少度，都需要实时查看，难点就在于这两者的结合。”

“真是一个烫手的山芋。”

“对啊，要是不烫手，早被别人拿走了。但是，兄弟我能帮你的也真的只有这个项目了，你再来早点的话，我差不多可以把电力局的那套报表系统给你们做。可是啊，兄弟，你来晚了！就说这个电力管理系统吧，我还需要过去跟人家的厂长，信息中心的主任打招呼，帮人家介绍，说很多好话，才有可能拿到。”赵磊喝了一杯酒说。

虽然，这个项目难度挺大的，但只要人员技术过硬，还是没有问题的。发电厂的项目不同以往，需要多招几个测试人员，全方位的测试，容不得出现一点差池，否则，那玩意发到生产上，出点什么问题，造成的损失太大了。我犹豫要不要帮周志伟接这个项目呢？如果真出点什么事，岂不是麻烦了？

“怎么样，张总，接不接？就等你一句话了。”

“接！没问题的。”我自作主张地答应下来。

“好，那明天，咱俩就亲自去发电厂跑一趟。反正大家都在为这件事情发愁，你正好帮他们解决难题，但是，项目的报价方面，肯定要比一百万少很多。只有那样，厂里才会考虑。”

“嗯，我明白了。”

我俩沉默了一会，大家都心里明白，有件事很难开口，却又不得不提。

“张帆，李平的事情我很抱歉，是我没照顾好他，让他倒在了山西。”

“得了，赵局，事情都过去那么久了。癌症这种事情，谁也说不准，你也别过于自责了，咱们还是着眼于未来吧。来！干一杯！”我举起酒杯。

“好的！”

“哎……”赵磊咂咂嘴，品尝了几下这瓶百年茅台的味道。

“张帆，拿下电厂的项目，认真最好，并且圆满上线，是李平的夙愿。这次，我把这个项目交给你，你一定要把它做好，替李平完成梦想。当年，他满腔热血地来到山西，替你出差。这次，是时候你该做点什么，替他完成剩下的事情了。”

“来！让我们干一杯，敬死去的兄弟！让咱俩好好合作，替李平走完当年没有走完的路。”

“好！”

晚上，我在宾馆打电话给周志伟，跟他说了发电厂这个项目的具体情况。他得知后，跟我一样，充满了顾虑，犹豫不决。我劝他认真地考虑，再给我答复。可是，周志伟大概是财务方面的压力真的太大了，考虑了几分钟，就斩钉截铁地说做，并且，次日直接从北京飞过来。

于是，在赵磊的牵线搭桥下，我跟周志伟清徐县的发电厂做了一个月的需求调研。具体的内容很多，包括锅炉的基础数据：过热器、再热器、水冷壁、分隔屏、顶棚、吊挂管等，再细分的话，还有屏式再热器、末级再热器、墙式再热器。我们需要搞清楚它们的名称、位置、规格、厂家、维修记录、物资编码，这些信息，不但在报表展示的时候需要提取，再做 3D 建模的时候还需要用到。涉及实时监控模块的时候，我们还需要跟设备部廖工促膝长谈，让他帮我们调出设备监测表，包括机组的运行时间、停运小时，还有维修原因等。这个项目的调研难度也是我多年以来遇见的最困难的一次，主要是我们本身就是外行，对那些名词不甚了解。为了让调研可以顺利进行，我们还请发电厂设备部、信息中心的领导同事们吃了几次饭，希望他们可以多提供帮助。

经过了一个多月的调研，我们拿到了发电厂的项目合同，准备回去。

基础数据调研完了，难度就在3D建模上面。周志伟委托公司高薪聘请了一个3D建模师，在结束调研时，他从设备部借了很多图纸，说回去让3D建模师研究。而我的休假也结束了。在太原机场，我和周志伟告别了前来送行的赵磊，就在候机厅里喝咖啡。

“老张，这次你有信心没？我总觉得不踏实。”

“什么，你问我有信心没？项目可是给你接的，做项目的人是你北京的团队，你觉得呢？你应该比我更了解他们的水平。”

“技术方面我当然没问题了，3D建模那边也没问题。只是，这发电厂要是运行了咱们的程序，万一出个严重bug，造成了什么事故，我们不都得喝一壶吗？”

“那是啊，要不然这个项目怎么会没人跟咱们竞争？都觉得难度高，风险大，不敢做。做个OA项目多简单？就算发到生产上，出了问题，无非是数据库里改回来。你说说这发电厂，别的我都不怕，就怕那个实时监控模块。这次，你多招几个测试，翻来覆去地就测试那个模块，千万不能出现问题！”

“行，我知道了。”

我们在候机厅里待了一个钟头，去上海的飞机来了，我就先离开了。临走前，我看着周志伟穿着他那件风衣，戴着围巾，才蓦然意识到，又是一个深秋的结束。也许，人生就是这样，我们总是在不同的城市穿梭，为了自己生活得更好，拼搏努力。在这种人际交往和勤奋做事中，我们可以建立起彼此间的友谊，也可以和喜欢的女人发展出爱情。

发电厂的项目经过了几个月的迭代开发，总算是度过了最艰难的时刻。项目上线的第一天，我就在上海连着VPN，实时测试了一番，并没有发现什么问题，看到这种情况，我心里总算是放松了些。此时，最高兴的应该还是周志伟了，他请整个项目组疯玩了几天，又分别给了我和赵磊一些好处费。按他说的，发电厂这个项目以后可以当作一个产品来卖，因为在国内没有几个竞争对手，他可以瞬间占领半壁市场。如果有了这个产品，公司上市也就不在话下了。

果然，好事接踵而至。周志伟把这个电力管理项目认真包装了一番，拿给投资人看，很快就得到了B轮融资。他高兴地来上海请我吃饭，又风风光光地玩了几天。我俩在新天地喝咖啡的时候，他对我说。

“怎么样？张帆，咱们现在可都算是混出来了吧？”

“应该是吧，孔子说得好，男人三十而立。看来，咱们还没有到三十，就已经有了自己的一番天地。”

“是你没到，我今年可二十九了。其实，这主要源于我们这些人危机意识强，动作早，下手快！比别人早成功了几年。”

“你那个电力管理项目怎么样了？”

“目前非常稳定，在迭代开发之中，资金也到位了不少。如果，我们公司跟发电厂合作个几年，就可以把国内的这块项目拿下来。”

“太好了，你看看，我无意间就帮你们公司找到了一个发展方向，你说说，怎么感谢我？”

“哈哈，别不知足了，我好处费都给你了。这么说吧，你要是觉得上海待腻了，就来北京，我也给你个总监做。”

“那我可不想当技术总监，太累了！我现在都不怎么管事了，一心想退下来，云游四海，当个得道高僧什么的。”

“好！那我就给你个产品总监，你以后专心搞设计好了。”

半年后，周志伟的事业在一帆风顺的时候，突然遭受到了打击。发电厂的项目，因为公司的项目经理的疏忽，导致错误的代码发到了生产环境。总之，我最担心的那件事情还是发生了，因为，实时监测模块的参数错误，导致了设备高温失效，造成了清徐县的大面积停电，还致使太原部分地区停电。

出了这么严重的事故，恐怕要波及不少人。现在，责备项目经理已经无关紧要了。重要的是，我们必须赶紧飞到太原，去现场处理问题。我跟周志伟在收到反馈后，立刻从不同的气场起飞，赶赴太原。在清徐县发电厂，我见到了赵磊，他神色憔悴，沉默不语。这种担心，我俩都有，可没想到，还是发生了。我向赵磊道歉，但他没说什么，只是希望我们尽快解决问题。

发电厂的供电已经恢复了，接下来，主要是调查事故原因。这次，我们跟着设备部的工程师，亲自去了现场，看到了出现问题的设备。在一番调查之后，查出的原因是我们的参数计算有误，更确切的来说，是我们从发电厂数据库里读取原始数据的时候出现了问题，这个接口，可能被程序员改坏了，而项目经理没有发现。另一方面，发电厂这边，也因为该设备早已经劣化，没有及时维修更换。归纳到最后，就是双方各承担百分之五十的责任吧。我们为了弥补这个错误，赶紧修复了程序，又连着请客户吃了几顿饭，又是道歉又是保证的，才把事故造成的影响平息到最小。而赵磊这边，也因为这个事故受到了一些影响，被上级领导批评了一阵。为此，我和周志伟又单独请他吃了一顿饭。

“赵局，这次真是对不起。”周志伟说。

“没事，只是挨顿批罢了，好在你们项目正常运行了很长的时间，才发生了事故。要是刚开始的话，早就没后续合作了，我也不只是挨批这么简单了。”赵磊平和地说。

“唉，咱们也检讨够了，跟这个领导，那个领导。今天，咱们不检讨了。周志伟，这次回去，你一定要好好招一个项目经理，来负责发电厂的项目，还有，每次上线前，反复测试，你必须亲自监督。如果再出什么事故，咱们都不知道怎么死的。”我说。

“嗯，我这次回去一定认真检讨，为咱们发电厂的项目组专门出几个规章制度，以后，要确保万无一失。”周志伟说。

“行啦，咱三人喝酒吧，听到这个事故的消息时，我都吓到赶紧就从上海飞过来了，你说，我这个救火队长当得咋样？”

“可以，非常棒。今天要不是你在场，我一个人恐怕扛不住。”周志伟说。

“也算是虚惊一场吧，我当时可是被吓到流汗了，你想想，整个市区，忽然停电了。我要是不趟这浑水的话，也就无所谓了。可我上了你俩的贼船，第一时间，就在想是不是这个项目出问题了，果然，还真是。幸好，双方都有责任。”

“那你被领导批了，会不会对你的前程有什么影响？”

“没事，我又不是贪污受贿了。我只不过是介绍你们公司去帮咱电厂解决难题罢了。行啦，不聊这些沉重的话题了，咱们喝酒。”

“来，干一杯。”

我们三人喝了一会酒，又想起了曾经在西安度过的大学时代。那个灿烂的夏天，信工院的教室，宿舍里的魔兽声，图书馆里的自习，夜晚知了的鸣叫。还有，我们喜欢的餐厅，爱吃的饭菜。

“咳！都过去了。想当年啊，你跟老陈两人，一起陪我去农大给我初恋表白的情景，我还历历在目。虽然，那次我失败了，但我也因此认识到了自己。往后的日子，我想来想去，觉得还是欠你俩一个人情，这次，我帮你们拿到发电厂的项目，可就是还你们人情了。”赵磊带着醉意说。

“哈哈，别提了。当时，你那个惨样啊，我至今都记得。你因为这件事情受到了前所未有的打击，在宿舍里天天听悲伤的情歌，过了好久，你才缓过来。”我笑着说。

“没想到，你们的大学生活真是丰富，还去客串过群众演员。”周志伟说。

“还不是老张，她女朋友的闺蜜是专门给学生介绍兼职的。那次，咱们宿舍可是倾巢出动了，老陈开着他那辆赛欧，秦妍开着那辆别克……”

“好啦，不说了，怎么又提秦妍……”

饭局结束后，我俩送赵磊回到了家里，才乘坐出租车回到宾馆。当时，我又劈头盖脸地骂了周志伟一顿，要知道，我这是第一次跟周志伟闹这么大的别扭。如果再有这样的事故，我绝对不来了，反正，这跟我也没什么关系。活是你做的，钱你挣了，有什么事故，那也怪自己，我跟赵磊绝不会再帮你第二次。那晚，我们狠狠地吵了一架。我数次警告他，这个电厂的项目，不光是咱俩的事情，还关乎我死去的兄弟，无论花多大的代价，也必须将它做好！周志伟听了李平的事情，也感慨万千，向我保证一定要做好这个项目，不但保证工期，还要保证质量。几天后，我俩又恢复了正常。

一个月后，周志伟说为了表示对我的歉意，特地在北京设宴，要好好地款待我，请我在北京玩几天。反正公司也没什么事情，我就请假过去了。在一家高档的餐厅里，我俩吃了很多，全是特色的菜肴，可见周志伟当了老板，也是大手一挥，不惜成本。从餐厅里出来，已经是晚上十点多了，周志伟觉得还不过瘾，说要带我去三里屯的酒吧，我欣然接受了，表示我在北京人生地不熟，你开车带路就好。

到了 VICS 酒吧，我俩坐在沙发上，点了几瓶著名的红酒。我们两人喝着红酒，看着舞台上的那些美女们扭来扭去的，都不约而同地感叹：“年轻真好！”过了一会，有两位美女就来到了我俩旁边，陪我们一起喝酒。遗憾的是，这次我俩都没有上台去蹦迪，只是坐在沙发上，一个劲地喝，一个劲地聊着过去的岁月，那些我们逝去的青春……

酒吧的BGM是Earphones的经典慢摇*Primetime Sexcrime*，歌曲很有节奏，舞台上的人们蹦得挺欢，跟随着旋律自由地舞蹈。

“周志伟，你觉得这首黄金时间怎么样？”

“挺好的。”

“你说说，咱俩的人生是不是正处在黄金时间？”

“对啊，可是，这首歌并不叫做黄金时间。它的全名是黄金时间性犯罪，少儿不宜的。”

“嗯，理论上来讲，这是一首纠结人性的歌曲。现在的社会，物欲横流，人们的物质生活都非常饱满，但是呢，吃饱了肚子，又开始想更多的事情。”

“饱暖思淫欲，这很正常。古人都说食色，性也，人类是无法改变造物主最初的设定的，如果没有性，社会怎么发展？难道你有不同的看法？”

“没有，从本质上讲，确实是这样。但是，我发现了一个问题。我们每个人本身都是自由的，但是因为这种关系，我们又被囚禁在牢笼中，变得不自由。总之，一切的一切，都好像是我们在咎由自取。然而，正因为这样，社会才能发展，人类才能创造出不朽的电影、音乐、诗歌、小说、建筑、科学，才能在宇宙中谱写灿烂的文明。”

“哈哈，你又在发表高见了。”

“来！干一杯，为了咱们的黄金时代！”

沉默良久，周志伟说：“咳，听着这首黄金时间性犯罪，我怎么又莫名其妙地想起了间歇性精神病，你说说，这是一档子什么事？咳！有些事情不是咱操心的，喝你的酒吧，做你的项目吧。”

从酒吧出来，我俩没有开车。步行在北京的马路上，看着凌晨三点的北京城，那么安详、美丽，却承载了无数年轻人的梦想。走着走着，天气就下起了淅淅沥沥的小雨，也不知道走了多久，走到了哪里。反正我俩基本上醉了，跟流浪汉一样漫无目的。

“咱们搭车回去吧？”周志伟说。

“什么，搭车？我们不是有车么，干吗坐别人的？”我有点茫然的感觉。

“我们喝醉了，不能开车。”

“是你醉了吧，我还没有，你酒量肯定不如我。”

“不搭车也可以，那咱们就走回去？”

“拉倒吧你，我有一个主意，咱们去北京郊外飙车？”

“喂，酒驾不好吧？更何况是在马路上狂飙，出事了怎么办？”周志伟有点担心。

“你别忘了，这可是咱们的黄金时代！我们辛辛苦苦从社会底层爬上来，完成了原始资本的积累过程。为了什么？不就是为了活得自由吗？不就是为了追求生活质量吗？那些二十来岁的小年轻都不怕，咱们快三十的人了，怕什么？难道我们还不如他们？让你出去兜个风，你就怂了？”我借着酒劲，有点胡搅蛮缠。

“行行！我服了你了。飚就飚，谁怕谁啊？”周志伟露出了往日的自信。

“哈哈，这才像你嘛。”我指着周志伟说。

我俩往回走，来到了酒吧附近的停车场。坐到了周志伟的奥迪上，我瞬间感觉暖和多了。汽车慢慢发动了，向北京郊区行驶。在五环上，周志伟逐渐加快了速度，100KM/H、120KM/H、150KM/H，再往上的话，恐怕我俩都受不了。这样狂飙了一个多小时，我俩沉浸在这种狂欢的氛围当中，感叹着这些年奋斗的辛酸。

“好了，你休息一会，换我了。”我对周志伟说。

“你？没问题吧，我看你刚才喝了不少。”周志伟有点疑虑。

“你要相信自己的伙伴，我可是五环飙车侠！”我竖起了拇指。

“好吧，咱俩换座位。”周志伟和我同时起身。

北京五环，我虽然有些日子没有开车了，但还是凭着往日的经验，把速度加到了80KM/H。在开着这辆奥迪狂奔的时候，我充满了自信，人生就是这样，充满了阻力，我们必须加快速度向前冲。起初，我很淡定，可随着时间的流逝，我忽然想起了很多事情，想起了赵玲栎、陈婉如、李杭西，甚至林原，我对赵玲栎的恨意，我对陈婉如的想念，我对李杭西的觊觎，我对林原的愧疚，这些感情，不都是在困扰着我吗？不都是在折磨着我吗？也许，人就是这样，总是在抱怨生活的同时，又在作茧自缚。画面一转，我又想起了陈旗、赵磊、李超凡、阿泽、曲直，甚至鲁伟，想起了我们的大学时代，那时的我们，多么快乐，可随着时间的流逝，现实让我们扎根在不同的城市，为了自己的理想奋斗！想着想着，有一丝晶莹的泪水划过我的眼角，我没有停下脚步，还是勇敢地加快了速度，不管未来多么飘渺，哪怕是只有我一个人，我都必须坚持地战斗下去！我有些歇斯底里，100KM/H了，周志伟察觉到我有些不对劲，连忙劝我减速。

“快停下来！你这个状态，再不能往快开了！减速！注意安全！”我听到周志伟的声音，他在惊慌失措中试图做些什么。我下意识地开始减速，可就在时间凝固的刹那，发生了事故。我开车撞到了护栏上，并且飞跃到了野外的树林中。最后，我俩暂时昏厥了过去，气囊为我们减少了很多伤害。过了一阵子，我清醒过来，但周志伟仍然处在昏迷状态。我拿起手机，拨动了急救电话。

医生们在急救室努力地抢救着周志伟，我在门外安静地守候着。突然，我想起了很多事情。万一周志伟死了，我岂不是成了杀人凶手？虽然，看他的样子，不像是受了什么重伤，只是短暂的昏迷。但是，这件事是因我而起，不管周志伟能不能活过来，我都要承担巨大的压力和风险，刘羽桐知道周志伟今晚是和我出去的。

怎么办？我的人生才刚刚步入正轨，我所有的资产加起来也不过百万，难道为了周志伟，我要把自己的前途都拼上？医药费、赔偿费，肯定会让我变得一无所有，我辛辛苦苦这些年的奋斗，不都要变成泡影了吗？到了这时候，我才发现，自己的生活，就像是空中楼阁，随时都会被意外击碎！如果我有一千万，我绝对会留在医院，等着周志伟醒来。可是，我没有那么多钱。这次，会让我输掉所有，让我近十年的奋斗化为灰烬。不！我绝不让这种情况发生！我拿起周志伟的手机，走到值班护士的跟前，努力装出镇定的样子说。

“你好，我是周志伟的同事。刚才，我们出了车祸。这是她对象的手机号码，你打电话通知他家人过来吧。我还有点事情，先走了。”说着，我把手机给了护士。

离开医院后，我怀着非常悔恨的心情，来到了北京西站，在候车室里，痛苦地哭泣了一个晚上。天刚蒙蒙亮，我就买了一辆去往云南的火车票，急急忙忙地离开了北京。在火车上，我知道，周志伟一出事，他的公司，肯定要乱成一锅粥。刘羽桐是公司的副总，应该会帮他料理这些麻烦吧？这正是考验他们夫妻感情的时候。

可是，我心里明知道自己有着深刻的责任，但我却没有勇气面对。我珍惜自己这么多年来辛苦奋斗所拥有的一切，我太害怕失去这一切了。我害怕承担这种责任，害怕做一个正直的人，付出的代价，这会让我变得一无所有。我强忍着眼中的泪水，悔恨着昨晚发生的一切。也许，我就不应该帮他接发电厂的项目，不应该让他请我吃饭，更不应该来北京，可是，现在说什么都晚了，我必须为自己的行为造成的后果，背负上沉重的枷锁。手机响了，我看到是刘羽桐打来的。我很想接，想知道周志伟醒过来没，但我害怕听到这种结果。所以，我挂断了。可是，手机一直响个不停，我知道，是刘羽桐要拿我兴师问罪了，我索性关机了。

火车在大地上畅通无阻地行驶着，我看着窗外升起的太阳，逐渐褪色的星群，陷入了悲伤之中。但是渐渐地，阳光总算是撕裂了黑暗。黑夜过去了，炽热的阳光布满了高山、峡谷、溪流，跟随着汽车穿梭在人间的每一条街道。城市机器开始运转，人们从不同的居住地走出，开私家车的、挤地铁的、步行的，都蜂拥向宏伟的写字楼里。这，就是生活。

在火车上，我吃了一点食物，并且不断地安慰自己，希望周志伟可以醒过来。这件事情，把哲学上的因果关系发挥得淋漓尽致，我逐渐明白，有时候，我们会因为自己性格上的问题，酿成大错。火车行驶到云南境内的时候，我的对面坐了一个衣冠楚楚的中年人，他看上去很有内涵。谈笑间，充满了官场的气氛。

“小伙子，看你萎靡不振的，是不是发生了什么事情？”

“是的，我做了一件错事，闯了大祸。”

“咳，事情已经发生了，你再怎么烦恼也没用，况且，你不是还好好的吗？只要人活着，就有希望。”

“是啊，人活着就有希望，我就怕他死了。”我低声说。

“死了？我明白了，你是把别人害了，自己还好好的？”

“对的，但我是无意的，谁也没有料到，会发生那样的事情。平白无故的，地上会多出一个陷阱，他就掉了进去。”

“那你送他去医院了吗？”

“我送过去了，但我害怕承担责任，只能慌忙逃跑了。”

“既然你已经送他去医院了，说明，你没有不管他。至于他还能不能活，只能看医生的本事，还有他的造化了。你已经做了自己该做的事情，就算你留在医院，也无济于事。”

“可是，他是我最好的朋友。”

“最好的朋友比得上自己的安危？有时候，我们总会因为一些原因，做出一些违心的举动，你就想开一点了。”

“好吧，谢谢你。”

我跟这个中年人聊了一会，觉得他人还不错，风趣幽默，又有学识。这个人，他叫陈希廉，有着强烈的倾诉欲望，只要你跟他聊上几句，觉得有点意思，他就会滔滔不绝地跟你讲他过去的传奇经历。为此，我也只能嗑着瓜子，听他唠嗑了。

“我出生在东北，是辽宁人。在我们那个火红年代，当工人是一件非常自豪的事情。当时，我在沈阳的汽车公司里工作。在那个年代，大家都热情洋溢，轰轰烈烈地投入到生产当中，为新中国贡献自己的青春和力量！虽然，我在基层，但凭着一腔热血，带着对汽车的痴迷，我还是一路上从普通工人干到了厂子，最后，又成了公司的负责人。”陈希廉说。

“那后来呢？”

“这种人生的成功，让我感到了幸福和满足。但是，生活总是充满了意外，到了九零年代，大部分国企都开始改制、裁员，纷纷爆发下岗潮。作为老牌汽车公司，自然也没有逃过这个命运，我的工厂倒闭了，我也由总经理，变成了下岗职工。我试过找组织、领导商量，可还是没有好的出路。”

“人生就是餐具和杯具。”

“哈哈，虽然你说得是网络语，但我还是可以听懂的。别看我一把年纪了，但我没有落后，经常上网，跟年轻人交流。我那个年代特别喜欢艾青的诗歌，觉得人生就是需要运动，只有不断地运动，生命才有意义。”

“那你下岗之后，再没有想过创业？”

“试过，但资金不足，没有成功。后来，我认为自己很有才能，适合当领导，我本身也做过汽车公司的负责人，当领导自然不在话下。因此，我去参加了公务员考试，想争取进入体制内，开始自己的仕途。可我一连参加了几次，都因为种种原因，最后失败了。于是，我彻底绝望了。”

“那接下来怎么办？还有没有其他出路？”

“出于无奈，我选择了四处奔走，考察市场。我亲自去了香港，和香港恒基汽车公司的老总一见如故，他们都觉得我的见解非常深刻，很具有前瞻性。于是，他们聘我做了公司的商业代表。之后，我作为香港恒基汽车公司的商业代表开始去各省考察项目，调研投资情况，开始和政府打交道。当时，我在辽宁调研的时候，大谈曾经在汽车公司当负责人的经历，领导们都觉得靠谱，他们很赞同我对行业的看法。”

“但是，辽宁的情况并不适合投资。于是，我把汽车底盘的项目拉到了湖南娄底，目前，这个项目已经成功运行了三年，效应非常好。因此，我也被娄底市聘请为经济顾问。”

“那你现在是要去娄底调研吗？”

“不是，娄底的项目已经落实了。最近，我已经被国务院任命为研究室司长，打算去云南做调研。小伙子，我见你也是个有上进心的好青年，不如跟我同行？我可以任命你做国务院研究室司长秘书。”

“司长秘书？是个什么级别？”

“正厅级。”

“好啊，那我跟你一起做调研吧，反正我也没什么事情。”

“行，具体的任命文件等我回到北京，再正式发布。最近，你就以司长秘书的身份，协助我工作吧。”

“嗯，可以。”虽然，我知道这是一个入戏的骗子，但我的心情实在不好，不如跟着他去云南做做调研，了解一下投资环境，对自己的事业，还是有一定的帮助的。

到了云南后，我跟随陈希廉去基层调研，见到了很多市委领导，他们对陈希廉的身份毫不怀疑，仍然进行了高规格的接待，我也跟着沾了光。陈希廉喜欢当着众人的面发言，大谈自己的见解，他经常在“国务院研究室司长”“副部级巡视员”“国务院发展中心研究员”这几个头衔之间进行身份切换，游走于企业和地方政府之间，这个举动，让他毫无破绽。

他的诀窍是挟京官威势，在商言政，在政言商，巧妙切换，信手拈来。用体力脑力竞技比喻，他采取了与“在球坛夺棋类冠军，在棋坛居球类第一”神似的策略。一方面他自封“司长”，且随机升任“副部级巡视员”，镀得京官金身，兼有“研究员”的专家头衔；另一方面他又曾小范围地对这些官衔加以否认，骗取了低调美名，兼顾安全。纵横数年，如鱼得水。

他声称自己陪同部长去美国，参加了中美第十次战略能源对话；他不经意地提到了一些在国务院的经历，暗示国家领导人对他的信任；他在每一个重大公开场合发表恰如其分的言论，让人觉得“他比领导还像领导”。他调研之路的顺风顺水，源自企业对政府内部信息的偷窥欲求，总想获得一些有价值的信息。然而，正在这种调研中，陈希廉玩得游刃有余，获得了高规格的接待，混吃混喝，还成功的牵线搭桥拉来了项目，把脉了地方经济。

在云南收获金秋的企业合作论坛开幕后，陈希廉发表了长达十分钟的精彩演讲，其中不乏透露出中央对云南经济的关注，打算在这里开展桥头堡战略，有很多的政策倾斜。在台下所有人的关注下，陈希廉出尽了风头，在出场序列上，他竟然排在了第二位，甚至高出了市政府领导。这无疑是一个令全场感到振奋的好消息。在陈希廉讲话之后，登场演讲的企业家们，纷纷围绕桥头堡战略，赞扬投资昆明的优势。只有理解桥头堡这一词汇对于云南的特殊意义，才能理解陈希廉的讲话为何会如此受到大会的欢迎。

论坛结束后，我觉得陈希廉玩得有点过火了。虽然，他确实能给当地的企业带来项目，但是，他的身份无疑是假的。我觉得这样玩下去，有可能会引火上身。于是，在饭局结束后，我就告别了陈希廉，打算次日去云南各处旅游。

我乘坐公交车，在昆明到处乱逛。昆明的街道很整齐，马路两边的楼房也修得不错。天空很晴朗，最引人注目的是马路中间的花圃中，夹杂着很多高大的加拿利海枣树，这种看起来像铁树的植物，造型奇特，气势非凡，俨然成了昆明街道上的一道风景。逛着逛着，我就来到了波涛汹涌的滇池，我站在路边，看着热闹的人群，陷入了沉思，迎面而来的轻风并没有吹散我对周志伟的愧疚，反而让我愈来愈迷茫，这件事情像刺一样扎在心间，让我隐隐作痛。

“陆应雄吗？我张帆。”

“好久不见了，找我什么事情？”

“你能不能去北京一趟，大概几个月的时间，帮忙照看一下周志伟的公司，他出了点事情，我不希望他的公司也因此受到影响，他老婆可能不太懂软件这一行。”

“哦，你们的事情我听说了。刘羽桐也打电话过来了，让我询问你的下落，我不清楚。她也让我去北京一趟，让我看帮忙照看周志伟的公司。”

“那你怎么想的，去还是不去？”

“正好我最近辞职了，那就去一趟吧，替你俩收拾一下烂摊子。”

“周志伟怎么样了？伤情不严重吧。”

“听说不乐观，还在昏迷状态，这可都怪你。”陆应雄抱怨地说。

“不是吧？那么一点小伤，竟然昏迷这么久？”我有点纳闷。

“唉，人和人是不一样的，可能你身体素质太好了。”陆应雄调侃地说。

“得了，咱们不提这些不愉快的事情了，你什么时候出发？”

“明天晚上。”

“好的，到了北京多照顾一下他俩。”

看来，我能做得也只有这些了。滇池的水是碧绿的，极目远眺，可以看见群山卧躺在浓密的云层之下。我在路边的长椅上休息了很长时间，就搭车回到了昆明火车站。我没有什么方向，还是继续旅行吧，也许在路上，我可以渐渐地收拾好心情，变得快乐起来。次日，我乘坐火车站，来到了大理。

大理历史悠久，史称南诏。在这块高原上，居住着白族。在苍山洱海的怀抱中，大理安静地沉睡着。“下关风，上关花，苍山雪，洱海月”是这里旖旎风光的四大景致。洱海到苍山之间是一片扇形的冲击平坝，这里田地肥沃、村落相连，从观光车上看过去，可以看到连续的金色麦浪。大理是一个信佛的地方，这里有很多佛塔，最为著名的是崇圣寺三塔，它们笔直地挺立，成为标志性建筑。大理将风光、名胜、民俗融为了一体，大力发展旅游业，吸引了全国各地的游人。

早上，我乘船荡漾在洱海间，看着那碧绿的湖水清澈潋滟，在群山之间来回波动，顿时觉得心旷神怡。那岸边的徽式建筑纵横交错，星罗棋布，并且夹杂着浓密的榕树，构成了一道美妙的自然风光。如果这里有一座高楼矗立，便会显得格格不入。下午，我躺在洱海附近的海滨别墅外，仰望着没有一丝污染的天空，吹着海风，享受阳光，翻开书籍，来寻找的生命的意义。有那么一刻，我竟然想停留在这里，不想离开。闲暇的时候，我尽情地环绕着洱海骑行，可以在任何自己感兴趣的地方停下来，欣赏沿途的风景，如果人生可以这样，想停就停，想走就走，那就完美了。

离开大理，我来到了丽江古城，这里也叫做大研镇。同大理一样，丽江也是个文化底蕴非常深厚的地方。古城依山傍水，结合了古典的结构和现代的装饰。不论是白天还是夜晚，这里总是有一番独特的味道。仔细观摩后，我觉得丽江古城还是在夜晚的时候最美。在白天，阳光照耀在这片高原上，人们大多都出去游玩了，只有个别人会逗留在客栈的观景台上，看着街上的行人，或者是远眺雪山。我漫步在古城里，任凭眼睛挑剔地欣赏着这些不同材质建造起来的建筑。这些建筑，造型各异，跟街边的长椅、树木融为一体，相得益彰。五花石铺成的路面并不平整，却是最有复古气息。

到了傍晚时分，金黄的阳光逐渐褪去，古城上空出现了一层层浓密的愁云。我信步游走，渐渐觉得天色黑暗下来，但很快地，这种黑暗就被店铺的灯光填充。一时间，人群变得熙熙攘攘，喧闹不止。而从大水车到四方街的酒吧已经开始营业了，各种繁杂的器乐声、歌唱声从玉水河两边喷涌而出，走在这条街道上，不但可以听见音乐声，还可以听见潺潺的水流声，真是难得一见。两岸的酒吧是这里典型的闹吧，每家都精心策划了有意思的娱乐节目，来吸引游客。为了方便游客在两岸之间行走，这条河上铺设了很多木板桥。很难想象，这里白天的时候安静得出奇，到了夜晚，便会像一头发疯的野兽似的。灯光迷离，惹人心醉，既有古韵又含都市风情，总而言之就是一种特别惊艳的感觉。离开了酒吧街，我没有邂逅到艳遇，却发现了美食，在丽江的美食城里，有很多云南特色，我逐个品尝了一番。除了这些温暖与狂躁的东西外，丽江古城还有一个好去处就是木府。木府是古代土司的住宅，漫步府中，到处弥漫着庄严肃穆的同时，还有不少亭台楼阁、小桥流水，真是办公与居住完美结合的典范。

在古城度过的几日中，我迷路了很多次，但从来没有丝毫的慌张。因为我知道，丽江古城就像一个迷宫，到处都有让人意想不到的发现。不用给自己设定一个目标，只需要随心而动，漫步在五花石铺成的小路上，走累了，就在旁边找一家客栈休息即可。更何况，沿途都有很多美丽的姑娘，坐在店铺里，拍打着手鼓，为你吟唱着那首旋律动听的《小宝贝》。

“期待着你的回来，我的小宝贝。期待着你的拥抱，我的小宝贝。多么想牵着你的手，躺在那小山坡。静静地听你诉说，你幸福的往事。”短短的几句歌词，不停地重复，让人心情愉悦，如果人生真的可以这样简单、幸福、浪漫就太好了。但不管如何，我还是放下了执念，尽情地沉浸在这首欢快的歌曲中。

我在一家叫做繁华似锦的客栈里休息。夜晚，来自各地的年轻人聚在客栈的院子里，弹起吉他，唱着一首叫做《青春不停歇》的歌曲。在丽江的三天三夜，我学会了一种东西，叫做放下。人生之所以不幸福，就是因为自己想要索取的东西太多。即便如此，每当夜幕降临，我独自站在空旷的窗户边，眺望着远处的灯光，还是希望人生中的一些事情可以改写。即便大彻大悟，也难以抵挡孤独的侵蚀。

次日，我含着笑容，漫步在丽江古城的街道之时，耳边又一次想起了那首熟悉的歌曲，“期待着你的回来，我的小宝贝。期待着你的拥抱，我的小宝贝。多么想牵着你的手，躺在那小山坡。静静地听你诉说，你幸福的往事。”

我在一家饰品店门口驻足停留，观看姑娘敲打着手鼓。就在那么一瞬间，我看到了一个熟悉的身影从饰品店里走出。“林原！”我一把抓住了她的手。“咦？张帆？你怎么会在这里？”

“哦，我最近心情比较郁闷，听说云南是个散心的好地方，就过来走走。”

“我也是，你这些年还好吗？”

“挺好。”

就这样，我跟林原自从大学分开，隔了几年，又在丽江古城相遇了。本来，我打算今天离开丽江的，但遇见了她，我又和她一起去了香格里拉。

临别的时候，我心里默念。再见了，拉市海，玉龙雪山，丽江古城。那个传说中的茶马古道，我也亲自游走了一番。命运就是这样奇怪，本来，我们这辈子恐怕都没有再见的机会了，可是，当我们阴差阳错的都选择了来云南旅游，却在一家饰品店门口重新找到了对方。

第二十八章　回归

回到西安，我已经不再纠结周志伟的事情了。我放下包袱，打算开始新的生活。晚上看电视的时候，河南电视台报道了李娟和薛鹏的故事，这对情侣，在历经千难万阻之后终于走到了一起，我真替他们高兴。但与此同时，我又愧对自己的兄弟。

虽然，我和林原相遇了，但我们一直相敬如宾，没有做过任何出格的事情。这种事情，在大学时候顺理成章，但在这时，我俩反而觉得需要拉开一点距离。可能，人都是会改变的吧，尤其是过了这些年，但不管怎么样，能够重新相见，就已经是最好的结局了。林原说自己有点事情需要处理，回到西安后，就自己忙去了。

过了几天后，林原突然神秘地出现了，说自己在西大街的宾馆等我，让我过去。这一幕，就像是回到了若干年前的情形，只可惜，早已经物是人非了。我怀着一种平淡的心情，开着车来到了西大街。但走入房间的那一刻，我们只是简单的拥抱了一下，并没有发生什么事情。

“你为什么突然叫我过来？”

“什么叫做突然？一切突然不都是必然吗？”

“呵呵，你也开始搞哲学研究了。”

“哪有，不过是以前受了你的传染。”

“你这些年都在做什么？”

“大学毕业后，我一直在成都开店。西安，我也来了很多次了。只不过是你不知道而已。这么多年了，为什么你不打电话给我呢？就算是老朋友，也该叙叙旧吧？”

“你也没有打电话给我啊？”

沉默了一会，我俩会心地笑了。

“哈哈，看来是互删了。”

“我有很多次想联系你，可是，我没有你的手机号码了。我和赵玲栎分手了，我不好意思问她要你的联系方式，毕竟，你俩是最好的闺蜜。记得前阵子，我还去过成都，当我漫步在锦里的时候，我多想在下一个巷口遇见你，可遗憾的是没有。”

“以前是最好的闺蜜吧，自从她回到洛阳后，和我也没什么联系了。生活就是这样，每个人都会在不同的地方重新开始。这几天想休息一下，就去了丽江古城，没想到又遇见了你，也许，这就是命运的安排吧。”

“你这些年过得好吗？”

“挺好的，吃饭、喝酒、开店、谈恋爱，你和赵玲栎分手后，难道再没有恋爱过？”

“也许有吧，我喜欢李杭西。但我总觉得我和她之间隔着很多东西，和她交往总会出现很多套路，明明我不玩这些的，却不知不觉被她带入了进去。总之，我和她没有时间啦。生活中的琐事仿佛将我们仅有的感情冲淡了，那点火花始终无法碰撞出结果。”

“怎么样，带我去逛逛华山吧？现在正值盛夏，可是最好的时间呢。”

“哈哈，我突然想起了很多以前的事情。”

“嗯？你当时说冬天不适合逛华山，也说很多事情没有想清楚。现在，很多年过去了，你想清楚了吗？找到生活的答案没有？”

“想清楚了，也找到了。好吧，我带你去逛华山吧。”

我和林原来到了华山脚下的时候，已经晚上六点了。听说自古华山一条路，而且，也有夜晚爬华山看日出的传统。于是，我俩不惧黑暗，开始攀登华山。这是一条特别平整的山路，路的两边都有夜灯。我俩一直往上攀爬，从天刚黑暗下来的时候直到完全看不清楚左边的山体。当然，路边的灯光会照亮爬山的道路，让我们遵循一条正确的方向。这一路上非常艰辛，我们两喝掉了很多纯净水，又在山道上吃了一些食物。到了晚上十点多的时候，我俩爬过了千尺幢与百尺峡，经历了最艰难的时刻，总算是抵达了华山北峰。

到了北峰山顶，这里已经聚集了很多游客，他们有的在咖啡厅里闲聊；有的席地而坐；有的去了旁边的宾馆。我和林原租了帐篷，睡在了一起，打算第二天看日出。早上五点，我俩赶紧起来，潦草梳洗了一番，来到了北峰华山论剑的地方。站在北峰的铁链旁边，安静的等待着日出。这时，天刚蒙蒙亮，太阳还没有升起来。还有一段时间，我思考着我们度过的这些年，走过的青春之路。

“林原，你看这里就是华山，就是你特别想来的地方。我们昨晚那么努力地攀登，总算是到了山顶。这一路上，有惊有险，但我们总算是过来了。这条攀登华山的道路，就像我们的人生，总是充满了曲折黑暗，却又沿着眼前的光芒，不断地往前走。这种眼前的光芒，就是我们内心的信念。也许，有些人是坐缆车上来的，有些人是攀登上来的，但不论如何，我们都会在山顶的时候殊途同归。只不过，我们会在不同的道路上看到不一样的沿途风景，而这一切，往往是没有回头路的。生活中也许没有华山这么危险，但也是充满了意外。

这么多年过去了，我们在不同的城市颠沛流离。不断地寻找生活的答案，不断地挣钱，不断地恋爱，不断地经历快乐，也体会着悲伤。不断地争取，也同时在失去。到头来，不就是为了抵达一个自己心中想去的地方吗？”

“那你呢，找到你心中的地方了吗？”

“找到了，就在这里。”

太阳缓缓升起，万丈阳光照彻天空。新的一天开始了，每个人都在自己的青春时代，向着自己的理想前进。也许，我们每个人都是这样，就像自古华山一条路似的，这条青春之路，是我们的必经之路。在太阳升到半空中的时候，林原依偎在了我的怀里，我握紧了她的手。

三个月后，我正开车在去往公司的路上，周志伟打来电话。

“张帆，这么久了，为什么不打电话给我？”

“听说你伤情挺严重的，我怕打电话过去，得到的是一个让人失望的结局。总之，归根结底就是一句话，我害怕你死了。”“你还是老样子，害怕承担结果。我告诉你，其实我早就好了，那点伤，根本不算什么，我只是想不通你为什么要弃我而去？”

“早就好了？为什么陆应雄说你伤得很严重，醒不过来？我还以为你真死了！”

“那是骗你的，是我让他这样说的。”

“你说你想不通我为什么这样做，现在是想通了，才打电话过来？”

“是的，我想通了。人生不易，我们每个人在面对选择的时候，总会陷入两难的境地，但这并不表示我们是不负责任的，只不过，我们都有自己的苦衷，理解别人，也是理解自己。”